Parents de l'ombre

Du même auteur

Un mensonge de plus (2009), *Editions Ajaé*

Laura (2008), *Editions Ajaé*

Perte de mémoire, *La Société des écrivains*

Aurélie DABOUIS

Parents de l'ombre

Roman

Editions Ajaé

www.editionsajae.fr

ISBN 978-2-9531596-2-2

Prologue

Il fait nuit. Le quartier est calme. Seul signe de vie, un chat passe sous un réverbère. Toutes les maisons se ressemblent, maisons de lotissement pour cadres moyens à la façade couleur crème et aux volets marron. Le chat traverse un square où une balançoire grince légèrement sous la brise qui commence à se lever. Il file, sans hésiter, vers une maison tout à fait identique aux autres. Il passe dans le jardin et se retrouve devant la porte de derrière dans laquelle une chatière a été installée exprès pour lui. Il perçoit bien l'odeur de quelques petits rongeurs qui se cachent non loin mais les premières gouttes de pluie qui lui tombent sur le museau finissent de le convaincre. Il entre dans la maison. La nuit n'a pas été très fructueuse. Il a fouillé dans quelques poubelles sans succès, a couru sans conviction derrière un rat qui s'est tapi dans un trou, avant de se décider à revenir chez ses maîtres. Il a faim et il sait qu'une gamelle de croquettes l'attend à sa place habituelle. Ses lointains ancêtres lui en voudraient sûrement de s'être laissé domestiquer mais peu lui importe. Il commence à se faire vieux. Courir après une proie ne l'amuse plus autant. Il préfère de loin une gamelle bien remplie et une couette bien douillette sur laquelle se lover.

Il happe quelques croquettes avec sa petite langue rose avant de se diriger vers la chambre dont la porte a été laissée entrouverte comme d'habitude. Il a bien l'intention d'aller se blottir contre la petite fille qui dort là. Mais lorsqu'il entre dans la chambre, la petite fille n'est pas dans son lit. Elle est debout, entourée de deux autres personnes qu'il ne connaît pas. Peu farouche, le chat vient se frotter contre leurs jambes pour réclamer des caresses. Surprise, l'une des

silhouettes lâche un juron, tandis que l'autre, dans un mouvement de recul écrase la patte du chat.
Au fond du couloir, Philippe Pradeau dort aux côtés de sa femme, Justine. Il fait des rêves paisibles dont il ne se souviendra sûrement pas au réveil, comme à son habitude. Le couple a fêté son cinquième anniversaire de mariage, trois jours plus tôt. Ils sont allés au restaurant tous les deux puis ont récupéré leur fille, Louise, chez ses grands-parents afin de partager le dessert avec elle. Elle a soufflé les bougies avec eux et s'est régalée de gâteau. Elle avait le tour de la bouche plein de crème. Philippe Pradeau pense être le plus heureux des hommes. Une seule ombre plane au-dessus de sa tête mais il est bien décidé à régler ce problème d'ici la fin de la semaine.
Philippe s'agite dans son sommeil. Un miaulement plaintif le pousse à quitter ses rêves si agréables et à ouvrir les yeux. Il fixe le réveil quelques secondes avant de réussir à déchiffrer les chiffres rouges qui éclairent faiblement la chambre. Deux heures et demie du matin. Le chat a dû revenir de sa promenade nocturne mais pourquoi ce miaulement au milieu de la nuit, lui qui est si calme d'ordinaire. Philippe se rapproche de sa femme, passe un bras par-dessus elle et colle sa tête contre son épaule. Il s'apprête à se rendormir quand il croit percevoir des pas rapides dans le couloir. Louise qui serait allée voir le chat ? Tout à fait réveillé maintenant, Philippe sort précipitamment de son lit, conscient que quelque chose ne tourne pas rond.
Il ouvre brutalement la porte de la chambre, réveillant sa femme qui ne comprend pas ce qui se passe. Il aperçoit une ombre courir au bout du couloir et tourner vers la porte d'entrée de la maison. Des voleurs qui tentent de s'enfuir avec leur butin ? Philippe est soudain assailli par une peur violente qui lui noue le ventre et lui oppresse la poitrine. Il se précipite dans la chambre de sa fille et allume la lumière du plafonnier. Le lit est vide. Il court à la suite de l'ombre qu'il a vu s'enfuir. Il faut qu'il les rattrape. Il ne doit pas les

laisser l'emmener. Le nom de sa fille résonne dans la maison.

« Louise ! Louise ! »

Il ne se rend même pas compte que c'est lui qui crie pour appeler sa fille. La porte d'entrée est restée ouverte. Inconscient du danger qui pourrait le menacer, il déboule dans la rue comme une furie. La pluie s'est intensifiée et il doit s'arrêter pour essayer de distinguer quelque chose à travers les gouttes qui lui brouillent la vue. Il regarde à gauche, puis à droite, juste à temps pour voir une voiture sombre lui foncer dessus, tous feux éteints. Il s'écarte au dernier moment, tombant en arrière sur le trottoir. Il n'abandonne pas pour autant. Il se remet promptement sur pied et se lance à la poursuite de la voiture qui s'éloigne rapidement. Il court vite, ses foulées accélérées par la force du désespoir, malgré la pluie qui lui colle son pyjama au corps et l'empêche de voir clairement. Il sait qu'il ne pourra pas la rattraper, que c'est une lutte perdue d'avance. Il ne voit déjà presque plus la voiture. Il ne veut pas abandonner pour autant. Il continue à courir, à courir, toujours tout droit, en criant le nom de sa fille dans les rues endormies. La voiture a disparu depuis longtemps lorsqu'il s'arrête enfin à un embranchement. Il ne sait plus quelle direction prendre. Ses jambes tremblent sous lui. Des larmes silencieuses coulent sur son visage se mêlant à la pluie qui ruisselle sur lui. Il s'écroule à genoux sur le bitume, prend sa tête dans ses mains et pleure en murmurant le nom de sa fille qu'il n'a pas su protéger.

A quelques rues de là, dans la maison que Philippe vient de quitter, Justine Pradeau se tient, immobile, devant le lit vide de sa fille. Les draps ont été tirés violemment et jetés à terre. L'ours préféré de sa fille est resté seul, au milieu du lit, abandonné. Il sourit toujours mais désormais c'est un sourire triste car il sait que la petite fille qui le câlinait si souvent ne reviendra pas.

Une sensation de vide s'empare de Justine. Elle ne pleure pas. Elle ne crie pas. Elle entend seulement cette voix, dans sa tête, qui ne cesse de lui répéter :
« Ils ont pris ta fille. Tu ne la reverras jamais. »
Sa chemise de nuit blanche, éclairée par la lumière de la lune, est gonflée par le vent qui s'engouffre par la fenêtre restée entrouverte. Elle ressemble à un ange déchu. Un ange empli de tristesse qui n'aura pas la force de surmonter cette épreuve.

Chapitre 1

- Docteur Laudrain. Les parents de Théo Fanel sont arrivés.
- Bien, faites les patienter dans mon bureau, Vanessa.
Stéphane Laudrain reporte son attention sur l'écran de l'ordinateur. Il ne reste plus qu'un quart d'heure avant que la machine n'annonce son verdict. Il ne peut pas laisser le couple Fanel patienter aussi longtemps. Toutes ses consultations suivantes en seraient décalées. A contrecœur, il quitte la pièce et se prépare à annoncer une mauvaise nouvelle. La troisième de la journée.
Il trouve les parents du petit Théo assis en face de son bureau, attendant avec impatience son diagnostic. La mère est angoissée, comme toutes les mères qui viennent ici. Le père est plus calme. Il le regarde comme s'il jugeait la force de son adversaire. Le Dr Laudrain hésite à appeler la sécurité. Il s'est déjà retrouvé avec le nez cassé à cause d'un père qui avait eu besoin de passer sa colère sur quelqu'un. Il n'a aucune envie de renouveler l'expérience. D'un autre côté, il se trompe peut-être et il ne se voit pas leur imposer la présence de deux agents de la sécurité.
Stéphane Laudrain s'assoit face à eux et sort un dossier d'un tiroir de son bureau, fermé à clé.
- M. et Mme Fanel, nous avons reçu les résultats de votre fils. Je suis au regret de vous annoncer que nous avons découvert le gène DR2624 dans son génome.
La mère prend sa tête dans ses mains et laisse échapper des sanglots étouffés. Son mari demande :
- Porteur sain ?
- Malheureusement, non.
Le docteur laisse le temps aux parents de digérer l'information. Ils savent ce que ce diagnostic implique, ce qui ne veut pas dire qu'ils sont prêts à l'accepter.

- Où est Théo ? Nous voulons le voir.
- Votre fils n'est plus dans cet hôpital. Il a été transféré par l'OGRG, l'Organisation Gouvernementale pour la Recherche Génétique. Si vous voulez le voir, c'est à eux qu'il faudra…
Un grand coup sec sur le bureau interrompt Stéphane Laudrain. Ces mots, il les a répété des dizaines de fois. Il connaît toutes les réactions des parents, il sait les anticiper, les calmer. Mais aujourd'hui, il n'est pas très concentré. Une partie de lui est restée près de la machine et attend. La violence de Léonard Fanel le ramène totalement dans le bureau.
- Nous savons ce qu'est l'OGRG. Nous savons aussi que s'ils ont pris notre fils, nous ne le reverrons jamais. Vous ne vous rendez pas compte que vous allez à l'encontre de votre serment d'Hippocrate ?
C'est la première fois que le docteur Laudrain entend un tel reproche dans la bouche d'un parent. On l'avait déjà accusé de tous les noms sous le coup du chagrin et de la tristesse. Il est intrigué. Quel rapport entre le fils Fanel et son serment lorsqu'il a commencé à pratiquer la médecine.
- Je ne vois pas où vous voulez en venir, M. Fanel.
- Vous avez juré d'apporter vos soins à toute personne qui en aurait besoin. Vous êtes censé sauver des vies. Au lieu de quoi, vous envoyez des enfants à une mort certaine.
Un hoquet et des pleurs accentués. Si son mari voit les choses aussi froidement, Mme Fanel aurait préféré continuer à croire que son fils allait être soigné dans un endroit où elle ne pourra pas aller le voir.
- A vous écouter, on croirait que ces enfants sont exterminés. Ce n'est pas du tout le cas. Ils sont juste gardés en observation jusqu'à ce qu'on trouve un remède.
- Si vous pensez vraiment ce que vous dites, c'est que vous êtes bien naïf, docteur Laudrain.
Stéphane commence sérieusement à en avoir marre. Cet homme ne sait pas de quoi il parle et lui fait perdre son temps. Il est comme les autres, il s'en remettra.

Dans un an ou deux, il le retrouvera dans son bureau pour ausculter son nouveau né. La machine a dû rendre son résultat depuis plusieurs minutes, maintenant.
- Si vous n'êtes pas d'accord avec nos pratiques, ce sont les députés qu'il faut aller voir. Ce n'est pas moi qui ai voté la loi.
Le docteur se lève et ouvre la porte de son bureau, invitant le couple à partir. La femme est toujours anéantie. Elle n'a pas prononcé un mot depuis qu'elle est arrivée. Les pleurs ont cessé mais son regard est vide, comme si la vie s'était retranchée au fin fond de son cerveau. Son visage inerte effraye plus Stéphane que les dernières paroles de Léonard Fanel :
- Vous contribuez à faire respecter cette loi. Un jour, vous prendrez conscience de tout le mal que vous avez fait et tous les visages de ces enfants viendront vous hanter.
Stéphane n'écoute déjà plus. Il attend que le couple ait tourné au bout du couloir avant de quitter son bureau à son tour. Comme tous les autres avant eux, ils vont sans doute essayer de convaincre une infirmière que leur fils n'est pas porteur du gène et qu'ils l'attendent. Normalement, Stéphane devrait vérifier qu'ils quittent l'établissement sans faire de grabuges. Souvent, il doit faire intervenir un de ses confrères psychologues pour raisonner les parents. Il arrive même que la sécurité s'en mêle. Aujourd'hui, il a ses propres inquiétudes. Il doit savoir avant de pouvoir se remettre entièrement à son travail.
Stéphane est interpelé par deux infirmières, en se rendant à la salle où l'attendent les résultats. Personne ne doit en prendre connaissance avant lui. La première infirmière a besoin de sa signature pour qu'un enfant puisse quitter l'hôpital. Le petit Léon qui vient régulièrement en auscultation pour vérifier l'évolution de son diabète détecté à l'âge de quatre ans. Stéphane signe la feuille de sortie. La deuxième lui rappelle que son rendez-vous suivant est arrivé. Stéphane prend connaissance du dossier : vaccination

contre la rougeole, les oreillons et la rubéole. Stéphane renvoie l'infirmière vers l'interne de service. Il pourra s'en charger tout seul.
Stéphane arrive enfin devant la porte qu'il a refermée à clé une demi-heure plus tôt. Personne dans les parages. Il entre discrètement. La pièce n'est éclairée que par la lumière bleutée de l'écran d'ordinateur. Stéphane s'installe devant. Il va enfin être fixé. Le message habituel l'attend : « L'analyse du génome a été effectuée. Souhaitez-vous imprimer les résultats ? » Stéphane clique sur « oui » et attend que l'imprimante crache son diagnostic. Sa main tremble légèrement lorsqu'il récupère la feuille de papier. En haut, un nom : Rémi Belin. Un faux nom au cas où les résultats ne soient pas ceux espérés. Quelques lignes plus bas, le verdict : « gène DR2624 : positif ».
Stéphane est anéanti. Ce n'est pas possible. Lui et sa femme sont des personnes on ne peut plus respectables. Sa femme est ingénieur géologue. Elle est très concernée par le devenir de la planète et passe la plupart de son temps libre dans une association caritative pour construire des écoles en Afrique. Lui, il passe ses journées dans un hôpital, à soigner des enfants. Comment deux personnes qui font autant de bien autour d'elles peuvent avoir conçu un enfant porteur du gène de la criminalité ?

Chapitre 2

« Joyeux anniversaire. Joyeux anniversaire. Joyeux anniversaire Jérémy. Joyeux anniversaire ! »
Une petite tête blonde, aux joues rebondies, se penche sur le gâteau et crache plus qu'elle ne souffle sur les bougies d'anniversaires. Heureusement, une femme d'une trentaine d'années qui se trouve à ses côtés, l'aide discrètement. Les deux bougies s'éteignent d'un coup, replongeant la pièce dans l'obscurité. L'enfant applaudit vivement, fier de son succès, et la lumière revient pour éclairer son visage insouciant et guilleret. Peu de personnes sont présentes pour l'occasion. Il n'est pas d'usage de faire de grandes fêtes d'anniversaire avant l'âge de trois ans. Avant cette date, on ne peut être sûr que l'enfant restera avec ses parents. Il n'est pas bon de créer des souvenirs trop heureux qui entraineront des regrets.
Malgré tout, Lauraine a tenu à inviter son frère et sa femme qui habitent à quelques rues de chez eux et qui ont deux enfants à peine plus âgés que son fils. La petite Rebecca n'attend d'ailleurs qu'une chose : que quelqu'un se décide enfin à couper ce fraisier qui lui fait tant envie. Lauraine connaît bien sa nièce qui n'hésitera pas à dérober un morceau de gâteau quand tout le monde aura le dos tourné si on ne la sert pas rapidement. Elle propose donc de manger le dessert avant la distribution des cadeaux. Jérémy est un peu déçu, contrairement à sa cousine dont les yeux s'illuminent de plaisir.
Une fois le gâteau englouti et les cadeaux déballés, Lauraine s'approche de son mari qu'elle a trouvé bien distant aujourd'hui. Il ne s'est pas du tout impliqué dans la petite fête. Elle aurait dû s'y attendre. Depuis plusieurs semaines, il tente de la dissuader d'organiser l'anniversaire de leur fils. Il a même insisté plusieurs

fois pour qu'elle n'invite pas son frère. Elle n'a pas cédé. Ils avaient fêté le premier anniversaire de Jérémy. Elle avait bien l'intention de fêter le second, ainsi que tous les suivants. Lauraine observe son mari et ce qu'elle lit sur son visage l'inquiète un peu. Elle ne l'a jamais vu aussi soucieux. C'est lui le plus optimiste des deux, lui qui la fait rire quand la journée a été dure, lui qui lui fait remarquer le ciel bleu et le sourire de leur fils quand la misère du monde la déprime, lui qui l'enlace et l'entraîne dans leur lit pour lui faire l'amour quand elle a besoin de se sentir aimée... Mais aujourd'hui, il semble y avoir tellement de peine dans ses yeux quand il les pose sur leur fils.
« A quoi penses-tu, Stéphane ? »
Il semble étonné de la trouver à ses côtés. Son attention était focalisée sur Jérémy, il ne l'a pas vu approcher. Pris par surprise, il réussit, malgré tout, à lui offrir un de ses sourires rassurants.
« Rien de particulier. Je me disais simplement que le temps passait vite. J'ai l'impression que c'était hier que tu accouchais et que tu sortais de la clinique avec Jérémy. Je crois bien que le porter dans mes bras alors qu'il venait tout juste de naître a été le plus beau moment de ma vie. Je vois passer des dizaines d'enfants, tous les jours, à la clinique. Mais, ce petit être là, c'était le mien. Il était de mon sang et il était de ma responsabilité de le protéger... J'ai réalisé tout ça en quelques secondes, les secondes les plus importantes de ma vie. »
Lauraine est réellement inquiète, maintenant. Ce n'est pas dans l'habitude de son mari de se confier autant et de se montrer aussi sentimental. Elle ne le reconnaît pas. Quelque chose doit vraiment le tracasser.
« Tu es sûr que tout va bien ? Tu m'as l'air un peu troublé. Je sais que tu ne voulais pas de cet anniversaire, je suis désolée, je...
- Ne t'en veux pas, la coupe-t-il. C'est toi qui avais raison. C'est important un anniversaire et je sais que ça compte beaucoup pour toi. C'est ce champagne et

cette pluie qui me rendent nostalgique. Cette journée est parfaite, Jérémy la méritait. »

Stéphane entoure sa femme de ses bras et l'embrasse pour la rassurer. Elle appuie sa tête contre son torse et lui murmure qu'elle l'aime. Il ne répond rien et dépose un baiser sur son front. Elle sourit. C'est bien son mari.

« Je vais chercher Thibault et Nathalie. Il va être temps de partir au cinéma. Tu t'occupes de rassembler les enfants ?

Stéphane acquiesce. Il est heureux que sa femme n'insiste pas. Alors qu'il commence à se sentir mieux, elle se retourne et aborde le sujet qu'il redoute :

« Maintenant que Jérémy a deux ans, il va falloir qu'on lui fasse faire le test. Tu veux que je m'en occupe ou...

- Non, non, je m'en charge. Je suis à la clinique tous les jours, ce sera plus facile pour moi de prendre un rendez-vous. »

Lauraine hoche la tête, satisfaite. Jérémy, qui a entendu la fin de la conversation, vient tirer sur le pantalon de son père pour attirer son attention. Celui-ci le prend dans ses bras.

« Qu'y a-t-il, Jérémy ? Tu es content de tes cadeaux ?

- Oui...

Stéphane sent que quelque chose tracasse son fils. Il insiste pour savoir ce qui ne va pas.

- Maman a dit que je devais faire un test. Est-ce que tu vas encore me piquer le bras comme l'autre fois ? Même si je n'ai pas pleuré, j'ai eu mal.

- Non, Jérémy, je ne vais pas te faire de prise de sang. Du moins, pas tout de suite... »

Les jours et les semaines passent. Stéphane a de plus en plus de mal à faire son travail. A dix-huit ans, après l'obtention de son baccalauréat, il a choisi de faire médecine dans le but de devenir pédiatre. Il s'est énormément investi dans ses études, a fini dans les trois premiers de sa promotion, ce qui lui a permis de choisir la spécialité qu'il souhaitait et il est aujourd'hui dans l'hôpital le plus réputé de la capitale.

Quand la loi sur *l'identification génétique des criminels* a été votée six ans plus tôt, il a fait comme tout le monde, il a acquiescé. Le monde était devenu de plus en plus dangereux. Les tueurs en série étaient de plus en plus nombreux. On ne pouvait pas allumer la télévision ou ouvrir un journal sans apprendre qu'une jeune fille avait été violée, un enfant avait été enlevé, un père de famille torturé, un couple âgé assassiné chez eux. Personne n'était à l'abri. On ne faisait plus confiance à personne et on ne sortait plus seul passé une certaine heure. Alors, forcément, l'annonce de la découverte du gène de la criminalité en a réjoui plus d'un.
Il a fallu moins d'un an pour que la loi soit mise en place. On lui a dit qu'il fallait tester les enfants âgés entre deux et trois ans, il l'a fait ; les enfants porteurs du gène doivent être enlevés à leurs parents et confiés au gouvernement, il a coopéré ; les enfants enlevés seront bien traités, il les a crus ; il faut aider les parents à accepter cette nouvelle situation, il a joué son rôle.
Aujourd'hui, il n'est plus sûr de rien. Son fils est porteur du gène DR2624. Cette révélation a tout changé. Il continue à faire son travail mais à chaque fois qu'il doit annoncer à des parents que leur enfant est porteur du gène et qu'ils ne le reverront sans doute jamais, il pense à son fils. Voilà deux ans que Jérémy est entré dans sa vie. Il ne peut pas s'imaginer rentrer chez lui et ne plus entendre son fils poser tout un tas de questions à sa mère, ne plus pouvoir lui apprendre à tenir une raquette et frapper une balle, ne plus le regarder dormir… D'un autre côté, comment élever un futur criminel ? Savoir que son enfant commettra, un jour, un meurtre ou un viol, est inconcevable. C'est un fardeau bien trop lourd à porter. Il sera sans doute mieux entre les mains du gouvernement. Ils savent comment s'occuper de ces enfants. Mais comment s'en occupent-ils justement ?
Après trois semaines passées à réfléchir et à peser le pour et le contre, Stéphane a pris sa décision. Il

confiera son fils au gouvernement mais avant, il doit savoir où ils les emmènent. A ce moment-là seulement, il le soumettra de nouveau au test, de façon officielle, cette fois.
Stéphane étant pédiatre, il connaît peu de chose sur la procédure mise en place une fois le gène DR2624 détecté chez un enfant. Lorsqu'un de ses patients atteint l'âge de deux ans, il contacte un de ses confrères généticiens. Celui-ci n'entre jamais en contact avec les parents. On lui confie l'enfant, il effectue le test et renvoie les résultats à Stéphane qui reçoit ensuite les parents. Si l'enfant n'est pas porteur du gène, il réintègre sa chambre au service pédiatrique avant de retourner dans sa famille sinon, Stéphane ne le revoit plus. Il n'a aucune idée de l'endroit où on les emmène.
Il lui faut donc commencer par là. Entre deux rendez-vous, Stéphane passe un coup de téléphone à son confrère Daniel Grossin, un des meilleurs experts en génétique de l'hôpital.
- Bonjour Daniel, Stéphane Laudrain à l'appareil.
- Stéphane, bonjour. Que me vaut cet appel ? Un problème avec un enfant ? Encore des parents qui souhaitent refaire le test à leur gosse ?
Même si Stéphane et Daniel travaillent en collaboration, il est rare qu'ils se contactent directement. Les transferts de dossiers se font tous par voie informatique et ce sont les infirmières qui se chargent de déplacer les enfants d'un service à l'autre. Lorsque les deux médecins s'appellent, c'est qu'il y a un problème.
- Non, rien d'important. Simple curiosité de ma part : saurais-tu où sont emmenés les enfants testés positivement ?
Un silence à l'autre bout du fil. Stéphane sent son collègue hésiter. Il vient d'aborder un sujet totalement tabou dans l'hôpital. On ne parle jamais de ces enfants, de leur départ ou de l'endroit où ils vont.
- Pourquoi me poses-tu cette question ? demande le docteur Grossin, méfiant. Une fois que ces enfants

quittent mon service, ils sont à la charge du gouvernement et personnellement, je ne tiens pas à me mêler de leurs affaires.
- Non, bien sûr, ce n'est pas ce que je te demande. C'est juste que je viens de voir des parents qui ont insisté pour que je fasse parvenir son doudou à leur fille. J'ai dû promettre que je m'en chargerai personnellement pour qu'ils acceptent de quitter mon bureau. Les enfants ne doivent pas quitter l'hôpital immédiatement. Tu n'as aucune idée de l'endroit où je pourrais trouver la gamine ?
- Quel est le nom de l'enfant ? interroge Daniel qui a perdu son ton chaleureux. Il n'aime pas cette discussion et il le lui fait bien sentir.
Pris au dépourvu, Stéphane ouvre le dernier dossier qu'il a consulté.
- Pauline Monet.
Encore un silence de l'autre côté du combiné. Daniel semble réfléchir. Il finit par lui dire :
- Va voir les infirmières de la section 3 du service de génétique. Ce sont elles qui s'occupent de transférer les enfants. Elles pourront sûrement t'aider.
- Merci Daniel.
Avant de raccrocher, son collègue le met en garde :
- La prochaine fois, évite de faire une telle promesse, Stéphane.

Après avoir raccroché, Stéphane enchaîne encore trois consultations. Ensuite, vers onze heures et demi, il fait le tour de son service pour surveiller l'évolution de ses patients et discuter avec les infirmières. Deux fois par jour, Stéphane effectue son petit tour. Une habitude rare parmi ses collègues. La plupart d'entre eux connaissent à peine leurs patients. Stéphane aime ce contact régulier avec les enfants. Il discute avec eux à chacune de ses tournées, ce qui lui permet de juger de leur humeur, de l'amélioration de leur état de santé et surtout d'instaurer un climat de confiance avec eux. C'est plus facile ensuite, lorsqu'il doit les ausculter ou les opérer. Ils ont moins peur. De plus,

Stéphane en profite pour discuter avec les infirmières de service qui lui racontent les évènements majeurs des douze dernières heures. Il pourrait très bien se contenter de lire les notes qu'elles écrivent mais il préfère les rencontrer personnellement. Elles lui en racontent beaucoup plus et il en profite pour apprendre à les connaître. Contrairement à d'autres collègues qui les considèrent comme des subalternes, Stéphane est conscient de la charge de travail qui pèse sur leurs épaules tous les jours. Il les admire et elles le ressentent bien. Si Stéphane est fier d'une chose dans son travail, c'est de l'ambiance qui règne dans son service.
Après sa tournée quotidienne, Stéphane décide donc de se rendre à la section 3 du service de génétique. Celle-ci se trouve au premier étage de l'hôpital, dans l'aile nord. Dans le bureau des infirmières se trouve une femme d'une cinquantaine d'années en blouse blanche qui semble compléter des dossiers sur l'ordinateur.
- Bonjour, je suis le docteur Laudrain du service de pédiatrie.
L'infirmière lui sourit.
- Je vous avais reconnu, Docteur Laudrain. Que venez-vous faire aussi loin de votre service ?
Stéphane est toujours surpris quand des gens qu'il ne connaît pas le reconnaissent. Il se sent même frustré de ne pouvoir mettre un nom sur le visage de cette infirmière.
- Je cherche une enfant qui doit être chez vous maintenant : Pauline Monet. Ses parents souhaitaient lui faire parvenir ce doudou.
Stéphane brandit un lapin en peluche qu'il a acheté un quart d'heure plus tôt dans la boutique de l'hôpital. L'infirmière le regarde d'un drôle d'air.
- Il y a une procédure légale pour faire parvenir des objets personnels aux enfants déportés.
- Déportés ? s'exclame Stéphane choqué.

- Oui, c'est ainsi que nous les désignons ici. Quelqu'un l'a prononcé une fois et l'expression est restée. Après tout, c'est bien ce qu'ils sont, non ?
Stéphane ne lui fait pas remarquer la connotation qui se cache derrière ce mot. Pour lui, les enfants déportés lui rappellent tous ces gens qu'on a envoyé dans des camps de concentration durant la seconde guerre mondiale et qui ne sont jamais revenus. Cette époque est loin derrière eux et beaucoup de gens ont oublié les horreurs qui se sont déroulées. Stéphane n'avait encore jamais eu l'idée de comparer la sélection des enfants aujourd'hui avec les déportations de la seconde guerre mondiale. Non, c'est totalement différent. Aujourd'hui, on ne les extermine pas. On cherche un remède à leur maladie génétique.
- Je connais la procédure mais les parents ont insisté pour que je remette ce doudou en main propre. L'enfant est toujours ici ?
- Comment avez-vous dit qu'elle s'appelait déjà ?
- Pauline Monet.
L'infirmière tapa le nom sur le clavier de l'ordinateur.
- Je suis désolée mais Pauline Monet a déjà passé la porte, vous ne pouvez plus la voir.
- La porte ? Quelle porte ?
- La porte à laquelle on doit amener les enfants une fois que leur test s'est révélé positif.
- Et que se passe-t-il ensuite ?
- Hé bien, ils viennent les chercher, répond l'infirmière de plus en plus surprise comme si tout ceci était évident.
- Qui ça « ils » ?
- Ceux qui travaillent de l'autre côté. Je ne les connais pas. Nous n'avons pas le droit de franchir cette porte.
- Où se trouve cette porte, vous pouvez m'y conduire ?
L'infirmière devient subitement très méfiante.
- C'est-à-dire que je ne suis pas sensée quitter ce bureau. Et personne n'a jamais demandé à voir cet endroit.
- Je suis médecin, madame. Je prends toutes les responsabilités. Conduisez-moi à cette fameuse porte.

L'infirmière n'hésite pas longtemps. Elle a appris depuis de nombreuses années qu'il ne faut pas contrarier un médecin. Elle agit sur un ordre, elle ne pourra pas être blâmée pour ça.
La femme conduit Stéphane à travers les couloirs jusqu'à ce qu'ils se retrouvent au rez-de-chaussée de l'aile ouest, devant une grande porte blindée. Stéphane est stupéfait de n'avoir jamais vu cet endroit. Pas de poignée sur la porte, pas de lecteur de cartes comme on en trouve un peu partout dans l'hôpital pour limiter l'accès de certains endroits.
- Comment ouvre-t-on cette porte ?
- On ne peut pas l'ouvrir de l'extérieur.
Stéphane se met à frapper lourdement sur la porte. L'infirmière se recule quelque peu effrayée.
- Qu'est-ce que vous faites ?
- Je frappe pour qu'ils viennent ouvrir. Ce n'est pas comme ça que vous faites ?
- Bien sûr que non !
Stéphane arrête de tambouriner sur la porte et se retourne vers l'infirmière :
- Alors, quelle est la procédure ?
Le comportement de Stéphane a rendu l'infirmière encore plus suspicieuse. Elle connaît la réputation du Docteur Laudrain. C'est un très bon médecin et beaucoup d'infirmières souhaitent travailler dans son service. Il ne prend pas ce côté hautain et supérieur qu'ont beaucoup de médecins quand ils s'adressent à elles. Mais aujourd'hui, il agit de façon très étrange. Jusqu'à maintenant, personne ne s'est intéressé à son service, personne n'a jamais posé de questions sur les enfants déportés.
- Je ne sais pas si j'ai le droit de vous en parler…
Stéphane se ressaisit et reprend son ton professionnel :
- Vous avez raison. Je n'ai pas à vous poser toutes ces questions. Remontons.
L'infirmière semble rassurée par le changement d'attitude du médecin. Chacun d'entre eux retourne à

son service respectif travailler pour le reste de la journée.

A quinze heures, Stéphane rentre chez lui. Il passe chercher son fils à la crèche et l'emmène à la piscine. Il n'a pas envie de réfléchir plus à la situation. Avant de quitter l'hôpital, il a pris rendez-vous avec le directeur de l'hôpital pour le lendemain après-midi juste avant le début de sa garde. A l'aide d'une planche, il apprend à son fils les mouvements de la brasse pour ses jambes. Jérémy s'en sort très bien pour son âge. Il est très consciencieux et veut toujours obtenir les félicitations de son père. Mais Stéphane remarque vite qu'il se fatigue et il le laisse partir jouer avec d'autres enfants de son âge, les bouées enfilées aux bras. Stéphane laisse Jérémy sous la surveillance d'une autre mère et en profite pour aller faire une dizaine de longueurs dans le grand bassin. Lorsqu'il revient, il va faire trois tours de toboggans avec Jérémy puis, ils rentrent chez eux, heureux de s'être dépensés et d'avoir partagé ce moment tous les deux.
Il est près de dix-neuf heures et Lauraine est déjà rentrée de son travail. Stéphane fait prendre un bain à son fils, lui enfile son pyjama et l'installe à table. Sa femme a préparé du hachis Parmentier. Jérémy mange avec appétit tout en racontant à sa mère ses exploits à la piscine. Lauraine l'écoute, attentive. Le repas terminé, elle va le coucher tandis que Stéphane range la cuisine. Ils se retrouvent tous les deux sur le canapé du salon. Stéphane espère pouvoir profiter d'une soirée tranquille avec sa femme devant un bon film mais il comprend vite, en la voyant revenir, que ce moment d'intimité n'aura pas lieu. Elle tient dans sa main une lettre à l'en-tête du gouvernement.
- Regarde ce que nous avons reçu aujourd'hui au courrier.
Stéphane prend avec réticence la lettre que lui tend sa femme. Il n'a pas envie d'avoir cette discussion ce soir. Il connaît déjà le contenu de la lettre. Malgré tout, il la lit pour faire plaisir à sa femme.

Chers Monsieur et Madame Laudrain,

Le 12 mars dernier, votre fils Jérémy Louis Laudrain a fêté son deuxième anniversaire. Comme le prévoit la loi sur l'identification génétique des criminels, *votre fils doit subir, avant le 12 mars prochain, un test génétique afin de déterminer s'il est porteur du gène DR2624.*

Vous avez quatre mois à compter de la date d'envoi de ce courrier pour effectuer ce test dans l'hôpital de votre choix à la date qui vous convient. Passé ce délai, nous fixerons nous-mêmes un rendez-vous dans l'hôpital le plus proche de chez vous. Si le 12 mars de l'année prochaine, votre fils n'a toujours pas subi le test, vous encourez une peine de prison, ainsi qu'une amende forfaitaire de 10 000 €.

Nous vous rappelons que l'identification du gène DR2624 chez les jeunes enfants est indispensable afin de garder un niveau de criminalité très faible dans notre société. De plus, votre enfant ne pourra être accepté dans aucune école sans le certificat prouvant qu'il n'est pas porteur du gène.

Nous vous prions d'agréer, Monsieur et Madame Laudrain, l'expression de nos salutations distinguées.
Le Ministère de la Santé.

Stéphane repose la lettre et allume la télévision. Il espère encore que sa femme va renoncer à cette conversation. Mais Lauraine ne s'est pas assise. Elle se tient toujours debout à côté de lui et elle le regarde avec un air exaspéré.
- C'est tout l'effet que te fait cette lettre ? Tu as pris le rendez-vous pour Jérémy comme je te l'avais demandé ?
- Non, pas encore. Mais j'y pense, ne t'inquiète pas. Je t'ai dit que je m'en occuperai et je le ferai.

- Mais quand ? Tu n'as pas envie de savoir si notre fils est porteur de ce gène ?
Stéphane détourne enfin son regard de la télévision pour le fixer sur sa femme.
- Non, pour l'instant, je ne suis pas pressé de le savoir. Parfois, il faut mieux rester dans l'ignorance. Nous avons encore quatre mois pour prendre ce rendez-vous. Je veux en profiter pour être avec vous deux.
- Tu parles comme si Jérémy avait ce gène ! Moi, j'ai peur, Stéphane. Je voudrais que ce test soit fait rapidement pour que j'arrête de me demander toutes les nuits si on va m'enlever mon fils !
Stéphane prend la main de sa femme et l'attire sur le canapé. Elle s'assoit et il la prend dans ses bras. Elle pose sa tête sur son épaule et se laisse enlacer.
- Je ne savais pas que tu étais si angoissée pour Jérémy. Je te promets de m'en occuper rapidement. J'ai pas mal de travail en ce moment mais dès que j'ai un moment de libre, je prends le rendez-vous.
- Merci.
Stéphane n'aime pas mentir à sa femme mais il ne peut pas lui avouer qu'il a déjà fait le test et que leur fils est positif. Elle serait anéantie. Reporter cette révélation au moment du test officiel n'est pas forcément une bonne solution mais au moins, Stéphane ne sera pas le porteur de mauvaises nouvelles. Ce soir, il ne veut plus y penser. Sa femme, qui a toujours la tête sur son épaule commence à l'embrasser dans le cou et à lui caresser le dos. La télévision est toujours allumée. Il entend les explosions et les coups de feu provenant du film d'action qu'il avait prévu de regarder. Lauraine lui dépose maintenant des bisous sur la joue et le bord des lèvres. Elle lui prend la tête avec ses deux mains, plonge son regard dans le sien et il se penche soudainement vers elle pour l'embrasser. Il l'allonge doucement sur le canapé et commence à la déshabiller tout en continuant à l'embrasser et à la caresser. Finalement, la soirée s'annonce meilleure que ce qu'il avait prévu.

Chapitre 3

A quatorze heures précises, Stéphane se fait introduire dans le bureau du directeur de l'hôpital par sa secrétaire. C'est lui qui l'a embauché à la sortie de ses études sept ans plus tôt. Il avait eu vent de sa réussite scolaire et également de ses bons résultats en tant qu'interne et il souhaitait l'avoir dans son équipe. Stéphane n'avait pas réfléchi longtemps. Le Docteur Jolivet lui proposait un poste dans le meilleur hôpital de la capitale… Il avait accepté !
Depuis, Stéphane a rarement eu l'occasion de rencontrer le directeur. Il se sent intimidé par cet homme qui a consacré sa vie à la médecine.
- J'ai un problème, Docteur Jolivet. Ma carte ne me donne pas accès à certaines parties de l'hôpital.
- En effet, c'est fâcheux. Mais vous devriez aller voir le service technique. Je ne peux rien pour vous.
- C'est-à-dire que l'endroit auquel j'aimerais accéder ne possède même pas de détecteurs de cartes…
Le directeur fronce les sourcils. Il soupçonne où veut en venir le Docteur Laudrain mais il espère se tromper.
- De quel endroit me parlez-vous exactement ?
- Du rez-de-chaussée de l'aile ouest.
Le directeur reste très calme.
- Aucun membre du personnel n'y a accès, Docteur Laudrain, c'est normal.
- Mais pourquoi ? Tout le reste de l'hôpital nous est accessible.
- Tout simplement parce que cette partie du bâtiment n'appartient pas à l'hôpital. Même moi, je ne peux pas y entrer. Elle appartient au gouvernement. Je n'ai aucun contrôle sur ce qui s'y passe. Je ne sais pas pour quelle raison vous vous intéressez soudain à cet endroit, Docteur Laudrain, mais à votre place, je me replongerais tout de suite dans mon travail et

j'oublierais le rez-de-chaussée de l'aile ouest. Le gouvernement a été clair : personne ne doit tenter de pénétrer dans leur zone.
Stéphane acquiesce. Il n'a pas d'autres questions mais il n'a pas non plus l'intention de s'arrêter là. Il veut savoir ce qu'ils font aux « enfants déportés ».

Stéphane passe le reste de la semaine à espionner les allées et venues devant la porte de l'aile ouest. Il réalise vite qu'il ne peut pas faire son travail et faire le guet toute la journée. Un matin qu'il n'est pas de garde, il passe donc dans un magasin d'informatique pour se procurer une caméra miniature facile à cacher avec une mémoire interne capable de stocker jusqu'à cinq jours de vidéo. Mais Stéphane n'a pas besoin d'autant d'espace. Une fois par jour, il transfère les données sur son ordinateur et visionne la vidéo de la journée en accéléré.
Au bout de deux semaines, il a compris que tout était très bien organisé. Deux fois par semaine, le mardi et le vendredi matin, une infirmière – sans doute du service de génétique – accompagne des enfants jusqu'à la porte blindée. A huit heures pile, celle-ci s'ouvre. L'infirmière pousse les enfants à l'intérieur et attend que la porte se referme pour partir. C'est la seule activité que Stéphane a notée autour de la porte. Personne ne sort de cet endroit et, à part les enfants, personne ne rentre non plus. Stéphane en déduit qu'il existe un autre accès. Ceux qui travaillent là-dedans n'y passent sûrement pas leur vie. Ils doivent être relayés. Et les enfants ? Ils doivent bien ressortir quelque part. Ils n'ont pas suffisamment de place à l'intérieur pour accueillir indéfiniment des enfants.
Stéphane se met donc en quête de cette fameuse sortie. Autour de l'hôpital, on trouve plusieurs cours bien entretenues où on peut promener les malades, ainsi que de nombreux parkings. L'aile ouest est reliée au reste de l'hôpital par un côté et est encadrée par un joli jardin et un parking visiteurs. Stéphane profite du ciel bleu pour descendre promener un des ses jeunes

patients. Il prend rarement le temps de s'occuper d'eux personnellement mais ce n'est pas assez inhabituel pour qu'il se fasse remarquer. Tout en discutant avec le garçon d'une dizaine d'années qui souffre de crises d'épilepsies fréquentes, Stéphane tente de regarder à travers les fenêtres qui l'intéressent, sans succès. Elles sont toutes teintées et il est impossible de distinguer un seul mouvement à travers. Il raccompagne son patient dans sa chambre.
Il reste un côté du bâtiment que Stéphane n'a pas exploré, celui qui donne directement sur le mur d'enceinte. En quittant sa garde le lendemain matin à six heures, Stéphane fait le tour du bâtiment. Il fait encore nuit mais on commence à percevoir la lueur du soleil levant. Stéphane passe par l'entrée du CHU tous les jours mais c'est la première fois qu'il regarde réellement l'affiche géante qui lui fait face. Un beau bébé blond sourit en regardant une scène violente sur la deuxième partie de l'affiche : une femme, la tête coupée, baigne dans son sang. En dessous, il est écrit : « *Je vais tuer cette femme, et d'autres encore. Aidez-moi ! Faites-moi dépister.* » Stéphane ressent une certaine peur et en même temps, il est énervé. Rien n'est inéluctable !
Stéphane continue son chemin. Arrivé derrière l'aile ouest, Stéphane passe une fois sans s'arrêter sur le trottoir d'en face. Dans le mur d'enceinte haut de quatre mètres, un grand portail gris se découpe, ainsi qu'une petite porte plus discrète.
Stéphane va s'installer au café du coin de la rue où il commande un petit-déjeuner. Il attend près d'une heure avant de repérer du mouvement près de la petite grille. Des gens entrent et sortent. Le changement d'équipe ? Puis, tout redevient calme. Stéphane attend encore. Il a prévenu Lauraine qu'il devait rester à l'hôpital encore quelques heures. Elle a l'habitude. Elle laissera Jérémy chez la nourrice et il passera le chercher quand il se sera reposé de sa garde.

A neuf heures passées, alors que la circulation est beaucoup plus dense, le portail s'ouvre. Stéphane se penche pour mieux voir à travers la vitrine du café mais le nombre de voitures l'empêche de bien distinguer ce qui se passe de l'autre côté de la rue. Il aperçoit une sorte de fourgon sortir et se mêler à la circulation. Stéphane fouille dans sa sacoche à la recherche d'un papier sur lequel il note la date du jour, l'heure et ses observations. Au moment de payer, la serveuse apporte une tablette numérique sur laquelle est indiquée le montant de l'addition. Stéphane pose son index sur l'écran. Il faut moins d'une seconde pour que s'affiche « paiement effectué ». Stéphane remercie et prend le métro pour rentrer chez lui se reposer car voilà plus de quatorze heures qu'il n'a pas dormi.

Le reste de la semaine, Stéphane se rend à plusieurs reprises avant ou après sa journée de travail à la sortie derrière l'aile ouest. Il aperçoit bien une ou deux fois des gens entrer et sortir mais il ne revoit plus le fourgon du premier jour. Peut-être ne sort-il pas toujours à la même heure ou peut-être qu'il ne sort qu'une fois par semaine.

Dans le même temps, Lauraine ne cesse de harceler son mari pour qu'il prenne le rendez-vous pour leur fils. Elle ne comprend pas pourquoi il tarde tant. Ce ne doit quand même pas être très compliqué pour lui qui est tous les jours à l'hôpital de prendre un rendez-vous. Désormais, elle lui en parle tous les soirs. Voilà plus d'un mois qu'ils ont reçu la lettre, il serait grand temps qu'il se bouge. Sans parler du fait que plus le temps passe, plus Lauraine est anxieuse. Elle voudrait tellement être sûre que son fils n'est pas porteur de ce gène maudit. Comment Stéphane peut-il être aussi insouciant. A chaque fois qu'elle lui en parle, il lui assure qu'il va s'en charger, ce qu'il ne fait pas. Il lui affirme qu'ils ont le temps, qu'ils ne sont pas pressés… Mais si, ils sont pressés. Elle veut savoir.

Après une énième discussion sur le sujet, Lauraine décide qu'elle en a plus qu'assez. Elle laisse encore une semaine à son mari. Ensuite, elle s'en occupera elle-même.

Le mardi suivant, exactement une semaine après la découverte du fourgon, Stéphane reprend son poste de surveillance. Cette fois, il fait semblant d'attendre à l'arrêt de bus.
A neuf heures douze, quasiment à la même heure qu'une semaine plus tôt, le portail coulisse. Stéphane se rapproche. Le fourgon passe le portail qui commence déjà à se refermer. Alors que le chauffeur s'apprête à s'insérer dans la circulation, Stéphane frappe à sa vitre. Le conducteur l'ouvre et aboie :
- Qu'est-ce que vous voulez ? Je suis pressé.
- Où vous rendez-vous ? demande Stéphane en prenant son air le plus innocent.
- Qu'est-ce que ça peut vous faire ?
- J'attends mon bus depuis un moment et il n'est toujours pas passé. Comme vous avez une place de libre à côté de vous, je me suis dit que vous pourriez peut-être me déposer.
- Je ne vais pas au même endroit que vous, rétorque le conducteur alors que Stéphane ne lui a indiqué aucune destination. Comme il est sur le point de refermer la vitre et de s'en aller, Stéphane tente une nouvelle approche.
- Vous transportez des enfants à l'arrière ? J'ai cru entendre une petite voix appeler. Ils ont peut-être soif. J'ai une bouteille d'eau si vous voulez.
Stéphane croit voir le conducteur tendre l'oreille, inquiet comme s'il avait peur que Stéphane ait réellement pu entendre une voix d'enfant. Il se reprend vite et le regarde encore plus méchamment qu'auparavant.
- Vous avez des hallucinations, je ne transporte que du matériel médical. Fichez-moi la paix ! J'ai du boulot.
Sur ce, le chauffeur appuie sur l'accélérateur et s'engage sur la route, au risque de bousculer

Stéphane qui s'écarte précipitamment. Il regarde le fourgon s'éloigner en se demandant s'il y a réellement des enfants à l'intérieur. Et même si c'est le cas, qu'est-ce que ça change ? Il est évident qu'ils ne peuvent pas les garder indéfiniment dans l'enceinte de l'hôpital. Ils doivent certainement les emmener dans un centre spécialisé à l'écart de la ville où on les soigne et où on les garde en sécurité... Stéphane se rend compte que ses réflexions sont bien naïves. Alors qu'il se retourne pour prendre la direction de son appartement, il se retrouve nez à nez avec une femme d'une quarantaine d'années qui semble sortir tout droit d'un roman de Charles Dickens. Les cheveux sales et ébouriffés, les yeux hagards et le visage pâle, elle ne porte qu'une longue jupe froissée avec des gros collants de laine, ainsi qu'une chemise déchirées par endroit qui recouvre un maillot de corps qui ne semble pas en meilleur état. Elle pose sa main sur le bras de Stéphane qui tressaille sous la surprise.
- Vous aussi vous la cherchez ?
Sa voix est grave et faible. Stéphane est quelque peu effrayé par cette femme étrange.
- Qui ? Je cherche qui ?
La femme ne semble pas entendre sa question.
- Elle ne reviendra pas. Aucun d'eux ne reviendra. Nous sommes en des temps bien sombres mais personne ne l'a encore réalisé.
- Mais de qui parlez-vous, madame ? Qui ne reviendra pas ?
- Ils sont si jeunes, si innocents. Ils ne connaissent pas le mal. Nous créons ce mal en eux.
Stéphane ne comprend absolument rien aux propos de la pauvre femme. Soudain, ses yeux accrochent les siens et elle serre son bras un peu plus fort.
- Il est unique ! Il apportera la vengeance ou l'espoir. Il faut l'aimer, simplement l'aimer...
Les muscles de la femme se relâchent d'un coup. Sa main glisse du bras de Stéphane. Elle fait demi-tour et reprend son chemin sans lui fournir plus d'explications. Stéphane la regarde s'éloigner avec un sentiment de

malaise. Ses propos incohérents lui ont laissé une mauvaise impression. Pour chasser ce souvenir désagréable, il se secoue et retourne à sa voiture. Il va faire une sieste et passer l'après-midi avec son fils.

En regardant jouer son fils dans le bac à sable, Stéphane a pris sa décision. Il ne les laissera pas l'emmener. Son fils n'a rien d'un futur criminel. Il n'a jamais manifesté la moindre violence envers ses camarades ou ses cousines. Stéphane ne peut se résoudre à le voir étiqueter comme un meurtrier ou un violeur alors qu'il n'a commis aucun acte répréhensible, si ce n'est posséder un gène particulier. A ce moment-là, il ne pense pas à tous les autres enfants qu'il a séparé de leurs parents. Tout ce qui compte c'est son fils. Tant qu'il ne saura pas exactement ce qu'ils ont prévu de faire de lui, il le gardera à ses côtés.
Il ne lui reste plus tellement de temps pour faire passer le test génétique à son fils. Surtout que Lauraine est de plus en plus impatiente. Mais si son fils est soumis à ce test, ils sauront... Il doit falsifier les résultats. Le problème se situe dans l'ADN de son fils et c'est une machine qui traite les données et informe les généticiens de la présence ou non du gène DR2624. Pour protéger son fils, il faudrait donc soit qu'il pirate la machine de l'hôpital, soit qu'il modifie son ADN. Stéphane est loin d'être un génie de l'informatique. Il utilise les ordinateurs uniquement dans son travail et n'a jamais été suffisamment intéressé par ce domaine pour essayer de comprendre les lignes de codes qui font tourner sa machine. Tant que ça fonctionne, ça lui suffit. Il ne voit donc pas comment il pourrait pirater la machine afin de lui faire croire que le test de son fils est négatif. Il doit donc modifier son ADN. C'est possible. Pas le modifier réellement, non. Sinon, ils auraient déjà trouvé un remède pour tous ces enfants porteurs du gène de la criminalité. Par contre, il pourrait substituer l'échantillon de sang de son fils avec celui d'un autre. Lors de ce test, les généticiens

ne s'intéressent qu'à une chose : la présence ou non du gène DR2624. S'ils testent le sang d'une autre personne, même d'un adulte, ils ne s'en rendront pas compte. En tant que médecin, Stéphane pourra demander à être présent dans la salle au moment de la prise de sang. Ensuite, il faudra être subtil pour échanger les deux échantillons avant le test.
Stéphane est assez fier de son stratagème. Le vendredi suivant, il a déjà une idée de la personne à qui il va prendre du sang pour remplacer celui de son fils. Après une opération un peu complexe au bloc dans la matinée, Stéphane passe au service de génétique pour prendre un rendez-vous en début de semaine suivante. Lorsqu'il arrive devant le bureau d'accueil, la secrétaire ne lui laisse pas le temps de parler.
- Docteur Laudrain, vous avez eu nos messages. Voilà près d'une demi-heure qu'on essaye de vous joindre.
Stéphane est surpris :
- Ah bon, pourquoi ? Un problème avec un patient ?
- Non, pas du tout. Nous pensions que vous voudriez être présent lors du test de votre fils. Apparemment, votre femme a tenté de vous joindre plusieurs fois aussi, sans succès.
Stéphane sent sa gorge s'assécher d'un coup et ses jambes faiblir.
- Quel test ?
- Le test génétique pour votre fils. Votre femme est passée en début de matinée pour prendre un rendez-vous. Comme nous venions d'avoir un désistement et que votre fils était avec elle, nous lui avons proposé de le prendre immédiatement. Elle vous a téléphoné mais vous n'avez pas répondu.
- J'étais en salle d'opération toute la matinée ! Où est mon fils ? Je veux le voir.
- Je ne pense pas que vous pourrez le voir maintenant Docteur Laudrain. La prise de sang a dû déjà être faite.
- Dites-moi simplement où il est, ordonne Stéphane qui sent la panique le gagner. L'infirmière semble surprise

par son ton mais elle ne se vexe pas et lui indique le numéro de la salle, à l'étage supérieur.
Stéphane se précipite dans le couloir. Il doit les arrêter avant qu'il ne soit trop tard. Il manque renverser un malade qui se promène à pas lents avec sa transfusion, slalome entre les visiteurs et les infirmières, appuie sur le bouton de l'ascenseur puis décide de monter à pied, arrive essoufflé à l'étage supérieur, n'est pas loin de tomber sur un fauteuil roulant en tournant dans le couloir et arrive devant la salle. Sa femme attend patiemment devant, assise sur une chaise. En entendant sa course précipitée, elle se retourne vers lui. Elle lui adresse un sourire mais il la regarde à peine. Il tente d'ouvrir la porte. Elle est fermée à clé. Lauraine s'approche et lui dit que le test est déjà en cours, ils ne peuvent plus entrer. Stéphane lui crie dessus. Il est au bord de la crise de nerf :
- Pourquoi tu les as laissés l'emmener ? Pourquoi tu ne m'as pas attendu ? Tu es trop impatiente et tu veux toujours n'en faire qu'à ta tête. Je n'ai pas pu dire au revoir à Jérémy. Je ne vais jamais le revoir !
Et Stéphane se met à tambouriner sur la porte pour qu'on vienne lui ouvrir. C'est la sécurité qui arrive. Les deux agents lui attrapent les bras et lui demandent de se calmer. Stéphane se débat.
- Il faut arrêter le test. Vous ne comprenez pas ! Il faut l'arrêter. Ce n'est pas bon.
Lauraine s'est reculée, effrayée par la réaction de son mari. Elle ne l'a jamais vu dans cet état. Comme il continue à s'agiter dans tous les sens, une infirmière s'approche de lui et lui enfonce une aiguille dans le bras. Stéphane s'affaisse aussitôt.

Quand Stéphane rouvre les yeux, sa femme est à ses côtés. Elle lui tient la main. On l'a installé tout habillé dans un lit inoccupé. Lauraine ne remarque pas tout de suite qu'il s'est réveillé. Il en profite pour l'observer discrètement. Elle a perdu son sourire si confiant. Elle est inquiète. A-t-elle compris ce qu'il lui a dit ? Stéphane se sent soudain honteux. Comment a-t-il pu être aussi agressif envers elle ? Elle qui déteste élever la voix. Tout peut se résoudre dans le calme si on prend le temps de se parler et de s'écouter d'après elle. Mais aujourd'hui, elle ne lui a pas parlé. C'était lui qui était sensé prendre ce rendez-vous. Pourquoi est-elle venue ? Il est vrai qu'elle l'a plusieurs fois prévenu qu'elle finirait par s'en occuper elle-même s'il ne prenait pas le rendez-vous rapidement. Pourquoi ne pas l'avoir écoutée ? Maintenant, il est trop tard. Il ne reverra jamais son fils.

Stéphane sent les larmes lui monter aux yeux. Lauraine remarque qu'il est réveillé mais il détourne le regard, ne pouvant l'affronter. Lauraine ne dit rien. Elle se contente de s'approcher de son lit et de pauser sa tête sur son torse. Il la sert contre lui.

Le couple est toujours dans cette position dix minutes plus tard quand une infirmière vient leur annoncer que le médecin est prêt à les recevoir. Elle les conduit jusqu'au bureau d'un des confrères de Stéphane. Ils prennent place en silence. Stéphane prend la main de sa femme et lui murmure ses premiers mots depuis son réveil :

- Je suis désolé.

Elle ne le regarde pas. Stéphane n'est même pas sûr qu'elle l'a entendu. Toute son attention est concentrée sur le médecin. Celui-ci ne les fait pas attendre longtemps. Il leur tend un papier et leur annonce joyeusement que le test de leur fils est négatif. Il ne possède pas le gène DR2624. Il peut donc retourner chez lui.

Stéphane fixe le papier bouche bée pendant que sa femme remercie le docteur d'une voix où ne transparait aucune émotion. Stéphane n'en revient pas. Il est resté bloqué sur l'annonce de son confrère. « Le test est négatif ». C'est impossible ! Il a fait lui même le test. Il a vu le résultat sortir de la machine.

Stéphane se reprend vite. Il ne doit rien laisser paraître de sa surprise. Il sourit et remercie lui aussi le médecin. L'infirmière les mène dans une salle d'attente. Jérémy devrait arriver rapidement. Lauraine

en profite pour passer aux toilettes. Elle ne lui a toujours pas adressé un mot. Stéphane s'attendait à ce qu'elle lui dise quelque chose comme : « Tu vois. J'avais raison. Il ne servait à rien d'attendre trop longtemps. Maintenant, on est fixé. » Mais rien.
Lauraine pousse la porte d'une cabine de toilettes, referme la porte à clé, s'assoit sur la cuvette sans baisser son pantalon, prend sa tête dans ses mains et pleure doucement. Elle laisse les larmes de soulagement couler le long de ses joues. Elle a eu tellement peur. Elle était si sûre… Mais non, cet enfant ne lui sera pas enlevé. Elle va pouvoir l'élever, le voir grandir, s'attacher enfin à lui, ne plus se fermer à ses sentiments de peur de ressentir de nouveau cette douleur intense qu'on ne ressent qu'à la perte d'un enfant.

Chapitre 4

« Thérèse Adam est une représentante en cosmétique âgée de quarante-neuf ans qui vit seule dans un pavillon de Nogent-sur-Oise depuis le décès de son mari. Depuis quelques temps, elle se sent menacée. Elle est même allée signaler à la police qu'elle se sent surveillée. Quelques jours plus tôt, une de ses voisines a été agressée par arme à feu. Sa paranoïa doit venir de là.

Mais le 23 janvier 1969, vers dix-neuf heures, Thérèse Adam est attaquée par un homme alors qu'elle regagne son domicile après une journée de travail. Son agresseur l'assomme avant de lui tirer une balle de 22 long rifle dans la tête. Il la tire ensuite jusqu'au bord de la voie ferrée, la dénude des seins jusqu'aux pieds et la laisse ainsi, sur le ventre. Elle sera découverte le lendemain par un passant. Rien ne lui aura été dérobé, excepté son sac à main.

Le 16 novembre 1969, par une soirée pluvieuse, un homme pénètre dans un autre pavillon isolé de Nogent-sur-Oise. Il est habillé d'un ciré de pêcheur marron et son visage est dissimulé par un foulard rouge. Suzanne Mérienne âgée de quarante-quatre ans habite ici avec sa fille de dix-neuf ans, Micheline. Menacées par une carabine braquée sur elles, les deux femmes sont forcées de quitter la maison. L'inconnu les entraine à travers le jardin jusqu'à un terrain boueux qui borde la ligne de chemin de fer toute proche. A cet endroit, il sépare les deux femmes et ligote Suzanne qu'il tue d'une balle dans la tempe. Mue par un instinct de survie, Micheline s'échappe et se réfugie au domicile d'un médecin tout proche. Micheline parviendra par la suite à décrire un portrait-robot du meurtrier de sa mère : un homme grand et bien bâti, avec des « yeux de chat ».

Un peu plus de deux années de tranquillité s'écoulent ensuite à Nogent-sur-Oise. Mais le 6 février 1972, Annick Delisle, ouvreuse de cinéma âgée de vingt-neuf ans, est assommée d'un coup de matraque sur la tête avant d'être achevée d'une balle de 22 long rifle dans la nuque. C'est son mari qui découvre son corps dénudé à quelques mètres de chez eux.
Quelques mois plus tard, dans la nuit du 28 au 29 mai 1973, Eugène Stephan, vingt-cinq ans, et Mauricette Van Hyfte, une ouvrière de vingt-trois ans, passent la soirée en amoureux dans la voiture du jeune homme en contrebas du cimetière de Laigneville, juste à la lisière de la forêt. Les deux jeunes gens n'auront pas le temps d'apprécier longtemps la vue sur la vallée de l'Oise. Comme pour les autres meurtres, les deux amoureux sont assommés, puis tués de plusieurs balles de carabine 22 long rifle. Eugène Stephan est retrouvé sur le siège avant du véhicule, gisant dans une mare de sang tandis que le corps de Mauricette Van Hyfte a été tiré quelques mètres plus loin. La jeune fille a les vêtements relevés jusqu'au-dessus des seins.
La tuerie de Nogent-sur-Oise ne s'arrête pas là. Le 8 janvier 1974, c'est au tour de Josette Routier, une employée de banque de vingt-neuf ans, d'être assassinée à son domicile. Le meurtrier s'est introduit chez elle en escaladant les balcons de la résidence et l'a attendue, caché derrière les doubles rideaux. Il l'a assommée d'un coup de matraque derrière la tête, lui a tiré deux balles dans la tempe et lui a arraché ses sous-vêtements.
Le 27 novembre 1975, le corps de Julia Goncalves est retrouvé par un employé municipal qui ratissait les feuilles sur la berge du ruisseau qui serpente au travers du jardin public de Nogent. La jeune femme est brune comme les autres, dévêtue des genoux à la poitrine et a été assommée d'un violent coup à la tête avant d'être achevée d'une balle de carabine dans la nuque.

Au matin du 6 janvier 1976, Françoise Jakubowska, brune, vingt et un ans, secrétaire, quitte le domicile de ses parents pour partir à son travail. Il fait encore nuit, la pluie commence à tomber sur la route qui mène à la gare. Seule sur une route déserte, Françoise est agressée par un homme qui lui assène un coup de matraque derrière la tête, lui porte plusieurs coups de poignards violents dans la poitrine et lui tire une balle dans la tempe. Avant de partir, le meurtrier dénude sa victime des genoux à la poitrine, il lui arrache ses bas et fait glisser son slip sur ses chevilles.
Tous ces meurtres ont été perpétrés par Marcel Barbeault, surnommé le « Tueur de l'ombre ». Marcel Barbeault est fils de cheminot. Il a eu une enfance paisible entouré de ses frères et sœurs, a arrêté l'école de bonne heure et part en 1960 pour la Guerre d'Algérie. A vingt et un ans, il rencontre Josiane, une jolie secrétaire blonde et élégante. Il l'épouse en 1964 et deux enfants naissent de cette union. Dans son quartier, tout le monde l'apprécie. Il fait les « trois huit » à l'usine. C'est un travailleur bien noté, « calme et ponctuel ».
Rien dans son éducation ou dans sa vie de famille ne prédisposait Marcel Barbeault à devenir un tueur en série. Son besoin de tuer était inscrit au plus profond de lui, dans son génome : il était porteur du gène DR2624. Si le gouvernement avait eu connaissance de ce gène à l'époque, nous aurions pu sauver huit personnes d'une mort d'affreuse. Depuis sa découverte, la criminalité a baissé de 70% dans notre pays.
Faire passer le test génétique à votre enfant, c'est préserver notre sécurité à tous. »

- Pourquoi est-ce que tu regardes ça ? demande Stéphane à sa femme, hypnotisée par la télévision.
- Je regardais ma série et ils ont passé ce mini documentaire au milieu. C'est toujours plus intéressant que la publicité.

- C'est pire que de la publicité, chérie. C'est de la propagande.
- Depuis quand critiques-tu les mises en garde de notre gouvernement, Stéphane ? demande Lauraine intéressée par l'avis de son mari sur la question. Cette histoire est vraie.
- Depuis toujours. Seulement, d'habitude, je me tais. Cette histoire est sans doute vraie mais la passer tous les jours à intervalles réguliers, alternées avec d'autres histoires du même genre, j'appelle cela de la propagande. Tu te souviens de notre rencontre ?
- Bien sûr que je me souviens de notre rencontre. Quel rapport ?
- A l'époque, on ne connaissait pas l'existence du gène DR2624. Pourtant, cela ne nous empêchait pas de sortir le soir et de rentrer tard. Nous n'avions pas peur. Et il n'y avait pas autant de meurtriers qui se baladaient dans la nature que ce qu'ils aimeraient bien nous faire croire.
Lauraine hausse les épaules et continue à argumenter, se faisant en quelque sorte l'avocat du diable.
- Pourtant, ils affirment que la criminalité a diminué de soixante-dix pour cent, tu l'as bien entendu ?
- On fait dire aux chiffres ce qu'on veut, murmure Stéphane pour lui-même. Sa femme s'est replongée dans sa série. Il lui dépose un baiser sur le front.
- Tu finis ta garde à quelle heure déjà ?
- Huit heures demain matin. Bonne soirée, chérie.
- Merci. Bonne soirée à toi aussi. Travaille bien.

La nuit à l'hôpital est assez calme. Stéphane n'est appelé que trois fois pour des urgences. L'une d'entre elles nécessite tout de même le recours de plusieurs personnes, l'enfant ayant vraisemblablement été battu par son père. La mère jure par tous les dieux que son fils est tombé dans les escaliers et le gamin ne pipe mot. Les nombreux bleus, plus ou moins récents, découverts sur son corps sont largement explicites. Pour l'instant, il est en sécurité dans une des

chambres du service pédiatrique, l'accès ayant été interdit à son père. Demain, à la première heure, il faudra contacter la protection de l'enfance pour qu'ils viennent juger par eux-mêmes. Il est vrai que depuis la découverte du gène DR2624, ce type de situation arrive moins souvent – du moins d'après les anciens, Stéphane n'a pas assez d'années de pratique dans la médecine pour pouvoir comparer – mais ce n'est tout de même pas rare.
Après s'être assuré que l'enfant se porte bien, Stéphane va dormir deux petites heures dans la salle de repos. Lorsqu'il se réveille, tout est calme. Sa montre indique trois heures du matin. Encore cinq heures avant de pouvoir rentrer chez lui. Il décide d'aller à son bureau, trier quelques dossiers.
Lorsqu'il s'assoit sur son fauteuil en cuir, Stéphane repense à tous les parents qui ont pris place en face de lui ces derniers jours. Voilà deux semaines maintenant qu'ils ont fait passer le test à Jérémy et que celui-ci s'est révélé négatif. Stéphane n'arrive toujours pas à comprendre. Lors du premier test, il a dû faire une mauvaise manipulation. Stéphane ne voit pas d'autres solutions. Il est heureux que Jérémy ne soit en réalité pas porteur du gène mais il se demande régulièrement ce qui se serait passé s'il en avait été autrement. Désormais, quand il annonce à des parents que le test de leur enfant est positif, il ne peut s'empêcher de se mettre à leur place, de penser à ce que deviendrait sa vie si on lui enlevait son enfant. Il lit tellement de tristesse dans le regard de ces parents… Il aimerait pouvoir les aider mais il ne peut rien faire. Il ne peut plus leur assurer que leur enfant est entre de bonnes mains et qu'on va bien s'occuper de lui. Il n'a aucune idée de l'endroit où les enfants « déportés » sont emmenés. Il est retourné une ou deux fois à la sortie à l'arrière de l'hôpital. Il a revu le fourgon mais n'a pas eu le courage de le suivre. Tout ce qu'il peut faire, c'est recommander aux parents de prendre un rendez-vous avec un généticien pour concevoir leur prochain enfant. Ainsi, ils pourront sélectionner, après

la fécondation, un embryon non porteur du gène DR2624.
Une dizaine d'années plus tôt, lorsque Stéphane était encore étudiant, certains professeurs les avaient mis en garde contre la sélection génétique. Aujourd'hui, les débats autour de ces questions d'éthique sont bien rares. L'eugénisme n'est pas récent. A la fin du dix-neuvième siècle et au début du vingtième, des scientifiques comme Francis Galton ou Charles Darwin étaient partisans de cette idée. Sous l'influence de ce mouvement, des législations ont été mises en place : programme de stérilisations contraintes, durcissement de l'encadrement juridique du mariage, restriction de l'immigration. L'Allemagne nazie correspond à l'apogée de cette idéologie de l'eugénisme : Hitler et ses partisans souhaitaient créer une race parfaite. Durant la deuxième moitié du vingtième siècle, on a condamné l'eugénisme mais aujourd'hui, avec la sélection génétique, on y revient. Qui sommes-nous pour juger de quel enfant mérite de naître ? Stéphane n'a jamais été pour la sélection génétique mais aujourd'hui, il ne sait plus que penser. Les enfants porteurs du gène de la criminalité sont enlevés à leurs parents à l'âge de deux ans. Ne serait-il pas mieux, pour eux, qu'ils n'aient jamais vu le jour ?
Perdu dans ses pensées, Stéphane n'a pas remarqué qu'une ombre se détache lentement de sa fenêtre. L'ombre d'un homme qui s'approche de lui tandis qu'il est toujours à fixer le plafond. Un frottement contre le parquet fait baisser les yeux à Stéphane qui remarque enfin son visiteur. Surpris, Stéphane se lève instinctivement et son regard fait le tour de la pièce cherchant une issue.
- Que faites-vous ici ? Qui êtes-vous ?
Durant toutes ces années à annoncer de mauvaises nouvelles à des parents, Stéphane s'est fait beaucoup d'ennemis. Mais ce n'est pas à cela qu'il pense tandis que l'homme entre dans la lumière projetée par la lampe de bureau du médecin. Non, l'esprit rationnel de Stéphane se demande surtout comment cet homme a

fait pour entrer dans son bureau, de nuit, alors que l'hôpital est fermé.
L'homme est relativement petit, un mètre soixante-cinq maximum, mais en bonne forme physique. Il a les cheveux très noirs, tout comme sa barbe. Sa peau est mate et ses yeux marrons. Il est typé du sud. Cependant, lorsqu'il parle, sa voix ne trahit aucun accent particulier.
- Je m'appelle Philippe Pradeau. Ne vous inquiétez pas, je ne vous veux aucun mal. J'aimerais simplement que vous m'écoutiez. Asseyez-vous, nous serons plus à l'aise.
Stéphane fixe l'expression calme de l'homme qui lui fait face afin d'essayer de discerner une once de mauvaise intention. Ne découvrant rien, il se rassoit dans son fauteuil et décide de l'écouter avant d'appeler la sécurité.
- Comment êtes-vous entré ? demande Stéphane, toujours intrigué qu'on ait pu pénétrer dans son bureau.
- Ce n'est pas très important mais j'ai des amis un peu partout, docteur Laudrain.
Stéphane acquiesce comme s'il trouvait normal qu'on ouvre la porte de l'hôpital à des « amis » au plein milieu de la nuit.
- J'aime beaucoup votre bureau. On s'y sent à l'aise.
- Merci. Mais j'imagine que vous ne venez pas me voir à trois heures et demie du matin pour me parler de la décoration de mon bureau.
Philippe sourit.
- En effet. J'essayais juste de détendre l'atmosphère. Vous me semblez un peu tendu.
- Vous seriez dans le même état que moi si un inconnu débarquait dans votre bureau au milieu de la nuit sans être annoncé.
- Sans doute. Je vous ai dit que je m'appelais Philippe Pradeau. Je suis également celui qui a falsifié le test de votre fils. Enfin, ce n'est pas moi personnellement mais mon équipe d'informaticiens.

L'homme qui se fait appeler Philippe – Stéphane n'est pas persuadé que ce soit son vrai nom – semble assez fier de son exploit. Stéphane est soudain sur ses gardes. Il se redresse dans son fauteuil. Cet homme vient lui parler de son fils et il n'aime pas ça.

- De quel test parlez-vous ? demande-t-il, innocemment.

- Du test génétique, voyons. De quoi voulez-vous que je vous parle. Le second bien sûr. Pas celui que vous aviez fait en cachette avant.

Stéphane est de plus en plus stupéfait. Cet homme est tout à fait à son aise, avachi dans le siège en face de lui à faire le fanfaron. S'il avait des cacahuètes à portée de main, Stéphane est persuadé que l'homme s'amuserait à les jeter en l'air et à les rattraper avec la bouche. Il se moque de lui, c'est sûr. Comment peut-il savoir pour le premier test ? Stéphane n'en a parlé à personne.

- Comment pouvez-vous savoir…

- Je vous l'ai dit, j'ai beaucoup d'amis dans le coin. Ils espionnent un peu par ci par là. Et ce ne sont pas que des espions de chair et de sang comme vous et moi. Je vous parle de ces petites bestioles qui se faufilent dans un réseau informatique et viennent se nicher dans votre ordinateur pour récupérer tout ce qui m'intéresse. Enfin, personnellement, je ne connais absolument rien à toute cette technologie. Mais comme je vous l'ai déjà dit, je connais des gens qui font ça très bien. Toujours est-il que je sais que le test de votre fils est un faux puisque c'est nous qui l'avons falsifié.

Stéphane commence à ne pas apprécier le ton de son visiteur, ainsi que ses manières et ce qu'il insinue. Sentant la colère monter en lui, Stéphane se lève, se dirige vers la porte et ordonne :

- Je ne sais pas ce que vous cherchez mais je ne suis pas intéressé. Le test de mon fils n'a pas été falsifié. Maintenant, veuillez sortir avant que j'appelle la sécurité.

- Calmez-vous, docteur. Ne vous en faites pas, j'ai un brouilleur d'ondes sur moi. Le gouvernement ne peut pas capter notre conversation. Ce n'est pas la peine de prétendre que le test n'était pas faux. Nous ne sommes que tous les deux.
Stéphane est toujours énervé mais il ne peut empêcher le doute de s'installer en lui. Et si cet homme dit vrai ? Et s'il n'a pas commis d'erreur de manipulation lors de son premier test ? Cela signifierait que le deuxième est forcément faux et que son fils est porteur du gène de la criminalité. La déception s'inscrit sur le visage de Stéphane. Philippe comprend vite ce qui se passe dans la tête du médecin.
- Oh, vous aviez fini par croire que c'était votre premier test qui n'avait pas fonctionné. Désolé de vous l'apprendre mais ce n'est pas ce qui s'est passé. Des personnes très douées en informatique se sont introduites dans la machine qui traite les données du test génétique et lui ont fait croire que votre fils n'était pas porteur du gène. Une simple ligne de code à changer d'après eux. Un jeu d'enfant. Lorsque la machine détectait le marqueur du gène DR2624, elle devait afficher « test négatif » au lieu de l'inverse. Génial, non ?
Génial, en effet mais Stéphane aurait été incapable d'une telle prouesse pour sauver son fils. Stéphane est noyé par la somme d'informations que déverse Philippe. Il ne comprend toujours pas l'essentiel.
- Pourquoi avez-vous fait ça pour moi ?
- Parce que nous avons besoin de votre aide, répond Philippe comme si c'était une évidence.
- De mon aide ? Je ne vois pas très bien en quoi je pourrais vous aider. Et qui est ce « nous » ?
Philippe pose ses coudes sur le bureau du docteur et le fixe dans les yeux, le visage enfin sérieux. Toute trace de moquerie ou d'amusement a disparu.
- Laissez-moi vous expliquer. Nous, ce sont des parents à qui l'on a enlevé un enfant. Pendant quelques semaines, vous avez imaginé ce que vous ressentiriez si on vous enlevait Jérémy. Nous, on

ressent cette perte tous les jours. Nous voulons que nos enfants nous soient rendus et nous utilisons tous les moyens à notre disposition pour y arriver. Nous vous surveillons depuis longtemps, docteur Laudrain. Depuis la naissance de votre fils, pour être exact. Mais ne vous sentez pas si important. Nous surveillons tous les médecins et politiciens qui ont un enfant sur le point d'être testé. Nous avons besoin de personnes influentes dans notre organisation. Nous avons besoin de votre aide.

- Et si je refuse ? demande Stéphane, plus calme. Il comprend enfin où tout cela est en train de le mener.

- Vous ne refuserez pas, Docteur Laudrain. Je sais que vous avez tenté de savoir où sont emmenés les enfants, vous avez découvert les camions... Vous voulez savoir autant que nous ce qu'ils font subir à ces enfants. Et puis, il y a votre fils...

- Que voulez-vous dire ?

- La présence du gène DR2624 dans son génome pourrait être révélée...

- Vous me menacez ? S'il y a bien une chose que Stéphane déteste, c'est qu'on lui force la main.

- Je suis prêt à faire beaucoup de choses pour retrouver ma fille. Tout comme vous pour protéger votre fils.

Stéphane réfléchit un instant. Le silence s'installe. Il ne sait trop que penser de cet homme qui lui demande son aide. Son aide pour quoi ? Il ne sait pas exactement, si ce n'est qu'il va devoir se frotter au gouvernement. Rien de très rassurant. Stéphane n'aime pas s'attirer des ennuis. Mais il y a Jérémy... Cet homme semble bien capable de le dénoncer. Stéphane ne risque pas grand-chose à en apprendre un peu plus sur cette organisation. Si cela devient trop dangereux, il pourra peut-être les dénoncer tout en protégeant son fils.

- Il me semble que je n'ai pas réellement le choix.

- Bien. Je n'en attendais pas moins de vous, Docteur Laudrain. Enfin, Stéphane. Maintenant que nous travaillons ensemble, nous pouvons nous appeler par

nos prénoms. Rendez-vous dimanche prochain à seize heures, au square où vous emmenez si souvent votre fils. Je vous expliquerai mieux ce que nous attendons de vous.
Philippe tend sa main au-dessus du bureau pour sceller leur accord. Il a le sourire aux lèvres et semble très satisfait de leur discussion. Plus méfiant, Stéphane tend le bras et serre la main de son nouveau... collègue ? boss ? ami ? équipier ? Il ne sait même pas.

Chapitre 5

Vendredi 23 mai. Lauraine est réveillée depuis vingt bonnes minutes. Elle se demande si elle doit sauter sur son mari pour lui souhaiter un bon anniversaire ou attendre de voir s'il s'en souvient de lui-même. La sonnerie du réveil la tire de son dilemme. Stéphane s'étire en sortant du sommeil, dépose un baiser sur la joue de sa femme et file sous la douche. Lauraine est frustrée. C'est sûr, il a oublié. Ce n'est pas dans ses habitudes mais d'ordinaire, il lui souhaite toujours au réveil. Elle va attendre ce soir pour lui offrir son cadeau. Il y pensera peut-être d'ici là.
Lauraine vaque donc à ses occupations toute la journée en essayant de ne pas y penser. Cependant, elle ne peut s'empêcher de regarder régulièrement son téléphone portable pour vérifier que son mari ne lui a pas envoyé un message ou téléphoné sans qu'elle l'entende. Mais rien. A la pause du déjeuner, elle sent son téléphone vibrer. Elle le sort de sa poche. Appel de Stéphane. Lauraine sourit. Enfin. Elle attend trois sonneries et décroche.
- Allo chérie. J'aurais un petit service à te demander. Ma mère ne peut pas garder Jérémy après dix-sept heures aujourd'hui et j'ai un empêchement au travail, je ne pourrai pas être à l'heure. Est-ce que tu pourrais être à la maison à ce moment-là ? Elle passera le déposer en se rendant à son rendez-vous.
- Oui, bien sûr.
- Merci, tu es génial. A ce soir.
- Attend, Stéphane ! C'est tout ce que tu voulais me dire ?
Elle n'a pas pu s'en empêcher. S'il lui souhaite maintenant un bon anniversaire, elle saura que c'est parce qu'elle l'aura mis sur la voie.
- Ah non, c'est vrai. Bon appétit.

Et il raccroche. Lauraine n'en revient pas. Il l'appelle simplement pour lui demander un service... Au fur et à mesure que la journée s'écoule, l'humeur de Lauraine devient de plus en plus exécrable. Elle fait des petites remarques désagréables à sa collègue qui occupe le même bureau qu'elle, raccroche au nez d'un fournisseur qui ne veut pas entendre raison, injurie son ordinateur plusieurs fois et ne laisse pas son patron finir sa question lorsqu'il passe la voir.
- Oui, ma présentation sera terminée pour la semaine prochaine et non, je n'ai pas encore les résultats de Suzy pour le projet Géostern.
- Ce n'est pas du tout ce pourquoi je suis venu vous voir, répond son patron surpris par la réaction de Lauraine toujours si calme, d'ordinaire. Je sais très bien que votre travail sera prêt à temps. Je venais seulement vous prévenir que je dois partir un peu plus tôt aujourd'hui. Je vous souhaite un bon week-end.
- Bon week-end, répond Lauraine un peu honteuse de s'énerver sur des personnes qui ne le méritent pas. Et puis, même si Stéphane a oublié, ce n'est pas si grave. Elle sait bien qu'il l'aime. Enfin, une petite preuve de temps en temps n'est pas de refus. S'il commence à oublier au bout de dix ans, qu'est-ce que ce sera dans vingt ans ? Ils ne se feront plus de cadeaux pour se prouver qu'ils s'aiment encore après toutes ces années ensemble ?
Il est seize heures. Elle ferait bien de rentrer à la maison, elle aussi. De toute façon, elle n'est pas très efficace aujourd'hui. Elle n'arrive pas à se concentrer.
Quand Lauraine arrive chez elle une demi-heure plus tard, elle trouve la porte de l'appartement non fermée à clé. Elle entre sans faire de bruit, suspicieuse. Un vague bruit semble provenir de la chambre. Elle s'approche doucement. La porte est entrebâillée. C'est sûr, Stéphane est là. Lauraine pousse la porte de leur chambre brutalement et se retrouve face à un spectacle inattendu. Stéphane s'amuse à lancer des pétales de roses rouges sur leur lit où est étalée une

magnifique robe noire. Lorsqu'il se retourne vers sa femme, Stéphane rougit.
- Tu rentres plus tôt que prévu.
- Qu'est-ce que c'est que tout ça ? demande Lauraine, à la fois surprise et ravie.
- Ce n'est pas terminé. J'avais prévu de mettre des bougies partout et même quelques ballons. C'est pour toi, finit-il en lui montrant la robe de soirée.
Lauraine se penche sur le lit et caresse le tissu si doux.
- Elle est magnifique. Je ne sais pas quand est-ce que je vais pouvoir mettre une robe aussi élégante.
- Ce soir, par exemple, propose Stéphane.
- Ce soir ? On sort ? demande Lauraine qui se sent de plus en plus heureuse. Comment a-t-elle pu imaginer qu'il avait oublié ?
- C'est bien possible. Je te conseille d'enfiler cette robe et de me suivre pour une grande soirée…
- Je suis impatiente ! Mais attends ! Si on sort, je ne vais pas seulement mettre la robe. Il me faut un peu de temps pour me préparer.
Stéphane regarde sa montre en prenant l'air soucieux comme s'il n'avait pas songé à ce contretemps.
- Vingt-cinq minutes, ça te suffira ?
Lauraine fait la grimace.
- Quarante ? demande-t-elle avec des yeux suppliants ?
- Trente, accorde Stéphane.
- Très bien. Je me dépêche.

Trente-trois minutes plus tard, Lauraine se présente devant Stéphane qui l'attend au salon. Elle porte la robe noire, à fines bretelles, qui lui descend jusqu'aux genoux. La coupe est asymétrique. Elle s'est attachée les cheveux en laissant quelques mèches libres pour encadrer son visage et elle s'est maquillée légèrement. Stéphane retient son souffle. Elle est aussi belle que la première fois qu'il l'a rencontrée. Il le lui dit en lui déposant un bisou dans le cou. Elle rougit. Stéphane a, quant à lui, revêtu un costume noir et une

chemise blanche. Il prend le bras de sa femme et l'emmène vers la sortie. Tout à coup, elle se fige.
- Et Jérémy, où est-il ? s'inquiète-t-elle. Ta mère ne devait pas passer le déposer ?
- Il est temps de te faire du souci pour lui, se moque son mari. Non, c'était juste une excuse pour te faire revenir plus tôt du travail. Ma mère est au courant. Elle le garde jusqu'à demain matin. Nous sommes totalement libres, ce soir.
Devant la maison, un taxi les attend. En réalité, ce n'est pas un vrai taxi. C'est Etienne, un de leurs plus anciens amis qui a mis une casquette sur sa tête pour entrer au mieux dans son rôle de chauffeur. Il fait un signe de tête et ouvre la portière arrière pour que les deux tourtereaux puissent s'installer. Lauraine rigole discrètement en voyant ce que son mari a fait faire à Etienne.
La voiture file dans les rues de Paris. Il est six heures moins le quart. C'est l'heure de la débauche et des embouteillages sur le périphérique mais la circulation est fluide dans les rues de la capitale. Depuis que la circulation intramuros a été réduite aux riverains et à quelques autres qui payent un abonnement mensuel à la ville, Paris a retrouvé son charme d'autrefois et la pollution a fortement diminué. Les services de bus, tramways et métros se sont fortement développés ces quinze dernières années pour faciliter les déplacements et tout le monde s'y est fait. Stéphane et Lauraine habitent au cœur de Paris, et même s'ils prennent très souvent les transports en commun, il leur arrive, des jours comme aujourd'hui, d'être heureux de pouvoir utiliser leur voiture dans la capitale.
A mesure que les rues défilent, Lauraine se demande où son mari l'emmène. Ils se dirigent vers le Nord. Montmartre ? Vont-ils voir un cabaret au Moulin Rouge ? Ou alors, ils vont dans ce restaurant dont elle lui a tant parlé. Elle n'arrive pas à se rappeler le nom. Lauraine inonde son mari de questions mais celui-ci

reste silencieux tout le long du trajet. Il s'amuse beaucoup.
Enfin, la voiture s'arrête. La déception se lit nettement sur le visage de Lauraine qui ne comprend pas. Etienne lui ouvre la portière et elle descend en levant les yeux vers l'immense bâtiment qui se dresse devant elle. La façade est ornée de vingt-trois statues mais Lauraine ne les contemple pas. Que viennent-ils faire ici ? Elle n'a quand même pas mis une robe aussi jolie pour aller manger dans un bistrot de gare. C'est sans doute une blague de Stéphane.
Celui-ci est d'ailleurs en train de remercier Etienne qui remonte dans leur voiture et les laisse seuls. Stéphane prend le bras de sa femme et l'entraine à l'intérieur de la gare du Nord.
Lauraine se sent très déplacée avec sa robe de soirée, ses chaussures à talons et son petit sac à main. Excepté quelques hommes et femmes d'affaires qui ne font nullement attention à ce qui les entoure, leur téléphone collé à l'oreille, ils ne croisent, dans la gare, que des personnes avec leurs valises qui attendent que la voie de départ de leur train s'affiche. Lauraine sent nettement les regards intrigués se poser sur elle. Si son mari a prévu de lui faire une blague, elle ne va pas s'y laisser prendre. Elle relève la tête, marche au bras de son mari comme si elle se trouvait à l'Elysée et ne prête plus attention à la foule qui les entoure. Elle se contente de suivre Stéphane. Celui-ci a dû repérer quelque chose car il l'entraîne soudain dans une nouvelle direction. Ce n'est qu'une fois devant les services de sécurité que Lauraine réalise que ce n'est pas une blague. Elle regarde Stéphane présenter leurs cartes d'identité aux agents. Elle n'en revient pas. Il n'a pas pu prévoir ça ! Elle passe sous le portique de sécurité à sa suite et se dirige vers le train à grande vitesse qui les attend : l'Eurostar. La ligne a été restaurée deux ans plus tôt et aujourd'hui, il faut moins d'une heure pour relier Paris à Londres. Lauraine est sur un petit nuage : ils vont passer la soirée dans la capitale britannique !

Le trajet en train est très rapide. Stéphane leur a réservé des places en première classe. On leur apporte un apéritif et ils ont à peine fini leur verre qu'on leur annonce l'arrivée en gare de Saint Pancras. Lauraine est émerveillée mais elle n'est pas au bout de ses surprises.
A la sortie de la gare, un taxi noir les attend pour les emmener dans un restaurant assez chic de Londres près de Piccadilly Circus. Ils y dégustent un excellent repas dans un décor digne de la famille royale elle même. Lauraine est enchantée par tout : le restaurant, la nourriture, les serveurs, la ville... Son visage rayonne de bonheur, ce qui la rend encore plus belle que d'habitude. Stéphane n'imaginait pas lui faire autant plaisir. Ils ne reprennent pas de taxi en sortant du restaurant. Il est près de vingt-deux heures. Ils se baladent dans les rues, Lauraine accrochée au bras de son mari. Mais Stéphane sait très bien où il va. Ils se dirigent vers le West End. Ils ne pouvaient pas venir à Londres sans voir la comédie musicale préférée de Lauraine : Le Fantôme de l'Opéra. Elle ne sait plus que dire pour remercier son mari. Lui qui n'aime pas tellement les surprises, il a vraiment tout fait pour lui faire passer la plus belle soirée de sa vie. Lauraine s'inquiète de savoir comment ils vont rentrer à Paris. Il sera trop tard après la représentation. Stéphane la rassure. Il a tout prévu.
La soirée touche à sa fin quand ils sortent du théâtre. Ils en ont pris plein les yeux durant deux heures, ils sont heureux mais la fatigue commence à se faire sentir. La journée a été longue. Lauraine a du mal à imaginer que l'après-midi même, elle était à son travail en train de s'énerver sur ses collègues parce que Stéphane avait oublié leur dixième anniversaire de mariage. Il n'avait pas oublié. Il voulait simplement qu'elle s'impatiente pour que la surprise soit encore plus inattendue.
Stéphane hèle un taxi et fournit une adresse au chauffeur. Lauraine n'écoute pas. Elle a encore devant les yeux les costumes et les décors magnifiques du

spectacle qu'ils viennent de voir. Elle pose sa tête sur l'épaule de Stéphane, rêveuse.
- Je t'aime, murmure-t-elle au bout d'un moment. Cette soirée était vraiment magique. Tu as été génial.
- Je sais, répond-il en souriant.
Lauraine lui donne une petite tape amicale sur le bras pour le remettre à sa place. Elle repense à la première fois où elle l'a rencontré. Il était tellement timide à l'époque. Ils étaient jeunes tous les deux. Ils avaient à peine la vingtaine. Ils étaient étudiants et s'étaient rencontrés grâce à des amis communs. Lauraine n'était pas tombée tout de suite amoureuse de Stéphane. Le coup de foudre, elle n'avait jamais connu ça. Non, elle avait d'abord appris à le connaître. Ils étaient devenus amis. Il avait fallu plusieurs soirées à Lauraine pour se rendre compte qu'elle ne laissait pas Stéphane indifférent. Alors seulement, elle avait réalisé qu'elle l'aimait bien elle aussi. Il s'était encore passé plusieurs mois avant que Stéphane ne l'invite au cinéma et qu'ils s'embrassent. Depuis ce jour-là, ils ne s'étaient plus quittés. Plus le temps passait et plus elle était amoureuse de lui. Elle aurait tout fait pour lui. Elle avait d'ailleurs commis un acte irréparable pour lui. Un acte qu'elle regrettait tous les jours. Pourtant, si c'était à refaire, elle n'était pas sûre qu'elle changerait d'avis. Elle l'avait fait pour lui. Elle ne le lui avait jamais dit et ne le lui dirait jamais.
Pourquoi pense-t-elle à cet évènement ce soir ? Cette soirée est merveilleuse. Elle ne veut pas la gâcher avec des souvenirs pleins de douleur et de tristesse. Stéphane la tire de ses mauvais souvenirs :
- Moi aussi je t'aime, Lauraine. C'est pour toi que j'ai organisé tout ça. Pour te prouver que nos dix années de mariage ont été aussi merveilleuses que cette soirée même si nous ne sommes pas toujours d'accord sur tout. Je veux que ça continue ainsi.
Ils sont arrivés devant l'hôtel réservé par Stéphane. Ils remercient le chauffeur et montent dans leur chambre où les deux tourtereaux finissent cette soirée de conte de fées.

Chapitre 6

Stéphane et Philippe marchent le long de la Seine, silencieux. Ils se sont retrouvés, comme convenu, au square Saint Lambert quinze minutes plus tôt. Depuis, Stéphane attend que Philippe lance la conversation. Lui ne sait pas très bien pourquoi il est là. Il profite donc de la vue sur le fleuve qui traverse Paris et observe les nombreuses péniches à quai. Il aime bien se promener le long de la Seine. Ça le détend.

- Vous avez déjà entendu parler des « parents de l'ombre » ? demande subitement Philippe.

Stéphane réfléchit quelques instants.

- Non, ça ne me dit rien, répond-il.

- Ce n'est pas étonnant. Le gouvernement fait tout pour qu'on n'entende jamais parler de nous. Seuls ceux qui recherchent la même chose que nous, connaissent notre nom.

- Et que recherchez-vous ? interroge Stéphane.

- Les enfants. Tous les enfants qui ont été enlevés par le gouvernement depuis l'instauration de la loi sur *l'identification génétique des criminels*.

- Pourquoi les recherchez-vous ? Vous pensez réellement que ces enfants ne sont pas bien traités par le gouvernement ?

Malgré sa réticence à être mêlé à une organisation antigouvernementale, Stéphane ne peut s'empêcher de poser des questions. La curiosité l'emporte sur la prudence.

- Ce n'est pas également ce que vous pensez, Stéphane ? Sinon, pourquoi avez-vous tenté de savoir où les enfants porteurs du gène étaient emmenés après le test ? Pourquoi avez-vous fait une crise de panique lorsque vous avez réalisé que votre fils était en train de passer le test et qu'ils allaient découvrir

qu'il était porteur du gène DR2624 ? Votre femme a bien failli nous prendre de vitesse ce jour-là d'ailleurs.
Stéphane reste silencieux. Philippe a raison. Lui aussi commence à se poser des questions. Philippe s'assoit sur un banc face à la Seine et invite Stéphane à le rejoindre. Le ciel est bleu, il n'y a pas un nuage à l'horizon. Des familles se promènent tranquillement, profitant de ce soleil printanier.
- Laissez-moi vous expliquer tout depuis le début. Il y a six ans, lorsque la loi a été votée, le gouvernement a commencé à tester les enfants de moins de cinq ans. Pourquoi n'ont-ils pas testé les plus âgés ? Sans doute parce qu'ils se seraient retrouvés avec une tâche beaucoup trop importante. Toujours est-il que lorsqu'on prenait rendez-vous chez le pédiatre pour un problème quelconque, il nous obligeait à faire passer ce test génétique à notre enfant. Le médecin précisait que c'était obligatoire mais qu'il n'y aurait aucune conséquence. Ils avaient juste besoin de créer une base de données. Même si nous étions un peu méfiant, nous n'avions pas vraiment le choix. Ma fille avait trois ans à l'époque. Le test a révélé qu'elle était porteuse du gène DR2624. Vous devez comprendre que pour nous, cela ne changeait absolument rien. Nous aimions notre fille. La présence de ce gène dans son génome ne faisait pas d'elle une criminelle. L'éducation et l'environnement dans lequel elle vivrait, c'est ça qui déterminerait ce qu'elle deviendrait. Depuis quand juge-t-on une personne avant qu'elle ait commis un crime ? Vous connaissez la proportion d'enfants porteurs du gène de la criminalité ?
- Un virgule deux pour cent, répond Stéphane machinalement.
- Exactement. Il y a dix ans, la population française s'élevait à près de quatre-vingt millions de personnes. Pensez-vous qu'à ce moment-là, près d'un million de citoyens français commettaient des crimes ?
- Non, sans doute pas. Mais vous ne pouvez pas nier que la criminalité a largement baissé depuis l'application de cette loi.

Stéphane ne sait pas pourquoi il défend soudain le gouvernement. Il sait que Philippe a raison. Voilà bien longtemps qu'il a détecté les incohérences dans la propagande du gouvernement mais qu'il refuse de les admettre réellement. Il a besoin d'entendre les arguments de Philippe.
- La criminalité a diminué, certes. Mais la répression s'est largement intensifiée aussi. Deux fois plus de policiers circulent dans nos rues qu'il y a dix ans. Les peines se sont alourdies. Et à côté, le niveau de vie a augmenté. Le chômage a diminué. Les crimes mineurs ont donc largement diminué. Le gouvernement nous fait croire que notre vie est bien mieux aujourd'hui alors qu'ils enlèvent nos enfants. Mais je peux vous assurer que les vrais tueurs en série, ils courent toujours. On enterre leurs crimes, c'est tout.
Philippe s'est mis à parler plus fort, emporté par son discours. Stéphane a remarqué quelques regards désapprobateurs de passants se tourner vers eux. Philippe a dû les voir lui aussi car il reprend plus calmement.
- Je ne suis pas là pour vous convaincre que le gouvernement nous manipule. Je veux seulement que vous compreniez notre action. Quelques semaines après le test de notre fille, nous avons reçu une lettre du gouvernement. Ils nous faisaient savoir qu'au vu des résultats génétiques de notre fille, nous devions la leur amener afin qu'ils la gardent en observation pendant quelques temps. Nous n'avions pas envie que notre fille leur serve de cobaye et nous ne nous sommes pas présentés au rendez-vous fixé. Nous avons reçu une deuxième lettre plus menaçante. Nous avons alors décidé de déménager. Nous avions compris qu'ils ne nous laisseraient jamais tranquille. Nous devions donc disparaître. Nous nous sommes installés dans la maison secondaire d'un très vieil ami d'enfance dans le sud du pays. Nous pensions être en sécurité. Et nous l'avons été pendant près d'un an. Jusqu'au jour où ils sont venus enlever notre fille en pleine nuit. Je n'ai jamais su comment ils avaient

découvert notre cachette. Est-ce qu'ils ont fait pression sur notre ami ? Sur des personnes de notre famille ? Est-ce que nous n'avons pas été assez prudents ? Je n'en sais rien et je crois que je ne veux pas le savoir. Depuis ce jour, je n'ai de cesse de la retrouver.
Après de telles révélations, Stéphane ne sait pas quoi dire. Cet homme a dû vivre un enfer. Stéphane pense à Jérémy et à ce qu'il ressentirait si on venait l'enlever dans sa propre maison. Est-ce qu'il abandonnerait tout pour tenter de le retrouver ?
- Louise n'est pas la seule enfant à avoir été enlevée cette année-là. Ils sont même très nombreux. J'ai consulté beaucoup de rapports de police concernant ces enlèvements. Dans la plupart des cas, j'ai contacté directement les parents. Tous avaient reçu une lettre du gouvernement. Tous avaient refusé de leur laisser leur enfant. Aucune enquête n'a été menée à son terme. Plusieurs dizaines d'enlèvements d'enfants en un an et tous les dossiers d'enquête ont été clos. C'est en discutant avec tous ces parents que nous avons commencé à créer notre petit groupe. A plusieurs, on est plus forts. On a plus d'influence.
- C'est fou. Je ne me souviens pas du tout de cette vague d'enlèvement.
- Bien sûr, ils ont étouffé toutes les affaires. La liberté de la presse n'existe plus depuis longtemps. Le gouvernement a le contrôle sur tous les grands groupes de presse et ils coulent les plus petits. Au fur et à mesure, ils ont joué plus subtils. Aujourd'hui, on sait que lorsqu'un enfant possède le gène DR2624, il ne peut pas retourner auprès de ses parents. C'est entré dans les mœurs et rares sont ceux qui en sont révoltés.
Plus Philippe parle et plus Stéphane est d'accord avec lui. Cependant, il ne voit pas comment un petit groupe de parents peut espérer contrer les actions du gouvernement, ni ce que lui-même pourrait leur apporter.
- Votre femme est d'accord avec ce que vous faites ?

Philippe ne se tourne pas vers Stéphane. Son regard est toujours porté vers le grand fleuve gris. Son visage s'est crispé mais il fait mine de ne pas avoir entendu la question.
- Venez, je vais vous montrer quelque chose.
Stéphane se lève à la suite de Philippe. Ils ne marchent que quelques minutes le long du quai avant que Philippe ne bifurque sur la gauche, vers une péniche amarrée. Elle est peinte en vert foncé et ne diffère pas des autres. Philippe sort une clé de sa poche, ouvre et pénètre à l'intérieur. Stéphane le suit en se courbant, la porte étant trop basse pour son mètre quatre-vingt-cinq.
Si Stéphane s'attendait à se retrouver dans un intérieur confortable tout en bois, avec des tissus écossais sur les divans et des vieilles lampes pour s'éclairer, il ne serait pas déçu. Malgré cet aspect vieillot, Stéphane se sent tout de suite à l'aise dans cet endroit. Peut-être parce qu'on a l'impression d'entrer chez ses grands-parents. Et la lumière du soleil qui pénètre par les grandes baies vitrées en fait un petit coin chaleureux.
- Vous me suivez, Stéphane ?
Stéphane n'a pas remarqué que Philippe s'est dirigé vers le fond de la péniche. Il a ouvert une trappe et commencé à descendre des escaliers. Stéphane le rejoint aussitôt. Ce qu'il découvre en dessous n'a absolument rien à voir. On se croirait dans le bureau d'une petite entreprise d'informatique. Deux rangées d'ordinateurs se font face, des câbles électriques passent un peu partout, les poubelles à papier débordent et des dossiers sont empilés sur une table, au fond.
- Je ne m'attendais pas à trouver ce genre d'installations ici, s'étonne Stéphane.
- C'est le but recherché, répond Philippe d'un air satisfait. Vous pensez que les services des renseignements penseront à venir nous chercher sur une péniche ?

- En effet, approuve Stéphane. Mais il doit y avoir beaucoup d'allées et venues, vous ne vous faites pas trop remarquer ?
- On essaye de ne pas tous venir ou repartir en même temps. Et lorsqu'on constate qu'on commence à attirer un peu trop l'attention, on déplace la péniche. On s'éloigne de Paris, on va accoster dans un petit village où on la repeint et on revient quelques semaines ou quelques mois plus tard.
- C'est normal qu'il n'y ait personne aujourd'hui ?
- C'est dimanche aujourd'hui. On essaye de s'accorder un peu de repos le dimanche. Mais il n'est pas rare que certains viennent travailler quand même quelques heures.
- Et que faites-vous avec tous ces ordinateurs ? Stéphane a beaucoup de questions et Philippe est heureux d'y répondre. Il semble assez fier de leur petite base.
- Nous avons quelques membres très doués en informatique qui s'occupent de pirater certains serveurs et réseaux. C'est d'ailleurs d'ici qu'a été falsifié le test de votre fils. Vous pourrez remercier nos excellents *hackers* lors de votre prochaine visite. Mais notre principale cible, c'est le gouvernement et plus particulièrement, la cellule dédiée à faire appliquer la loi sur le gène DR2624. Nous essayons continuellement de percer leur pare-feu, de nous introduire dans leurs messageries électroniques, de récupérer des informations mais c'est très difficile. La sécurité autour de ce programme est très renforcée.
- Depuis combien de temps avez-vous dit faire toutes ces recherches ?
- Depuis environ cinq ans.
- Et en cinq ans, vous n'avez réussi à obtenir aucune piste concernant ces enfants : où ils sont emmenés et ce qu'on fait d'eux ?
- Vous êtes en train d'insinuer que nous ne sommes pas assez efficaces ? s'emporte Philippe. Stéphane tente de le calmer aussitôt.

- Non, bien sûr que non. Je suis juste impressionné. Voilà cinq ans que vous menez vos recherches sans succès et vous n'êtes pas découragé. Vous continuez malgré tout.
- S'il s'agissait de votre enfant, vous n'abandonneriez pas non plus, affirme Philippe avec détermination. N'allez pas croire que tout se fait en une journée. Il m'a déjà fallu du temps pour contacter les parents à qui on avait enlevé un enfant. La plupart m'ont claqué la porte au nez. Quelques-uns seulement ont écouté ce que j'avais à leur proposer et se sont joints à moi.
- Vous n'avez pas eu peur que l'un d'entre eux vous dénonce ?
- J'avais perdu ma fille, Stéphane. Je ne voyais pas vraiment comment les choses pourraient empirer. Ensuite, nous nous sommes installés petit à petit, nous avons récupéré du matériel, nous avons suivi différentes pistes. Malheureusement, aucune n'a abouti. Par exemple, nous avons suivi ces camions que vous avez repérés à la sortie de votre hôpital.
- Et alors ? demande Stéphane très intéressé.
- Alors rien. Ils nous ont semé. Nous avons tout de même réussi à suivre leurs traces jusqu'à Dunkerque. Là, ils embarquent sur un bateau et impossible de connaître leur destination. Les employés du port n'en savent rien et impossible de soudoyer l'équipage ou de monter à bord incognito. C'est trop bien surveillé. L'équipage est recruté parmi les meilleurs de la marine nationale, vous pensez bien, ceux qui se sont révélés les plus patriotiques et les plus obéissants. Ceux à qui il ne viendrait même pas à l'idée de demander ce que contiennent les camions. Généralement, ils choisissent des marins qui n'ont pas d'attaches, ainsi nous n'avons aucun moyen de pression sur eux. Nous sommes actuellement en train de mettre au point une infiltration mais ce n'est pas gagné et cela demande énormément de temps. Notre homme est obligé d'entrer en école de navale, de suivre toute la formation, de faire partie de l'élite, d'obéir sans discuter, d'être entièrement à leur service pour espérer

qu'on lui propose de faire partie de l'équipage de ce bateau. Nous avons un jeune homme prêt à accepter cette mission mais je ne suis pas sûr qu'il ait réellement conscience de ce dans quoi il s'engage…
Stéphane commence à être impressionné par ce petit groupe. Il pensait avoir affaire à quelques parents déprimés qui essayaient de se trouver une raison de continuer à vivre, qui ne voulaient pas abandonner leur enfant. Au lieu de ça, il se retrouve face à une petite organisation, certes, mais déterminée et avec des moyens. Une question lui trotte cependant toujours dans la tête :
- Qu'attendez-vous de moi, Philippe ? Je ne suis pas très doué pour l'informatique, je n'ai jamais mené d'enquêtes et je ne suis certainement pas prêt à me lancer dans une mission d'infiltration. Que puis-je vous apporter de plus ?
- Nous attendons principalement de vous une nouvelle approche. Vous êtes médecin, pédiatre exactement. Vous connaissez parfaitement l'hôpital où sont effectués les tests puisque vous y travaillez. Le personnel vous connaît, vous avez une bonne réputation et vous avez des contacts influents dans le milieu hospitalier et plus particulièrement dans le domaine de la génétique. Certains généticiens sont à l'origine de ce projet gouvernemental. Vous devez sûrement les connaître ou, tout du moins, vous devez être mieux placé que nous pour les approcher. Vous pouvez apporter un regard neuf et c'est ce que nous attendons de vous. Vous devez nous apporter une nouvelle piste à explorer.

Chapitre 7

Stéphane attend. La péniche est beaucoup plus occupée que le dimanche précédent. A l'étage, il a croisé deux hommes absorbés dans leur argumentation. Assis sur les canapés, ils étaient penchés au-dessus de ce qui ressemblait à un plan posé sur la table basse. Ils n'ont pas relevé la tête lorsqu'il est passé à côté et Stéphane n'est même pas sûr qu'ils l'aient remarqué. Trois autres personnes, deux hommes et une femme, fixent l'écran de leur ordinateur. On lui a dit de s'asseoir et d'attendre. Philippe est occupé par une émission de radio. Stéphane n'a pas posé de questions mais il est intrigué. Il n'imagine pas Philippe en animateur radio.

Stéphane patiente en se balançant sur sa chaise. Il ne réalise pas qu'une semaine plus tôt, il ne connaissait pas l'existence de ce groupe et commençait à se persuader que son fils n'était pas porteur du gène. Lauraine ne se doute de rien, évidemment. Il a hésité plusieurs fois à lui parler de sa rencontre avec Philippe et à lui dire la vérité sur leur fils jusqu'à ce qu'il décide qu'il était sans doute mieux pour elle qu'elle reste dans l'ignorance. Pourtant, il déteste lui mentir. Au début de leur histoire, ils se sont jurés de ne jamais se mentir. Il a toujours respecté cette promesse sans trop de difficulté et est persuadé que Lauraine a toujours fait de même. Alors, quand il lui a annoncé le matin même, qu'il finirait sa garde plus tard que prévu aujourd'hui, il a eu un pincement au cœur. Il a failli tout lui révéler à la table du petit-déjeuner mais il a pensé à Jérémy et il s'est retenu.

Lauraine n'a pas besoin de savoir que Jérémy est porteur du gène DR2624. Il est persuadé qu'elle aimerait toujours autant son fils si elle savait mais il ne veut pas la mettre dans une position inconfortable. Si

le gouvernement finit par découvrir la supercherie, c'est lui qui sera arrêté. Ils ne pourront rien reprocher à sa femme. De plus, elle n'aura pas à se demander tous les jours si elle élève bien son fils, si elle ne le pousse pas dans la mauvaise voie, si l'éducation et l'amour qu'elle lui porte seront plus forts que ses gènes. Il ne veut pas qu'elle porte un tel fardeau qui pourrait en plus, nuire à Jérémy. Lui même ne réagit plus de la même façon. Lorsqu'il gronde Jérémy, il se demande s'il n'y a pas été trop fort, si cela ne va pas nourrir une colère intérieure. A l'inverse, lorsqu'il lui pardonne immédiatement une bêtise, il se dit qu'il est peut-être trop laxiste, qu'il ne lui met pas assez de limites. Il se pose tellement de questions qui ne lui seraient jamais venues à l'esprit auparavant.
La porte au fond de la salle des ordinateurs s'ouvre enfin. Philippe en sort précipitamment, une liasse de papiers dans les mains. Alors qu'il s'apprête à monter l'escalier raide, il remarque Stéphane.
- Ah, Stéphane, j'avais complètement oublié que je vous avais dit de venir aujourd'hui.
- Et moi, je ne savais pas que vous animiez une émission à la radio.
- Ce n'est pas grand-chose. Nous essayons de diffuser régulièrement des émissions afin d'éveiller la conscience de la population au problème des enlèvements d'enfants. On recueille des témoignages, on organise des débats, on rappelle comment était la vie avant la découverte de ce gène. On fait de la contre propagande en quelque sorte. Le plus dur est de ne pas se faire repérer par les services de renseignement du gouvernement. Enfin, je pense surtout qu'ils ne nous considèrent pas comme une menace assez sérieuse sinon, ils nous auraient déjà débusqués.
- Pourtant, les discours peuvent soulever des foules. Ils devraient s'inquiéter.
Philippe sourit, désabusé.
- Aucun de nous n'est doué pour ce genre de choses. Si vous m'aviez entendu à la radio, il y a dix minutes,

vous comprendriez que je ne suis pas le genre de personne à « soulever les foules » comme vous dites. Vous connaissez RPO ?
- Non, qu'est-ce que c'est ?
- Le nom de notre radio. *La radio des parents de l'ombre*. Personne ne nous écoute. Nous ne représentons pas un vrai danger pour le gouvernement.
- C'est parce que vous n'avez pas fait de publicité. Personne n'a jamais entendu votre nom, n'a jamais lu votre nom sur une affiche alors forcément, il ne leur viendrait pas à l'idée de changer de fréquence pour écouter vos émissions.
Philippe ne répond rien. Il réfléchit. Pour lui, la radio a toujours été une activité mineure. Il a même songé plusieurs fois à stopper les émissions. Stéphane vient de lui faire réaliser qu'il y a peut-être quelque chose à en tirer. S'il avait un bon orateur et quelqu'un de doué pour la publicité... A réfléchir.
- On en reparlera une autre fois. Je suis un peu pressé. Vous aviez quelque chose de précis à me dire ?
- Oui, j'ai réfléchi à ce que vous m'avez dit l'autre jour et j'ai peut-être une idée...
Une voix provenant de l'étage supérieur le coupe :
- Philippe, qu'est-ce que tu fais ? On est prêt. On n'attend que toi.
- Désolé Stéphane, je dois y aller. Vous m'expliquerez ça plus tard.
Stéphane est déçu. Il est assez fier de son idée. Voilà trois jours qu'il ne cesse de penser à Philippe, à son organisation et à ce qu'il attend de lui. Quand il croit avoir enfin trouvé une piste intéressante à explorer, on n'a plus le temps de l'écouter. C'est frustrant. Alors qu'il est presque arrivé en haut, Philippe se retourne.
- Vous devriez venir avec nous. Cela devrait se révéler intéressant et nous ne serions pas de trop avec un homme de plus.
Stéphane acquiesce aussitôt. Son enthousiasme est revenu. A l'étage, le nombre de personnes a

largement augmenté depuis l'arrivée de Stéphane. En plus des deux hommes qui étaient absorbés dans leur plan, trois autres personnes sont présentes, deux dont l'âge est compris entre trente et quarante ans et un homme d'âge mûr qui semble le regarder avec méfiance. Philippe lui présente toute l'équipe mais Stéphane sait qu'il ne retiendra pas tous les noms. Il sert quelques mains mais l'homme un peu plus âgé que les autres se détourne au moment où Stéphane s'apprête à le saluer. Stéphane est prêt à jurer que c'était un mouvement volontaire. Philippe l'a appelé Pierre. Un prénom trop courant pour que cela évoque quelque chose à Stéphane. Pourtant, il est persuadé d'avoir déjà vu son visage. Il n'arrive pas à se rappeler dans quelles circonstances. Tous portent des habits sombres. Philippe prend la parole.

- Pour résumer la situation à tout le monde, nous avons eu des informations concernant des kidnappings d'enfants tous âgés de plus de trois ans. Nous savons très bien qu'aujourd'hui, le gouvernement récupère les enfants directement à l'hôpital, ils n'ont plus besoin de les kidnapper dans leur maison. Cependant, cette information nous semble suffisamment importante pour qu'on s'y intéresse. Notre meilleure hypothèse est que le gouvernement a engagé un groupe indépendant, des mercenaires, pour enlever les enfants qui ne se présentent pas au test génétique. Justin et Léa ont réussi à suivre leurs traces jusqu'à une maison isolée à l'extérieur de Paris. Ils sont toujours en planque sur place. Il nous faut une heure pour nous y rendre. Pierre et Stéphane, vous venez avec moi. Les autres, vous prenez le fourgon. On se retrouve à l'endroit prévu. Personne n'intervient tant que nous ne sommes pas tous arrivés, c'est d'accord ?

Tout le monde hoche la tête pour confirmer. Philippe demande à Stéphane de le suivre et ils sortent les premiers. Ils se rendent dans une petite rue étroite quelques mètres plus loin où est garée une vieille camionnette beige. Les rétroviseurs tiennent avec du

scotch, la plaque d'immatriculation est légèrement de travers et les portes ne ferment plus à clé.
- Elle roule encore ? s'inquiète Stéphane.
- Bien sûr. Elle est en parfait état de marche. On roule à quatre-vingt kilomètres heure sur la voie rapide mais à part ça, elle est parfaite. Et surtout, les flics ne pourront pas remonter jusqu'à moi si elle est repérée. Je la tiens de mon grand-père qui la tenait d'un ami. Les changements de propriétaires n'ont jamais été enregistrés. Tenez, prenez ça, ordonne Philippe en lui tendant un petit revolver.
Stéphane se recule légèrement en écartant les mains.
- Je n'ai jamais utilisé ce genre de truc ! Je préférerais ne pas en avoir.
- Et moi, je pense qu'il est plus prudent pour vous de le prendre, insiste Philippe en lui mettant de force dans la main. Pour enlever le cran de sûreté, vous tirez là. Si vous n'en avez vraiment jamais utilisé, servez-vous en seulement pour menacer et ne tirez que si vous êtes en danger.
Stéphane ne proteste pas mais commence à se demander dans quoi il s'est laissé embarquer. Il a l'impression de faire partie d'un commando spécial qui part en guerre. Stéphane est un pacifiste. Il a étudié la médecine pour sauver des vies, pas pour se retrouver à menacer un homme avec une arme à feu. La crosse métallique dans sa paume le fait frissonner. Il espère qu'il n'en arrivera pas là.
Cinq minutes plus tard, Pierre les rejoint. Ils peuvent partir.

Le lieu de rendez-vous se situe dans une petite bourgade à quelques dizaines de kilomètres d'Orléans. Stéphane observe la maison qui les intéresse au bout de la rue. Il n'y a pas de voisin immédiat, ce qui devrait faciliter leur intervention d'après Philippe. C'est une maison en pierre sur deux niveaux avec un toit en ardoise et un jardin qui fait tout le tour de la demeure.

Justin et Léa qui étaient en planque devant la maison les ont rejoints. Ils ont vu six hommes à l'intérieur, deux dans la cuisine qui donne sur la rue et quatre dans le salon, à l'arrière.
- Vous deux vous restez dehors à faire le guet, ordonne Philippe en désignant Pierre et une des deux femmes qui étaient à Paris avec eux. Stéphane, Justin et Léa, vous venez avec moi par l'arrière. Les autres, vous passez par devant. Soyez discrets, ne tirez qu'en cas de nécessité absolue.
Suivant Philippe, Stéphane sort de la voiture, remonte la rue et pénètre dans le jardin en se baissant. Arrivés à la porte de derrière, ils jettent un coup d'œil par la fenêtre. Justin et Léa avaient raison. Quatre hommes sont regroupés autour d'une table de poker. Ils n'ont pas l'air très dangereux avec leurs cigarettes et leurs bières. Cela ne ressemble pas du tout à l'image que Stéphane se faisait de personnes travaillant pour le gouvernement. Il veut en parler à Philippe mais celui-ci a déjà saisi la poignée de la porte.
Philippe se précipite à l'intérieur et met en joue les quatre hommes. Stéphane, Justin et Léa font de même. Encerclés, les kidnappeurs lèvent les mains sans opposer de résistance. L'un d'eux en perd même sa cigarette de surprise. Le plus jeune esquisse un mouvement vers la fenêtre mais en deux mouvements, Léa est à ses côtés et lui dit d'une voix suave :
- A ta place, je ne tenterais rien…
Stéphane trouve cela beaucoup trop simple. Ces hommes ne devraient-ils pas se défendre jusqu'à la mort pour protéger les intérêts du gouvernement ? Il se retourne vers Philippe pour lui demander quelle est la suite du plan mais celui-ci n'est déjà plus dans la pièce. Voyant que la situation est maitrisée, Philippe est parti à la recherche de sa fille. Il ne pense qu'à elle depuis qu'ils ont trouvé la trace de ces kidnappeurs. Il traverse la salle à manger, ouvre plusieurs portes en criant le prénom de sa fille, monte les escaliers en bois quatre à quatre sans aucune prudence. A l'étage, il trouve une porte close. Animé par l'adrénaline et

l'espoir de retrouver sa fille, il enfonce trois fois son épaule dans la porte en bois avant qu'elle ne cède sous son poids. Il se retrouve face à un groupe d'une dizaine d'enfants serrés les uns contre les autres au fond de la chambre. Son cœur se serre en lisant la peur sur tous ces visages mais ne voyant pas sa fille, Philippe continue ses recherches. Il ouvre encore plusieurs portes sans succès.
Soudain, il perçoit le bruit de petits pieds nus courant sur le parquet. Il se retourne juste à temps pour apercevoir une fillette brune d'une dizaine d'années tourner dans le couloir. Louise. Il est persuadé qu'il s'agit de Louise. Il court aussitôt à sa suite et l'appelle en l'assurant qu'il ne lui veut aucun mal. Elle ne s'arrête pas. Ses longs cheveux bruns flottent à quelques mètres devant lui, au gré de sa course. Elle monte un escalier raide qui semble mener aux combles. Philippe la suit. Arrivé sous les toits, il la trouve en train d'essayer d'ouvrir une porte. Elle se retourne un peu vers lui, le cœur de Philippe s'arrête de battre... mais ce n'est pas elle. La fillette lui dit simplement :
- Il faut libérer Gaëtan aussi.
Philippe est tellement anéanti qu'il se laisse glisser contre le mur. Il y a cru l'espace de quelques secondes. Il était tellement sûr qu'il s'agissait de Louise. La fillette le regarde sans comprendre. Pourquoi cet homme qui est venu les sauver a-t-il l'air si triste ? Elle lui redemande d'ouvrir la porte pour libérer son ami mais il n'a plus l'air de l'entendre. Alors elle aussi s'assoit par terre, la tête contre la porte. Elle ne partira pas sans Gaëtan.
Quand Stéphane les découvre quelques minutes plus tard, ils n'ont pas bougé. Philippe et la fillette se font face, assis sur le sol poussiéreux, perdus dans leurs pensées respectives. A la vue de Stéphane, la petite fille s'anime de nouveau.
- Vous êtes venus nous libérer ?
- Oui. Nous allons te ramener à tes parents. Viens avec moi, tes camarades sont déjà en bas.

- Non, non. Gaëtan est dans cette pièce. Il a été puni parce qu'il a essayé de s'échapper. Il faut l'aider à sortir.
Stéphane sort de sa poche le trousseau de clés qu'il a récupéré sur un des hommes. Après plusieurs essais, il trouve enfin la bonne. Il fait sombre et étouffant à l'intérieur. Stéphane découvre, allongé sur un matelas à même le sol, un jeune garçon d'environ huit ans très maigre. Alors que tous les autres enfants ont eu l'air d'être bien traités, celui-ci semble avoir été privé de nourriture depuis plusieurs jours. Il lui fait reprendre connaissance et s'assure qu'il est capable de tenir sur ses jambes avant de le confier à la fillette. Stéphane leur indique qu'en bas, des hommes leur donneront à boire et à manger. Il les regarde descendre lentement l'escalier avant de s'intéresser à Philippe. Celui-ci n'a pas bougé. Il a les yeux dans le vague. Stéphane le secoue gentiment.
- J'étais tellement sûr qu'il s'agissait de Louise, murmure Philippe comme pour lui-même.
Stéphane ne sait pas quoi lui répondre. Il ne peut qu'imaginer ce que Philippe a dû ressentir en réalisant qu'il ne retrouverait pas encore sa fille aujourd'hui. Aucun mot ne peut le réconforter alors Stéphane ne dit rien. Il s'assoit simplement à côté de lui et attend.
- Comment ai-je pu me faire avoir aussi facilement ? reprend Philippe quelques instants plus tard. Depuis cinq ans que je la cherche, je devrais savoir que je ne dois pas sauter sur le plus petit espoir. Je n'aurais pas dû espérer autant de cette mission. C'est encore plus dur après…
- C'est l'espoir qui nous fait avancer, Philippe. C'est pour cela qu'on se bat pour nos convictions. C'est l'espoir d'une vie meilleure pour nous et nos enfants. Si tu n'avais pas l'espoir de retrouver ta fille, tu n'aurais jamais réussi l'exploit de réunir tous ces gens qui sont prêts à défier le gouvernement.
Philippe hausse les épaules, désabusé.

- Je pense tout de même que ce serait moins douloureux si je ne pensais pas, à chaque petite piste qui se présente, que je vais retrouver ma fille.
Puis, après quelques instants :
- Par contre, je crois que nous avons trouvé notre orateur prêt à soulever les foules !
Philippe adresse un clin d'œil à Stéphane qui rougit. Lui et ses grands mots ! Philippe semble mieux. Il se rapproche de Stéphane. Tous les deux sont maintenant assis sur la dernière marche des escaliers.
- Tu sais qui sont ces types ? demande Philippe qui n'a pas suivi ce qui s'était passé au rez-de-chaussée.
- Oui. Ils se sont mis à table sans faire d'histoire. Ce ne sont pas vraiment des caïds. Ils ne sont pas du tout à la solde du gouvernement. On les a engagés pour enlever des enfants dits « sains » afin de les revendre à des personnes riches dont l'enfant testé positivement leur a été enlevé. Apparemment c'est un marché qui se développe. Ils n'ont pas pu nous dire qui était leur commanditaire mais il serait sans doute bon de chercher dans cette voie.
- Pourquoi faire ? demande Philippe surpris. Si ces hommes n'ont rien à voir avec le gouvernement, ils ne nous intéressent pas. Nous allons rendre tous ces enfants à leurs parents, point final. Le reste ne nous concerne pas. Il nous faut avancer d'une autre façon.
- Mais, on ne peut pas les laisser continuer leur trafic, insiste Stéphane. Ils ne valent pas mieux que ceux que vous traquez.
- Exact. Mais cette piste ne nous aidera pas à retrouver nos enfants. Même si je trouve leurs pratiques odieuses, nous n'avons pas les moyens de nous disperser.
Stéphane n'est pas convaincu mais il ne proteste plus. Il ne veut pas admettre que s'il tient tant à poursuivre cette piste, c'est parce qu'il a aimé ce qu'il a ressenti durant cette mission. Il a aimé l'adrénaline qui lui a parcouru le corps lorsqu'il a pénétré dans la maison et qu'il a tenu les kidnappeurs en joue.

Chapitre 8

- Bonjour Monsieur et Madame Carneau. Je viens de recevoir les résultats du test de votre fille.
Le regard de Madame Carneau fait le tour de la pièce comme si elle cherchait son enfant. Son mari fixe Stéphane. Il sait déjà ce qu'il va lui annoncer. L'expression du médecin est suffisamment explicite mais il a besoin de l'entendre :
- Malheureusement, le test a révélé qu'elle était porteuse du gène DR2624. Elle va être prise en charge par le gouvernement afin d'être soignée. Vous ne pourrez la revoir qu'à ce moment-là.
- Ils ont trouvé un remède à cette soi-disant anomalie génétique ? demande la mère tandis que le mari semble retenir sa colère.
- Non, pas encore, avoue Stéphane en gardant un œil sur Monsieur Carneau.
- Alors autant dire que nous ne la reverrons jamais.
Aucune larme ne coule sur les joues de Madame Carneau mais Stéphane a perçu sa voix chevrotante.
- Il ne faut jamais dire jamais. La science peut faire des miracles.
Mais Stéphane a du mal à croire lui même à ses paroles. Il observe les parents quelques secondes. Il sait, grâce à leur dossier, que lui est chauffeur routier et elle est huissier de justice.
- Si votre fille était encore avec vous, aujourd'hui, que seriez-vous prêt à faire pour la protéger ? demande Stéphane.
La colère disparaît d'un coup du visage de Monsieur Carneau. Il est surpris. Stéphane s'en veut d'avoir rallumé une lueur d'espoir dans son regard. Sa femme, quant à elle, le regarde avec méfiance.
- Que voulez-vous dire par là, Docteur Laudrain ? Qu'espérez-vous nous faire dire ?

Stéphane observe tour à tour l'homme et la femme qui se trouvent en face de lui, dans son bureau à l'hôpital. Voilà trois semaines maintenant qu'il fait partie du réseau des *Parents de l'Ombre*. Philippe lui a confié une mission : recruter les parents prêts à se joindre à eux pour retrouver leur enfant. C'est la première fois que Stéphane se retrouve face à un couple qui lui semble convenir. A chaque fois qu'il annonce la mauvaise nouvelle, il analyse la réaction des parents. Il a beau généralement les connaître depuis la naissance de leur enfant, il est difficile de prédire leur réaction.

Ceux qui ont des réactions trop violentes, il les élimine aussitôt. Généralement, ces réactions violentes sont également temporaires. Elles ne mettront pas longtemps à être remplacées par l'acceptation. Il élimine également ceux qui acceptent le résultat trop facilement. Ceux-là lui donnent froid dans le dos. Ils sont tellement persuadés de la justesse de ce test qu'ils ne protestent pas. Ils ont une confiance aveugle dans le gouvernement et si on leur dit qu'il vaut mieux que leur enfant soit élevé dans un endroit spécialisé, ils le croient. Leur réaction se limite à remercier le docteur pour son aide. Et puis, il y a ceux qui sont envahis par la tristesse mais qui se retiennent. Ceux qui pleurent en silence et lui lancent des regards noirs comme s'il était le seul responsable de ce qui leur arrive. Pour ceux-là, il doit essayer de percevoir s'il peut leur faire confiance.

- Je ne veux pas vous donner de faux espoirs. Votre fille est porteuse du gène et je serais incapable de vous dire où elle se trouve en ce moment. Elle a sans doute déjà quitté l'hôpital. Mais si on vous donnait l'occasion de la retrouver, vous saisiriez cette chance ?

Madame Carneau est toujours aussi méfiante.

- Je ne sais pas ce que vous essayez de nous faire dire, Docteur. Nous aimons notre fille, même après ces résultats. Si vous aussi vous avez des enfants et

que vous les aimez, vous avez la réponse à votre question.
Stéphane sourit. Cette femme est très prudente. Son mari a écouté cet échange dont il n'a pas compris les sous-entendus. Stéphane pense qu'il peut leur faire confiance. Il écrit une adresse et une date sur un bout de papier qu'il tend à la femme avant de les raccompagner jusqu'à la porte de son bureau.
- J'espère que vous arriverez à surmonter la perte de votre fille. Vous avez toutes les cartes en main, désormais.
- Merci, Docteur. Nous ferons ce qu'il faut.
Stéphane regarde le couple s'éloigner dans le couloir, serré l'un contre l'autre. Madame Carneau ne va sans doute pas tarder à expliquer à son mari ce qu'elle a compris, c'est-à-dire qu'on leur offre une chance de partir à la recherche de leur enfant. Ils iront au rendez-vous, Stéphane en est persuadé. Ses premières recrues… Il est assez fier de lui.
Mais il n'a pas de temps à perdre. Il a promis à Lauraine qu'il passerait l'après-midi au parc aquatique avec elle et Jérémy. C'était son dernier rendez-vous de la journée mais il doit passer au service de génétique avant de partir. Le Docteur Le Clerc qu'il connaît relativement bien, est de service aujourd'hui. Ils ont fait leurs études de médecine ensemble. En première année, ils ne se connaissaient pas du tout. Le nombre d'étudiants était trop important pour qu'ils se rencontrent. A partir de la quatrième année, ils s'étaient retrouvés, à plusieurs reprises, pendant leurs stages pratiques. Ils avaient fait connaissance et allaient boire un verre de temps en temps après le travail. Même s'ils ne se voient plus beaucoup aujourd'hui, ils ont gardé contact.
Le Docteur Le Clerc n'est pas à son bureau. Stéphane apprend par une infirmière qu'il est en réunion mais qu'il ne devrait pas tarder. Il décide donc d'attendre. Dix minutes plus tard, il aperçoit au bout du couloir un homme en blouse blanche, les cheveux en désordre et les lunettes tombant sur son nez. Stéphane sourit. Son

ami n'a pas changé. Quand il prend conscience de la présence de Stéphane, il lui lance un sourire franc.
- Salut, Stéphane. Comment vas-tu ?
- Très bien, et toi ? Ta femme se porte bien ?
- Parfaitement. Tu es au courant que nous attendons un deuxième enfant ?
- Non, je ne savais pas. Mes félicitations. Vous devez être très heureux.
- Oui, ça faisait longtemps qu'on attendait. Alors, que me vaut le plaisir de ta visite ? En quoi puis-je t'aider ?
- Tu ne penses pas que je suis peut-être juste venu saluer un vieil ami ?
Le Docteur Le Clerc regarde Stéphane, un sourcil relevé, de l'air de celui à qui on ne l'a fait pas.
- C'est le cas ?
- Non, avoue Stéphane en rougissant.
- Tu vois, je sais encore faire la différence entre les moments où tu viens pour m'inviter à un barbecue et ceux où tu as besoin d'un service. Alors, qu'est-ce que je peux faire pour toi ?
- Tu connais le Professeur Roiteau ?
- Personnellement, non, pas vraiment. Mais je sais ce qu'il a fait. Tu me diras, c'est un peu normal avec le métier que je fais. Pourquoi ?
- J'aimerais beaucoup le rencontrer. Tu ne saurais pas comment je pourrais le joindre par hasard ?
Le sourire s'efface soudain du visage du Docteur Le Clerc. Il le regarde maintenant avec un air désapprobateur. Avant de répondre, il invite Stéphane à entrer dans son bureau et à s'asseoir. Il prend soin de refermer la porte derrière eux.
- Voilà des années qu'on n'entend plus parler de lui, Stéphane. Qu'est-ce que tu lui veux ?
- J'aimerais en apprendre plus sur ses recherches. J'ai assisté à une de ses conférences il y a quelques années et je suis curieux de savoir s'il a continué. Son nom n'apparaît pas dans l'annuaire alors je me suis dit que tu pourrais peut-être m'arranger un rendez-vous.
Stéphane a bien conscience que son ami n'avalera pas son mensonge mais qu'il ne posera pas plus de

questions. Stéphane ne lui dit pas non plus que le Professeur Roiteau n'a pas de casier judiciaire et qu'il n'est enregistré nulle part pour la sécurité sociale. Il ne peut pas lui dire qu'il connaît des personnes capables d'avoir accès à ce genre d'informations. De toutes façons, le Docteur Le Clerc ne demande pas plus d'explications.
- Tu as bien conscience que si le Professeur Roiteau n'a pas fait parler de lui depuis trois ans alors qu'on le voyait dans tous les colloques sur la sélection génétique et dans toutes les émissions de télévision avant, c'est qu'il doit y avoir une raison importante.
Stéphane acquiesce. C'est justement pour cette raison que Stéphane a pensé qu'il pourrait être intéressant de le rencontrer. Il doit avoir des choses à raconter sur ses découvertes. Peut-être même qu'il sait où sont emmenés les enfants porteurs du gène. Ou du moins, il doit bien être au courant de ce à quoi les destine le gouvernement. Après tout, il est à l'origine de cette loi discriminante qui condamne des enfants innocents.
- Je ne veux pas savoir ce que tu comptes lui demander, reprend le Docteur Le Clerc. Je ne le connais pas personnellement mais j'ai un collègue qui devrait pouvoir t'arranger un rendez-vous. Je te tiens au courant dès que je l'ai contacté.
- Merci beaucoup. Je te revaudrai ça.

Stéphane retourne dans son bureau pour téléphoner à Philippe et lui annoncer qu'il devrait obtenir un rendez-vous avec le Professeur Roiteau prochainement.
- C'est parfait. Rappelle-moi quand tu auras du nouveau. Tu es au courant que le Pape doit venir à Paris dans deux semaines ? Il doit prononcer la messe à Notre-Dame le dimanche matin.
Stéphane confirme. Comment pourrait-il ne pas en avoir entendu parler. La venue du Pape est annoncée sur toutes les radios et les chaines de télévision. Cependant, il ne comprend pas pourquoi Philippe lui en parle.

- Tu sais que l'Eglise soutient le gouvernement dans son projet pour empêcher les criminels de nuire dès leur plus jeune âge ? Elle n'a plus son pouvoir d'autrefois mais elle continue à avoir une certaine influence sur la population.
Stéphane le sait bien. Lauraine et lui n'ont jamais été très pratiquants. Lui-même n'est pas croyant contrairement à sa femme. C'est pour elle qu'il a accepté de se marier à l'église. La religion catholique a toujours condamnée les crimes. Huit ans plus tôt, on a fêté l'arrivée d'un nouveau Pape au Vatican, plus strict que le précédent jugé trop laxiste par certains. On disait alors que les grandes valeurs du christianisme étaient perdues. L'ancien Pape n'était pas tellement vieux et certains se demandaient s'il était réellement mort de mort naturelle. Après tout, l'arrivée du nouveau Pape avait été une véritable aubaine pour le gouvernement européen. Le Pape n'avait pas protesté lors de la mise en place de la loi sur *l'identification génétique des criminels*. Au contraire, il l'avait même approuvée.
L'Eglise avait beau avoir moins d'influence qu'autrefois, elle avait tout de même convaincue une partie de la population du bien fondé des actions du gouvernement. Si l'Eglise ne dit rien, c'est que ce n'est pas immoral. D'ailleurs, les deux autres grandes religions monothéistes pratiquées dans le pays n'avaient pas protesté non plus contre les pratiques du gouvernement. Pour la première fois depuis... depuis toujours, les musulmans, les juifs et les catholiques étaient d'accord sur un point. C'en était presque effrayant.
- La venue du Pape dans la capitale est un événement majeur, reprend Philippe. On ne peut pas laisser passer une telle occasion de faire parler de nous. Ce sera un très bon sujet pour ton premier discours à la radio, Stéphane !
Etrangement, Stéphane ne l'a pas vu venir. Un discours... une bonne idée mais il aurait préféré qu'on trouve quelqu'un d'autre que lui pour le faire. Philippe

s'est mis dans la tête que Stéphane ferait un très bon orateur et ce dernier ne peut plus se dérober. Il a bien tenu quelques conférences durant sa carrière mais c'était toujours sur des sujets médicaux. Faire un discours engagé, il ne s'en sent pas vraiment prêt. Enfin, il y pensera plus tard. Pour l'instant, il doit retrouver Lauraine et Jérémy.

Ils ont convenu de se retrouver directement au parc aquatique. Lorsque Stéphane arrive, Jérémy s'amuse avec un groupe d'enfants encadré par un maître nageur qui leur organise différents jeux et Lauraine est allongée sur un transat au bord de la piscine. Stéphane embrasse sa femme puis, ils vont nager une vingtaine de longueurs dans le bassin sportif. Ensuite, ils vont s'amuser dans les toboggans, la rivière sauvage et la piscine à vagues. Stéphane fait mine à plusieurs reprises de poursuivre Lauraine. Ils rigolent beaucoup. Ils ont l'impression d'avoir de nouveau vingt ans.

Après tous ces amusements, ils se reposent dans la piscine, blottis l'un contre l'autre. Les jambes de Lauraine sont enroulées autour de la taille de son mari et elle a posé sa tête sur son épaule. Elle lui annonce alors, sur le ton de la conversation :

- Avant que tu n'arrives, Jérémy s'est battu avec un de ses camarades. Le maître nageur a dû les séparer.

Stéphane repousse soudain sa femme violemment pour la regarder en face. Lauraine est surprise par sa réaction.

- Jérémy s'est battu ? Comment ça se fait ? Que s'est-il passé ?

- Je n'en sais rien, Stéphane. Tu sais comment sont les enfants. C'est impossible de savoir lequel a commencé le premier. C'était dans les vestiaires.

- Et tu ne me dis ça que maintenant ! C'est inadmissible que notre fils se conduise ainsi. Je vais le voir.

Stéphane est rouge de colère. Lauraine l'a rarement vu dans une telle fureur, surtout après leur enfant. Elle pose sa main sur son bras pour le retenir.

- Je l'ai déjà grondé, Stéphane. Ce n'est pas la peine. Reste ici.
Mais il ne l'écoute pas. Il repousse sa main sans ménagement et sort du bassin. Jérémy est en train de se laisser glisser sur un des plus grands toboggans du parc. Stéphane le pêche à la sortie et l'entraîne à l'écart en le tirant par le bras.
- Ta mère vient de me dire que tu t'étais battu avec un de tes copains. C'est totalement inconcevable, Jérémy. Tu ne peux pas te battre avec les autres garçons. La violence n'est pas une solution. Si vous n'êtes pas d'accord, vous en parlez mais vous ne vous battez pas, c'est bien compris. J'espère que c'est la première et la dernière fois que je t'y prends. Ce n'est pas digne d'un garçon comme toi.
- Papa, tu me fais mal au bras, intervient Jérémy mais son père ne l'entend pas. Il ne voit pas non plus les larmes qui coulent sur les joues de son fils. Stéphane continue à lui faire la morale, sans le lâcher. Soudain, Lauraine s'interpose. Elle oblige Stéphane à lâcher son fils et tente de le calmer.
- Jérémy a déjà été puni, Stéphane. Ce n'est pas la peine d'en rajouter. En plus, tu lui fais peur.
- Puni ? Il a l'air de bien s'amuser pourtant ! Il s'est battu avec un de ses camarades et tu le laisses quand même continuer à jouer ici. Que va-t-il apprendre ?
Lauraine se retourne vers Jérémy et lui ordonne de retourner avec le groupe d'enfants. Ils viendront le chercher quand ils seront prêts à partir. Ensuite, elle entraine son mari un peu plus à l'écart. Avec ses cris, il a commencé à attirer les regards sur eux. Elle ne veut pas qu'ils continuent à se donner en spectacle devant des inconnus. Une fois qu'elle a trouvé un coin plus tranquille, Lauraine tente de le raisonner.
- C'était juste une petite bagarre d'enfants, Stéphane. Rien de grave. Si ça se trouve, Jérémy s'est simplement défendu. En plus, je l'ai interdit de console vidéo pour la semaine et je l'ai obligé à rester à côté de moi pendant vingt minutes avant de pouvoir aller s'amuser dans l'eau avec ses amis.

- S'il commence à se battre aujourd'hui, qu'est-ce que ce sera après ? Il leur plantera un couteau dans le ventre ?
Lauraine est choquée qu'il parle ainsi de leur fils. D'où lui viennent de telles idées ? Stéphane a dû se rendre compte qu'il est allé trop loin, car il se calme aussitôt.
- Je suis désolée, Lauraine. Je n'aurais jamais dû dire une chose pareille. Seulement, je ne veux pas que notre fils devienne violent et je ne sais pas comment lui faire comprendre que ce n'est pas bien.
- Il n'y a aucune raison pour que Jérémy devienne un garçon violent, Stéphane. Tous les enfants se battent. Qu'est-ce qui te fait imaginer que Jérémy pourrait devenir violent ?
- Je ne sais pas, soupire Stéphane.
Il ne peut pas avouer à sa femme sa peur que le génome de leur fils soit plus fort que toute l'éducation qu'ils pourront lui donner.
Lauraine oblige son mari à aller s'excuser auprès de Jérémy. Stéphane l'a effrayé et il n'a pas compris pourquoi il avait provoqué une telle colère. Stéphane obéit à sa femme. Jérémy écoute patiemment son père lui expliquer qu'il n'aurait pas dû lui crier dessus de cette façon. Quand il a terminé, Jérémy se jette dans ses bras. Stéphane le soulève. C'est ce petit corps serré contre lui qui finit de le rassurer. Jérémy a tellement d'amour à donner. Il ne deviendra pas ce à quoi son ADN le prédispose.

Chapitre 9

La sueur coule lentement sur le front de Stéphane. Il fixe avec appréhension le microphone posé devant lui. Une boule s'est formée dans son estomac et la nausée le prend soudain. Il ne peut pas bouger. Il n'a plus le temps. Philippe lui lance un sourire rassurant de l'autre côté de la vitre et lui fait signe qu'il ne lui reste plus qu'une minute à attendre. Stéphane inspire profondément et se force à chasser ses angoisses. Les murs en bois de la petite pièce l'oppressent. Aucune fenêtre pour lui donner un aperçu de la Seine et du ciel de Paris. Comment a-t-il pu se laisser convaincre ? Il n'a jamais été doué pour faire des discours devant un large public. Pourtant, Philippe qui ne le connaît que depuis quelques semaines, est persuadé qu'il sera très bon.

Stéphane tente de ne pas penser aux tracts qu'ils ont semés dans toute la ville afin d'inciter la population à écouter son message. Son nom n'est mentionné nulle part bien sûr mais si quelqu'un reconnaissait sa voix ? Non, c'est une petite station de radio inconnue, peu de personnes vont l'écouter ce soir. Il doit imaginer qu'il est seul chez lui et qu'il va simplement répéter ce discours pour lui-même.

Soudain, le voyant rouge devant Stéphane s'allume. Il en reste paralysé. Il est en direct, ça y est. Tous ses auditeurs sont accrochés à son silence, attendant qu'il prononce un mot. Stéphane jette un coup d'œil sur le papier posé devant lui mais il n'arrive pas à le lire, sa vue est brouillée. Combien de fois a-t-il réécrit ce discours ? Dix fois ? Vingt fois ? Il en a mis à la poubelle des morceaux de papier chiffonnés ! Il a devant lui sa dernière version, corrigée par Philippe. Celui-ci est toujours derrière la vitre. Il s'occupe de la technique, ce soir. Son visage affiche toujours un sourire d'encouragement pour Stéphane mais il semble plus tendu. Lui aussi attend les premiers mots de Stéphane. Il a lu son discours et il l'a félicité. Il lui fait confiance. Stéphane ne peut pas le lâcher maintenant. Ses yeux se posent de nouveau sur son discours mais il n'arrive toujours pas à le lire correctement. Tant pis, il fera sans. Il a tellement travaillé dessus qu'il le connaît par cœur. Stéphane prend une nouvelle inspiration et commence son premier discours radiophonique d'une voix d'abord rauque et chevrotante :

- Bonsoir et bienvenue sur RPO, la *radio des parents de l'ombre.* Comme vous le savez tous, notre cher pape Pie XIII est arrivé du Vatican afin de prononcer une messe en la cathédrale Notre-Dame dimanche matin. Avant cela, il est attendu à l'Elysée par notre chef d'Etat. De quoi vont-ils discuter ? Officiellement, de la nouvelle politique d'immigration de l'Europe. Officieusement…

Stéphane fait une courte pause pour retenir l'attention de son auditoire. Sa voix s'est affermie, il est plus en confiance. Le casque sur les oreilles, Philippe lève le pouce dans sa direction avec un clin d'œil.

- Officieusement, ces deux hommes de pouvoir vont discuter de nouveau du prix demandé par le Vatican contre son soutien sans réserve à notre gouvernement. Vous n'êtes pas sans savoir que le Vatican approuve depuis le début la loi sur *l'identification génétique des criminels*. Cette église qui a toujours réprouvé l'avortement au nom du droit à la vie, se fait la complice de ceux qui enlèvent des enfants innocents de deux ans. Des enfants dont on n'entend plus jamais parler. Qui peut nous apporter la preuve, aujourd'hui, que ces enfants sont réellement soignés comme on veut nous le faire croire ? Qui peut être sûr que ces enfants ne sont pas tout simplement éliminés ?

« Bien sûr, le Vatican va nous répondre qu'il y a une différence entre un embryon dont on ne sait rien et un enfant dont on est sûr qu'il deviendra un criminel. Il

faut les mettre à l'écart avant qu'ils ne commettent un terrible péché. Mais qui sommes-nous pour oser prédire l'avenir ? Comment pouvons-nous être aussi persuadés que tel enfant finira par commettre un crime ? Nous avons décelé un gène qui prédispose à ce genre de comportement mais il n'indique pas que de tels événements auront forcément lieu. Notre génome n'est pas le seul à avoir une influence sur notre comportement. Notre environnement et notre éducation sont au moins aussi importants. En enlevant ces enfants à leur famille, ne les prive-t-on pas justement de ce qui pourrait les sauver : une bonne éducation et l'amour de leurs parents. Si ces enfants sont toujours en vie, n'est-on pas en train d'alimenter leur haine contre la société qui leur a arraché tout droit au bonheur ? En laissant agir le gouvernement, n'est-on pas justement en train de créer ces monstres que le gouvernement nous a appris à craindre ?
« L'Eglise ferme les yeux sur ces enlèvements qui font partie de notre quotidien. Elle soutient le gouvernement dans sa « purification ». Elle condamne tous ces enfants. Pourtant, la religion catholique n'est-elle pas une religion du pardon ? Qui ne connaît pas cette phrase tiré de l'Evangile selon Saint Matthieu : *pardonne-nous nos offenses, comme nous aussi nous pardonnons à ceux qui nous ont offensés*. Le Vatican n'a jamais prôné une religion qui condamnerait des enfants innocents… jusqu'à aujourd'hui.
« Regardez vos enfants, vos petits-enfants, vos neveux et nièces, vos cousins, vos frères et sœurs et demandez-vous ce que vous ressentiriez si on vous les avait enlevés à l'âge de deux ans pour des crimes qu'ils n'ont pas commis et ne commettront sans doute jamais. Alors seulement, vous commencerez à comprendre ce qui anime les *parents de l'ombre*. Il nous faut retrouver nos enfants, les accepter malgré leur génome, les aimer et les éduquer et alors, peut-être que nous pourrons leur demander pardon pour ce que nous leur avons fait subir.

« Je finirai en citant Saint Luc dans son Evangile, chapitre dix-neuf, versets trente-six et trente-sept : *soyez donc miséricordieux, comme votre Père est miséricordieux. Ne jugez point, et vous ne serez point jugés ; ne condamnez point, et vous ne serez point condamnés ; absolvez et vous serez absous.* »

Le voyant rouge s'éteint. Stéphane n'est plus en direct. Il transpire, non plus parce qu'il est stressé mais parce qu'il s'est animé pendant son discours, faisant de grands gestes des bras comme s'il avait une foule face à lui alors qu'en réalité, seul Philippe pouvait le voir. Ce dernier sort rapidement de sa cabine et vient lui serrer la main avec vigueur.
- Ton discours était super, Stéphane. Pour un premier passage à la radio, tu as vraiment assuré. Tu étais un peu hésitant au début à cause du stress mais après, tu étais tellement convaincant. Si jamais le Pape t'avait écouté, je pense qu'il aurait pu nous faire une petite crise cardiaque. Tu as essayé de le décrédibiliser sans remettre en cause les fondements de la religion catholique, c'était bien trouvé.
- Qui sait, peut-être qu'avec toutes les affiches que nous avons collées dans la capitale, le Pape ou quelqu'un de son entourage aura entendu mon discours.
Philippe prend le tract posé sur la table sans grande conviction. Certes, ils ont fait du bon travail. Il n'aurait jamais soupçonné que Justin était doué pour la conception graphique. Apparemment, il avait intégré une école de design avant de rejoindre les pompiers de Paris. Son équipe a encore de quoi le surprendre. Mais leur groupe n'est pas assez connu pour qu'un simple tract incite les gens à écouter leur émission. Ce n'est pas forcément une mauvaise chose. S'ils deviennent trop populaires, ils devront être beaucoup plus prudents.
- Peut-être mais j'en doute… Allons boire un coup pour fêter ton premier passage à la radio. Il va falloir qu'on songe à t'accorder une émission périodique. Mais la

prochaine fois, il faudrait qu'elle soit moins tournée vers l'Eglise et le Vatican.
Philippe continue de réfléchir à haute voix sur le thème du prochain discours de Stéphane tout en entrainant son compagnon dans un bar sur les quais de la Seine.

A onze heures précises, le dimanche matin suivant, Stéphane allume sa télévision. La messe du Pape Pie XIII à la cathédrale Notre-Dame de Paris doit être retransmise sur la chaine nationale. Aussitôt, le son de l'orgue résonne dans tout l'appartement. Stéphane appuie frénétiquement sur le bouton de la télécommande pour baisser le volume. Assis confortablement dans son canapé, Stéphane a alors l'impression de se trouver lui-même dans la cathédrale. L'hologramme qu'il a devant lui est saisissant. L'image en trois dimensions de l'intérieur de Notre-Dame qui envahit son salon est d'une qualité exceptionnelle pour une émission de ce type. Ils ont fait les choses en grand. Stéphane se retient tout juste de tendre le bras pour toucher la colonne à sa droite. Il ne se laissera pas prendre à cette illusion. Il s'est déjà retrouvé face à des hologrammes de cette qualité mais pour des films de fiction, pas pour des reportages ou des discours politiques et religieux.
Les cloches sonnent l'heure de la messe. Quand elles s'arrêtent et que le silence s'installe, le Pape s'avance et entame un chant d'entrée, de salutation de l'autel et de l'assemblée. Cette dernière reprend régulièrement le « *Alléluia* ». Enfin, tout le monde se rassoit et le Pape annonce qu'il va lire le début du chapitre quatre de la Genèse, tirée de l'Ancien Testament. Sa voix grave résonne sous la voute de Notre-Dame de Paris.
- *Adam connut Eve, sa femme ; elle conçut et enfanta Caïn et elle dit : J'ai formé un homme avec l'aide de l'Eternel. Elle enfanta encore son frère Abel. Abel fut berger, et Caïn fut laboureur. Au bout de quelques temps, Caïn fit à l'Eternel une offrande des fruits de la terre ; et Abel, de son côté, en fit une des premiers-nés de son troupeau et de leur graisse. L'Eternel porta*

un regard favorable sur Abel et sur son offrande ; mais il ne porta pas un regard favorable sur Caïn et sur son offrande. Caïn fut très irrité, et son visage fut abattu. Et l'Eternel dit à Caïn : Pourquoi es-tu irrité, et pourquoi ton visage est-il abattu ? Certainement, si tu agis bien, tu relèveras ton visage, et si tu agis mal, le péché se couche à la porte, et ses désirs se portent vers toi : mais toi, domine sur lui. Cependant, Caïn adressa la parole à son frère Abel ; mais comme ils étaient dans les champs, Caïn se jeta sur son frère Abel, et le tua. L'Eternel dit à Caïn : Où est ton frère Abel ? Il répondit : Je ne sais pas ; suis-je le gardien de mon frère ? Et Dieu dit : qu'as-tu fait ? La voix du sang de ton frère crie de la terre jusqu'à moi. Maintenant, tu seras maudit de la terre qui a ouvert sa bouche pour recevoir de ta main le sang de ton frère. Quand tu cultiveras le sol, il ne te donnera plus sa richesse. Tu seras errant et vagabond sur la terre.
Le Pape releva sa tête du livre qu'il était en train de lire et garda le silence quelques instants avant de s'adresser à ses fidèles avec ses propres mots.
- Caïn fut le premier meurtrier de l'Histoire et Dieu l'a banni. Dieu a toujours désapprouvé les criminels et a institué le gouvernement civil afin de faire justice en son nom, ainsi qu'il est écrit au chapitre treize, verset quatre des Epitres de Paul aux Romains : *Le magistrat est serviteur de Dieu pour ton bien. Mais si tu fais le mal, crains ; car ce n'est pas en vain qu'il porte l'épée, étant serviteur de Dieu pour exercer la vengeance et punir celui qui fait le mal*. Certains Hommes portent le mal en eux. C'est à la Justice de les punir comme il se doit. Genèse, chapitre neuf, verset 6 : *Si quelqu'un verse le sang de l'homme, par l'homme son sang sera versé ; car Dieu a fait l'homme à son image*. Aujourd'hui, nous n'avons plus besoin d'attendre que le sang soit versé. Nous pouvons prévenir les crimes et soigner les criminels. Nous devons placer toute notre confiance dans…
- Papa, papa, devine ce que maman m'a acheté !

Jérémy est entré dans l'appartement en courant, détournant l'attention de son père de la messe papale. Arrivé dans le salon, Jérémy se fige net devant l'image holographique qui emplit la moitié de la pièce. D'ordinaire, son père n'active pas le mode holographique, préférant les images en deux dimensions. Jérémy ne comprend pas pourquoi. C'est tellement plus beau. Mais aucune image holographique sortie de ses jeux vidéo ne fait cette taille là. Sa mère n'est pas loin derrière lui et elle est toute aussi surprise devant le spectacle du salon. Lauraine reprend ses esprits plus rapidement que son fils et vient se planter devant son mari qui a retourné son attention vers le Pape.

- Qu'est-ce que tu fais, Stéphane ? Depuis quand suis-tu les messes papales à la télévision ? Et en mode holographique en plus ! J'avoue que l'effet est saisissant. Mais justement, il l'est un peu trop. Toi qui me parlais de propagande l'autre jour, si ça, ce n'est pas un moyen de plus pour attirer des fidèles et pour les convaincre que le Pape possède la parole divine, je ne sais pas ce que c'est. Peux-tu me passer la télécommande, je vais éteindre la télévision.

- Laisse-moi juste écouter encore quelques minutes. C'est simplement pour me tenir au courant que je regarde.

- Alors enlève au moins l'holographie, insiste Lauraine. Regarde l'effet produit sur ton fils. Il est émerveillé par ce qu'il voit. Dans sa tête, il va associer le catholicisme à ces jolies images et je ne veux pas de ça. Tout ceci n'a rien à voir avec la religion qu'on nous a apprise au catéchisme, ajoute Lauraine dans un soupir.

Stéphane sait très bien que sa femme est croyante mais qu'elle n'aime pas ce qu'est devenue sa religion avec les années. Cependant, il ne voit pas en quoi ces images pourraient influencer leur fils. Quand il sera grand, il sera bien capable de se faire ses propres idées tout seul.

Ils argumentent sur le même sujet jusqu'à ce qu'ils soient interrompus par la sonnerie du téléphone.

Stéphane se lève pour aller répondre, laissant à Lauraine l'occasion d'éteindre la télévision. Il déteste se disputer avec elle. Il espère donc qu'elle ne relancera pas le sujet plus tard. Stéphane décroche et reconnaît aussitôt la voix de Philippe.
- Est-ce que tu as écouté la messe papale ? demande Philippe d'une voix où perce l'excitation.
- Seulement le début. J'ai été interrompu il y a une dizaine de minutes.
- Tu n'as rien loupé. La suite était très ennuyeuse. J'ai coupé au milieu d'un sermon. Tu as entendu de quoi il a parlé tout au début ?
- Du châtiment contre les criminels ?
- Exactement ! Et est-ce que tu as eu la même impression que moi ou je me fais de fausses idées ? interroge Philippe, tendu.
- Non, tu ne te fais pas de fausses idées. Le pape ou un de ses conseillers a entendu notre émission et qu'ils ont voulu y répondre indirectement. Nous avions rappelé que la religion catholique était une religion du pardon. Ils ont tenté de nous contrer en parlant du châtiment pour les criminels.
- Je ne suis pas fou, alors ! Tu te rends compte de ce que ça signifie ? Notre émission a été écoutée ! Nous n'avons sans doute pas fait beaucoup d'audience mais suffisamment pour que notre discours remonte jusqu'aux oreilles du Pape. C'est génial ! On commence à se faire connaître. Il faut absolument prévoir ta prochaine émission. Il faut informer les gens de tout ce que l'on sait et de tout ce qu'on soupçonne. On peut éveiller les consciences, Stéphane ! La population finira par mettre en doute le bien fondé de toutes les actions du gouvernement.
Pour quelqu'un qui s'est juré, deux semaines plus tôt, de ne plus se laisser envahir par de faux espoirs, Philippe est très optimiste. Stéphane l'écoute en souriant, ravi de l'entendre de nouveau croire en l'avenir. Il tente de calmer un peu son exaltation, l'informe, à un moment où Philippe est obligé de reprendre son souffle, qu'ils ont rendez-vous avec le

Professeur Roiteau le jeudi suivant et raccroche le combiné.
Stéphane reste quelques secondes songeur. Il commence à bien apprécier Philippe et à se sentir impliqué dans ses projets. Stéphane se dirige vers la chambre de son fils où ce dernier est en train de s'amuser. Il se penche pour lui faire quelques chatouilles et s'assoit à côté de lui, à même le sol.
- Alors, qu'est-ce que maman t'a acheté ? demande Stéphane qui n'a pas oublié les premières paroles de Jérémy lorsqu'il est arrivé à la maison.

Chapitre 10

- Il y en a pour qui ces dernières années ont été profitables ! s'exclame Philippe en franchissant le portail de la demeure du Professeur Roiteau. Stéphane vient tout juste de lui expliquer que le Professeur est issu de la classe moyenne et qu'il a consacré une grande partie de sa vie à ses recherches sur le génome humain.
- Je vais finir par ne plus croire un mot de tous ces chercheurs qui se plaignent d'avoir fait des années d'études pour un salaire de misère, ajoute Philippe en admirant les arbres majestueux qui entourent le parc qu'ils sont en train de traverser. Stéphane lui donne un petit coup de coude dans les côtes pour l'inciter à baisser le ton.
- Tous les chercheurs ne font pas des découvertes capables d'intéresser autant le gouvernement que celle du Professeur Roiteau.
- Tout de même. On est à Neuilly-sur-Seine, insiste Philippe. Tu as vu la taille du terrain ? Et la maison ? Elle a l'air gigantesque.
Ils sont encore loin d'avoir atteint la demeure mais Stéphane doit bien admettre qu'elle est déjà très imposante vue d'ici. Lorsqu'ils arrivent à la porte, un domestique les fait entrer et leur demande de patienter dans le salon. Ni Stéphane, ni Philippe n'ose prononcer un mot. Ils se sentent intimidés dans un endroit aussi somptueux. Philippe ne s'exclame plus sur les richesses qui l'entourent. Il se contente d'observer minutieusement la pièce en attendant. Il est plongé dans la contemplation d'un tableau datant sans doute du dix-septième siècle lorsque la porte s'ouvre derrière lui. Remarquant son intérêt, l'homme d'une cinquantaine d'années qui vient de pénétrer dans la pièce s'approche de lui. Il a les cheveux gris, de

petites lunettes rondes qui lui tombent sur le nez et de nombreuses rides lui creusent le front.
- C'est un véritable Georges de La Tour, précise-t-il à son invité.
- C'est impressionnant. Comment avez-vous réussi à vous le procurer ? Je croyais que toutes ses œuvres appartenaient à des musées.
- C'est l'avantage quand on a de l'argent, répond l'homme avec une pointe de déception dans la voix.
Stéphane se lève du fauteuil où il commençait à s'assoupir et vient se présenter :
- Professeur Roiteau. Je suis très heureux de vous rencontrer enfin. Merci de prendre le temps de nous recevoir. Je suis Stéphane Laudrain, Docteur en pédiatrie. Et voilà, mon ami Philippe Pradeau qui m'accompagne.
- Et quelle est donc votre profession, monsieur Pradeau ? demande le Professeur Roiteau.
- En tout cas, il est clair que je ne suis pas médecin comme vous deux, répond Philippe en restant dans le vague. Je n'ai jamais été suffisamment scolaire pour me lancer dans de telles études. Mais je suis amateur d'art à mes heures perdues même s'il y a bien des années que je n'ai pas mis les pieds dans un musée.
Le Professeur Roiteau semble sur le point de poser une nouvelle question à Philippe mais Stéphane le devance. Ils ne sont pas venus pour parler d'eux.
- Professeur Roiteau, nous aimerions en apprendre plus sur vos recherches. Serait-il possible de s'installer quelque part pour que nous puissions discuter tranquillement ?
- Et que connaissez-vous de mes recherches, Docteur Laudrain ? Que savez-vous de moi ? demande le Professeur avec un petit air de défi.
- Je sais que vous êtes à l'origine de la découverte du gène DR2624.
- Vous devez être une des rares personnes à encore vous souvenir de mon nom. Rien que pour ça, je suis prêt à vous accorder quelques minutes. Suivez-moi, nous serons mieux dans le jardin.

Philippe et Stéphane suivent le Professeur sur la terrasse. Stéphane pense qu'il va les inviter à s'asseoir autour de la table de jardin mais non, il continue son chemin. Ils traversent des pelouses très vertes et parfaitement tondues, passent à côté de parterres de fleurs très différentes. Stéphane serait bien incapable de nommer la moitié d'entre elles si on le lui demandait. Enfin, arrivé à la roseraie, le Professeur s'arrête. Il sort de sa poche de pantalon en lin beige un sécateur et commence à couper les fleurs fanées.
- Alors, qu'est-ce qui vous intéresse tellement dans mes recherches, messieurs ?
Stéphane et Philippe ont décidé d'un commun accord que c'est Stéphane qui mènera en grande partie l'entretien.
- Nous aimerions en savoir plus sur vos recherches concernant le gène DR2624 : comment l'avez-vous découvert ? Quels sont les tests que vous avez effectués ? Qui étaient vos cobayes ? Où se situait votre laboratoire ?
Cette dernière question intéresse particulièrement Philippe. Si le Professeur leur fournit l'adresse de son ancien laboratoire, ils pourront peut-être retrouver la trace de l'endroit où sont emmenés les enfants.
- Je vois que vous avez de nombreuses questions. Mais quel est mon intérêt dans tout ça ?
- Votre intérêt ? demande Stéphane surpris.
- Oui, mon intérêt, insiste le Professeur. Si je réponds à toutes vos questions, qu'est-ce que j'en retire ? Il y a quinze ans, je donnais des conférences, j'étais connu de la communauté scientifique. J'ai consacré ma vie à mes recherches. Aujourd'hui, je ne peux plus travailler dessus mais j'ai tout ceci…
Le Professeur fait un large geste du bras qui englobe la grande demeure et le jardin.
- Alors je répète ma question : qu'est-ce que je gagne à vous raconter ce que je sais ?
Stéphane est perdu et ne sait trop que répondre. Il ne s'attendait pas à de telles négociations. Il espérait que

le Professeur coopérerait sans protester. S'il a déjà tout l'argent qu'il veut, qu'attend-il d'autres ? Philippe qui n'apprécie pas ces tergiversations, intervient :
- Vous pourriez répondre à nos questions simplement parce que vous ne voulez pas vous faire des ennemis. Nous ne sommes pas toujours très futés lorsqu'on ne souhaite pas nous aider.
Stéphane regarde son ami sans comprendre. Les menaces pèsent dans ses mots. Stéphane ne le reconnaît pas. Il n'a jamais été question d'user de la menace ou de violences pour obtenir ce qu'ils veulent. Il s'attend à ce que le Professeur Roiteau retourne aussitôt dans sa maison pour prévenir la police. Mais non, le Professeur ne semble pas choqué par les paroles de Philippe. Il est plutôt amusé.
- Vous pouvez me menacer autant que vous le souhaiter, monsieur Pradeau, je ne répondrai pas à vos questions. Vous n'avez aucune idée de ce à quoi vous vous opposez, tente-t-il d'expliquer d'un air condescendant. D'autres que vous m'ont déjà menacé et ils étaient beaucoup plus convaincants. Vous savez pourquoi je vous ai amenés jusqu'à la roseraie. Parce que l'expression « les murs ont des oreilles » n'a jamais été aussi vraie que dans cette demeure. Des micros sont cachés dans toutes les pièces. Ils me surveillent jour et nuit. Ma roseraie est le seul endroit où je suis sûr de ne pas être écouté.
- Qui vous surveille ? demande Stéphane.
- A votre avis ? répond le Professeur avec une nouvelle question. Contre qui souhaitez-vous retourner les informations que je pourrais vous fournir?
Stéphane déglutit difficilement. Le gouvernement bien sûr. Ils sont fous d'avoir pensé qu'ils pouvaient venir poser des questions au Professeur qui avait découvert le gène de la criminalité sans que le gouvernement ne soit au courant.
- Si vous n'avez rien de plus à me proposer, je pense que vous devriez partir, suggère le Professeur.
- Attendez ! s'exclame Stéphane. Nous pouvons vous apporter autre chose : la renommée.

Le regard du Professeur Roiteau s'éclaire soudain. Stéphane a visé juste.
- Vous l'avez dit vous-même, personne ne connaît votre nom aujourd'hui. Le gouvernement a tout fait pour qu'on oublie celui qui a découvert le gène de la criminalité. Ils ne veulent pas qu'on vienne vous poser des questions sur vos recherches au cas où certains généticiens viendraient à les remettre en cause. Nous pouvons vous redonner une certaine gloire. Nous pouvons faire parler de vous à la radio, sur des tracts. Les gens sauront de nouveau qui vous êtes et vous ne mourrez pas comme un anonyme dans cette ville bourgeoise.
Le Professeur Roiteau coupe une nouvelle fleur fanée. Stéphane et Philippe attendent son verdict avec espoir. Stéphane croise et décroise ses bras avec impatience tandis que Philippe ne cesse de se gratter la barbe. L'atmosphère est tendue. Seul le Professeur semble calme. Tout en continuant à s'occuper de ses fleurs, il s'adresse de nouveau à eux :
- Si vous voulez en savoir plus sur mes recherches pour le gouvernement, il va falloir que je commence bien avant qu'ils prennent contact avec moi. Docteur Laudrain, vous qui dites connaître mes travaux, pouvez-vous expliquer à votre ami sur quoi je travaillais avant de m'intéresser au gène de la criminalité ?
Philippe ne peut empêcher un sourire triomphant d'illuminer son visage. Le Professeur est prêt à leur parler. Il va peut-être leur fournir une piste. Philippe risque fort de devoir subir un cours laborieux sur la génétique avant mais il est prêt à l'endurer. Stéphane, quant à lui, semble tout à fait dans son élément. La médecine le passionne depuis son plus jeune âge alors pouvoir en discuter avec un de ses aînés, c'est un plaisir.
- Oui, bien sûr. Au début de mes études, il y a une quinzaine d'années, j'ai eu l'occasion d'assister à l'une de vos conférences.

- Ça ne me rajeunit pas tout ça, grommelle le Professeur à ses plantes.
Stéphane continue sans faire attention à sa remarque.
- Vous évoquiez les maladies cardiovasculaires, et plus particulièrement l'infarctus du myocarde. Depuis plusieurs années déjà, on avait découvert différents gènes prédisposant à cette maladie. Seulement, avant vous, on ne pouvait pas l'empêcher. Quand un médecin détectait des prédispositions à cette maladie dans le génome de son patient, il lui préconisait de faire attention à son alimentation et d'avoir une meilleure hygiène de vie mais un jour ou l'autre, l'infarctus pouvait arriver. Tout ce qu'on savait faire, c'était réparer le cœur abimé après une crise cardiaque grâce à des cellules souches extraites de la moelle osseuse. Vous avez été le premier à affirmer qu'il était possible d'empêcher un infarctus en agissant directement sur les gènes prédisposant à cette maladie, et plus particulièrement sur des gènes situés sur les chromosomes six et neuf si je ne me trompe pas.
Stéphane relève la tête vers le Professeur pour avoir confirmation. Celui-ci hoche la tête, ce qui encourage Stéphane à continuer.
- Vous avez commencé à faire des tests de manipulations génétiques et vous n'étiez pas loin de réussir quand, du jour au lendemain, on n'a plus entendu parler de vous. Un de vos collègues a continué vos travaux et aujourd'hui, on est capable d'empêcher cette maladie grâce à la thérapie génique. Voilà tout ce que je sais de vous, Professeur.
- Et c'est déjà beaucoup plus que quatre-vingt-dix-huit pour cent de la population. En effet, j'ai dû abandonner mes recherches à mon collègue parce qu'on m'avait fait une proposition beaucoup plus intéressante.
- Plus intéressante que de découvrir le moyen de prévenir et de soigner les maladies cardiovasculaires ? s'exclame Stéphane.
Le Professeur Roiteau se détourne enfin de ses fleurs pour fixer Stéphane. Il pointe son sécateur dans sa

direction et l'agite comme un enseignant agite une baguette face à son élève.
- A l'époque, je ne pouvais pas savoir que le gouvernement ferait tout pour effacer mon nom de la mémoire de la communauté scientifique une fois que je leur aurais fourni ce qu'ils attendaient de moi.
- Et qu'attendaient-ils de vous ? intervient Philippe qui sent que la conversation commence à devenir intéressante.
- Je devais découvrir le gène de la criminalité. J'ai toujours insisté sur le fait que c'était plutôt une prédisposition au crime. Ce n'est pas une fatalité. Ils n'ont rien voulu entendre et ont continué à le nommer le gène de la criminalité. Moi, j'ai fini par ne plus soulever ce problème de vocabulaire qui me semblait insignifiant.
- Et qui s'est révélé désastreux, ne peut s'empêcher de soulever Philippe. Si tout le monde était au courant que ce gène ne signifie pas forcément qu'on va commettre un crime mais plutôt qu'il nous y prédispose, la loi sur l'*identification génétique des criminels* n'aurait jamais vu le jour.
Stéphane est quelque peu choqué par l'insolence de Philippe et a soudain peur que le Professeur refuse de continuer à lui parler. Au contraire, celui-ci semble donner raison à Philippe.
- Je suis bien d'accord avec vous, Monsieur Pradeau. Et ce n'est pas la seule erreur que j'ai commise, malheureusement. Le gouvernement m'avait promis beaucoup d'argent, la gloire, la reconnaissance scientifique, peut-être même le Nobel... J'avais plus de quarante ans, pas de femme, ni d'enfants, j'avais passé ma vie sur mes recherches et je savais que même si je réussissais à guérir l'infarctus, je ne resterais pas longtemps dans la mémoire scientifique. Si je voulais que mon œuvre me survive, il était temps que je me lance dans un projet de plus grande envergure. Le gouvernement m'en donnait l'opportunité. J'ai sauté sur l'occasion sans songer aux conséquences. Lorsque Albert Einstein a ouvert de

nouvelles voies dans la recherche en physique nucléaire grâce à la relativité restreinte et l'hypothèse des quantas, il ne se doutait pas que tout ceci allait aboutir à la création d'une bombe nucléaire qui ferait des dizaines de milliers de morts.
Philippe se tait. Il n'a rien à opposer à cet argument.
- En acceptant ce poste, je n'ai pensé qu'à l'avancée de la recherche et à ma propre renommée, c'est vrai. Pendant plusieurs années, j'ai passé mes jours et mes nuits sur mes travaux. Je ne vivais que pour cette raison. On avait mis à ma disposition un laboratoire ultra équipé et très moderne. J'avais ma propre clinique où je dirigeais une dizaine de personnes et on nous amenait régulièrement des cobayes, soi-disant volontaires. Le gouvernement attendait des résultats. Il voulait un rapport sur l'avancée de mes recherches une fois par mois. Je n'avais pas le temps de prendre du bon temps.
- Qui étaient ces cobayes ? demande Stéphane curieux.
- Des criminels. Souvent des tueurs ou des violeurs condamnés à perpétuité. Je n'avais aucun scrupule à effectuer des tests sur eux. Je me doutais bien qu'on ne leur avait pas laissé le choix mais je m'en fichais. J'ai analysé et disséqué leur génome à la recherche d'un gène ou d'un allèle commun à tous ces hommes et ces femmes qui avaient commis un crime.
- Je vais peut-être paraître stupide mais qu'est-ce qu'un allèle ? demande Philippe qui n'a jamais été très fort en biologie humaine.
Le Professeur Roiteau laisse Stéphane répondre.
- Les allèles sont les différentes versions que peut prendre un même gène. Les différents allèles d'un même gène occupent toujours le même emplacement sur le même chromosome. Prenons un exemple : le gène codant pour la couleur des yeux. A l'emplacement où se situe ce gène sur un de nos vingt-trois chromosomes, tu trouveras soit un allèle « yeux bleus », un allèle « yeux marrons », un allèle « yeux verts », etc. Tu me suis ?

- Oui, je comprends mieux, acquiesce Philippe. Il pense que Stéphane en a fini avec son explication mais celui-ci décide de rentrer un peu plus dans les détails pour partager son savoir.
- Après, il faut savoir qu'il existe des allèles récessifs et des allèles dominants. Nous possédons des paires de chromosomes, chaque gène existe donc en double. Mais sur chacun de nos deux chromosomes, on peut avoir deux allèles différents. Pour continuer avec notre exemple, sur un chromosome, tu peux posséder l'allèle « yeux bleus » et sur l'autre, l'allèle « yeux marrons ».
- Je n'ai jamais vu quelqu'un avec des yeux d'une couleur bleue marron, ironise Philippe dont toutes ses explications commencent à lui donner mal à la tête.
- Laisse-moi finir si tu veux comprendre, lance Stéphane sèchement. Si tu as deux allèles « yeux marrons », tu auras les yeux marron et c'est la même chose pour les yeux bleus. Par contre, quand les deux allèles codent pour des informations différentes, il faut savoir quel allèle est dominant et lequel est récessif pour connaître le caractère physique de cette personne. Dans notre cas, l'allèle « yeux bleus » est récessif. Si tu possèdes un allèle « yeux marrons » et un autre « yeux bleus », tu auras donc les yeux marron. Il faudra forcément que tu possèdent deux allèles « yeux bleus » pour avoir effectivement les yeux bleus.
- Oulala, tu m'embrouilles, Stéphane. Je crois que ces explications vont me suffire pour l'instant. Je poserai d'autres questions plus tard.
Stéphane, un peu vexé, se retourne vers le Professeur Roiteau :
- Et vous avez fini par découvrir un gène commun à tous ces criminels.
- Un allèle pour être exact. J'ai passé plus de sept ans à le chercher, deux mille six cent-vingt-quatre jours exactement mais j'ai fini par découvrir ce qui unissait tous ces codes génétiques.

- C'est pour ça que vous l'avez appelé DR2624 ! s'exclame Philippe. C'est en référence au nombre de jours que vous avez passé à travailler dessus.
- Exactement. Et les lettres DR correspondent à mes initiales. Le gouvernement était aux anges, ce jour-là. Je leur ai apporté exactement ce qu'ils voulaient.
Un silence s'installe que Stéphane vient rompre :
- Mais… ? demande-t-il, sentant que quelque chose tracasse le Professeur.
- Mais ces recherches n'étaient pas complètes. J'avais trouvé un allèle qui apparaissait chez près de quatre-vingt-dix pour cent de ces hommes et ces femmes mais je n'avais pas eu le temps de vérifier qu'il n'était pas présent également chez des personnes n'ayant jamais commis de crimes. J'avais fait quelques tests sur d'autres personnes mais c'était loin d'être un échantillon représentatif. Lorsque j'en ai fait la remarque aux représentants du gouvernement, ils ont balayé mes doutes d'un geste de la main. J'avais découvert ce qu'ils voulaient, je devais m'en féliciter, c'est tout. Et c'est ce que j'ai fait. Je me suis dit que ce n'était pas bien grave, qu'on ferait d'autres recherches plus tard et j'ai profité de ma courte renommée. J'étais fier de moi. J'avais enfin fait une grande découverte. Ce n'est que trois ans plus tard, lorsque le gouvernement a commencé à « trier » les enfants que j'ai de nouveau fait savoir que les recherches n'étaient pas complètes, que ce gène n'engendrait pas automatiquement le crime. C'était trop tard. Le gouvernement n'avait aucune envie que quelqu'un vienne mettre en doute le bien fondé de leur nouvelle loi sur *l'identification génétique des criminels*. Quelques mois plus tôt, ils m'avaient proposé un nouveau poste. Je devais travailler à essayer de modifier ce gène afin que ces futurs criminels n'en soient plus. Après mes protestations concernant mes propres recherches que j'estimais non abouties, ils ont aussitôt retiré leur offre. Ils ne me faisaient plus confiance. Je venais de me faire un ennemi de taille.

- Et depuis, ils vous gardent dans cette maison ? demande Stéphane compatissant.
- Oh, non. Je peux sortir autant que je le veux mais je suis toujours sous bonne garde. Deux hommes sont continuellement en planque devant chez moi. Ils me suivent à chacun de mes déplacements. Ils sont loin d'être discrets mais ils n'en ont pas besoin. Ils veulent simplement me faire comprendre que je ne peux rien faire sans qu'ils le sachent. Ils m'ont interdit toute nouvelle pratique de la génétique. Je n'ai plus le droit de faire de recherches alors que c'est la seule chose que j'ai été capable de faire durant toute ma vie.
Contrairement à Stéphane, Philippe est loin de ressentir une quelconque sympathie pour cet homme. Au fond, c'est à cause de lui si sa fille lui a été enlevée.
- Il y a quelque chose qui m'intrigue dans votre histoire. Notre code génétique provient bien de nos parents ? Je n'ai rien compris aux histoires de Stéphane à propos de dominant et récessif mais si un enfant possède ce gène, ou cet allèle comme vous voulez, il faut bien qu'au moins un de ses parents le possède aussi, non ?
Stéphane est impressionné par la pertinence de son ami. La question est importante. Cet allèle est-il dominant ou récessif ?
- C'est un autre écueil de la politique du gouvernement. Cet allèle est récessif. Ce qui signifie que pour qu'il se manifeste chez un enfant, il faut que chacun des deux chromosomes de cette paire possède cet allèle. Donc, les deux parents de l'enfant « malade » doivent posséder ce gène sur au moins un des deux chromosomes.
- Mais rien ne prouve qu'un des deux parents ne possède pas ce gène sur ces deux chromosomes. Et dans ce cas, il devrait être considéré comme un criminel d'un point de vue génétique, complète Stéphane.
- Vous avez tout compris, conclut le Professeur Roiteau.

- Dans ce cas, pourquoi le gouvernement ne teste que les enfants, demande Philippe ?
- Vous imaginez si l'on faisait passer ce test à la totalité de la population et que des personnes de soixante-dix ans qui n'ont jamais tué une mouche de leur vie, soient porteuses du gène. Plus personne ne pourrait croire au bien fondé de ce test. Le gouvernement n'a pas voulu prendre ce risque.
- Mais quel est leur but ? Quel intérêt tire-t-il dans le fait d'enlever à leurs parents des enfants porteurs de ce gène s'ils savent qu'il ne se manifestera peut-être jamais ?
- Je pense qu'ils croient sincèrement que ce qu'ils font est juste. Du moins, certains d'entre eux. Ils ont trouvé un moyen de prévenir le crime avant qu'il soit commis. Ils en tirent un grand pouvoir et ils n'ont pas l'intention de le laisser leur échapper.
- Professeur, vous nous avez dit que le gouvernement avait mis à votre disposition tout un laboratoire. Où se trouvait-il ? demande Philippe.
- Pendant toutes ces années, j'ai travaillé en Afrique du Sud. Vous avez déjà entendu parler du mouvement raëlien?
- Vaguement, répond Stéphane tandis que Philippe secoue la tête négativement.
- Renseignez-vous sur eux et vous aurez l'adresse exacte de mon ancien laboratoire. Je travaillais sous couvert de leur organisation. Maintenant que j'ai répondu à toutes vos questions, j'espère que vous n'oublierez pas de me faire sortir de mon anonymat. J'ai pris d'énormes risques en vous révélant tout ce que je sais.
- Si vous voulez mon avis, vous ne méritez pas une telle faveur, rétorque Philippe. Vous n'auriez jamais dû accepter de travailler sur de telles recherches. Vous saviez que vous alliez favoriser la discrimination génétique. Mais une promesse est une promesse. Nous parlerons de vous et si nous réussissons dans notre entreprise, vous retrouverez un peu de votre renommée.

Chapitre 11

« … Voilà comment le Professeur Roiteau a découvert le gène de la criminalité. Aujourd'hui, il est surveillé vingt-quatre heures sur vingt-quatre par des agents du gouvernement de peur qu'il ne révèle des éléments qui pourraient soulever certaines questions sur ses recherches. Même si nous ne pouvons pas savoir ce qui a été fait et ce qui a été omis durant toutes ces années de travail, nous sommes tout de même en mesure de nous interroger. La présence de ce gène chez un individu entraine-t-elle forcément un acte criminel ? Pouvez-vous affirmer avec certitude que vous-même ne possédez pas ce gène ? Pourquoi le gouvernement effectue-t-il seulement des tests sur les jeunes enfants ?

Beaucoup de questions que nous sommes en droit de nous poser mais auxquelles le gouvernement n'apportera jamais de réponses. Et c'est sans parler des questions éthiques soulevées par cette sélection que nous opérons sur nos enfants. Lorsque la loi sur l'identification génétique des criminels *a été votée, peu de personnes se sont insurgées contre elle. Pourquoi ? Parce que le gouvernement avait commencé à manipuler l'opinion publique des années auparavant. Les gouvernements du monde entier se sont toujours servis de la peur pour contrôler la population. C'est un levier fondamental du pouvoir. Lors de la Guerre Froide, les Etats-Unis ont instillé la peur du communisme tandis que l'URSS démontrait tous les mauvais côtés du capitalisme. La peur du terrorisme a permis à certains dirigeants de mener des guerres d'envergure sans rencontrer aucune opposition chez ses citoyens. La peur que des étrangers viennent prendre nos emplois et la peur du chômage sont à l'origine des politiques de limitation de*

l'immigration. Dans le même sens, pendant des années, le gouvernement européen a martelé les esprits avec l'augmentation de la violence, des meurtres, des viols... Tous les jours, aux informations, on apprenait qu'un enfant avait été kidnappé ou qu'un cadavre avait été retrouvé dans des bois. Ces crimes étaient-ils réellement plus fréquents ou bien est-ce simplement qu'on en parlait beaucoup plus ? Toujours est-il que les citoyens européens ont fini par ne plus se sentir en sécurité. C'est pour cette raison que nous avons tous accueilli avec espoir la découverte du gène de la criminalité. Et nous avons laissé le gouvernement mettre en place toutes les mesures nécessaires pour limiter cette montée du crime. Nous leur avons même donné notre approbation pour enlever nos enfants !
Aujourd'hui, il faut nous débarrasser de cette peur. Je ne dis pas que ce sera facile. Il faudra du temps. Mais commencez à vous poser certaines questions. Lorsque vous étiez jeunes, vos parents vous empêchaient-ils réellement de sortir seul de chez vous de peur que vous vous fassiez kidnapper ? Les meurtriers courraient-ils les rues comme le gouvernement essaye de nous le faire croire ? Et enfin, la baisse de la criminalité enregistrée ces dernières années est-elle due à la découverte du gène de la criminalité ou bien aux méthodes de plus en plus répressives mises en place par le gouvernement contre ceux qui enfreignent la loi ? »

Stéphane est dans son bureau, chez lui. Il a fermé la porte pour pouvoir écouter la radio sans être dérangé. C'est très étrange d'entendre sa propre voix sortir des enceintes. L'émission a été enregistrée quelques jours plus tôt. Stéphane commence réellement à prendre goût à ses passages radiophoniques. Il a toujours de nouvelles idées pour ses discours et Philippe n'arrête pas de lui dire qu'il est doué, ce qui l'encourage fortement.

Aujourd'hui, Lauraine est à sa fondation. S'il se souvient bien, elle doit rencontrer certaines personnes assez fortunées qui s'intéressent à ses projets et les convaincre de donner de l'argent pour qu'elle puisse lancer la construction de nouvelles écoles dans certains pays d'Afrique. Une partie du continent africain s'est bien développé depuis le début du vingt-et-unième siècle. Ils ont fait évoluer leur agriculture, leurs industries et surtout leur système scolaire. Le taux d'alphabétisation est aujourd'hui presque aussi élevé que celui de l'Europe, excepté pour quelques pays. Certains ont été trop longtemps soumis aux guerres civiles et à la sécheresse pour pouvoir se développer comme leurs voisins. C'est pour sortir ces quelques pays de la misère que Lauraine a créé sa fondation. Son but ? Construire des écoles pour former des enseignants. En effet, elle a compris depuis longtemps que construire des écoles pour les enfants ne suffit pas. Il faut former la population locale à l'enseignement sinon ces écoles sont désertées quand les Européens qui les ont construites repartent.
Une fois l'émission terminée, Stéphane éteint la radio et ouvre un fichier sur son ordinateur. C'est Philippe qui le lui a envoyé. Stéphane s'est un peu inquiété que le gouvernement puisse tracer leurs courriers électroniques et lire leurs contenus mais Philippe l'a assuré que ses informaticiens étaient des pros. Apparemment, ils peuvent coder un mail de telle sorte que personne ne puisse le lire, excepté l'ordinateur de Stéphane.
Ce fichier contient toutes les informations que Philippe a pu réunir sur le mouvement raëlien. Cette secte est très ancienne. Elle a été créée en 1974 par un français. Elle affirme que l'homme a été créé scientifiquement par les extra-terrestres et que ce sont eux qui ont apporté la vie sur Terre. Tous les prophètes des grandes religions monothéistes n'étaient que des messagers de ces extra-terrestres appelés Elohim. Le fondateur de cette secte, surnommé Raël, aurait rencontré les extra-terrestres.

Les Elohim doivent revenir sur Terre sous peu et les humains doivent se préparer à les accueillir en érigeant une ambassade. L'organisation est présente sur tout le globe terrestre et il semblerait qu'aujourd'hui, leur ambassade soit prête même si personne ne sait qui la compose, ni où elle se situe. Cependant, cette secte n'a jamais été considérée par aucun Etat comme dangereuse.
Une des principales croyances des Raëliens est que le développement de la science permettra d'améliorer le sort de l'humanité qui est promis à l'âge d'or et à la vie éternelle grâce au clonage. Malgré de nombreuses annonces, ils n'ont jamais pu prouver qu'ils avaient réussi à cloner un être humain. Ils sont favorables à la thérapie génique et ont des idées très particulières sur les gènes « idéaux » qu'il faudrait favoriser. Ils possèdent de nombreux laboratoire de part le monde où ils effectuent leurs manipulations génétiques mais leurs différentes adresses ne sont mentionnées nulle part.
Philippe a trouvé à plusieurs reprises la mention d'un laboratoire en Afrique du Sud, ce qui confirme les indications du Professeur Roiteau. Philippe conclut ses recherches en proposant de se rendre directement sur place. Le Professeur a gardé une vague idée de l'endroit où se situait le laboratoire et ils trouveront bien quelqu'un sur place pour les renseigner.
Stéphane éteint son ordinateur au moment où la sonnette de la porte d'entrée retentit. Il ne sait que penser de la proposition de Philippe. Il va lui falloir réfléchir. Il ne se sent pas prêt à se rendre aussi loin. Et puis, quelle excuse pourra-t-il fournir à Lauraine ?
Sur le palier, attend un homme blond d'une quarantaine d'années, les mains enfoncées dans son jean.
- Bonjour. Vous venez chercher votre fils ? demande Stéphane.
- Oui. Je suis un peu en retard, désolé. Ma réunion s'est finie plus tard que prévu.

- Il n'y a pas de problème, le rassure Stéphane. Les enfants se sont bien amusés tout l'après-midi. Ils ont été très sages. Entrez. Je vais aller les chercher.
Stéphane se rend dans la chambre de Jérémy où les deux enfants jouent avec un circuit de voitures. Ils protestent un peu quand Stéphane annonce que le papa de Louis est arrivé mais ils ne traînent pas trop à le suivre. Dans le salon, le jeune Louis se jette sur son père pour lui demander s'il peut rester jouer encore quelques minutes.
- Non, ce n'est pas possible. Nous devons rentrer à la maison. Maman va nous attendre.
Stéphane lance un regard de compréhension au père. Ce n'est jamais facile de ramener son enfant chez soi lorsqu'il s'est bien amusé chez les autres. Une fois le père et le fils partis, Stéphane se retourne vers Jérémy qui boude ostensiblement. Pour lui remonter le moral, Stéphane propose :
- Ça te dirait d'aller au cinéma ce soir pour voir un dessin animé ?
Jérémy n'hésite pas longtemps avant de céder à la proposition de son père. Il décroise les bras, cesse de faire la moue et demande :
- On pourra aller voir *Le prince de la forêt* ? Louis m'a dit qu'il était allé le voir et qu'il était trop bien. Il paraît qu'il y a des chevaliers et des bagarres avec des épées !
Stéphane sourit face à l'enthousiasme de son fils.
- D'accord, on ira voir *Le prince de la forêt*. Viens, on va aller chercher les horaires du cinéma sur internet en attendant maman.

A la fin de la séance, dans le hall du cinéma, Jérémy se jette sur son père en faisant mine de l'attaquer avec une épée.
- Prends garde, chevalier, le prince de la forêt te défie au combat !
Stéphane se prête aussitôt au jeu de son fils. Il sort de son fourreau une épée imaginaire et se met en garde.

- Je relève votre défi, prince de la forêt. Vous allez bientôt regretter de m'avoir provoqué en duel.
Et voilà le père et le fils en train de faire semblant de se battre à l'épée devant les quelques spectateurs encore présents. Certains s'arrêtent quelques instants pour admirer les escrimeurs. Lauraine les observe en souriant, un peu à l'écart, en se demandant lequel des deux prend le plus de plaisir à ce faux combat. Elle regarde plus attentivement Jérémy, sa bouille ronde, ses cheveux blonds, ses yeux bleus verts et son rire joyeux à chaque fois qu'il touche son père avec son épée imaginaire. Il est l'enfant qu'elle voulait depuis longtemps. Elle devrait se sentir emplie d'un amour inconditionnel pour lui, avoir envie de sourire chaque fois qu'il rit et avoir envie de le réconforter dès qu'elle le sent triste. Mais ce lien mère enfant qui devrait les unir, elle ne le ressent pas. A chaque fois que son regard se pose sur lui, elle sent un grand vide au fond d'elle-même. Elle pensait que cette sensation disparaitrait après le test génétique mais il n'en fut rien. Au contraire. Aujourd'hui, elle a l'impression d'être une mauvaise mère incapable d'éprouver de la tendresse pour son enfant. Elle sait bien qu'il n'en est rien. Au fond, elle aime Jérémy. Elle aimerait seulement qu'il ne lui rappelle pas avec autant de souffrance celui à qui elle a refusé de donner la vie.
Lauraine est tirée de ses pensées par le râle de Stéphane, agonisant. Il semblerait que Jérémy lui ait porté un coup fatal dans les côtes. Stéphane fait semblant de lâcher son épée et s'affale au sol en se tenant le flanc. Jérémy se met alors à courir autour de lui en faisant des signes de victoire. Lauraine perçoit un sourire à peine visible sur les lèvres de Stéphane. Si elle peut être sûre d'une chose, c'est que son mari fera tout pour rendre leur fils heureux. Il finit par se relever, il félicite le prince de la forêt et se dirige vers sa femme. Il l'embrasse sur la joue.
- La voiture est garée loin. Je vais aller la chercher. Restez au chaud en attendant. Je vous ferai des appels de phare pour que vous sortiez.

Lauraine acquiesce. Stéphane sort du cinéma. Jérémy accourt vers elle en criant :
- Maman, maman, tu as vu comment j'ai battu papa ? Il n'a pas vu mon coup d'épée venir ! Je suis aussi fort que le Prince de la forêt !
Jérémy sourit fièrement à sa mère. Tout ce qu'il attend, c'est qu'elle le félicite pour son exploit. Et c'est ce qu'elle fait.
- Oui, j'ai vu. Tu as été très brave, mon chéri. Allez, enfile ton manteau, maintenant. Papa est parti chercher la voiture.
Jérémy se laisse faire sans broncher. Tandis qu'il continue à lui raconter son combat avec son père, Lauraine l'entraine vers la sortie. De larges portes vitrées délimitent l'entrée du cinéma. Ils verront facilement arriver la voiture. Stéphane ne devrait plus tarder. Jérémy est maintenant en train de commenter différentes scènes du dessin animé qu'ils viennent de voir. Sa mère lui répond par des monosyllabes de temps en temps. Elle commence à trouver le temps long. Voilà bien dix minutes que Stéphane est parti chercher la voiture. Le cinéma est complètement vide à présent. Tous les spectateurs sont partis. Il ne reste que quelques employés qui finissent de ranger. Lauraine aperçoit d'ailleurs l'un d'entre eux venir dans leur direction. C'est un jeune homme d'une vingtaine d'années, sans doute un étudiant qui travaille ici les soirs et week-ends pour pouvoir payer ses études. Arrivé à leur hauteur, il adresse un sourire à Lauraine et lui dit :
- Je suis désolé, madame, mais nous allons fermer. Je vais devoir vous demander de quitter le cinéma.
- Mon mari est parti chercher la voiture. Il devrait arriver d'une minute à l'autre. Nous voulions attendre à l'abri de la pluie mais si vous devez fermer, nous allons le rejoindre sur le parking.
- Je ne vais pas vous obliger à attendre sous la pluie. Vous pouvez patienter encore quelques minutes à l'intérieur si vous voulez. Nous fermerons une fois que vous serez sortis.

Lauraine remercie le jeune homme. Elle regarde de nouveau sa montre. Quinze minutes. Il ne faut pas autant de temps pour aller chercher une voiture. Elle se raisonne en se disant qu'il a pu mettre un peu de temps à la retrouver. Il va arriver.
Tout à coup, Jérémy s'arrête de parler. Lauraine se tourne vers le petit visage devenu soucieux. Il ne pense plus au Prince de la forêt, aux dragons et aux combats d'épée. Elle tente de relancer la conversation sur le dessin animé et les chevaliers mais Jérémy n'est plus aussi enthousiaste.
- Qu'est-ce qu'il y a, mon chéri ? demande Lauraine.
- Il est où, papa ? Ça fait longtemps qu'il est parti.
- Tu as raison, il est parti chercher la voiture depuis un moment. Viens, on va aller voir ce qu'il fait. Il a peut-être du mal à la démarrer.
Lauraine prend la main de son fils et l'entraine vers le parking. Un mauvais pressentiment lui serre la poitrine.

Stéphane court sous la pluie jusqu'à la voiture, sa veste remontée au-dessus de sa tête pour éviter que l'eau lui coule dans le cou et le dos. Il se souvient parfaitement de l'endroit où il l'a garée. Il active le déverrouillage de la voiture à distance pour n'avoir plus qu'à s'engouffrer à l'intérieur. Mais alors qu'il est sur le point d'ouvrir la portière côté conducteur, une silhouette sort de l'ombre et vient se poster juste devant lui pour l'empêcher de monter dans sa voiture. La silhouette porte un grand manteau noir dont la capuche cache le visage aux yeux de Stéphane. Dans l'obscurité qui règne sur le parking, Stéphane est incapable de savoir s'il s'agit d'un homme ou d'une femme. Il n'a pas peur. C'est sans doute un paumé qui n'en veut qu'à son argent. Ce n'est pas parce que la criminalité a largement diminué ces dernières années que les petits larcins n'existent plus. Pourtant, la personne qui se tient face à lui semble plutôt respirer la bonne santé. De plus, elle ne prononce aucune

parole de menace. Elle reste simplement debout entre Stéphane et sa voiture.
- Qu'est-ce que vous me voulez ? finit par demander Stéphane, d'une voix où ne transparait aucune agressivité. Je n'ai pas beaucoup d'argent sur moi.
L'inconnu relève légèrement la tête. Un rai de lumière vient éclairer sa bouche fine et pincée d'où sort une voix grave et vibrante. Il n'y a plus de doute, c'est un homme qui se cache sous cette capuche.
- Vous pensez que vous pouvez racheter vos actions auprès de Dieu avec de l'argent ?
Stéphane recule d'un pas. L'homme semble irrité par sa proposition. Il n'en veut pas à son argent. Il s'agit d'autre chose. Stéphane ne comprend pas ce que cet homme lui veut mais quelque chose dans sa posture ou dans sa voix l'a rendu soudain plus menaçant.
- Je ne vois pas de quoi vous voulez parler. Je n'ai aucune mauvaise action à me faire pardonner.
- Ne jouez pas à cela avec moi, Docteur Laudrain. Je vous surveille depuis quelques temps. Je sais très bien ce que vous faites avec les *Parents de l'ombre*.
L'homme a prononcé les derniers mots avec dégoût. Stéphane s'est raidi. Comment cet homme connaît-il son nom ? Et comment diable est-il au courant de son implication dans l'organisation de Philippe ?
- Je n'ai jamais entendu parler de ces *Parents de l'ombre*.
Stéphane a essayé de prononcer le nom de l'organisation sur le même ton de mépris que son interlocuteur.
- Comment savez-vous comment je m'appelle ? Et qui êtes-vous ? demande Stéphane d'une voix un peu plus aiguë que d'ordinaire. Il s'oblige à respirer lentement pour reprendre son calme. Il ne doit pas paniquer.
- Je ne sais pas d'où vous me connaissez mais peu importe. Si vous voulez discuter, venez à mon bureau à l'hôpital lundi matin. Je vais récupérer ma voiture. Ma femme et mon fils m'attendent.

Stéphane fait un geste vers la poignée de sa voiture mais l'homme s'interpose aussitôt. Il se déplace rapidement, sans mouvement brusque. Tous ses mouvements sont fluides et vifs, comme ceux d'un chat.
- Vous faites bien d'évoquer votre famille, Docteur Laudrain. Si vous ne voulez pas qu'il leur arrive quelque chose de fâcheux, vous feriez bien d'écouter ce que j'ai à vous dire et de ne pas appeler à l'aide.
Stéphane se fige et ne dit plus rien. Au ton employé par l'inconnu, Stéphane a compris qu'il n'hésiterait pas à mettre ses menaces à exécution. Stéphane juge plus prudent d'attendre. L'homme fait un pas en avant pour se rapprocher du visage de Stéphane qui ne recule pas. Stéphane est un homme plutôt grand par rapport à la moyenne mais l'inconnu le dépasse facilement de quelques centimètres.
- Comme je vous l'ai dit, je vous surveille, Docteur Laudrain. Vous avez rencontré Philippe Pradeau, il y a un peu plus d'un mois et vous avez aussitôt rejoint son organisation clandestine. Vous devez cesser de leur apporter votre soutien si vous ne voulez pas que le châtiment de Dieu s'abatte sur vous et votre famille.
Le châtiment de Dieu... L'expression est quelque peu excessive. Dans une autre situation, Stéphane aurait sûrement tourné en ridicule cette formulation mais le moment est mal choisi pour faire de l'humour. L'homme semble réellement convaincu par ses paroles.
- Si vous connaissez cette organisation, pourquoi vous ne menacez pas directement son dirigeant ? D'après ce que vous dites, je ne suis qu'une simple recrue de plus. Mais peut-être avez-vous peur de ce Monsieur Pradeau. Ou bien, vous n'arrivez pas à le localiser.
A peine Stéphane a-t-il fini sa phrase qu'une main énergique l'attrape à la gorge avant même qu'il n'ait pu réagir et le plaque violemment contre sa voiture. Stéphane ne peut plus bouger. Il est complètement immobilisé par son agresseur. Celui-ci resserre un peu plus son étreinte sur sa gorge. Stéphane commence à

suffoquer. La pluie coule sur ses cheveux et s'infiltre dans ses vêtements alors qu'elle semble glisser sur la silhouette encapuchonnée de son agresseur.
- Les agents de Dieu n'ont peur de personne, retenez bien ça. Votre ami, Philippe Pradeau, et son organisation ne sont rien. Ils n'existent que parce que nous les laissons exister. On m'a envoyé pour vous faire revenir à la raison. Votre place n'est pas avec eux. Vous devez quitter cette organisation et reprendre votre ancienne vie. Dieu châtie les criminels. Les enfants porteurs du gène de la criminalité doivent être soignés. Vous ne devez pas aller contre cette volonté. Vous avez bien compris ?
Stéphane acquiesce difficilement. Il a de plus en plus de mal à respirer. L'homme relâche son étreinte. Stéphane se retrouve plié en deux à essayer d'aspirer le plus d'air possible entre les gouttes de pluie qui s'engouffrent également dans sa bouche, manquant de l'étouffer un peu plus. Lorsque sa respiration devient plus régulière, il lève la tête vers son agresseur.
- Si Dieu châtie les criminels, quel châtiment vous réserve-t-il ? Quels crimes avez-vous déjà commis ?
- Je n'ai commis aucun crime puisque j'ai toujours agi selon la volonté de Dieu.
L'homme est interrompu par une voix claire qui appelle dans la nuit :
- Stéphane ? Stéphane ?
Stéphane reconnait la voix de sa femme. Que fait-elle là ? Pourquoi n'est-elle pas restée dans le cinéma ? Cet homme est un fou et un fanatique. Qui sait ce qu'il serait capable de lui faire subir pour que Stéphane imprime son message ?
- On dirait que votre petite famille s'impatiente. Je ne leur ferai rien ce soir mais si vous n'obéissez pas, il pourrait leur arriver malheur. N'oubliez pas que je vous surveille.
Stéphane n'a pas le temps de voir venir le mouvement suivant. Un violent coup asséné du tranchant de la main au niveau de sa tempe droite l'envoie aussitôt

rouler dans une flaque d'eau. Etendu sur le bitume à côté de sa voiture, incapable de bouger, ses yeux se fixent quelques secondes sur les chaussures de son agresseur, des rangers, puis sa vue se brouille et tout devient noir. Il perçoit des bruits de pas précipités et un cri aigu avant de sombrer dans l'inconscience.

Chapitre 12

Lauraine écoute les explications de l'interne tout en surveillant son mari toujours inconscient. Elle a laissé Jérémy sur une chaise dans le couloir. Il est très inquiet pour son papa mais Lauraine ne veut pas qu'il entende le diagnostic du médecin. Si jamais Stéphane a eu une attaque cardiaque sur le parking, elle préfère que son fils ne soit pas au courant. Du moins, pas pour l'instant.

- Je vous rassure tout de suite, votre mari n'a rien de grave. Son cœur fonctionne parfaitement, il n'a rien de cassé, pas de commotion cérébrale.

Lauraine laisse échapper un soupir de soulagement avant de demander :

- Mais alors que lui est-il arrivé ? Il est resté inconscient très longtemps.

- Avez-vous aperçu quelqu'un sur le parking quand vous êtes allée chercher votre mari ?

- Non, l'endroit était désert. Tout le monde avait quitté le cinéma. Pourquoi cette question ?

- Parce que votre mari porte des marques rouges au niveau de son cou comme s'il avait été agressé. Mais si vous n'avez rien remarqué, ce doit être sans importance. Il ne nous reste plus qu'à attendre que votre mari se réveille pour pouvoir lui demander ce qui s'est passé. Il risque d'avoir les idées un peu embrouillées au réveil, ne le brusquez pas.

- Bien. Merci, Docteur. Est-ce que je peux rester à ses côtés avec mon fils jusqu'à ce qu'il se réveille ?

- Bien sûr. Je vais prévenir votre fils qu'il peut rentrer.

Lauraine s'assoit sur une chaise et regarde son mari qui semble si paisible sur son lit d'hôpital. Ces derniers temps, elle n'a pas eu beaucoup l'occasion de le voir aussi serein. Il est souvent à son travail, il a toujours

quelque chose à faire, des amis à voir... Ils sont très rarement tous les deux.
Perdue dans ses pensées, Lauraine n'a pas entendu Jérémy entrer. Le monsieur avec la blouse blanche lui a dit que son papa se repose alors il essaye de faire le moins de bruit possible. Il n'aime pas voir son papa dans ce lit tout blanc avec des murs tout aussi blanc. Il a l'air malade et Jérémy n'aime pas ça. Il n'a jamais vu son papa malade. C'est le plus fort des papas. Il sauve des vies tous les jours. Alors pourquoi ils l'ont mis dans cette chambre si triste ?
Jérémy se rapproche de sa mère. Il agrippe la manche de son manteau et lui demande en chuchotant :
- Est-ce que papa va mourir ?
- Mourir ? » Lauraine prend son fils dans ses bras et le pose sur ses genoux. Elle le serre fort contre elle pour le rassurer. « Non, mon chéri. Ton papa ne va pas mourir. Les médecins assurent qu'il va très bien. Il a dû simplement trébucher sur le parking et il s'est fait mal. On n'a plus qu'à attendre qu'il se réveille.
Rassuré, Jérémy se blottit contre sa mère et porte son pouce à sa bouche. Il est tard. La fatigue de la journée se fait sentir. Lauraine sent son petit corps s'alourdir contre elle au fur et à mesure qu'il s'enfonce dans le sommeil. Lauraine a voulu rassurer son fils mais elle n'est pas convaincue par ses propres explications. Elle imagine mal Stéphane trébucher au point de rester inconscient plusieurs heures. Enfin, il est inutile de faire des hypothèses. Stéphane pourra bientôt lui dire lui-même ce qui lui est arrivé.
Lauraine a, elle aussi, commencé à sombrer dans le sommeil quand un grognement la réveille. Elle ouvre brusquement les yeux mais se retient de se précipiter sur son mari pour ne pas réveiller Jérémy. Elle se contente de serrer sa main un peu plus fort dans la sienne. Il ouvre les yeux difficilement, regarde autour de lui, un peu perdu, avant que son regard ne se fixe sur sa femme.
- Où suis-je ? Qu'est-ce qui s'est passé ?

Stéphane a parlé d'une voix un peu forte. Jérémy bouge dans son sommeil.
- Tu es à l'hôpital, Stéphane, murmure Lauraine. Je t'ai retrouvé sur le parking du cinéma, étendu près de la voiture. Tu étais inconscient et il pleuvait tellement. Je n'ai pas réussi à te réveiller et je n'avais pas la force de te soulever. J'ai appelé une ambulance qui t'a amené jusqu'ici. Que t'est-il arrivé, Stéphane ?
Les paroles de sa femme ravivent les souvenirs de Stéphane. Le cinéma, la pluie, la silhouette noire, les menaces, l'agression… Il regarde sa femme dans les yeux et réalise que, une fois de plus, il va devoir lui mentir. C'est beaucoup trop récurrent ces derniers temps.
- Je ne me souviens plus très bien, Lauraine. Il faisait tellement sombre, il pleuvait. J'ai couru jusqu'à la voiture et je crois que je suis tombé. Je me suis pris les pieds dans quelque chose. Ma tête a heurté la voiture. J'ai encore tellement mal…
Stéphane porte sa main à sa tempe droite qu'il masse pour tenter de faire disparaître la douleur.
- Tu es sûr que c'est tout ce qui s'est passé ? Tu n'as vu personne sur le parking ?
Stéphane hésite. Lauraine aurait-elle aperçu son agresseur ?
- Non, je ne crois pas. J'étais seul. Pourquoi ? Tu as vu quelqu'un ?
- Non, non. Je n'ai vu personne mais le médecin pensait que tu aurais pu te faire agresser. Il a remarqué des marques rouges sur ta gorge.
Stéphane retient un geste vers son cou. Il se souvient très bien des mains de son agresseur serrant de plus en plus fort pour l'amener au bord de l'asphyxie. Cet homme savait parfaitement ce qu'il faisait. Il a su quand il était temps de relâcher son étreinte, tout comme il a parfaitement su où frapper pour le mettre KO. Cet homme est dangereux.
- En allant jouer au tennis la semaine dernière avec Matthieu, je me suis pris une branche qui m'a éraflé. Les marques rouges viennent sans doute de là.

Stéphane trouve lui-même son mensonge minable. Lauraine n'est pas dupe. Cependant, elle n'insiste pas et fait semblant de croire son explication.

Le dimanche après-midi, Stéphane se sent déjà beaucoup mieux. Il n'a plus la sensation que quelqu'un lui assène continuellement des coups de marteau à l'intérieur du crâne. La circulation du sang au niveau de sa tempe droite à l'air de s'être calmée. Le médecin lui a donné des médicaments pour supprimer la douleur mais il l'a prévenu qu'elle pourrait revenir encore pendant quelques jours. Il lui a fait passer des radios mais n'a trouvé aucun traumatisme et l'a donc autorisé à quitter l'hôpital. C'est pourquoi Stéphane patiente maintenant dans le hall d'entrée de l'hôpital. Il attend Lauraine partie le matin même déposer Jérémy chez sa mère. Stéphane déteste attendre et encore moins être dépendant des autres mais il n'a pas le choix. Le médecin lui a interdit de conduire les deux prochains jours. Il pourrait encore faire un malaise à cause de la douleur... Rassurant.
Avant de quitter sa chambre, Stéphane a voulu enrouler un foulard autour de son cou pour cacher les marques rouges encore bien voyantes et éviter que Lauraine ne lui pose de nouvelles questions. Mais, il s'est rapidement senti oppressé. Il avait l'impression d'étouffer, comme si les mains de son agresseur se trouvaient toujours sur sa gorge. Il a donc enlevé le foulard. Tant pis si cela éveille de nouveau la curiosité de sa femme.
Mais, lorsque Lauraine vient le chercher, elle ne lui pose pas d'autres questions. Son regard s'est bien attardé sur son cou mais elle n'a rien dit. D'ailleurs, elle ne dit toujours rien. Le regard fixé sur la route, elle semble totalement absorbée par sa conduite. Pourtant, il y a peu de circulation en ce dimanche de vacances. Paris commence à être désertée par ses habitants.
Stéphane observe sa femme discrètement. Il l'a toujours trouvée belle, même s'il ne le lui dit pas souvent mais aujourd'hui, elle semble fatiguée. Il

réalise soudain que cela fait des semaines qu'il ne l'a pas réellement regardée. Ses cheveux bruns ont été attachés à la va-vite, elle a des cernes sous les yeux, bien visibles malgré le léger maquillage qu'elle applique tous les matins sur son visage. De nouvelles rides sont apparues sur son front, elle se tient très droite et semble crispée sur son volant. Est-ce seulement le reflet de la mauvaise nuit qu'ils viennent de passer ? N'était-elle pas déjà tendue hier ? Et les jours d'avant ? Stéphane a passé tellement peu de temps chez lui ces dernières semaines qu'il serait bien incapable de dire à quel moment le changement s'est effectué chez sa femme. D'ordinaire, elle est plutôt bonne vivante. Elle profite de tous les bons moments, elle a un rire franc et sincère, sourit souvent, pleure devant un film triste et fait savoir quand quelque chose ne lui convient pas. En résumé, elle est très expressive. Depuis combien de temps ne l'a-t-il pas entendu rire ou crier ? Depuis combien de temps n'ont-ils pas fait l'amour ? Stéphane est effrayé de ne pas pouvoir répondre à ces questions. Eux qui ont toujours été très proches et qui s'étaient jurés de ne jamais devenir comme ces couples qui ne se regardent plus et ne se désirent plus…
Stéphane a bien conscience que tout cela est de sa faute. Ces derniers temps, il a pris ses distances avec sa famille et ses amis, passant tout son temps entre son travail à l'hôpital et *Les parents de l'ombre*. Et pour quoi ? Pour se faire agresser dans un parking par un fanatique ! La prochaine fois, c'est peut-être Lauraine qui se fera attaquer, ou même Jérémy. Un frisson parcourt l'échine de Stéphane. Il doit remédier à cette situation. Il ne peut plus passer autant de temps avec *Les parents de l'ombre*. C'est trop dangereux pour lui, pour ses proches, pour son couple… Il a beaucoup trop à perdre dans cette histoire. Il aurait dû s'en rendre compte depuis longtemps. Il doit se rapprocher de sa femme et de son fils. Il réalise que cela ne va pas être facile. Sa femme n'a toujours pas prononcé une parole. Elle est

perdue dans ses pensées. Elle ne lui a jamais semblé aussi lointaine, aussi inaccessible. Excepté peut-être à une période, à l'université. Il rentrait dans sa première année en tant qu'interne. Il avait passé avec succès le concours national qui lui avait permis de s'orienter vers la pédiatrie, un domaine qui l'intéressait depuis longtemps. Lauraine venait d'obtenir son diplôme d'ingénieur géologue. Ils étaient heureux. Tout se déroulait comme ils l'avaient imaginé. Ils se voyaient plusieurs fois par semaine et prévoyaient même un petit voyage à Barcelone aux prochaines vacances. Et puis, du jour au lendemain, Lauraine était devenue plus distante. Ils se voyaient moins souvent et ne parlaient plus du tout de vacances en Espagne. Il est vrai qu'il était très pris par ses gardes à l'hôpital et qu'il n'avait pas fait beaucoup d'efforts pour savoir ce qui n'allait pas. Finalement, après quelques mois, elle était revenue vers lui. Il avait encore fallu quelques temps avant qu'ils retrouvent leur ancienne complicité. Stéphane n'avait jamais su la raison de l'éloignement de Lauraine. Il n'avait pas osé lui poser de questions, de peur de la voir s'éloigner de nouveau.
Aujourd'hui, il ne commettra pas la même erreur. Il va passer plus de temps avec sa femme. Il doit se rapprocher d'elle et comprendre ce qui la tourmente. Il ne veut pas la perdre, ni elle, ni Jérémy.
Afin de détendre l'atmosphère qui règne dans la voiture, Stéphane demande :
- Est-ce que tu serais intéressée par une semaine de vacances en Croatie ? On pourrait aller à Split. Il paraît qu'il y a beaucoup de choses à visiter et on pourrait facilement se rendre dans les îles alentour. Qu'est-ce que tu en dis ?
Lauraine détourne enfin son regard de la route pour le poser sur son mari. Elle est très surprise par sa proposition.
- Je croyais que tu avais trop de travail à l'hôpital en ce moment et que tu ne pourrais pas prendre de vacances de l'été.

Il est vrai que Lauraine lui a proposé plusieurs fois d'organiser des petites vacances en famille pour l'été mais il a toujours évité le sujet, prétextant que les effectifs avaient encore été réduits et qu'on ne le laisserait pas prendre de congés. En réalité, il imaginait être très occupé par *Les parents de l'ombre*. Aujourd'hui, il pense surtout que des vacances feront le plus grand bien à son couple.
- C'est vrai mais j'ai très envie de passer du temps avec vous deux. Je travaille pour cet hôpital depuis plus de dix ans. Ils me doivent bien ça. Ils trouveront bien quelqu'un pour me remplacer une semaine.
Lauraine jette de nouveau un coup d'œil à son mari pour vérifier qu'il ne plaisante pas. Non, il a l'air sérieux. Elle reste cependant sceptique. Elle veut bien croire qu'il a envie de passer du temps avec elle et Jérémy mais il a été un peu secoué ce week-end. Demain, il va retourner à l'hôpital, retrouver ses patients et il va réaliser qu'il ne peut pas les laisser une semaine entière. Un petit garçon aura besoin d'une opération du poumon, un bébé aura besoin qu'il le suive tous les jours… Lauraine a toujours admiré le dévouement de son mari pour ses patients mais depuis quelques temps, il a dépassé la limite. Il passe de plus en plus de temps à l'hôpital et s'implique beaucoup trop. C'est comme si l'hôpital ne pouvait pas tourner sans lui. Sans trop se faire d'illusions, Lauraine espère que ce choc à la tête aura remis les idées en place à son mari.
- C'est une bonne idée. Il y a longtemps que je veux visiter la Croatie. Et il y aura toujours la plage et les baignades pour Jérémy. Tu penses pouvoir prendre des congés quand ?
Stéphane réfléchit quelques secondes, sous le regard curieux de sa femme. Elle s'attend à ce qu'il ne lui donne aucune date précise, qu'il doit voir avec son personnel et son directeur. Cela prouverait qu'il n'a pas vraiment réfléchi à la question et qu'il lui propose cette idée sur un coup de tête, idée qu'il aura oubliée ou mise de côté dès le lendemain.

- Plutôt vers la fin du mois d'août quand tout le monde sera revenu de vacances. Je pourrais partir plus tranquille. Le docteur Laurent Trapet revient de congé juste après le 15 août, il me semble. On pourrait partir la semaine suivante. Je lui confierai mes patients. C'est un bon médecin.
- La semaine du 22 août ? demande Lauraine.
- Oui, ce doit être ça.
Lauraine ne pensait pas que Stéphane avait déjà autant réfléchi à la question.
- Les dates me conviennent parfaitement. Par contre, je vais être pas mal occupée par le boulot les deux prochaines semaines. Tu pourrais essayer de nous organiser ce petit voyage ? On dirait que tu y as déjà bien réfléchi.
- Pas de problème. Je vais m'en occuper. J'ai bien conscience, Lauraine, que je n'ai pas été très présent ces derniers temps. J'aimerais beaucoup me rattraper.
Lauraine lui sourit enfin d'un de ces sourires chaleureux qui l'ont tant séduit quinze ans plus tôt.
- Je suis vraiment contente d'apprendre qu'au moins, tu en as conscience. Moi aussi, j'aimerais qu'on passe plus de temps ensemble.
Stéphane lui rend son sourire et dépose un bisou sur sa joue en évitant de la déconcentrer de sa conduite.
La fin du trajet se déroule dans une atmosphère beaucoup plus détendue, même s'ils ne prononcent pas d'autres paroles.

En arrivant chez eux, Stéphane commence par allumer l'ordinateur de son bureau. Il fait glisser son doigt sur la petite tablette tactile posée devant lui et ouvre sa boîte de messagerie qui s'affiche sur l'écran vingt-sept pouces ultra plat qu'ils se sont offert à noël dernier.
Il a reçu un nouveau mail de Philippe. Stéphane n'est toujours pas très rassuré de recevoir des messages concernant *les Parents de l'ombre* sur son ordinateur. Il ne connaît pas suffisamment les informaticiens du réseau pour avoir une totale confiance en eux. Il

trouve étonnant que le gouvernement ne soit pas capable de décrypter ces messages.
Philippe lui annonce qu'ils sont en train de planifier leur mission en Afrique du Sud pour le mois d'août et qu'il aurait besoin de son aide. Il lui donne rendez-vous le mercredi suivant à dix-huit heures. Stéphane efface le message sans même noter les indications. Il n'ira pas à ce rendez-vous. Il doit prendre ses distances avec le réseau. Il appellera Philippe dans la semaine pour lui faire part de sa décision.

Chapitre 13

Les deux semaines suivantes passent rapidement pour Stéphane. Il est plus souvent chez lui et emmène plusieurs fois Jérémy sur les plages artificielles de la capitale. Tous les ans depuis plusieurs dizaines d'années maintenant, Paris revêt ses habits d'été. Du sable est déversé sur les quais de la Seine et le long du canal Saint Martin, des transats sont installés, les trottoirs sont envahis par les terrasses des cafés et des restaurants. Du premier juillet au trente-et-un août, la ville est totalement interdite aux voitures. Même les résidents n'ont plus le droit de l'utiliser dans l'enceinte de la capitale. Tous les ans, avant le début de l'été, Lauraine et Stéphane emmènent donc leur voiture à l'extérieur de la zone « zéro pollution » dans un des nombreux garages prévus à cet effet. Ainsi, s'ils décident de partir quelques jours en province, ils n'ont qu'à prendre le RER et à récupérer leur voiture au bout de la ligne. Cette nouvelle réglementation a mis des années à se mettre en place mais aujourd'hui, elle est très efficace. L'air est devenu respirable dans la capitale et tout le monde s'est adapté à cette nouvelle façon de vivre, les touristes comme les parisiens. Ces derniers deviennent d'ailleurs moins stressés durant cette période. Ils prennent le rythme des vacances et l'odeur de sable, de barbapapa et de gaufre a remplacé celle des pots d'échappement. Seuls les taxis et les bus ont encore le droit de circuler.
Stéphane a donc emmené Jérémy, plusieurs fois dans la semaine, sur les quais de la Seine pour qu'il s'amuse à faire des châteaux de sable avec ses copains. Ils sont également allés une fois à la piscine en plein air installée sur le Champs de Mars pour commencer à lui apprendre à nager. Par contre, il n'a pas beaucoup vu Lauraine ces quinze derniers jours.

Comme elle l'avait prévenu, elle a eu beaucoup de travail et est rentrée tard presque tous les soirs. Ils étaient totalement décalés puisque Stéphane était, quant à lui, de garde lundi, mercredi, jeudi et samedi de cinq heures du matin à dix-sept heures. Même le week-end, elle a dû se rendre à son travail.
Quand Stéphane rentre chez lui le samedi soir, quinze jours après son agression, Lauraine est dans la cuisine en train de préparer à manger. Ils ont invité plusieurs amis pour dîner. Stéphane pose ses affaires et rejoint sa femme aux fourneaux. Elle est en train de préparer des petits fours pour l'apéritif. Tous les ingrédients pour son fameux poulet au curry sont sortis. Stéphane en a déjà l'eau à la bouche. Après avoir embrassé rapidement son mari, Lauraine lui indique ce qu'il doit faire.
- Tu peux commencer par étaler cette pâte, s'il te plaît. Et tant que j'y pense, un certain Philippe a appelé. Il voulait te parler.
Stéphane fait ce que Lauraine lui a demandé et tente de ne pas laisser transparaître sa surprise. Ce n'est pas dans les habitudes de Philippe de l'appeler chez lui.
- Philippe qui ? Il t'a donné son nom ?
- Non. Il voulait savoir si tu allais bien et il aimerait que tu le rappelles.
Voilà plus d'une semaine que Stéphane doit appeler Philippe pour lui annoncer qu'il ne souhaite plus participer aussi activement aux actions des *Parents de l'ombre* mais il n'a toujours pas trouvé le courage de le faire. Philippe lui a envoyé de nombreux mails qu'il a laissés sans réponse. Il se trouve particulièrement lâche. Dans son dernier message, Philippe semblait s'inquiéter pour lui. Si Stéphane n'a toujours pas répondu, c'est parce qu'il ne sait pas quoi lui dire. Philippe connaît la vérité sur Jérémy. Si Stéphane lui annonce son intention de se retirer du réseau, il ne faudra pas longtemps pour que Philippe le dénonce au gouvernement. Alors, on obligera Jérémy à repasser le test et ils l'emmèneront. D'un autre côté, si Stéphane

ne quitte pas le réseau, il prend le risque que sa femme se lasse de ses absences prolongées et qu'elle le quitte. Pire, elle pourrait se faire tuer par ce fanatique qui l'a agressé. Stéphane ne trouve pas de solutions.

- Il y a un problème, Stéphane ? Tout va bien ?

Stéphane lève les yeux vers sa femme qui le regarde, inquiète.

- Oui, tout va bien. Pourquoi ?

- Hé bien, je ne voudrais pas être à la place de cette pâte à tarte que tu as mise en lambeaux.

Stéphane regarde le plan de travail. La pâte qu'il était supposé étaler est en petits morceaux. Cela fait cinq minutes qu'il l'étale en appuyant fort sans faire attention, perdu dans ses pensées.

- Je suis désolé. Je n'ai pas fait attention.

- J'ai bien remarqué. Tu avais l'air complètement ailleurs. Quelque chose te tracasse ? Tu connais ce Philippe ?

- Oui, c'est le père d'un de mes patients. S'il rappelle, dis-lui que je ne suis pas là.

Stéphane ne sait pas pourquoi il a soudain inventé ce mensonge. Il lui est venu naturellement. Il n'en est pas très fier mais tant qu'il n'aura pas trouvé de solution à son problème, il ne veut pas parler à Philippe.

- Le père d'un de tes patients connaît ton numéro de téléphone personnel ? C'est du harcèlement, Stéphane. Il faut que tu préviennes l'hôpital.

- Il n'est pas méchant, Lauraine. Il est juste inquiet pour sa fille. Je m'occuperai de lui, la semaine prochaine.

- Tu es trop gentil, Stéphane. Je comprends qu'un père puisse être inquiet pour sa fille mais ce n'est pas normal qu'il t'appelle à ton domicile. Il devrait appeler l'hôpital.

Stéphane acquiesce mais n'ajoute rien. Il ne veut pas en rajouter à son mensonge et Lauraine est déjà passée à autre chose. Sa femme a toujours eu le don pour changer de sujet de conversation très rapidement.

- Et si tu me parlais un peu de ce que tu nous as prévu pour les vacances !
Stéphane lui est reconnaissant d'aborder ce sujet. Il a passé une partie de la semaine à contacter les agences de voyage pour savoir ce qu'ils auraient à leur proposer comme voyage en Croatie. Il en a retenu trois qui lui semblent très intéressants, tout en restant corrects au niveau du prix. Il se fait donc une joie de pouvoir en parler avec Lauraine pour lui demander son avis.
A vingt heures, lorsque leurs premiers invités arrivent, Lauraine et Stéphane sont fin prêts pour les accueillir : ils ont eu le temps de finir la cuisine, de choisir leur voyage, de mettre la table et de se changer pour mettre une tenue plus adaptée.
Ils ont invité des amis rencontrés pendant leurs études respectives et qu'ils n'ont pas l'occasion de voir souvent. Aujourd'hui, chacun a sa petite vie et il n'est pas facile de se retrouver tous ensemble.
Les premiers à arriver sont Lionel et Clara, à vingt heures pile.
- Toujours aussi ponctuels ! les accueille Stéphane en serrant chaleureusement la main de Lionel.
- Tu nous connais. Jamais en avance, jamais en retard ! répond Lionel avec un clin d'œil.
Lionel et Stéphane sont amis depuis le lycée. C'est d'ailleurs à cette époque également que Clara et Lionel ont commencé à sortir ensemble. Ils font partie des rares amis du lycée que Stéphane a gardés. Ils forment un couple harmonieux depuis presque vingt ans et ont deux garçons de huit et cinq ans qui leur en font voir de toutes les couleurs. Mais ce soir, ils ne sont pas là puisqu'ils ont décidé que ce serait une soirée sans enfant afin de réellement pouvoir profiter les uns des autres. Plus tôt dans la journée, Lauraine a déposé Jérémy chez les parents de Stéphane qui sont toujours ravis de garder leur petit-fils.
Dix minutes plus tard, la sonnette retentit de nouveau. C'est au tour du jeune couple Florian et Anaïs, suivi de très près par Adrien et Lisa. Ces deux là sont

célibataires depuis longtemps mais ont toujours été très proches, ce qui fait régulièrement jaser leurs amis. Pourtant, tous les deux ont quelques histoires sérieuses à leur actif mais elles se sont toutes soldées par des ruptures et leurs amis ne peuvent s'empêcher de penser qu'ils sont faits l'un pour l'autre et que c'est bien dommage qu'ils ne s'en soient pas encore rendu compte. Enfin, arrivent les inséparables Gary et Fabio.
- Vous êtes sacrément bronzés, les gars ! Vous revenez d'Italie ? demande Stéphane qui fait du tennis toutes les semaines avec Gary depuis plusieurs années.
- On est allé dans la famille de Fabio début juin. Il a fait un temps magnifique pendant deux semaines. C'était génial ! On est rentré il y a quoi... deux ou trois semaines ?
Gary regarde Fabio pour avoir confirmation.
- Trois semaines, confirme Fabio.
- On a mangé comme des rois et on a fait de la plongée dans des sites fabuleux. Mais tu saurais tout ça si tu t'étais pointé aux cours d'été. Ça fait un bail que je ne t'ai pas vu au tennis ! Qu'est-ce qui se passe ?
- Oui, je sais. J'ai eu beaucoup de boulot ces derniers temps. Mais je vais me rattraper, ne t'inquiète pas.
- Tu as intérêt ! Je vais te battre à plate couture la prochaine fois !
Lauraine a suivi la conversation des garçons d'une oreille attentive tandis qu'elle faisait mine d'écouter les dernières bêtises des enfants de Lionel et Clara. Elle n'en revient pas de ce qu'elle vient d'apprendre. Voilà des semaines que Stéphane lui ment sur son emploi du temps. Sur quoi d'autres lui a-t-il menti ? Mais Lauraine ne relève pas. Ce n'est pas son genre de faire un scandale et elle a envie de passer une bonne soirée.
- Et si on prenait l'apéritif ? propose-t-elle à ses invités. Je sais que Camille n'est pas encore arrivée mais vous la connaissez...

- Tu as raison, renchérit son mari. Servons à boire, ça la fera venir !
Tout le monde rigole gentiment. Camille est la petite fofolle du groupe incapable d'être à l'heure à un rendez-vous. Elle est la benjamine et a toujours bénéficié de la protection des autres. Tous la voient un peu comme leur petite sœur. Pourtant, elle a toujours été très indépendante. Elle voyage beaucoup pour comprendre les différentes civilisations, elle est curieuse de tout, s'emporte facilement face à une injustice et ne supporte pas de voir les gens souffrir. Elle aime la vie et en profite pleinement, parfois même un peu trop d'après certains de ces amis qui ne voient pas toujours d'un bon œil le fait qu'elle enchaine les conquêtes. Mais, comme elle l'a déjà dit à Lauraine plusieurs fois, « ce n'est pas de sa faute si tous les hommes sur lesquels elle tombe se révèlent être de véritables cons. »
Comme prévu, à peine tous les verres remplis, on entend frapper énergiquement à la porte. Lauraine va ouvrir à son amie qui semble essoufflée.
- Je suis désolée pour le retard, Lauraine. Je n'ai pas vu le temps passer cet après-midi. Je suis partie en retard de chez moi et il y avait un monde fou chez la fleuriste. Enfin, tiens, je t'ai apporté des fleurs.
Lauraine prend le bouquet que lui tend Camille. Il est magnifique, dans les tons orange et rouge, ses couleurs préférées. Camille est peut-être incapable d'arriver à l'heure à une soirée mais elle est également celle qui la connaît le mieux. Lauraine serait bien incapable de lui en vouloir pour si peu.
- Ne t'inquiète pas, on commençait juste à servir l'apéritif. Je suis vraiment contente de te voir ce soir.
Camille sourit et embrasse son amie sur les deux joues. Elles se dirigent ensemble vers le salon où Stéphane ne peut s'empêcher de taquiner Camille :
- La petite Camille arrive enfin. Comme d'habitude, juste quand on allait commencer. Tu as senti l'odeur de l'alcool, c'est ça ?

- Et comme d'habitude, tu ne peux pas t'empêcher de me faire passer pour une alcoolique ! rétorque Camille sur le même ton.
- Que veux-tu, certaines choses ne changent jamais.
Et la soirée débute dans la bonne humeur. Tout le monde est heureux d'être réuni. Il règne un air de vacances dans la pièce. Lauraine a l'impression d'être revenue dix ans en arrière quand ils n'étaient pas tous pris par leur boulot et leur vie de famille. Lauraine est heureuse de mener la vie qu'elle a aujourd'hui mais le temps passe trop vite.
A table, tout le monde se régale du poulet au curry de Lauraine. Elle a toujours été une bonne cuisinière. Gary et Fabio racontent leurs dernières vacances en Italie, du côté de Florence où habite la famille de Fabio et annoncent leur projet d'adopter un enfant.
- C'est une sacrée nouvelle ! s'exclame Stéphane. Vous y pensez depuis longtemps ?
Gary et Fabio se regardent avant de répondre.
- Assez longtemps oui mais on a longtemps hésité. On n'était pas sûr d'être à la hauteur. Et puis, ce n'est toujours pas facile pour un couple homosexuel d'adopter un enfant en Europe.
- Personne ne se sent à la hauteur pour élever un enfant, tente de les rassurer Lionel. Mais, vous verrez, on apprend au fur et à mesure et ce qu'ils nous donnent en échange n'a pas de valeur.
- C'est ce qu'on a cru comprendre à force de vous voir. On a rempli notre dossier de demande d'adoption. On a un rendez-vous la semaine prochaine.
- Ah oui, vous êtes bien décidés alors ! A la santé de Gary, Fabio et de leur future progéniture !
Tout le monde lève son verre et boit, sauf Anaïs qui a le regard fixé sur le couple. Après quelques minutes, elle se décide à leur demander :
- Et vous allez l'adopter à quel âge, cet enfant ?
- Nous ne savons pas encore exactement mais il aura plus de deux ans, c'est sûr. Il est aujourd'hui impossible d'adopter un enfant en dessous de cet âge.

- C'est mieux ainsi. Au moins, vous serez sûrs qu'il ne possède pas le gène. On ne vous l'enlèvera pas. C'est tellement horrible de devoir attendre un tel verdict.

Anaïs et Florian se sont rencontrés cinq ans plus tôt lors d'une croisière en Méditerranée. Elle avait besoin de changer d'air après son divorce et lui était en vacances avec des amis. Ils s'étaient plu rapidement. Florian était le soutien dont Anaïs avait besoin à ce moment-là et il n'avait jamais ressenti autant d'affection pour une femme. Il voulait la rendre heureuse. En plus d'un divorce, Anaïs venait de perdre un enfant. Gaëtan, son fils de deux ans, venait d'être détecté positif et lui avait été enlevé aussitôt. Anaïs avait fait une grosse dépression. Son mari de l'époque était loin de savoir la consoler. Lui même devait faire face à son chagrin et la solution qu'il avait trouvée était de faire comme si Gaëtan n'avait jamais existé. Anaïs ne l'avait pas supporté. Elle avait coupé les ponts avec son mari, avait demandé le divorce et, après plusieurs mois de thérapie, avait décidé de partir en croisière pour tenter de passer à autre chose. Elle ne pensait pas que ce serait aussi efficace. Camille l'accompagnait mais avait vite été mise de côté par le nouveau couple. Deux ans plus tard, ils se mariaient et aujourd'hui, ils avaient une petite fille qui n'allait pas tarder à fêter ses deux ans. Anaïs vivait actuellement une période difficile, tourmentée par des cauchemars et terrorisée à l'idée que l'histoire allait peut-être se répéter. Elle savait que si on lui enlevait une nouvelle fois un enfant, elle ne tiendrait pas le coup.

- Dans combien de temps Alizé doit-elle fêter ses deux ans ? demande Lauraine le plus doucement possible.

- Dans une semaine, répond Anaïs aux bords des larmes. Nous avons déjà un rendez-vous à l'hôpital dans un mois.

Lauraine aperçoit Florian serrer la main de sa femme sous la table pour lui donner du courage. Il se penche vers elle pour lui murmurer quelques mots à l'oreille. Anaïs hoche la tête et tente un faible sourire pour

rassurer son mari. Lauraine se lève et vient près de son amie pour l'encercler de ses bras.
- On doit tous passer par là, Anaïs. Ce doit être encore plus terrible pour toi mais si Alizé ne possède pas ce gène, tu seras très heureuse après.
- Oui mais si elle l'a ?
Lauraine ne répond pas car il n'y a rien à répondre. Elle ne peut rien faire pour apaiser l'inquiétude qui ronge Anaïs. L'ambiance si joyeuse est soudainement devenue très tendue et mélancolique. Personne ne sait comment lancer un nouveau sujet de discussion sans paraître insensible au problème de leurs amis. C'est Camille qui tire tout le monde de l'embarras.
- Je ne vois pas pourquoi vous en faites toute une histoire !
Tous les regards se tournent vers elle, certains curieux et surpris mais la plupart indignés par ces propos. Camille a déjà bu plusieurs verres de vin et elle a une tendance à dire tout ce qu'elle pense dans ces moments-là, au risque de blesser des gens au passage.
- Ce n'est pas la peine de me regarder de cette façon. C'est vrai. A chaque fois qu'un de vos mioches va avoir deux ans, vous êtes terrorisés, vous avez peur qu'on vous l'enlève, vous ne dormez plus mais vous ne faites rien. Vous attendez gentiment la date fatidique. Franchement, je ne vous comprends pas.
- Camille ! tente d'interrompre Stéphane sur un ton de reproche. Tu devrais peut-être…
- Oh toi, ne la ramène pas ! Tu es pire que les autres ! Tu aides carrément le gouvernement à détecter ces soi-disant futurs criminels. Tu ne nous as jamais dit exactement quel était ton rôle en tant que pédiatre mais personne autour de cette table n'est dupe. Pourquoi n'as-tu jamais voulu prendre aucun des enfants de tes amis comme patient ?
- C'est une question d'éthique. Je les connais trop.
- Dis plutôt que tu ne veux pas être celui qui leur annoncera qu'ils ne reverront plus jamais leur enfant. Tu sais ce que tu pourrais faire à la place ? Tu

pourrais effectuer discrètement le test d'Alizé à l'hôpital, je suis sûre que tu en as les moyens. S'il se révèle positif, Florian et Anaïs pourront toujours quitter le pays. Si vous n'êtes pas capables de montrer votre mécontentement au gouvernement, au moins, vous pouvez toujours fuir. Si j'avais un enfant, c'est ce que je ferais. Je ne prendrais pas le risque qu'on me l'enlève !

Lauraine tente de calmer Camille. Elle a toujours été très idéaliste et ne supporte pas que ses amis souffrent. Elle a été la plus touchée par la dépression d'Anaïs cinq ans plus tôt. Elle a même juré à Lauraine, à cette époque, qu'elle n'aurait jamais d'enfants pour ne pas qu'on puisse les lui retirer.

- Ce n'est pas si simple, Camille. Stéphane n'a pas pu faire le test sur Jérémy en secret, alors il ne pourra sûrement pas le faire pour Alizé. Et tu sais bien que c'est impossible de quitter le pays avec un enfant de moins de deux ans. Ils ne les laisseront pas faire.

- Il y a toujours un moyen, argumente Camille mais Stéphane ne lui laisse pas le temps de continuer.

- Je crois que, pour l'instant, Florian et Anaïs ont surtout besoin de penser à autre chose et de passer une bonne soirée avec leurs amis alors si on changeait de sujet, Camille ? Comment se passe ton boulot ? Quel sera le prochain best-seller ?

Camille hésite avant de répondre à Stéphane. Elle ne veut pas se mettre ses amis à dos mais elle aimerait tellement qu'ils comprennent son point de vue. C'est après avoir croisé le regard de Lauraine qu'elle décide d'abdiquer.

- Mon boulot ? La routine, tu sais. On lit beaucoup de manuscrits. On essaye de dénicher la perle rare. Mais j'ai l'impression que les livres qu'on nous envoie sont de moins en moins bons. Les gens n'ont plus d'idées. On voit passer sans cesse le même type d'histoire. Je crois que le pire, c'est la section polar. Les écrivains ne savent plus construire une véritable intrigue avec du suspense et un tueur sans pitié.

- Peut-être que les gens n'ont plus envie de lire et d'écrire ce genre d'histoires, suppose Clara.
- Tu as sans doute raison et c'est bien le problème. On vit dans notre petit monde rose, sans pollution et sans crime.
- C'est pourtant ce qu'on voulait tous, non ?
- Oui mais on en paye le prix fort, je trouve. Le gouvernement fait ce qu'il veut, impose ses règles et plus personne ne réagit. On n'ose plus faire grève de peur d'être enfermée dans une prison secrète à l'autre bout de l'Europe. On n'ose plus écrire un bon roman policier de peur que le gouvernement trouve qu'on a les mêmes idées qu'un sociopathe et nous fasse interner. Où sont les meurtres passionnels ou les enfants battus qui développent une haine meurtrière envers l'image paternelle ? Je ne dis pas que je veux voir un enfant battu par ses parents mais vous n'allez pas me faire croire que tout cela n'existe plus ! On nous les cache, c'est tout. Toujours est-il que je suis enfin tombée sur un livre qui va défrayer la chronique, c'est certain ! annonce Camille, avec un petit air mystérieux.
- Un roman ? demande Gary qui a toujours aimé la lecture.
- Non, pas vraiment. C'est très bien écrit. On est pris comme dans un roman mais c'est plus une sorte d'analyse et de reportage.
- Une analyse de quoi ? demande Gary toujours curieux.
- Je n'ai pas le droit d'en parler. On garde ce livre secret jusqu'à ce qu'il soit prêt à être publié. Je n'aurais même pas dû en parler mais je vous tiendrai au courant de sa sortie. De toute façon, vous ne pourrez pas le louper !
Camille a réussi, en quelques minutes, à modifier totalement l'ambiance de la soirée. Tout le monde se pose désormais des questions sur ce mystérieux livre et son contenu. Ils émettent des suppositions mais Camille ne répond à aucune question, cultivant le mystère. Personne n'a oublié son esclandre un peu

plus tôt mais ils sont presque tous déjà enclins à lui pardonner.
- Et si on passait au dessert ?
Tout le monde accueille la proposition de Lauraine avec entrain.

Un peu plus tard dans la soirée, Lauraine et Camille commencent à débarrasser la table pour faire de la place à ceux qui veulent jouer au poker et à la belote. Stéphane est en train de discuter moto avec Adrien et Fabio. Il s'éclipse de la conversation pour aller aider Lauraine. Il prend quelques assiettes, passe dans le couloir et s'apprête à entrer dans la cuisine quand il entend des voix. La porte de la cuisine est entrebâillée. Il reconnaît parfaitement la voix de sa femme, en colère :
- Pourquoi tu as dit ça, Camille ? Tu n'en avais aucun droit ! Je t'aime beaucoup mais parfois, tu ferais mieux de réfléchir avant de dire n'importe quoi.
- Sache que je réfléchis toujours avant de parler. Je ne suis pas aussi sotte et tête en l'air que vous semblez tous le penser. J'ai certainement plus conscience de la réalité qui m'entoure que la plupart de ceux qui sont autour de cette table. Et je n'ai rien dit de si important. Je ne vois pas pourquoi tu en fais toute une histoire !
- Tu ne comprends pas, Camille.
- Non, je ne comprends pas. Mais si tu voulais bien m'expliquer, peut-être que…
Stéphane juge qu'il est temps d'intervenir. Il ne va pas laisser sa femme dans l'embarras. Tout le monde a trouvé le comportement de Camille déplacé ce soir. Elle est allée trop loin, mais Lauraine est la seule à avoir le courage de lui en parler en face.
- Salut les filles ! Alors, on papote derrière notre dos ?
- Exactement. Lauraine était justement en train de me confier à quel point tu pouvais manquer d'originalité au lit. Tu devrais penser à mettre un peu de piment dans ton couple, Stéphane !
Camille a toujours eu la répartie facile. Elle n'a même pas eu besoin de réfléchir à son mensonge plus de

deux secondes, comme s'il était déjà prêt dans un coin de son cerveau.
- Au moins, Lauraine, elle, a un homme dans son lit pour la réchauffer tous les soirs !
- Et qui te dit que ce n'est pas mon cas ? Allez, je vous laisse les amoureux !
Camille quitte la pièce. Stéphane se tourne vers sa femme qui ne semble pas tout à fait remise de sa dispute avec Camille.
- Tu vas bien, Lauraine ? Je vous ai entendu vous disputer avec Camille.
- Rien de grave. Qu'est-ce que tu as entendu exactement ? demande Lauraine.
- J'ai bien compris que tu lui reprochais son attitude du dîner. Et tu as eu totalement raison. Camille a dépassé les bornes avec Anaïs et Florian.
Lauraine regarde son mari quelques secondes sans comprendre.
- Qu'est-ce qu'il y a ? Ce n'est pas ce dont vous étiez en train de parler ?
- Si, si, tout à fait, se reprend Lauraine.
- En tout cas, ne t'en fais pas. Camille a la langue bien pendue mais ses intentions n'étaient pas mauvaises. Elle veut juste notre bonheur à tous. Les autres lui ont déjà pardonné sa conduite. Si on allait faire une petite partie de belote ?

Chapitre 14

Aéroport de Roissy Charles de Gaulle, Paris. Le temps est brumeux en ce samedi seize juillet. Un homme discret, habillé d'une soutane noire, observe le ballet incessant des avions derrière la grande baie vitrée de la salle d'embarquement. Le sien doit décoller dans moins d'une demie heure désormais. Il a hâte de quitter la capitale européenne de la culture et de la mode. Pour lui, Paris transpire le sexe, l'alcool, l'hypocrisie, la séduction… Elle représente tout ce qu'il exècre. Il a hâte de retrouver le soleil aride de son pays natal. De plus, il repart totalement satisfait du déroulement de sa mission. Tout s'est passé comme il l'avait prévu. Ses maîtres seront contents de lui.

Une voix dans le haut-parleur. L'embarquement pour son vol va commencer. Il se place dans la file prioritaire et est le deuxième à embarquer après une mère et ses deux enfants. Lorsqu'il tend ses papiers d'identité et son billet à l'hôtesse, celle-ci lui demande, sur un ton peu aimable, de bien vouloir baisser sa capuche pour qu'elle puisse voir son visage.

- Mais bien sûr, répond-il en obéissant et en lui adressant un sourire enjôleur. Il a toujours été très doué pour s'adapter à toutes les situations et à jouer n'importe quel rôle même lorsque l'envie le démange de frapper cette petite pimbêche pour lui apprendre à respecter l'ordre religieux. C'est pour cette raison qu'il a été choisi pour effectuer des missions spéciales.

Elle le laisse passer en le regardant à peine. Il sort et traverse le tarmac. L'avion est de taille très modeste et semble avoir des milliers de trajets à son actif. L'homme fait une rapide prière et gravit les escaliers qui le mènent à l'intérieur de la carlingue. Là, une autre hôtesse le mène jusqu'à sa place. Lorsqu'il s'assoit, une douleur lancinante lui brûle le dos mais il n'y fait pas attention. Il a l'habitude. Dix minutes plus tard, l'avion est plein et prêt à décoller. Il est assis près du hublot, à l'arrière de l'appareil, sa place préférée. Malheureusement pour lui, ses voisins sont deux enfants d'une dizaine d'années qui semblent avoir prévu de passer le voyage à se chamailler. L'un commence à jouer avec une console de jeu, l'autre la veut aussi, ils argumentent sur lequel peut l'avoir et cela n'en finit plus. Les parents sont assis derrière et ne font pas un geste pour calmer leur progéniture. Lorsqu'un jouet atterrit sur les genoux de l'homme, c'en est trop. Il se penche par dessus les deux garçons, attrape la console de jeu que chacun tire de son côté et la leur arrache des mains.

- Je vais vous mettre d'accord. C'est moi qui la garde jusqu'à l'arrivée. Et arrêtez de brailler, c'est insupportable.

Sur le coup, les deux enfants ne bronchent pas. Il faut dire que l'homme est grand et plutôt impressionnant. Ils sont aussi très surpris. C'est bien la première fois que quelqu'un les empêche de faire ce qu'ils ont envie. C'est ce moment-là que choisit la mère pour intervenir. Elle est énervée et parle fort. Tous les passagers se tournent dans leur direction.

- Non mais de quel droit osez-vous parler sur ce ton à mes enfants ? Vous n'avez pas honte. Rendez-moi cette console !

L'homme sent la colère monter en lui. Son cœur bat plus fort, son visage se crispe et son sang ne fait qu'un tour mais il se retient de céder à ses pulsions. La mère le fusille toujours du regard mais il sent qu'elle n'est plus aussi rassurée. Il ne doit pas se laisser envahir par ses émotions. Pour se calmer, il récite une prière en boucle dans sa tête. Il est dans un avion. Il doit se maitriser. Finalement, il tend la console à la mère. Elle la prend sans ménagement et la rend à ses enfants. Il se tourne de nouveau vers le hublot et relâche la tension dans ses muscles. Il regarde l'intérieur de sa main gauche qui est marqué de sang. Il a tellement serré son poing qu'il s'en est blessé. Il se nettoie avec son mouchoir. L'avion roule vers la piste de décollage. Le voyage s'annonce très long.

Un peu calmés par l'affrontement entre leur mère et leur voisin, les enfants n'ont cependant pas tardé à reprendre leur querelle. Maintenant, ils se battent pour un livre de coloriage et les feuilles commencent à voler autour d'eux. Leur voisin tente de se concentrer sur le décollage, de porter son attention sur autre chose mais il n'y arrive pas. Les cris des enfants ne font que lui rappeler l'impertinence et l'irrespect de leur mère, ainsi que la pulsion qu'il a ressentie à ce moment-là et qu'il tente d'enfouir au plus profond de lui sans grand succès. Il jette de fréquents coups d'œil au signal lumineux qui l'oblige pour l'instant à rester attaché à son siège. Les secondes semblent des heures. Il a chaud, la transpiration commence à perler sur son front, son cœur bat de plus en plus vite et ses muscles se crispent. Il connaît bien ses symptômes. Il doit se maîtriser. Les enfants continuent à se chamailler en arrachant des pages et en se donnant des coups sans avoir conscience de ce qu'ils provoquent chez leur voisin. Celui-ci repense soudain à la peur qui a traversé le regard de leur mère quelques instants plus tôt et le sentiment de puissance qu'il a ressenti et qu'il veut ressentir de nouveau. Il sait qu'il ne pourra plus se maitriser longtemps.
Le signal sonore s'éteint enfin. Il détache aussitôt sa ceinture et bouscule les garçons pour sortir de sa place et fonce vers les toilettes. Une hôtesse lui demande si tout va bien mais il ne répond pas. Il verrouille la porte derrière lui, s'assoit sur la cuvette et enlève sa soutane. Il est torse nu. Son dos et son torse sont zébrés de marques rouges. Il sort d'une poche une corde assez épaisse, durcie à son extrémité par de la résine et commence à se frapper le dos avec cet instrument de torture tout en récitant les incantations du psaume 6, *Domine ne in furore*.

Domine, ne in furore tuo arguas me,

Neque in ira tua corripias me.

Miserere mei, Domine, quoniam infirmus sum ;
Sana me, Domine, quoniam conturbata sunt ossa mea.[1]

Cette litanie dure une dizaine de minutes. L'homme n'a plus conscience qu'il est dans l'avion, il en oublie les enfants, les cris, leur mère, ses pulsions, les outrages subis… Il est en totale communion avec son Dieu. Lorsqu'il laisse retomber le morceau de corde, son corps est encore plus meurtri qu'auparavant. Les plaies le brûlent, du sang coule de certaines mais il n'y fait pas attention car il se sent beaucoup plus serein après cette séance. Il est redevenu maître de son corps et de son esprit. L'homme se met à genoux dans l'espace réduit, joint ses mains et entonne une prière pour remercier son Dieu.
- Merci, mon Dieu, de purifier mon âme, de pardonner mes faiblesses et de toujours me guider sur le chemin de la foi. Son heure n'était pas encore arrivée, j'en ai bien conscience. Je vais continuer à te servir sans faillir. Au nom du Père, du Fils et du Saint-Esprit. Amen.
Depuis plus de quinze ans, il sert son Dieu sans poser de questions. Lorsque la Confrérie lui assigne une mission, il l'exécute sans jamais douter. Il a gravi les échelons rapidement et aujourd'hui, à l'âge de trente-quatre ans, il se targue de faire partie des meilleurs, ceux à qui on donne les missions les plus difficiles mais également, les plus valorisantes. Il ne s'est jamais senti aussi proche de son Dieu que depuis qu'il tue pour lui. Il ne saurait dire combien de crimes il a commis depuis qu'il est au service de la Confrérie. Il n'y réfléchit jamais. Lorsqu'il a accompli une mission, il

---

[1] Seigneur, ne me punissez pas dans votre colère, et ne me chatiez pas dans votre fureur. Ayez pitié de moi, Seigneur, car je suis sans force ; guérissez-moi, Seigneur, car mes os sont ébranlés.

se prépare pour la suivante. Ses actes ont toujours été guidés par sa croyance. Une fois, une seule, il a commis un crime qui ne lui avait pas été confié par la Confrérie. Il s'est repenti pendant plusieurs semaines et Dieu l'a pardonné.

Il était jeune à l'époque, tout juste vingt-trois ans. Il n'avait jamais eu de désir pour une femme. Il avait fait vœu de chasteté à sa majorité car il était persuadé, et il l'est toujours aujourd'hui, que seule la relation avec Dieu peut apporter un plaisir sain. Il était de passage à Rome pour quelques mois. Le Vatican avait reçu des lettres de menace plutôt sérieuses à l'encontre de sa Seigneurie. Il avait pour mission d'en découvrir l'auteur et de le ramener devant ses maîtres pour qu'il subisse le châtiment suprême. Il devait mener à bien sa mission avant la Messe de Pâques car on craignait un attentat à cette occasion. Pour passer inaperçu, il était logé dans un petit appartement sobre mais fonctionnel à quelques rues de la Cité du Vatican. Pour tout le monde, il était employé dans une banque.

Il avait rapidement fait connaissance avec sa voisine de pallier. Elle était studieuse, dévorait les livres de bibliothèque et s'intéressait énormément à tout ce qui entourait le Vatican et la religion catholique depuis des siècles. Elle étudiait pour tenter de percer les secrets qui entouraient la Cité-Etat. Dans un premier temps, il avait cherché à se lier avec elle afin de lui soutirer des informations sans qu'elle s'en doute. Elle était une encyclopédie vivante sur tout ce qui touchait de près ou de loin au Vatican et les plus fervents ennemis du Pape en faisaient partie. Sans le savoir, elle avait permis à son voisin de se lancer sur la bonne piste.

Même alors qu'il n'avait plus réellement besoin d'elle, il avait continué à la voir régulièrement. Il aimait son côté érudit. Elle s'intéressait à tout. Parfois, elle avait une drôle de façon de parler de Dieu mais il n'y faisait pas tellement attention. Elle semblait tellement fascinée par le Vatican qu'il en était devenu moins méfiant. Bien sûr, elle n'avait aucune idée de son rôle à lui au sein de la Cité. Il l'écoutait et elle adorait ça.

Elle pouvait lui parler des heures de ses études. Elle lui en apprenait beaucoup sur cette institution qu'il servait.

Et puis, était venu le désir. Il n'avait tout d'abord pas compris ce qui lui arrivait. Il avait pensé être malade. Il regardait cette femme penchée sur ses livres et son corps était parcouru de frémissements. Il souriait bêtement et avait la gorge sèche lorsqu'elle posait son regard clair sur lui. Il avait fini par comprendre. Il éprouvait une attirance certaine pour cette femme. Il crut que c'était une épreuve envoyée par Dieu. Il résisterait. Il ne succomberait pas à la tentation. Il continuait à la voir pour se persuader qu'il était plus fort que ce désir qui le poussait vers elle sans comprendre que c'était justement ce désir qui l'incitait à la rappeler à chaque fois. Même lorsqu'il était seul, il pensait à elle. Il devenait irrégulier dans ses prières, oubliait de rendre compte à ses supérieurs et perdait du temps dans sa mission. Il ne se sentait bien que lorsqu'il était près d'elle. Il passait donc de plus en plus de temps avec elle que ce soit au restaurant, au cinéma, pour des promenades au soleil dans les rues de Rome, dans son appartement pour prendre un café… Dès qu'elle lui souriait, il avait une envie furieuse de lui mordre les lèvres, quand sa main blanche se posait sur son bras, une explosion de sensation le submergeait. C'était une véritable torture de rester à côté d'elle en évitant de la toucher mais c'était une torture délicieuse. Il n'avait pas encore commencé l'auto-flagellation, à cette époque.

Et puis, le samedi précédant Pâques était arrivé. Il avait passé la journée à suivre éperdument une piste en sachant qu'il ne lui restait plus beaucoup de temps pour déjouer l'attentat prévu le lendemain contre le Pape. La piste s'était révélée fructueuse et il avait réussi à pincer l'auteur de la lettre de menace. Il l'avait amené devant ses supérieurs qui l'avaient chaudement félicité et lui avait recommandé de profiter de ce merveilleux week-end de Pâques. Il était donc heureux et porté par la satisfaction du travail accompli.

Sans réfléchir, il avait frappé chez sa voisine qui l'avait accueilli avec un grand sourire.
- Qu'est-ce que tu dirais d'aller boire un verre sur une terrasse pour profiter du soleil ? Ce n'est pas un temps pour rester enfermés à lire des livres, tu ne trouves pas ?
- Tu as tout à fait raison. Je prends mon sac et je te suis.
Elle s'était dirigée vers sa chambre d'un pas alerte faisant voler sa fine jupe blanche sur ses longues jambes bronzées. Lorsqu'elle était revenue vers lui, il était resté quelques secondes à la déshabiller des yeux. Ses lunettes de soleil servaient de serre-tête pour retenir ses longs cheveux bruns, ses bras étaient nus et sa robe, bien que peu décolletée, mettait en valeur ses formes. Elle avait dût agiter une main devant ses yeux pour le sortir de sa contemplation.
- Je suis désolé. Tu es tellement superbe aujourd'hui dans cette robe que j'étais en train de me demander si on ne devrait pas plutôt rester ici pour que je sois le seul à pouvoir te regarder.
Aujourd'hui, il se demande encore comment il a pu proférer une telle ânerie mais il était sur un petit nuage ce jour-là et il ne s'était pas du tout senti stupide.
Elle avait ri du compliment, s'était approché de lui et avait posé un baiser rapide mais doux sur ses lèvres. Il en était resté stupéfié. C'était bien mieux que tout ce qu'il avait imaginé. Il avait fermé les yeux, prêt à réciter une prière dans sa tête pour reprendre la maîtrise de ses émotions. Il l'avait sentie passer à côté de lui et le frôler pour ouvrir la porte. C'était exactement ce qu'il fallait faire. Sortir, se plonger dans la foule, sentir le vent sur son visage, penser à tout sauf à elle. Au dernier moment, elle s'était penchée et avait murmuré à son oreille, sur un ton aguicheur :
« Il y a bien d'autres choses qu'on pourrait faire si on restait chez moi… »
Il avait rouvert brusquement les yeux, oubliant totalement sa prière. Il avait claqué la porte qu'elle avait commencé à entrebâiller et s'était littéralement

jeté sur elle. Il l'avait enlacée fermement, l'avait embrassée avidement sur la bouche, dans le cou, les cheveux. Elle ne l'avait pas repoussé. Elle l'avait même attiré un peu plus, lui rendant ses baisers. Il l'avait entrainée dans la chambre à coucher. Là, il l'avait jetée sur le lit. Couchée ainsi sur le lit, l'attendant, la jupe légèrement relevée, elle semblait si vulnérable, si désirable... Alors il s'était complètement laissé emporter par son désir.
Il l'avait déshabillée. D'abord le chemisier. Il avait lutté un peu contre les boutons et avait fini par tout arracher, trop impatient. En dessous, elle portait un joli soutien-gorge noir à dentelles. Il avait admiré quelques secondes ces deux globes blancs qui en émergeaient et qui semblaient l'appeler. Il avait fait glisser une bretelle lentement, laissant monter le désir puis, il avait plongé sa tête dans sa poitrine, avait mordillé, léché ce sein qu'il ne connaissait pas mais qui lui procurait tellement de plaisir. Lui qui n'avait jamais posé les yeux sur une femme auparavant, semblait se rassasier des formes et de la douceur de celle-ci. Il n'en pouvait plus. Son corps criait « encore ». Il comprit qu'il en voulait plus. Il lui enleva brutalement sa jupe, manquant la déchirer, fit glisser sa petite culotte en dessous de ses fesses, juste assez pour qu'il puisse la pénétrer. Il dégrafa son soutien-gorge, replongea sa tête dans sa poitrine, lécha avidement ce téton qui pointait sournoisement vers lui pendant qu'il commençait ses mouvements de va et vient. Elle gémissait sous ses caresses et son corps se cambrait involontairement de plaisir. Elle avait commencé à le caresser également et à l'embrasser mais il l'avait plaqué contre le lit et, d'une seule main, avait retenu ses poignets au-dessus de sa tête. De cette façon, elle était à sa merci. Cela avait augmenté leur désir à tous les deux. Ils avaient continué ainsi pendant quelques minutes jusqu'à ce qu'une explosion des sens lui parcourt le corps.
Puis l'extase était retombée. Elle l'avait regardé avec des yeux attendris. Elle avait voulu l'attirer à nouveau

contre elle mais il l'avait repoussée. Il la regardait et il ne voyait plus la même femme qu'avant. Elle l'avait séduit, l'avait entrainé dans le péché de luxure... Son corps nu qui reposait sur le lit lui inspirait désormais le dégoût. Elle était l'incarnation du diable. Il avait failli à son Dieu. Il ne pouvait pas supporter sa défaillance. Il s'était penché de nouveau sur elle, avait posé ses mains sur son cou et avait serré, serré... Elle avait bien tenté de se débattre mais elle n'était pas assez forte. Il avait continué à appuyer de toutes ses forces et avait regardé la vie disparaître de ses yeux... Il avait joui une deuxième fois.

Lorsqu'il était rentré dans son pays natal, il avait avoué ses péchés à ses maîtres. Il désirait subir le supplice suprême pour avoir osé toucher une femme. Dans sa tête, il était plus criminel d'avoir succombé à la tentation que d'avoir tué l'objet de cette tentation. Ses maîtres n'avaient pas voulu le condamner pour ses péchés. Il lui avait parlé d'une épreuve qui, s'il la surmontait, prouverait que Dieu lui pardonnait. Par contre, s'il échouait, il mourrait. Il avait accepté l'enjeu et avait survécu à l'épreuve. Son Dieu le pardonnait. A partir de ce moment-là, il avait appris l'auto-flagellation pour maitriser son corps et expier ses fautes. C'est également après cet événement, qu'on avait commencé à lui confier des missions plus importantes, des missions qui requéraient ses talents de tueur.

Chapitre 15

Il est près de midi le dimanche matin quand Stéphane ouvre enfin un œil. Lauraine est endormie à côté de lui. Un rayon de soleil vient éclairer les reflets roux de sa chevelure bouclée étalée sur l'oreiller blanc. Lauraine a toujours nié être rousse malgré les faits. Stéphane, pourtant, lui a montré plusieurs preuves en photos mais elle persiste à affirmer qu'elle est châtain, peut-être avec quelques reflets blonds en plein été mais certainement pas roux.
Stéphane et Lauraine se sont couchés tard. Voilà bien longtemps que cela ne leur était pas arrivé. Ils ont passé une excellente soirée. Les derniers à partir étaient Gary et Fabio vers quatre heures du matin. Ils voulaient absolument terminer une partie de belote qu'ils ont finalement perdue. Pour les consoler, Lauraine et Stéphane leur ont proposé de nouveau un peu de dessert avant de partir. Camille, d'ordinaire la dernière à prendre congé, s'était éclipsée avec la première vague de départ.
Stéphane pose un baiser sur le front de sa femme et la secoue un peu pour la réveiller. Elle grogne dans son sommeil. Stéphane sourit. Lauraine n'a jamais été du matin. Elle déteste être tirée de ses rêves. Stéphane la secoue encore un petit peu.
- Je ne veux pas me lever. Laisse-moi dormir !
- Il est presque midi, Lauraine.
- Midi déjà !
Lauraine se frotte les yeux pour tenter d'émerger plus rapidement.
- Mais Jérémy dort encore ?
- Jérémy est chez mes parents, Lauraine.
- Ah oui, c'est vrai... Mais pourquoi tu me réveilles alors ? On peut faire la grasse matinée toute la journée !

- Tu as sûrement oublié mais on a un concert cet après-midi. Enfin, on peut toujours annuler si tu préfères rester au lit.
- Non, non, tu as raison. Il faut se lever. Ce concert a l'air bien. Pour une fois qu'on a des avantages avec ton boulot, autant en profiter. Allez, debout gros fainéant !
Lauraine lui donne une tape sur les fesses et se lève en titubant, s'orientant vers la salle de bain les yeux encore à moitié fermés.
En réalité, c'est Philippe qui a offert ces places de concert à Stéphane une semaine avant son agression. Il lui a conseillé d'y aller avec sa femme et de penser à son fils quand il l'écoutera. Stéphane n'a pas très bien compris ce que Philippe voulait dire mais il a proposé cette petite sortie à Lauraine qui en était enchantée. Stéphane n'a jamais entendu parler de ce chanteur mais c'est une occasion de sortir tous les deux.

A quinze heures, ils sont tous les deux, bras dessus dessous, face à une double porte en bois, dans une rue étroite à deux minutes de la place de la Bastille. L'endroit ne paye pas de mine. Lauraine se demande s'ils sont bien au bon endroit mais Stéphane lui montre le nom de la salle peint sur le mur en pierre et la petite file de personnes qui a commencé à se constituer. Ils sont au bon endroit. Lauraine reste un peu sceptique.
Après quelques minutes d'attente, ils peuvent entrer à l'intérieur et là, le décor change totalement. Les poutres apparentes au plafond confère un air vieillot, renforcé par la lumière tamisante et les affiches de concerts rock remontant jusqu'au milieu du vingtième siècle qui tapissent les murs. On les conduit dans une petite salle où sont installés des gradins et une scène sur laquelle s'installent les musiciens. En passant dans la rue, Stéphane n'aurait jamais imaginé que cette porte en bois cachait une telle salle. Elle n'est pas très grande mais elle peut tout de même accueillir deux-cents personnes, la moitié dans les gradins et l'autre moitié dans la fosse. Les murs en pierre, les poutres

en bois et les rideaux épais en font un lieu accueillant et intimiste pour que les spectateurs se sentent proches des chanteurs et des musiciens. Stéphane et Lauraine s'installent au cinquième rang, au milieu. Ils sont juste en face de la scène. Lauraine est ravie. Elle se penche vers Stéphane pour lui murmurer à l'oreille :
- On se croirait dans un lieu secret pendant la guerre. Je ne serais presque pas surprise si l'armée débarquait à l'instant et nous arrêtait pour complot contre l'état.
Stéphane n'ose pas lui dire que sa comparaison est sans doute plus proche de la réalité qu'elle ne l'imagine. Cette salle n'est certainement connue que d'un nombre restreint de personnes. Stéphane commence à se demander ce qu'ils vont réellement voir comme concert.
- C'est original, oui…
- En tout cas, j'aime beaucoup, conclut Lauraine.
Quinze minutes plus tard, la salle est plongée dans le noir. Le silence s'installe jusqu'à ce que les projecteurs se rallument pour illuminer la scène. Le chanteur et les musiciens sont installés et commencent aussitôt à égrener les premières notes. Stéphane se laisse vite emporter par la musique. Les chansons lui rappellent la musique rock que lui faisait écouter son grand-père mais également un peu de folk et de country. Comment s'appelait ce chanteur qu'il aimait tant déjà ? Ah oui, Bob Dylan. C'est le même style de musique. Son grand-père était un grand fan et regrettait de n'avoir jamais eu l'occasion d'aller à un de ses concerts. Voilà des années que Stéphane n'a plus écouté d'albums de Bob Dylan. « *Hurricane* » ou « *Knockin' On Heaven's Door* » faisaient pourtant partie de ses chansons préférées. Stéphane se plonge un peu plus dans la musique. En écoutant les paroles et en se laissant emporter par les notes et le rythme, il suit les instructions de Philippe. Il pense à Jérémy, à ce qu'il représente pour lui et le danger qui pèse sur lui. Comme tout le monde aujourd'hui, Stéphane parle couramment anglais depuis son enfance. Il comprend

donc parfaitement les paroles du chanteur. Au milieu de la deuxième chanson, Stéphane a une révélation. Cet homme raconte son histoire ! La joie d'avoir un enfant, de le voir grandir, la peur de ce qui peut lui arriver et surtout, le vide et le manque quand il n'est plus là. La perte d'un enfant. Ce thème est sous-jacent dans toutes les chansons qui suivent. On sent toute la peine du chanteur dans sa musique.
Au milieu du concert, Lauraine se retourne vers son mari. Elle est surprise de découvrir son regard rempli de tristesse, comme s'il était sur le point de pleurer. Elle même se sent émue par la musique sans trop savoir pourquoi mais elle est surprise de voir Stéphane dans cet état. Ce n'est pas dans ses habitudes. Touchée par son émotion, elle se rapproche un peu et lui prend la main doucement. Il la serre dans la sienne mais ne détourne pas son regard de la scène.
Lauraine repense au jour où Stéphane lui a demandé de l'épouser. Ils étaient au restaurant. C'était au mois de mai. Il faisait déjà beau. Cela faisait longtemps qu'ils n'avaient pas dîné en amoureux. Ce soir-là, Lauraine avait préparé tout un discours qu'elle s'était répétée de nombreuses fois dans sa tête. Elle avait toujours eu du mal à entamer les discussions sérieuses avec Stéphane et cette fois-là ne dérogeait pas à la règle. Elle avait mal au ventre et ne savait pas comment commencer. Stéphane avait senti son malaise et lui avait demandé ce qui n'allait pas.
- J'ai beaucoup réfléchi ces derniers temps, Stéphane et j'aimerais qu'on discute sérieusement de notre relation. J'aimerais savoir où nous allons et ce que tu veux.
Stéphane l'avait regardée quelques secondes sans rien dire. Il sentait qu'elle n'avait pas fini de déballer ce qu'elle avait sur le cœur et il avait raison.
- Nous sommes ensemble depuis déjà cinq ans, Stéphane et j'ai l'impression que notre relation n'évolue plus depuis longtemps. Tu es plongé dans tes études de médecine à longueur de temps, tu passes énormément de temps à l'hôpital, ce que je peux

comprendre. Tu aimes ton boulot et j'en suis vraiment heureuse pour toi mais j'ai l'impression de passer de plus en plus souvent en second choix, quand tu n'as rien d'autre à faire.
Lauraine et Stéphane ont tous les deux fait leurs études sur Paris mais n'avaient encore jamais vécu ensemble. Stéphane avait besoin d'habiter seul pour pouvoir se concentrer sur ses cours. Il disait que lorsqu'elle était là, il était tout le temps distrait. Elle n'avait jamais trop compris car, pour sa part, elle n'avait jamais eu ce problème. Elle se doutait bien qu'il aimait aussi beaucoup son autonomie. Ainsi, il pouvait inviter ses amis quand il en avait envie. Elle comprenait très bien. Elle faisait la même chose de son côté mais aujourd'hui, elle en avait marre. Elle voulait se poser. Elle avait surtout besoin qu'il lui montre qu'il tenait à elle. Elle avait vraiment besoin de se sentir aimé après les derniers mois qu'elle avait passés.
- Rassure-toi, je ne te parle pas de mariage ou d'enfants, Stéphane. Ce n'est pas ce que je te demande, loin de là. On a le temps. Ce que je veux vraiment, c'est qu'on passe plus de temps ensemble. On pourrait habiter ensemble. On ne sait pas ce que ça fait de se voir tous les jours, de devoir se supporter au quotidien. Si ça ne doit pas marcher, il serait temps qu'on le sache, tu ne crois pas ?
Après l'avoir laissé déballer tout ce qu'elle avait sur le cœur, Stéphane avait hésité. Il n'était plus très sûr de ce qu'il devait dire. Lauraine avait senti son hésitation et l'avait mal interprétée. Elle avait commencé à s'inquiéter. Et si elle s'était trompée sur toute la ligne ?
- Peut-être aussi que tu en as marre de cette relation et que tu ne sais pas comment me le dire, Stéphane. Si c'est le cas, c'est le moment.
Stéphane l'avait rassuré aussitôt.
- Non, ce n'est pas du tout ça. C'est juste que j'avais prévu quelque chose pour ce soir mais après tout ce que tu viens de dire, j'ai l'impression que ce n'est pas vraiment le bon moment.

- Vas-y, dis-moi, avait insisté Lauraine. Je t'ai dit tout ce que j'avais sur le cœur, c'est à ton tour maintenant. Pour une fois, j'aimerais bien savoir ce qui te trotte dans la tête !
- En réalité, j'avais prévu de te demander de m'épouser, ce soir…
Lauraine s'était esclaffée.
- Tu te moques de moi ! Elle était vite redevenue sérieuse en voyant le visage de Stéphane. Il ne pouvait pas avoir réellement prévu de…
- Mais, on n'a encore jamais vécu ensemble ! ne put-elle s'empêcher de rajouter. Avant de venir ce soir, elle s'était imaginée des dizaines de versions différentes de leur soirée et de la réaction qu'allait avoir Stéphane mais jamais, elle n'avait envisagé qu'il lui fasse une telle demande. Pour sa part, elle ne se voyait pas du tout se marier sans savoir si elle pouvait vivre avec lui au quotidien.
- Ne t'en fais pas, après ton petit discours, j'ai bien compris que tu ne voulais pas du tout m'épouser.
- Non, ce n'est pas ce que je voulais dire, Stéphane. Je ne…
Mais Lauraine aperçut soudain le petit sourire en coin de Stéphane et s'arrêta subitement dans sa justification. Il n'avait pas mal pris ses paroles, loin de là. Il se pencha vers elle, au-dessus de la table.
- Je sais bien, Lauraine. J'ai compris ce que tu m'as dit. Tu m'aimes et tu veux vivre autre chose que cette amourette d'étudiants qui n'en finit plus. Moi aussi, je t'aime Lauraine.
Plus que tout ce que tu peux imaginer, avait-il ajouté pour lui même. Ses yeux étaient plongés dans ceux de sa future femme. C'était la première fois qu'il prononçait ses mots en cinq ans. Jusque là, il s'était contenté d'un petit « moi aussi » ou d'allusions détournées. Lauraine savait qu'elle était importante pour lui mais il ne le lui avait jamais dit et tant que les choses ne sont pas dites avec sincérité, on a toujours des doutes. Ce jour-là, Lauraine comprit que Stéphane l'aimait réellement. Elle n'avait plus aucune raison de

douter de ses sentiments pour elle. Elle sentit les larmes lui monter aux yeux sous le coup de l'émotion. C'était ça être heureuse ! Elle fut prise d'une envie soudaine de se jeter dans ses bras, de l'embrasser, de l'enlacer et de l'aimer. Stéphane comprit sans qu'un seul mot soit prononcé. Il proposa de payer l'addition. Elle acquiesça. Ils avaient tout juste fini leur entrée. Peu importe. Ils avaient toute la vie pour profiter des restaurants. Sans un mot, ils avaient quitté le restaurant et rejoint l'appartement de Stéphane qui était le plus proche. A peine la porte refermée derrière eux, ils se jetaient l'un sur l'autre, se déshabillant mutuellement tout en s'embrassant. Ils firent l'amour avec toute la tendresse qu'ils éprouvaient l'un pour l'autre. Ils n'atteignirent pas la chambre.

Au petit matin, ils s'étaient mis d'accord sur le fait d'emménager ensemble prochainement. Et si tout se passait bien, ils reparleraient du mariage. Stéphane avait refait sa demande six mois plus tard et ils s'étaient mariés l'année suivante.

Lauraine gardera le souvenir de cette soirée toute sa vie. C'est l'une des meilleures qu'elle a passée. Lauraine se secoue un peu et reporte son attention sur le concert. Depuis combien de temps est-elle absorbée dans ses souvenirs ? Stéphane n'a pas bougé, il est toujours hypnotisé par la musique.

Lorsque les lumières s'éteignent pour la dernière fois, une salve d'applaudissements s'élève des spectateurs. Les musiciens et le chanteur viennent saluer le public plusieurs fois, chantent une autre chanson sous les ovations du public et finissent par quitter la scène.

Stéphane et Lauraine suivent les autres spectateurs sans un mot. Ils sont encore tous les deux plongés dans la musique et aucun des deux n'a envie de gâcher ce moment par des paroles. C'est finalement Lauraine qui rompt le silence dans le métro du retour. Elle pose sa tête sur l'épaule de son mari et lui dit :

- C'était vraiment magnifique. Je n'aurais jamais pensé que ton travail te proposerait des places pour un tel concert.
- Moi non plus.
A cet instant, Stéphane aurait voulu pouvoir tout partager avec sa femme, lui parler de Philippe, du réseau, de Jérémy et du gène qu'il possède, du danger qu'ils courent tous si le gouvernement le découvre. Il aurait voulu pouvoir lui expliquer qu'aucun des enfants porteurs du gène ne méritent d'être enlevé par le gouvernement, qu'il faut se battre pour eux mais il ne dit rien. Il ne peut pas lui imposer toutes ses inquiétudes.

Chapitre 16

Assis sur un banc dans le parc des Buttes Chaumont, Stéphane n'arrive pas à prendre une décision. Il fait beau, le soleil se réfléchit sur l'étendue d'eau, des cris d'enfants heureux résonnent autour de lui. Plusieurs personnes faisant leur footing passent devant lui, une vieille femme est occupée à donner à manger aux canards avec son petit-fils et un jeune couple s'embrasse sur un autre banc, à quelques mètres du sien. Stéphane n'a aucunement conscience de toute cette vie qui s'agite autour de lui. Il regarde le papier qu'il tient dans les mains sans le voir vraiment.
Lundi, après le concert, il était persuadé de ce qu'il devait faire. Il avait réussi à obtenir un échantillon non sans mal et il avait fait ce qu'il pensait être juste. Mais aujourd'hui, face aux résultats, il n'est plus très sûr de lui. Il a promis à Lauraine qu'il serait plus présent désormais et il s'est juré à lui-même de ne plus mettre sa propre famille en danger pour les autres. S'il décide de révéler ce qu'il sait, il replongera, il en est persuadé. Peut-il pour autant fermer les yeux ? S'il ne fait rien, il regrettera toute sa vie de n'avoir rien tenté pour sauver un maximum d'enfants. Ce sont ses amis depuis des années ! Il doit leur dire.
Sa décision prise, Stéphane se lève et se dirige vers la sortie du parc. En passant, il adresse un sourire à la vieille femme aux canards. Il traverse quelques rues et s'arrête devant une porte en bois peinte en rouge. Il hésite encore quelques instants avant de frapper deux coups secs. Une jeune femme vient lui ouvrir. Stéphane met quelques instants à la reconnaître. Elle a les cheveux emmêlés, des cernes profonds sous ses yeux gonflés et elle porte un jean et un tee-shirt ample. Elle semble très surprise de le trouver sur le pas de sa porte.

- Stéphane ? Mais qu'est-ce que tu fais là ? Tu aurais dû prévenir de ta visite. Je ne suis vraiment pas en état de te recevoir.
- Je ne pouvais pas te prévenir, Anaïs. Il faut absolument que je vous parle, c'est important. Est-ce que Florian est là ?
- Non, il est encore au travail.
Anaïs regarde rapidement sa montre avant d'ajouter :
- Mais il ne devrait pas tarder.
Anaïs n'ouvre toujours pas la porte à Stéphane qui danse d'un pied sur l'autre sur le seuil.
- Tu ne veux pas me faire entrer ?
Quelque peu récalcitrante, Anaïs finit par laisser son ami pénétrer dans la maison.
- Tout est en désordre. Le ménage n'a pas été fait depuis longtemps et j'ai une tête affreuse. Au moins tu es prévenu !
Stéphane referme la porte derrière lui. La maison est très sombre. Tous les volets sont fermés, des jouets trainent par terre, la vaisselle sale du midi est encore sur la table de la salle à manger. Stéphane comprend vite que ses amis vivent une période difficile. D'ordinaire, cette maison est lumineuse, accueillante, chaleureuse et Anaïs adore tout ordonner à sa manière.
- Qu'est-ce qui ne va pas, Anaïs ?
Elle fait mine de ne pas l'avoir entendu. Elle débarrasse rapidement la table et ouvre un volet pour laisser pénétrer quelques rayons de soleil. Stéphane s'installe dans un canapé.
- Tu veux un café ? demande Anaïs de la cuisine.
- Oui, s'il-te-plaît.
Anaïs revient quelques minutes plus tard chargée d'un plateau qui supporte deux tasses fumantes. Stéphane remarque qu'elle en a profité pour changer de tee-shirt, qu'elle s'est coiffée rapidement et qu'elle a dû se passer un coup d'eau sur le visage. Elle est plus présentable et arrive même à lui adresser un sourire.
- Alizé n'est pas avec toi ? demande Stéphane.

- Non, elle est chez les parents de Florian. Je ne veux pas qu'elle me voie ainsi.
Stéphane se penche légèrement vers son amie et la regarde dans les yeux pour lui demander le plus doucement possible :
- Qu'est-ce qui te met dans un tel état, Anaïs ? Tu as l'air complètement à bout.
Anaïs n'arrive pas à supporter le regard de son ami. Ses yeux plongent vers sa tasse de café. Elle tente de se contenir mais Stéphane perçoit des tremblements dans sa voix lorsqu'elle lui répond :
- J'ai tellement peur, Stéphane. Je ne veux pas perdre Alizé. Son test doit avoir lieu dans trois semaines et j'ai un très mauvais pressentiment. Je n'arrive plus à penser à autre chose, je ne dors plus ou quand j'arrive à m'assoupir un peu, je fais des cauchemars terribles. Je suis exténuée, ce qui ne fait qu'augmenter mes craintes. Florian est un amour, il fait tout ce qu'il peut pour me rassurer, le pauvre, mais il ne peut pas vraiment m'aider. Je pense sans cesse à Gaëtan… Je ne veux pas revivre ça, Stéphane !
Stéphane pose sa tasse sur la petite table basse et se rapproche de son amie qu'il prend dans ses bras. Elle pose sa tête sur son épaule et sanglote sans bruit. Si Stéphane avait encore des doutes, il sait maintenant qu'il doit leur révéler ce qu'il sait. Il va chambouler la vie de ses amis irrémédiablement mais il n'a pas le choix.
Anaïs est toujours dans les bras de Stéphane quand ils entendent une clé tourner dans la serrure. Anaïs se redresse aussitôt et tente de sécher ses larmes. Elle se tourne vers son mari et lance, sur un ton faussement joyeux :
- Florian, regarde qui est venu nous rendre visite !
- Stéphane ? Mais qu'est-ce qui t'amène par ici ?
- Je voulais vous annoncer quelque chose. Tu devrais venir t'asseoir, Florian.
Florian regarde sa femme d'un air interrogateur. Celle-ci hausse les épaules pour signifier qu'elle n'a aucune idée de ce dont Stéphane veut leur parler. Florian vient

s'asseoir à côté d'elle et lui prend la main. Il a tout de suite remarqué qu'elle avait encore pleuré. Il n'ose même pas imaginer l'état dans lequel elle sera, deux semaines plus tard, si on leur annonce qu'Alizé est porteuse du gène et qu'ils ne la reverront plus. Il est persuadé qu'elle ne le supportera pas. Il a tellement peur qu'elle fasse quelque chose d'irréparable. Un frisson le parcourt à cette idée. Il reporte son attention sur Stéphane.

- J'ai beaucoup pensé à Alizé depuis le dernier dîner chez nous. Les paroles de Camille m'ont beaucoup marqué et j'ai réalisé que j'avais les moyens de vous aider. Enfin, je ne pourrai pas changer le résultat du test mais je peux vous permettre d'en connaître les résultats à l'avance.

- Tu es en train de nous dire que tu pourrais faire le test avant la date prévue pour qu'on sache à quoi s'en tenir ? demande Anaïs, soudain pleine d'espoir.

- En réalité, j'ai déjà effectué le test sur Alizé.

- Quoi ? s'exclame Florian. Tu as effectué ce test sans notre accord ? Et comment as-tu pu te procurer son ADN ?

Anaïs donne une petite tape à son mari pour le faire taire.

- On s'en fiche Florian ! Tu as le résultat ?

Stéphane acquiesce de la tête et rien qu'à son air grave, ses amis comprennent aussitôt que les nouvelles ne sont pas bonnes.

- Je suis désolé de devoir vous l'annoncer mais le résultat est positif. Alizé est porteuse du gène. Si vous lui faites faire le test dans deux semaines, le gouvernement vous l'enlèvera.

Anaïs a fermé les yeux en écoutant le verdict tant redouté. Alizé est porteuse du gène de la criminalité, tout comme Gaëtan avant elle. Elle est une véritable malédiction pour ses enfants. C'est forcément de sa faute. Ce gène ne peut pas sortir de nul part. Si les deux enfants qu'elle a eus avec des hommes différents sont porteurs du gène DR2624, c'est bien qu'elle doit l'avoir en elle. Elle n'est pas vraiment surprise. Voilà des semaines qu'elle est persuadée qu'on va lui enlever son enfant une nouvelle fois, sans savoir quoi faire pour l'empêcher. Mais aujourd'hui, on lui offre une chance qu'elle a bien l'intention de saisir. Elle sauvera sa fille quoi qu'il lui en coûte. C'est une femme déterminée qui rouvre les yeux.

- Merci Stéphane d'être venu nous prévenir des résultats d'Alizé.

Florian est encore plus surpris que Stéphane par la réaction de sa femme. Sa voix est calme. Il n'y perçoit plus aucune trace de désespoir alors que lui, se sent anéanti par la nouvelle qu'il vient d'apprendre. Il voulait tellement croire qu'Alizé n'était pas porteuse du gène. C'est une enfant tellement joyeuse, polie, agréable…

- Florian, il va falloir qu'on décale ce rendez-vous avec le généticien. Il va nous falloir du temps si on veut mettre Alizé à l'abri.

Stéphane sourit. Il ne pensait pas qu'Anaïs prendrait la nouvelle aussi bien. Il est heureux de constater qu'elle a déjà pris sa décision. Florian, lui, regarde toujours sa femme sans comprendre.

- Tu ne crois pas que je vais les laisser m'enlever un deuxième enfant, Florian ? Jusqu'à aujourd'hui, on ne connaissait pas le diagnostic d'Alizé donc on ne pouvait pas vraiment prendre de décision. Maintenant, grâce à Stéphane, on le connaît et on peut agir en conséquence. J'ai bien l'intention de l'emmener très loin, là où le gouvernement européen ne pourra pas la retrouver. Je préférerais que tu viennes avec nous mais si tu ne t'en sens pas capable, je m'en irai seule.

Florian se secoue un peu. Il pense à son boulot, à sa ville, à tous ses amis… Il pense également à sa femme et à sa fille. Ce n'est pas du tout ce qu'il avait imaginé lorsqu'il avait rencontré Anaïs mais il sait aussi qu'il ne pourra jamais l'abandonner, et sa fille encore moins.

- Tu as raison. On ne peut pas rester à rien faire. On doit la protéger. Il y a tellement de choses à régler avant de partir…

Stéphane se lève. Ses amis ont besoin d'être seuls pour assimiler ce qu'il vient de leur annoncer. Leur vie va complètement changer et ils n'ont pas beaucoup de temps pour tout organiser.
- Je tiens à vous préciser que je n'en ai parlé à personne, pas même à Lauraine. Et si vous décidez vraiment de quitter l'Europe, je connais des gens qui pourraient sûrement vous aider.
Anaïs se lève aussi et se jette littéralement sur Stéphane pour le serrer dans ses bras.
- Je ne te remercierai jamais assez pour ce que tu viens de faire pour nous, Stéphane. Tu viens de nous donner une chance de sauver notre fille et c'est un cadeau inestimable.
Ils le raccompagnent à la porte et Stéphane leur promet de parler de leur cas à un ami en qui il a toute confiance. Il les quitte, persuadé d'avoir fait le bon choix. Il ne veut pas penser au fait qu'il n'est pas facile d'échapper au gouvernement et que si on découvre leur fuite, Anaïs et Florian le paieront très cher.
Au moment de refermer la porte, Florian pose une dernière question :
- Au fait, comment tu as fait pour récupérer l'ADN d'Alizé ?
- Cela n'a pas été facile, avoue Stéphane avec un sourire. Je suis passé chez tes parents, Florian, quand ils gardaient Alizé. J'ai dit à ta mère que Lauraine avait besoin d'une belle photo d'Alizé pour vous faire une surprise et que j'étais de corvée. Ils ont trouvé l'idée géniale. Après, il n'a pas été difficile de me retrouver quelques instants seul avec elle pour lui faire une petite piqure rapide.
Stéphane sort de sa poche un papier qu'il tend au couple.
- Tenez, j'ai même développé la photo sur papier. Gardez-la. Un cadeau pour votre voyage.

Après avoir quitté ses amis, Stéphane décide de se rendre quai André Citroën. La journée est chaude mais de gros nuages noirs commencent à s'accumuler au-

dessus de la ville lumière. Il repère la péniche de couleur vert foncée. Elle n'a pas bougé depuis la dernière fois qu'il est venu. Il inspire un grand coup pour se donner du courage, traverse la rue et rentre dans la péniche comme s'il était chez lui.
A l'intérieur, trois hommes sont réunis sur les canapés. La discussion semble animée mais elle stoppe net lorsqu'ils prennent conscience de la présence de Stéphane. Les trois têtes sont tournées vers le nouvel arrivant et aucune n'est amicale. Ils le regardent tous d'un air à la fois surpris et suspicieux. Stéphane les connaît. Il y a Pierre avec qui il a participé à l'attaque contre les kidnappeurs d'enfants quelques mois plus tôt, Sylvain un jeune étudiant en droit très impétueux et Léonard, un policier avec qui il a déjà eu quelques démêlés.
Personne ne bouge pendant quelques secondes, puis Léonard se lève et s'avance vers Stéphane, l'air menaçant. Il se plante à une dizaine de centimètres de son visage, les poings sur les hanches.
- Qu'est-ce que tu viens faire ici ? On ne veut pas de toi !
Stéphane ne se laisse pas décontenancé.
- Je suis venu parler à Philippe. Est-ce qu'il est ici ?
- Parce que tu crois que lui, il a envie de voir ta sale tête ? Je savais bien que tu ne ferais pas le poids parmi nous. Qu'est-ce que tu lui veux à Philippe ? Tu es venu lui apporter un mot d'excuse de ta maman pour tes trois semaines d'absence ?
Les derniers mots ont été crachés avec mépris. Stéphane se retient de balancer son poing dans la figure de Léonard. Il se retient parce qu'il ne veut pas provoquer une bagarre générale et parce que l'homme est assez imposant. Il est légèrement plus petit que Stéphane mais beaucoup plus large d'épaules.
- Je ne crois pas avoir de comptes à rendre à quiconque ici et encore moins à toi. Je veux parler à Philippe. Est-il là, oui ou non ?
- Il n'est pas là et il ne veut pas te voir. Tu peux retourner auprès de tes « patients » pour continuer à

être le bon petit chien du gouvernement que tu as toujours été. En plus de les aider à sélectionner les enfants, maintenant tu viens nous espionner pour leur compte !

La tension est montée d'un cran. Stéphane ne peut pas laisser Léonard l'accuser ainsi. Les deux autres hommes se sont levés à leur tour. Ils ont senti que la bagarre n'était pas loin d'éclater mais ils ne font rien pour apaiser les deux adversaires. Léonard a toujours le regard fixé sur Stéphane. La colère lui a fait monter le rouge aux joues et Stéphane croit même voir sa moustache brune frémir. Il attend la riposte de Stéphane pour pouvoir entamer la bagarre. Stéphane, quant à lui, a la mâchoire crispée de colère contenue. Toutes les émotions des dernières semaines sont sur le point de refaire surface. Léonard est en train de lui fournir un bon moyen d'extérioriser ses peurs, ses frustrations, sa colère.

Le premier coup part dans l'estomac de Léonard. Il en a le souffle coupé pendant quelques secondes mais il ne tarde pas à riposter. Il envoie son poing directement sur le nez de Stéphane qui se plie sous la douleur et fonce tête baissée sur son adversaire. Ils atterrissent sur le sol. La péniche n'est pas très grande mais ils arrivent tout de même à rouler plusieurs fois l'un sur l'autre. Au début, Stéphane semble avoir le dessus, puis Léonard se reprend et le roue de coups à son tour. L'avantage ne cesse d'alterner entre les deux.

Sylvain et Pierre observent le match qui se déroule sous leurs yeux. Ils ont songé à s'interposer au début mais ils se sont vite rendus compte que les deux hommes n'étaient pas très doués pour se battre. Ils ne risquent pas de se faire très mal. Ils se sont rassis et sirotent une bière en rigolant et en pariant sur celui qui sortira avec le moins de bleus.

Soudain une voix grave et autoritaire les oblige à reprendre leur sérieux :

- Mais que se passe-t-il ici ? Ce n'est pas bientôt fini tout ce raffut ?

Un homme d'une quarantaine d'années, en costume noir, vient d'émerger de la trappe qui donne sur l'étage inférieur de la péniche. Il analyse rapidement la situation.
- Pierre ! Sylvain ! Bougez vos fesses et aidez-moi à séparer ces deux imbéciles.
Les deux hommes n'hésitent pas une seconde à obéir au nouvel arrivant. Ils se précipitent sur les deux combattants et en agrippent un chacun pour les obliger à s'éloigner l'un de l'autre. Ce n'est pas une mince affaire car Stéphane et Léonard tentent toujours de s'envoyer un dernier coup. L'homme en noir se place entre les deux et ils finissent par se calmer. Stéphane se secoue pour se dégager de l'étreinte de Sylvain et remettre ses vêtements en place.
- Quelqu'un peut-il m'expliquer ce qui se passe ? demanda l'homme en noir.
- Le médecin est revenu pour nous espionner, se hâte d'expliquer Léonard. Il tente de s'approcher mais Pierre le retient toujours par le bras, sentant qu'il n'est pas totalement calmé.
- C'est une grave accusation, Léonard. Qu'est-ce qui te fait dire ça ?
- Ce type a toujours été à la solde du gouvernement, tout le monde le sait ! Voilà des années qu'il aide le gouvernement à détecter les enfants porteurs du gène et qu'il les envoie on ne sait trop où ! On ne l'a pas vu depuis trois semaines. Tout le monde pensait qu'il nous avait trahi et voilà qu'il débarque comme une fleur ! Vous voulez vraiment lui faire confiance ? Il est de leur côté, c'est évident !
Léonard recommence à hausser le ton et à s'énerver. Stéphane aimerait lui répondre franchement ce qu'il pense de son attitude et de ses théories mais il sent qu'il est préférable de ne rien ajouter. Son tour viendra de s'exprimer. L'homme en noir fait signe à Pierre d'éloigner Léonard pour le calmer. Lorsque les deux hommes sont sortis de la pièce, il se retourne vers Stéphane.
- Alors que venez-vous faire ici, Docteur Laudrain ?

Stéphane est quel que peu décontenancé. Il n'a jamais vu cet homme de sa vie auparavant.
- Comment connaissez-vous mon nom ?
L'homme lui adresse un sourire énigmatique mais répond tout de même :
- Peu de médecins peuvent mettre Léonard dans cet état. Ce n'est pas un homme violent d'ordinaire. Et j'ai beaucoup entendu parler de vous. Asseyez-vous et expliquez-moi ce qui vous amène.
Stéphane prend place sur le fauteuil indiqué.
- En vérité, je suis venu voir Philippe. Je voulais m'expliquer sur certaines choses. Je vous prie de m'excuser mais je ne vous connais pas. Même si tous ces hommes semblent énormément vous respecter, je préfèrerais m'entretenir directement avec Philippe.
- Vous n'avez pas à vous excusez. Je comprends tout à fait. Philippe n'est pas là pour l'instant mais il ne devrait pas tarder à arriver. Je vous sers quelque chose en attendant ?
Stéphane accepte un café. Ils s'installent confortablement et discutent de choses et d'autres en écoutant la pluie tomber. Ils s'interrompent lorsque des bruits de pas résonnent sur le ponton. La porte s'ouvre violemment sur Philippe. Il secoue la tête pour faire tomber les gouttes de ses cheveux trempés. Il ne remarque pas tout de suite la présence de Stéphane.
- Père Mathieu, je suis content de vous voir. Nous avons encore beaucoup de choses à régler avant la semaine prochaine. J'ai eu des nouvelles de…
Il s'arrête net lorsqu'il remarque enfin Stéphane. Il hésite, ne sachant trop quelle attitude adopter. Il a envie de lui serrer la main et de l'accueillir chaleureusement mais, dans le même temps, il sait qu'il ne peut pas lui pardonner si facilement son absence des dernières semaines.
- Tiens, Stéphane… Tu t'es finalement décidé à répondre à tous mes messages…
Stéphane se sent gêné que leur conversation soit suivie avec intérêt par Sylvain, resté discret, et

l'homme en noir qui semble se faire appeler « le père Mathieu ».
- Est-ce que je pourrais te parler seul à seul ? J'ai beaucoup de choses à t'expliquer.
Philippe acquiesce. Sylvain et le Père Mathieu comprennent le message. Ils descendent à l'étage inférieur en prenant soin de refermer la trappe derrière eux. Philippe s'assoit à son tour.
- Alors Stéphane, que t'est-il arrivé ces derniers temps ?
Stéphane ne perçoit aucune agression ou déception dans sa voix. Philippe veut simplement comprendre ce qui a pu provoquer une telle attitude. Alors il lui raconte tout, son agression à la sortie du cinéma, la menace qu'il a sentie peser sur sa famille, sa peur pour son fils, sa peur de devoir lui annoncer qu'il voulait quitter le réseau, le concert, ce qu'il a fait pour ses amis et jusqu'à son arrivée ici et sa bagarre avec Léonard.
- Je suis désolé, je n'aurais jamais dû m'emporter mais il m'a provoqué et j'ai tellement pris sur moi ces derniers temps que tout a explosé d'un coup. Je ne cherche pas d'excuse, j'essaye juste de te faire comprendre pourquoi j'ai agi ainsi.
- Je comprends très bien, Stéphane. Ce que je ne comprends pas, par contre, c'est pourquoi tu n'es pas venu me raconter tout cela plus tôt ! Je pensais que tu avais compris que tu ne fais pas partie de ce réseau seulement parce que nous savons que ton fils est porteur du gène DR2624. Jamais je n'utiliserai cet argument pour t'obliger à rester parmi nous. J'ai utilisé cette menace au début pour t'inciter à travailler avec nous. Même si tu avais refusé, je n'aurais jamais dénoncé ton fils, Stéphane. Je pensais que tu me connaissais mieux. Je me bats pour les enfants, Stéphane, jamais contre eux.
Stéphane se sent mal. Il comprend maintenant qu'il a agi bêtement. Philippe a raison. Voilà un moment maintenant qu'il n'agit plus parce qu'il a peur pour son fils mais parce qu'il croit au combat mené par les

Parents de l'ombre. Il aurait dû comprendre qu'il faisait partie du réseau au même titre que n'importe quel autre et qu'il pouvait compter sur leur aide.
- Je... J'aurais dû t'en parler mais j'étais perdu... Je ne savais plus vers qui me tourner.
- Le principal, c'est que tu as fini par venir me trouver. Il est clair qu'ils en ont après toi.
Philippe s'est levé et fait les cent pas pour mieux réfléchir.
- Qui sont-ils, par contre, je n'en sais rien. Je n'ai jamais entendu parler d'agents solitaires qui pensent défendre la parole de Dieu. Est-ce qu'il travaille pour le gouvernement ? Ce qui est sûr, c'est que tu dois te mettre à l'ombre pendant quelques temps, tu avais raison. Tu ne dois plus attirer l'attention sur toi. Il faut les laisser penser que tu as abandonné. Dans quelques mois, si tout est calme, tu pourras revenir travailler avec nous si tu en as toujours envie.
Stéphane a suivi le fil des pensées de Philippe mais il n'est pas du tout d'accord avec lui.
- Philippe, si je suis venu aujourd'hui, c'est également pour t'annoncer que j'ai pris une décision. J'ai compris que je ne peux pas fermer les yeux sur ce qui se passe. C'est impossible. Je ne veux pas me laisser intimider et rentrer dans leur jeu. Je veux revenir et vous aider.
Philippe est surpris. Il regarde Stéphane plus en détail. Il sent une nouvelle détermination naître en lui. Il a l'impression de se revoir lui-même quelques années plus tôt avec sa volonté de changer le monde, de se battre pour sa fille et pour tous les autres enfants. Une profonde tristesse l'envahit soudain. Stéphane n'a aucunement conscience de ce qu'il met en jeu.
- Je suis heureux de te voir aussi déterminé, Stéphane, mais tu devrais y réfléchir encore. Tu ne peux pas mettre ta famille en danger pour nous. Contrairement à la plupart d'entre nous, tu as un fils et une femme qui t'aiment et qui comptent sur toi. Tu ne peux pas les abandonner. Il faut que tu profites de cette vie avec eux.

Stéphane réfléchit quelques instants aux paroles de Philippe mais il a déjà retourné toutes ces questions dans sa tête des centaines de fois. Il a pris sa décision. Il s'y tiendra.
- Tu penses que je peux profiter de ma vie avec eux en sachant que je n'ai rien fait pour changer les choses ? Je ne cesserai de penser à tous ces enfants qui n'ont pas eu la chance de mon fils ?
- Et tu crois que tu pourras te regarder tous les jours dans le miroir en sachant que tu as détruit ta famille ? demande Philippe en criant.
Stéphane est choqué. Il sait qu'il risque de mettre sa famille en danger mais il a l'intention de les protéger du mieux qu'il peut. Pourquoi Philippe semble soudain tellement en colère ?
Après avoir craché ces mots, Philippe prend sa tête dans ses mains et respire lentement pour se calmer. Il se rassoit.
- Excuse-moi. Je ne voulais pas dire ça. C'est juste que j'ai l'impression que tu ne réalises pas ce que tu peux perdre. Je ne veux pas que tu fasses les mêmes erreurs que moi...
C'est la première fois que Stéphane entend Philippe évoquer des regrets. Il tente de comprendre un peu mieux son ami.
- Philippe, tu ne m'as jamais parlé de ce qu'est devenue ta femme...
Philippe sent une boule se former dans sa gorge à cette évocation. Il a envie de confier à Stéphane ce qui lui est arrivé mais il ne peut pas. C'est trop douloureux d'évoquer le passé.
- Peut-être une autre fois, Stéphane. Je ne suis pas prêt...
Ils restent quelques minutes silencieux tous les deux jusqu'à ce que Philippe reprenne la parole :
- Ta décision est prise alors ?
- Oui. Je veux continuer à travailler avec vous. Je connais les risques mais je suis obligé de continuer. C'est aussi pour mon fils que je le fais, tu comprends ?

Il a le droit de grandir dans un pays où le gouvernement ne tient pas la population par la peur.
Philippe acquiesce. Dans le fond, il comprend son ami mieux que personne.
- Bien. Je vais demander à certains de mes hommes de surveiller un peu ta famille mais je ne te promets rien, Stéphane. Ils ne pourront pas être là vingt-quatre heures sur vingt-quatre. Si tu es vraiment déterminé, nous partons pour l'Afrique du Sud, mercredi prochain. Ta présence nous serait bien utile pour tes connaissances scientifiques. Et en ce qui concerne tes amis, je vais leur envoyer quelqu'un pour les aider à quitter le pays discrètement. Ne t'en fais pas pour eux.
- Merci, Philippe, pour tout ! Je serai prêt mercredi.
Philippe sourit devant l'excitation évidente de Stéphane.
- Je te ferai parvenir les détails plus tard. Par contre, je te conseille de résoudre tes différents avec Léonard parce qu'il fait partie du voyage !

Chapitre 17

Le ciel est d'un bleu limpide. Il fait plus de trente degrés à l'ombre mais l'air est sec et la chaleur tout à fait supportable, surtout pour quelqu'un qui a grandi sur cette île. Les rues du village sont calmes en ce début d'après-midi. Il fait trop chaud pour travailler. Si un voyageur égaré débarquait soudainement, il pourrait croire qu'il se trouve dans une ville fantôme. Mais il y a peu de chance qu'un touriste vienne visiter le petit village. Il est trop loin de la côte, reculé dans les montagnes siciliennes. La terre est sèche et toute la végétation autour du village est jaunie par la chaleur.

Un peu à l'écart du village, sur une hauteur, se trouve un monastère d'un blanc pur sur lequel vient se refléter le soleil. Les villageois ne savent pas vraiment quel ordre religieux vit à l'intérieur de ces murs et ils ne s'en préoccupent pas. Ce dont ils sont sûrs, c'est que seuls des hommes vivent là-bas et qu'ils ne sont pas des voisins bruyants. De temps en temps, deux ou trois d'entre eux viennent en ville pour s'approvisionner en nourriture mais c'est bien là la seule preuve que le monastère est occupé. Il existe un accord tacite entre les villageois et les occupants du monastère. Chacun vit sa vie sans s'occuper de l'autre et c'est ainsi que la paix règne entre les deux communautés depuis plusieurs centaines d'années.

A l'intérieur du monastère, tout est aussi calme qu'à l'extérieur. Les hommes profitent de cette heure de la journée où le soleil est au plus haut pour méditer. Cependant, aujourd'hui, tout n'est pas aussi calme que d'ordinaire. Un bruit de pas, courant sur la pierre nue, fait se relever les têtes. Qu'est-ce qui peut être suffisamment important pour briser la quiétude de cet après-midi ? Les moines marchant paisiblement à

l'ombre des galeries entourant le cloître regardent passer avec surprise ce jeune novice qui continue sa course sans leur prêter attention. Il sait parfaitement où il va. Arrivé au bout de la galerie, il tourne à gauche, passe à côté de la sacristie, prend un escalier sur sa droite qu'il monte sans ralentir, traverse un couloir et s'arrête devant une porte en bois. Il frappe deux coups et entre. Un homme habillé d'une soutane noire lui tourne le dos. Il est accroupi, face à la fenêtre, en position de prière. Comme l'homme ne lui adresse pas la parole, le jeune novice hésite quelques secondes avant de l'interrompre.
- Je suis désolé de vous déranger pendant votre méditation, frère Julius, mais le Père Francesco veut vous voir de toute urgence.
Le moine penche la tête en avant comme s'il se soumettait à une quelconque puissance supérieure puis se relève lentement et se tourne vers le novice qui frémit sous son regard. Il ne s'est jamais senti rassuré en présence de cet homme. Heureusement, le frère Julius est rarement au monastère. Le novice n'a aucune idée de ce qu'il fait à l'extérieur mais ce qu'il sait, c'est qu'il se sent beaucoup plus à l'aise avec ses compatriotes quand le frère Julius n'est pas dans les murs.
- Bien. Mène-moi au Père Francesco.
Ils repartent d'un pas plus mesuré. Arrivés au pied des escaliers, ils tournent à gauche, croisent deux moines qui adressent un signe au frère Julius, descendent quelques marches et entrent dans la salle capitulaire. C'est l'endroit où se réunissent quotidiennement les moines pour y discuter des affaires de la communauté. Le frère Julius y était le matin même. La salle est composée de douze travées rappelant les douze apôtres. Des peintures racontant les grands évènements de la vie du Christ ornent les murs. La lumière du soleil pénètre largement dans cette salle ouverte sur le cloître. Elle est légèrement en contrebas afin d'offrir une vue plongeante à ceux restés à l'extérieur lorsque l'assemblée est trop importante.

En ce moment, elle est totalement vide et le novice la traverse, suivi par le frère Julius, jusqu'à une petite porte au fond. Il frappe et le fait entrer. Le novice referme la porte derrière lui en espérant que le Père Francesco va passer sa mauvaise humeur sur le frère Julius. Puis, honteux de cette pensée, il se dirige vers la Chapelle pour aller prier.
Le frère Julius se retrouve dans une petite salle où l'attendent le Père Francesco et le prieur Agostino. Dans le monastère, le prieur est en quelque sorte le bras droit de l'abbé. Le frère Julius se retrouve donc seul face aux deux personnes les plus importantes de sa communauté et aucun des deux ne semble bien disposé à son égard. Le frère Julius ne s'en formalise pas. Il a l'habitude de ces petites entrevues secrètes. Les murs épais du monastère et la lourde porte empêche quiconque se trouvant à l'extérieur de la pièce de pouvoir entendre leur conversation. Le frère Julius les salue, puis reste bien droit, face à eux, sans bouger. Le Père Francesco n'y va pas par quatre chemins.
- Frère Julius, nous sommes terriblement déçus.
Le moine fixe son supérieur sans comprendre. Il reste silencieux, attendant la suite.
- Le médecin n'a pas abandonné. Il continue à se mêler de ce qui ne le regarde pas !
- Quoi ? ne peut s'empêcher de s'exclamer le frère Julius.
Sous le regard courroucé de l'abbé, il se reprend et demande d'une voix maîtrisée :
- Que voulez-vous dire, mon Père ? Qu'a-t-il fait ?
- Je ne vous ai pas autorisé à poser des questions, frère Julius !
Le frère Julius réalise que le Père Francesco est réellement en colère. D'ordinaire, leurs rapports ne sont pas aussi conflictuels. Le frère Julius décide de ne plus poser de questions ou faire de commentaires. Il attend simplement qu'on lui explique de quoi il retourne.

- Il y a cinq jours, vous êtes arrivés ici en nous affirmant que le docteur ne représentait plus de danger pour personne. Il avait fini par comprendre où était son intérêt. C'est exact ?
Le frère Julius répond par l'affirmative.
- Pouvez-vous nous rappeler ce qui vous a permis d'arriver à cette conclusion ?
Le frère Julius reprend le compte-rendu de son voyage à Paris. Ils l'ont déjà entendu le dimanche précédent mais il comprend bien que de nouveaux éléments sont arrivés qui nécessitent de tout réexaminer.
- ... Après cette menace, il n'a plus repris contact avec Philippe Pradeau ou avec un autre membre de l'organisation des *Parents de l'ombre*. Je l'ai surveillé pendant deux semaines, nuit et jour, et je peux vous affirmer, sans vous mentir, qu'il n'a fait que travailler, voir des amis et s'occuper de sa famille pendant ces deux semaines. Je me suis même fait passer pour un malade afin de pouvoir l'espionner à l'hôpital.
Le frère Julius sourit en y repensant. Il avait même croisé le médecin dans le couloir mais celui-ci ne l'avait pas reconnu. Par la suite, il était revenu plusieurs fois dans l'hôpital pour l'observer. Parfois il se faisait passer pour un visiteur, d'autres fois pour un malade. Il avait même *emprunté* une blouse blanche pour faire croire qu'il était infirmier.
- Et comment faisiez-vous la nuit ? Il vous fallait bien dormir à un moment ? Qui vous dit qu'il n'avait pas des contacts avec Philippe Pradeau à ce moment ?
- J'y ai bien pensé, mon Père. Pendant quinze jours, j'ai dormi dans un hôtel situé dans sa rue. J'ai mis en place un système électronique qui me signalait à chaque fois que quelqu'un franchissait la porte de son appartement. Pendant ces quinze jours, le signal n'a jamais retenti la nuit. Il n'est donc jamais sorti pour parler à Philippe Pradeau. J'avais également installé des systèmes d'écoute sur ses différents téléphones et j'ai piraté sa messagerie. Aucun coup de téléphone suspect. Il a reçu plusieurs mails cryptés qui devaient provenir de Philippe Pradeau mais il n'a répondu à

aucun. Auparavant, il ne se passait pas plus de deux jours sans qu'il le contacte. J'en ai donc déduit, au bout de quinze jours, qu'il avait pris mes menaces au sérieux et qu'il avait décidé de ne plus agir contre le gouvernement.
- Vous avez bien raisonné, frère Julius. Avez-vous une idée de ce qui aurait pu le faire changer d'avis ?
- Aucune, mon Père.
- Nous avons un problème. Frère Agostino, expliquez-lui.
Le frère Agostino, en retrait, s'avance au niveau de l'abbé pour apporter enfin des explications au frère Julius.
- Après votre départ de Paris, nous avons continué à faire surveiller le docteur. Malgré votre compte-rendu, nous voulions garder un œil sur lui, au cas où. Nous avons appris qu'hier, il s'est rendu au QG de l'organisation des *Parents de l'ombre*. Il a discuté avec Philippe Pradeau et ils se sont quittés en « bons termes » d'après notre homme sur place.
- Le docteur voulait peut-être simplement l'informer qu'il quittait le réseau, ne peut s'empêcher d'intervenir le frère Julius. Il fallait bien qu'il mette les choses au clair.
- C'est également ce que nous avons pensé en premier lieu, continue le prieur sans se formaliser de l'intervention du frère Julius. Cependant, nous avons reçu d'autres éléments. Il semblerait que les deux hommes aient échangé des mails ce matin même. Nous n'en connaissons pas le contenu puisque nous n'avons toujours pas réussi à percer leur cryptage mais le docteur a répondu. Il est donc toujours en contact avec Philippe Pradeau.
Après cette explication, l'abbé reprend la parole :
- Vous comprenez, frère Julius, que nous ne pouvons pas laisser cette situation en l'état. Je crois que vous avez bien conscience de tous les enjeux.
- Bien sûr, mon Père. Je suis vraiment désolé de ne pas avoir été jusqu'au bout de ma mission. Je ne ferai pas la même erreur, cette fois, je vous l'assure.

- Je n'en doute pas, mon fils. Vous partirez demain avec le premier vol pour Paris. Le docteur ne doit plus nous mettre de bâtons dans les roues. Utilisez tous les moyens de persuasion que vous connaissez. Si cela ne suffit pas, vous savez ce que vous avez à faire.
Le frère Julius acquiesce. C'est on ne peut plus clair. Alors qu'il s'apprête à prendre congé, le prieur lui donne une dernière consigne :
- Frère Julius, pensez à préparer votre corps pour l'épreuve d'absolution. Retrouvez-nous ici, ce soir, après la prière du soir.
Le moine reste quelques instants interdit. D'ordinaire, on lui fait passer cette épreuve seulement lorsqu'il a commis le crime suprême.
- Pourquoi souhaitez-vous me faire subir l'épreuve d'absolution ? demande-t-il directement à l'abbé. Ne me faites-vous donc pas confiance ?
Le Père Francesco s'adresse à lui d'une voix calme, comme s'il s'adressait à un enfant.
- Ce n'est pas une question de confiance, mon fils. Mais tu as commis une erreur qui pourrait nous nuire. Nous avons besoin d'être sûrs que ton cœur est toujours fidèle à notre Dieu et qu'il te pardonne ton erreur. Ainsi tu pourras partir le cœur pur et confiant dans ta mission.
Le frère Julius comprend. Il sort de la pièce et remonte dans sa petite chambre pour se préparer à cette épreuve.

Chapitre 18

Le ciel est d'un bleu limpide. Le soleil commence à s'effacer à l'horizon, nimbant les nuages d'une douce lueur orangée. Stéphane admire la vue qui s'offre à lui de tous côtés. C'est la première fois qu'il prend un avion comme celui-ci. Il en avait déjà entendu parler, bien sûr. Lorsqu'il a commencé à être commercialisé, et même bien avant, les médias n'ont cessé de rédiger des articles et de faire des reportages sur cet « avion du futur ». Pour la première fois, les passagers ne sont plus enfermés dans une carlingue opaque avec seulement quelques hublots pour observer l'extérieur. Dans ce nouvel avion, toute la carlingue, hormis le plancher, est totalement transparente. Au début, les passagers n'étaient pas très rassurés mais aujourd'hui, plus personne ne s'en plaint. Au contraire, on commence à trouver oppressant les avions totalement fermés. Un autre avantage considérable de cet avion est qu'il consomme très peu de kérosène. Il récupère la chaleur des passagers pour alimenter les innombrables appareils électroniques, utilise l'énergie solaire et l'énergie dissipée lors de l'atterrissage et du freinage.

Bien que cet avion soit commercialisé depuis plusieurs années maintenant, les billets sont toujours relativement chers. Stéphane est donc heureux d'avoir l'occasion de le prendre pour leur mission en Afrique du Sud. La vue panoramique sur le ciel est époustouflante. Il aimerait que Lauraine et Jérémy soient avec lui pour partager cette sensation mais ce n'est pas possible. C'est Philippe qui est assis sur le siège voisin. Il ne semble d'ailleurs pas très rassuré. Il s'accroche furieusement à ses accoudoirs et fixe le siège devant lui.

- Tu ne te sens pas bien, Philippe ? Tu es tout blanc.

- C’est trop bleu, répond difficilement Philippe.
- Tu rigoles, c’est magnifique ! Les nuages en dessous de nous, le ciel, le coucher de soleil... Mais tu t’en rendrais mieux compte si tu arrêtais de fixer ce fauteuil, le taquine Stéphane.
- Peux pas, grommelle Philippe.
- Je ne savais pas que tu avais peur en avion. Si ça peut te rassurer, on a fait plus de la moitié.
- Je n’ai pas peur en avion, rétorque Philippe. Mais ce n’est pas un avion ! On dirait une bulle de savon. Une bulle de savon, ça flotte. Sauf qu’on est vraiment nombreux dans la bulle de savon... Il y a beaucoup trop de vide autour, c’est effrayant ! Si j’arrête de fixer ce fauteuil pour regarder le vide à l’extérieur, j’ai l’impression qu’on va plonger.
- Je crois qu’il va falloir qu’on trouve quelque chose pour t’occuper si tu ne veux pas ruminer des idées noires pendant les trois prochaines heures.
Philippe s’arrache à la contemplation du fauteuil pour poser un regard affolé sur Stéphane.
- Trois heures ! Mais je croyais qu’on avait fait plus de la moitié !
- Oui mais ce n’est pas la porte à côté Johannesburg. Estime-toi heureux, si on était au début du siècle, on aurait dû mettre encore plus de temps.
Voyant que cette réflexion n’aide pas son ami, Stéphane décide de changer de sujet.
- Tu sais que je suis allé au concert avec Lauraine. Celui pour lequel tu m’avais offert des places.
- Ah oui. Et qu’est-ce que tu en as pensé ?
- J’ai trouvé le chanteur très bon. Le rythme rappelait la musique rock et folk de la fin du vingtième siècle. Les paroles de ses chansons étaient parfois abstraites mais il réussissait à faire passer des impressions et des sentiments très forts. Il m’a fait penser un peu au chanteur Bob Dylan, je ne sais pas si tu connais. Enfin quand il était jeune, parce que sur la fin, je crois qu’il n’était plus aussi bon. J’ai retrouvé un peu le même style de musique mais en plus mélancolique. D’une certaine façon, j’avais l’impression que le chanteur

racontait mon histoire avec Jérémy. C'est stupide, non ?
- Pas du tout. Tu as très bien compris ce que le chanteur veut faire passer. Je t'avais dit de penser à Jérémy pendant le concert et je vois que tu as suivi mon conseil. Carter est comme nous tous. Il a perdu son fils, il y a quelques années. Le gouvernement avait détecté le gène DR2624 chez lui et ils l'ont enlevé. A l'époque, Carter chantait seulement dans les bars le week-end avec un groupe d'amis. Il n'était pas du tout connu. Après l'enlèvement de son fils, il s'est entièrement plongé dans la musique. C'était sa façon à lui de faire face à la douleur et de partager ce qu'il ressentait. Il a connu un énorme succès, très rapidement, mais cela n'a pas duré. Le gouvernement n'a pas apprécié ses nouvelles chansons protestataires. Ils ont fait en sorte que plus aucune salle de concert ne l'accueille.
- Comment ont-ils fait ? s'étonne Stéphane.
- C'est facile. Ils ont provoqué un petit scandale. Ils l'ont fait passer pour un dealer de drogues. Enfin, il n'y aurait eu que ça, personne ne s'en serait tellement formalisé. En tout cas, pas au point de le rayer de la scène européenne. Tu te souviens de l'incendie du *Royal Albert Hall* à Londres, voilà trois ans ?
- On pourrait difficilement l'oublier. Ils en ont parlé pendant des mois. On a failli perdre une salle de spectacle exceptionnelle. Tout le fond de la salle a brûlé, une partie de toit s'est effondrée et surtout le Grand Orgue a subi des dommages considérables. Un instrument historique qu'ils viennent tout juste de finir de restaurer. Un concert n'a pas été organisé en début d'année pour l'occasion ?
Philippe acquiesce.
- Tu te souviens de la cause de l'incendie ?
- Je crois qu'ils avaient parlé d'un accident. Un artiste qui avait organisé une petite fête dans sa loge après le concert : alcool, drogue, cigarette... Quelqu'un aurait mal éteint son mégot, le feu est parti et les pompiers ont mis longtemps à arriver. L'artiste avait

apparemment déjà plusieurs infractions à son actif et...
Stéphane s'arrête soudain en réalisant ce que Philippe essaye de lui faire comprendre.
- Tu veux dire que Carter, le chanteur que j'ai écouté il y a une semaine, est le même que celui qui a mis le feu au *Royal Albert Hall* ?
- Correction : Carter n'a jamais mis le feu au *Royal Albert Hall* et la seule drogue qu'il n'ait jamais touché, c'est sa musique.
- Comment peux-tu le savoir ?
- Parce que je l'ai rencontré, explique Philippe qui commence à oublier qu'il se trouve au-dessus des nuages. Il m'a tout expliqué. Il s'est fait piéger. D'autres que lui ont mis le feu à la salle de concert et l'ont accusé. Ils ont falsifié les preuves et payer de faux témoins. Après ça, qui pouvait avoir envie d'accueillir le chanteur qui a détruit une des plus prestigieuses salles de concert au monde ?
Un lourd silence suit cette question qui n'attend pas de réponse. Stéphane a dû mal à croire ce qu'il vient d'entendre.
- Tu penses vraiment qu'ils pourraient aller jusqu'à incendier un monument historique pour servir leurs intérêts ?
Philippe hausse les épaules.
- Ils ont fait bien pire. Ce n'est que de la pierre.
- Il y avait encore des personnes dans cette salle ! Des gens ont été blessés et ont passé plusieurs semaines à l'hôpital.
- Stéphane, ils enlèvent des enfants et peut-être même qu'ils les tuent, qu'est-ce qu'on en sait ? Alors ce n'est pas quelques brûlures qui vont les arrêter.
Stéphane avale sa salive difficilement. Comment son pays a-t-il pu tomber si bas sans qu'il s'en rende compte ? Ils ont accompli de belles choses pourtant : l'Europe a une économie saine depuis plusieurs années, elle a même commencé à rembourser ses emprunts, l'écologie est au cœur des préoccupations, la consommation énergétique a diminué de vingt pour

cent en dix ans alors que la population a augmenté de cinq pour cent dans le même temps, la famine a été largement repoussée même si elle existe toujours dans quelques parties du monde. A côté de tout cela, on enlève des enfants, on incendie des salles de spectacle, on accuse des innocents et quoi d'autres encore au nom du « bien de tous » ?
- Cet incendie, c'était seulement pour le faire taire ?
- Peut-être qu'il y avait d'autres enjeux mais il en faisait partie. Il devenait beaucoup trop connu, il commençait à répandre des idées autour de lui, il parlait ouvertement de la souffrance d'avoir perdu son fils. Il évoquait tous les sujets qu'on évite habituellement. Les gens l'écoutaient. Le gouvernement ne pouvait pas le laisser continuer. Au début de sa carrière, ils n'ont pas fait attention à lui car il était alors un simple anonyme parmi tant d'autres. D'ordinaire, ils ont l'habitude de surveiller de près les célébrités qui voient leur enfant enlevé. Ils ont une trop grande influence sur l'opinion publique pour qu'on les laisse dire tout ce qu'ils pensent. Une overdose est si vite arrivée dans ce milieu... Pour Carter, ils ont trouvé une autre solution. Après l'incendie, plus personne ne voulait écouter ses chansons. Il a dû changer de nom. Il a persévéré, il a continué à chanter pour un public plus restreint et dans des salles non officielles, comme tu as pu le voir. Aujourd'hui, il a retrouvé une certaine renommée mais seulement chez les marginaux. C'est grâce à des personnes comme lui que nous pouvons commencer à nous immiscer dans les consciences des gens. Nous sommes d'ailleurs une des rares radios européennes à diffuser ses chansons.
Philippe a chuchoté mais des têtes commencent à se tourner vers eux. Voyant que son ami semble plus à l'aise dans l'avion, Stéphane lui propose d'aller se détendre un peu. Philippe accepte même s'il ne voit pas comment il pourrait vraiment se détendre dans un objet volant translucide.
Stéphane le mène vers l'avant de l'appareil. On leur annonce qu'il y a un peu d'attente pour la salle

virtuelle. Ils s'inscrivent pour revenir une demi-heure plus tard et vont boire un verre au bar en attendant. Philippe se sent beaucoup mieux. Le plafond du bar est fermé, il ne voit pas le ciel et avec une bière dans la main, il a presque l'impression de se trouver sur la terre ferme.

- Comment va Lauraine ? Elle n'a pas trop mal accueilli ton départ soudain ?

- Elle était très surprise. Il faut dire que depuis le temps qu'elle me connaît, je n'ai jamais émis le souhait de faire de l'humanitaire. Mais j'ai l'impression qu'elle m'a cru quand je lui ai annoncé que je partais quelques jours avec *Médecins sans frontière*.

- J'espère pour toi.

- Je serai revenu bien avant nos vacances en Croatie donc il n'y a pas de problème.

- Vous partez en Croatie ? C'est un très beau pays.

Les deux hommes continuent de discuter des prochaines vacances de Stéphane et de toutes les splendeurs que recèlent la Croatie jusqu'à ce que la salle virtuelle soit libre. Stéphane chuchote quelques mots à l'hôtesse qui appuie sur des boutons et leur tend un club de golf à chacun. Philippe regarde son ami sans comprendre tandis que les lumières du plafond diminuent et que les parois s'illuminent pour faire place à un terrain de golf virtuel. La salle est circulaire. Alors qu'il tourne sur lui-même, Philippe voit s'étendre de l'herbe et des arbres à perte de vue. L'impression de réalité est saisissante. Il lui faut beaucoup de concentration pour se rappeler qu'il se trouve à plus de dix mille mètres d'altitude. Stéphane ne peut s'empêcher de le taquiner :

- On dirait que tu n'es pas très au fait des nouvelles technologies, Philippe.

- C'est surtout que je ne pensais pas trouver un tel endroit dans un avion. On se croirait réellement sur un terrain de golf. Il ne manque qu'une petite brise fraîche…

Stéphane observe en souriant son ami tâter les parois.

- Allez, viens jouer avant qu'on nous chasse de la salle. On ne peut pas rester longtemps.
- Et je fais comment ?
- Tu te places au milieu, là, et tu tapes dans la balle virtuelle à tes pieds. Avec ton mouvement et la force que tu y mets, l'ordinateur calcule la trajectoire.
Philippe suit les instructions et frappe de toutes ses forces dans le vide. Il voit la balle apparaître sur l'écran, rebondir au loin dans le *fairway*, à quelques mètres du *green*. Stéphane le félicite et joue à son tour. Ils continuent ainsi pendant un quart d'heure.

L'aéroport de Johannesburg ressemble à la plupart des aéroports internationaux. Il est immense et grouille de monde mais de nombreuses indications permettent de s'y repérer facilement. La petite équipe des *parents de l'ombre* trouve rapidement son chemin vers la sortie. Ils sont cinq. En plus de Philippe et Stéphane, sont présents le Père Mathieu, Léa et Léonard. Léonard n'a pas adressé un seul mot à Stéphane depuis qu'ils sont partis. Léa est une jeune femme de trente-trois ans, à la peau métisse et aux cheveux frisés d'un noir d'ébène. Elle est athlétique, vive et a le rire facile. Du point de vue de Stéphane, elle est l'opposée de Léonard qui grommelle dans sa barbe depuis leur départ. Quoi qu'il fasse, Stéphane a l'impression de l'énerver et il n'a toujours pas compris pourquoi Léonard semble autant lui en vouloir. Pour l'instant, ils ont réussi à rester à l'écart l'un de l'autre mais il ne sait pas s'ils pourront continuer ainsi tout le voyage.
De l'aéroport, ils prennent directement le train qui les emmène dans le centre-ville. De là, ils en prennent un autre, direction Upington. Ils n'ont donc pas l'occasion de flâner dans la plus grande ville d'Afrique du Sud avec ses gratte-ciels et ses larges avenues. Cependant, ils sont heureux de ne pas découvrir d'autres aspects moins glorieux de la ville. Encore aujourd'hui, c'est une des villes les moins sûres au monde. Au début du vingt-et-unième siècle, la

moyenne était de dix-sept meurtres par jour. Un chiffre à en faire frissonner plus d'un. Aujourd'hui, ce chiffre a largement baissé bien que l'Afrique du Sud n'ait jamais accepté de suivre l'exemple de l'Europe. Ici, on ne croit pas qu'un seul gène puisse déterminer du caractère bon ou mauvais d'un individu. Malgré tout, l'Etat a mis en place de nouvelles mesures, depuis une vingtaine d'années, qui ont permis de rendre la ville plus sûre.
Aucun d'eux n'est jamais venu en Afrique du Sud. Ils sont impatients d'en découvrir les paysages. Léa est la plus excitée. Elle commente tout ce qu'elle voit : les bidonvilles en sortie de ville, les champs, les arbres, le soleil qui se couche, la terre plus sèche, les montagnes au loin… Malgré le fait que ce soit l'hiver, la température est douce pour la saison et certaines zones sont encore très sèches. On ne voit que de la pierre et de la poussière à perte de vue. A l'inverse, d'autres endroits sont très verdoyants et entretenus par les agriculteurs. Au bout de trois quarts d'heure, la fatigue de la journée et du voyage en avion commence à se faire sentir pour tout le monde. Ils se lassent du paysage. Même Léa arête de parler et sombre dans le sommeil, bercée par le roulement du train sur les rails.

Ils sont tous les cinq réveillés par le contrôleur. Ils sont arrivés au terminus. Encore engourdis par le sommeil, ils attrapent leurs valises et débarquent sur le quai. Il est près de minuit. Toute la ville semble déjà endormie. Leur contact sur place n'est pas au rendez-vous. Philippe, qui mène les opérations, propose d'aller s'asseoir au bar de la gare pour réfléchir à la situation. Ils commandent tous un café pour se réveiller et s'installent à une petite table.
Après ces quelques heures de sommeil, Léa a retrouvé tout son entrain. Elle sort le guide touristique qu'elle a emporté pour l'occasion et leur lit le descriptif de la ville dans laquelle ils viennent d'arriver :
« *Upington, petite ville paisible de cinquante-mille habitants fondée en 1884, est située dans la province*

du Nothern Cape. Malgré un climat aride, Upington est traversée par le fleuve Orange, ce qui lui permet d'entretenir notamment de beaux palmiers le long de Date Palm Avenue. A la périphérie de la ville, on trouve également de nombreuses cultures comme le coton, le blé ou les fruits. Mais Upington est principalement appréciée pour ses vignes et sa production de raisins de qualité. »

- C'est bien joli tout ça, interrompt Léonard, mais ça ne nous dit pas où on va dormir cette nuit. Tu n'as pas des hôtels dans ton bouquin ?
- Si, bien sûr. Attends que je cherche…

Philippe ne lui laisse pas le temps de trouver.

- Nous n'allons pas chercher un hôtel. Nous devons retrouver notre contact ici. On vient à peine d'arriver. Il a dû avoir un peu de retard.
- Et comment il s'appelle ton contact ? demande Léonard sceptique.
- Lestie Beetge, répond une voix avec un fort accent.

Les cinq têtes se tournent vers la nouvelle arrivante. Un mètre soixante, rondouillarde, la peau très noire, des yeux foncés qui fixent Léonard derrière de petites lunettes rectangulaires, Lestie est une femme d'une cinquantaine d'années sûre d'elle.

- Vous êtes… une femme, ne peut s'empêcher de constater Léonard.
- Perspicace à ce que je vois. J'espère que ce n'est pas vous qui menez cette petite équipe. Qui est le chef, ici ?

Léonard rougit sous la remarque et les autres étouffent difficilement leurs rires. Philippe se lève pour serrer la main de la femme.

- Philippe Pradeau. Enchanté de vous rencontrer, madame Beetge. Veuillez excuser mon équipe, la journée a été longue pour nous tous.
- Appelez-moi Lestie. Je comprends. Vous devez être éreintés. Suivez-moi, je vais vous conduire chez moi. Vous pourrez vous reposer et demain matin, nous discuterons de vos petites affaires.

Elle sourit largement à toute l'équipe qui la suit sans poser de questions. Cette femme semble entourée d'une aura de bienveillance. A la sortie de la gare, aucune voiture ne les attend. Ils réalisent rapidement qu'ils vont devoir marcher jusque chez cette femme. Heureusement pour eux, après dix minutes de marche dans les rues sombres, Lestie se dirige vers une petite maison. Sur le pas de la porte, elle leur demande de ne pas faire de bruit car toute sa famille dort déjà.
Philippe entre en deuxième dans la maison, suivi des quatre autres. Ils ne parlent plus et essayent de faire le moins de bruit possible. Lestie les mène au fond de la maison, dans la chambre d'amis qui possède un lit double. La pièce suivante est un bureau dans lequel on a installé trois matelas à même le sol. Après une longue discussion à voix basse et un tirage au sort, il est décidé que le lit double sera partagé par Philippe et le Père Mathieu. Les trois autres se répartissent les matelas. Stéphane n'est pas très heureux de dormir dans la même pièce que Léonard mais il n'a pas le temps d'y songer. La tête tout juste posée sur l'oreiller, il plonge dans le sommeil.

Chapitre 19

Des cris résonnent tirant soudainement Stéphane de son sommeil. Ne reconnaissant pas immédiatement le décor dans lequel il se trouve, il se relève, désorienté.
- Qu'est-ce qui se passe ? Qui est en train de crier ?
- Les enfants de Lestie Beetge. Ils sont en train de jouer dans la maison, répond Léonard déjà habillé. Il est en train de plier ses draps et ne cache pas son mépris pour Stéphane. Il ajoute :
- C'est dommage, nous ne sommes pas en Europe. Ceux-là, tu ne vas pas pouvoir les dénoncer au gouvernement.
Sur ces paroles, Léonard quitte la pièce, laissant Stéphane sous le choc. Encore ensommeillé, il ne trouve pas de répartie appropriée et décide que cela n'en vaut pas la peine. Léonard lui voue une haine de plus en plus affichée. Il ne sert à rien d'envenimer les choses. Il faudrait surtout qu'il découvre la raison de cet acharnement. Pour l'instant, il a besoin d'une bonne douche.
Lavé et habillé, Stéphane croise Lestie et ses deux enfants dans le couloir. La petite fille est coiffée de tresses que son frère ne cesse de tirer pour l'embêter. Stéphane sourit devant ces chamailleries. Il salue Letsie.
- Le petit-déjeuner est prêt. La cuisine est juste sur la droite. J'emmène mes enfants chez une amie et je reviens.
Stéphane ne se fait pas prier. L'évocation du petit-déjeuner lui rappelle qu'il n'a rien mangé depuis le maigre repas servi dans l'avion et son ventre se met à gargouiller. Lestie n'a pas fait les choses à moitié. Pancake, bacon, confiture, œufs brouillés, tartines grillées, muffins... Ne sachant que choisir, Stéphane

prend un peu de tout et rejoint la petite équipe déjà attablée sur la terrasse, au soleil.
Lorsque Lestie revient, ils ont fini de manger et ont tout rangé. Elle s'assoit avec eux. Philippe prend la parole :
- Vous savez pourquoi nous sommes ici. Le Professeur Damien Roiteau nous a informés qu'il a effectué ses premières recherches sur le gène DR2624 dans un laboratoire non loin d'ici et que vous faisiez partie de son équipe. C'est exact ?
Stéphane pense que Philippe a trop regardé de séries policières. Il l'interroge comme un suspect alors qu'elle vient de leur offrir le gîte et le couvert.
- C'est bien ça.
- Et que faisiez-vous exactement dans ce laboratoire ?
- J'étais technicienne de laboratoire. C'est à dire que j'effectuais des prélèvements sur les patients, je les étiquetais et les classais, je les transmettais aux chercheurs, je gérais l'approvisionnement du matériel et parfois, je retranscrivais les résultats des analyses sur informatique.
- De quel type étaient ces prélèvements ?
- La plupart du temps sanguin, mais parfois également de la salive ou des cheveux. Ce qui intéressait ces chercheurs, c'était le code génétique des patients, leur ADN et il y a plusieurs façons de l'obtenir.
- Quand vous parlez des patients, il s'agit de tous ces condamnés à qui on n'a pas laissé le choix ?
Pour la première fois depuis leur rencontre, Lestie semble gênée.
- Je… Je n'en sais rien. Je faisais partie des Noirs, des Africains. Nous travaillions pour les Européens. Nous ne posions pas de questions. Même si on en posait, ils ne nous répondaient pas… Et ils payaient bien.
Stéphane secoue la tête. Quand on a de l'argent, c'est tellement facile d'empêcher les gens de parler. Il devance Philippe sur la question suivante :
- Vous étiez au courant de ce qu'ils cherchaient ?
- Certaines rumeurs couraient sur la recherche d'un gène qui changerait notre vision du monde mais c'est tout. Il faut que vous compreniez qu'à cette époque, le

travail n'affluait pas dans la région. C'était une période de crise dans tout le pays. Nous avons donc accueilli comme des bienfaiteurs ces gens qui avaient besoin de nous. La clinique existait depuis longtemps mais c'est seulement lorsque le Professeur Roiteau se l'est appropriée qu'on nous a offert du travail.
Cinq paires d'yeux sont tournées vers Lestie. Ils l'écoutent et essayent de se replonger dans cette époque pas si lointaine. Elle aimerait leur faire comprendre sa vision des choses, comment elle a vécu cette période avec ses collègues mais c'est impossible. Ces gens ne connaissent rien de son existence et de l'histoire de son pays. Elle venait juste d'accoucher de son premier enfant, son mari s'était fait renvoyer. Ils avaient terriblement besoin d'argent. Elle aurait accepté n'importe quel travail pour aider sa famille et celui-ci n'était pas pire qu'un autre. Il était même certainement bien plus honnête que beaucoup d'autres. Même si elle avait su ce que ces chercheurs tentaient de découvrir, elle n'aurait sans doute pas démissionné. Ce n'était pas ses affaires. L'Europe lui semblait tellement lointaine. Seulement aujourd'hui, les idées européennes sur la sécurité commencent à faire le tour du monde et de plus en plus de pays copient leur politique anti-criminelle. Combien de temps encore avant qu'on ne fasse des tests sur les enfants dans son propre pays ?
- Je crois que nous perdons notre temps, ici. Vous pouvez me poser toutes les questions que vous voulez, je ne pense pas que je pourrai vous apporter beaucoup d'éléments de réponses. Vous êtes venus pour chercher des indices. Je peux vous emmener jusqu'à l'ancienne clinique du Professeur Roiteau.
Lestie se lève et les invite à la suivre. Philippe et Stéphane sont sur le point de l'imiter mais restent quelques secondes bouche bée à observer son impressionnant postérieur qui se balance devant leurs yeux. Le Père Mathieu les sort de leur contemplation en leur assénant à chacun une petite tape amicale sur la tête.

- Notre seigneur nous a fait tous différents : certains avec des formes plus prononcées et d'autres avec des hormones à la place du cerveau…
Le Père Mathieu a parlé doucement pour que Lestie n'entende rien mais suffisamment fort pour que Léa et Léonard partagent la boutade et rigolent devant l'air penaud des deux hommes.

Les quatre hommes poussent un soupir de soulagement lorsque la voiture s'arrête enfin. Voilà une demi-heure qu'ils sont serrés à l'arrière de la petite voiture de Lestie et secoués par les fréquents nids de poule. Il est près de onze heures, le soleil est déjà haut. La chaleur est étouffante. Ils ont l'impression d'être dans un sauna à l'intérieur de la voiture. Stéphane est persuadé d'avoir perdu trois kilos rien qu'avec ce trajet en voiture tellement il transpire. Ils ont bien essayé de discuter pour passer le temps mais le bruit du moteur couvrait une bonne partie de leurs paroles alors ils ont abandonné. Ils ont tout de même appris que Lestie travaille désormais dans un laboratoire pharmaceutique, qu'elle rêve de pouvoir voyager à travers le monde et que son mari est guide de chasse.
Lestie s'est arrêtée à environ trois-cents mètres d'un bâtiment qui détonne dans le paysage. La terre est ocre, une rivière coule un peu plus loin où la végétation s'est développée et où on entend quelques bêtes s'enfuir suite à l'arrivée des visiteurs. Au milieu de ce paysage exotique, de hauts murs en béton gris s'élèvent comme une forteresse au milieu du désert. L'édifice ressemble plus à un blockhaus qu'à une clinique. Il faut dire qu'il a accueilli pendant plusieurs années des criminels qui devaient avoir des envies d'évasion. Il fallait pouvoir les garder à l'intérieur des murs.
Le petit groupe avance vers la grande porte en métal qui leur fait face. Philippe se retourne en constatant que Letsie ne les suit pas.
- Vous ne nous accompagnez pas à l'intérieur ?

Letsie est figée à côté de sa voiture et fixe les grands murs qui leur font face. Malgré sa peau noire, elle semble pâle.
- Non, je ne peux pas.
- Pourquoi ? Qu'est-ce qui vous fait peur ? demande Philippe.
- De mauvaises choses se sont passées ici. L'atmosphère en est imprégnée, je les sens. J'ai travaillé ici et ils le savent. Je ne peux pas entrer. Ils ne me laisseront pas entrer.
Les cinq compères se tournent dans tous les sens pour essayer de percevoir ceux qui semblent inquiéter leur guide, en vain. L'endroit est désert. Ils ne perçoivent aucune ombre au-dessus des murs pouvant indiquer qu'ils sont épiés et aucun bruit ne provient de l'intérieur.
- Ils ? Qui ne vous laissera pas entrer ? Il n'y a personne ici, Letsie.
La femme détourne enfin son regard des murs. Elle pose ses yeux noirs sur Philippe comme s'il venait de proférer une insanité.
- Ce n'est pas parce que vous ne les voyez pas qu'ils ne sont pas là. Cet endroit est hanté, tout le monde le sait dans les environs. Pourquoi personne n'a mis les pieds à l'intérieur depuis des années, croyez-vous ? Les esprits rodent à l'intérieur en attendant de pouvoir se venger. Vous ne les sentez pas ?
Philippe est surpris par les paroles de Letsie. Il n'imaginait pas cette femme croire au surnaturel. Elle lui avait paru très rationnelle jusqu'à maintenant et voilà qu'elle tremblait devant des esprits. Philippe est sur le point d'argumenter pour lui faire comprendre que ses peurs sont dépourvues de sens quand le Père Mathieu s'approche d'elle et lui passe un bras autour des épaules. Compréhensif, il la rassure :
- Vous avez raison. Moi aussi je sens une présence malveillante. Cet endroit recèle trop de souvenirs pour vous. Nous pouvons nous débrouiller seuls à l'intérieur. Vous n'avez pas besoin de rester. Pourquoi ne retourneriez-vous pas au dernier village qu'on a

traversé, à cinq minutes d'ici ? Vous reviendrez nous chercher dans une heure. Je pense que nous aurons eu le temps de tout explorer d'ici là.
Letsie se laisse conduire jusqu'au volant de sa voiture. Elle ne répond pas mais ses yeux expriment toute sa gratitude pour le Père Mathieu. Cet endroit la terrifie. Elle n'aurait jamais pu rester devant à les attendre, encore moins les suivre à l'intérieur. Elle démarre le moteur, fait demi-tour en soulevant un nuage de poussière et s'éloigne sans jeter un regard en arrière.
Philippe grommelle :
- J'espère qu'elle ne va pas filer et nous laisser en plan, ici. On aura l'air malin si elle ne revient pas nous chercher.
Tout le monde perçoit le reproche dans les paroles de Philippe mais le Père Mathieu ne relève pas. Stéphane ne peut s'empêcher de lui demander :
- C'est vrai ce que vous lui avez dit ? Vous sentez réellement une présence malveillante ici ?
- Non, le terme est sans doute un peu fort mais on ne peut pas dire que l'endroit soit très accueillant. Je pense qu'aucun de vous n'est à l'aise à l'idée de devoir pénétrer à l'intérieur de cette forteresse.
Personne ne répond. Tous les cinq semblent désormais hésiter. Ils sont à quelques mètres de la porte mais personne n'a envie de faire le premier pas à l'intérieur. Avec ses superstitions, Lestie a semé le doute dans le petit groupe qui ne se laisse d'ordinaire pas ébranler pour si peu.
- On ne va pas laisser une bonne femme avec un gros cul nous foutre la trouille avec ses histoires de fantôme ! finit par lâcher Léonard. Esprit ou pas, je n'ai pas l'intention de rester une heure sous ce soleil de diable alors qu'il doit faire bien plus frais à l'intérieur des murs.
Sa grossièreté choque tout le monde mais permet également de détendre l'atmosphère. Léa est la première à emboiter le pas à Léonard, suivie rapidement des trois autres. Cependant, aucun d'entre eux ne peut s'empêcher de jeter des regards inquiets.

Ils traversent un long couloir avec plusieurs portes grillagées et des petites salles où devaient se tenir les gardes pour surveiller l'unique porte de sortie. La première pièce après ce couloir est l'infirmerie. Ils y trouvent encore les fauteuils dans lesquels les infirmières et les techniciens de laboratoire devaient asseoir leurs patients pour leur faire des prélèvements. Seule l'épaisse couche de poussière qui s'est déposée partout trahit que l'endroit n'a pas eu de visites depuis longtemps. Quelques chaises ont été renversées mais sinon, tout est à sa place. Des seringues, des tubes à essai et des petits flacons sont rangés dans les tiroirs. Ils découvrent d'autres matériels médicaux comme des stéthoscopes, des pansements, des médicaments, des pommades... Tout le matériel nécessaire pour parer à n'importe quel problème, car il ne faut pas oublier que les détenus pouvaient tomber malades. Tout semble avoir été abandonné du jour au lendemain, sans prendre le temps d'emporter quoi que ce soit. Etrange.
Ne trouvant rien d'intéressant dans cette salle, ils continuent leur exploration. Suivent les cellules des détenus. Des petites pièces de neuf mètres carrés, chacune meublée de lits superposés.
« Une dizaine de cellules donc une vingtaine de cobayes au maximum », réfléchit Stéphane.
Après les cellules, un sas et une nouvelle porte, fermée celle-ci. Ils tentent de l'ouvrir chacun leur tour, sans succès. Léonard s'emporte :
- On n'a pas fait tout ce chemin pour être arrêté par une simple porte ! Nous sommes quatre hommes. On va bien réussir à l'enfoncer.
Philippe examine la porte. Elle est en métal et semble épaisse. Même en s'y mettant à quatre et en utilisant un fauteuil comme bélier, ils auront dû mal à l'enfoncer.
- Que penses-tu qu'on trouvera derrière ? demande-t-il à Stéphane.
- Le laboratoire des chercheurs sans aucun doute. Ils devaient être les seuls à pouvoir franchir cette porte et

ils ne voulaient pas qu'on prenne connaissance de leurs travaux. C'est pour cette raison qu'il est bien protégé. Ils devaient avoir un badge ou un système dans le même genre pour entrer. Léonard a raison, on ne peut pas repartir sans avoir vu ce que cache cette porte.

- J'ai trouvé le système d'ouverture de la porte ! s'exclame Léa qui n'a pas suivi la conversation, trop occupée à observer la porte et ce qui l'entoure.

Tous convergent vers elle.

- Tu peux l'ouvrir ? demande Philippe.

- Je pense que oui. Mais vous allez devoir patienter un peu. Le système électronique qui commande la porte est vieux de plus de dix ans. Je ne suis pas sûre qu'il fonctionne encore. Mais s'il fonctionne, j'arriverai à le pirater et à ouvrir.

Les quatre hommes font quelques pas en arrière pour laisser de l'espace et de la lumière à Léa. Elle ouvre le petit boitier électronique à droite de la porte et commence à traficoter à l'intérieur avec du matériel qu'elle a sorti de son sac.

- Vous allez voir, c'est la meilleure dans son domaine, assure Philippe.

- Dis-moi, elle ne serait pas un peu cambrioleuse sur les bords, la petite Léa ? demande Léonard en retrouvant les reflexes de son métier.

- Ne t'inquiète pas, elle n'a jamais rien fait de mal. Son petit plaisir, c'est de pénétrer dans les musée la nuit pour les explorer à sa guise. Elle est très douée pour déjouer les systèmes de sécurité, explique Philippe.

Cinq minutes plus tard, la porte coulisse dans un grincement et Léa les invite avec un geste théâtrale à pénétrer à l'intérieur. Ils y découvrent un laboratoire de recherche dans le même état d'abandon que l'infirmerie. Des ordinateurs qui devaient coûter une petite fortune à l'époque sont encore sur place. Philippe est ravi. Il espère bien que ses informaticiens, à Paris, pourront tirer des informations intéressantes des disques mémoires. Léa n'a pas pu résister à l'envie d'en allumer un. Elle est rapidement bloquée

par un mot de passe mais ne s'avoue pas vaincue pour autant. Elle s'assoit devant l'écran et sourit. Ce nouveau défi la passionne déjà.
Stéphane, lui, s'intéresse au matériel de recherche. Il reconnaît des centrifugeuses, des séquenceurs et des plateformes d'analyse qui permettent d'extraire l'ADN des cellules et de le purifier. Il s'arrête ensuite devant une machine sur laquelle repose une forme blanchâtre et d'où partent de nombreux câbles électriques.
- Qu'est-ce que c'est ? demande Léonard qui s'est approché. N'attendant pas de réponse, il plonge son doigt dans la forme et ressort avec une expression de dégoût.
- Beurk, c'est tout gluant.
- Bien sûr que c'est gluant, c'est du gel, explique Stéphane d'un ton impatient. L'ADN est déposé sur le gel dans lequel on fait passer un courant électrique. Les morceaux d'ADN se déplacent et s'arrêtent sur cette plaque à différentes distances en fonction de leur composition. C'est la méthode de l'électrophorèse.
- Ce n'est pas la peine de prendre un ton aussi professoral avec moi. Tous ces machins scientifiques ne m'intéressent pas. Je suis venu pour découvrir des indices sur l'endroit où peuvent se trouver nos enfants. Je ne pense pas que tous vos petits jouets vont nous aider.
- Je ne sais pas ce que vous avez contre moi mais tous ces petits jouets, comme vous dites, peuvent, au contraire, nous en apprendre beaucoup. Ils peuvent nous renseigner sur leurs intentions après la découverte de ce gène et s'ils ne peuvent pas nous indiquer où sont vos enfants, ils peuvent nous apprendre pourquoi le gouvernement les enlève et ce qu'ils ont prévu pour eux.
Stéphane laisse Léonard devant la centrifugeuse et rejoint le Père Mathieu plongé dans des papiers.
- Vous trouvez des choses intéressantes ?
- Pour tout vous avouer, je n'en ai aucune idée. Tous ces mots sont du chinois pour moi. Il y beaucoup trop

de termes scientifiques, je n'y comprends rien. Mais peut-être que cela vous inspirera plus que moi.
Stéphane prend les papiers que le Père Mathieu lui tend et les parcourt rapidement. Ce ne sont que les analyses de différents patients. Tout en continuant à feuilleter dans les papiers, Stéphane demande :
- Pourquoi avez-vous rejoint *les parents de l'ombre* ? Ce sont plutôt des personnes qui ont des enfants ou qui ont prévu d'en avoir qui font partie de l'organisation. Vous êtes un religieux, vous n'avez pas d'enfant et votre religion soutient le gouvernement européen. Alors pourquoi vous opposer à eux ?
- Je n'ai pas besoin d'avoir des enfants pour comprendre la souffrance des parents. Quel que soit son génome, un enfant reste un être innocent. J'en suis convaincu. Le Dieu que je sers ne peut pas cautionner l'enlèvement de tous ces enfants. Les dirigeants de ma religion ont été abusés. Peut-être aussi ont-ils fini par être corrompus par le pouvoir... Aujourd'hui, ils n'arrivent plus à faire la différence entre le bien et le mal. D'autres religieux pensent comme moi mais nous ne savons que faire pour que nos dirigeants prennent conscience de leur erreur. Moi, j'ai trouvé ma voie lorsque j'ai rencontré Philippe.
- Je suis content de vous l'entendre dire. Vous me redonnez confiance dans...
Stéphane s'arrête. Il relit la phrase qu'il vient de survoler, prend une autre liasse de feuilles et continue sa lecture, absorbé par ce qu'il découvre, sans remarquer que le Père Mathieu l'observe sans comprendre.
- Vous avez découvert quelque chose ?
- Je ne sais pas... C'est... Ils font des suppositions... Non, non, j'ai dû mal comprendre. Je... ils... si...
Stéphane lit et relit les mêmes lignes en baragouinant des phrases incompréhensibles. Le Père Mathieu le prend par le bras et l'amène doucement jusqu'à une chaise. Personne d'autre n'a remarqué le trouble de Stéphane.

- Asseyez-vous, calmez-vous, respirez et expliquez-moi ce que vous venez de découvrir.
Lorsque Stéphane relève la tête vers le Père Mathieu, ses yeux expriment toute sa frayeur.
- C'est beaucoup trop dangereux, finit-il pas lâcher dans un souffle.
Il n'a pas le temps de s'expliquer davantage. Philippe les rejoint. Il ne remarque pas le trouble de Stéphane. Il a découvert un endroit étrange.
- Vous devriez venir voir. On dirait une sorte d'incinérateur de déchets. Vous allez peut-être pouvoir m'aider.
Stéphane et le Père Mathieu le suivent. Stéphane est heureux de pouvoir songer à autre chose. Il a besoin de prendre du recul pour analyser sa découverte. Il faudra qu'il relise ces papiers à tête reposée. Il s'emballe sans doute pour rien. Il doit être sûr de lui avant de révéler ce qu'il a compris. Le Père Mathieu continue de l'observer du coin de l'œil.
Philippe passe une porte qu'ils n'avaient pas repérée, au fond du laboratoire. Elle donne sur une petite cour carrée où ont été plantés des palmiers qui apportent une ombre agréable. Philippe continue à marcher jusqu'à un entrepôt. Il fait très sombre à l'intérieur. Lorsque ses yeux s'habituent à l'obscurité, Stéphane devine la forme d'un grand four surplombé d'une cheminée qui s'échappe par le toit. L'air sent la cendre froide, des crochets sont plantés dans les murs, sur lesquels Stéphane perçoit des traces étranges. Philippe s'est approché du four presque aussi haut que lui.
- Vous voyez, c'est bien un four. Je me demande ce qu'ils pouvaient brûler ici. Leurs déchets, peut-être. Ils ne devaient pas avoir de ramassage des ordures dans le coin.
Stéphane et le Père Mathieu échangent un regard rapide. La même idée vient de leur traverser l'esprit. Ils entendent un cri de victoire en provenance du laboratoire :
- J'ai craqué leur mot de passe !

Aucun d'eux ne réagit. Philippe voit bien que ses amis ont compris quelque chose qui les met mal à l'aise. Le Père Mathieu s'approche de lui et lui pose une main sur l'épaule.

- Philippe, Ce n'est pas un incinérateur de déchets. Je pense que des hommes sont morts, ici…

Chapitre 20

Les trois hommes reviennent dans le laboratoire en silence. Léa accourt vers eux, semble sur le point d'annoncer quelque chose mais se retient devant le visage de Philippe. Tournant de multiples questions dans sa tête, il ne la remarque même pas. Il essaye d'emboiter la dernière information dans tout ce qu'il sait mais il ne peut penser qu'à une seule chose.
- Tu crois que…
Il ne finit pas sa phrase mais Stéphane a suivi la logique tortueuse de son esprit.
- Non, je ne pense pas qu'ils font subir le même sort aux enfants. Ils ont tué les prisonniers parce qu'ils n'avaient plus besoin d'eux et qu'ils devaient vider les lieux. Ils devenaient trop gênants. Ils ont besoin des enfants. Je suis persuadé qu'ils ne les exterminent pas, sinon ils les détecteraient plus tôt et les considéreraient comme mort-nés.
Stéphane n'ajoute pas que ce sort serait peut-être préférable à ce qu'il commence à percevoir des manigances du gouvernement. Philippe est rassuré. En regardant sa montre, il constate qu'ils sont ici depuis plus d'une heure et que Lestie doit les attendre à l'extérieur. Il donne l'ordre de quitter les lieux. Ils reviendront chercher tout ce qui peut leur être utile plus tard.
Alors qu'ils traversent l'infirmerie dans l'autre sens, Léonard pointe le doigt sur des traces de pas dans la poussière.
- Vous ne trouvez pas ces traces étranges ? Elles sont beaucoup plus larges que les nôtres. On dirait que quelqu'un est passé par ici avec des sortes de rangers aux pieds.
A côté de lui, Stéphane hausse les épaules.

- Sans doute quelqu'un qui est passé il y a plusieurs jours ou même plusieurs semaines.
- Les traces semblent toutes fraîches, insiste Léonard.
- Et bien, l'un d'entre nous aura glissé un peu, ce qui donne l'impression de traces plus larges. Chacun sa déformation professionnelle : moi je prends un ton professoral pour donner des explications scientifiques et vous, vous voyez des indices partout.
Léonard ne répond pas. Pour une fois, Stéphane n'a pas tort mais il ne va sûrement pas l'avouer. En tête, Philippe n'a rien suivi de l'échange entre les deux hommes et continue d'avancer dans le couloir qui mène vers l'extérieur. Léa s'arrête pour observer l'empreinte. Il est vrai qu'elle ne ressemble à aucune de leurs chaussures. Cela réveille en elle comme une sonnette d'alarme, une sensation qu'elle a déjà ressentie depuis qu'ils sont entrés mais à quel moment ? Elle s'est sentie mal à l'aise comme si elle aurait dû remarquer quelque chose mais qu'elle n'y a pas accordé assez d'attention. Quelque chose d'important. Qu'était-elle en train de faire ? Ah oui, elle bricolait le boitier électronique qui commandait l'ouverture de la porte. Elle avait perçu un problème mais la seconde suivante, elle avait réussi à débloquer le système d'ouverture et sa petite victoire avait relégué son interrogation au second plan. Elle observe un peu mieux l'empreinte. Qui peut porter de telles chaussures ? Des rangers… C'est alors qu'un déclic se fait dans son cerveau.
Ces quelques secondes de réflexion lui ont fait perdre du temps. Les autres sont déjà presque sortis. Philippe est en train de pousser la grande porte en fer. Léa s'élance dans le couloir et court le plus vite possible. Les secondes s'écoulent trop rapidement. Ses chaussures heurtent le sol régulièrement, l'adrénaline qui circule dans ses veines la pousse encore un peu plus, elle transpire sous l'effort mais elle n'est pas assez rapide. Le Père Mathieu est le dernier à passer la porte. Il n'a pas remarqué qu'elle court pour les rattraper. Elle ne songe pas à crier son nom.

Léa sort sans ralentir et heurte le Père Mathieu de plein fouet. Il est déstabilisé mais l'empêche de tomber. Les autres n'ont pas osé esquisser un geste. Ils ont tous les mains sur la tête. C'est alors que Léa remarque les revolvers pointés sur eux. Une vingtaine d'hommes casqués les encercle. Ils les tiennent en joue. Léa se maudit en silence et imite la posture de ses compagnons, jambes légèrement écartées, mains sur la tête. Un homme s'avance, sans doute le commandant du groupe.
- Vous êtes en état d'arrestation pour violation d'une propriété privée. Veuillez nous suivre sans résister.
- Depuis quand on envoie une vingtaine de militaires pour une petite violation de propriété privée ? s'interroge Léonard.
Heureusement, il a parlé suffisamment bas pour n'être entendu que de ses compagnons. Ils sont tous d'accord avec lui. Si on les arrête avec une telle force d'intervention, c'est qu'on sait pourquoi ils sont venus. N'ayant d'autre choix que de coopérer, Philippe s'avance sans geste brusque. Trois jeeps attendent à quelques mètres. Malgré les circonstances, Philippe a le temps de remarquer qu'il s'agit de voitures dernier cri, totalement autonomes énergétiquement.
Le commandant fait un geste sec à un de ses hommes. Celui-ci s'approche de Philippe. Il l'oblige à écarter les jambes, à lever les bras bien haut, puis le fouille méthodiquement. Philippe subit sans protester. Les armes des autres soldats sont toujours pointées sur lui et ses compagnons. Il est invité à monter à l'arrière de la première jeep. Un autre soldat le suit et s'installe en face de lui pour le surveiller. Léa devance ses compagnons pour monter à la suite de Philippe. Une femme se charge de la fouiller et elle s'installe à côté de Philippe. A peine assise, elle se penche vers lui et murmure :
- Je suis désolée.
- Pourquoi ? s'étonne Philippe. Le soldat suit leur échange sans s'interposer.

- J'aurais dû comprendre que le bâtiment était sous vidéo-surveillance. Quand j'ai débloqué l'ouverture de la porte du laboratoire, j'ai remarqué un autre circuit électrique mais je n'ai pas cherché à savoir ce qu'il contrôlait. Si j'avais été un peu plus curieuse, nous aurions pu leur échapper.
- Ce n'est pas de ta faute, la rassure Philippe. Tu ne pouvais pas deviner. Nous aurions sans doute dû être tous plus prudents. Nous étions naïfs de croire qu'on nous laisserait fouiller dans leurs affaires. Mais ce qui est fait est fait. Maintenant, il faut se concentrer sur la situation présente.
Léa acquiesce mais ne se sent pas moins fautive pour autant. Les autres les rejoignent après avoir subi la même fouille corporelle. Personne ne transportait d'armes mais Stéphane se voit confisquer les papiers qu'il avait récupérés dans le laboratoire. Deux soldats montent à leur suite et les trois jeeps se mettent en route.
Ils roulent pendant plusieurs heures qui leur semblent interminables. Il fait une chaleur de plus en plus insoutenable sous la bâche de la jeep mais les soldats ne semblent pas la ressentir. Personne ne parle. La poussière de la route soulevée par les roues de la voiture entre parfois à l'intérieur de l'habitacle et vient se poser sur leur peau. Les cinq compagnons se demandent jusqu'où on les emmène mais ils n'osent pas poser de questions. Léonard et Stéphane commencent à s'assoupir lorsque les trois jeeps ralentissent et s'arrêtent. Les soldats leur passent à tous un bandeau sur les yeux et les font sortir un à un. Stéphane est heureux de sentir un brin d'air sur son visage même s'il regrette de ne pouvoir voir où il se trouve. Une main se pose sur son bras droit et le dirige fermement dans la direction opposée à la jeep. Il suit et suppose que ses amis sont conduits de la même façon.
Il entend une porte grincer. Il pénètre dans un bâtiment où la température est beaucoup plus fraîche qu'à l'extérieur. Il marche pendant plusieurs minutes. De

temps en temps, il perçoit des bruits de conversation sans comprendre ce qui se dit. Soudain, son guide s'arrête. Il entend très distinctement le son d'une clé tourner dans une serrure. Une porte s'ouvre. Il est poussé sans ménagement vers l'avant. La porte se referme derrière lui. Aucun lien ne retient Stéphane mais il hésite à ôter son bandeau.
- Il y a quelqu'un ?
Ne recevant d'autres réponses que l'écho de ses paroles, il retire le bandeau noir de devant ses yeux. Tout d'abord, il lui semble que la pièce est aussi sombre que lorsqu'il avait son bandeau. Puis, il perçoit un petit rai de lumière filtrer à travers le chambranle de la porte, ce qui lui permet de distinguer vaguement l'endroit où il se trouve.
La pièce ne comporte aucun meuble, si ce n'est une sorte de cabinet d'aisance dans un coin. Les murs sont rêches et légèrement humides au toucher. En faisant le tour de la pièce, les pieds de Stéphane heurtent quelque chose. Il se baisse et découvre un matelas posé à même le sol. Fatigué et ne sachant pendant combien de temps on va le laisser mariner dans cette pièce, il s'allonge. La literie sent le renfermé. Le matelas est très fin et Stéphane a l'impression de toucher le sol par moment mais il finit par s'endormir.
Il est réveillé plusieurs heures plus tard par son ventre qui gargouille atrocement. Il a faim. Il refait le tour de la pièce mais ne trouve rien pour assouvir son appétit. Personne n'est venu lui apporter à manger pendant son sommeil. Il tambourine à la porte. Il appelle. Personne ne répond. Il ne perçoit aucun bruit de l'autre côté. Ce silence est vraiment insoutenable. Il se demande où sont ses amis. Il les imagine à quelques mètres de lui, dans une cellule identique à la sienne, devant supporter le même silence. D'une certaine façon, cette idée le réconforte. Il se sent moins seul.
Pour ne pas se laisser aller, il fait une vingtaine de pompes, trottine autour de la pièce en effleurant le mur de sa main, étire ses muscles et travaille ses

abdominaux pendant presque une heure. Après quoi, il se sent plus détendu mais a encore plus faim. Il se rallonge. Ne trouvant pas le sommeil, il songe à sa femme et à son fils. Il les imagine à Paris, dans leur appartement. Lauraine ne doit pas encore s'inquiéter de son absence de nouvelles. Il l'a prévenu qu'il serait sans doute dans une zone assez reculée de l'Afrique et qu'il ne pourrait pas la contacter tous les jours. Si on le retient trop longtemps, elle finira par aller voir ses collègues et son patron. Elle apprendra qu'il n'est pas parti en mission humanitaire. Elle se sentira trahie mais elle préviendra la police de sa disparition. Alors ils se mettront à sa recherche et il sera libéré. Même si Stéphane sait que ce plan est loin d'être réaliste, il veut y croire pour se donner du courage. Dans quelques jours, il sera sorti d'affaires. Il s'endort en imaginant sa femme dans ses bras.
Le bruit d'une trappe qu'on referme brusquement sort Stéphane de ses rêves. Il se lève et accourt vers la porte. Rien ne semble avoir bougé. Le silence est revenu. Après une rapide inspection, Stéphane découvre une bouteille d'eau et un morceau de pain sec sur le sol, à quelques centimètres de la porte. Il se jette dessus. Il a beaucoup de mal à se restreindre mais s'oblige à garder la moitié du pain et les trois quarts de la bouteille. On n'a pas prévu de le faire mourir de faim dans cette cellule mais si les rations sont toujours aussi maigres, il va vite s'affaiblir.

Les journées qui suivent se ressemblent toutes. Stéphane suppose qu'on ne lui apporte ses rations de nourriture qu'une seule fois par jour. Il compte donc les journées de cette façon. Après avoir mangé et bu, il fait ses exercices physiques même s'il sent que le manque de nourriture lui enlève un peu plus de force chaque jour. Parfois, avec le pain et l'eau, il a droit à un fruit. Ces jours-là, il prend le temps de le déguster. Il marche dans sa cellule, pense à son fils et s'imagine avec lui dans différents endroits : le parc, le musée, un match de basket, la maison, l'école… Il fait une petite

sieste. Lorsqu'il se réveille de nouveau, il mange l'autre moitié de pain, boit encore un peu et réfléchit à leur organisation, au gouvernement et à ce qu'ils veulent. Il invente des discours pour la radio qu'il prononce à haute voix pour rompre le silence obsédant qui l'entoure. N'ayant rien pour les écrire, il espère qu'il s'en souviendra quand il sortira. Puis, il s'allonge et s'endort. Au fur et à mesure que les jours passent, il dort de plus en plus longtemps. De temps en temps, il va frapper à la porte et appelle. Il n'obtient jamais de réponse. Il se sent tellement seul qu'il s'invente des discussions avec Philippe et les autres. Parfois, il a presque l'impression qu'ils sont là, à côté de lui. Le seul contact humain qu'il ait chaque jour, c'est avec la personne qui lui amène sa nourriture. Il a pris l'habitude de la guetter. Il attend, sur son lit et fixe la porte jusqu'à ce que la petite trappe située à quelques centimètres du sol s'ouvre et laisse passer un rayon de lumière qui illumine la pièce. Il parle alors à cet inconnu, lui demande où il se trouve, pose des questions sur ses compagnons, fait parfois une petite blague ou l'insulte dans l'espoir d'obtenir une réaction. En vain. L'inconnu reste de marbre et ne prononce pas un mot. Il ne connaît de lui que son bras qui passe à travers la petite trappe. Ensuite, la trappe se referme et les pas s'éloignent, le laissant de nouveau seul jusqu'à la prochaine visite de son geôlier.
Stéphane a perdu le compte des jours quand son menu change subitement. Il a maigri d'une dizaine de kilos. Il est sur le point de s'effondrer à chaque pas. Il a entendu la trappe s'ouvrir et se refermer mais n'a même pas trouvé la force d'adresser la parole à son geôlier. Il se traine jusqu'à la porte. Il sent l'odeur alléchante avant même de percevoir le grand plateau garni. Pain frais, jambon, purée, clémentine, et même un morceau de fromage. C'est un véritable luxe auquel il n'est pas habitué. D'abord méfiant, il hésite mais ne peut se retenir devant toute cette nourriture qui réveille son appétit. Il avale le tout en un temps record de peur qu'on ne vienne lui retirer le plateau avant qu'il n'ait

fini. Il ne laisse pas une miette. Après quoi, il se sent pris d'une fatigue intense. Ses paupières se font lourdes. Il n'arrive pas à garder l'esprit clair. Il a juste le temps d'atteindre son matelas avant que ses yeux se ferment et qu'il sombre dans un sommeil artificiel.

Stéphane ouvre les yeux lentement et les referme aussitôt. Une douleur vive lui traverse le crâne. Allongé, les paupières plissées, il se masse les tempes pour tenter d'alléger ce mal de tête. Il a l'impression de se réveiller après avoir pris la plus grosse cuite de sa vie, sauf qu'il ne se souvient pas avoir bu une seule goutte d'alcool.
Petit à petit la douleur s'estompe. Stéphane déplisse les paupières. La lumière vient exciter ses nerfs optiques au fond de sa rétine. Pas d'ampoule au plafond ou de torche laissée sur le sol par son geôlier, la porte n'est pas ouverte… Une fois ses yeux complètement habitués à cette nouvelle luminosité, Stéphane réalise qu'il ne se trouve plus dans la même cellule. On l'a déménagé pendant son sommeil. Le copieux repas devait cacher de puissants narcotiques. Il n'a aucune idée du temps qui s'est écoulé depuis sa perte de conscience. Sa nouvelle cellule lui paraît un peu plus confortable que la précédente. Surtout, il ne va plus vivre dans l'obscurité perpétuelle. Deux petites trappes de ventilation, en haut du mur, laissent pénétrer les rayons du soleil. Stéphane saute en levant les bras pour essayer de s'y suspendre et observer l'extérieur, sans succès. Elles sont beaucoup trop hautes. Est-il toujours dans le même bâtiment ? Quelle distance lui a-t-on fait parcourir pendant son sommeil ? Est-il même toujours en Afrique du Sud ? Il n'a aucun moyen de le savoir.
Stéphane arrête de faire les cents pas et tend l'oreille. Il esquisse un sourire. Il n'est plus seul. Contrairement à sa précédente cellule où le silence était omniprésent, ici, il perçoit des bruits de pas et de conversations lointaines. Stéphane commence à reprendre espoir lorsqu'un cri chargé de douleur traverse les murs et

arrive jusqu'à lui, à peine atténué. Stéphane est glacé jusqu'au sang. Il s'est figé et a coupé sa respiration, sous le choc. Quelques secondes plus tard, un autre cri, puis un autre et encore un autre. Stéphane ne peut en supporter plus. Il tambourine sur la porte de sa cellule, en suppliant de faire cesser cette torture :
- Arrêtez ! Arrêtez ! Laissez les tranquilles ! Qu'est-ce que vous voulez ? Ouvrez !
Il tape sur la porte et hurle d'arrêter jusqu'à ce que ses forces faiblissent. Ses mains saignent. Il a la gorge totalement sèche. Il se laisse glisser le long de la porte et appuie fort sur ses oreilles. Les cris de souffrance lui parviennent tout de même. Personne ne vient le voir. Par moment, le silence revient mais il ne dure jamais longtemps. D'autres hurlements retentissent. Stéphane a l'impression de reconnaître la voix de ses amis mais il n'en est pas sûr. Il perçoit au moins deux timbres de voix différents : une femme qui possède un hurlement très aigu à en percer les tympans et un homme à la voix beaucoup plus grave qui lance des obscénités et des menaces à ses bourreaux entre chaque cri. Léonard pourrait réagir de cette façon.
Les cris cessent lorsque la nuit commence à poindre. On amène un plateau repas à Stéphane quelques minutes après. Tous ces cris de douleur lui ont coupé l'appétit mais il s'oblige à manger. S'il veut reprendre des forces et espérer sortir d'ici, il doit se nourrir. Ensuite, il s'allonge sur son matelas. Il n'arrive pas à trouver le sommeil tout de suite. Il pense à ses amis, à ce qu'on doit leur faire subir. Il essaye de ne pas imaginer les tortures qu'ils endurent mais c'est trop tard. Des images atroces lui envahissent l'esprit. Il sait que l'imagination peut être pire que la réalité. Ses bourreaux s'en servent d'une excellente façon. Leur but est clairement de le briser psychologiquement. Stéphane réussit à orienter ses pensées vers son fils. Il s'apaise et s'endort.
Stéphane est endormi depuis dix minutes quand un nouveau cri le réveille en sursaut. Et cela reprend de plus belle. Cette fois, il perçoit également d'autres

bruits comme des claques, des coups ou des chocs. Stéphane enfonce la tête dans le matelas et écrase ses oreilles de ses mains. Les bruits sont plus étouffés mais il entend toujours. Cela continue pendant un temps qui lui semble interminable. Un nouveau repas lui est apporté. Le silence de nouveau et les cris qui reprennent. Plusieurs jours passent ainsi. Stéphane tente de fermer son cerveau aux bruits extérieurs mais c'est très difficile. Il pense à la jeune Léa, à ce qu'elle doit endurer... La rage bouillonne à l'intérieur de lui mais il est impuissant et cela le consume d'autant plus. Son ancienne cellule si silencieuse lui manque terriblement.

Chapitre 21

Lorsque la porte de sa cellule s'ouvre enfin, Stéphane est recroquevillé dans un coin. Il a repris un peu de poids mais il semble encore plus dévasté qu'auparavant. Des cernes profondes entourent ses yeux injectés de sang. Ses cheveux sont collés à son crâne par la transpiration et une barbe de plusieurs jours lui cache une partie du visage. Il se lève en se tenant au mur pour faire face au nouveau venu. Il est grand, blond, rasé de près, porte un uniforme que Stéphane ne reconnaît pas ainsi qu'un revolver à la ceinture. Il tient une sorte de matraque dans sa main droite.

Son gardien sourit de satisfaction devant son air pitoyable. Il s'approche de Stéphane et lui ordonne d'avancer. Stéphane ne réagit pas tout de suite. Une douleur soudaine l'irradie au niveau du genou, le faisant tomber à terre. Le garde vient de lui asséner un coup de matraque.

- J'ai dit : avance !

Stéphane ressent une folle envie de lui envoyer son poing dans la figure pour lui enlever son air supérieur mais il n'en a pas la force. De plus, il doit sortir de sa cellule pour essayer de trouver un moyen de s'échapper d'ici avec ses amis. Il se relève donc et obéit. Deux autres gardes attendent dans le couloir. Ils le mènent dans une autre pièce, non loin. Un homme gradé se tient derrière un bureau en bois. Stéphane se demande si c'est vraiment sa pièce de travail et s'il arrive à se concentrer avec les hurlements qui l'environnent toute la journée. L'homme se lève et propose un siège à Stéphane.

- Bonjour, Docteur Laudrain. Comment allez-vous ? Vous avez passé une bonne nuit ?

Stéphane ne répond pas. La question ne peut être qu'ironique. Il a perdu le compte, depuis longtemps, du nombre de ses nuits perturbées. Il ne sait pas depuis combien de temps il est ici. Il ne dort que par tranche de dix minutes quand le silence revient. L'homme gradé l'observe d'un air suffisant, de celui qui sait qu'il a tous les atouts en main et qui ne va pas tarder à obtenir ce qu'il veut savoir.
- Cet entretien commence mal si déjà, vous ne répondez pas à une question aussi simple.
Le ton de la voix est sec. Stéphane lève son regard fatigué vers le visage crispé qui le domine. Il est déformé par des soubresauts incessants de la joue droite. Stéphane comprend qu'il ne va pas passer une partie de plaisir. Il hausse les épaules, découragé, et répond d'une voix morne :
- J'ai passé une mauvaise nuit, comme toutes les précédentes depuis que je suis ici, mais vous devez le savoir puisque c'est certainement sur votre ordre qu'on torture les prisonniers à longueur de journée.
- Ah ! Un peu de franchise ! J'aime ça.
L'homme gradé s'assoit derrière son bureau, face à Stéphane. Les gardes s'écartent et vont se ranger près de la porte.
- Je vais passer un marché avec vous, Docteur Laudrain. Vous répondez à toutes mes questions sincèrement, vous dites la vérité et je vous laisserai partir. Vous serez libre.
L'homme lui sourit pour l'amadouer mais un tic nerveux vient toujours agiter sa joue, trahissant une brutalité refoulée.
- Et pour mes amis ? demande Stéphane.
- Comme vous avez pu l'entendre, ils n'ont pas été très coopératifs jusqu'à maintenant. Mais si vous obéissez, je verrai ce que je peux faire pour eux.
Stéphane sait que l'homme lui ment effrontément mais il est curieux de connaître les questions qu'il souhaite poser.
- Que voulez-vous savoir ?
- Je savais qu'on allait bien s'entendre.

Il pose ses deux mains à plat sur le bureau et fixe Stéphane tout en réfléchissant à l'ordre de ses questions.
- Docteur Laudrain, vous faites partie depuis le vingt-deux mai dernier du réseau antigouvernemental *Les parents de l'ombre*. Vous avez rencontré Philippe Pradeau qui vous a convaincu de le rejoindre. Il vous a alors emmené à leur quartier général, quai de Bercy à Paris. C'est exact ?
Stéphane déglutit difficilement. Il ne s'attendait pas à ce que leurs renseignements soient aussi exacts. S'il avait encore un petit espoir d'être libéré, il vient de s'envoler en fumée. Il tente de se reprendre pour répondre d'un ton dans lequel, il l'espère, ne transparait pas sa peur.
- C'est exact.
- Comment Philippe Pradeau a-t-il réussi à vous convaincre ?
Stéphane choisit une demie vérité.
- Il m'a fait comprendre qu'aucun enfant ne mérite d'être séparé de ses parents. La génétique ne peut pas primer entièrement sur l'éducation et l'environnement. C'est totalement injuste d'enlever un enfant innocent. C'est la première fois dans toute l'histoire de l'humanité que la condamnation précède le crime.
- Vous saviez déjà tout cela avant de rencontrer Philippe. Pourtant, vous n'aviez aucun remord à effectuer des tests sur tous vos jeunes patients et à annoncer la mauvaise nouvelle aux parents lorsqu'il était positif. Quel argument supplémentaire a avancé Philippe ?
- Aucun, répond Stéphane qui se sent de plus en plus agressé. Que cherche son interrogateur ? Celui-ci se lève d'un bond et frappe sur la table violemment. Sa joue s'agite plus rapidement.
- Vous deviez être sincère, Docteur Laudrain ! Vous n'avez pas changé d'idée comme ça, du jour au lendemain. Philippe Pradeau n'aurait pas évoqué un

enfant en particulier pour vous convaincre ? Un enfant que vous connaissez ?
La bouche de Stéphane reste fermée. Il a trop peur de trahir quoi que ce soit en répondant. Est-il au courant pour Jérémy ? Et si des agents du gouvernement étaient allés chez lui et avaient enlevé son fils ? Même l'absence de réponse de Stéphane le trahit.
- J'ai visé juste, s'enorgueillit l'officier. Alizé Grassin. Ce nom vous est-il familier ?
Stéphane est à la fois soulagé et inquiet, soulagé pour son fils et inquiet pour ses amis et leur fille. Il espère sincèrement qu'ils ont réussi à quitter l'Europe.
- Oui, c'est la fille de deux de mes amis.
- Florian et Anaïs Grassin, complète l'officier. Anaïs qui a déjà eu un fils porteur du gène DR2624. Pourquoi êtes-vous allé les voir le jeudi vingt-et-un juillet ?
- Je venais prendre des nouvelles. Ce sont des amis. Il m'arrive de leur rendre visite de temps en temps.
- Pourtant vous les aviez déjà vu le samedi précédent, à votre appartement. Vous n'aviez plus tellement l'habitude de vous voir aussi souvent. N'y avait-il pas une autre raison à votre visite ?
Stéphane n'en revient pas de tout ce que cet homme sait sur lui et ses faits et gestes des dernières semaines. Comment peut-il en savoir autant ? Est-ce qu'il a été suivi sans s'en rendre compte ? Depuis combien de temps est-il sous surveillance gouvernementale ? Où s'arrêtent les informations qu'ils détiennent ?
- Je ne comprends pas de quoi vous essayez de m'accuser. Quel mal y a-t-il à rendre visite à des amis ?
L'officier se retient de frapper de nouveau sur la table mais ses yeux se font incisifs comme des lames de couteau lorsqu'ils fixent Stéphane.
- Ce n'est pas un crime de rendre visite à ses amis, Docteur Laudrain, mais c'en est un d'effectuer un test génétique non officiel sur un enfant et d'aider ses parents à fuir ! Vous savez ce que je pense, Stéphane ? Je pense que Philippe vous a proposé de

rejoindre leur organisation. En échange, ils aidaient vos amis. Votre loyauté envers eux vous honore mais vous vous êtes laissé abuser et contrôler par Philippe et son organisation. Vous êtes allé trop loin en tentant d'en apprendre toujours davantage. Votre curiosité vous perdra, Stéphane.
Stéphane a noté la soudaine utilisation de son prénom. Cela n'augure rien de bon. L'officier n'est pas passé loin de la vérité. Stéphane laisse le silence s'installer. Il n'a rien à répondre à ces accusations. L'officier reprend d'une voix plus posée :
- Voilà ce que je veux savoir : le nom de tous ceux qui font partie du réseau *Les parents de l'ombre*, l'endroit où on peut les trouver et la façon de les contacter. Je veux également le titre du livre qui doit paraître prochainement, ceux qui ont prévu de le publier et tous les endroits où il est stocké ou sauvegardé. Si vous coopérez, vous êtes libre.
Stéphane n'a pas besoin de réfléchir longtemps à sa réponse.
- Je ne connais que les personnes que vous avez arrêtées en même temps que moi et je ne sais pas de quel livre vous voulez parler.
L'officier ne semble pas tellement surpris par sa réponse, peut-être un peu déçu. Il se lève et fait un signe de tête aux deux gardes près de la porte. Ils empoignent Stéphane pour le mener dans une autre salle moins accueillante. Contre le mur du fond sont exposés plusieurs instruments de torture datant de différentes époques : le chevalet qui permettait d'écarteler les victimes, les brodequins conçus pour broyer les jambes, un chat à neuf queues composé d'un manche en bois et de neuf lanières de cuir dont chaque extrémité se termine par un nœud et même une vierge de fer, un instrument de torture dont on doute qu'il ait réellement existé. Il s'agit d'un sarcophage de fer garni de longues pointes métalliques qui transpercent lentement la victime placée à l'intérieur lorsque le couvercle se referme.

Stéphane frissonne devant cet étalage d'instruments de violence bien qu'ils n'aient pas l'air d'avoir servi depuis longtemps. Il sait que toute cette exposition est principalement là pour l'intimider mais cela ne l'empêche pas d'avoir peur. Les deux gardes qui le maintiennent toujours l'obligent à s'allonger sur une grande planche à côté d'une baignoire remplie d'eau. Stéphane comprend rapidement ce qui l'attend. Il n'a aucun moyen d'y échapper. Il se laisse attacher au niveau des bras et des jambes. L'officier s'approche de lui, le regard mauvais.

- Vous n'avez toujours rien à me dire, Stéphane ?

- Non, répond-il le plus fermement possible.

Le garde n'attendait que sa réponse pour appuyer sur un bouton qui, par différentes actions mécaniques, fait se soulever brutalement la planche sur laquelle se trouve Stéphane. Sa tête plonge dans l'eau de la baignoire. Il retient sa respiration et gigote dans tous les sens pour sortir sa tête de l'eau. La surface n'est pas très loin. Mais il est trop bien ligoté et la machine a été parfaitement étudiée. Il ne peut pas sortir sa tête de l'eau. On le laisse plusieurs minutes ainsi. Stéphane commence à paniquer. Il ne va plus retenir sa respiration longtemps. Il commence à s'asphyxier. Alors que de l'eau commence à s'infiltrer par ses narines et à gagner ses poumons, la planche est relevée. Il peut de nouveau aspirer de grandes goulées d'air. Stéphane tousse, recrache de l'eau mais ses bourreaux ne lui laisse pas beaucoup de répit. Sa tête replonge. De nouveau, il a l'impression qu'il va mourir asphyxié mais la planche est remontée juste à temps. On lui fait subir cette torture plusieurs fois de suite, sans lui poser aucune question. Au bout d'un certain temps, le rythme s'accélère entre chaque plongée. Stéphane a plusieurs fois la sensation qu'il va mourir noyé. La peur le tenaille mais il tient bon. Lorsqu'après une vingtaine de plongée, l'officier lui demande s'il est prêt à répondre à ses questions, Stéphane secoue la tête négativement.

S'attendant à une nouvelle séance de noyade, Stéphane est surpris de constater qu'on le détache. Lorsqu'il met les pieds à terre, il sent ses jambes fléchir légèrement sous son poids mais il se reprend rapidement. Le manque de sommeil, la peur continuelle de ce qui l'attend et la séance de torture qu'il vient de subir commencent à avoir raison de son corps.

- Déshabillez-vous ! ordonne l'officier.

Stéphane obéit mais garde son caleçon.

- Entièrement ! ajoute son tortionnaire.

Stéphane hésite un peu trop longtemps. Une décharge électrique le foudroie, paralysant tous ces muscles. Stéphane tombe au sol, recroquevillé sur lui même. La douleur est intense. Il veut crier mais il ne peut pas. Le garde sur sa droite le regarde avec un air sadique. C'est le jeune blond qui l'a déjà frappé pour le faire sortir de sa cellule. Il se penche sur lui et lui arrache son caleçon. Aidé de son coéquipier, ils le remettent debout et le trainent dans le couloir jusqu'à sa cellule. Ils le poussent violemment à l'intérieur et referment la porte sur lui. Stéphane se sent totalement vulnérable, nu au milieu de sa cellule grise et froide. Il s'allonge sur le matelas et tente de récupérer quelques forces en dormant. Il sait maintenant qu'il doit absolument trouver un moyen de sortir d'ici. Ils ne lui rendront jamais sa liberté et ils le feront souffrir autant qu'ils peuvent avant de le tuer. Mais comme toutes les autres nuits précédentes, Stéphane dort peu. Il est maintenu éveillé par les cris de souffrance et les vociférations hystériques des bourreaux.

Chapitre 22

Le soleil est à peine levé lorsque les gardes font de nouveau irruption dans la cellule de Stéphane. Ce ne sont pas les mêmes que la veille mais ils n'ont pas l'air plus tendres. Ils le mènent de nouveau dans la salle de torture. Il est toujours totalement nu. La porte est à peine refermée derrière lui qu'il reçoit un coup de poing en pleine figure. Les os de son nez craquent sous la pression. Du sang commence à couler. Les yeux de Stéphane ont du mal à faire le point mais il distingue tout de même la silhouette de l'officier, devenu son tortionnaire particulier. Personne ne s'approche pour l'aider à arrêter le saignement. Au contraire, un nouveau coup de poing vient s'écraser contre sa mâchoire. Un autre, à l'estomac, l'oblige à se plier en deux et les coups redoublent de puissance. Stéphane ne fait aucun geste pour se défendre. Il n'en a plus la force. Il sait aussi que s'il fait seulement mine de résister, les deux gardes se joindront à son bourreau pour le faire souffrir davantage.

Un nouveau coup au visage le fait s'écrouler au sol. Alors ce sont les coups de pied qui pleuvent sur lui. Des coups de pied avec des chaussures de l'armée, renforcées aux extrémités. Stéphane se recroqueville du mieux qu'il peut pour se protéger. Ce n'est pas suffisant. Il sent une de ses côtes se casser et lancer un signal de douleur extrême à son cerveau. Il gémit. Stéphane s'est promis de ne pas crier pour ne pas effrayer ses amis qui doivent l'entendre comme il entend les tortures qu'on leur fait subir. Mais lorsqu'un coup de bâton vient lui exploser les parties génitales, il ne peut pas se retenir. Il pousse un hurlement de souffrance à en faire vibrer les murs. Il ne pensait pas qu'il était possible de souffrir autant. Il s'évanouit sous le choc.

Il est réveillé par de fortes claques. On l'a assis sur une chaise et ligoté. Le visage de son bourreau est à quelques centimètres du sien. Il affiche un grand sourire sadique. Sa joue tressaute toujours nerveusement. Stéphane peut lire dans ses yeux qu'il prend beaucoup de plaisir à cette séance. Il aime dominer et faire souffrir. Il crache au visage de Stéphane et reprend. Il sait où frapper pour faire mal sans faire de dégâts trop sérieux au corps de Stéphane. Cette torture dure toute la journée. Stéphane s'évanouit plusieurs fois. Chaque fois, il est réveillé par des claques ou des seaux d'eau glacée.
La journée est interminable. Stéphane accueille avec soulagement sa cellule à la nuit tombée. Il s'écroule sur sa paillasse. Les jours continuent ainsi. Une nouvelle torture l'attend chaque matin : brûlure de mégots de cigarette, décharges électriques dans tout le corps et principalement dans les organes génitaux, simulations de noyade, jet d'eau glacée... A aucun moment, on ne lui rend ses vêtements. Il passe toutes ses journées et ses nuits entièrement nu, humilié, à subir les sarcasmes de ses bourreaux. Stéphane subit. Il n'a plus aucune volonté et n'arrive plus à réfléchir. A chaque fin de journée, on lui pose les mêmes questions :
- Noms des membres des *Parents de l'ombre* ? Où est le livre ? Qui doit le publier ? Quelles sont vos prochaines actions ?
Stéphane ne répond jamais. Certains diraient de lui qu'il fait preuve de beaucoup d'héroïsme pour leur tenir tête. En réalité, il est tellement déconnecté qu'il n'arrive plus à comprendre ce qu'on lui demande ou à se souvenir de quoi que ce soit d'autres que ces tortures interminables. Il n'arrive même plus à penser à sa femme et à son fils.
Après toutes ces journées de torture, s'il y a une chose qu'il aimerait pouvoir effacer de sa mémoire, c'est une image qu'on l'a obligé à contempler le dernier matin de sa détention. A première vue, il s'agit d'une journée comme toutes les précédentes. Réveillé à l'aube par

ses gardiens, il a tout juste le temps de manger le pain et l'eau qu'ils lui ont amenés. Ils le trainent dans le couloir mais au lieu de l'emmener dans la salle de torture habituelle, ils passent devant sans s'arrêter. Stéphane comprend instinctivement que cela n'augure rien de bon. Il se redresse, les sens aux aguets, s'attendant à tout sauf à ce qu'on lui a réservé.
Les gardes le font entrer dans une salle très sombre. Elle est éclairée par une seule fenêtre, au fond. Il faut quelques secondes à Stéphane pour qu'il s'habitue à l'obscurité. Il perçoit la silhouette de l'officier, face à la fenêtre. Il lui tourne le dos. Les deux gardes le poussent jusqu'à ce qu'il se retrouve à côté de l'officier. Stéphane ne l'a pas quitté des yeux, comme une proie surveillant un prédateur, guettant la prochaine attaque. Mais l'officier ne bouge pas. Il a le regard fixé vers l'extérieur.
- C'est une vision magnifique, vous ne trouvez pas ? demande-t-il soudain.
Stéphane ne comprend pas tout de suite. Toujours sur ses gardes, il s'autorise à détourner les yeux de son bourreau pour découvrir le spectacle qui le fascine tant. La fenêtre ne donne pas sur l'extérieur comme Stéphane le supposait mais sur une autre pièce aux murs et au plafond gris comme le béton. Au plafond, un crochet auquel pend une corde qui enserre de fins poignets meurtris. Du sang a séché sur les bras, le dos est couvert de plaies dues à des coups de fouet et elle est tellement maigre qu'on voit nettement ses côtes sous sa peau. Léa est attachée au milieu de la pièce comme un cochon dans un abattoir. Ses pieds touchent à peine le sol, ce qui fait que tout le poids de son corps pèse sur les cordes qui la maintiennent debout et s'enfoncent dans ses poignets. Elle a la tête baissée comme si la vie l'avait quittée.
Le sang de Stéphane ne fait qu'un tour. Pour la première fois depuis qu'il est prisonnier ici, la rage l'envahit. Il a envie de se battre. Avant que les gardes n'aient le temps de réagir, Stéphane envoie son poing dans la figure de l'officier. Il veut lui en donner un

deuxième mais les gardes se sont ressaisis. Ils lui attrapent chacun un bras. Stéphane n'est pas décidé à se laisser faire. Il se débat, crie, agite les bras, les pieds, griffe, mord. Ses gardiens commencent à être submergés quand un violent coup de matraque sur la nuque l'arrête d'un coup. L'officier le regarde d'un air mauvais. Il n'a pas apprécié le coup de poing.

- Tu vois ta petite copine, là, attachée comme une pièce de viande ?

Stéphane refuse de regarder par la fenêtre mais l'officier lui écrase le menton et l'oblige à tourner la tête vers la vitre.

- Regarde-la ! Elle est peut-être totalement amaigrie mais elle reste désirable. Tu ne trouves pas ?

Stéphane acquiesce en serrant les dents pour faire plaisir à son bourreau.

- Ah, tu redeviens plus docile. Tu sais quoi, je crois bien qu'elle t'attend. Tu ne voudrais pas entrer dans cette pièce et aller caresser cette peau si douce ?

Stéphane secoue la tête énergiquement, paniqué. Il ne peut pas croire ce qu'est en train de suggérer son tortionnaire. Son sadisme n'irait pas jusqu'à l'obliger à la violer !

- Tu es sûr que tu n'en as pas envie ? Regarde ce corps nu qui s'offre à toi, qui ne peut pas te résister.

L'officier se penche vers Stéphane pour lui susurrer à l'oreille :

- Si ce n'est pas toi qui y vas, ce sera un autre homme qui sera sûrement moins… romantique que toi, ajoute-t-il avec un sourire mauvais.

Stéphane se débat mais les deux gardes le maintiennent fermement cette fois. Il ne peut rien faire.

- Vous n'êtes qu'une sale ordure ! lui crache-t-il à la figure. Un jour, vous payerez pour tout ça ! Je viendrai vous tuer de mes mains s'il le faut.

- Des promesses, Dr Laudrain, des promesses. Vous n'en aurez pas le cran. Vous n'êtes qu'une petite merde qui veut jouer aux rebelles. Vous n'êtes pas taillé pour cette guerre. Après aujourd'hui, vous me direz tout ce que je veux savoir. Puisque vous ne

voulez pas vous occuper de votre amie, j'ai des hommes qui vont se faire un plaisir de s'en charger.
Stéphane n'a jamais été un homme violent mais à ce moment-là, s'il avait été libre de ses mouvements, il aurait pu tuer cet homme à mains nues. Au lieu de quoi, on lui colle violemment le visage sur la vitre pour qu'il ne loupe pas une miette du spectacle. La porte de la cellule de Léa s'est ouverte pour laisser entrer un homme en uniforme. Le bruit de la porte qui claque a fait lever la tête de Léa. Elle fixe l'homme qui vient d'entrer. Elle sait ce qui l'attend. Elle voudrait fuir mais elle ne peut rien faire. Alors elle fusille son tortionnaire du regard. Cela n'a aucun effet sur lui si ce n'est d'élargir son sourire. Il s'approche d'elle et commence à poser ses mains sur son corps nu. Elle frissonne et tente de donner un coup de genou qu'il évite facilement. Il sourit comme s'il s'agissait d'un jeu. Les yeux de Léa font le tour de la pièce et viennent se poser, surpris, sur Stéphane. Leurs regards se croisent quelques instants. Stéphane était persuadé qu'il était derrière une vitre sans teint. Il sait maintenant que ce n'est pas le cas. Elle va devoir subir les désirs de son bourreau en sachant que son ami l'observe et qu'il ne fait rien pour l'aider. C'est un véritable supplice pour Stéphane. Il ferme les yeux pour ne plus regarder l'horreur qui se joue devant lui mais un nouveau coup de matraque le frappe juste au niveau de sa côte cassée, lui arrachant un cri et l'obligeant à ouvrir les yeux.
Léa subit son propre calvaire sans broncher. Elle a fermé les yeux pour ne pas voir l'homme qui déboucle sa ceinture et assouvit son désir… trois fois. Des larmes coulent sur les joues de la jeune fille. Stéphane a tenté de détourner le regard à plusieurs reprises mais les coups de matraque l'obligent à reporter son attention sur Léa. Lorsque l'homme sort enfin de la pièce, Stéphane ne peut retenir plus longtemps la nausée qui le submerge. Il vomit sur les chaussures de l'officier.
- Quel petit con ! explose l'officier.

Il attrape Stéphane par la gorge et le plaque contre la vitre violemment.
- Maintenant, tu vas m'écouter sérieusement ! Tu vas retourner dans ta cellule et tu vas bien réfléchir à ce que je vais te dire. Quand je viendrai te chercher, tu répondras à toutes mes questions sans me mentir. Si tu ne coopères pas, je refais subir une petite séance à ta copine. Et si cela ne te suffit pas, c'est toi que je mettrai à sa place. C'est bien compris ?
Stéphane acquiesce difficilement, étouffé par la poigne de l'officier qui se referme un peu plus fort autour de sa gorge. Il reste ainsi quelques secondes à fixer son prisonnier avant de relâcher son étreinte. Stéphane tousse et aspire l'air à grandes goulées. Il n'était pas loin d'y passer, cette fois.

Stéphane est assis sur sa paillasse, les jambes repliées contre lui pour se réchauffer. Il n'arrive pas à dormir. Pas à cause des cris qui résonnent dans sa cellule comme toutes les nuits mais à cause de ce qu'il a vu aujourd'hui. Il réfléchit aux options qui s'offrent à lui mais elles sont maigres. Il ne peut pas les laisser violer Léa une nouvelle fois. La jeune femme ne mérite pas ce qu'on lui fait subir. Stéphane est prêt à leur raconter tout ce qu'ils veulent savoir mais il n'est pas persuadé que cela leur suffira. Il ne fait pas partie du réseau depuis suffisamment longtemps pour pouvoir répondre à toutes leurs questions.
Stéphane lève la tête. Il a perçu un bruit métallique. Oui, ça recommence. Quelqu'un introduit une clé dans la serrure et tourne. Stéphane se recroqueville un peu plus dans l'ombre de sa cellule. Le jour n'est pas encore levé. Ils sont déjà là pour s'occuper de lui. La porte grince en s'ouvrant. S'il résiste de toutes ses forces, ils seront bien obligés de le tuer, non ? Ainsi, il n'aura à trahir personne.
Une silhouette solitaire entre dans la cellule et referme la porte doucement derrière lui. S'il est seul, il a peut-être une chance de s'enfuir. Stéphane bande ses

muscles, prêt à sauter sur son visiteur nocturne quand un paquet de linge atterrit sur ses genoux.
- Tiens, habille-toi rapidement et suis-moi. On se tire d'ici.
Stéphane reconnaît la voix. Léonard. Si on lui avait dit un jour qu'il serait heureux de le voir, il ne l'aurait pas cru. Stéphane a dix-mille questions à poser mais ce n'est pas le moment. Il enfile les vêtements le plus rapidement possible et suit son sauveur à l'extérieur de la cellule sans faire de bruit. Dans le couloir, Stéphane réalise que les cris des victimes torturées sont moins forts.
- Où sont les autres ? chuchote Stéphane.
- Devant. Ils se sont occupés de dégager la sortie.
- Ils sont tous là ?
- Oui, répond Léonard un peu excédé par toutes ces questions.
- Mais alors qui est-on en train de torturer ?
- Personne.
Léonard s'arrête pour faire face à Stéphane qui ne comprend plus rien.
- Ce sont des enregistrements qu'ils nous passaient en boucle toutes les nuits pour nous empêcher de dormir. Maintenant, suis-moi et arrête de poser des questions. On ne doit pas se faire remarquer.
Stéphane obéit sans broncher. Des enregistrements. Il aurait dû s'en douter. Maintenant qu'il y repense, cela explique pourquoi il avait parfois l'impression d'entendre la même chose toutes les nuits.
Léonard le guide à travers les dédales de couloirs sombres. Ils avancent le plus rapidement possible, sur la pointe des pieds. Parfois, Léonard se retourne vers lui et pose un doigt sur sa bouche pour lui signifier d'être encore plus prudent. Stéphane suppose qu'ils longent alors les chambres de leurs gardiens. Ils passent des portes grillagées entrouvertes. Stéphane aperçoit les jambes d'un homme en uniforme couché sur le sol de la petite pièce éclairée sur leur droite. Il lève la tête et se tortille pour essayer de mieux voir

mais Léonard le tire par la manche pour l'obliger à le suivre. Ils n'ont pas le temps. L'aube approche.
Ils descendent un escalier interminable. Léonard accélère le pas. Il ne se soucie plus de faire du bruit. Stéphane commence à avoir du mal à le suivre. Des vertiges s'emparent de lui et ses jambes flageolent manquant de le faire tomber à plusieurs reprises. Le manque de sommeil et de nourriture se fait cruellement sentir. Mais il s'obstine. Il est si proche de retrouver la liberté.
Arrivé au rez-de-chaussée, Léonard s'arrête brusquement. Stéphane manque de peu de lui rentrer dedans. Léonard lui fait signe de ne pas bouger. Il passe la tête par la porte de la cage d'escalier et regarde dans toutes les directions. Il semble chercher quelque chose ou quelqu'un.
- Merde, murmure-t-il en revenant près de Stéphane.
- Que se passe-t-il ? demande Stéphane inquiet.
- Je ne vois pas le signal.
- Le signal ? Quel signal ?
- Le Père Mathieu devait laisser un morceau de tissu en évidence pour indiquer que la voie était libre. Je ne vois rien.
- Qu'est-ce qu'on fait alors ?
- Rien.
- Rien ? s'étonne Stéphane. Mais ils ont peut-être besoin de nous.
- Ou alors, ils s'en sortent très bien et nous risquons de tout faire capoter en arrivant. On attend.
Stéphane n'insiste pas. Il voit bien qu'il en coûte beaucoup à Léonard de rester caché. Ils patientent dans le noir quelques minutes. Stéphane en profite pour souffler. S'ils arrivent à sortir d'ici, il va avoir besoin de toutes ses forces. Il s'appuie contre le mur froid et ferme les yeux. Il perçoit la respiration saccadée de son compagnon qui s'agite à côté de lui. Soudain, il s'arrête. Stéphane ouvre les yeux. Une tête passe par la porte. C'est Léa.
- Ah, vous êtes là. Venez. On a réussi à maîtriser les quelques gardes. La voie est libre.

Léonard pousse un soupir de soulagement. Stéphane n'ose pas regarder la jeune femme dans les yeux. Elle ne lui laisse pas le temps d'être embarrassé. Elle les guide vers leurs compagnons. Ils les attendent dans une nouvelle salle où gisent les corps de deux gardes inanimés. Sont-ils inconscients ou morts ? La question effleure Stéphane mais il n'y prête pas la moindre attention. Philippe lui serre la main et l'attire vers lui pour lui donner l'accolade. Stéphane retient un gémissement.
- Je suis content de te revoir, Stéphane. Tu m'as l'air dans un sale état, mon pauvre.
Stéphane se recule pour observer son ami. Il a les joues creuses, le teint livide, des cernes profondes et la crasse semble recouvrir son corps.
- Tu ne m'as pas l'air beaucoup mieux, constate Stéphane.
Le Père Mathieu interrompt les retrouvailles des deux hommes.
- Le soleil va bientôt se lever.
- Il a raison, déclare Philippe. Nous n'avons pas de temps à perdre. La sortie se trouve au bout du couloir. Les gardes sont maîtrisés. Allez, suivons le Père Mathieu.
Tous quittent la pièce pour prendre le couloir qui va les mener vers la sortie. Stéphane s'apprête à les suivre quand il constate que Léa n'a pas bougé. Elle est plantée au milieu de la pièce, le regard vide. Elle ne semble plus être présente. Stéphane s'approche d'elle doucement. Sa jeunesse le frappe de plein fouet et contraste totalement avec son expression tourmentée.
- Léa, il faut y aller, lui dit Stéphane d'une vois douce. Nous ne pouvons pas rester ici.
Elle ne réagit pas. Stéphane agite la main devant ses yeux, elle reste impassible, le regard fixe. Il pose alors sa main sur son épaule pour la secouer un peu. A peine l'a-t-il effleurée qu'elle fait un bond en arrière et adopte une position défensive. Elle se détend un peu en constatant qu'il ne s'agit que de Stéphane. Elle n'a

plus le regard vide mais ce que Stéphane lit au fond de ses yeux l'inquiète encore plus.
Elle se penche sur un des gardes et récupère sa matraque électrique et son revolver. Elle regarde Stéphane et lui sourit d'une façon qui ne lui ressemble pas.
- Rejoins les autres, ils vont t'attendre.
- Tu ne viens pas avec nous ? demande Stéphane qui connaît déjà la réponse.
- Non.
Elle n'a pas besoin de s'expliquer. Elle est déterminée. Stéphane comprend ce qu'elle ressent même s'il aimerait pouvoir la faire changer d'avis. Il lui tend la main qu'elle sert vigoureusement.
- Bonne chance.
Léa ne répond rien mais Stéphane peut lire le soulagement sur son visage. Il lâche sa main et se tourne vers la sortie. Alors qu'il s'apprête à franchir la porte, il entend une voix faible dans son dos :
- Merci… Ils ne se rendront pas compte tout de suite que vous vous êtes échappés.
Stéphane ne se retourne pas. Il baisse la tête et court dans le couloir à la suite de ses compagnons. Ils viennent de franchir la porte extérieure quand il les rejoint. Le Père Mathieu et Philippe ont fait un tour pour repérer les lieux. A part des gardes inconscients, il ne reste plus aucun obstacle à leur liberté. Ils avancent jusqu'à la route en s'éloignant de la grande tour grise qui leur a servi de prison pendant les dernières semaines. Le soleil levant éclaire faiblement les environs. L'herbe est haute et verte, des peupliers bordent la route, il n'y a pas une seule habitation à l'horizon et aucun panneau pour indiquer quel est le lieu qu'ils viennent de quitter. Ils ne sont plus en Afrique, cela paraît évident. Mais où sont-ils exactement ? Ils n'en ont aucune idée. Philippe s'arrête derrière un buisson touffu pour parler à son équipe :
- Nous n'avons aucune idée d'où se trouve la ville la plus proche, ni dans quel pays nous sommes. Je

propose donc que dans un premier temps, nous marchions à travers champ en direction de l'est. Nous risquons moins de nous faire repérer par nos geôliers que sur la route et nous trouverons peut-être quelques fruits sauvages pour nous nourrir. Lorsque nous croiserons une nouvelle route, nous la suivrons jusqu'au prochain panneau qui nous indiquera…

Philippe fronce les sourcils.

- Où est Léa ?

Tout le monde se tourne pour chercher la jeune femme.

- Personne ne l'a vue ? s'inquiète Philippe. Qui est sorti le dernier ? Stéphane ?

Trois paires d'yeux se braquent sur lui.

- Elle a préféré rester là-bas.

- Quoi ? s'exclame Philippe. Pourquoi voudrait-elle rester. C'est stupide. Il fallait l'emmener de force.

- Elle avait des comptes à régler. Rien n'aurait pu la faire changer d'avis.

- Des comptes à régler ? Mais qu'est-ce que tu racontes ? C'est du pur suicide. Il faut absolument aller la chercher.

Philippe s'avance pour retourner vers la grande tour grise mais Stéphane lui barre le passage.

- Elle a fait son choix, Philippe. Elle ne pouvait pas partir après tout ce qu'ils lui ont fait subir.

Stéphane a du mal à prononcer ces quelques mots. C'est difficile d'avouer qu'il a laissé leur amie courir vers une mort certaine. La tristesse se lit aisément sur son visage mais Philippe ne la voit pas. La colère bouillonne en lui. Il bouscule Stéphane. En temps normal, Stéphane aurait résisté mais aujourd'hui il est trop faible. Il s'affale par terre.

- Le suicide n'est pas une option ! Je vais la chercher.

Le Père Mathieu empoigne Philippe pour le retenir. Ayant été moins maltraité que Stéphane et Philippe, il n'a aucun mal à le maîtriser. Philippe reste incrédule.

- Quoi ? Vous aussi vous cautionnez son acte ?

- Si cela peut lui apporter un certain repos de l'âme alors oui. Mais surtout, vous allez tous nous faire tuer si vous retournez là dedans.
Philippe comprend qu'on ne le laissera pas l'aider. Il s'effondre sur le sol, les genoux s'enfonçant dans la terre mouillée. Des larmes coulent sur son visage.
- Vous n'avez aucune idée de ce que vont ressentir ses proches : sa famille, ses amis… Elle comptait pour des gens, vous savez. Elle n'a pas le droit de leur faire subir cette épreuve.
Les trois hommes le laisser pleurer quelques instants puis Stéphane s'accroupit à ses côtés. Aidé du Père Mathieu, il le remet sur pied et l'entraîne à travers champ, face au soleil levant. Léonard ferme la marche.

Chapitre 23

Après une demi-heure de marche, ils arrivent sur un petit chemin de terre emprunté uniquement par les tracteurs. Ils le suivent jusqu'à atteindre une route plus importante. Aucun panneau pour leur donner une indication sur leur localisation. Philippe n'a pas prononcé un mot depuis leur départ. Il se morfond dans son mutisme. Comprenant qu'ils ne doivent plus compter sur lui dans l'immédiat, ses compagnons se concertent sur la meilleure chose à faire. Stéphane estime la route trop dangereuse, tandis que Léonard en a plus que marre de marcher au milieu des champs de blé en se demandant quel animal va venir lui frôler la jambe au prochain pas. C'est finalement le père Mathieu qui les met d'accord.

- Je pense que nous nous sommes suffisamment éloignés pour ne plus courir de grand danger. Notre principale préoccupation maintenant, c'est de savoir où nous nous trouvons. Continuer à marcher à travers champs ne nous y aidera pas. Nous avons retrouvé un climat plus doux qu'en Afrique et les champs que nous avons traversés me font penser à une agriculture européenne mais il serait bon de pouvoir être un peu plus précis si nous voulons rentrer chez nous. En suivant la route, nous finirons bien par croiser un panneau indicateur. Nous marcherons dans le fossé, ainsi nous pourrons nous cacher rapidement lorsqu'une voiture arrivera.

Léonard fait une grimace en comprenant qu'il ne va pas pouvoir marcher tranquillement sur le bitume mais il acquiesce à la proposition du père Mathieu, tout comme Stéphane. Philippe ne fait aucun commentaire. Il les suit dans les fourrés du bord de route.

A chaque bruit de moteur, ils s'accroupissent dans les hautes herbes pour ne pas être vus. La deuxième fois,

Léonard tente de relever discrètement la tête mais la voiture passe trop vite, il n'a pas le temps de voir son immatriculation. Il aurait pu ainsi déterminer au moins le pays dans lequel ils se trouvent. Il se fait sermonner par Stéphane et le père Mathieu qui ont eu peur de se faire repérer à cause de sa curiosité. Il ne retente pas sa chance à la voiture suivante.
Au bout de quelques kilomètres, le sol devient plus humide et leurs pieds s'enfoncent plus profondément dans la terre. Un petit ruisseau doit passer non loin. Léonard grogne mais personne ne veut prendre le risque de monter sur la route. Ils avancent lentement et sont de plus en plus fatigués. Ils font quelques pauses, assis derrière des buissons, mais ce n'est pas suffisant. Ils ont soif, ils ont faim et l'adrénaline qui les a poussés au début de leur fuite a disparu depuis longtemps.
Ils les entendent bien avant de les voir. C'est d'abord comme un bourdonnement continu. Stéphane se frotte les oreilles mais cela ne change rien. Il se concentre sur l'origine de ce bruit. Frottements du vent, accélération, roulement continu sur une surface bitumeuse... Son visage s'éclaircit. Il se tourne vers le père Mathieu qui a compris lui aussi. Ils accélèrent le pas, Léonard et Philippe sur leurs talons.
- Qu'est-ce que vous faites ? demande Léonard qui les a rattrapés. Pourquoi vous courrez tout à coup ? On nous a repérés ?
- Non, répond le père Mathieu sans s'arrêter. Mais il y a une route très passante un peu plus loin. Tu ne l'entends pas ? Nous allons enfin savoir où nous sommes.
Léonard tend l'oreille et perçoit enfin le bruit des voitures qui roulent vite sur l'asphalte. Les voitures hybrides et électriques devraient être silencieuses mais il y a eu tellement d'accidents à leur mise sur le marché à cause de piétons qui ne les entendaient pas venir que les constructeurs ont décidé de rajouter un bruit artificiel. Cependant, elles sont beaucoup moins bruyantes que les anciennes voitures au moteur à

explosion. Le petit groupe ne met pas longtemps à rejoindre l'embranchement. Oubliant toute prudence, ils gravissent le talus. Une petite voiture rouge passe à côté d'eux. Le conducteur fait une embardée pour les éviter et l'enfant, à l'arrière, les regarde avec des yeux ronds de curiosité et de peur. Les quatre hommes ont tout l'air de dangereux criminels évadés de prison.
Ils ne font pas attention à la voiture et à l'enfant. Ils fixent le panneau de l'autre côté de la route. Ils restent sans voix devant l'information que leur cerveau enregistre. C'est Philippe qui finit par sortir de son mutisme pour s'exprimer d'un ton rageur :
- Et dire qu'on était si près ! Si je l'avais su, j'aurais pu tenter d'entrer en contact avec le réseau, j'aurais pu tenter une évasion plus tôt, avant qu'ils ne s'en prennent à Léa !
Le père Mathieu pose une main sur son épaule pour le calmer.
- Ce qui est fait est fait, Philippe. Nous ne pouvons rien changer. La torture résidait en grande partie dans le fait que nous ne savions pas où on nous avait transportés et où se trouvait nos amis. Tu n'avais aucun moyen de l'apprendre et encore moins de contacter le réseau. Tu n'as rien à te reprocher et certainement pas la décision de Léa.
Stéphane voit du coin de l'œil Philippe serrer les poings. Il comprend sa frustration. Rambouillet : neuf kilomètres. Pendant tout ce temps, il était tellement proche de sa famille. Cinquante kilomètres les séparaient, tout au plus. Depuis combien de temps sont-ils partis ? Lauraine doit être morte d'inquiétude. Et Jérémy. Le besoin de les retrouver se fait soudain urgent. Sans attendre l'approbation des autres, Stéphane se met en route. Neuf kilomètres. Dans deux heures, il arrive à Rambouillet, il prend un train pour Paris et rentre chez lui pour prendre sa femme et son fils dans ses bras. Ce plan lui paraît imparable.
Les voitures filent à toute vitesse à côté de lui. Certaines klaxonnent furieusement. Il n'y fait pas attention. Cette route est le chemin le plus court

jusqu'à sa famille, il ne va pas s'en éloigner. Au bout de quelques minutes, il entend des bruits de pas derrière lui. Il se retourne pour découvrir ses trois compagnons qui le suivent en file indienne, silencieux.
Ils marchent ainsi pendant plus de deux heures, le soleil de plus en plus haut dans le ciel. La fatigue, la faim et la douleur due aux tortures les empêchent de tenir un rythme de marche soutenu.
Arrivés en vue des premières maisons de la banlieue de Rambouillet, le Père Mathieu tire Stéphane par le bras et l'entraine à l'écart de la route. Stéphane veut résister pour continuer mais il n'en a plus la force. Un peu de repos ne lui fera pas de mal. Ils s'assoient dans l'herbe et tous se tournent vers le Père Mathieu.
- Je sais que vous avez tous hâte de rentrer chez vous mais nous ne pouvons pas rentrer dans cette ville ainsi et prendre le train pour Paris. Vous n'avez pas dû bien vous regarder mais la population le fera. Nous n'aurons pas fait dix pas dans la ville que la police nous sautera dessus. Nous avons l'air de fous évadés d'un asile. Et si la police nous arrête, nous ne pouvons pas savoir s'ils nous aideront à rentrer chez nous ou s'ils nous feront retourner là d'où on vient...
Le Père Mathieu laisse sa dernière phrase en suspens pour que tous prennent bien conscience du danger qui pèse encore sur eux.
- Je connais un peu le coin. J'y suis déjà venu plusieurs fois. D'après mes souvenirs, il doit y avoir un vieux puits pas très loin, dans cette direction. Nous pourrons tirer de l'eau pour nous débarbouiller. Ensuite, étant moins amoché que vous, je suis celui qui courra le moins de risque à se rendre en ville pour retirer de l'argent et acheter des habits propres pour nous tous.
- Je ne pense pas que ce soit une bonne idée de se séparer, rétorque Philippe. Comment pouvons-nous être sûrs que tu ne vas pas te faire arrêter ? Nous serons plus forts à quatre que toi tout seul.
- Nous nous ferions surtout beaucoup plus remarquer. Je passerai plus inaperçu seul. L'idée de se séparer

ne me plait pas non plus mais c'est notre meilleure solution. Si dans deux heures, je ne suis pas revenu, partez à ma recherche.
Stéphane n'est pas convaincu par ce plan. Même s'il suffit aujourd'hui de son empreinte digitale et d'un code pour retirer de l'argent, un point le perturbe encore. Il intervient :
- Le retrait d'argent va nous faire repérer.
- Oui, mais si nous agissons vite, ils ne sauront pas dans quelle direction nous sommes partis. Ils sauront que nous sommes passés par Rambouillet mais le temps qu'ils repèrent la transaction, nous serons déjà dans le train.
Stéphane et Léonard acquiescent. Ils n'ont rien de mieux à proposer. Philippe regarde tour à tour ses trois compagnons et finit par se ranger à la majorité.
Il leur faut une bonne dizaine de minutes pour trouver le puits dont le Père Mathieu a parlé. Il est presque à sec mais ils réussissent à en sortir un seau d'eau dans lequel ils peuvent, chacun leur tour, se laver les mains et le visage. Stéphane ne se rend pas compte de l'état dans lequel il se trouve avant de sentir l'eau couler sur son visage et emporter toute la crasse qui le recouvre. Lorsqu'ils ont fini, l'eau est totalement noire. Stéphane, Philippe et Léonard s'installent à l'abri des curieux derrière une haie et regardent le Père Mathieu s'éloigner vers la ville. Stéphane a un petit pincement au cœur. Il n'aime pas l'idée de laisser son ami partir seul. Il voudrait pouvoir l'accompagner. Mais il doit prendre son mal en patience et attendre. Il s'allonge sur la terre sèche et songe qu'il n'est plus très loin de chez lui. Il ne veut pas penser aux tortures qu'il vient de subir et se concentre sur ses retrouvailles avec sa famille. Il s'est promis de ne pas s'endormir pour guetter le retour du Père Mathieu mais la fatigue est trop forte. Il ne se sent même pas sombrer dans le sommeil.
Philippe et Léonard se sont également assoupis à l'ombre des arbres. Ils sont réveillés brusquement par un hurlement de terreur. Philippe se relève, sur le qui-

vive. Pendant quelques secondes, il a l'impression d'avoir rêvé leur évasion et qu'il est de nouveau dans sa cellule grise et froide. Mais non. Léonard est à côté de lui, tout aussi perdu. Le soleil brille toujours. Le cri a cessé mais Stéphane s'agite dans son sommeil.

- Non, laissez-moi. Arrêtez. Je n'ai rien à vous dire. Arrêtez, je vous en supplie.

Des larmes coulent de ses yeux fermés.

- Pourquoi est-ce qu'ils l'ont autant fait souffrir ? demande Léonard. Et Léa aussi ? Qu'est-ce qu'ils attendaient d'eux ? Pourquoi n'avons-nous pas subi la même chose ?

Philippe hausse les épaules.

- Je n'en sais rien. Pour Léa, on peut supposer qu'ils s'en sont pris à elle parce qu'elle était une femme. Peut-être qu'ils ont supposé qu'elle était plus faible et qu'elle craquerait plus vite. Ou alors, c'était du pur sadisme, la volonté d'imposer leur virilité. Je n'en sais rien. Je n'ai aucune idée de ce qu'ils ont pu lui faire subir pour qu'elle y retourne seule. Elle voulait se venger... Pourtant, elle savait qu'elle n'y survivrait pas.

Un silence s'installe suite à ces paroles. Ils prennent tous les deux conscience qu'ils ne reverront jamais la jeune fille et qu'ils ne sauront sans doute jamais ce qui a animé sa vengeance.

- Pour Stéphane, je ne comprends vraiment pas. Pourquoi s'en prendre à lui plutôt qu'à moi. Ils savaient qui j'étais et le rôle que je jouais au sein des *Parents de l'ombre*, ils me l'ont dit. Pourtant, ils m'ont à peine touché, comme si je ne pouvais rien leur apprendre de plus. Quelle information espéraient-ils soutirer à Stéphane qu'ils ne pouvaient obtenir de moi ? J'ai bien l'intention de le découvrir.

Philippe s'approche de Stéphane et pose une main sur son épaule pour le sortir de son cauchemar. Stéphane s'éveille aussitôt, bondit littéralement, attrape la main de son ami, lui tord le bras et le plaque au sol. Philippe n'a pas le temps de réagir, pas plus que Léonard qui assiste à la scène, stupéfait.

- Stéphane, ce n'est que moi, Philippe. Je ne veux pas te faire de mal. Tu es en sécurité avec nous. C'était juste un cauchemar. C'est fini.
Stéphane regarde autour de lui et reprend doucement contact avec la réalité. Il relâche son ami et s'assoit lourdement sur le sol.
- Ce ne sera jamais fini, murmure-t-il pour lui-même.
Philippe et Léonard ont perçu ses paroles mais ils ne savent que faire ou que dire pour aider leur compagnon. Le Père Mathieu choisit cet instant pour réapparaitre. Ils ne l'ont pas entendu approcher. Il porte deux grands sacs plastiques qu'il pose sur le sol. Il en sort des habits neufs qu'il tend à chacun d'entre eux.
- C'était plus facile que je le pensais. Personne ne m'a arrêté ou posé de questions. L'avantage de la politique de notre gouvernement, c'est qu'aujourd'hui, lorsque les gens croisent un homme à l'allure un peu louche dans la rue, ils ne s'imaginent absolument pas qu'il peut s'agir d'un criminel.
Philippe et Léonard s'éloignent pour se changer mais Stéphane ne bouge pas. Il reste assis par terre, le regard dans le vide. Le Père Mathieu s'accroupit à côté de lui et lui dépose ses nouveaux vêtements dans les bras.
- Tu dois te changer, Stéphane, si tu veux retrouver ta famille, lui dit-il d'une voix apaisante.
Stéphane tourne la tête et pose son regard sur l'ecclésiastique.
- Pour quoi faire ? Les images dans ma tête ne s'arrêteront jamais. Elles vont me rendre fou. Je vais être un fardeau pour ma famille.
- Votre famille vous aime et a besoin d'être rassurée sur votre sort. Ils ne vous verront jamais comme un fardeau, croyez-moi. Je ne peux pas vous dire que vous finirez par oublier tout ce que vous avez vécu. C'est impossible. Mais au fil du temps, ces souvenirs s'estomperont pour être remplacés par d'autres plus heureux. Vous ressentirez toujours l'humiliation, la douleur, la honte et la colère mais moins vivement

qu'aujourd'hui. Vous devez continuer votre route, Stéphane. Ne voulez-vous pas comprendre pourquoi on vous a fait subir de telles souffrances ?
Stéphane réfléchit quelques secondes puis, sans un mot, il se lève et part enfiler ses habits neufs. Philippe s'est vivement retenu d'interrompre le discours du Père Matthieu mais Stéphane ne peut pas retourner auprès de sa famille. Son appartement est le premier endroit où le gouvernement le cherchera. Il va devoir se cacher pendant quelques temps. Comme eux tous. Mais une chose à la fois. D'abord, s'éloigner d'ici au plus vite.
Il leur faut vingt-cinq minutes pour rejoindre la gare à pied. Le prochain train pour Paris est dans quinze minutes. Pendant que le Père Mathieu va acheter quatre billets avec l'argent liquide qu'il a retiré plus tôt, Philippe passe un coup de téléphone. La conversation est très courte.
- Tu n'as pas réussi à joindre la personne que tu voulais ? demande Stéphane à Philippe.
- Si, l'alerte est donnée. Le répondeur du QG est consulté toutes les heures.
Il jette un coup d'œil à l'horloge de la gare.
- A quatorze heures, ils sauront que nous avons été percés à jour et ils prendront les dispositions nécessaires. Nous n'avons jamais eu à affronter un tel danger. D'ordinaire, nous déplaçons juste la péniche de temps en temps pour éviter d'attirer l'attention sur nos allers et venues. Mais tout a été prévu pour ce genre de situation. Dans quelques heures, tout aura disparu. Tout le matériel aura rejoint une planque connue de moi seule et de deux autres personnes. Et tous les membres de l'organisation se mettront à l'ombre jusqu'à nouvel ordre.
Philippe semble fier de sa prévoyance et de ses hommes. Cette explication rappelle quelque chose à Stéphane, des paroles que son bourreau a prononcé avant de commencer les tortures.
- Je crois que le gouvernement en sait beaucoup plus sur vous que ce que tu imagines. L'officier qui m'a...

questionné connaissait l'adresse où est amarrée la péniche actuellement, le jour, l'heure et le lieu exact de notre première rencontre… Il m'a fourni d'autres détails qui me laissent penser que vous êtes sans cesse surveillés, et moi aussi.

- C'est impossible ! s'exclame Léonard qui a suivi la conversation. S'ils nous surveillent depuis le début, s'ils savent ce que nous faisons et qui nous sommes, pourquoi ne pas nous avoir arrêtés depuis longtemps ?

- Parce qu'ils ne nous considèrent pas comme un véritable danger, répond Philippe accablé. Pour eux, nous ne sommes qu'un petit groupe d'importuns. Ils nous surveillent pour s'assurer que nous n'allons pas trop loin mais sinon, nous sommes juste une distraction…

- Pourtant, ils ont fini par nous arrêter, constate Léonard pragmatique.

- Exact. Ce qui signifie qu'à un moment, nous nous sommes approchés de la vérité. Ils ont eu peur, mais de quoi ?

Philippe se tourne vers Stéphane :

- Que voulait savoir cet officier ? Quelles questions t'a-t-il posées ?

Stéphane est obligé de faire un effort de concentration pour raviver ses souvenirs. Les tortures, la solitude, l'humiliation lui ont fait totalement oublier ce qu'attendait de lui son bourreau. A la fin, il subissait, c'est tout. Il avait tenté de retrancher son esprit dans un recoin de son cerveau pour ressentir moins vivement la douleur. Il revoyait son bourreau articuler des sons, lui poser des questions mais il n'en comprenait plus le sens depuis longtemps. Stéphane ne veut pas repenser à tout cela mais Philippe attend. Alors il se force à replonger dans ses souvenirs et à remonter jusqu'à sa première conversation avec l'officier.

- Il voulait savoir… le nom de tous les membres du réseau et le moyen de prendre contact avec eux.

Stéphane respire difficilement. Il a l'impression d'être de nouveau dans la pièce avec l'officier. Il tremble légèrement. Il voudrait laisser les souvenirs s'enfuir et les enfermer à double tour mais ce n'est pas possible. Ses amis comptent sur lui.

- Il a aussi évoqué un livre... il voulait le titre et les éditeurs, je crois. Je ne me souviens plus très bien...

- Un livre ? Quel livre ? demande Philippe.

- Je n'en ai aucune idée. Je n'ai jamais réussi à comprendre de quoi il parlait exactement. Pourtant, il avait l'air persuadé que j'étais au courant de quelque chose à ce sujet.

Un frisson parcourt Stéphane. Philippe réfléchit à voix haute en se frottant la barbe.

- Les noms des membres du réseau, il avait plus de chances de les obtenir de moi. Il me les a demandés. Il m'a même torturé pour les obtenir mais avec beaucoup moins d'acharnement que ce qu'il semble avoir fait subir à Stéphane. Donc l'information importante qu'il cherchait concernait ce livre... Mais pourquoi ? Pourquoi ont-ils peur d'un livre ? Qu'est-ce qu'il renferme ? Et pourquoi Stéphane ?

- Vous êtes en train de dire que si on nous a arrêtés, si on nous a torturés et si Léa n'est plus parmi nous aujourd'hui, c'est à cause d'un bouquin dont on n'a jamais entendu parler ?

Philippe et Stéphane haussent les épaules dans un même mouvement. Ils n'ont aucune réponse à apporter à Léonard.

Le Père Mathieu revient enfin avec les quatre billets. Le numéro du quai étant affiché, ils vont s'installer dans le train. Ils prennent tous place dans des wagons différents, pour ne pas attirer l'attention sur leur petit groupe. Stéphane s'assoit à côté d'un homme d'affaires concentré sur l'écran de son ordinateur, Le Père Matthieu en face d'une mère et sa fille, Philippe à côté d'un vieux monsieur et Léonard entame la discussion avec une jeune étudiante sur le livre qu'elle est en train de lire.

Alors qu'un coup de sifflet retentit pour annoncer le départ du train, Stéphane perçoit une agitation inhabituelle sur le quai. Il se penche un peu plus vers la vitre pour mieux voir. Une dizaine de personnes en uniforme accourent sur le quai et observent les personnes autour d'eux. Ils n'ont pas sorti leurs armes et Stéphane met quelques secondes avant de réaliser qu'il s'agit de gendarmes. Alors, sans geste brusque, il s'enfonce plus profondément dans son siège et prend le magazine de la compagnie ferroviaire en face de lui. Un jeune gendarme se tourne vers le train qui commence à quitter la gare mais son regard glisse sur les vitres légèrement teintées. Il ne repère pas Stéphane, ni aucun des trois autres.

Un quart d'heure plus tard, alors que le train se trouve au milieu de la forêt, Stéphane s'excuse auprès de son voisin et quitte son siège pour se rendre au wagon restaurant. Il s'achète un sandwich avec le peu d'argent que le Père Mathieu a partagé en quatre et va s'installer auprès de Philippe qui a déjà mordu à pleines dents dans son jambon beurre. Pendant quelques instants, ils mangent sans prononcer un mot. Ils savourent chaque bouchée. Arrivé à la moitié de son sandwich, Stéphane se tourne vers Philippe :

- Je ne peux pas retourner chez moi, n'est-ce pas ?

Philippe le regarde mais ne répond rien.

- Quand j'étais enfermé dans ma cellule, la seule chose qui m'aidait à tenir, c'était la pensée de Lauraine et Jérémy. Je nous imaginais chez nous à profiter simplement de la vie. Je rêvais du moment où je les retrouverai, où je pourrai les serrer dans mes bras et reprendre ma vie avec eux comme avant. Mais rien ne sera plus jamais comme avant. Je suis un danger pour eux désormais. Si je rentre chez moi, ils me retrouveront et me ramèneront là-bas.

Philippe acquiesce.

- Je suis désolé pour toi Stéphane mais, en effet, tu ne peux pas retourner chez toi. Tu ne peux pas revoir ta famille. Les agents du gouvernement sont sans doute déjà devant chez toi à t'attendre. Tu vas devoir rester

discret pendant quelques temps. Tu connais un endroit où tu pourrais te loger ?
Stéphane y avait déjà réfléchi.
- Mes grands-parents avaient un appartement dans le vingtième arrondissement, près du cimetière du Père Lachaise, avant de partir en maison de retraite. Ils ne voulaient surtout pas vendre. Je pense qu'en gardant l'appartement, ils se rassuraient. Ils avaient l'impression qu'ils avaient toujours la possibilité d'y retourner. Lorsqu'ils sont décédés, ma mère n'a pas réussi à se résoudre à le vendre. Elle l'a gardé et l'a mis en location. Si ma mémoire ne me trompe pas, la dernière fois que je suis passé voir mes parents, ma mère m'a dit que les locataires avaient résilié leur bail et qu'elle allait en profiter pour mener quelques rénovations. Il est donc vide. Même si des ouvriers viennent dans la journée, je peux l'occuper la nuit.
- Et tu as les clés de cet appartement ?
C'était bien là le problème.
- Non. Mais j'ai une idée de l'endroit où je peux les trouver. Les ouvriers ont besoin d'une clé pour entrer dans l'appartement. Connaissant ma mère, elle a dû cacher les clés pour que les ouvriers puissent avoir accès à l'appartement. Après tout, l'appartement est vide, il n'y a rien à voler. Et je connais la cachette fétiche de ma mère.
- Bien. Espérons que tu as raison.
Philippe enchaine sur un autre sujet :
- Tu sais, Stéphane, j'ai un peu repensé à notre évasion et j'ai réalisé que tout avait été trop facile.
- Facile ! s'exclame Stéphane. Je crois que nous n'avons pas la même conception de la facilité !
- Je comprends ta réaction mais réfléchis ! Les gardes n'ont pas opposé beaucoup de résistance. Et, avec les moyens dont ils disposent, ils auraient pu nous retrouver dans la campagne s'ils l'avaient voulu. Je pense qu'on nous a laissés partir. Ce que je ne comprends pas, c'est pourquoi. Mais pour l'instant, on n'a plutôt intérêt à rester à l'écart.

Stéphane acquiesce même s'il déteste cette idée. Il ne va pas passer le reste de sa vie à se cacher. Et Lauraine ! Ses parents ! Il doit les avertir qu'il va bien. Ils ne peuvent pas rester dans le doute.
- Je peux te fournir de nouveaux papiers d'identité. J'ai quelques contacts qui t'aideront. Tu ne peux pas continuer à t'appeler Docteur Laudrain. Et surtout, n'utilise pas ton compte bancaire. Avec ton empreinte digitale, ils sauront rapidement où te trouver.
Stéphane y a déjà songé. Il n'est pas stupide.
- Peux-tu me procurer une arme également ?
- Une arme ? s'étonne Philippe. Qu'est-ce que tu veux faire avec une arme ? Tu n'as pas l'intention de faire une bêtise ? Tu ne vas pas les attaquer tout seul ?
- Bien sûr que non ! Mais je veux pouvoir me défendre si on m'attaque de nouveau.
Philippe observe le visage de Stéphane attentivement. Il ne peut pas imaginer ce qu'il a subi dans leur prison mais il comprend que son ami en a été transformé. Il ne changera pas d'avis. Il répugne à l'idée de lui laisser une arme mais il ne veut pas le laisser seul sans défense. Avec un soupir, il lui fournit un numéro et un nom de rue.
- Rends-toi à cette adresse demain à quatorze heures. Tu auras ton arme et ta nouvelle identité.
Il sort une liasse de billets qu'il tend à Stéphane.
- Tiens, tu vas en avoir plus besoin que nous pour l'instant. C'est tout ce qu'il reste du retrait du Père Mathieu. Nous avons d'autres moyens de nous procurer de l'argent.
Stéphane le remercie et retourne à sa place juste avant l'arrivée du train en gare de Paris.

Chapitre 24

Stéphane est figée depuis une dizaine de minutes de l'autre côté de la rue. L'immeuble qu'il n'a pas quitté des yeux n'est pas différent de ses voisins : briques rouges, fenêtres entourées de grosses pierres blanches, balcons en fer forgé. Il hésite encore. Malgré ce qu'il a affirmé à Philippe, il a des doutes. Est-ce que l'appartement est bien vide de ses locataires ? Est-ce que la police ne l'attend pas à l'intérieur ? Après tout, s'ils le cherchent, il leur est facile de se renseigner sur ses parents. Ils auront vite découvert l'existence de cet appartement. De là à supposer qu'il pourrait l'occuper, il n'y a qu'un pas.
Enfin, il ne le saura pas tant qu'il ne sera pas entré. Après tout, il n'a aucun autre endroit où aller. Rentrer chez lui n'est même pas envisageable. Il traverse la rue et passe la porte en bois peinte en vert. Heureusement, le code d'accès n'a pas changé. Il monte l'escalier étroit jusqu'au quatrième et dernier étage. Tout est calme. Pas de policiers postés sur le palier. Devant la porte de l'appartement de ses grands-parents, un paillasson et un porte-parapluie. Stéphane sourit. Sa mère ne l'a pas enlevé. Il met sa main dans le porte-parapluie. Son sourire s'efface subitement. La clé ne se trouve pas là. Pourtant, c'est la cachette favorite de sa mère. Est-ce qu'il se serait trompé ? Est-ce que sa mère aurait donné la clé directement aux ouvriers ? Non, ce n'est pas logique. Plusieurs corps de métier vont devoir se succéder dans l'appartement : plombier, électricien, peintre... Sa mère n'a pas pu leur fournir une clé à chacun. Non, elle doit être là. Son regard se pose sur le paillasson. Il le soulève. Son sourire revient. Sa mère n'a certainement pas voulu révéler sa cachette favorite aux ouvriers. Il prend la clé et l'insère dans la serrure.

La première chose qui le frappe en entrant, c'est l'absence de meubles. La dernière fois qu'il est venu ici, le mobilier de ses grands-parents régnait sur l'appartement. La grande armoire à chaussures dans l'entrée, le canapé en faux cuir abimé par les années, la table en verre légèrement fissurée suite à un verre qu'il avait fait tomber malencontreusement dessus... C'est la cuisine qui lui provoque la plus vive émotion. Combien de fois a-t-il vu son grand-père s'activer aux fourneaux ? Il peut encore sentir la bonne odeur de gâteau embaumer l'appartement. Son grand-père a tenu une pâtisserie chocolaterie pendant près de vingt ans et il n'aimait rien plus que de faire plaisir à son petit-fils en lui confectionnant des desserts tous meilleurs les uns que les autres. Stéphane se revoit, debout sur une chaise pour observer son grand-père et plonger son doigt dans la casserole de chocolat. Il ne reste aucun témoignage de ces souvenirs aujourd'hui. Sa mère a vraiment décidé de remettre l'appartement complètement à neuf. L'ancienne cuisine a été complètement démolie et de nouveaux meubles neufs sont en partie montés au milieu de la pièce. Heureusement qu'il n'a pas acheté de la nourriture devant se cuire. Stéphane continue son tour d'inspection.
L'ancienne chambre de ses grands-parents est toute aussi vide. La moquette a été enlevée et des lattes de parquets ont commencé à être posées. Les murs ont été repeints : trois en blanc et un en bleu clair. La cloison entre la salle à manger et le salon a été détruite laissant la place à une grande pièce à vivre, pour l'instant très poussiéreuse.
Cet appartement était loué meublé. Même si sa mère a décidé de tout remettre à neuf, il est surprenant qu'elle ait jeté la totalité des meubles. Certains étaient presque neufs. Il se souvient qu'elle avait racheté toute la literie avant l'arrivée des derniers locataires. Elle aurait déplacé tous les meubles qu'elle voulait garder ? C'est peu probable. Il reste une pièce qu'il n'a pas visitée : la chambre où il dormait étant petit quand

il était en vacances chez ses grands-parents. Lorsqu'il ouvre la porte, le contraste avec le reste de l'appartement est frappant. La pièce est pleine à craquer. Il est impossible d'y pénétrer. Sa mère y a entassé tous les meubles qu'elle voulait garder. La bonne nouvelle, c'est qu'il trouve un matelas. Il ne dormira pas à même le sol cette nuit.

Lorsque le réveil sonne, Stéphane a la sensation de ne pas être reposé du tout. Et ce n'est pas étonnant. Il a passé toute la nuit à faire des cauchemars. Il a dû se réveiller au moins cinq fois en criant. A la quatrième, vers deux heures du matin, il s'est levé et a fait le tour de l'appartement. Malheureusement, il y avait peu de choses pour le distraire. Il s'est rendu dans son ancienne chambre qui sert actuellement de débarras et s'est mis à fouiner. Il a répertorié tout ce que sa mère a choisi de garder. Il s'est faufilé entre les meubles et les cartons, en a ouvert quelques uns en prenant bien soin de les refermer par la suite. Il a fini par tomber sur un vieux livre d'Histoire de France qui l'a occupé pendant deux heures. Sa grand-mère était institutrice. L'Histoire et la Géographie étaient ses domaines de prédilection. Elle était pour la République Européenne, elle en vantait les mérites. Pour elle, c'était la meilleure leçon qu'on avait pu tirer des grandes guerres qui avaient ravagé le vingtième siècle. Stéphane se demande ce qu'elle aurait pensé de l'Europe d'aujourd'hui qui trie les enfants selon leur code génétique.
Il n'est que six heures et demi du matin mais le soleil est déjà levé. On est lundi. Stéphane ne sait pas à quelle heure exactement les ouvriers doivent arriver pour continuer les travaux mais par prudence, il a décidé de quitter l'appartement à sept heures. Par chance, les travaux de plomberie ont déjà été effectués et la salle de bain est flambant neuve. Hier soir, la douche était vraiment trop tentante après ces trois semaines d'emprisonnement. Mais ce matin, il se contente de se débarbouiller au lavabo. Il ne faut pas

qu'il laisse de traces visibles de son passage. Il range le matelas et les autres choses qu'il a déplacées. Avant de sortir, il fait le compte de son argent et soupire. Il va devoir trouver rapidement un moyen de s'en procurer. Malgré tout, il décide de passer à la boulangerie au coin de la rue pour s'acheter un pain aux raisins qu'il déguste tranquillement dans un square. Il reste là un moment à profiter de la fraîcheur du petit matin. Il pensait voir des parents emmener leurs enfants à l'école mais il se rappelle qu'on est en plein mois d'août. Tout le monde est en vacances.
Huit heures… Il doit retrouver Philippe à quatorze. Que va-t-il bien pouvoir faire jusque là ? Il compte de nouveau son argent. Ce n'est pas raisonnable mais tant pis, il décide d'aller au cinéma. A cette heure-là, les séances sont moins chères. Il choisit une comédie en espérant que rire lui fera oublier pendant un court moment les souvenirs de torture.

Stéphane sort de la salle obscure alors que le soleil est à son zénith. La douce chaleur de ses rayons est plutôt agréable après avoir passé deux heures dans une salle de cinéma trop climatisée. Il s'étire lentement. Il est déçu. La comédie n'a pas tenu ses promesses. Il n'a pas rigolé une seule fois mais peut-être est-ce parce qu'il n'a pas réussi à chasser complètement de son esprit les images de son ancienne prison et de son tortionnaire. Ce film l'a même mis mal à l'aise. Autour de lui, il a entendu beaucoup de spectateurs rigoler à tous les jeux de mots et quiproquos. A chaque rire, il se sentait de plus en plus différent de toutes ces personnes si insouciantes. Il a l'impression de ne plus faire parti de leur monde. Et même s'il racontait à quelqu'un tout ce qu'il a enduré, il ne pourrait pas comprendre. Il ne veut pas qu'on éprouve de la pitié ou de la compassion pour lui. Il voudrait juste pouvoir effacer tous ces mauvais souvenirs et redevenir celui qu'il était avant de partir en Afrique du Sud. Mais ce n'est pas possible.

Son rendez-vous avec Philippe n'est que dans une heure. Il a le temps de s'y rendre à pied. Autant profiter du soleil plutôt que d'aller se terrer dans les sous-sols du métro parisien. Stéphane n'a pas besoin d'étudier un plan de Paris pour savoir dans quelle direction aller. Il connaît plutôt bien la capitale. Lorsqu'ils étaient plus jeunes, avec Lauraine, ils aimaient se balader dans les rues de Paris le dimanche après-midi. Ils flânaient en observant les différentes architectures, faisaient des commentaires discrets sur les touristes et finissaient toujours par s'acheter une viennoiserie. C'était une période de bonheur simple.
Lorsqu'il arrive dans le quartier de son rendez-vous, Stéphane observe un peu mieux les rues. Il n'est pas un grand habitué du coin. Voilà longtemps qu'il n'est pas venu dans ce quartier de Paris. Il jette un coup d'œil sur un plan avant de se faufiler dans une ruelle sombre et malodorante en vérifiant le nom que Philippe lui a noté sur un bout de papier. C'est bien la bonne adresse. Le ciel s'est couvert subitement. Les maisons qui l'entourent font une dizaine de mètres de haut, jetant des ombres inquiétantes autour de lui. La ruelle fait tout juste un mètre de large. Il se sent oppressé. Il regarde plusieurs fois par-dessus son épaule. Il a l'impression d'être suivi mais c'est sans doute l'environnement qui le rend méfiant. Il s'enfonce un peu plus dans la pénombre et s'arrête devant le numéro six. Il frappe doucement, tellement doucement qu'il pense que personne ne l'a entendu. Mais la porte s'ouvre et il entre rapidement.
C'est Philippe qui l'accueille. Sans même lui dire bonjour, il demande :
- Tu as lu les journaux ce matin ?
- Non, je n'y ai pas pensé. Pourquoi ?
Philippe ne répond pas. Il entraine Stéphane dans la pièce suivante qui devait servir de salon à une autre époque. Un canapé et une table basse sont les seuls meubles qui habillent encore la pièce. Tout est vide. La poussière a pris possession de la maison, tout

comme les toiles d'araignées qui ornent les coins de murs et les embrasures de portes. Stéphane agite les mains devant sa tête pour détruire leurs pièges. Philipe le fait asseoir et lui tend le journal du jour. Sa voix résonne entre les murs nus.
- Page quatre.
Stéphane ouvre le journal à la page indiquée. L'article est court mais il le repère aussitôt. Une photo en noir et blanc l'accompagne. Ils ont titré « *une jeune femme meurt dans un accident de voiture* ». Stéphane serre les poings mais s'oblige à lire la suite qui n'est qu'un tissu de mensonges.

Une jeune parisienne, Léa Sornin, s'est tuée sur la route dimanche matin, de bonne heure. Tout laisse penser qu'elle revenait d'un festival à quelques dizaines de kilomètres de là. L'autopsie a révélé des traces d'alcoolémie très élevées dans son sang, ce qui expliquerait sa sortie de route. Elle est décédée sur le coup en heurtant un arbre de la forêt de Rambouillet à près de quatre-vingts-dix kilomètres à l'heure. Ses parents, qui n'avaient plus de nouvelles de leur fille depuis près d'un mois, sont choqués et ne comprennent pas les actes de leur fille. Le petit-ami de la victime affirme que tout allait bien dans leur couple, que Léa Sornin était une fille très épanouie. Il ne comprend pas plus que ses parents son absence prolongée. La police enquête actuellement pour savoir si la jeune fille n'a pas subi d'influences extérieures pour consommer de l'alcool et peut-être certaines drogues totalement interdites en Europe pour leurs effets dévastateurs sur le cerveau. L'analyse toxicologique est en cours.

Stéphane jette le journal sur la table avec fureur.
- Ce n'est qu'un ramassis de conneries ! Comment peuvent-ils salir son image après ce qu'ils lui ont fait subir ? Ses parents doivent être anéantis. Ils vont croire que leur fille leur a tourné le dos pour une raison

inconnue et qu'elle a plongé dans l'alcool et la drogue. Quelle bande de salauds ! Ils n'ont aucune pitié !
Philippe pose la main sur l'épaule de Stéphane pour le calmer. Lui aussi a été pris d'une rage incontrôlable lorsqu'il a lu l'article quelques heures plus tôt. Léa ne méritait pas qu'on parle d'elle ainsi. Elle aurait dû avoir droit à un éloge funèbre pour vanter sa joie de vivre, son courage et sa détermination.
- Tu as tout à fait raison, Stéphane. C'est pourquoi tu vas aller voir les parents de Léa et leur raconter la vérité sur la mort de leur fille.
- Pourquoi moi ? demande Stéphane quelque peu inquiet de devoir se retrouver face aux parents de la jeune fille. Il faut que ses parents soient au courant, je suis d'accord, mais je ne suis pas sûr d'être la bonne personne pour cette mission.
- Au contraire, rétorque Philippe. Tu es la personne la mieux placée. Tu ne la connaissais pas depuis longtemps mais tu sais ce qu'elle a subi dans cette prison. Tu comprends son geste mieux que je ne le pourrai jamais.
Stéphane sent de l'amertume dans la voix de Philippe.
- Je me trompe peut-être mais tu sembles en vouloir à Léa d'être retournée dans notre prison. Je comprends que tu sois triste, je le suis aussi, mais tu ne peux pas lui en vouloir. C'était son choix.
- Ce n'est pas parce que c'était son choix que nous devons l'accepter ! Elle souhaitait se venger, d'accord mais il y avait d'autres moyens. Elle aurait dû partir avec nous, sauver sa peau. Et aujourd'hui, nous serions en train de réfléchir avec elle à un plan pour leur faire payer ce qu'ils nous ont fait. Au lieu de ça, elle a choisi un acte totalement suicidaire. Car c'est exactement ça, Stéphane, elle s'est suicidée, sans penser à ses parents, à son ami… C'était un acte égoïste que je ne peux pas cautionner.
Stéphane ne répond pas. Il sent que Philippe n'a pas fini de parler. Son regard se perd dans le lointain. Il n'est plus dans la pièce avec Stéphane. Il se trouve devant la maison d'une banlieue tranquille. Il fait déjà

nuit. Depuis plusieurs semaines, il rentre du travail de plus en plus tard. Il a le cœur lourd devant cette maison qu'ils avaient achetée avec tellement de projets en tête. Il ne peut plus vivre ici. Ils doivent déménager s'ils veulent s'en sortir. C'est avec cette idée à l'esprit qu'il rentre dans la maison trop silencieuse.

- Je t'ai raconté que ma fille avait été enlevée par le gouvernement il y a cinq ans ?

C'est une question rhétorique. Stéphane ne répond pas mais hoche la tête pour inciter son ami à continuer.

- Ils sont venus en pleine nuit, ils sont entrés dans notre maison comme des voleurs et l'ont kidnappée. Je me suis réveillé trop tard pour pouvoir la secourir. Nous savions qu'elle était porteuse du gène DR2624. Nous avions eu les résultats du test quelques semaines plus tôt et nous avions reçu plusieurs injonctions pour leur amener notre fille. Nous les avions ignorés. Nous avions prévu de quitter la ville prochainement mais ils nous ont pris de vitesse.

Stéphane se souvient qu'au moment de la mise en place de la détection du gène de la criminalité, le test était plus long. Il fallait attendre plusieurs jours avant d'avoir les résultats et, pendant cette période, les parents ramenaient leur enfant à la maison. Mais, lorsque l'enfant était détecté positif, de nombreux parents avaient refusé de le confier au gouvernement de leur plein gré. L'Etat avait vite compris qu'il fallait trouver une solution. De nombreux chercheurs s'étaient penchés sur des moyens de simplifier le test, on avait utilisé des machines plus puissantes et, quelques mois plus tard, il ne fallait plus que quelques heures pour obtenir le résultat.

- Ta femme a dû être anéantie elle aussi, dit Stéphane comprenant que c'est d'elle que Philippe essaye de lui parler.

- Oui… Notre fille avait quatre ans, Stéphane. Depuis quatre ans, on l'aimait, on l'éduquait, on entendait ses rires dans la maison, on la regardait s'amuser avec les

autres enfants, on la serrait contre nous quand elle était fatiguée ou triste… C'était notre fille. Personne n'avait le droit de nous l'enlever, encore moins pour une raison qui nous paraissait improbable. Ma femme, Justine, voulait un enfant depuis longtemps. Elle n'a pas supporté son enlèvement. Elle savait qu'elle ne la reverrait jamais. Elle ne dormait plus, ne mangeait plus, ne sortait plus. Elle ne voyait plus personne et moi, je n'étais pas très présent. Je passais plus de temps au travail pour ne pas me retrouver dans cette maison où tout me rappelait l'absence de ma fille. J'aurais dû voir que son état empirait, j'aurais dû l'inciter à déménager plus tôt, j'aurais dû lui dire que j'avais prévu de retrouver notre fille et que nous ferions d'autres enfants. Si j'avais été là pour elle, la suite aurait pu être moins tragique mais nous étions chacun prostré dans notre propre chagrin sans voir que l'autre souffrait tout autant.
Philippe s'arrête pour laisser passer les émotions qui le submergent. Il n'a jamais dit à personne qu'il se sentait responsable de ce qui était arrivé à sa femme.
- Un jour, je suis rentré à la maison encore plus tard que d'habitude. La maison était plongée dans le noir. Il n'y avait pas un bruit, pas même le son de la télévision. Je l'ai trouvée étendue sur le lit. Un verre d'eau était renversé sur la table de nuit à côté de plusieurs boîtes de médicaments vides. J'ai aussitôt appelé les secours. J'ai tenté de la ranimer mais le mal était fait.
Stéphane laisse passer quelques minutes de silence.
- Elle est décédée ? demande-t-il doucement.
- Non, mais c'est tout comme. Ils lui ont fait un lavage d'estomac et à force de chocs électriques, ils ont réussi à relancer son cœur. Mais depuis cinq ans, elle est dans un état végétatif. Elle respire seule. Son corps n'a besoin d'aucun appareil pour fonctionner mais son esprit n'est plus là. J'essaye d'aller la voir tous les jours même si elle ne me reconnaît pas. Je lui parle. Je lui raconte la vie qu'on aurait eue si Louise n'avait pas été enlevée. Elle n'a jamais de réaction.

C'est pour elle aussi que je m'acharne autant à retrouver notre fille. Au fond de moi, je me dis que si elle la voit, elle reprendra peut-être ses esprits. Elle aura de nouveau envie de vivre…
Stéphane se sent plein de compassion pour son ami. Il se doutait qu'il était arrivé quelque chose à sa femme car il n'en parlait jamais mais il n'imaginait pas un tel drame. Que ressentirait-il si Lauraine était dans un tel état ? Il chasse aussitôt cette pensée.
- C'est pour cette raison que tu n'acceptes pas le choix de Léa ?
- Je n'ai jamais pardonné son acte à ma femme. Je lui en veux de ne pas avoir pensé à la souffrance qu'elle allait me faire subir. Mais je m'en veux également de n'avoir pas compris sa douleur plus tôt. Léa non plus n'a pas pensé à sa famille et c'est pour cette raison que je ne peux pas accepter son geste. Tu es donc mieux placé que moi pour aller parler à sa famille.
- Bien. J'irai les voir, accepte Stéphane. Mais il serait peut-être bon pour toi d'aller leur parler également. Vous partagez la même souffrance.
Philippe ne répond pas. Il a remué trop de mauvais souvenirs. Il préfère changer de sujet :
- J'ai une autre mauvaise nouvelle. En feuilletant les journaux publiés pendant notre absence, j'ai appris que le Professeur Roiteau est mort. Soit disant d'une crise cardiaque mais je ne serais pas surpris qu'elle ait été provoquée…
Cette nouvelle semble pétrifier Stéphane. Le nom du professeur a ramené du fond de sa mémoire quelques scènes de tortures.
- Je… Je crois que c'est de ma faute, prononce-t-il difficilement.
- Comment ça de ta faute ? demande Philippe. Ce n'est pas toi qui l'as tué que je sache.
- Non mais je pense avoir prononcé son nom lorsqu'on… m'interrogeait. J'ai dû dire qu'il nous avait aidé à trouver l'ancienne clinique en Afrique du Sud. Ils ont préféré l'assassiner avant qu'il ne révèle d'autres informations. Je suis désolé.

- Tu n'as pas à être désolé, Stéphane. Si le Professeur Roiteau a été assassiné, ce n'est pas de ta faute. Tu n'as pas appuyé sur la détente. Et je ne pense pas que ce soit ce que tu as pu dire dans cette prison qui l'a fait tuer. Apparemment, nous sommes surveillés depuis bien longtemps. Ils ont dû nous suivre lorsque nous avons rendu visite au Professeur. Quand ils nous ont arrêté en Afrique du Sud, ils ont tout de suite fait le lien. Le Professeur Roiteau avait trop parlé. Sa prison dorée n'était plus suffisante. Ils ont préféré le faire taire définitivement.
Stéphane semble quelque peu soulagé par cette explication. Philippe pose alors sur la table devant Stéphane une enveloppe épaisse. Stéphane l'ouvre. Il y trouve un passeport au nom de Laurent Gérardin avec une photo de lui, une grosse liasse de billets et une puce téléphonique.
- Merci, Philippe, mais je ne peux pas accepter tout cet argent. C'est beaucoup trop. Comment as-tu fait pour obtenir tout cela aussi rapidement.
- J'ai beaucoup de ressources, répond Philippe avec un sourire. Et tu vas avoir besoin de tout cet argent si tu veux réussir à ne pas attirer l'attention du gouvernement. Tu ne peux plus retirer d'argent sur ton compte en banque ou tu te feras repérer aussitôt, j'imagine que tu en as bien conscience.
- Oui, j'y ai pensé mais j'ai d'autres moyens de récupérer de l'argent. Je vais me débrouiller, ne t'en fais pas. Je ne veux pas avoir de dette envers toi ou l'organisation.
- L'organisation existe pour qu'on puisse s'entraider. Tu as fait beaucoup en venant avec nous en Afrique du Sud. Même si notre mission a été un fiasco, tu as eu du courage.
- Peut-être mais je ne veux pas être remercié avec de l'argent. Vous m'aidez déjà à me cacher.
Il montre le passeport pour appuyer ses dires.
- J'obtiendrai de l'argent d'une autre façon, je te l'assure.

- Bien, accepte Philippe quelque peu sceptique. Mais fais attention à toi. S'ils te repèrent, ils t'enfermeront de nouveau...
- Je sais... A ce propos, tu as l'arme que je t'ai demandée ?
- Oui, répond Philippe réticent. Tu es bien sûr que c'est seulement pour te protéger ? Tu ne vas pas tenter une mission suicide comme Léa ?
- Je te promets que je souhaite uniquement pouvoir me défendre.
Philippe est toujours un peu sceptique mais il sort un pistolet de sous sa veste et le tend à Stéphane.
- Pose ton index ici, ordonne-t-il en montrant un petit écran digital sur l'arme.
Stéphane obéit.
- Voilà. Maintenant l'arme est configurée pour toi. Personne d'autre ne peut l'utiliser. Ainsi, tu évites les accidents si quelqu'un tombe dessus et personne ne pourra s'en servir contre toi. Stéphane acquiesce. Cette protection lui convient parfaitement. Philippe continue ses explications.
- La visée laser est intégrée. Elle est extrêmement précise. Impossible de louper ta cible. Le recul est très faible. Tu déverrouilles la sécurité ici. Je te conseille de t'entrainer un peu comme tu n'es pas un habitué des armes.
Stéphane enregistre toutes les informations que lui donne son ami. Il prend l'arme, vérifie que la sécurité est bien enclenchée et la glisse dans son jean.
- Que vas-tu faire maintenant, Philippe ? Je t'imagine mal abandonner tes recherches alors qu'on commence tout juste à faire peur au gouvernement. Une fois que toute l'organisation sera en sécurité, qu'as-tu prévu ?
Philippe hésite. Il aimerait que Stéphane se tienne à l'écart quelques temps. Si le gouvernement s'est autant acharné à lui soutirer des renseignements, c'est pour une bonne raison. Ils ne le lâcheront pas tant qu'ils n'auront pas ce qu'ils cherchent. Philippe s'en veut car c'est lui qui a obligé Stéphane à faire partie

des *Parents de l'ombre*. Il voudrait pouvoir lui mentir mais son ami le connaît déjà trop bien. Et Stéphane n'est pas décidé à abandonner. Tout comme lui, il veut savoir pourquoi, soudain, le gouvernement s'intéresse à eux.

- Tout est déjà en sécurité. Je t'avais dit que j'avais mis en place un système d'alerte générale. Nous avons été très efficace. Nous avons déplacé la péniche et nous la déplacerons de nouveau mais elle est déjà totalement vidée. Le nouveau quartier général se trouve dans un endroit secret connu de quelques personnes seulement. Je ne pense pas qu'ils nous trouveront.

Philippe n'est pas totalement persuadé par ses propres paroles. Après tout, s'ils connaissaient tous leurs agissements depuis cinq ans, ils ont peut-être des espions bien placés. Philippe y a beaucoup réfléchi mais il n'arrive pas à imaginer un de ses compagnons à la solde du gouvernement.

- Je vais lancer une nouvelle expédition en Afrique du Sud.

- Dans la clinique ? demande Stéphane surpris. Qui part ? Ils vont se faire tuer !

- Je vais faire partir des personnes qui n'éveilleront pas les soupçons, des personnes qu'on ne peut pas associer à notre organisation. Ils sont au courant du danger. Je vais les briefer sur ce qu'ils trouveront là-bas, sur les plans des lieux et le système de surveillance. C'est très risqué mais on ne peut pas laisser tous ces ordinateurs sans tenter de les récupérer. On trouvera peut-être une information importante sur les disques mémoires.

- Tu pars avec eux ? demande Stéphane.

- Non, je ne peux pas. J'attirerai trop l'attention. Et toi non plus, tu ne partiras pas. Je te tiendrai au courant dès qu'ils reviendront. Par contre, j'ai autre chose qui pourrait t'intéresser. Je n'ai jamais dû t'en parler mais j'ai un contact au ministère de l'intérieur.

- Tu as des espions au sein même du gouvernement ? s'étonne Stéphane visiblement impressionné.

- Oui. Enfin, ce n'est pas un espion actif. Elle travaille au ministère depuis de longues années mais elle ne fouille pas dans les bureaux de ses supérieurs ou dans les dossiers confidentiels. Seulement, elle tend l'oreille et quand elle apprend quelque chose susceptible de m'intéresser, elle me contacte.
- Comment l'as-tu rencontrée ?
- Lorsque Louise a été enlevée, j'ai essayé de contacter de nombreux parents à qui il était arrivé la même chose pour avoir leur point de vue et essayer de nous regrouper. Je pensais que nous serions plus forts à plusieurs. Je pensais que nous pourrions faire pression sur la police et le gouvernement. Beaucoup avaient trop peur ou avaient confiance dans la police quand elle leur disait qu'ils faisaient tout pour retrouver leur enfant. Elle a été une de ceux qui m'ont répondus. Elle harcelait beaucoup la police à l'époque pour qu'ils s'investissent plus dans l'enquête sur la disparition de son fils. Un jour, elle m'a appelé pour m'avertir que tous nos efforts n'aboutiraient à rien, que c'était inutile. Elle avait surpris deux personnes à son travail en train de commenter les efforts futiles de tous ces parents qui avaient encore l'espoir de retrouver leur enfant. Jamais on ne nous les rendrait. J'ai été totalement anéanti par cette nouvelle.
- Je peux l'imaginer. Et vous avez gardé le contact depuis ?
- Exactement. Il semblerait qu'elle ait de nouvelles informations à me procurer. Elle doit m'appeler demain matin. Est-ce que tu veux participer à la visioconférence ?
Stéphane accepte avec empressement. Il est curieux et a besoin de quelque chose pour s'occuper l'esprit. Il est aussi heureux de la confiance que lui accorde Philippe en le laissant participer à cet entretien.
- Je te contacterai sur ta nouvelle puce téléphonique. Elle est sécurisée. Tu dois l'utiliser uniquement pour contacter l'organisation ou en cas d'extrême urgence.
Avant de se quitter, Philippe lui recommande une nouvelle fois de faire attention à lui.

Chapitre 25

Malgré les protestations de Stéphane, Philippe a quand même tenu à lui fournir quelques billets. La somme est beaucoup moins importante que ce qu'il voulait lui donner à l'origine mais ça va quand même bien l'aider. Pendant sa rencontre avec Philippe, le temps s'est totalement dégradé. La pluie commence à tomber et il aperçoit même un éclair au-dessus des immeubles. Il n'a pas intérêt à rester trop longtemps dehors s'il ne veut pas finir trempé.

Il s'arrête dans une épicerie qu'il a repérée à l'aller. Il achète de quoi grignoter et une puce téléphonique jetable. Il a rangé précieusement la puce fournie par Philippe. Il lui a bien spécifié qu'elle ne devait servir que pour contacter les *Parents de l'ombre*. Il ne peut donc pas l'utiliser pour ce qu'il veut faire maintenant. Celle qu'il vient d'acheter lui autorise deux heures de communication. Largement suffisant.

Ensuite, il retourne à l'extérieur. La pluie qui s'est accentuée a un effet positif : la rue est déserte, ce qui lui permet de passer son coup de fil sans craindre des oreilles indiscrètes. Le point négatif c'est que l'eau froide qui dégouline le long de ses cheveux et dans son cou est très désagréable.

Il insère la puce dans sa molaire et compose le numéro qu'il connaît par cœur. La sonnerie résonne à l'intérieur de son cerveau. Il est stressé. Que va-t-il bien pouvoir lui dire ? Quelle va être sa réaction ? Il ne se pose pas la question bien longtemps. Quelqu'un décroche :

- Allo ?

Stéphane reconnaît tout de suite Lauraine malgré sa voix enrouée. Lui-même sent ses cordes vocales se serrer.

- Lauraine ? C'est Stéphane…

- Stéphane ? C'est vrai ? C'est bien toi ? Oh mon Dieu ! Comment vas-tu ?
La voix de Lauraine est devenue hystérique.
- C'est bien moi, Lauraine. Je n'ai pas beaucoup de temps mais…
- Où es-tu, Stéphane ? On va venir te chercher. Tu es toujours en Afrique ? S'ils veulent une rançon, je payerai tout ce qu'ils veulent, je te le promets ! Tu n'es pas tout seul.
Stéphane met quelques secondes à se rappeler que pour sa femme, il est parti depuis près d'un mois en mission humanitaire sur le continent africain. Comme il n'a pas donné de nouvelles depuis son départ, elle a dû s'imaginer tout et n'importe quoi. Elle a l'air de penser qu'il a été capturé par des terroristes réclamant de l'argent contre sa vie.
- Non, non, je ne suis plus en Afrique, la rassure-t-il. Je suis à Paris.
- A Paris ? s'étonne-t-elle. Comment es-tu revenu ? Et pourquoi tu n'es pas venu directement chez nous ?
- Je ne peux pas, Lauraine… Ecoute, on ne peut pas rester au téléphone trop longtemps. Il faut qu'on se voie. Le bar où on s'est rencontré, tu t'en souviens ?
- Oui, répond-elle en se demandant ce que tout cela signifie.
- Tu pourrais m'y retrouver ce soir, vers dix-neuf heures ?
- Jérémy est chez mes parents. Oui, je peux venir, mais…
Stéphane ne lui laisse pas le temps de poursuivre.
- Alors, on se retrouve là-bas. J'aurais besoin que tu m'apportes de l'argent liquide. Retire cinq cents euros. Et surtout, Lauraine, quand tu viendras me rejoindre, essaye de faire attention à ne pas être suivie.
- Etre suivie… Mais qu'est-ce qui se passe, Stéphane ? Tu me fais peur.
- Je ne peux pas te répondre maintenant mais est-ce que tu peux faire tout ça pour moi ?
Un moment de silence au bout de la ligne. Stéphane sait qu'il lui en demande énormément mais elle ne

peut pas refuser. Lui-même ferait n'importe quoi pour sa femme.
- Je vais le faire, finit-elle par répondre.
- Merci, Lauraine. A ce soir. Je t'aime. Je suis désolé de t'imposer ça.
Stéphane raccroche sans lui laisser le temps de répondre.

A dix-neuf heures tapantes, Stéphane pénètre dans le bar où il a rencontré Lauraine pour la première fois. Les propriétaires ont changé, tout comme la décoration remise à neuf, mais l'ambiance est identique. De jeunes étudiants boivent des bières, passent de groupe en groupe et secouent de la tête au rythme de la musique branchée qui hurle dans les haut-parleurs. Ce bar est situé à quelques mètres de la faculté de Jussieu et Stéphane se souvient qu'il y venait très souvent avec des amis lorsqu'il était étudiant en médecine. Aujourd'hui, il se sent un peu vieux pour cette ambiance. Il se demande comment il réussissait à faire des rencontres et à tenir des discussions avec le bruit environnant. Mais s'il se souvient bien, discuter n'était pas forcément la première chose qu'il recherchait à l'époque. Tout ce qu'il voulait, c'était se détendre et se vider la tête.
En tout cas, c'est l'endroit idéal pour retrouver Lauraine. Même si quelqu'un la suit jusqu'ici, il ne pourra pas entrer sans se faire repérer et il sera bien incapable de percevoir les mots qu'ils vont échanger. Stéphane se faufile entre les corps serrés jusqu'à une petite table, au fond du bar, miraculeusement libre. Il commande une bière que la serveuse lui amène au moment où Lauraine fait son apparition dans le bar. Même de loin, Stéphane remarque tout de suite qu'elle a maigri. Il lui fait un petit signe de la main et alors qu'elle s'approche, il note d'autres détails : ses cheveux coiffés à la va-vite, ses habits légèrement froissés et surtout les cernes sous ses yeux. Cela ne lui ressemble pas. Elle n'a pas dû avoir des jours faciles pendant son absence. Malgré tout, Stéphane la

trouve belle et il sent une partie de son fardeau s'évanouir rien qu'en la voyant.
Il lui sourit. Elle s'assoit en face de lui. Ses mains tremblent. Elle semble ne pas savoir comment réagir.
- Lauraine, je suis tellement heureux de te voir.
- Quoi ? demande-t-elle.
- Je suis heureux de te voir, crie-t-il un peu plus fort pour se faire entendre par dessus la musique.
Elle hoche la tête mais ne répond rien. Stéphane prend ses mains dans les siennes par dessus la table. Elle a un léger mouvement de recul mais elle se laisse faire et semble un peu se détendre.
- Qu'est-ce qui ne va pas, Lauraine ?
Elle se penche légèrement vers lui.
- Tu… tu es parti tellement longtemps, Stéphane. J'ai imaginé des tas de choses… J'ai même pensé que… que tu étais mort.
Stéphane peut voir des larmes se former au bord de ses yeux. Elle retire brusquement sa main droite qu'elle porte à son visage pour les sécher. Lauraine a toujours détesté pleurer en public.
- Je suis désolé, Lauraine. Mais je suis là. Je vais bien. Il ne faut plus que tu t'inquiètes.
- Tu vas bien ? Tu en es sûr ? Tu n'as pas dû te regarder dans un miroir, Stéphane. Tu as un bleu en dessous de l'œil droit, ta lèvre est enflée et tu fais la grimace à chaque fois que tu lèves ton verre jusqu'à ta bouche comme si tu avais mal aux côtes. Et encore, la luminosité est faible ici, je ne te vois pas bien. Alors excuse-moi d'avoir du mal à te croire quand tu dis que tu vas bien. Qu'est-ce qui t'est arrivé, Stéphane ? Tu t'es battu ?
- Non, je ne me suis pas battu. Mais disons que j'ai eu quelques mésaventures. Mais tout va bien, maintenant. Je ne crains rien.
- Tu vas rentrer à la maison ? demande Lauraine bien qu'elle connaisse déjà la réponse.
- Non, répond-il avec une grimace d'excuse.
- Mais pourquoi, Stéphane ? Pourquoi ne peux-tu pas rentrer ? Pourquoi as-tu besoin de tout cet argent

liquide ? Pourquoi tu ne peux pas le retirer toi-même sur notre compte bancaire ? Pourquoi je devais faire attention à ne pas être suivie ? Et pourquoi tu n'arrêtes pas de jeter des coups d'œil inquiet autour de toi ? Qui as-tu peur de voir ? On dirait que tu es en cavale, Stéphane !
Stéphane ne répond rien. Il ne sait pas quelle explication lui fournir. Lauraine hausse la voix sans s'en rendre compte.
- Mon Dieu, Stéphane, qu'est-ce que tu as fait ? Tu es en danger ?
En voyant la peur sur le visage de sa femme, Stéphane choisit de mentir.
- Non, non, il n'y a rien de grave. J'ai seulement besoin de me retrouver un peu seul. Je ne veux voir personne et je ne veux pas qu'on me trouve.
Son explication est minable, il s'en rend bien compte, et il ne répond à aucune question de sa femme. Malgré tout, elle choisit de faire avec. Elle a compris que son mari traverse un moment difficile et qu'il a besoin de son aide. Elle aurait envie de le secouer et de l'implorer de lui donner des explications mais elle se retient. Il n'est pas prêt. Et n'est-ce pas ça aussi l'amour ? Faire confiance et être là quelles que soient les circonstances ?
Elle sort une enveloppe de son sac qu'elle glisse discrètement sur la table vers Stéphane :
- Voilà ce que tu m'as demandé.
Il l'attrape furtivement et la range dans la poche intérieure de sa veste.
- Merci, Lauraine. Tu m'aides beaucoup.
- Tu ne veux pas aller dans un endroit plus calme pour qu'on puisse discuter ? tente Lauraine.
Stéphane secoue la tête négativement.
- On est bien ici, se contente-t-il de répondre.
- Et pour l'hôpital ?
- Quoi l'hôpital ?
- Qu'est-ce que tu comptes faire ? Eux aussi s'inquiètent de ta disparition. Au bout de plusieurs jours sans nouvelle de toi, j'ai contacté ton supérieur. Il

m'a avoué n'avoir jamais entendu parler d'une mission humanitaire. Ensuite, j'ai contacté la police pour signaler ta disparition. Ils ont interrogé plusieurs de tes collègues et tes amis. Tout le monde leur a affirmé que tu n'aurais jamais disparu volontairement sans prévenir personne mais eux n'ont pas cessé de me dire qu'il y avait de fortes chances pour que tu aies seulement voulu changer de vie.
Bien sûr. Ils n'allaient pas dire à Lauraine que son mari était retenu par une organisation gouvernementale et torturé pour qu'il livre des informations. Stéphane réalise seulement à cet instant le calvaire que Lauraine a dû vivre pendant son absence : apprendre qu'il lui avait menti, ne pas savoir où le chercher, se battre pour que la police continue ses investigations…
- Je ne serais jamais parti sans te prévenir.
C'est la seule chose qu'il est capable de lui répondre.
- Je le sais. Mais eux ne voulaient pas me croire.
Ils restent un moment silencieux, face à face, à se tenir la main.
- Je ne peux pas retourner à l'hôpital, finit par dire Stéphane.
Abandonner tous ses petits patients lui serre les entrailles mais il n'a pas le choix.
- Ils ont dû déjà trouver un médecin pour me remplacer. Est-ce que tu pourrais leur envoyer une lettre de démission de ma part, s'il-te-plaît ? demande-t-il.
Lauraine accepte. Elle sait que son métier est une vraie passion pour son mari. Soigner les enfants, c'est quelque chose qu'il a toujours voulu faire. Combien de fois a-t-elle vu cette lueur dans ses yeux quand il lui racontait une opération particulièrement difficile qu'il avait réussie ou comment un enfant était enfin sorti d'une maladie qu'il trainait depuis des années. Bien sûr, elle l'a aussi vu anéanti suite à la perte d'un patient mais jamais il n'a voulu abandonner son métier. Pour qu'aujourd'hui, il en soit à faire ce choix, c'est que les choses vont vraiment mal.

Soudain, Stéphane semble se rappeler quelque chose :
- Le départ pour nos vacances en Croatie n'est pas passé.
- Non, répond Lauraine avec espoir. Peut-être que Stéphane est prêt à partir avec eux pour se changer les idées et lui raconter ce qu'il a subi durant ces dernières semaines. Nous devions partir samedi prochain.
- Allez-y ! déclare Stéphane.
- Comment ça ? Sans toi ?
- Oui, toi et Jérémy. Je ne peux pas partir avec vous. Ce serait trop... Il va dire « dangereux » mais se retient. Il ne veut pas inquiéter Lauraine plus qu'elle ne l'est déjà. Ce ne serait pas une bonne idée. Mais, vous devriez partir. Ça vous ferait du bien. Tu m'as l'air d'avoir grand besoin de te reposer. Maintenant que tu sais que je vais bien, tu n'as plus à t'en faire. Et Jérémy n'a pas dû avoir de vraies vacances, lui non plus.
- Ce serait trop étrange de partir sans toi, répond Lauraine. On avait prévu ces vacances ensemble, pour se retrouver, passer du temps en famille.
- Je le sais. Et j'aimerais tellement que ce soit possible. Mais beaucoup de choses ont changé, Lauraine. Aujourd'hui, je pense qu'il serait bien mieux que vous partiez tous les deux.
- Et que comptes- tu faire après, Stéphane ? Tu as l'intention de ne plus jamais revoir ton fils ? Jérémy a besoin de toi.
« Jérémy a surtout besoin de rester en vie ! » a envie de crier Stéphane mais il ne peut pas. Il veut revoir son fils mais il a peur de le mettre en danger.
- Je ne sais pas encore. Je dois y réfléchir. Est-ce que tu m'aimes, Lauraine ? Est-ce que tu as confiance en moi ?
Lauraine observe attentivement le visage qui lui fait face et qu'elle a du mal à reconnaître. Ses joues sont creusées, il présente différentes blessures, ses yeux ont l'air enfoncés dans leurs orbites mais elle peut

encore y voir le reflet de celui qu'elle a rencontré seize ans plus tôt.
- Oui, j'ai confiance en toi.
- Alors, pars avec Jérémy en Croatie. Je t'assure que c'est la meilleure chose à faire pour nous trois.
Et ainsi, il n'aura pas à s'inquiéter de leur sort pendant une semaine. Ils seront plus en sécurité loin de lui, c'est évident.
Lauraine finit par accepter à contrecœur.

Le lendemain matin, les rues sont encore mouillées mais le ciel est clair. Stéphane se lève encore à l'aube et quitte l'appartement avant l'arrivée des ouvriers. En sortant, il observe attentivement les passants et les voitures garées dans la rue mais ne remarque rien de suspect. Hier soir, après avoir quitté sa femme, il a fait très attention et a fait un grand détour mais la sensation d'avoir été suivi ne l'a pas quitté. Il marche longtemps en jetant de fréquents coups d'œil derrière lui avant de s'arrêter pour acheter une viennoiserie et un café à emporter qu'il déguste le long du canal Saint-Martin. La pluie de la veille a rafraichi l'air de la capitale. Il se sent bien, assis au soleil à regarder passer les bateaux de touristes. Il est même sur le point de s'assoupir quand une légère vibration à l'intérieur de sa bouche le sort de sa léthargie. C'est son téléphone. Il décroche.
- Stéphane ? C'est Philippe. Tu vas bien ? Cécile ne devrait pas tarder à me contacter. Tu es prêt ?
- Cécile ? demande Stéphane encore un peu dans les vapes.
- Le nom de code de mon contact au ministère.
- Ah oui, oui. Je suis prêt. Par contre, je n'ai pas le matériel pour une visioconférence. Ce sera juste le son pour moi.
Aujourd'hui, il est très facile de se procurer des lentilles de contact électroniques qui permettent, entre autres, en se connectant à la puce téléphonique de visualiser directement son interlocuteur sur sa rétine. On a alors l'impression de l'avoir juste en face de soit

alors qu'il peut se trouver à des milliers de kilomètres. Et le gros avantage, c'est que ce système est très discret. Personne d'autres ne peut voir ce que l'on voit. Malheureusement, Stéphane s'est fait confisquer ses lentilles électroniques lors de son arrestation et il n'a pas trouvé utile d'en acheter d'autres.
- Pas de problème. C'est aussi bien. Il est préférable que le visage de Cécile reste secret. Ah ! J'ai un double appel. Ce doit être elle. Ne quitte pas, je te reprends dans deux minutes.
Stéphane n'a pas le temps d'acquiescer que Philippe est déjà parti. Mais il n'attend pas longtemps avant d'entendre de nouveau la voix de Philippe.
- Stéphane, tu es toujours là ?
- Oui, je n'ai pas quitté.
- Bien. Cécile nous a rejoint. Cécile, je te présente Stéphane qui a beaucoup donné pour notre organisation dernièrement.
Une deuxième voix s'impose dans le cerveau de Stéphane, une voix claire et harmonieuse.
- Bonjour Stéphane. Je suis heureuse de faire votre connaissance même si c'est par téléphone interposé.
- Moi de même, répond Stéphane. J'admire votre investissement. Jouer les espions peut s'avérer dangereux.
- Je suis loin d'être la seule à prendre des risques pour notre organisation. Il me semble que vous-même avez dû affronter ce danger de bien plus près.
Après cet échange de compliments, Philippe amène la conversation au sujet qui les réunit aujourd'hui.
- Cécile, tu m'as dit que tu avais des choses importantes à nous faire part.
- Oui, effectivement. Je pense que mes informations devraient vous intéresser. Pour situer Stéphane, je suis l'assistante personnelle d'une personne relativement importante au ministère de l'intérieur. Vous comprendrez que je ne peux pas vous en dire plus. Toujours est-il que lundi matin, de bonne heure, deux agents avaient rendez-vous avec mon supérieur. Alors qu'ils patientaient, un troisième homme est

arrivé. Je l'ai déjà vu plusieurs fois. Il me semble que c'est également un homme de terrain. Il avait l'air mécontent et s'exprimait sur un ton désobligeant. Il ne leur a même pas dit bonjour et leur a tout de suite demandé s'ils venaient apporter leur version des faits. Le plus vieux des deux hommes lui a répondu que les faits parlaient d'eux-mêmes, il n'avait pas besoin de les modifier. Alors le nouveau venu s'est vraiment énervé.
« Tu vas aller rapporter que nous n'avons pas été à la hauteur, c'est ça ? Que la situation nous a échappé ? Mais les ordres ont été exécutés, non ? Les prisonniers se sont évadés sans se douter de rien.
« Effectivement, ils se sont évadés mais à quel prix ? L'idée était qu'ils réussissent à s'enfuir sans faire de dégâts. Tu as déjà oublié Vincent ?
« Non, bien sûr que non. Vincent était une tête brûlée. Il n'a pas été assez prudent, c'est évident. Mais comment on aurait pu prévoir que cette petite salope allait revenir nous faire la peau ? »
Stéphane écoute Cécile rapporter la conversation des deux hommes. Il en a le souffle coupé. Il a compris que c'est d'eux qu'ils sont en train de parler. Et de Léa.
- L'homme plus âgé s'est levé pour faire face à son interlocuteur. J'ai l'impression qu'il commençait à perdre patience et à mon avis, ce n'est pas le genre de personne qu'on a envie de mettre en colère.
« Peut-être que si vous n'aviez pas usé de vos méthodes de barbare, elle ne serait pas revenue. Tout cela est de votre faute. J'ai toujours désapprouvé ouvertement votre façon de travailler. Une fois de plus, les faits m'ont donné raison.
« J'avais l'aval de nos supérieurs. C'est à moi qu'ils avaient confié cette mission. Mais vous pouvez être contents. Maintenant, c'est vous qui allez récupérer le bébé. C'est ce que vous vouliez, n'est-ce pas ?
« Je n'avais pas besoin que deux personnes meurent pour ça. On m'avait déjà confié les rennes avant. L'idée de l'évasion, c'était la mienne.

« Et qu'est-ce que vous allez faire maintenant ? Les cajoler et leur demander gentiment ce que nous voulons savoir ? Excusez-moi mais moi aussi, j'ai des doutes quant à vos méthodes !
« Parce que vous n'y comprenez rien. Ils finiront par me mener à ce que je veux sans même s'en rendre compte. »
S'ils ont continué à discuter, je ne les ai pas entendus car mon téléphone a sonné et ensuite, j'ai introduit les deux hommes qui avaient rendez-vous dans le bureau de mon supérieur.
Stéphane et Philippe restent muets après les révélations de Cécile. C'est impossible. Ils ne peuvent pas croire qu'on s'est joué d'eux. On les a laissés s'échapper de leur prison... Mais pourquoi ?
- Je savais bien que notre évasion avait été trop facile ! s'exclame Philippe. Quelle bande de salauds ! Mais il se reprend vite. Excusez-moi. Cécile, je te remercie. Tes informations nous sont vraiment très utiles. On va te laisser. Je crois que tu n'avais pas beaucoup de temps.
- Oui, il faut que je retourne travailler. A une prochaine fois et bon courage.
Elle raccroche. Stéphane fait aussitôt part de son incrédulité à Philippe.
- Ils nous auraient laissés partir. Mais pour quelle raison ? Je n'y comprends rien.
- Sans doute pour mieux pouvoir nous surveiller. Ils ont dit qu'ils allaient attendre qu'on les mène à ce qu'ils cherchent, ce qui signifie qu'ils nous ont toujours à l'œil. Mais, maintenant que nous sommes au courant, nous allons redoubler de vigilance et nous allons les semer.
Stéphane ne répond pas tout de suite. Le plan de son ami ne lui semble pas terrible.
- Ou alors, on les prend à leur propre jeu.
- Qu'est-ce que tu veux dire ? demande Philippe, curieux.
- On ne sait même pas ce qu'ils cherchent exactement. Et ils ont énormément de moyens. Nous

cacher d'eux va nous demander des efforts considérables. Et si on faisait totalement l'inverse ? On reprend une vie normale, ou presque. On ne se cache pas, on vit au grand jour. En résumé, on les laisse nous surveiller mais en retour, nous aussi on les surveille. On les tient à l'œil. On essaye d'en apprendre davantage sur ce qu'ils cherchent avec tant d'ardeur. Tu dois bien connaître quelques personnes capables de mener une bonne filature.

Philippe réfléchit. Ce n'est pas une mauvaise idée.

- Oui, j'ai les personnes qu'il nous faut. Ton plan est bien meilleur que le mien. Je vais concentrer notre surveillance sur toi puisque c'est sur toi qu'ils se sont acharnés pendant notre incarcération. Ils semblent penser que c'est toi le plus susceptible de les mener à ce qu'ils cherchent.

- Certes, mais n'oublie pas que le Père Matthieu, Léonard et toi-même avez également été faits prisonniers. Il faut aussi que quelqu'un vous protège.

- Ne t'inquiète pas, je m'occupe d'organiser ça.

Chapitre 26

Stéphane baille, s'étire et regarde son réveil. Dix heures du matin. Mais il est en retard ! Les ouvriers ont dû déjà arriver. Comment se fait-il qu'il n'ait pas été réveillé ? Il se redresse dans le lit et se rappelle subitement. Il n'est plus dans l'appartement de ses parents. Hier, il est rentré chez lui. Lauraine et Jérémy étant partis en vacances depuis deux jours, il était sûr de trouver l'appartement vide. Et, avec Philippe, ils se sont mis d'accord sur le fait qu'il n'était plus utile qu'il se cache. Les hommes de Philippe se sont mis en planque. Ils sont là pour surveiller les agents du gouvernement qui le suivent partout et le protéger en cas de besoin. Lui-même n'a plus qu'à vivre sa vie en faisant comme si de rien n'était.

Mais sa vie ne rime plus à grand-chose dernièrement. Il n'a plus de travail et il a laissé sa famille partir. Stéphane se force malgré tout à se lever. L'appartement vide lui donne des frissons dans le dos et le silence est trop pesant. Il l'oblige à réfléchir et fait remonter de mauvais souvenirs.

– *Allumer radio*, ordonne-t-il tout haut. *Volume à trente*.

La chaîne hi-fi s'allume aussitôt et le son d'une musique pop envahit tout l'appartement. Stéphane se sent tout de suite mieux. En passant d'une pièce à l'autre, il réalise que Lauraine s'est vraiment laissé aller ces derniers temps. L'appartement est dans un état de désordre indescriptible. Des habits sales et propres trainent par terre, il trouve des jeux de Jérémy un peu partout dans la maison, de la vaisselle sale attend dans la cuisine et le sol n'a pas été nettoyé depuis un moment. Ça ne ressemble pas du tout à Lauraine. Elle qui aime tellement que tout soit nickel,

d'ordinaire. C'est même incroyable qu'elle soit partie en laissant tout ainsi.
Du coup, Stéphane décide de ranger. Ça l'occupera un moment. La chambre de son fils est la pièce qui lui donne le plus de mal. Il trouve de nombreux jouets cachés sous le lit. Il réalise que toutes les fois où il demande à son fils de ranger ses affaires, celui-ci le fait à sa manière. Stéphane sourit mais note dans sa tête qu'il faudra penser à expliquer à Jérémy que ranger ne signifie pas tout jeter là où ça ne se voit pas.
Sa propre chambre lui prend moins de temps. Il plie soigneusement les vêtements que Lauraine a jeté sur le lit pêle-mêle, il porte les habits sales dans le panier prévu à cet effet et lance même un tour de machine.
Dans la salle de bain, il trouve la corbeille pleine de mouchoirs et reste figé quelques instants devant. Elle déborde même. Combien de temps Lauraine a-t-elle passé à pleurer depuis qu'il est parti ? A quel point l'a-t-il fait souffrir ? Combien de scénarios ont défilé dans sa tête sur le sort de son mari ? Stéphane comprend qu'elle s'est tourmentée plus qu'il ne l'imaginait mais il sait aussi que tout lui raconter n'arrangera rien. Il n'aura jamais le courage de lui parler des tortures qu'il a subies. Cela ne fera que raviver les blessures. Il ne supportera pas son regard sur lui quand elle saura ce qui lui est arrivé. Non, il a bien fait de ne rien lui révéler et de garder ses distances.
Il continue ainsi jusqu'à ce que l'appartement ait retrouvé un peu d'éclat et décide d'aller rendre une visite qu'il redoute beaucoup.

Stéphane attend devant une porte en métal noir, le cœur battant. Il vient de sonner et espère secrètement que personne ne va lui ouvrir. Depuis près d'une semaine, il hésite. Il sait qu'il doit leur parler mais il n'en a pas envie. Comment vont-ils l'accueillir ? Vingt secondes se sont à peine écoulées qu'il fait demi-tour pour s'éloigner. Au moins, il pourra dire qu'il a essayé. La voiture noire, de l'autre côté de la route, attend toujours. Il a bien remarqué qu'ils l'avaient suivi

jusqu'ici mais il s'en fiche. Sa visite n'a pas besoin d'être secrète.
Malheureusement pour lui, la porte de la maison s'ouvre alors qu'il n'a pas fait trois pas. Il se retourne pour faire face à ce qu'il a peur d'affronter : une petite femme grisonnante, un tablier autour de sa taille ronde, des yeux bleus creusés par la fatigue.
- Bonjour madame Sornin, s'empresse de dire Stéphane. Je suis Stéphane Laudrain, un ami de votre fille.
- Je... Ma fille ne m'a jamais parlé de vous, répond la femme prudente.
- Je n'en suis pas surpris. Est-ce que je peux entrer pour discuter avec vous ? J'ai des choses importantes à vous dire.
- Je ne pense pas que ce soit une bonne idée. Nous sommes en deuil et nous préférons pleurer notre fille en famille. Vous devriez partir.
La mère de Léa a commencé à refermer la porte mais Stéphane arrête son geste en quelques mots :
- Votre fille n'est pas morte dans un accident de voiture, madame Sornin. Si vous me laissez entrer, je répondrai à toutes les questions que vous vous posez.
Madame Sornin hésite. Elle l'observe de la tête aux pieds, toujours un peu méfiante. Puis, ayant pris sa décision, elle ouvre la porte en grand et le fait entrer. Elle le mène au salon où elle l'invite à s'asseoir.
- Attendez-moi ici. Je vais chercher mon mari.
La pièce est meublée de façon très moderne, en noir et blanc, avec des canapés en cuir et un écran de télévision aux proportions impressionnantes. Tout cela aurait pu donner une atmosphère très froide sans les peintures accrochées aux murs. Sur deux des cloisons, de grands tableaux présentant des œuvres abstraites très colorées réchauffent la pièce pour en faire un endroit accueillant. Stéphane s'est approché d'une des toiles et tente de déchiffrer la signature de l'artiste dans le coin droit. Il est tiré de ses observations par une voix grave :
- Monsieur Laudrain ?

Le père de Léa est aussi noir que sa mère est blanche. Le contraste est impressionnant. Il fait deux têtes de plus qu'elle et est très large d'épaules. Stéphane se sent quelque peu intimidé mais il s'avance en tendant la main.

- C'est bien moi, articule difficilement Stéphane en sentant ses os craquer dans la poigne de monsieur Sornin. C'est vous qui peignez ces toiles ?

- Non, répond le père de Léa sans en dire davantage sur l'artiste. Je crois que vous n'êtes pas venu parler art, monsieur Laudrain. Ma femme me dit que vous pouvez nous éclairer sur la mort de notre fille.

- C'est exact. Je peux vous affirmer que tout ce qu'on a pu vous raconter ne sont que des mensonges car j'étais avec votre fille peu de temps avant sa mort. Mais asseyez-vous, mon histoire risque d'être longue.

Les parents obéissent. Ils ne font pas confiance à cet inconnu mais ils sont curieux de savoir ce qu'il va leur raconter. Stéphane reprend :

- Avant le départ de votre fille fin juillet, aviez-vous remarqué des changements dans son attitude depuis quelques temps ?

Le couple échange un regard. C'est la mère qui répond :

- Depuis plusieurs mois, peut-être même un an, nous la voyions beaucoup moins souvent. Avant, elle passait nous voir une fois par semaine environ, même si c'était juste pour nous faire coucou. Elle n'habitait pas très loin d'ici. Mais au fur à mesure, elle a commencé à espacer ses visites et dernièrement, c'est à peine si on la voyait une fois par mois. Elle n'avait jamais le temps de nous parler au téléphone. Elle disait qu'elle avait toujours autre chose à faire. Nous pensions qu'elle passait plus de temps avec Gaël, son compagnon.

- Elle avait effectivement beaucoup de choses à faire mais pas forcément avec son ami. Il y a un peu moins d'un an, votre fille a intégré un organisme secret, *Les parents de l'ombre*.

Stéphane fait une pause pour guetter leurs réactions. La mère est intriguée et un peu effrayée, le père ne semble pas tellement surpris. Ils attendent la suite. Alors Stéphane leur explique le but de leur organisation, le rôle de leur fille, son enthousiasme pour leur projet, son implication. Il raconte également la nouvelle piste qu'ils ont découverte en Afrique du Sud, leur départ, leur découverte de la clinique sur place et leur arrestation. A ce moment-là, il fait une nouvelle pause. Les parents ne l'ont pas interrompu une seule fois. Ils l'écoutent attentivement. Il s'apprête à raconter la partie la plus difficile. Il ne sait pas s'il doit tout leur dire. Il explique rapidement que Léa a subi quelques tortures sans entrer dans les détails. Déjà, des larmes coulent sur les joues de la mère de Léa. Le père contrôle mieux ses émotions mais Stéphane sent qu'il n'est pas loin de craquer. Il ne sait pas s'il doit continuer. Les deux parents hochent la tête. Ils veulent savoir. Stéphane hésite. Il a vu la souffrance qui habite Philippe. Peut-il raconter à ces deux personnes que leur fille a préféré mourir plutôt que de vivre avec ces terribles souvenirs ? Ne serait-il pas plus simple de leur dire que ses geôliers l'ont tuée rapidement avant qu'ils ne trouvent un moyen de s'échapper ?

- Mes amis ont fini par trouver un moyen de quitter notre prison. Votre fille était avec nous, prête à s'enfuir. Mais au dernier moment, elle nous a faussé compagnie… Enfin pour être exact, je l'ai laissée partir. Elle était armée. Elle voulait se venger, leur faire payer. Elle est repartie, seule, à l'intérieur. Elle a dû mourir rapidement sous leurs balles.

Les yeux de Stéphane sont braqués sur ses pieds. Il ne peut pas regarder les parents de Léa dans les yeux. La gifle qui lui écrase la joue ne vient pas de la personne qu'il attendait. Lorsqu'il relève la tête, la mère de Léa est debout, son visage est rouge et la colère s'exprime par ses yeux embués de larmes.

- Vous avez laissé ma fille toute seule face à ces salauds ! Vous êtes un lâche ! Vous auriez dû l'empêcher d'y retourner. Vous l'avez abandonnée !

Pourquoi ? Pourquoi ? Vous ne valez pas mieux qu'eux !
Stéphane est secoué par ces reproches. La colère de la mère de Léa reflète exactement ce qu'il ressent envers lui-même depuis leur fuite. Combien de fois s'est-il demandé s'il avait fait le bon choix en la laissant repartir ?
Le père de Léa se lève pour prendre sa femme dans ses bras. Il la serre contre lui et lui caresse les cheveux tout en lui murmurant quelques paroles rassurantes à l'oreille. Il réussit à la calmer et l'oblige à se rasseoir. Stéphane ne sent aucune animosité dans son regard mais il ne décèle pas non plus une quelconque lueur amicale.
- Pourquoi l'avoir laissée repartir, monsieur Laudrain ?
- Pour être honnête, je me pose la même question depuis cet instant. Elle était déterminée. Rien de ce que j'aurais pu dire ou faire ne l'aurait fait changer d'avis. Elle a souffert dans ces cachots. Moi-même j'ai été torturé et chaque jour, au réveil, lorsque tout me revient brutalement à la mémoire, je me demande s'il ne serait pas plus simple d'en finir pour ne plus ressentir la honte, l'humiliation, la souffrance de ces souvenirs. Je ne peux pas vous raconter tout ce qu'elle a subi mais quand elle a pris sa décision, elle n'a pas pensé à vous ou à son ami. Elle ne pensait qu'à la vengeance et au fait qu'après, elle ne ressentirait plus rien. Je sais que c'est dur à entendre mais c'est la vérité.
Stéphane se tait. Il ne sait pas quoi ajouter pour apaiser les parents.
- Quand elle était plus jeune, elle disait toujours qu'elle voulait plein d'enfants. Elle voulait une grande famille.
C'est la mère de Léa qui s'exprime d'une voix faible, enrouée par les larmes. Elle tourne son visage vers Stéphane. Elle n'est plus en colère. Elle est seulement triste.
- En grandissant, elle a arrêté d'en parler. Elle n'évoquait plus que très rarement son envie d'être maman. J'étais surprise qu'à trente-trois ans, elle n'ait

pas encore pensé à concevoir mais je me disais que ce n'était pas mes affaires. Je pensais qu'elle préférait se consacrer à sa carrière. Je comprends aujourd'hui que j'avais tort. Si elle a intégré votre organisation, c'est justement parce que ce désir ne l'a jamais quittée. Une fois, elle a évoqué le fait qu'elle ne pourrait pas avoir d'enfants sans être sûre qu'elle le garderait. Je l'ai rapidement rassurée en lui disant qu'il n'y avait aucune raison pour que son enfant porte le gène de la criminalité. J'aurais dû comprendre ce jour-là que cette question était très importante pour elle…
Stéphane acquiesce sans dire un mot. Il s'est toujours demandé pourquoi une femme sans enfant pouvait s'impliquer autant dans leur organisation. Il a la réponse désormais.
C'est au père de Léa de s'adresser à lui pour lui demander de quitter leur maison.
- Nous avons conscience que vous avez pris de gros risques en venant nous raconter la vérité sur la mort de notre fille. Pour cela, nous vous remercions. Sachez que nous avons beaucoup d'estime pour votre combat. Nous comprenons que vous ayez laissé Léa faire son choix mais en tant que parents, jamais nous ne pourrons vous pardonner.

Stéphane est seul dans son appartement. Il a marché près d'une heure pour rentrer chez lui. Il avait besoin de se vider l'esprit après sa conversation avec les parents de Léa. Il n'aime pas savoir qu'il a causé de la peine à ces gens. S'il avait retenu Léa, elle aurait trouvé un autre moyen d'en finir mais cette certitude ne le conforte pas.
Tout en repensant à leur évasion et en se culpabilisant, il vide le sèche-linge. Il plie consciencieusement le linge et tente de le ranger au bon endroit. Pour les affaires de Lauraine, c'est difficile. A chaque fois, il doit ouvrir plusieurs tiroirs et fouiller la penderie avant de trouver l'endroit où tel vêtement semble se ranger. En voulant ranger les sous-vêtements de sa femme, rare chose dont il

connaît l'emplacement, il tire trop fort sur le tiroir et celui-ci tombe par terre. Stéphane jure tout haut en sentant une douleur dans son pied. Le coin du tiroir lui a écrasé le gros orteil. Il s'assoit sur le lit, attrape son pied dans ses mains et souffle dessus comme si cette méthode pouvait le calmer. En tant que médecin, il aurait pu trouver mieux.
Lorsque la douleur s'est estompée, il se penche pour tout ramasser. Avec le choc, le tiroir s'est désassemblé. Stéphane se fait la réflexion que ce n'est pas de la grande qualité. En tentant d'emboiter les différentes pièces, il réalise qu'une plaque a été ajoutée dans le fond du tiroir. C'est étrange. A quoi cela peut-il bien servir ? On dirait une petite cachette. Curieux, Stéphane fouille alors dans tous les soutien-gorge et les petites culottes qui sont étalés sur le sol. Stéphane sourit en imaginant sa femme lui cacher un journal intime qu'elle écrirait depuis son adolescence. C'est le genre de chose qu'il s'attend à découvrir. Il est donc surpris de découvrir une carte mémoire au milieu des sous-vêtements. Qu'est-ce que ça peut bien être ? Et pourquoi Lauraine aurait-elle besoin de la cacher ? Rien dans le travail de sa femme n'est confidentiel.
Stéphane hésite. Il est partagé entre l'envie de savoir ce qui est enregistré sur cette carte et le besoin de faire confiance à sa femme. Elle serait furieuse d'apprendre qu'il a fouillé dans ses affaires. En même temps, elle n'a pas besoin de le savoir. Il lui suffit d'insérer la carte dans l'ordinateur et de regarder les titres des documents. Il ne les ouvrira pas. Ensuite, il replacera la carte dans sa cachette et sa femme n'en saura rien. De toutes façons, ils ne vivent plus ensemble. Quand Stéphane trouverait-il l'occasion de mentionner cette carte ? Stéphane a vaguement conscience que son raisonnement ne tient pas debout mais la curiosité l'emporte.
Il allume son ordinateur, attend quelques secondes qu'apparaisse le fond d'écran et insère fébrilement la carte dans l'endroit prévu à cet effet. Il clique sur l'icône qui vient d'apparaître et… rien. La carte

mémoire est vide. Aucun dossier ou fichier ne s'affiche. Stéphane actualise plusieurs fois la fenêtre sans succès. C'est incompréhensible. Pourquoi Lauraine cacherait-elle une carte mémoire dans le double fond d'un tiroir si celle-ci ne contient absolument rien ? Cela n'a pas de sens. Ses pensées tournant à cent à l'heure dans son cerveau, Stéphane remet précautionneusement la carte dans sa petite boite plastique qu'il replace dans sa cachette. Il finit de ranger l'appartement de manière totalement automatique. Sa femme lui cache des choses et il n'aime pas ça.

Chapitre 27

Un cliquètement de métal fait se lever brusquement Stéphane de son canapé. Quelqu'un est en train de farfouiller dans sa serrure. Il se palpe le corps mais l'arme que Philippe lui a donnée n'est pas sur lui. Sa première idée est qu'ils sont revenus le chercher. Ils en ont eu marre d'attendre. Ils ont repéré les hommes de Philippe, les ont abattus et maintenant, ils viennent le chercher pour le faire parler. Stéphane est pris de tremblements et de sueurs froides. Il ne peut pas revivre ça.

Il n'a pas bougé, pétrifié au milieu du salon quand la porte d'entrée finit par s'ouvrir. Il entend des bruits et une petite tête surgit à la porte du salon. Elle se fige, surprise de le trouver là avant de se jeter sur lui.

- Papa, Papa, tu es rentré ! C'était trop long sans toi. Je croyais que tu avais des problèmes mais maman, elle a dit que tu allais bien et que tu soignais plein d'enfants en… en Afri…

- En Afrique, finit son père pour l'aider. Oui, c'est ça. Je n'ai pas pu rentrer plus tôt.

Lauraine les observe. Elle est aussi surprise que son fils de trouver son mari là. Stéphane repose Jérémy par terre après lui avoir fait plein de bisous.

- Vas ranger tes affaires dans ta chambre. J'arrive tout de suite.

Jérémy part en sautillant. Stéphane se retrouve seul face à sa femme. Elle ne fait pas un pas vers lui.

- Je croyais que tu ne pouvais pas rentrer à la maison.

- Quelque chose a changé… Et comme vous étiez partis en vacances, je me suis dit que je pouvais venir habiter là pendant votre absence. Mais j'ai complètement perdu la notion des jours. J'ai oublié que vous deviez rentrer aujourd'hui. Je vais vous laisser.

- Tu peux rester, Stéphane.
Stéphane a tellement envie de lui répondre par l'affirmative. Il a envie de passer du temps avec eux, de se retrouver en famille, de profiter de leur chaleur, de leur amour, de les serrer dans ses bras. Mais il pense aux deux hommes qui le surveillent dans leur voiture, au pied de l'immeuble. Même en sachant que les hommes de Philippe sont également dans le coin, il ne peut pas rester. Sa famille ne sera jamais en sécurité avec lui tant que les hommes du gouvernement lui tourneront autour. Combien de temps patienteront-ils encore ? Un jour, ils décideront que s'en prendre aux personnes qu'il aime sera peut-être plus efficace que d'attendre qu'il les mène à ce qu'ils cherchent. Ce jour-là, il ne veut pas que sa famille soit près de lui.
- J'aimerais, Lauraine. Mais je ne peux pas.
- Pourquoi ? Explique-moi.
- Je suis désolé mais il vaut mieux pour toi que tu n'en saches pas plus.
- De quoi as-tu peur, Stéphane ? Ça me rend folle de te voir dans cet état.
- Je vais partir, déclare Stéphane sans répondre à la question de sa femme.
- Non, c'est moi qui vais partir.
- Comment ça ? demande Stéphane, surpris.
- Je vais aller vivre chez mes parents quelques temps. J'ai comme l'impression que tu as grand besoin de rester dans un endroit connu et chaleureux. Je ne veux pas que tu ailles dans un hôtel où tu ne feras que ressasser tes problèmes toute la journée. Tu es passé voir tes parents.
- Non, avoue Stéphane. Ce ne…
- … serait pas une bonne chose pour eux, finit Lauraine à sa place. Tu devrais arrêter d'imaginer ce qui est bon ou pas bon pour les autres, Stéphane, et commencer à t'intéresser à ce que tes proches veulent vraiment. Tes parents se sont inquiétés, tout comme moi. Je les ai rassurés. Je leur ai dit que tu étais revenu, que tu allais bien. Mais ils ont besoin de te

voir. Ils ont besoin de serrer leur fils dans leurs bras. Promets-moi que tu iras les voir.
- Je… Je vais y réfléchir.
C'est la seule concession que Stéphane est prêt à faire pour l'instant. Lauraine s'avance vers lui et l'enlace pendant de longues minutes. D'abord désorienté, Stéphane referme ensuite ses bras sur le corps frêle de sa femme. Il la serre contre lui. Il s'imprègne de sa chaleur et de son amour. Alors qu'elle est là tout contre lui, il sent un poids quitter son corps. Tout à coup, il se sent plus libre. Pour la première fois depuis qu'il a quitté sa prison, il ne pense pas au danger qu'il court et aux tortures. La peur et le stress ont quitté son corps. Malheureusement, cela ne dure qu'un instant. Lauraine finit par s'écarter de lui. Elle dépose un baiser sur ses lèvres, récupère sa valise et se dirige vers la porte. Stéphane s'apprête à lui dire au revoir quand il réalise qu'elle oublie quelque chose.
- Attends ! Il faut aller chercher Jérémy.
- Jérémy reste ici, avec toi, répond-elle en se retournant vers lui.
Une lueur de panique traverse le regard de Stéphane. Lauraine l'aperçoit mais elle décide de l'ignorer. Elle ne comprend pas ce qui effraie tant son mari mais elle est persuadée qu'il ne doit pas couper les ponts avec son fils. Pour Stéphane comme pour Jérémy, ce ne serait pas bon.
- Non, non. Ce n'est pas possible ! C'est beaucoup trop dangereux ! Il ne peut pas rester avec moi. Tu ne sais pas à quoi tu l'exposes…
- Non, je ne le sais pas. Mais je pense que ce qui t'est arrivé pendant tes semaines d'absence t'a rendu totalement paranoïaque, Stéphane. Je suis sûre que tu exagères ce danger que tu crois courir. Jérémy a besoin de toi. Il va rester ici quelques jours. Occupe-toi bien de lui.
Stéphane veut lui crier que ce danger est bien réel, qu'il ne l'imagine pas. Tout à coup, il veut lui raconter dans les moindres détails les tortures qu'il a subies

pour qu'elle comprenne que Jérémy ne peut pas rester avec lui. Mais elle ne lui en laisse pas le temps. Elle sort et claque la porte derrière elle.
Stéphane reste pétrifié. Il a les mains qui tremblent, il a chaud, il est pris de sueur froide, il sent son cœur s'emballer et à la sensation qu'il est sur le point de s'étouffer. Il est en train de faire une crise de panique. Stéphane s'approche du canapé, s'assoit sur l'accoudoir et s'exhorte à respirer lentement. Il prend de grandes inspirations. Lorsqu'il commence à se sentir mieux, il sort dans le couloir de l'immeuble mais Lauraine n'est plus là. Elle doit déjà être loin. Il l'appelle sur son téléphone portable mais elle ne répond pas. Stéphane jure mais il n'a plus d'autres choix que de rester avec son fils.

Le ciel est bleu et s'étire à l'infini au-dessus de la capitale. Les rayons du soleil réchauffent les passants mais le fond de l'air est frais, annonçant la fin de l'été. Stéphane est sorti rapidement de chez lui en oubliant sa veste mais il ne fait pas attention au vent qui vient lui hérisser les poils des bras. Il marche, la tête penchée vers le trottoir qu'il ne voit pas. Perdu dans ses pensées, il fait de grandes enjambées rapides. Il a hâte d'arriver à destination.
Ce matin, il a profité que Jérémy était à son premier jour d'école pour étudier la carte mémoire de sa femme. Depuis qu'il l'a découverte, il ne peut s'empêcher d'y penser. C'est devenu une obsession, sans doute une façon d'éloigner les séances de torture qui continuent d'assaillir sa mémoire. Il veut comprendre pourquoi Lauraine a souhaité cacher cette carte. Les deux premiers jours, il s'est forcé à ne pas y toucher. Jérémy était là, il s'est occupé de lui en essayant de ne pas penser au danger qu'il lui faisait courir rien qu'en étant avec lui. Ils avaient besoin d'être tous les deux pour rattraper toutes les semaines où ils ne se sont pas vus. Mais ce matin, Stéphane a conduit son fils à son premier jour de maternelle. Au début, Jérémy s'accrochait à la jambe de son père, ne

voulant pas le quitter. Puis, il a vu un autre garçon s'amuser avec des petites voitures. Il s'est approché doucement, poussé par la curiosité. Alors, Stéphane l'a embrassé et lui a assuré qu'il viendrait le chercher à la fin de la journée. Jérémy n'a pas accordé beaucoup d'attention à son père. Il était déjà trop absorbé par son jeu.
Lorsque Stéphane est rentré chez lui, il s'est retrouvé seul et la tentation a été trop forte. Il a récupéré la carte mémoire et l'a, de nouveau, insérée dans l'ordinateur. Comme la première fois, elle était vide. Pendant les deux jours précédents, Stéphane a eu le temps de réfléchir. Si la carte était cachée, c'est qu'à un moment ou à un autre, elle a contenu des fichiers importants. Même s'ils ont été effacés, il doit en rester une trace. Il existe des logiciels capables de récupérer des fichiers effacés d'un support s'ils n'ont pas été écrasés par d'autres. Stéphane a donc entrepris de télécharger ces logiciels. Il en a trouvé trois différents et les a fait tourner plusieurs fois chacun pour explorer la carte mémoire de sa femme. A chaque fois, le résultat a été le même. La carte mémoire est totalement vide. Si un fichier a un jour été enregistré sur cette carte, il est aujourd'hui introuvable.
Stéphane n'y comprend rien. Pourquoi sa femme cacherait-elle une carte mémoire vide ? Ça n'a pas de sens. Si elle l'a cachée, c'est qu'elle avait forcément une importance. Stéphane a toute confiance dans sa femme mais il ne peut pas rester sans réponse. Il doit savoir. C'est alors qu'il s'est décidé à rencontrer Philippe. Philippe lui a assuré qu'il avait dans son équipe, les meilleurs informaticiens. Peut-être qu'ils pourront tirer quelque chose de cette carte.
Stéphane rumine tout cela en marchant sous le ciel bleu parisien. Il a appelé Philippe avec son téléphone sécurisé sur son dernier numéro. Depuis qu'ils se sont fait arrêter, il en change tous les deux ou trois jours. Philippe lui a donné rendez-vous à treize heures dans un petit bistrot de Montmartre. Stéphane ayant le temps, il est parti à pied. Il arrive dix minutes en

avance au rendez-vous. L'endroit est coquet. Lorsqu'il pousse la porte, Stéphane est frappé par les couleurs vives des murs et l'ambiance conviviale qui émane de cet endroit. Il est surpris. Il s'attendait à un vieux bistrot aux murs sombres et à l'ambiance inspirant au complot. L'endroit est bondé. Des mères de famille écoutent leur progéniture leur raconter leur première matinée d'école, des hommes en costumes et des femmes en tailleur mangent rapidement avant de retourner travailler, tandis qu'un petit groupe de personnes âgées observe la salle en faisant des commentaires.

- Vous êtes seul ? demande une jeune serveuse qui s'est approchée de Stéphane.

Stéphane hésite avant de répondre. Il n'est pas sûr d'être au bon endroit.

- Non, j'attends quelqu'un. Nous serons deux.

- Venez, suivez-moi. Il me reste une table au fond.

La serveuse le guide entre les tables. Stéphane s'assoit tandis que la serveuse débarrasse la vaisselle sale des précédents clients. Elle lui tend une carte.

- Je vous laisse regarder en attendant.

Stéphane ne patiente pas longtemps. Trois minutes plus tard, Philippe pousse la porte vitrée. Il repère aussitôt son ami et vient s'installer en face de lui.

- Tu as déjà commandé ?

C'est la première question qu'il lui pose. Stéphane répond par la négative.

- Alors tu dois absolument tester leur blanquette de veau. Elle est délicieuse. La dernière fois que j'en ai mangé une aussi bonne, c'était chez ma grand-mère. J'avais douze ans.

Stéphane suit les conseils de son ami. Une fois la serveuse repartie avec leur commande, il se penche vers Philippe et lui demande tout bas :

- C'est quoi cet endroit ? Ça nous change.

- C'est le but, répond Philippe sur le même ton.

Voyant que Stéphane ne comprend pas, il lui explique rapidement.

- Plus on se rencontre dans des endroits peu fréquentés et glauques et plus on attire l'attention sur nous. On donne l'impression d'avoir des choses à cacher. Ici, on est seulement deux amis qui se retrouvent pour déjeuner, conclut Philippe de bonne humeur.
- En tout cas, c'est beaucoup plus agréable, confirme Stéphane.
La serveuse revient avec leurs plats. Ils dégustent tout en discutant de choses et d'autres comme de vieux amis. C'est seulement au moment du dessert qu'ils abordent le sujet qui tient tellement à cœur à Stéphane.
- Alors, pourquoi voulais-tu me rencontrer aussi rapidement ? demande Philippe en baissant la voix. Cela semblait urgent. Tu as des problèmes ?
- Non, rien de grave. Un jour, tu m'as dit que de très bons informaticiens travaillaient pour le réseau.
- Ce sont même les meilleurs, s'enorgueillit Philippe. De vrais pirates informatiques. Pourquoi ?
- J'aurais besoin de l'un d'entre eux pour un petit service personnel si c'est possible.
- Bien sûr. Qu'est-ce que tu veux exactement ?
- En fait, j'aimerais en parler directement avec un des informaticiens. C'est très personnel et j'aimerais savoir exactement de quoi il retourne avant de pouvoir en discuter.
Philippe se penche en arrière contre le dossier de sa chaise et se frotte la barbe tout en réfléchissant. Il n'aime pas ces petites cachoteries. Il fixe Stéphane qui détourne les yeux. Son ami semble gêné de lui demander ce service. S'il avait pu faire autrement, il l'aurait fait mais c'est vers lui qu'il s'est tourné. Stéphane ne lui a jamais rien demandé. Après ce qu'ils ont traversé ensemble, Philippe sait qu'il peut lui faire toute confiance.
- Je vais voir si je peux t'arranger un rendez-vous mais je ne te promets rien. Ils sont très discrets et ne veulent généralement avoir à faire avec personne d'autres que moi. Certains sont recherchés par le

gouvernement pour de grosses affaires de piratage informatique. Ils n'ont aucune envie qu'on les retrouve. Les convaincre ne va pas être chose facile.
- Merci Philippe. Je sais que je demande beaucoup.
- Je te dois bien ça. Je t'appelle dès que j'ai du nouveau.
Les deux amis ont fini de manger. Stéphane insiste pour payer l'addition mais Philippe ne veut rien entendre. Lorsque la serveuse revient avec la tablette tactile, c'est Philippe qui pose son index dessus. Le scanner intégré reconnaît son empreinte digitale et lui demande de taper son code secret pour pouvoir effectuer le paiement.
Une fois dehors, Stéphane demande le plus naturellement possible, comme s'il évoquait le voyage d'amis communs :
- Et l'Afrique, c'était bien ?
- Parfait. Le voyage s'est passé sans problème. Ils sont revenus avec tout ce qu'ils voulaient.
- Ils ont commencé à jeter un œil sur leurs... souvenirs ?
- Oui mais il y en a beaucoup.
Philippe ajoute en baissant la voix :
- Ils travaillent sur les disques mémoires jour et nuit pour récupérer tout ce qui est possible.
Stéphane acquiesce. Il sait que Philippe le tiendra au courant s'ils découvrent une nouvelle piste. Ils se quittent en face du Moulin Rouge.

Chapitre 28

Stéphane est avec Lauraine, sur la plage. Le vent souffle dans les cheveux de sa femme. Elle lui sourit. Elle est belle. Elle frissonne. Il la prend dans ses bras pour la réchauffer. Lui-même ne sent pas la fraîcheur du vent, pas plus que la chaleur de sa femme. Ils se promènent, main dans la main. Ils sont pieds nus. Les vagues viennent s'écraser à quelques centimètres. Stéphane reconnaît la crique. Ils sont déjà venus ici il y a longtemps. Leurs premières vacances en amoureux… Lauraine rit et saute à pied joint dans la vague suivante pour l'éclabousser. Stéphane fait mine d'être énervé et lui court après pour se venger. Il ne met pas longtemps à la rattraper. Il la plaque contre le sol. Elle se débat en rigolant. Il l'embrasse.

Ses lèvres n'ont pas le temps de toucher celles de sa femme. Le décor change. Un couloir gris et vide. Des portes en métal. Stéphane reconnaît également cet endroit. Il frissonne, non pas de froid mais de peur. Lauraine marche devant lui, apparemment inconsciente de sa présence. Elle porte un tailleur serré et un chignon sévère. Il la suit. Elle tourne à droite, remonte un autre couloir interminable et pousse une porte sur sa gauche. Stéphane court pour ne pas la perdre de vue et s'arrête net après avoir passé la porte. Son cœur bat à cent à l'heure.

Ce visage dur, ces yeux noirs et ce tic qui lui contracte la joue régulièrement. Il ne peut pas s'y tromper. Il s'est arrêté à moins d'un mètre de son ancien tortionnaire. Celui-ci ne lui jette même pas un regard, comme s'il n'existait pas. Il se tourne vers Lauraine, un sourire aux lèvres, et sous le regard effaré de Stéphane, lui fait la bise. On dirait deux vieux amis qui se retrouvent. Ils se posent des questions sur leurs vies respectives. Stéphane écoute sa femme divulguer des moments personnels, passés en famille. Après ce petit échange d'amabilités, Lauraine informe qu'elle a ce qu'il voulait. Elle fouille son sac à main et en sort la carte mémoire qu'elle avait cachée dans son tiroir. Elle la tend à l'officier. Stéphane veut crier pour arrêter sa femme mais il ne peut pas. Il est muet. Il veut arrêter tout cela mais il n'y arrive pas. Il ne peut pas avancer. Il tente de bouger et de s'époumoner.

Enfin un cri sort de la gorge de Stéphane. Il se réveille en sursaut au milieu de son lit totalement défait. Il est en sueur, son cœur bat toujours aussi vite, sa respiration est saccadée et les draps sont dans tous les sens comme s'il s'était battu avec. Il s'assoit au bord de son lit et prend sa tête dans ses mains. *Ce n'était qu'un cauchemar.* Il se répète cette phrase plusieurs fois pour se calmer. Son sang et sa respiration reprennent un rythme normal.
Il se lève et se dirige vers la commode de sa femme. Il ouvre le tiroir de lingerie et passe sa main dans le double fond. Il en ressort la carte mémoire. Cette preuve finit de le persuader qu'il n'a fait qu'un mauvais rêve. Il va dans la salle de bain pour se passer de l'eau sur le visage. Il regarde le réveil en passant. Trois heures du matin. Il ne va jamais réussir à se rendormir maintenant. Il passe la tête dans la chambre de Jérémy. Il est rassuré. Son fils dort à poing fermé, il n'a pas entendu les cris de son père.
Stéphane retourne dans sa propre chambre. Il s'allonge sur le lit. Ses yeux grands ouverts fixent le plafond. Il doit absolument savoir ce que contenait cette carte mémoire. Cela l'obsède tellement qu'il en fait des cauchemars terribles. Pourquoi a-t-il imaginé que sa femme pactisait avec l'ennemi ? Est-ce que son inconscient essaye de le mettre en garde ? Lauraine pourrait-elle livrer des informations au gouvernement ? Non, non, c'est impossible. Il ne doit pas laisser la paranoïa l'envahir. Pour ne plus songer à son cauchemar, Stéphane prend le roman posé sur sa table de chevet. Il lit sans s'arrêter, sans réfléchir et

s'imprègne totalement de l'histoire. Il ne pense plus à sa femme, à la carte mémoire, aux tortures... Vers quatre heures et demi, le sommeil a raison de lui. Il s'endort, la lumière allumée et le livre sur lui. Aucun autre cauchemar ne vient troubler son sommeil.

- Et ce soir, c'est maman qui vient te chercher à l'école, d'accord ? Tu n'oublies pas ? Tu iras dormir chez papy et mamie.
- Pourquoi je peux pas dormir à la maison ? demande Jérémy à son père, accroupi devant lui. Il est neuf heures. La rue est très animée. Des familles passent autour de Stéphane et Jérémy dans les deux sens. Il y a les parents qui arrivent en pressant leurs enfants de se dépêcher pour ne pas être en retard et ceux qui repartent après avoir déposé leur progéniture. Jérémy suce son pouce. Stéphane n'a pas le courage de l'en empêcher. Le petit garçon est un peu perdu ces derniers temps. Il partage son temps entre son papa et sa maman, entre sa maison et celle de ses grands-parents. Il ne comprend pas pourquoi sa maman ne vit plus avec son papa.
- Parce que maman a envie de te voir aussi et qu'elle vit chez ton papy et ta mamie en ce moment. Donc tu dois dormir chez eux. Tu les aimes bien papy et mamie, non ?
- Oui, répond le petit garçon sans grande conviction. Mais je veux maman à la maison.
Des larmes commencent à perler dans les yeux de Jérémy. Stéphane les sèche d'un geste de la main et approche son fils contre lui pour lui donner un câlin.
- Maman reviendra à la maison, lui promet-il.
Puis, il lui ajuste son sac à dos sur les épaules, lui prend la main et l'amène jusqu'à sa classe. La maîtresse lui indique de s'installer à sa table habituelle où il retrouve ses amis. Stéphane l'observe quelques instants retrouver le sourire au contact des autres enfants. Il repart, rassuré.
Malgré tout, les mots de Jérémy tournent dans sa tête. Il veut que sa maman revienne à la maison. C'est tout

à fait compréhensible. Stéphane occupe toujours leur appartement alors que Lauraine habite chez ses parents. De quel droit lui impose-t-il cette façon de vivre ? C'est lui qui affirme ne plus pouvoir vivre avec sa famille et pourtant, c'est lui qui occupe toujours leur appartement. Il doit changer ça. Lauraine doit revenir chez elle.

Au lieu de rentrer chez lui, Stéphane décide donc de prendre le métro en direction du sud. Alors qu'il descend les escaliers de la bouche de métro, il se retourne discrètement. La voiture noire qui le suit partout s'est arrêtée mais personne n'en descend. Une minute plus tard, il monte dans la rame de métro. Aucun des deux hommes ne l'a suivi. Stéphane respire mieux. Il n'a rien à cacher et l'endroit où il se rend est loin d'être secret mais il se rend compte soudain que le fait d'être surveillé jour et nuit lui pèse. Il ne peut pas faire un pas sans les apercevoir dans son champ de vision. Ils espionnent ses moindres faits et gestes. Et tout à coup, il se retrouve vraiment seul. Cela lui fait un bien fou. Il se sent libre.

Il fait un changement de métro et s'arrête au terminus. Lorsqu'il sort, le décor est différent. On n'est plus au milieu de la capitale mais dans la proche banlieue. Ici, pas de grands immeubles mais des petites maisons bourgeoises avec leur bout de jardin. Les gens sont moins stressés, ils sourient et s'arrêtent quelques instants pour discuter lorsqu'ils croisent quelqu'un de leur connaissance. Stéphane ne sait pas si c'est l'absence de ses « anges gardiens » ou cette ambiance conviviale de fin d'été mais il se sent plus léger. Il marche une dizaine de minutes avant de s'arrêter devant une maison ressemblant trait pour trait à ses voisines. Il est presque onze heures. Ils seront sûrement chez eux. Du moins, Stéphane l'espère. Il n'a même pas passé un coup de fil pour s'en assurer. Il sonne. Des bruits de pas derrière la porte et une voix qui crie :

« Je vais ouvrir ! »

Stéphane sourit. Il est de retour chez lui. Lorsque sa mère ouvre la porte, elle reste d'abord interdite. Elle n'a pas vu son fils depuis près de deux mois et l'homme qui se tient devant elle a bien changé. Mais elle se ressaisit vite. Elle dépose une bise sur chaque joue et l'enlace rapidement avant de lui prendre le bras pour l'emmener à l'intérieur. Elle appelle son mari :
- Dominique ! Viens voir qui est enfin venu nous rendre une petite visite !
Elle lui fait traverser la maison, l'entraine sur la terrasse et lui dit de s'asseoir avant d'aller dans sa cuisine et de revenir avec un verre de soda. Stéphane sourit de nouveau. Sa mère sait toujours ce dont il a envie. Son père arrive sur ces entrefaites. Il lui serre la main tout en lui donnant une tape amicale sur l'épaule. Il remarque le verre de son fils et se retourne vers sa femme.
- Pourquoi tu lui sers ces bêtises ? Ce n'est plus un petit garçon, Véro ! Il veut certainement quelque chose d'un peu plus fort. Porto, Ricard, Whisky, Martini ? demande-t-il à son fils.
- Merci papa mais le soda me convient très bien.
- Si tu le dis, grommelle son père. Moi, je vais me verser un petit Porto !
Son père revient avec son verre et s'installe autour de la table de jardin aux côtés de sa femme et de son fils. Pendant quelques instants, personne ne parle. Ils profitent simplement du fait d'être ensemble. Finalement, c'est sa mère qui reprend la parole. Elle n'a jamais aimé les silences trop longs.
- Tu vas bien, Stéphane ?
- Oui, répond simplement Stéphane.
- Tu n'en as pas l'air, pourtant. Je ne t'ai jamais vu aussi pâle. On croirait que tu as passé ton été enfermé !
La mère de Stéphane a toujours été très franche. Elle dit ce qu'elle pense, sans fioriture. Si elle savait que ses paroles ne sont pas passées loin de la vérité... Stéphane n'a aucune idée de comment elle réagirait en apprenant ce qui lui ait arrivé mais il n'a pas envie

de le savoir. Il ne sait d'ailleurs pas quoi répondre. Face à son silence, sa mère continue :
- Nous nous sommes beaucoup inquiétés pendant ton absence. Lauraine aussi. Elle a tenté de nous rassurer mais elle était paniquée, ça se voyait sur son visage. Et les policiers qui n'arrêtaient pas de répéter que tu étais certainement parti de ton plein gré. J'avais envie de leur tirer les oreilles pour qu'ils se mettent un peu au travail ! Nous avons été tellement soulagés quand Lauraine nous a appelés pour nous prévenir que tu étais rentré. Véronique fait une légère pause avant de demander : où étais-tu donc tout ce temps ?
- Je… Nous avons dû aller porter secours à un village attaqué par un groupe de rebelles au milieu du pays. Nous n'avions pas de réseau et les blessés étaient très nombreux. Nous avons mis plus de temps que prévu… Je suis vraiment désolé que vous vous soyez inquiétés.
- Je croyais que Lauraine avait appelé l'hôpital et qu'ils n'avaient jamais entendu parler de cette mission humanitaire, s'étonne sa mère.
- C'est parce que je ne leur en avais pas parlé. Je suis parti avec une petite organisation peu connue.
- Tu n'es pas très bronzé pour quelqu'un qui a passé trois semaines en plein cœur de l'Afrique, marmonne son père.
- J'avais une bonne crème solaire.
Ses parents se regardent l'un l'autre. Ses explications ne semblent pas les convaincre mais il n'a rien de mieux à leur offrir. Sa mère ouvre la bouche comme pour demander autre chose mais son père pose sa main sur son bras et elle referme la bouche sans avoir dit un mot. Ils restent silencieux tous les trois jusqu'à ce que Stéphane aborde le sujet pour lequel il est venu.
- J'aurais un service à vous demander.
- Bien sûr. De quoi as-tu besoin, Stéphane ?
- Je crois que l'ancien appartement de papy et mamie n'est pas habité en ce moment.

- Effectivement. Nous avons fait faire quelques travaux de rénovation. Ils doivent se terminer demain. Nous avons prévu d'aller vérifier le résultat. Pourquoi ?
- Si vous n'avez pas encore de nouveau locataire, je me demandais s'il serait possible que je l'habite pendant quelques temps. Je vous payerai un loyer bien sûr !
- Tu ne vas plus habiter avec Lauraine ? s'étonne sa mère.
- Non. Actuellement, elle loge chez ses parents pendant que j'occupe l'appartement mais ce n'est pas une solution. Si je pouvais habiter l'appartement de papy et mamie, Lauraine pourrait rentrer chez elle.
- Elle... Elle t'a quitté ?
La mère de Stéphane semble complètement stupéfaite. Ces deux-là semblaient tellement bien s'entendre. Elle ne peut pas imaginer de les voir se séparer. Est-ce que cela pouvait avoir un lien avec cette soi-disant mission humanitaire en Afrique ?
- Non, Lauraine ne m'a pas quitté. C'est moi qui ai besoin de prendre un peu de recul. Mais ce n'est que temporaire. J'ai besoin d'être un peu seul quelque temps.
Dominique intervient avant que sa femme ne pose une nouvelle question à laquelle Stéphane n'a manifestement pas envie de répondre.
- En tout cas, il n'y a aucun problème. Tu pourras occuper l'appartement de tes grands-parents dès la fin de la semaine si tous les travaux sont effectivement terminés. Nous n'avons pas encore pris de locataires. Tu peux y rester le temps que tu veux. Et ne t'en fais pas pour le loyer. On ne va pas te faire payer, n'est-ce pas Véro ?
- Non, non, bien sûr que non.
Sa mère a l'air un peu perdu mais elle se retient de poser d'autres questions. Son fils semble tellement abattu et malheureux qu'elle en a mal au ventre. Elle déteste le voir ainsi. Mais tout parent préfère voir son enfant heureux. Tout ce qu'elle peut faire pour l'instant pour lui, c'est de lui prêter cet appartement.

Ils finissent leur verre en parlant de choses et d'autres et se fixent rendez-vous le vendredi suivant pour donner les clés de l'appartement. Alors que Stéphane s'apprête à repartir, son père le prend à part tandis que sa femme est partie ranger les verres dans la cuisine. Il le regarde dans les yeux pour lui dire :
- Tu sais que si tu as besoin de quoi que ce soit, nous sommes là ?
- Oui, bien sûr. Merci papa.
- Si tu as des problèmes ou si tu as juste besoin de parler, n'hésite pas à venir ou à nous appeler.
Stéphane hoche la tête et murmure un « Merci ». Il a les larmes aux yeux face à tant de sollicitude. Il a toujours su que ses parents feraient n'importe quoi pour lui mais se l'entendre dire, surtout de la part de son père, ça lui fait chaud au cœur. Son père le serre rapidement contre lui avant le retour de sa mère. Stéphane leur fait ses adieux et leur promet de revenir plus souvent.
Alors qu'il quitte la maison de ses parents, Stéphane regarde machinalement dans la rue. Sur le coup, il n'est pas surpris de voir la Berline noire garée juste en face. Puis, il se rappelle que lorsqu'il a pris le RER pour venir chez ses parents, personne ne l'a suivi. Du moins, il n'a vu aucun des deux hommes de la voiture le suivre. Il se penche un peu pour voir à travers les vitres. Ce sont bien les deux mêmes agents. Comment ont-ils bien pu le retrouver sans l'avoir suivi ? Il n'y comprend rien et décide de réfléchir à ce problème plus tard.
Il reprend le RER pour retourner dans le centre de la capitale. De nouveau, les deux hommes en noir l'abandonnent à la station. Aucun d'eux ne le suit. Lorsqu'il arrive dans son quartier, ils ne sont pas réapparus. Son appartement n'est qu'à quelques minutes à pied mais il a envie de profiter de ces quelques instants de liberté. On est mardi, c'est jour de marché sur une petite place non loin. Ça ne lui fera faire qu'un petit détour et l'idée de poisson et de légumes frais lui donne l'eau à la bouche.

Stéphane a ses marchands préférés. Il s'arrête au charcutier, au boucher, au poissonnier, au vendeur de fruits et légumes et au fromager. Il n'achète pas à chaque fois mais il a un petit mot pour chacun. Il avait l'habitude de venir régulièrement y faire ses courses avant toute cette histoire.

Alors qu'il quitte le poissonnier, il sent quelques gouttes sur son bras. Il lève la tête vers le ciel gris. Il risque fort de se prendre une belle averse et il n'a pas emporté de parapluie. Il quitte donc le marché et marche d'un pas vif pour arriver au plus vite chez lui. Alors que la pluie tombe de plus en plus fort, les passants autour de lui ouvrent leur parapluie ou courent se réfugier à l'abri. Lui continue sa route. Il tourne dans une rue piétonne, peu fréquentée. Un raccourci. Il traverse une petite place où siège un café dont la terrasse a été désertée. Il marche un peu plus vite, la tête baissée vers le sol pour éviter de recevoir des gouttes de pluie dans les yeux. C'est pourquoi il est totalement surpris lorsqu'il reçoit un coup sur la tête qui lui fait perdre l'équilibre. Il lâche ses sacs de nourriture pour ne pas s'étaler de tout son long sur le sol mouillé. Il tourne la tête juste à temps pour voir une matraque s'abattre sur lui. Il l'évite de justesse en roulant sur le côté. Il se remet rapidement sur pied pour faire face à son agresseur qui pointe un revolver dans sa direction. Stéphane regarde rapidement autour de lui. La rue est déserte. Les maisons semblent vides. Il remarque également que l'arme de son agresseur est dotée d'un silencieux. Il a prévu de s'en servir, c'est évident. Stéphane lève les mains au-dessus de sa tête en signe de soumission.

L'homme, vêtu de noir, ne ressemble à aucun de ceux qui l'ont suivi jusqu'à maintenant. Pour une fois, Stéphane aimerait bien que ces deux là soient dans les parages. Quoique, ce n'est pas sûr qu'ils prendraient sa défense. L'homme porte une large capuche qui lui cache le visage mais ne l'empêche pas d'observer sa victime.

Stéphane est au milieu de la rue, à quelques mètres de lui. Il lui fait signe de se rapprocher du mur pour être plus discret. Il attend ce moment depuis de longues semaines maintenant. Après son court retour au pays, il est revenu pour le traquer mais le docteur était déjà parti en Afrique du Sud. Il a dû attendre son retour pour pouvoir exécuter la mission qu'on lui avait confiée. Ses supérieurs ont été très clairs et son Dieu l'a absout du péché qu'il est sur le point de commettre. Un sourire de toute puissance se dessine sur les lèvres de l'homme mais Stéphane ne le voit pas. Peut-être alors aurait-il compris qu'il fallait mieux fuir s'il voulait sauver sa peau.
L'animal sacrifié pour le rituel d'absolution était un jeune agneau. On lui avait fait boire son sang encore chaud, ainsi qu'autre chose au goût très sucré en comparaison. Après quoi, il n'avait que de vagues souvenirs. Le bruit monotone et captivant des incantations de ses maîtres, les coups de fouet, la sueur sur son corps, des cris humains, la fièvre et la transe qui l'avaient emporté bien loin, un couteau dans sa main droite, du sang, beaucoup de sang…
Il s'était réveillé dans sa cellule, lavé et avec le sentiment grandissant qu'il était un élu. Il n'était pas mort durant le rituel ce qui signifiait que Dieu lui accordait sa bénédiction. Sa mission était claire. Il était reparti dès le lendemain pour Paris. Le gouvernement a bien failli lui enlever son plaisir. Il a surveillé l'appartement du Docteur pendant des semaines avant de le voir enfin réapparaître. Et maintenant qu'il l'a face à lui, il va pouvoir faire régner la justice divine. Mais tout d'abord, il a besoin d'une information.
- Où est le livre ?
- Quel livre ? demande Stéphane en réfléchissant à tout vitesse à la meilleure façon de s'en tirer.
- Ne faites pas l'innocent, Dr Laudrain. Je sais pourquoi le gouvernement vous poursuit et vous surveille. Je sais tout de vous. Je n'ai besoin que d'une seule information. Si vous répondez à ma

question, peut-être Dieu vous accordera-t-il son pardon. Où avez-vous caché le manuscrit ?
Stéphane comprend que nier ne lui apportera rien. Il doit gagner du temps.
- Vous me promettez le pardon de Dieu mais si je réponds à votre question, vous me tuerez. Où est le pardon là dedans ?
Stéphane ne distingue pas les traits de son agresseur mais il aperçoit ses yeux et la surprise qu'il y lit est réelle.
- Le pardon de Dieu est essentiel pour l'au-delà. Ne préférez-vous pas passer votre éternité au Ciel plutôt que dans les entrailles de l'Enfer.
En prononçant ces paroles, l'homme en noir s'est approché sans s'en rendre compte. Comprenant qu'il n'a pas tellement d'options, Stéphane détourne la main qui tient l'arme et donne un coup de poing dans l'estomac de son agresseur. Il tombe à terre. Stéphane tente de s'enfuir mais l'autre lui fait un croche-pied et il s'affale à son tour sur le sol. La pluie ne s'est pas arrêtée. Elle lui brouille la vue. Rapidement remis, l'homme en noir se jette sur Stéphane pour lui décocher plusieurs coups de poing. Il n'est pas plus grand que sa victime mais il est beaucoup plus entrainé à ce genre de combat. Il prend très vite le dessus. Il immobilise Stéphane au sol en s'asseyant sur son torse. Il pointe le canon de son revolver entre ses deux yeux.
Tant pis pour le livre. Ils finiront bien par le trouver. Sa mission principale était de faire taire le Docteur Laudrain et c'est ce qu'il va faire sur le champ. Stéphane comprend rapidement que son agresseur a pris sa décision. Il ferme les yeux pour ne pas voir le doigt appuyer sur la détente. Il attend l'explosion dans sa tête mais elle ne vient pas. Au lieu de ça, il sent une légère secousse. Le corps de son adversaire tombe en arrière. Il ouvre les yeux. L'homme en noir est couché sur le côté, un sourire démoniaque figé sur ses lèvres pour l'éternité. Du sang coule de sa poitrine et vient se diluer dans l'eau qui ruisselle entre les pavés.

Stéphane est sous le choc. Sans réagir, il regarde un homme sortir de l'ombre, fouiller son agresseur, récupérer ce qui l'intéresse et se tourner vers lui.
- Vous êtes blessé ? Vous pouvez marcher ? Il faut partir au plus vite avant que quelqu'un nous trouve ici. Je n'aimerais pas avoir à expliquer pourquoi cet homme git au milieu de la chaussée, une balle dans le cœur.
Stéphane ne répond rien mais il se lève doucement en vérifiant que tous ses membres fonctionnent correctement. Il prend soudain conscience de ses vêtements trempés qui lui collent à la peau. Son sauveur lui intime de le suivre et, sans attendre de réponse, court à l'autre bout de la rue. Stéphane n'hésite pas longtemps. Il le suit.

Chapitre 29

Stéphane court sous la pluie aveuglante. Il distingue à peine la silhouette qui le guide à travers ces rues qui se ressemblent toutes par ce temps. Son sauveur lui impose un rythme soutenu qui ne lui laisse pas le temps de réfléchir. Des bleus commencent à se former sur plusieurs parties de son corps mais il ne les sent pas encore. C'est lorsqu'il se sera reposé que la douleur se réveillera. Une autre bonne raison pour ne pas s'arrêter. S'il fait une pause, il ne repartira pas.

Au bout de quelques minutes, Stéphane songe qu'il serait bon qu'il essaye de se repérer. Après tout, il ne connaît pas cet homme. Il pourrait l'emmener n'importe où. Une église autrefois blanche, un square, des petits immeubles, un virage, un grand boulevard, un autre virage, une école… Pas UNE école mais l'école de son fils. Ils l'ont déjà dépassée. Stéphane tourne la tête en arrière. Les murs en pierre, le grand portail rouge. Pas de doute possible, c'est celle-là. Sans qu'il s'en rende compte, ils sont revenus près de chez lui. Il accélère le pas pour rattraper l'inconnu quand celui-ci s'arrête brusquement… devant son immeuble.

Stéphane le regarde sans comprendre. Comment peut-il savoir qu'il habite ici ? L'autre semble attendre quelque chose mais quoi ?

- Tu ne crois pas qu'on est assez trempé comme ça ? Ouvre vite qu'on puisse se réchauffer.

Une fois de plus, Stéphane hésite. Il ne peut pas faire monter chez lui un total inconnu même si celui-ci vient de lui sauver la vie.

- Je ne vous fais pas confiance, répond-il sans détour. Qui êtes-vous ?

L'autre rigole de bon cœur avant de tousser à s'en arracher les poumons.

- Méfiant. C'est bien. Je m'appelle Grégory et tu devras te contenter de mon prénom. Je travaille pour Philippe. Tu es sous surveillance jour et nuit depuis votre retour.
- Philippe me surveille ? Stéphane n'en revient pas.
- Excuse-moi, je me suis mal exprimé. Il te protège. Et d'après ce que je viens de voir, il semblerait que tu as bien besoin de nous.
- Je croyais que Philippe devait seulement trouver des personnes pour prendre en filature les agents du gouvernement. Il n'a jamais été question de me protéger.
L'homme hausse les épaules.
- Tu verras ça avec lui. Dis, tu ne voudrais pas ouvrir maintenant ? C'est pas que je m'ennuie mais la conversation serait beaucoup plus agréable sans ces gouttes d'eau glacée qui me coulent dans le dos.
Cette fois, Stéphane s'empresse de taper le code pour débloquer la porte de l'immeuble. Il a envie de faire confiance à cet homme. Ils s'engouffrent tous les deux à l'intérieur. Etrangement, c'est seulement lorsque la pluie ne lui tombe plus dessus que Stéphane sent toute l'eau qui imprègne ses vêtements. Il frissonne. Il a hâte de pouvoir enfiler des habits secs.
Stéphane précède son sauveur, Grégory, dans les escaliers. Il s'arrête au troisième étage et le fait pénétrer dans l'appartement.
Stéphane est surpris en se retournant vers Grégory. Sous la grisaille et la pluie, il n'avait pas distingué ses traits mais il s'imaginait un homme dans la fleur de l'âge, la trentaine, quarante ans tout au plus. C'est un homme en pleine forme physique qui l'a entrainé au pas de course. C'est pourquoi il est très étonné de découvrir des cheveux gris presque blanc, une calvitie bien prononcée et des rides très marquées. Grégory approche plutôt de la soixantaine. Stéphane lui prête des vêtements et l'invite à se changer dans la salle de bain. Grégory ne se fait pas prier.
Lorsqu'ils sont tous les deux séchés et vêtus chaudement, ils se retrouvent dans le salon. Il est

orienté plein sud avec de grandes baies vitrées mais le ciel est tellement gris que Stéphane est obligé d'allumer la lumière. Il s'assoit confortablement dans un fauteuil, imité par son invité.

- Alors, si vous m'expliquiez un peu mieux qui vous êtes. Combien d'entre vous me protègent et combien suivent les agents du gouvernement ?

- Nous nous passons le relais mais il y a toujours une personne pour vous suivre partout et deux autres pour s'occuper de vos petits copains du gouvernement. De vrais amateurs, ceux-là ! Ou alors, peu leur importe de se faire repérer. A la réflexion, c'est sans doute le cas. Alors que votre ami qui se vide actuellement de son sang dans la rue, celui-là, il m'a bien surpris. Je ne l'avais pas repéré et pourtant, je suis plutôt doué à ce petit jeu.

- Où avez-vous donc appris ça ?

- A l'armée, répond Grégory comme si c'était une évidence. Comme disait mon grand-père, « j'ai fait la guerre, moi, mon garçon ». Sauf qu'il ne parlait pas de la même guerre. Enfin, je m'égare. D'ailleurs, comment les avez-vous semés les agents ?

- Je suis allé en banlieue voir mes parents et ils ne m'ont pas suivi dans le RER. D'ailleurs, c'est étrange car à l'aller non plus, ils ne m'ont pas suivi et pourtant ils étaient garés devant chez mes parents quand j'en suis sorti.

- C'est étrange en effet. Mais il y a sûrement une explication très simple. Un troisième homme a certainement dû vous suivre à pied et indiquer votre position à la voiture.

- Sans doute, admet Stéphane. Pourtant, je suis presque sûr que personne ne me suivait à ce moment-là.

- Cela ne veut rien dire. Vous ne m'avez jamais repéré et vous avez également été surpris par votre agresseur tout à l'heure.

Stéphane acquiesce. Grégory n'a pas tort. Les récents évènements prouvent qu'il n'est pas très doué pour repérer des filatures. Pour en avoir le cœur net,

Stéphane se lève et s'approche de la fenêtre. Il regarde en contrebas. Il repère aussitôt la berline noire garée juste en face de la porte de l'immeuble. Ils sont revenus. Stéphane se retourne vers Grégory :
- En tout cas, merci pour ce que vous avez fait aujourd'hui. Sans vous, je serais sans doute mort à l'heure qu'il est. Depuis mon retour, je suis sur mes gardes, je regarde par dessus mon épaule sans arrêt et pourtant, je n'ai pas repéré cet homme. Je suis devenu tellement méfiant que j'ai demandé une arme à Philippe pour pouvoir me protéger. Et vous savez où elle était aujourd'hui pendant que je me faisais agresser en pleine rue ? Bien cachée au fond d'un tiroir de ma chambre. Je n'ai pas pensé à l'emmener.
- C'est normal. Vous êtes médecin, pas policier ou tueur à gage. Vous n'avez pas l'habitude de porter une arme tous les jours. Et même si vous l'aviez eue sur vous aujourd'hui, je ne suis pas sûre qu'elle vous aurait été d'une grande utilité. Votre adversaire était très doué. Il a surgi de nulle part. Je ne savais même pas qu'il vous suivait. Là dessus, c'est moi qui ai été mauvais.
- Ne vous faites pas de reproches. Je vous dois la vie. Merci beaucoup.
Grégory hoche la tête pour accepter les remerciements de Stéphane.
- Et si nous nous intéressions un peu à l'identité de votre agresseur. Il m'intrigue beaucoup. Voyons ce que j'ai pu récupérer dans ses poches.
Stéphane observe avec curiosité Grégory étaler sur la petite table basse un portefeuille, quelques papiers et un peu de monnaie. L'argent est européen, ce qui ne leur apporte aucune information utile. Les bouts de papier ont été roulés en boule et sont très humides à cause de la pluie. Quelqu'un, peut-être leur homme, a griffonné quelques mots indéchiffrables. Stéphane croit reconnaître son adresse sur l'un d'entre eux. Ils lisent également le mot « Air » et suppose qu'il s'agit d'une compagnie aérienne mais impossible de savoir laquelle ni si leur homme a effectué un vol récemment.

Le portefeuille ne les aide pas beaucoup plus. Il contient un passeport anglais mais Grégory est prêt à parier que c'est un faux. Pas de tickets de caisse, de cartes de fidélité, de permis de voiture. Seule une photo, glissée entre deux coutures du portefeuille, pourrait trahir la véritable identité de leur homme. S'il l'a gardée près de lui, c'est qu'elle devait être importante à ses yeux. Malheureusement, aucun visage n'y figure. Elle représente une église, d'un blanc immaculé, dont le clocher semble vouloir défier le ciel bleu.

- Cette église pourrait se trouver n'importe où, soupire Stéphane désespéré.

- Pas tout à fait, le contredit Grégory. Je n'y connais pas grand-chose mais le style est particulier. Et toutes les églises sont différentes. En confrontant cette photo à une base de données, nous arriverons peut-être à la situer. Je vais la porter à Philippe pour qu'il s'en occupe. Je vais d'ailleurs tout lui rapporter et lui faire mon compte rendu. Tu n'as rien remarqué d'autres pendant votre lutte. J'ai cru voir qu'il te parlait au début. Qu'est-ce qu'il t'a dit ?

- Il m'a parlé d'un livre. Cela semblait important mais je n'ai pas compris ce que c'était. Je dirais qu'il n'était pas d'ici. Il avait un accent. Difficile à définir mais c'était assez chantant, comme un accent du sud. Sud de la France, Espagne, Italie… Je ne sais pas exactement. En tout cas, je serais prêt à parier qu'il n'est pas d'origine anglaise contrairement à ce que mentionne son passeport. Il ne maitrisait pas bien la langue. Et il m'a parlé de Dieu… comme la première fois.

- La première fois ? interroge Grégory.

- Philippe a dû vous parler de mon agression, sur le parking d'un cinéma. Cela remonte à plusieurs mois. L'agresseur m'avait parlé de Dieu et sa voix… Je n'ai pas vu son visage mais je pense que c'était la même personne. Il m'avait mis en garde à ce moment-là. Je devais arrêter de trop fouiner. Je pense qu'il est revenu mettre sa menace à exécution.

- Bien. Peut-être que nous arriverons à tirer quelque chose de toutes ces informations. Ce qui m'intrique c'est qu'il ne semble pas travailler avec les hommes dans la berline... Vous avez beaucoup d'ennemis, Stéphane !
Beaucoup trop, ajoute Stéphane pour lui-même. Le gouvernement, un homme de foi... qui va s'en prendre à lui la prochaine fois ? Grégory regarde sa montre.
- Je vais vous quitter mais vous pouvez être tranquille, mon collègue va bientôt me remplacer. Je vais lui faire mon rapport. Il va redoubler de vigilance.
- Il peut se joindre à moi ici, s'il veut, dit Stéphane en essayant de ne pas trahir sa peur. Maintenant que je sais que je suis surveillé, vous n'avez plus besoin de vous cacher.
Grégory lui sourit.
- Ce n'est pas de vous que nous nous cachons, Stéphane, mais des autres. Ils ne doivent pas nous repérer. Et nous sommes plus efficaces de l'extérieur. Mais ne vous inquiétez pas. Vous n'avez qu'à vous dire que vous avez des anges gardiens qui veillent sur vous.

Quatre jours ont passé depuis la mort de l'agresseur de Stéphane. Ce dernier dort de moins en moins. Ses cauchemars se sont diversifiés. Parfois, il est enfermé et torturé. D'autres fois, il marche tranquillement dans la rue quand quelqu'un lui saute dessus et lui enfonce un couteau dans la poitrine. Mais ses rêves les plus dérangeants sont ceux où figure sa femme. Ceux-là ne sont pas violents. Elle discute tranquillement, soit avec l'officier qui l'a torturé durant sa captivité, soit avec des hommes dont le visage apparaît flou mais qu'il sait être des agents du gouvernement. Il n'entend jamais leur conversation mais sait qu'ils parlent de lui. Stéphane se réveille toujours de ces cauchemars en sueur, le cœur battant. Il est alors incapable de se rendormir. Il est beaucoup plus effrayé que lorsqu'il rêve de sa mort. Ne voulant pas réfléchir à ce que son subconscient tente de lui suggérer, il passe

généralement le reste de la nuit à lire ou à jouer à des jeux vidéo. Dans ces moments-là, il regrette amèrement de ne plus travailler à l'hôpital. Quand il était avec ses patients, il était trop occupé pour penser à autre chose. Au moins, maintenant, il ne vit plus dans l'appartement qu'il a partagé avec Lauraine toutes ces années. Il était devenu vraiment trop triste sans la présence de sa femme et de son fils. Il a emménagé dans l'appartement de ses grands-parents, plus petit mais qui renferme moins de souvenirs.
Le ciel est bleu lorsque Stéphane sort de chez lui mais il n'y fait pas attention. Il marche d'un pas vif vers son rendez-vous. Il entre dans la première bouche de métro, s'assoit à côté d'inconnus à qui il n'accorde aucun regard, effectue un changement, monte dans une autre rame, retrouve les mêmes anonymes pour sortir enfin sur la Place Saint-Michel, en face de la fontaine. Des badauds traînent sur la place et le long des bords de Seine pour profiter des rayons de soleil qui donnent à ce jour de septembre un arrière goût d'été. Stéphane ne voit sur les visages que des sourires, excepté sur l'homme en jean et polo blanc qui le suit depuis qu'il est parti.
Stéphane se dirige sans hésiter vers une terrasse de café prise d'assaut par les touristes. Il s'arrête pour observer les clients attablés. Un homme lui fait un signe de la main. Il s'approche de sa table et s'assoit en face de lui.
- Stéphane Laudrain.
- Loïc, répond l'autre en lui serrant la main.
Stéphane attend un nom de famille qui ne vient pas. Bien, ce sera seulement Loïc. Il est jeune, pas plus de vingt-cinq ans et se cache derrière de grosses lunettes de soleil. Son visage paraît bien pâle à côté de ses cheveux très bruns. Stéphane a l'impression que ce garçon ne doit pas beaucoup profiter du soleil. Enfin, du moment qu'il est aussi bon que Philippe le prétend, c'est tout ce qui importe.

- Qu'est-ce que vous prenez ? demande la serveuse qui ne va pas laisser un client sans une consommation.
Stéphane regarde rapidement Loïc qui sirote une bière fraîche.
- La même chose que lui, répond-il.
Elle revient cinq minutes plus tard avec sa commande. Les deux hommes n'ont pas échangé une parole entre temps. Une fois qu'elle est repartie, Stéphane tente une approche :
- Vous êtes étudiant en informatique ?
Loïc pose enfin son verre et se penche par dessus la table.
- Ce que je fais ne vous concerne pas. Vous n'avez pas besoin de connaître ma vie ou mon nom de famille. Vous avez déjà de la chance que j'ai accepté de vous rencontrer. D'ordinaire je ne veux avoir affaires qu'à Philippe. Mais il m'a assuré que vous aviez grand besoin d'aide, qu'on vous devait beaucoup et que vous saviez être discret. J'espère qu'il ne s'est pas trompé.
- Je ne vous poserai pas d'autres questions, je puis vous l'assurer. J'ai seulement besoin de vos compétences. Vous devez savoir que je suis sans cesse suivi. Niveau discrétion, je ne suis pas sûr que ce soit ce que vous espériez.
- Merci pour votre honnêteté. Philippe m'a déjà mis en garde. C'est pour cette raison les lunettes noires et les vêtements difformes. Après notre rencontre, s'ils tentent de me suivre, j'arriverai bien à les semer, ne vous en faites pas. Dites-moi, maintenant, ce que vous attendez de moi. Et buvez votre bière qu'on pense que vous trinquez avec un ami.
Stéphane s'exécute. La bière est fraîche et sans doute un peu diluée. Rien d'exceptionnel mais il n'est pas venu pour ça.
- Avant tout, j'aimerais que vous m'assuriez que, quoi que vous découvriez, vous n'en référerez qu'à moi seul.
Loïc le regarde, soupçonneux.

- Philippe vous fait entièrement confiance mais je ne suis pas comme lui. Je ne vous connais pas. Je ne sais pas ce que vous attendez de moi mais si je découvre des informations importantes et dangereuses pour notre organisation, je serai obligé d'en référer à Philippe. Je ne pourrai pas les garder pour moi.
Stéphane hésite. Et si les informations enregistrées sur cette carte mémoire étaient néfastes pour Lauraine ? Il ne veut pas qu'elle devienne un danger pour *les parents de l'ombre*. Mais il ne peut pas non plus rester dans le flou.
- Promettez-moi au moins que vous m'informerez de vos découvertes avant toute autre personne.
- On fait comme ça, répond Loïc après avoir pris un moment de réflexion.
Encouragé par le signe de tête de Loïc, Stéphane se lance alors dans ses explications.
- J'ai dans ma poche une carte mémoire qui appartient à quelqu'un que je connais bien. Cette carte mémoire était cachée, et bien cachée, je peux vous l'assurer. C'est pourquoi, je pense qu'elle doit contenir des informations relativement importantes pour la personne à qui elle appartient. Cependant, quand je l'insère dans mon ordinateur, il me dit qu'elle est vide. J'ai essayé différents logiciels pour récupérer des données effacées, sans succès. Peut-être pouvez-vous trouver quelque chose.
Stéphane s'attend à une remarque sur le fait qu'il a subtilisé la carte mémoire ou qu'il aurait pu simplement interroger la personne à qui elle appartient mais Loïc n'est pas là pour le juger. Les détails de l'histoire lui importent peu.
- Il est possible de cacher des fichiers afin que personne ne puisse les ouvrir excepté celui qui sait comment les trouver. C'est une opération relativement compliquée qui demande de s'y connaître en informatique. La personne à qui elle appartient s'y connaît-elle dans ce domaine ?

Stéphane songe à Lauraine et à ses nombreux problèmes avec son ordinateur.
- Non, pas vraiment.
- Mais il ou elle a pu se faire aider. Je vais voir ce que je peux faire. Vous avez un mouchoir dans votre poche ?
Stéphane est surpris par le changement de sujet.
- Oui mais il est usagé.
- Ce n'est pas pour moi. Vous allez le prendre et faire semblant de vous moucher. En remettant votre mouchoir dans votre poche, vous prendrez la carte mémoire. Ensuite vous vous pencherez vers moi comme pour me raconter un secret et vous poserez votre main avec la carte mémoire sur la table, près de moi. Je rigolerai comme si vous veniez de me raconter une bonne blague et je récupérerai la carte sans que personne ne l'ait aperçue. On ne va pas donner une raison supplémentaire à vos petits copains de me suivre, n'est-ce pas ?
Stéphane acquiesce. Il effectue tous les gestes que lui a indiqués Loïc. Il tremble un peu mais cela passe inaperçu. Lorsqu'il se rassoit, le rire de Loïc dans les oreilles, la carte a déjà disparu de la table. Plus moyen de faire marche arrière. Stéphane espère qu'il n'a pas commis une erreur. Ils font encore semblant de discuter pendant quelques minutes, puis Loïc se lève.
- Je vous recontacte.
Il lui sert la main et s'en va. Stéphane aperçoit ses deux petits copains, comme les a appelés Loïc, sur le trottoir d'en face. Ils hésitent. Enfin, l'un des deux se décident à suivre Loïc mais il a déjà pris du retard. Le jeune homme n'aura aucun mal à le distancer.

Chapitre 30

Lauraine fait de son mieux pour cacher son émotion. Elle est nerveuse, sa jambe droite s'agite sans qu'elle en prenne conscience et elle a une furieuse envie de fumer. Elle a perdu cette mauvaise habitude depuis plus de dix ans mais aujourd'hui, elle ne serait pas contre en griller une petite. Elle doit gérer beaucoup trop de choses en ce moment. Cette petite réunion d'urgence ne va pas l'aider.

Son mari, assis à sa gauche à quelques centimètres d'elle, ne semble pas plus à l'aise. Il se balance sur sa chaise tout en se rongeant les ongles. Cette mauvaise habitude a le don d'agacer Lauraine mais elle se retient de lui faire une remarque. Ils se sont à peine adressés la parole depuis leur arrivée. Un simple bonjour, pas de bise, aucun contact montrant qu'ils sont encore mari et femme.

Lauraine fixe la porte close face à eux. Elle sent le trac monter comme une écolière qui va se faire remonter les bretelles par le directeur, sauf qu'aujourd'hui, elle n'est pas là pour elle.

La porte s'ouvre enfin sur une belle femme d'une quarantaine d'années, brune, habillée d'un tailleur bleu marine.

- Monsieur et Madame Laudrain.

Lauraine et Stéphane se lèvent d'un même mouvement. Lauraine ne peut s'empêcher de jeter un coup d'œil à son mari. Elle a toujours été d'un naturel jaloux. Même après toutes ces années ensemble et ce qu'ils traversent en ce moment, elle ne peut s'empêcher de se demander ce que Stéphane pense en regardant cette femme. Est-ce qu'il la trouve attirante ?

D'un geste, la directrice les invite à entrer dans son bureau. Lauraine et Stéphane s'assoient sans un mot.

C'est meublé avec goût, songe Lauraine. Elle a toujours aimé les vieux meubles en bois. Tout de suite, une pièce semble plus chaleureuse avec une vieille commode Louis XVI ou un grand bureau en chêne massif comme celui derrière lequel la directrice prend place.
- Je m'excuse d'avoir demandé à vous rencontrer aussi rapidement mais je pense que l'affaire qui me préoccupe en ce moment est importante. Voilà plus de deux semaines que Jérémy a intégré notre école. C'est un petit garçon très charmant qui ne nous pose pas de problème particulier... Enfin, plutôt qui ne nous posait pas de problème jusqu'à aujourd'hui.
Lauraine bouge sur sa chaise, mal à l'aise. Jusqu'à maintenant, personne ne lui a donné la raison de sa présence ici. Elle a reçu un coup de téléphone de l'école dans l'après-midi. La directrice souhaitait la rencontrer le plus tôt possible pour parler de Jérémy. On lui a assuré que son fils se portait bien mais elle n'a pas pu tirer autre chose de son interlocutrice au téléphone. Aussitôt raccroché, elle a appelé Stéphane pour le mettre au courant. Il était aussi inquiet. Il lui a assuré qu'il serait présent au rendez-vous. Elle a cependant été surprise de le trouver déjà là quand elle est arrivée. Après dix ans de vie commune, elle a pris l'habitude de ses urgences médicales qui le retiennent toujours plus longtemps que prévu. A combien de dîner en amoureux est-il arrivé en retard ?
- Lors de la sieste en début d'après-midi, Jérémy a quitté son lit, continue la directrice. Ce n'était pas la première fois et ce n'est pas grave en soit. Nous avons constaté que Jérémy a beaucoup de mal à trouver le sommeil. Marcher dans les couloirs silencieux de l'école semble l'apaiser. La semaine dernière, nous l'avons retrouvé endormi sur le tapis de jeux dans sa salle de classe, son doudou blotti contre lui.
La directrice leur adresse un sourire rassurant à tous les deux.
- Cependant, aujourd'hui, il n'a pas quitté le dortoir seul. Un autre de ses camarades l'accompagnait.

Nous ne savons pas si l'autre enfant n'arrivait pas à dormir ou si Jérémy l'a réveillé mais ils se sont rendus ensemble dans leur classe. D'après ce que nous avons compris, ils ont joué avec des petites voitures et se sont bagarrés pour un jeu. Ce sont les pleurs de l'autre enfant qui ont alerté les maîtresses. Quand elles sont entrées, il était allongé par terre, en pleurs, et il se tenait le bras. Votre fils l'a mordu jusqu'au sang.

La directrice se tait pour leur laisser le temps de digérer l'information. Lauraine ne laisse pas à Stéphane le temps de réagir. Elle est furieuse.

- Je peux savoir où se trouvaient les maîtresses et les surveillantes pendant que les enfants étaient à la sieste ? Comment se fait-il que mon fils ait pu quitter le dortoir sans que personne ne le remarque ? D'après ce que vous nous dites, ce n'était pas la première fois. Votre établissement a une excellente réputation mais je commence à douter de votre sérieux. Un enfant ne devrait pas pouvoir se promener seul dans les couloirs.

Lauraine sent une main se poser sur son bras pour la calmer. Elle se dégage d'un geste brusque. Elle voit bien que Stéphane ne partage pas son opinion. Il semble inquiet mais pour une autre raison.

- Sachez, Madame Laudrain, que le dortoir est surveillé par deux personnes en permanence. Mais il n'est pas facile d'avoir toujours un œil sur chaque enfant, surtout dans le noir. Votre fils est particulièrement discret lorsqu'il sort de son lit. Et se balader dans les couloirs ne peut pas lui faire de mal s'il n'arrive pas à trouver le sommeil. Toutes les portes sur l'extérieur sont fermées, tout comme celles donnant sur le couloir des grands. Ce qui me préoccupe aujourd'hui, c'est le comportement de votre fils.

- Est-ce qu'il a manifesté de la violence envers ses camarades auparavant ? demande Stéphane.

- Non, c'est la première fois. Je vous rassure, se bagarrer est un comportement normal pour un enfant de son âge. Il n'a pas encore de notions bien définies du bien et du mal et de ce qui peut blesser les autres. C'est pourquoi je vous ai convoqué aujourd'hui. Il est important que nous, comme vous, lui apprenions que ce qu'il a fait n'est pas bien et qu'il ne doit pas recommencer. Il a besoin d'être recadré, de comprendre que frapper ou mordre n'est pas une solution.

- Ne vous inquiétez pas. Nous lui parlerons et nous lui expliquerons. Ce n'est pas dans ses habitudes d'agir ainsi. Il a toujours été très vif d'esprit, il comprendra.

Lauraine n'a pas parlé. Sa colère est retombée. Elle observe son mari. Il l'intrigue beaucoup depuis son retour. Aujourd'hui ne déroge pas à la règle. Il a peur, cela se voit dans ses yeux et dans ses gestes. Mais de quoi a-t-il peur ? Pas du fait que son fils ne soit pas assez surveillé apparemment. Il n'a rien dit à ce sujet. Tout ce qui semble le préoccuper, c'est le comportement de Jérémy ? Pourquoi ? Ce n'est qu'une petite bagarre d'enfants. Qu'est-ce qui lui fait aussi peur ?

La directrice n'en a pas fini avec eux :

- Des études ont été effectuées. Il apparaît que dans quatre-vingt-dix pourcents des cas, les troubles du comportement chez un enfant sont dus aux parents et à la famille proche. Est-ce que tout va bien chez vous actuellement ? Vous êtes présents pour Jérémy ?

Lauraine croit voir rouge une nouvelle fois. De quel droit cette femme ose-t-elle s'immiscer dans leur vie privée ? Est-elle en train de suggérer qu'ils élèvent mal leur fils ? Lauraine prend deux profondes respirations pour se calmer. Après tout, la directrice n'a que le bien de Jérémy à l'esprit, du moins c'est ce dont elle essaye de se persuader lorsqu'elle répond.

- Nous avons quelques problèmes de couple dernièrement mais nous travaillons à les résoudre. Cela ne nous empêche pas d'être toujours présents pour Jérémy. Notre fils passe avant toute chose.

- Je suis heureuse de vous l'entendre dire. Mais soyez prudente, les enfants comprennent beaucoup plus de

choses sur ce qui les entoure que ce que vous pouvez imaginer.
Elle regarde sa pendule. Seize heures.
- Jérémy est encore en classe. Malgré ce petit incident, nous avons préféré le laisser rejoindre ses camarades pour ne pas qu'il se sente exclu. Vous pourrez revenir le chercher à l'heure habituelle.

Dehors, le ciel est bleu. Lauraine accepte de s'asseoir avec son mari dans le café faisant face à l'école de Jérémy. Elle commande un grand chocolat bien chaud.
- Tu sais que je t'aime, Lauraine ? demande Stéphane.
- Je le croyais oui, mais je n'en suis plus si sûre, répond-elle sur un ton détaché qu'elle est loin de ressentir. Elle voit le visage de son mari se décomposer. Ses paroles lui font mal.
- Tu ne dois pas en douter, Lauraine. Je t'aime. Je t'ai toujours aimée. Je ferais tout pour toi et Jérémy.
- Ce ne sont que des paroles en l'air, Stéphane. Dernièrement, tu ne m'as pas apporté beaucoup de preuves de cet amour.
- Qu'est-ce que tu veux dire ?
Stéphane a l'air réellement surpris, ce qui déstabilise quelque peu Lauraine.
- Stéphane, tu as déjà oublié que c'est toi qui m'as quittée ? Tu es revenu après près d'un mois d'absence, couvert d'ecchymoses et autres blessures, pour m'annoncer que tu ne pouvais plus vivre avec nous. J'ai le droit d'avoir des doutes sur ton amour.
- Non, Lauraine, tu ne dois pas en douter. Les choses ont été compliquées depuis quelques mois mais je t'aime. C'est la vérité.
- Qu'est-ce que l'amour sans confiance ? lui jette-t-elle au visage.
- Comment ça ?
Le cœur de Stéphane s'accélère. Est-ce que Lauraine aurait remarqué l'absence de sa carte mémoire ? Est-ce qu'elle sait que c'est lui qui l'a prise ?

- Depuis que tu es revenu, tu n'as jamais voulu me raconter ce qui t'était arrivé pendant ton absence, comme si tu pensais que je n'étais pas capable de garder tes secrets. Tu as raconté à tes parents une histoire de village attaqué par des rebelles mais je sais que c'est faux. Si tu me faisais confiance, tu m'expliquerais tout, nous en discuterions et nous déciderions ensemble de ce qui est le mieux pour notre famille.
Stéphane aimerait tellement que les choses puissent se passer ainsi.
- Tu as raison, Lauraine, nous devrions prendre les décisions pour notre famille ensemble. Mais aujourd'hui, cela dépasse le cadre de notre famille. Je ne veux pas te mentir mais je ne peux pas te dire la vérité non plus. Ce serait beaucoup trop dangereux pour toi, pour Jérémy et pour d'autres personnes. Je m'excuse, Lauraine, mais je ne peux pas t'offrir plus. Je ne peux pas non plus revenir vivre avec vous même si j'en ai très envie.
- Pourquoi ? demande Lauraine d'une petite voix. Elle en a marre d'être seule. Elle voudrait tellement que tout redevienne comme avant. Pourquoi cela semble-t-il si compliqué ?
- Parce que je vous aime trop pour prendre le risque de vous mettre en danger. Certaines personnes mal intentionnées essayent de m'atteindre et je n'ai pas envie qu'ils sachent que s'en prendre à vous seraient un moyen beaucoup plus efficace d'obtenir ce qu'ils veulent…
Stéphane ne pensait pas en dire autant à Lauraine mais peut-être que si elle perçoit le danger qui pèse sur eux, elle acceptera plus facilement leur séparation forcée. Peut-être comprendra-t-elle qu'elle doit se tenir à l'écart de lui pour le bien de leur fils.
- Mais qui sont donc ces gens qui te veulent du mal, Stéphane ? Lauraine s'est mise à chuchoter comme si elle percevait qu'on pouvait les écouter. Si tu es en danger, tu dois aller voir la police. Ils te protégeront.
- Je ne pense pas que ce soit une bonne idée.

- Alors, partons tous les trois très loin d'ici. Je t'en prie, Stéphane. Je ne peux pas dormir sur mes deux oreilles en sachant que tu cours un réel danger. Je me demande tous les jours si tu ne vas pas disparaître de nouveau. Et j'ai peur cette fois, de ne jamais te revoir. Je peux quitter mon travail. Jérémy s'adaptera. Partons où tu voudras mais restons ensemble.
Stéphane doit avouer que cette idée séduisante lui a déjà traversé l'esprit. Il n'aurait jamais cru que Lauraine serait prête à le suivre n'importe où sans savoir ce qu'elle fuyait mais c'était sous-estimer son amour pour lui. Repartir à zéro dans un autre pays, c'est tout ce dont ils ont besoin. Mais Philippe a encore besoin de lui. Lui n'a plus de famille a laquelle se raccrocher. Il ne peut pas l'abandonner.
- C'est une belle idée, Lauraine. Et peut-être qu'un jour, je te demanderai de faire tes valises et de partir avec moi si tu en as encore envie. Mais nous ne pouvons pas partir maintenant. J'ai encore des affaires à régler et j'espère pouvoir résoudre mes problèmes. Alors, nous pourrons reprendre notre vie ici.
Stéphane veut y croire mais il n'est pas sûr qu'un jour ils pourront reprendre leur vie de famille dans ce pays. Jamais le gouvernement le laissera tranquille. Même s'il savait ce qu'ils cherchent et qu'il leur donnait, il n'est pas sûr qu'on le laisserait en vie.
- En attendant, nous devons concentrer toute notre attention sur Jérémy, dit Stéphane. Il ne faut pas qu'un événement comme celui d'aujourd'hui se reproduise. Tu vas devoir lui expliquer très clairement que ce qu'il a fait n'est pas bien, qu'il a fait du mal à ce petit garçon. Il va avoir besoin de…
- Et pourquoi tu ne lui expliquerais pas toi même, Stéphane ? demande soudain Lauraine.
Stéphane est étonné.
- Tu n'as pas compris ce que je t'ai dit tout à l'heure ? Si je passe trop de temps avec vous, vous risquez d'être en danger.
- Parce que tu penses sincèrement que ces hommes qui te veulent du mal ne savent pas spontanément

qu'un homme tient à son fils plus que tout ? Ce n'est pas parce que tu passes moins de temps avec Jérémy que ces hommes vont aller s'imaginer que tu ne tiens plus à lui. Ton raisonnement ne tient pas debout, Stéphane. Et en refusant de voir ton fils, c'est lui-même qui en pâtit. Tu crois qu'il ne le ressent pas ? Il a l'impression que tu l'ignores, que tu ne l'aimes plus. Tu crois que c'est pour quelle raison qu'il n'arrive pas à dormir durant la sieste et qu'il s'est bagarré aujourd'hui ? Je ne veux pas qu'il devienne un petit garçon violent à cause de nous.

Stéphane est tout à fait d'accord avec sa femme. C'est la dernière chose qu'il souhaite. Mais il n'avait pas vu les choses ainsi jusque là. Jérémy ne doit pas passer après les *Parents de l'ombre*. Son génome le prédispose peut-être à devenir un criminel mais c'est à lui de tout faire pour l'écarter de cette voie. Délaisser son fils ne l'aidera pas, Lauraine a raison.

- Tu n'as pas totalement tort. Jérémy passe avant tout. Je vais passer plus de temps avec lui mais je te le ramènerai tous les soirs pour qu'il dorme dans notre appartement, avec toi.

Lauraine accepte même si elle ne comprend pas ce que ça change. Stéphane se fait peut-être des idées mais il a l'impression que leur immeuble est plus sécurisé que celui de ses grands-parents. De plus, Philippe a promis qu'il y aurait tout le temps quelqu'un pour veiller sur sa famille. Après l'agression de Stéphane, il a décidé de ne pas lésiner sur les moyens.

Avant qu'ils se séparent de nouveau, Stéphane décide d'aborder un autre sujet qui lui tient à cœur. Peut-être que s'il laisse une chance à sa femme, elle lui révélera ce qu'il cherche.

- Simple curiosité, Lauraine, tu ne m'as jamais menti depuis qu'on se connaît ?

Elle répond sans hésitation :

- Non.

- Mentir, ce n'est pas seulement proférer un mensonge à voix haute, tu sais. C'est également omettre de

mentionner quelque chose d'important. Tu veux me faire croire que tu ne m'as jamais rien caché ? Et encore aujourd'hui ?
Lauraine le regarde, curieuse. A quoi est-il donc en train de faire référence ? Est-ce qu'il pense à quelque chose en particulier ou est-ce qu'il lui balance ces questions sans réfléchir ? Lauraine ne se laisse pas démonter. Elle reste totalement impassible.
- Peut-être que tu ne m'as pas posé les bonnes questions, Stéphane. C'est facile de détourner le regard. Mais sache que ce que j'ai fait il y a douze ans, je l'ai fait pour nous deux.
Elle finit de boire son chocolat, repose sa tasse, dépose de la monnaie sur la table et se lève.
- Je retourne travailler. Je te laisse récupérer Jérémy après l'école. Il a besoin de son papa, ne l'oublie pas. Ramène-le après diner.
Stéphane reste assis, abasourdie. Il la regarde traverser le café et sortir. Qu'est-ce qu'elle a bien pu faire douze ans plus tôt ? La carte mémoire n'est pas si vieille.

Chapitre 31

« Ceux d'entre vous qui lisent tous les articles de journaux jusqu'à la dernière page, même les brèves, ont dû apprendre que le Professeur Damien Roiteau, chercheur en génétique à l'origine de la découverte du gène DR2624, est décédé récemment. Pourquoi cet homme, qui a profondément changé notre société, n'a-t-il pas eu droit à la Une de tous les journaux nationaux ? Sans doute parce qu'on ne voulait pas soulever de questions sur la cause de sa mort. Officiellement, il est décédé d'une crise cardiaque. Le Professeur Roiteau était un homme intelligent qui avait beaucoup de choses à révéler au monde. Lorsqu'il a découvert le gène de la criminalité, il n'était qu'un chercheur anonyme avec une grande soif de reconnaissance. C'est pour cette raison qu'il a accepté de travailler sur ce projet financé entièrement par le gouvernement.

Lorsqu'il a finalement découvert ce gène tant recherché, le gouvernement l'a félicité et a aussitôt lancé son programme de lutte contre la criminalité. Le Professeur Roiteau a obtenu ce qu'il désirait par dessus tout : ne plus être un anonyme aux yeux du monde. Cependant, cela ne l'a pas satisfait longtemps. Il s'est vite rendu compte de certaines lacunes dans son raisonnement. Il a alors voulu effectuer des tests plus poussés pour confirmer ses résultats. Mais lorsqu'il a fait part de ses réserves au gouvernement, celui-ci les a superbement ignorées et a fait mettre le Professeur Roiteau au placard.

Depuis combien d'années n'avez-vous pas entendu son nom ? Qui se souvient encore qu'il est à l'origine de la découverte du gène DR2624 ? Pendant des années, il a été placé sous surveillance rapprochée. Il lui était impossible de mettre en garde la population sur les agissements du gouvernement. La dernière fois que je l'ai rencontré, il m'a expliqué que sa plus grosse erreur a été de supposer que la prédisposition à la violence ne proviendrait que d'un seul gène. Tous les plus grands généticiens seraient certainement d'accord avec lui : les effets d'un seul gène sont très difficiles à déterminer. Pourquoi tous ces hommes et ces femmes ne se sont-ils pas manifestés lorsque le Professeur a publié ses résultats ? La réponse est simple : on a fait pression sur eux.

En 1998, les auteurs d'une étude indiquant l'existence d'un gène lié à un gain de QI de quatre points ont dû se rétracter parce qu'ils n'obtenaient pas les mêmes résultats sur un échantillon plus large. Combien de personnes ont été testées pour valider la thèse du gène DR2624 ? Sur combien d'années se sont déroulées les recherches ? Ces données sont impossibles à obtenir aujourd'hui.

Le développement du système nerveux est un processus incroyablement complexe, guidé par l'interaction de nombreux gènes dans des boucles de rétroaction. L'effet d'un gène et celui d'un deuxième gène ne produisent pas la somme de leurs effets lorsqu'ils agissent simultanément. Cette loi fondamentale de la génétique signifie que ce n'est pas parce que votre enfant possède aujourd'hui le gène DR2624 qu'il ne possède pas également un autre gène capable de limiter cette prédisposition au crime.

J'appelle aujourd'hui tous les généticiens de la planète, les plus connus comme les anonymes, à se pencher sur les travaux du Professeur Roiteau, à en relever toutes les incohérences et à les dévoiler au monde entier. Quelles que soient les menaces que fait peser sur vous le gouvernement européen, il vous faut songer à tous ces enfants enlevés à leurs parents pour de soit disant question de sécurité nationale. Nos aïeuls se sont révoltés conte l'eugénisme nazi. A notre tour de nous soulever contre cette sélection génétique qui condamne nos enfants ! »

Le voyant rouge devant Stéphane s'éteint. Il enlève son casque au moment où retentit le jingle de la radio. Il a chaud. Peu de personnes doivent écouter ses discours mais lui-même en ressort toujours vidé de son énergie. C'est son troisième discours radiophonique et il y prend de plus en plus de plaisir. Désormais, ils ont décidé d'en faire un chaque premier vendredi du mois. Les autres vendredis, à la même heure, sont prévus des débats et des émissions politiques. Ils doivent amener les gens à remettre en question le système établi. La radio est un bon moyen pour y arriver. Il est également primordial de gagner d'autres auditeurs mais ça, ce n'est pas son travail.
Philippe lui fait un signe derrière la vitre. Il lève le pouce. Stéphane lui rend son sourire et le rejoint.
- C'était super ! A chacun de tes discours, tu m'impressionnes davantage. Si seulement les gens nous écoutaient, ils seraient forcément convaincus par tes paroles.
- Il faut laisser faire le temps, Philippe. Comme on dit, Rome ne s'est pas fait en un jour. J'ai confiance dans notre combat. Il est juste. Nous ne pouvons pas perdre.
Philippe sent une passion nouvelle animer son ami. Il sait que Stéphane et sa femme sont séparés. Même si Stéphane est à l'origine de cette séparation, Philippe voit bien que cela l'affecte bien plus qu'il veut bien l'admettre. Il le fait pour protéger sa famille mais cela rajoute un motif de plus pour haïr le gouvernement. Stéphane semble de plus en plus en colère et il s'en sert pour alimenter leur combat. Il ne cesse de réclamer de nouvelles missions.
« *Si un jour, nous gagnons, ce sera à quel prix pour nous et nos familles* ? »
Philippe garde cette réflexion pour lui. Il entraine Stéphane dans une pièce à l'écart. Ce qu'il doit lui annoncer ne va pas améliorer son humeur. Ils montent les escaliers et arrivent dans une pièce ornée de grandes fenêtres où la lumière les éblouit. Le studio de radio est installé au sous-sol. Ils en avaient presque

oublié qu'il faisait un temps magnifique. Après leur mésaventure en Afrique du Sud, Philippe a abandonné la péniche. *Les parents de l'ombre* se sont dispersés avant qu'il ne les rappelle ici, à l'écart de la capitale, dans une vieille maison de famille. Il veut croire que le gouvernement n'a aucune connaissance de leur nouvelle planque mais il a des doutes. Ses plus grandes craintes viennent de Stéphane. Les agents du gouvernement ne le lâchent pas. Il est le seul à être suivi aussi intensément et Philippe ne comprend pas pourquoi. C'est pourquoi Stéphane est ici pour la première fois. Et il a fallu faire preuve de beaucoup d'ingéniosité pour semer ses deux anges gardiens.
Ils s'installent dans une pièce qui était autrefois le bureau de son grand-père. Philippe se souvient très bien de lui. C'est lui qui a commencé à lui apprendre à compter dans cette même pièce. Il était assis sur les genoux de son grand-père derrière ce bureau qui lui paraissait immense à l'époque. Il choisit de ne pas s'installer à la place de son aïeul mais de s'asseoir à côté de Stéphane.
- Je ne te l'ai pas dit mais depuis que nous sommes revenus, j'ai lancé une petite enquête sur tes amis, Florian et Anaïs, afin de savoir s'ils ont réussi à s'enfuir comme prévu.
- Et tu as eu de leurs nouvelles ?
Stéphane s'est souvent demandé si ses amis étaient bien arrivés sains et saufs à destination.
- Un de mes hommes qui les accompagnait a enfin repris contact avec nous après plusieurs semaines. Le père et la fille ont bien atteint le Portugal d'où ils ont pris un avion pour le Chili.
Stéphane a la gorge serrée lorsqu'il demande :
- Et Anaïs ?
- Disparue, d'après mon contact. Ils l'ont perdue lors d'une embuscade dans les rues de Porto. Ils se croyaient hors de danger quand des hommes leur sont tombés dessus. Ils ont essayé d'enlever la petite Alizé mais la mère s'est interposée. Un de mes hommes est mort lors de cette attaque. L'autre a emmené de force

le père et la fille à l'abri tandis que la mère retenait les autres. Je suis désolée Stéphane mais il y a peu de chance pour qu'elle ait survécu. Elle connaissait leur destination. Si jamais il y a un espoir pour qu'elle soit en vie, elle les retrouvera.
Stéphane hoche la tête sans trop y croire. Encore une victime de plus. Il espère qu'elle n'a pas souffert.
- Au moins, elle est morte en protégeant ceux qu'elle aime. Tu ne connaissais pas Anaïs mais elle avait déjà perdu un enfant. Elle aurait tout fait, vraiment tout, pour protéger Alizé. Elle n'aurait jamais pu vivre sans elle.
Et dire qu'il ne pourra même pas en parler à Lauraine. Elle ne saura jamais pourquoi ses amis ont disparu du jour au lendemain et ce qu'ils sont devenus. Stéphane préfère changer de sujet :
- Tu as eu des nouvelles de Loïc récemment ?
- Oui, il travaille beaucoup pour nous en ce moment. Il passe un temps fou sur les disques mémoires récupérés à la clinique. Il n'est pas le seul à travailler dessus mais les autres ne sont pas aussi acharnés. Il veut absolument découvrir tout ce que lui cachent ces machines. Il déteste être mis en échec par l'informatique. C'est sans doute pourquoi tu n'as pas eu de ses nouvelles, explique Philippe, comprenant la question sous-entendue de Stéphane.
- Tu as raison, il n'a pas dû avoir le temps de se pencher sur mon problème.
Philippe perçoit de la déception dans la voix de Stéphane. Il ne pose pas de questions mais laisse le silence s'installer en espérant que son ami va lui expliquer ce qu'il cherche. Stéphane ne dit rien alors Philippe continue :
- Les disques mémoires sont protégés par des codes mais ils ont réussi à en craquer quelques-uns. Ils ont eu une mauvaise surprise sur le premier disque mémoire. Lorsqu'ils ont déjoué la sécurité, les données ont commencé à s'effacer toutes seules. Heureusement que c'est Loïc qui travaillait dessus. Il a réussi à stopper le processus assez rapidement et à

récupérer les dernières données. Du coup, ils sont plus prudents avec les autres disques mémoires. Ils essayent de déjouer le piège.
- Tu as commencé à examiner les documents qu'ils ont pu récupérer ? demande Stéphane curieux.
- Rapidement. Je n'ai pas eu beaucoup de temps et je dois avouer que je ne comprends pas la moitié des documents. C'est beaucoup trop scientifique pour moi.
- Tu les as ici ?
- Oui. Loïc m'a mis tout ce qu'il avait trouvé sur une carte mémoire.
- Alors, mettons-nous au travail ! s'enthousiasme Stéphane.
Philippe va chercher un ordinateur et ils se mettent au travail. Il est dix-sept heures quand ils ouvrent le premier dossier. Ils sont bien tombés. Ce sont des photos. Ils les examinent toutes une par une. Ils reconnaissent la clinique en Afrique du Sud. Les prisonniers qui ont servi de cobayes aux expériences des scientifiques ont des corps aussi émaciés que ceux des déportés dans les camps de concentration. Philippe détourne les yeux à plusieurs reprises devant ce spectacle. Sur une photo, ils aperçoivent des corps allongés sous un drap blanc. Combien sont morts là-bas ?
- On peut passer à autre chose ? demande Philippe. Quoique ces hommes aient fait, ils ne méritaient sûrement pas d'être traités comme moins que des animaux. On ne voit jamais les visages des laborantins. Ils ont fait attention à ne pas être pris en photo. Si on passe autant de temps sur chaque dossier, on n'a pas fini !
Stéphane s'exécute après avoir mis quelques photos de côté pour les examiner plus tard. Sur certaines, on aperçoit quelques scientifiques et sur d'autres, il n'arrive pas à reconnaître la clinique qu'ils ont visitée.
Dans les autres dossiers, ils découvrent des documents médicaux, des actes de décès, des matricules qui doivent correspondre aux prisonniers, des analyses d'expérience, des mails échangés avec

un correspondant inconnu. Vers vingt-et-une heures, alors que Stéphane est en train d'étudier un rapport médical, Philippe descend à la cuisine leur chercher à manger. Il ne comprend pas grand-chose à tous ces termes scientifiques. Il a besoin de changer d'air. C'est à peine si Stéphane remarque l'absence de son ami tellement il est plongé dans sa lecture. Ce qu'il avait deviné en survolant des papiers à la clinique se confirme. Durant toutes ces années de recherche, les scientifiques ne faisaient pas que chercher le gène de la criminalité. Ils tentaient également de « soigner » ces prisonniers. Seulement, on ne joue pas impunément avec les gènes d'un individu…
Un frisson parcourt Stéphane. Lorsque Philippe remonte avec un plateau repas, il ferme le document qu'il était en train d'étudier et s'attable avec son ami. C'est un repas froid de saucisson, jambon, fromage et chips mais ils se régalent.
- Tu as trouvé quelque chose d'intéressant ? demande Philippe.
- Non. Rien que des comptes rendus scientifiques.
Stéphane ne voit pas l'intérêt d'inquiéter son ami en lui parlant des manipulations génétiques effectuées sur les prisonniers et de leurs conséquences. Une fois terminé leur repas, ils se remettent au travail. Ils découvrent plusieurs documents scientifiques signés de Damien Roiteau. Il tenait un journal de ses expériences. Malheureusement le fichier est endommagé. Il n'est pas entier. Aux dates les plus récentes, il évoque un déménagement possible des laboratoires sans donner d'indices sur la destination. Philippe rage :
- Si le Professeur était encore en vie, nous aurions pu lui demander où devaient déménager les laboratoires. Pourquoi ne pas nous en avoir parlé quand nous sommes allés le voir ? Pourquoi nous a-t-il orienté seulement vers l'Afrique du Sud ?
- Peut-être qu'il a été évincé du programme avant le déménagement. Peut-être que le gouvernement ne lui

a jamais fait assez confiance et qu'il n'a jamais connu la destination.
- Oui, tu as peut-être raison, réfléchit Philippe. Il ne serait pas étonnant que pour éviter les fuites, les scientifiques n'aient appris la localisation de leur futur laboratoire qu'au tout dernier moment. On ne retrouvera jamais leurs traces…
Il est une heure du matin. Philippe est démoralisé. Malgré toutes les informations contenues dans ces disques mémoires, il a l'impression que rien là-dedans ne l'aidera à retrouver sa fille.
- On peut trouver des indices j'en suis sûr. On ne déménage pas cinquante personnes d'un site sans laisser échapper certaines informations. Le laboratoire a sans doute continué à fonctionner après que le Professeur Roiteau ait été mis à l'écart. Allez, on continue encore un peu.
Réconforté par les paroles de Stéphane, Philippe se replonge dans les documents et fichiers. Vers trois heures du matin, Stéphane lui donne un petit coup dans les côtes. Philippe sursaute en se réveillant. Il ne s'est même pas rendu compte qu'il s'était assoupi devant l'ordinateur. Il est encore embrouillé par le sommeil mais tente de se concentrer sur ce que Stéphane lui montre à l'écran.
Une dizaine de mots sans cohérence, suivis de chiffres. Philippe se concentre et relit les mots. Ils n'ont toujours aucun sens pour lui.
- J'y comprends rien à tout ce charabia. Qu'est-ce que c'est ?
- Je ne sais pas mais c'est le premier fichier que je trouve comme ça. Il s'agit peut-être d'un code. Il est rangé dans un dossier nommé Cicéron pratiquement vide. Il contient également quelques mails mais dans lesquels il n'y a que deux ou trois mots. C'est bizarre, non ?
A cette heure-là, tout paraît bizarre à Philippe mais il acquiesce pour faire plaisir à son ami.
- Il n'était pas romain ?
- Quoi ?

- Cicéron. Il n'était pas romain ?
- Sans doute, répond Stéphane qui a du mal à suivre l'esprit endormi de Philippe. Je crois qu'on a suffisamment travaillé pour aujourd'hui. Tu t'endors devant l'ordinateur. Je vais rentrer chez moi. Est-ce que tu pourrais m'imprimer cette liste avant que je parte, s'il-te-plait ?
Il ne sait pas pourquoi mais Stéphane a le pressentiment que cette suite de mots est importante. Il veut l'étudier à tête reposée. Après avoir refusé l'hospitalité de Philippe, il reprend la route et rentre dans son appartement vide.

Chapitre 32

Stéphane est en train d'apprendre à Jérémy le nom des différents animaux de la ferme et leurs cris quand le téléphone fourni par Philippe sonne.

- Stéphane ?
- Oui.
- C'est Loïc à l'appareil.
- Meuh ! Meuh ! continue à s'entrainer Jérémy.
- Attendez une seconde, demande Stéphane avant de s'adresser à son fils. Jérémy, continue un peu tout seul. Je dois discuter au téléphone. Et pas de bêtises !

Jérémy acquiesce sans détourner les yeux de son livre. Stéphane va s'isoler dans la pièce qu'il a adopté comme sa propre chambre.

- C'est bon, je suis seul. Vous avez du nouveau ?
- Vous aviez raison, la carte mémoire n'est pas vide. J'ai trouvé un fichier, très bien caché soit dit en passant. J'aimerais bien connaître celui qui a fait ça.
- Qu'est-ce qu'il contient ? demande Stéphane impatient.
- J'ai trouvé un fichier. Je n'ai pas dit que j'avais réussi à l'ouvrir. C'est un autre problème. Il est protégé par un code secret. Et j'ai peur qu'en entrant un mauvais code, le fichier s'autodétruise.
- Vous ne pouvez pas le craquer ?
- Si, sans doute. Je voulais d'abord vous demander si vous n'aviez pas une idée du code qui aurait pu être utilisé pour protéger ce fichier ? Apparemment, vous connaissez bien la personne qui possède cette carte mémoire.

Stéphane réfléchit à toute vitesse. Lauraine aurait pu rentrer n'importe quel code. Il a bien quelques idées mais…

- Si je me trompe, vous dites que le fichier va s'autodétruire ? Je n'ai droit qu'à une chance ?

- J'ai dit que c'était une possibilité. Il est également possible que le fichier se détruise quand j'essayerai de craquer la protection. Si vous avez une idée, je vous conseille de la tester.
- Essayer *Jérémy*.
- Vous n'avez pas mieux ? Avec tout le mal qu'on s'est donné pour protéger ce fichier, je serais surpris qu'un simple prénom suffise.
Stéphane grince des dents. Loïc a raison. Lauraine n'aurait pas utilisé le simple nom de son fils. Elle n'aurait pas été si naïve.
- Alors essayez « lbepmsat. ». Ce sont les initiales d'une phrase très importante pour cette personne.
Le bonheur est partout mais surtout avec toi. C'est une des phrases que Lauraine avait citée au cours de leur cérémonie de mariage.
- Cela me semble un peu plus approprié. Vous m'autorisez à faire le test ?
Stéphane hésite. Si le fichier se détruit, il ne pourra plus savoir ce qu'il contient, à moins d'en parler avec Lauraine. Pourquoi pas, après tout. Si ça peut le forcer à aborder le sujet avec sa femme.
- Allez-y !
Quelques secondes de silence. Stéphane se balance d'un pied sur l'autre. A travers le combiné, il perçoit le bruit des touches d'ordinateur qu'on enfonce puis plus rien. Encore quelques secondes de silence.
- Loïc ?
- Oui, désolé. J'étais absorbé par mon écran. Le code n'a pas fonctionné, je suis désolé. Mais la bonne nouvelle, c'est que le fichier est toujours là. Je devrais pouvoir essayer de le craquer sans trop de risque. Je vous rappelle dès que j'ai du nouveau.
- Att…
Trop tard. Loïc a déjà raccroché. Stéphane n'a même pas eu le temps de lui demander pour combien de temps il pensait en avoir. Il n'a plus qu'à attendre encore. Et il n'a jamais été très doué pour ça.

Stéphane est seul dans son appartement. Lauraine est passée chercher Jérémy un peu plus tôt. Ils se sont échangés quelques banalités mais rien de très personnel. Pendant le peu de temps où elle est restée, seul Jérémy n'a pas arrêté de parler. Il débitait des phrases parfois sans queue ni tête mais parlait et parlait dans le seul but de combler le silence. Stéphane comprend bien que son fils souffre de leur séparation mais il ne sait pas quoi faire pour l'aider. En passant seulement quelques jours par mois avec lui, il a déjà l'impression de le mettre en danger. Parfois, il se demande s'il ne serait pas tout simplement plus sage pour tout le monde qu'il s'en aille loin d'ici, loin de sa famille pour éviter que le gouvernement s'en prenne à eux. Mais il n'a pas encore trouvé le courage de les abandonner complètement.
Il espère également que cette situation ne favorisera pas le développement d'un certain trait de caractère déjà inscrit dans le code génétique de son fils. Au moment de partir avec sa mère, Jérémy s'est jeté dans ses bras pour lui faire un câlin et lui a dit :
- Je t'aime, papa.
C'est la première fois qu'il prononce ces mots et Stéphane en est encore tout ému. Que ne serait-il pas près à faire pour cet enfant ?
Enfin, dans une heure, il doit aller travailler. Il pourra arrêter de réfléchir à ses problèmes personnels pour un temps. L'oisiveté ne lui réussissait pas. Il a donc postulé à une offre de médecin vacataire pour le département et il a été accepté. Ce n'est que pour quelques heures par semaine mais il n'en pouvait plus de rester inactif. Ce soir, il doit participer à une action de prévention concernant les maladies sexuellement transmissibles et la contraception auprès d'adolescents. Et demain, il doit effectuer un bilan de santé dans une école maternelle. Le travail est varié et ne correspond pas forcément à ce qu'il faisait à l'hôpital mais cela lui permet de garder un pied dans ce métier qu'il aime tant.

Comme il n'est pas pressé, il ressort la liste que lui a imprimée Philippe lors de leurs recherches nocturnes sur les disques mémoires de l'ancienne clinique du Professeur Roiteau. Il l'étudie tous les jours, persuadé qu'elle a un sens cachée. La phrase s'étale toujours devant ses yeux, en lettres majuscules, incompréhensible.

SEENTA YANBAN RBHOLG AEERYZ CRLGAH
UDSAGO SEINUU

Il n'a jamais rien vu de pareil. Il a cherché dans des dictionnaires interactifs s'il ne s'agissait pas d'une langue étrangère mais si c'est le cas, elle n'est pas référencée et est encore moins pratiquée que le Yukaghir, langue très rare du nord est de la Russie. Peut-être s'agit-il d'une langue ancienne qui n'est plus parlé aujourd'hui. Stéphane a songé à aller voir un spécialiste pour avoir son avis mais il y a renoncé pour l'instant. Si cette phrase était réellement importante, il serait surpris qu'on l'ait écrite dans une langue inconnue. Ce serait beaucoup trop compliqué à déchiffrer pour les destinataires du message.
Il n'arrive à rien aujourd'hui. Aucune idée ne lui vient. Il gribouille sur la feuille sans faire attention. *Cicéron*. C'était le nom du dossier dans lequel était rangé le document. Il s'en souvient subitement. Il lance une recherche rapide sur internet.
« *Cicéron est un homme d'Etat romain et un auteur latin qui a vécu entre 106 et 43 avant Jésus Christ. Il est mort assassiné. Il marque l'histoire romaine par son grand talent d'orateur et son rôle politique majeur. Etudiant brillant, il débute son 'cursus honorum' en tant que questeur en Sicile. C'est là-bas que ce fervent défenseur de la cause publique…* »
Stéphane s'arrête de lire. Tout cela est très intéressant mais il ne voit pas le rapport entre un type qui a vécu durant l'antiquité romaine et les recherches du gouvernement actuel. Il pose son stylo d'un geste énervé et éteint son ordinateur. Il est encore un peu tôt

mais il n'arrive à rien. Il ferait mieux de se pencher un peu sur les documents que lui a transmis le Conseil Général.

Le lendemain matin, Stéphane passe à la boulangerie. Lorsqu'il revient chez lui, le sourire aux lèvres en pensant au petit-déjeuner qu'il va s'offrir, un colis l'attend devant sa porte. Il regarde le couloir mais bien sûr, l'expéditeur ne l'a pas attendu. Le colis est posé juste sur son paillasson. Stéphane prend le carton dans ses mains. Aucun expéditeur n'est indiqué. Seul son propre nom est écrit au feutre noir. Stéphane est surpris mais porte le colis à l'intérieur et le pose sur la table de la cuisine. Une odeur désagréable s'en dégage. Il n'y fait pas attention. Il trouve des ciseaux, coupe le scotch et rabat les volets du carton. Une odeur violente de chair en décomposition lui frappe les narines. Il porte la main à sa bouche. Avec son métier, il est habitué a beaucoup de choses mais cela ne l'empêche pas de se précipiter dans la pièce d'à côté pour prendre un bol d'air frais.
Il ne retourne pas dans la cuisine. Il prend le téléphone et compose le numéro d'urgence que Philippe lui a fait apprendre par cœur. Son ami répond à la deuxième sonnerie.
- Que se passe-t-il Stéphane ? Tu vas bien ? demande Philippe inquiet.
Stéphane le rassure aussitôt :
- Oui, oui, je vais bien. Ne t'inquiète pas. Mais j'ai un problème et je… je ne savais pas quoi faire d'autres. Il fallait que je t'appelle.
Malgré ses paroles rassurantes, Philippe sent que son ami n'est pas bien.
- Calme toi, Stéphane. Respire à fond. Où es-tu ?
- Chez moi.
- Que se passe-t-il ?
- J'ai reçu un colis. Je l'ai ouvert et…
La voix de Stéphane se brise dans le téléphone.
- Qu'as-tu trouvé dans ce colis, Stéphane ?
- … Une main, murmure Stéphane.

Dix mille questions se bousculent dans la tête de Philippe mais il sent que son ami n'est pas capable d'y répondre.
- Reste où tu es, Stéphane. Ne bouge pas et surtout, ne touche à rien. Je suis chez toi dans vingt minutes. Je vais m'en occuper.

Comme promis, vingt minutes plus tard, Philippe est dans l'appartement. Il n'est pas venu seul. Deux autres personnes l'accompagnent. Stéphane ne les a jamais vues. Il ne pose pas de questions. Il les mène à la cuisine et leur indique le colis qui n'a pas bougé. Il reste sur le pas de la porte. Alors que les deux inconnus s'approchent pour regarder à l'intérieur, il retient Philippe pour lui demander :
- Comment ce colis a-t-il pu arriver chez moi ?
- On a dû le déposer, répond Philippe sans comprendre.
- Je veux dire comment est-il arrivé sur mon palier sans que personne ne remarque le livreur. Je croyais que tu me faisais surveiller nuit et jour !
Stéphane n'a pu empêcher une once de reproche de transparaître dans sa dernière phrase.
- Justement, ils te surveillent jour et nuit pour ta protection. Ils ne peuvent pas non plus surveiller ton appartement quand tu n'y es pas. J'aimerais pouvoir faire plus mais j'ai l'impression qu'ils ont toujours un coup d'avance sur nous.
Stéphane hoche la tête en signe d'excuse. Philippe rejoint ses collègues. Il pose sa main sur son nez et recule rapidement. Il retient un haut le cœur. Les deux autres continuent à travailler, nullement gênés par l'odeur.
- Nous allons emmener le colis, explique Philippe. Après une analyse sanguine, nous devrions pouvoir dire à qui appartenait cette main.
- Nous pouvons déjà affirmer qu'il s'agissait d'une femme, intervient l'un des deux acolytes de Philippe. La main est fine et présente différentes caractéristiques indéniables. Elle…

- Je sais déjà de qui il s'agit, coupe Stéphane.
Philippe se retourne vers lui, attendant une explication.
- Je ne l'ai pas vue longtemps mais je suis presque sûre qu'il s'agit d'Anaïs. J'ai reconnu sa bague de fiançailles.
Philippe regarde son ami. Stéphane a recouvré son calme. Philippe donnerait cher pour connaître les pensées qui l'agitent en ce moment. Après tout ce qu'il a subi, voilà qu'il retrouve, sur son palier, la main d'une amie qu'il a aidée à s'enfuir.
- Je suis désolé, Stéphane. Malgré les faibles chances, j'espérais qu'elle avait réussi à leur échapper. Nous allons tout de même faire des tests pour confirmer tes soupçons. Nous allons également analyser la boîte. Peut-être trouverons-nous un indice sur son expéditeur.
- Vous allez perdre votre temps, Philippe. Nous savons très bien, toi et moi, qu'il ne peut s'agir que d'EUX. Ce que j'aimerais comprendre, c'est pourquoi ils s'acharnent contre moi ! Qu'est-ce que j'ai fait de plus que n'importe lequel d'entre vous pour qu'ils continuent à vouloir me faire peur de cette façon ?
Philippe n'a pas de réponse à cette question. Lui-même nage dans le flou le plus total. Le gouvernement ne s'est jamais attaqué à lui comme il le fait avec Stéphane. Quelle menace représente-t-il pour eux ?
- Toutes mes condoléances pour ton amie, Stéphane. Je suis vraiment désolé de t'avoir embarqué là-dedans. Je n'aurais jamais imaginé que tu souffrirais autant en te joignant à nous.
- Tu sais très bien que ce n'est pas de ta faute, Philippe. J'ai toujours assumé mes choix, je ne vais pas changer aujourd'hui. Ce qu'ils n'ont pas encore compris, c'est que plus ils s'attaquent à mon entourage, plus ils renforcent ma volonté de leur faire payer !
Les deux acolytes de Philippe attendent sur le pas de la porte. Ils ont refermé la boîte avec des gants et l'ont mise dans un sac plastique en essayant de ne pas effacer les éventuelles empreintes digitales.

Philippe sert la main de Stéphane pour lui dire au revoir.
- Fais attention à toi. Je te recontacte rapidement.

Chapitre 33

Le casque sur les oreilles, Stéphane fixe sa cible sans ciller. Les bras tendus, pouce sur pouce et le doigt sur la détente comme le lui a expliqué l'entraineur. Il prend une grande inspiration, crispe le doigt. La détonation se répercute dans tous ses muscles jusqu'à l'épaule. Il baisse son arme vers le sol en jurant. Il bouge son épaule pour la détendre et recommence l'expérience.

Après avoir failli se faire tuer dans les rues de Paris, Stéphane a vite compris qu'une arme dont on sait à peine se servir est plus dangereuse qu'utile. C'est pourquoi il prend des cours dans ce petit stand de tirs depuis quelques semaines. Les entraineurs sont très professionnels. En quelques séances, il a appris beaucoup sur les armes à feu et ses tirs sont de plus en plus précis.

Aujourd'hui, c'est la première fois qu'il tire avec un revolver chargé de 357 Magnum. C'est une cartouche conçue pour la chasse et le combat. Elle jouit, même encore aujourd'hui, de posséder un des meilleurs pouvoirs d'arrêt parmi les munitions d'armes de poing. Pour les professionnels, le pouvoir d'arrêt correspond à la capacité d'une munition à mettre un adversaire hors de combat dès le premier impact. Durant la Guerre de Corée, la munition 357 Magnum a été utilisée pour transpercer les gilets pare-balles des soldats nord-coréens.

Après ce premier essai, Stéphane ne doute pas de son efficacité. Il tente d'autres tirs avant d'abandonner l'arme. Malgré sa puissance, elle n'est pas très pratique. La détonation est vraiment très forte, même en portant un casque, et le recul de l'arme l'empêche d'atteindre sa cible. Il comprend pourquoi la police l'a remplacée par des pistolets semi-automatiques. Lui-même préfère l'arme fournie par Philippe. Elle est plus

légère, discrète, précise et elle a l'avantage de ne pouvoir être utilisée que par une seule personne, en l'occurrence lui-même.
Comme il ne possède pas de port d'armes en règle, il ne peut pas amener son arme au stand de tir pour s'entrainer avec. De temps en temps, il prend sa voiture et quitte la capitale pour s'enfoncer dans la campagne. Il trouve un coin tranquille, pose quelques canettes en équilibre et s'entraine à tirer avec son propre pistolet.
Stéphane regarde la pendule au-dessus de la porte. Il n'a plus beaucoup de temps. Il reprend le semi-automatique, fait une dernière série de tirs et remballe le matériel qu'il rapporte à l'entraineur de service. C'est Maxence, celui qui lui a donné son premier cours.
- J'ai observé vos résultats, Stéphane. C'est impressionnant. En quelques semaines, vous avez progressé de façon fulgurante. On ne croirait pas qu'il y a un mois, vous n'aviez jamais touché une arme de votre vie. Vous faites mouche quasiment à chaque fois. Ce n'est pas pour vous flatter mais une évolution aussi rapide est très rare.
- Merci. J'ai une bonne motivation que les autres n'ont pas.
Avant que Maxence ne lui pose de questions, il prend congé.
- Mon fils finit l'école dans quinze minutes. Je vais être en retard. Bonne soirée. A bientôt.

Sur le chemin du retour de l'école, Jérémy est tout excité. Il n'arrête pas de dire qu'il a une surprise pour son père mais il ne lui montrera pas avant d'être rentré. Il est tellement pressé qu'il court devant puis revient vers son père pour le tirer par la manche. Stéphane sourit devant l'empressement de son fils.
Alors qu'ils ne sont plus qu'à cinq-cent mètres de l'appartement, Stéphane joue le jeu de son fils. Alors que celui-ci le tire par son blouson, il le prend dans ses bras et court jusqu'à la porte. Passé le moment de

surprise, Jérémy rigole de bon cœur. Son rire redouble quand son père le met sur ses épaules et imite le cheval dans les escaliers.
Quand ils arrivent dans l'appartement, l'un rigole toujours et l'autre est essoufflé. Stéphane va s'affaler dans le canapé et fait le mort pour montrer qu'il est éreinté. Jérémy vient le pousser gentiment.
- Papa ! Papa ! Lève-toi ! Il faut que tu regardes.
Stéphane se redresse. Jérémy s'assoit par terre, sur le tapis, à côté de la table basse. Précautionneusement, il sort une enveloppe de son cartable. Sa petite langue rose pointe en dehors de sa bouche. Il est concentré. Il ouvre l'enveloppe et pose le contenu sur la table.
- Regarde, ce sont les photos des vacances. Maman les a faites imprimer pour que je te les montre.
Le sourire de Stéphane s'efface un peu. Les vacances en Croatie auxquelles il n'a pas participées.
- Elles sont trop belles, hein papa ? Là, c'est quand on a regardé les poissons sous l'eau. C'était trop bien ! Il y avait plein de couleurs super jolies. Là c'est la plage. Maman et moi. On a mangé des glaces super bonnes…
Jérémy continue à énumérer tout ce qu'ils ont fait sous le regard attentif de son père.
- Là, on a vu des vieilles pierres. Maman a lu plein de choses sur des gens qui ont construit tout ça il y a très très longtemps. Elle a dit que c'était important, c'était notre…
Jérémy se concentre pour retrouver le mot prononcé par sa maman.
- … histoire ?
Stéphane acquiesce.
- C'était notre histoire. Mais moi j'ai trouvé ça trop long. En plus, c'était même pas drôle, j'avais pas le droit de grimper sur les pierres.
- Ta maman a raison, Jérémy. C'est important l'histoire pour savoir d'où on vient. Tu es encore trop petit mais tu apprendras ça à l'école. Ce sont sûrement des ruines romaines. Ils ont eu une grande influence sur cette partie du monde.

Le visage de Jérémy s'est éclairé.
- Des romains comme dans le film avec les batailles ?
Stéphane sourit.
- Oui, c'est ça. Ils sont venus faire la guerre en Croatie. Et quand ils ont gagné, ils ont construit plein de choses pour dire que c'était chez eux maintenant. Mais un jour, ils ont été chassés.
Jérémy semble impressionné. Il écoute avec attention.
- Waouh ! C'est trop cool ! Ils étaient très forts les romains ?
- Oui. A une période, ils battaient tout le monde. Ils sont même venus jusqu'à Paris. Ils ont vaincu les gaulois.
Jérémy se renfrogne.
- Moi, si j'avais été là, je me serais battu contre les romains et on aurait gagné.
Stéphane passe la main sur la tête de son fils et lui ébouriffe les cheveux.
- J'en suis sûr. Allez, je vais préparer à manger. Tu dois avoir faim.
Stéphane se dirige vers la cuisine, l'esprit songeur. Il repense à Cicéron. Un autre personnage de l'histoire romaine. Peut-être qu'il devrait creuser un peu dans cette direction. Ce pourrait être un indice concernant le nouveau laboratoire du gouvernement. Il pourrait se trouver en Italie ou dans un autre endroit occupé par les romains. Il faut qu'il fasse des recherches plus précises sur ce personnage historique ainsi que sur les lieux où il a eu une influence.

Stéphane n'a pas le temps de se pencher sur la question immédiatement. Lauraine est en voyage d'affaires depuis trois jours et ne rentrera pas avant le dimanche soir. Elle a tellement insisté que Stéphane a fini par accepter de garder Jérémy tout le week-end. En allant à la cuisine, il ne peut s'empêcher de jeter un coup d'œil par la fenêtre. La berline noire est toujours garée en face de son immeuble. Stéphane frissonne. Et si, tout à coup, ils en avaient marre de patienter et qu'ils décidaient de monter pour l'interroger. Que

seraient-ils prêts à faire à Jérémy pour lui soutirer des informations ?
Stéphane chasse cette pensée de toutes ses forces. C'est inutile. Maintenant, Jérémy est là. Il ne va pas le mettre dehors. Et tant qu'à faire, il a prévu de profiter à fond de son fils pendant ces deux jours.
Le samedi, ils vont à la piscine pour que Jérémy apprenne à nager. Il est encore jeune mais plus on apprend tôt, plus c'est facile. Le soir, Stéphane l'emmène voir un spectacle de cirque qui s'est installé en plein cœur de Paris. Jérémy est impressionné par le dresseur de lions et les acrobates. Enfin, le dimanche midi, ils vont déjeuner chez les parents de Stéphane qui n'ont pas vu leur petit-fils depuis trop longtemps à leur goût.
Stéphane ne les a pas revus depuis qu'il s'est installé dans l'appartement de ses grands-parents. Il voit bien qu'ils lui jettent des regards en coin de temps en temps. Sa mère a certainement encore des dizaines de questions qu'elle retient à cause de la présence de Jérémy. Il ne leur a pas fourni plus d'explications sur sa séparation avec Lauraine. Ils ne comprennent pas même s'ils se doutent que ça a un rapport avec son absence de l'été. En tout cas, ce qu'ils savent c'est qu'ils n'ont jamais vu leur fils aussi malheureux, même s'il le cache bien. Ils ne savent pas quoi faire pour l'aider.
A la réflexion, il n'est pas seulement malheureux, songe la mère de Stéphane en vérifiant la cuisson du rôti. Il est anxieux et stressé. Elle l'avait déjà remarqué la dernière fois qu'il est venu mais elle pensait que c'était passager. Il semble sans cesse sur ses gardes et se retourne au moindre bruit. Il a des cernes de plus en plus profonds sous les yeux. Elle n'a jamais vu son fils dans cet état. Avant qu'il ne reparte, elle tente de lui parler seul à seul.
- Tout va bien, Stéphane ?
- Oui, oui. Ne t'inquiète pas, maman. J'arrive très bien à m'en sortir tout seul.

- Tu n'en donnes pas l'impression pourtant. Tu as l'air si triste.
Stéphane ne dit rien.
- Elle te manque ?
- Bien sûr qu'elle me manque.
- Alors pourquoi tu n'essayes pas de lui parler ? Tu dois la récupérer. Vous étiez tellement heureux.
Stéphane soupire. Il n'a pas besoin de sa mère pour le savoir.
- Ce n'est pas si simple, maman. Pour l'instant, il vaut mieux que nous vivions séparés. Nous avons besoin de temps.
- Le temps passe vite, Stéphane. Fais attention.
La mère de Stéphane hésite avant de poser l'autre question qui lui brûle les lèvres.
- Est-ce que tu as des soucis, Stéphane ? Tu as l'air tellement… mal.
Stéphane songe aux *parents de l'ombre*, au gouvernement qui le fait suivre, aux séances de torture qu'il a subies cet été, à son attaque dans les rues de Paris…
- Non, maman, tout va bien. C'est juste la fatigue et les soucis avec Lauraine…
Elle n'est pas persuadée qu'il lui a tout dit mais elle n'a d'autres choix que de le croire. Elle attire son grand garçon contre elle et le serre dans ses bras en lui murmurant :
- Ça va s'arranger.

Le week-end est passé trop vite. Il est dix-sept heures et dans une demi-heure, Lauraine sera là pour récupérer Jérémy. Stéphane s'active dans la chambre de son fils pour préparer ses affaires. Surtout, ne pas oublier le doudou sans lequel il ne peut pas dormir.
La sonnette retentit dans tout l'appartement. Stéphane regarde sa montre. Elle a dix minutes d'avance. Il va ouvrir la porte et se retrouve face à un visage auquel il ne s'attend pas.
- Camille ? Qu'est-ce que tu fais là ?

- Quel accueil ! ironise-t-elle. L'avion de Lauraine a du retard. Apparemment, tu ne pouvais pas garder Jérémy plus longtemps, donc me voilà ! On ira chercher Lauraine à l'aéroport ensemble. Tu ne me laisses pas entrer ?
- Si, si, désolé. Je suis un peu surpris.
Stéphane s'efface pour laisser Camille entrer dans l'appartement. Elle enlève aussitôt son manteau qu'elle pose négligemment sur le canapé du salon. Camille a toujours eu le don de se sentir chez elle où qu'elle soit.
- Ne t'occupe pas de moi. Je sais que je suis en avance. Prends ton temps avec Jérémy.
Stéphane ne se le fait pas dire deux fois. Il retourne dans la chambre de son fils pour fermer sa petite valise et lui faire un dernier câlin.
- Je viens te chercher à l'école jeudi, d'accord ?
- Ça fait combien de dodos ? demande Jérémy.
- Quatre. Tu pourras attendre quatre dodos ? Tu seras avec maman mais c'est Camille qui va t'emmener, d'accord ?
Jérémy hoche la tête.
- Pourquoi tu ne viens pas avec nous ?
Stéphane pose la tête de son fils contre son torse et le berce lentement.
- Parce que je vis ici, maintenant.
- Mais pourquoi ? Tu n'aimes plus maman ?
Stéphane est surpris par la question.
- Si, je vous aime très fort tous les deux. Mais c'est plus compliqué que ça.
- Est-ce que tu vas revenir à la maison, un jour ?
Stéphane n'a pas envie de mentir à son fils mais il ne connaît pas la réponse à cette question.
- C'est possible. Mais cela risque d'être un peu long…
- C'est déjà long, dit-il sur un ton boudeur.
- Je sais.
Il le berce encore quelques instants avant de lui poser un bisou sur le front et de le reposer par terre.
- Allez, tu finis de ranger un peu ta chambre et après, tu partiras avec Camille.

Stéphane sort de la pièce et retrouve Camille au-dessus de son bureau en train de lire des papiers qu'il a laissé trainer.
- Qu'est-ce que tu fais ? demande-t-il un peu brusquement.
Elle sursaute.
- Tu m'as fait peur, dit-elle en rigolant. Je regardais ta liste de mots sans queue ni tête. J'essayais de…
Stéphane se raidit en constatant que Camille tient dans sa main des papiers qu'il n'aurait jamais dû laisser en évidence.
- Et ça ne te dérange pas de fouiller dans les affaires personnelles des gens ? Tu n'as aucun respect.
- Je n'ai pas fouillé, c'était bien en vue sur ton bureau. Si c'était si personnel, tu n'avais qu'à ne pas le laisser trainer.
- Je n'avais pas prévu que quelqu'un allait venir chez moi se mettre à regarder partout.
- Qu'est-ce que tu peux faire comme foin pour quelques mots. Tu as le droit de t'amuser à résoudre des phrases codées si ça te fait plaisir. Ce n'est pas honteux.
Stéphane s'apprête à répondre de façon virulente une fois de plus mais il s'arrête dans son élan.
- Une phrase codée ?
- Oui, celle qui est sur ton bureau. Ça n'a pas l'air d'être un code très compliqué d'ailleurs. Tous tes mots ont le même nombre de lettres mais je n'ai pas eu le temps de le résoudre. Tu ne savais pas que c'était un code ? demande-t-elle soudain surprise.
- Si, bien sûr, se reprend Stéphane. Je me demandais juste de quoi tu parlais. C'est un petit jeu avec un ami. Il me donne des énigmes et je dois les résoudre. Ce n'est pas important mais à l'avenir, j'aimerais que tu évites de mettre ton nez dans mes affaires. C'est une question de principe.
Camille lève les yeux au ciel.
- Si tu veux. Et j'ai le droit de me mêler de votre querelle, avec Lauraine ? Je ne sais pas pourquoi vous ne vous parlez plus et pourquoi tu es venu vivre

ici. Elle ne veut pas me donner de détails mais il faut que vous arrêtiez ça tout de suite ! Vous êtes faits l'un pour l'autre, c'est évident ! Elle t'aime toujours. Et tu l'aimes aussi, ça se voit comme le nez au milieu de la figure. Alors parlez-vous. Mettez tout sur la table et réconciliez-vous ! Vous ne pouvez pas continuer ainsi ou vous allez finir votre vie malheureux chacun de votre côté.

- Ce n'est pas si simple.

Stéphane a l'impression de répéter cette phrase beaucoup trop souvent, ces derniers temps. Mais que peut-il dire de plus ?

- J'ai l'impression d'entendre Lauraine ! s'énerve Camille. Et ensuite, elle ne veut pas me dire ce qui n'est « *pas si simple* ». Comment en êtes-vous arrivés là ?

- Je ne peux pas t'expliquer.

- Vous êtes vraiment stupides ! Moi, je pense qu'il n'y a rien que vous ne puissiez résoudre en vous parlant sincèrement.

Soudain, Stéphane ne peut s'empêcher de rigoler. C'est un rire nerveux qu'il n'arrive pas à arrêter. Camille le regarde de haut, les bras croisés sous sa poitrine.

- Je suis désolé, Camille, mais… je n'aurais jamais imaginé que tu serais celle qui viendrait me faire la morale sur ma relation avec Lauraine alors que…

- Alors que quoi ? Alors que je n'ai pas eu de relations sérieuses depuis des années et que je prends mon pied avec le premier venu ?

- Ce n'est pas ce que j'ai dit, se défend Stéphane.

- Mais tu l'as pensé très fort et tu n'as pas tort. Cela ne signifie pas que je n'ai pas envie d'une relation comme celle que tu partageais avec Lauraine. Je vous connais depuis très longtemps tous les deux et j'ai toujours pensé que vous finiriez votre vie ensemble. Vous avez des caractères très différents mais vous vous complétez et, dans le fond, je sais que vous avez les mêmes idées, les mêmes valeurs. Il vous faudra peut-

être du temps mais je suis persuadée que vous reviendrez l'un vers l'autre.
Stéphane ne répond rien.
- J'ai fini ! crie une petite voix à l'autre bout de l'appartement.
- Tu vas pouvoir y aller. Jérémy est prêt. Merci pour tes conseils et ta sincérité. Em… Passe le bonjour à Lauraine de ma part.
Camille sourit. Elle lui pose un baiser rapide sur la joue.
- Je l'embrasserai de ta part.

Chapitre 34

Stéphane est installé au bar d'un Pub à quelques rues de son nouvel appartement. Après ses quelques heures de travail, il avait envie d'une bière pour se désaltérer. Sachant qu'il n'avait rien chez lui, il a décidé de s'arrêter ici. Il a commandé une pinte d'une bière brune assez forte qu'il savoure tout en regardant distraitement l'écran de télévision qui retransmet un match de rugby. Il est dix-huit heures et l'endroit n'est pas encore très fréquenté. Un client discute à l'autre bout du comptoir tandis que quatre jeunes étudiants trinquent en riant à une table derrière lui. Il est donc surpris quand il sent une présence s'asseoir sur le tabouret à sa droite mais il ne se tourne pas tout de suite vers le nouvel arrivant. L'équipe de France est sur le point de marquer un essai et il veut voir la fin de l'action.

Le propriétaire de l'établissement s'arrache difficilement à sa conversation pour venir servir ce nouveau client qui lui commande un soda. Face à l'air étonné du barman, l'inconnu explique :

- Jamais d'alcool pendant le service !

Stéphane se tourne alors vers lui, surpris qu'un policier vienne se désaltérer pendant son service même si ce n'est pas avec de l'alcool. Mais l'homme qui se trouve sur sa droite ne porte pas d'uniforme. Il est grand, blond, rasé de près et il lui adresse un sourire en levant son verre dans sa direction :

- A votre santé, Docteur Laudrain.

Stéphane reste hébété. Il regarde cet homme d'un peu plus près mais il est presque sûr de n'avoir jamais croisé ce visage.

- Je vous connais ? demande-t-il, soudain sur ses gardes.

- Non. Mais moi, je vous connais bien. Laissez-moi me présenter : Thibaut Préau, je travaille à la DCRI.
Stéphane sert machinalement la main tendue par Thibaut Préau tout en réfléchissant à la signification de ce sigle. DCRI ? DCRI ? Qu'est-ce que ça veut dire déjà ? Il est sûr de l'avoir entendu récemment. Mais oui ! DCRI. Direction Centrale du Renseignement Intérieur. Ce type travaille pour le gouvernement. Stéphane retire sa main un peu vivement. Il regarde de nouveau autour de lui et soudain l'endroit ne lui semble plus du tout accueillant. La lumière tamisée et l'absence de grandes ouvertures sur l'extérieur l'empêchent de distinguer les visages de tous les clients et surtout, son interlocuteur se trouve entre lui et la seule sortie. Il tente de reprendre son calme. Si cet homme avait voulu le tuer, il ne l'aurait pas fait ici. Soit il est venu pour l'arrêter – mais dans ce cas, pourquoi ne l'a-t-il pas encore fait ? – soit il veut lui parler. La meilleure attitude à adopter est donc d'attendre pour voir ce qu'il veut.
- Vous travaillez pour le gouvernement ? demande Stéphane en essayant de prendre un ton détaché.
- Tout à fait. Et je dois avouer que vous et votre petite organisation nous donnez pas mal de boulot dernièrement !
Stéphane ne répond pas. Il ne doit rien dire pouvant le compromettre. Il attend donc la suite.
- Vous savez très certainement pourquoi je suis là, ce que j'attends de vous.
Stéphane boit une gorgée de bière avant de répondre.
- Je dois vous avouer que je n'en ai aucune idée.
L'agent Thibaut Préau sourit.
- Vous êtes méfiant. Vous avez raison. Vous avez de la chance de ne pas avoir un de mes collègues en face de vous. Beaucoup ne sont pas aussi patients que moi. Certains, même, ne sont pas très subtils, comme vous avez pu le constater. Vous devez savoir que je désapprouve les méthodes violentes employées contre vous. La torture ne fait pas partie de mes

passe-temps favoris. J'ai d'autres méthodes qui ont prouvé leur efficacité au fil des années.
Il reprend une gorgée de son soda avant de continuer.
- Je pense qu'essayer de vous amadouer serait aujourd'hui une pure perte après ce que vous avez subi. Vous nous prenez pour les grands méchants sans cœur et je vous comprends. Mais vous devez savoir que je vais trouver ce livre. J'ai cru comprendre que vous aviez fait la connaissance de deux de mes agents qui vous surveillent. Ils m'ont rapporté le petit épisode du café.
Stéphane ne peut s'empêcher de sourire à ce souvenir. Il revoit encore clairement la tête des deux agents quand, un matin, il est venu toquer à la fenêtre de la berline pour leur apporter deux cafés. Cela faisait longtemps que ça le démangeait.
- Vous êtes suivi jour et nuit, on connaît vos amis, votre famille, vos collègues, anciens et nouveaux, vous ne pouvez pas faire un pas sans qu'on soit au courant. Un jour ou l'autre, vous commettrez une erreur et nous obtiendrons ce que nous voulons. Cependant, vous nous épargneriez beaucoup d'efforts, à nous comme à vous, si vous nous le donniez de votre plein gré. De toutes façons, que pensez-vous en faire aujourd'hui ? Vous savez qu'aucun éditeur n'acceptera de le publier. Ce serait beaucoup trop dangereux pour lui. Alors quoi ? Vous n'avez plus de travail, du moins pas un qui vous rapporte beaucoup d'argent…
L'agent Préau laisse le silence s'installer. Stéphane réfléchit à tout ce qu'il vient de lui annoncer avant de demander :
- Qu'est-ce que vous attendez de moi ?
L'agent Préau semblait attendre cette question.
- Je veux que vous m'apportiez l'original, ainsi que toutes les copies du livre que vous avez écrit. Si vous faites cela, vous pourrez retrouver une vie tranquille, auprès de votre famille, sous la protection du gouvernement.

Sous la protection du gouvernement… sous leur surveillance plutôt, se dit Stéphane. Il n'a pas envie de finir comme le Professeur Roiteau, cloitré à vie dans sa maison.
- J'ai collaboré à différents ouvrages littéraires, il faudrait être un peu plus précis sur le livre que vous voulez.
- Ne vous fichez pas de moi, Docteur Laudrain ! Vous avez écrit beaucoup de livres sur le gouvernement ?
- Non, bien sûr, répond Stéphane rapidement. Enfin un indice intéressant. Le livre qu'ils recherchent tous avec autant d'ardeur, est un livre sur le gouvernement. Et ce livre n'est certainement pas très flatteur. Est-ce un pamphlet ? Une satire ? Est-ce qu'il révèle des informations que le gouvernement ne veut pas voir divulguées ? Stéphane est de plus en plus curieux concernant cet ouvrage qu'on lui attribue.
- Comment en êtes-vous arrivés à la conclusion que j'étais l'auteur de cet ouvrage ?
- Les gens parlent, Docteur Laudrain. Vous êtes bien naïfs si vous ne l'avez pas encore compris. Vous avez confié votre projet à une personne de trop. Et votre soudain engagement dans une organisation anti-gouvernementale n'était pas très malin. Nous avons tout de suite fait le rapprochement.
Stéphane n'est pas beaucoup plus avancé. Il ne comprend pas qui a pu leur dire qu'il avait écrit un livre sur le gouvernement. Un livre dont il a entendu parler il y a seulement quelques mois. Mais il n'a pas le temps de réfléchir à la question.
- Et comment saurez-vous que je vous ai apporté toutes les copies existantes ?
- Disons que nous vous ferons confiance. Mais si jamais le livre venait à sortir par la suite, nous saurons que vous nous aviez menti. Vous et votre famille serez alors arrêtés pour haute trahison.
Quel beau programme… Même si Stéphane savait où trouver ce livre, il ne le leur confierait jamais. La vie tranquille qu'ils lui proposent ressemble plutôt à une prison dorée où il n'en sera que plus surveillé.

- Je suis désolé, agent Préau, mais je ne vais pas pouvoir accéder à votre requête.
Stéphane serre un peu plus fort son verre, prêt à s'en servir comme arme si l'agent Préau n'accepte pas son refus et décide de l'embarquer pour le faire parler. Mais il ne perçoit aucune colère ou violence dans le regard de l'agent, seulement un peu de déception.
- Comme vous voudrez, Docteur Laudrain. Comme je vous l'ai dit, je suis patient. Vous finirez bien par nous mener à ce que nous cherchons, sans même vous en rendre compte. Vous ne pouvez pas nous échapper. Mais sachez également que toute patience a ses limites. Je sais que vous n'habitez plus avec votre femme et votre fils. Si vous espérez ainsi nous faire croire qu'ils ne comptent plus pour vous, c'est que vous nous prenez pour plus bêtes que nous sommes, Docteur Laudrain. A votre place, je préférerais rester auprès d'eux pour être sûr qu'il ne leur arrive rien.
Stéphane déglutit avec peine. C'est une menace à peine déguisée.
- Je croyais que vous réprouviez la violence.
- La violence gratuite utilisée avant même d'avoir testé d'autres méthodes. Cela ne m'empêche pas d'y avoir recours quand c'est nécessaire. Allez, je vous laisse jusqu'à demain soir pour réfléchir. Je vous conseille de prendre la bonne décision.
L'agent Préau finit son verre d'une traite, laisse la monnaie sur le comptoir et s'apprête à sortir. Avant de quitter le Pub, il se penche vers Stéphane :
- J'espère que vous avez apprécié mon petit colis.
Des sueurs froides parcourent le corps de Stéphane alors qu'il repense à cette main tranchée laissée sur son palier.

Chapitre 35

Stéphane froisse un nouveau papier et le jette à côté de la poubelle. Il prend sa tête dans ses mains et marmonne pour lui-même. Il n'arrive à rien. Voilà plus d'une heure qu'il tente de déchiffrer le message codé trouvé sur l'ordinateur du laboratoire en Afrique du Sud. Il a fait confiance à l'instinct de Camille. Lorsqu'elle a vu le papier sur son bureau l'autre jour, elle a tout de suite compris qu'il s'agissait d'un code. Il a donc emprunté un énorme livre sur les codes secrets à la bibliothèque et, depuis une heure, il en a testé seulement un. Il a essayé de faire correspondre chaque lettre de son message à une autre lettre décalée d'un nombre de rang fixe dans l'alphabet. Apparemment Jules César cryptait souvent ses messages avec ce procédé simple. Stéphane a tenté de les décaler de tous les nombres de rangs possibles, en vain. Il n'a jamais été très doué pour résoudre les énigmes et il manque surtout de patience. Il décide de passer à une autre méthode. Peut-être qu'il s'agit d'une sorte d'anagramme. Toutes les lettres sont là mais dans le désordre. Stéphane fixe de nouveau sa phrase.

SEENTA YANBAN RBHOLG AEERYZ CRLGAH
UDSAGO SEINUU

Ses yeux se brouillent. Les lettres semblent danser sur le papier sans adopter aucun ordre logique. Stéphane se lève. Il a besoin d'une pause. Il devrait peut-être contacter un spécialiste des codes secrets. Quelqu'un qui s'y connaît trouverait certainement la solution rapidement. Mais à qui peut-il faire confiance. Un instant, il songe à Camille. Elle n'est pas spécialiste mais elle semblait sur le point de déchiffrer le code

avant qu'il ne l'interrompe. Seulement qu'est-ce qu'il fera si elle résout l'énigme et que le message est trop explicite ? Il ne peut pas la mettre au courant de tout, c'est impossible. Stéphane hésite à l'appeler quand la sonnerie du téléphone retentit. Il décroche en s'attendant presque à entendre la voix de sa vieille amie.
- Allô, Stéphane ?
Stéphane reconnaît aussitôt son interlocuteur.
- Salut, Philippe. Comment vas-tu ?
- J'ai de mauvaises nouvelles.
Stéphane inspire profondément en fermant les yeux. Pour une fois, il aurait aimé que les choses soient différentes.
- Je t'écoute.
- Les techniciens qui étaient avec moi l'autre jour ont analysé… ton colis. Je suis désolé mais ils ont confirmé tes craintes. Il s'agit bien du sang de ton amie Anaïs. Je pense que nous pouvons la considérer comme décédée… Toutes mes condoléances, Stéphane.
Stéphane appuie sa tête contre le mur. Depuis qu'il a reconnu la bague d'Anaïs, il sait que c'est une éventualité à laquelle il va devoir faire face. Sa rencontre avec l'agent Préau la veille n'a fait que confirmer ses craintes, mais se l'entendre confirmer reste un choc. Quand la liste va-t-elle donc s'arrêter ? Léa, le Professeur Roiteau, et maintenant Anaïs. Il voulait l'aider. Il voulait seulement sauver leur fille. A cause de lui, ils ont pris la fuite, le gouvernement les a retrouvés et Anaïs est morte. Stéphane a envie de crier fort contre toute cette injustice mais la voix de Philippe dans le combiné ne lui en laisse pas le temps.
- Nous n'avons pas encore réussi à localiser son mari et sa fille mais dès que ce sera fait, nous leur transmettrons la nouvelle.
- Si vous n'arrivez pas à les localiser, il serait peut-être bon de les laisser tranquilles. Qui te dit que des agents ne suivent pas vos faits et gestes afin de les retrouver par votre intermédiaire ?

- Notre cher gouvernement européen n'a pas tellement d'influence en Amérique du Sud. Nous sommes très prudents. Je pense qu'ils ont le droit d'être tenu au courant. Tu aimerais passer le reste de ta vie sans savoir si ta femme est décédée ou si elle est toujours en vie, prisonnière quelque part ?
Stéphane ne répond pas. Philippe a raison, comme d'habitude. Si Lauraine disparaissait, il ferait tout pour savoir ce qui lui est arrivé. Lauraine… Elle lui manque tellement. Anaïs était une très bonne amie à elle depuis longtemps. Comment lui annoncer la nouvelle ? Elle a le droit de savoir.
- Stéphane, tu vas bien ? demande Philippe qui commence à s'inquiéter du silence de son ami.
- Oui, je… ça va aller.
- Si tu as besoin de compagnie, je peux passer chez toi. Tu travailles aujourd'hui ?
- Non mais je commence tôt demain pour une campagne de vaccination. Ne t'inquiète pas, je vais bien. J'ai besoin de rester un peu seul.
Stéphane n'est pas convaincu lui-même par ses mots mais il veut rassurer Philippe.
- Bien. N'hésite pas à appeler si tu ne te sens pas bien. Pour te changer les idées, j'ai une autre nouvelle plus encourageante. Tu te souviens de l'homme qui t'a agressé en pleine rue ?
Stéphane ne voit pas comment il aurait pu l'oublier. Ce fanatique l'a menacé et a tenté de le tuer la deuxième fois qu'ils se sont croisés.
- Il y avait une photo dans son portefeuille.
- L'église blanche et le ciel très bleu. Oui, je me souviens.
- Nous l'avons analysée avec une base de données et nous avons trouvé quelques correspondances.
Stéphane se redresse, plus attentif. Auraient-ils enfin une piste ?
- L'ordinateur a sorti cinq églises pouvant correspondre à celle de la photo. Une sur une île grecque, deux en Italie, en Sicile et dans un petit

village au sud de Naples et enfin deux en Espagne, en Andalousie.
- En Sicile ?
- Oui, vers Trapani. Apparemment c'est tout à l'ouest de l'île.
La Sicile. Pourquoi cet endroit éveille-t-il un signal dans son cerveau comme si c'était important ? Stéphane fouille frénétiquement sur son bureau, mû par une intuition. Les papiers se sont accumulés depuis plusieurs semaines mais il retrouve rapidement ce qu'il cherche : les informations qu'il avait imprimées sur Cicéron. Il parcourt le document en diagonale jusqu'au passage qui l'intéresse : « *Etudiant brillant, il débute son 'cursus honorum' en tant que questeur en Sicile. C'est là-bas que ce fervent défenseur de la cause publique signe son premier succès en plaidant contre Verres, gouverneur accusé de corruption.* »
Stéphane lance un cri de joie.
- Stéphane ? Stéphane ? appelle la voix inquiète de Philippe dans le téléphone. Stéphane reprend le combiné.
- Cicéron a eu une grande influence en Sicile. Nous avons enfin un lien ! s'exclame-t-il, sûr que Philippe va partager sa joie.
- Cicéron ? Mais de quoi tu parles, Stéphane, je ne comprends rien. Quel lien ?
- Mais si, le dossier sur l'ordinateur. Le message codé. Le prêtre. La Sicile. Cicéron.
- Attend. Calme-toi et reprends du début. Quel ordinateur ?
Stéphane se force à inspirer profondément et à se calmer pour expliquer son raisonnement.
- Le disque mémoire récupéré sur un des ordinateurs du laboratoire d'Afrique du Sud, tu te souviens qu'on a travaillé dessus un soir ? On avait trouvé un dossier nommé Cicéron qui contenait un document texte avec quelques mots incompréhensibles.
- Oui, ça y est, je me souviens.
- En faisant des recherches, j'ai appris que Cicéron était un romain qui a travaillé en Sicile. Et tu viens de

me dire que l'église sur la photo pourrait se trouver en Sicile. Le lien est mince mais il existe. Il faut se concentrer sur cet endroit, faire des recherches. Je suis sûr que c'est la bonne piste.
- Tu as raison. Je vais suivre ton idée mais je ne peux pas laisser de côté le reste. Nous ne pouvons pas risquer de passer à côté d'informations essentielles. Tu as parlé d'un message codé aussi ?
- Oui, la phrase sans aucun sens que nous avions trouvée. J'ai beaucoup travaillé dessus. J'en suis venu à la conclusion qu'il s'agit sans doute d'une phrase codée mais je n'ai pas encore réussi à la décrypter.
Stéphane ne précise pas à Philippe que c'est Camille qui l'a orienté dans cette direction.
- A quoi ressemble cette phrase, déjà ? demande Philippe. J'étais un peu fatigué ce soir-là, mes souvenirs sont vagues.
- C'est une phrase de sept mots de... six lettres chacun.
Stéphane s'arrête subitement. Les mots font tous six lettres ! Ce ne peut pas être un hasard. Ils ont été agencés volontairement de cette façon. Stéphane feuillette rapidement son livre des codes secrets en ignorant Philippe qui s'impatiente à l'autre bout du fil. Et s'il prenait la première lettre de chaque mot ! Stéphane s'exécute : SYRACUS. Il manque un E mais Syracuse est une ville de Sicile.
- J'ai une piste ! lance-t-il à Philippe qui ne comprend plus rien.
Le E est également la deuxième lettre du premier mot. Et s'il les écrivait les uns en dessous des autres...

SEENTA
YANBAN
RBHOLG
AEERYZ
CRLGAH
UDSAGO
SEINUU

En lisant par colonne et non plus par ligne, il obtient alors la phrase suivante :
SYRACUSEABERDEENHELSINBORGANTALYAGUANGZHOU

Et en détachant les mots les uns des autres : SYRACUSE, ABERDEEN, HELSINBORG, ANTALYA, GUANGZHOU. Stéphane crie presque dans le téléphone :
- C'est une liste de lieux ! La phrase codée est en fait une liste de lieux, Philippe. Et le premier est Syracuse, en Sicile. Je crois que nous tenons vraiment une piste cette fois. Tout se recoupe !
- Une liste de lieux ? Ce pourrait être la liste des différents endroits où ils emmènent les enfants ! s'exclame Philippe, gagné par l'excitation de Stéphane. Quels sont les autres noms ?
Stéphane lui donne la liste. Philippe réfléchit tout haut.
- Au moins trois villes en Europe. Je ne connais pas Aberdeen mais je vais chercher. Et Guangzhou doit se situer en Chine si mes souvenirs sont bons. Je vais concentrer les recherches sur Syracuse et la Sicile car c'est la piste qui semble la plus prometteuse. Dès que tu as du temps, passe me voir. Nous allons avoir beaucoup de choses à étudier. Je vais avoir besoin de toi.
- Avec plaisir. Mais j'ai moi aussi du nouveau.
Stéphane lui raconte alors sa rencontre avec l'agent Préau, la veille. Philippe prend note des nouvelles informations qu'il a obtenues sur ce livre tant recherché, sans comprendre davantage comment ils en sont arrivés à soupçonner Stéphane.
- Tu ne lui as pas dit que tu n'étais pas l'auteur de cet ouvrage. Pourquoi ?
- Je ne sais pas. Je leur ai répété plusieurs fois lorsqu'on m'a questionné et torturé l'été dernier mais personne ne m'a cru. Je ne pense pas que cet agent aurait été différent des autres. Et puis, je me suis dit que tant qu'ils pensent que j'en suis l'auteur, ils

cherchent dans la mauvaise direction et ce livre est en sécurité.
- Ce n'est pas bête. Mais il pourrait être bon que nous nous mettions, nous aussi, à sa recherche. Si cet ouvrage est une critique du gouvernement, il pourrait nous être utile et nous aurions tout intérêt à apporter notre protection à l'auteur.
Stéphane est tout à fait d'accord avec Philippe.
- Cet agent doit donc te recontacter ce soir, reprend Philippe. Qu'est-ce que tu comptes lui dire ?
- Que je ne peux pas lui donner ce livre. Je sais que ses menaces n'étaient pas feintes mais, même si je savais où trouver ce livre, je ne leur donnerais pas. Je ne suis pas persuadé que ma famille serait plus en sécurité s'ils mettaient la main dessus.
- Tu as raison. Mais si tu as peur pour eux, tu sais que nous pouvons les aider à fuir à l'étranger. Tu pourrais même partir avec eux. Tu as déjà beaucoup donné pour notre organisation.
- Merci, Philippe. J'y songerai. Mais je pense qu'il n'est pas encore temps de partir. Par contre, cet agent a vraiment insisté sur le fait qu'il pouvait connaître le moindre de mes faits et gestes. Je sais que je suis continuellement suivi mais j'ai l'impression voulait dire qu'il me retrouverait même si je tentais de les semer. Et ça m'a rappelé qu'à plusieurs reprises, alors que je pensais ne pas avoir été suivi, les agents du gouvernement réapparaissaient soudain à des endroits peu communs. C'est comme s'ils savaient à l'avance où j'allais me rendre.
- Ils doivent certainement écouter tes conversations téléphoniques. Peut-être que parfois tu as donné rendez-vous à quelqu'un au téléphone et ils n'ont pas jugé bon de te suivre tout le long du chemin.
- Peut-être, admet Stéphane sans conviction. Non, je suis sûr que parfois, ils m'ont retrouvé alors que moi-même je ne savais pas encore où j'allais me rendre. C'est comme s'ils me suivaient à la trace.
- A la trace… Comme un signal GPS, tu veux dire ?

- Mais oui, bien sûr ! Ils ont dû m'implanter une puce GPS pendant notre emprisonnement !
- Et tu ne t'en souviens pas ? demande Philippe sceptique.
- A la fin, j'étais inconscient la moitié du temps. Ils ont très bien pu me droguer et m'implanter la puce sans que je m'en rende compte. Attends, ne raccroche pas.
Stéphane observe attentivement ses bras et ses jambes, les endroits les plus probables pour lui implanter une puce sous la peau. Il a de nombreuses cicatrices. Il les palpe toutes une à une. Enfin, sur son bras gauche, juste en dessous de l'épaule, il sent comme une petite boule dure. Il va chercher un couteau bien aiguisé qu'il aseptise avec de l'alcool à quatre-vingt dix degrés. Il fait une grimace lorsqu'il s'entaille la peau. Du sang coule le long de son bras. Il farfouille un peu et ressort un morceau de plastique noir.
- Saloperie ! s'exclame Stéphane.
- Qu'est-ce qu'il y a ? demande Philippe toujours au bout du fil.
- Ils m'ont bien implanté une puce dans le bras. A chaque fois que je pensais les avoir semés, en fait, ils savaient très bien où je me trouvais. Les salauds ! Je vais te zigouiller ça en moins de deux !
- Non, Stéphane, attends. Ils n'ont pas besoin de savoir que tu l'as trouvée. Emmène-la avec toi à chaque fois que ta destination n'a pas besoin d'être un secret et laisse-la chez toi quand tu ne veux pas être suivi.
Stéphane approuve. Sur le coup de la colère, il a bien failli commettre une erreur. Heureusement que Philippe était là pour le retenir.
- Par contre, nous allons devoir changer de planque une fois de plus, continue Philippe. Ils t'ont suivi jusqu'ici. Nous ne sommes donc pas en sécurité. Je t'enverrai les coordonnées du nouveau QG dès que je les aurai.

Chapitre 36

- Un peu de calme, s'il-vous-plaît. J'aimerais avoir votre attention, crie Philippe par dessus le brouhaha.
Les conversations s'estompent petit à petit.
- Nous sommes tous d'accord sur le lieu de notre première mission : le château de Maniace à Syracuse. Apparemment, nous ne sommes pas tous d'accord sur la façon d'intervenir. Certains sont partisans d'une attaque massive pour les prendre par surprise et d'autres pour une infiltration discrète d'un petit nombre d'entre nous. Je propose de procéder à un vote pour nous départager. Que ceux qui sont pour une attaque massive lèvent la main.
Trois mains se lèvent. L'un des hommes qui vient de lever la main, frappe son poing sur la table en lançant un juron. Philippe ne se laisse pas distraire et continue :
- Que ceux qui sont pour une infiltration discrète lèvent la main.
Quatre nouvelles mains se lèvent. Ils sont huit autour de la table. Les huit personnes les plus impliquées dans l'organisation des *parents de l'ombre*. Si les agents du gouvernement faisaient une descente ici, ils ne seraient pas mécontents de leur butin. D'ordinaire, ces huit là ne se rencontrent pas et encore moins tous ensemble mais l'affaire qui les occupe actuellement mérite leur présence à tous.
Stéphane est le seul à n'avoir pas participé au vote. Il n'a pas assisté aux deux dernières réunions. Il est un peu perdu. Des problèmes personnels lui occupent l'esprit et le froid qui règne dans la pièce ne l'aide pas à se concentrer. Un grand feu brûle pourtant dans la cheminée mais ce n'est pas suffisant. L'hiver est très rude cette année et l'isolation de la maison ne vaut rien. Ils sont au dernier étage de la nouvelle planque

de l'organisation, juste sous les combles. Il a fallu en changer de nouveau après la découverte de la puce GPS dans le bras de Stéphane et ça n'a pas été une mince affaire à organiser. Ils espèrent que le gouvernement n'a pas encore repéré le nouvel emplacement de leur quartier général mais personne n'en mettrait sa main à couper.
Voilà déjà quatre mois que Stéphane a décodé la liste de mots trouvée dans un des ordinateurs du laboratoire d'Afrique du Sud. Quatre mois pendant lesquels ils ont enquêté, supposé, cherché, planifié. Quatre mois au cours desquels l'excitation a gagné tout le monde et principalement Philippe. Stéphane a vu l'espoir renaître en lui. Il n'en parle pas mais il n'est motivé que par la perspective de retrouver sa fille. Stéphane s'inquiète de la réaction de son ami si, une fois de plus, ils ne la trouvent pas là où ils s'y attendent.
Syracuse... Ils ont décidé de commencer leurs recherches par là car c'est le premier nom de la liste et plusieurs indices pointent vers la Sicile. Ils ont d'abord étudié la ville de loin. Ils ont fait des recherches approfondies sur elle et l'ont observée grâce aux images satellites. C'est là qu'ils se sont rendus compte qu'une partie de la ville était totalement floue sur les images : la presqu'île d'Ortygie. Ils ont alors axé leurs investigations sur cet endroit. Ils ont appris que le château Maniace, situé au bout de l'île, face à la mer, a été fermé au public six ans plus tôt. Personne n'a pu y pénétrer depuis. Six ans. Cela correspond à l'époque où le gouvernement a commencé à enlever les enfants porteurs du gène DR2624. S'ils ne les ont pas tués, il leur faut bien un endroit où les maintenir à l'écart de la société. En s'intéressant aux autres villes mentionnées, ils ont découvert que dans chacune d'elle un château, un monastère ou un pensionnat avait été fermé au public durant les cinq dernières années. Guangzhou est la seule ville où ils n'ont rien trouvé de probant. Peut-être est-ce la prochaine étape du gouvernement.

Philippe a alors envoyé trois de ses hommes à Syracuse pour observer le château, épier les moindres faits et gestes de ceux qui entrent ou sortent et s'informer auprès de la population. Tous les jours, il reçoit un rapport détaillé. Le château est gardé et il est effectivement impossible d'y pénétrer. La population n'y attache plus tellement d'importance. Certains le croient hanté par les anciens prisonniers qui y ont péri car parfois ils perçoivent des cris qui semblent en provenir. D'autres jurent avoir aperçu une petite tête d'enfant derrière les créneaux mais ceux-là sont souvent des mendiants que personne n'écoute. Une fois, les hommes envoyés par Philippe ont vu un bateau de marchandises accoster non loin du château mais impossible de voir ce qu'ils déchargeaient.
Tous ces rapports ont fini de convaincre Philippe et les autres. Le gouvernement utilise cette forteresse comme prison pour les enfants et ils doivent aller les libérer. Reste à savoir comment ils vont entrer à l'intérieur et comment ils vont les faire sortir. Ils n'ont aucune idée du nombre d'enfants maintenus prisonniers. Stéphane ne serait pas surpris qu'ils soient plusieurs centaines. Il est totalement impossible de faire sortir des centaines d'enfants discrètement.
- A quatre voix contre trois, nous optons donc pour une infiltration discrète. Nous avons enfin réussi à trouver un plan du château. Il est très vieux puisqu'il doit dater du XVIe ou XVIIe siècle mais cela devrait déjà nous aider à visualiser les lieux. Nous…
- Attend ! retentit la voix sonore de celui qui a frappé du poing quelques instants plus tôt. Stéphane ne se souvient pas de son prénom.
- Stéphane n'a pas voté. Le vote n'est pas terminé.
- Si Stéphane n'a pas voté, c'est qu'il n'a pas d'avis sur la question, répond Philippe.
- Alors demandons-lui directement. Ce sera plus juste.
L'homme se tourne vers Stéphane et lui demande en fixant ses yeux sombres dans les siens :
- Stéphane, quel est ton avis sur la façon dont nous devons procéder ?

Stéphane réfléchit à toute vitesse. Sept paires d'yeux sont désormais tournées vers lui.
- Je pense qu'il faut qu'un petit groupe s'infiltre dans la forteresse pour repérer les lieux. Nous ne pouvons pas foncer tête baissée dans le tas.
Il perçoit le sourire de Philippe sur sa droite mais la suite risque de moins lui plaire.
- Cependant, nous ne pourrons jamais faire sortir les enfants de cette façon. Il faut une diversion. Nous devrions concentrer toutes nos forces sur un côté du bâtiment. Ainsi les gardes seront occupés et les hommes infiltrés à l'intérieur pourront faire évader les enfants par un autre côté.
- Pourquoi vous dites toujours « les hommes », interrompt Madeleine, une femme assez corpulente, une des meilleures têtes pensantes de leur petit groupe d'après Stéphane. Beaucoup de femmes font partie des *parents de l'ombre* et sont prêtes à partir là-bas pour sauver ces enfants.
Stéphane lui sourit pour s'excuser.
- Ce n'est qu'une façon de parler. Bien sûr que nous aurons également besoin de toutes les femmes volontaires.
Madeleine se rassoit, contente d'avoir pu mettre ce point au clair. Philippe est loin de partager ses sentiments. Il n'aime pas du tout ce plan.
- Une diversion. Cela signifie que nous allons les attaquer directement. Beaucoup d'entre nous vont mourir si on fait les choses de cette façon. Nous ne pouvons pas nous le permettre.
- Et si on s'infiltre discrètement et qu'on fait sortir les enfants par trois ou quatre, nous serons trop lents, ils vont nous repérer et ce sont les enfants qui vont mourir. Je suis persuadé qu'ils n'hésiteront pas à les abattre plutôt que de les voir s'échapper. Tu crois sincèrement que nous allons pouvoir faire sortir cent, deux-cents, voir trois-cents enfants sous leur nez sans une diversion pour les occuper. Si tu as une meilleure idée, nous t'écoutons tous mais moi, je ne vois pas.

Des rides apparaissent sur le front de Philippe. Il comprend toute la logique de Stéphane mais il ne peut imaginer un combat direct avec les hommes du gouvernement. Ce sera une véritable déclaration de guerre. Si jamais ils arrivent à s'en sortir, ils ne seront plus jamais tranquilles.
- Je vais y réfléchir.

Ils continuent à débattre pendant un bon quart d'heure avant de mettre fin à la réunion. Rien n'est encore décidé. Il est préférable de se séparer. Chacun doit réfléchir aux différentes propositions échangées ce soir. Alors qu'ils quittent tous la pièce les uns après les autres, Philippe fait signe à Stéphane de l'attendre. Pendant quelques secondes, Stéphane songe à faire comme s'il ne l'avait pas vu. Il n'a pas très envie de continuer à discuter de leurs différents. Il patiente tout de même à la porte de la salle. Il fait bien car Philippe n'évoque pas du tout le débat qu'ils viennent d'avoir. Il lui tape sur l'épaule en lui adressant un sourire de conspirateur.
- J'ai quelque chose à te montrer, suis-moi !
Intrigué, Stéphane emboite le pas à Philippe qui prend l'escalier pour descendre au premier étage. Il s'arrête devant une porte qu'il ouvre pour Stéphane. De plus en plus curieux, il entre dans la pièce. A l'intérieur, deux personnes lui tournent le dos. Une femme est en train de peigner les cheveux d'un homme. En entendant du bruit, ils se retournent d'un même mouvement. Le regard de Stéphane s'attarde d'abord sur le visage aux traits délicats de la femme avant de se poser sur celui de l'homme.
Son cœur fait un bond dans sa poitrine. Il porte sa main à sa hanche pour se saisir de la crosse du pistolet qui ne le quitte plus. Il est sur le point de dégainer quand Philippe lui pose une main apaisante sur le bras. Ce n'est pas suffisant. Stéphane se dégage et sort son arme qu'il pointe sur l'homme en face de lui.

- Que fait-il ici ? demande-t-il d'une voix un peu trop aigüe. Il devrait être mort. Tu sais de qui il s'agit ?
- Bien sûr que je le sais. Je connais ce garçon depuis au moins trois ans. Toi par contre tu te laisses abuser par une image. Jimmy, enlève ça, s'il-te-plaît.
Sous le regard ébahi de Stéphane, le nommé Jimmy pose ses mains au niveau de son cou et tire sur sa peau qu'il remonte le long de son visage comme pour l'arracher. Lorsqu'il a fini, c'est un tout autre visage qui fait face à Stéphane. Il baisse son arme.
- Qu'est-ce que c'est que ça ?
- C'est la preuve que le travail de Magaly a été très efficace si toi même tu t'es laissé abuser.
Ils s'installent tous les quatre autour de la table pour donner quelques explications à Stéphane. Celui-ci porte une main curieuse vers le masque. Ce n'est rien que du caoutchouc souple et pourtant ce visage lui a semblé tellement réaliste.
- Je crois que tu as reconnu le visage que nous avons tenté de reproduire.
- Bien sûr. Cet homme a tenté de me tuer, je ne risque pas de l'oublier. Tu dis que vous avez voulu le reproduire. Pourquoi ? A quoi cela va-t-il bien pouvoir nous servir ?
- Cet homme qui a tenté de te tuer voilà plusieurs mois en plein Paris semble faire partie d'une petite communauté religieuse sicilienne. Nous avons pu faire correspondre l'église sur la photo qu'il gardait dans son portefeuille avec une église situé à côté de Trapani. A vrai dire, il s'agirait même plutôt d'une abbaye. J'ai envoyé quelques personnes mener leur enquête dans ce petit village. Ce ne fut pas chose facile. Tout le monde se connaît par là-bas. Les étrangers ne sont pas tellement les bienvenus. Ils se sont fait passer pour des touristes et ont réussi à glaner quelques informations malgré tout. Apparemment, très peu de personnes entrent dans cette abbaye et encore moins en sortent. Ils sont approvisionnés en nourriture par quelques commerçants du village qui ont l'habitude de laisser

les provisions à la porte des cuisines. Chaque semaine, ils reçoivent une liste de provisions et de l'argent. Le boulanger jure qu'il n'a jamais aperçu le messager. Ils doivent sortir la nuit. Un autre villageois affirme qu'un soir alors qu'il n'arrivait pas à dormir, il a vu sortir de l'abbaye un homme vêtu d'une cape noire qui le recouvrait de la tête aux pieds. Il n'a pas vu son visage mais il assure que soudain un grand froid a traversé la pièce. Bien sûr, toutes sortes de rumeurs circulent sur cet endroit comme tu peux t'en douter.
- Magie noire ? Puissances occultes ? Invocation du diable en personne ? suppose Stéphane.
- Non, ils ne vont pas jusque là. Mais les habitants parlent d'une confrérie secrète, d'une secte. Ils n'en ont pas vraiment peur. Dans leurs têtes, ils sont plutôt là pour les protéger. Voilà des siècles qu'ils sont installés et personne n'a jamais tenté de les chasser. Ils cohabitent sans se poser de questions.
- Et personne n'a jamais été assez curieux pour tenter de savoir ce que fait cette communauté religieuse ?
- En tout cas, personne ne s'en est vanté. Ce qui ne veut pas dire qu'ils n'ont pas essayé.
- C'est bien joli tout ça mais quel rapport avec ce masque ? demande Stéphane qui ne comprend pas où les mène cette histoire.
- Un assassin s'en prend à toi. Il appartient à un ordre religieux obscur de Sicile. Le gouvernement possède sans doute une prison pour enfants au sein même du château Maniace à Syracuse. Ce n'est pas une coïncidence si les deux se trouvent sur la même île. On est à même de supposer qu'ils travaillent ensemble et depuis longtemps. L'abbaye invoque Dieu et je ne sais trop quoi d'autres pour former des assassins au service du gouvernement. Les assassins ne savent certainement même pas pour qui ils travaillent en réalité. Tu as dit toi-même que l'homme qui t'a attaqué avait la foi et semblait croire qu'il n'accomplissait que la volonté divine.
- C'est exact, mais je crois que tu t'emballes un peu trop, Philippe.

Stéphane est un peu perdu par toutes ces suppositions. Il est un homme de sciences, de médecine, même. Les recherches génétiques menées par le gouvernement, leurs mensonges sur les résultats obtenus, les prisonniers qui servaient de cobayes, la sélection génétique, tout cela lui parle. Mais la religion, les assassins de droit divin, les machinations, c'est trop pour lui.

- Tout cela n'est que pure spéculation. Tu n'as absolument rien pour prouver ce que tu avances.

Le visage de Philippe s'assombrit. Il pensait impressionner Stéphane avec ses déductions. C'est loupé.

- Je suis persuadé qu'il y a un lien entre tout ça. C'est obligé. Je le sens.

- Je suis désolé, Philippe mais je suis médecin, je ne me fie pas à l'intuition. Je me base toujours sur des faits, des analyses et des résultats pour administrer le bon traitement à un patient. Et là, il n'y a rien.

- Je suis sûr que c'est faux, insiste Philippe. Je ne crois pas que les résultats sont toujours aussi clairs que tu le prétends. Tu ne me feras pas croire que tu n'as jamais hésité sur un diagnostic car les analyses n'étaient pas probantes et tu as choisi de suivre ton instinct pour sauver ton patient.

Naomi… Elle s'appelait Naomi. Elle avait sept ans. Ses parents étaient venus le consulter à l'hôpital car elle se plaignait de maux de tête très douloureux et elle vomissait régulièrement. Il aurait dû la soumettre à quelques tests pour éliminer certains diagnostics mais après avoir discuté avec elle, il avait compris qu'elle détestait l'école et n'y avait aucune amie. Il avait alors supposé que son corps réagissait simplement à une situation de stress. Il avait beaucoup d'autres patients qui attendaient ce jour-là et il ne voyait pas l'utilité de perdre du temps à faire un scanner ou une autre analyse. Il avait prescrit quelques médicaments pour la soigner et conseillé aux parents de la changer d'école. Lorsqu'ils étaient revenus quelques jours après, son état ne s'était pas amélioré. Le paracétamol n'avait eu aucun effet sur ses maux de tête. Au contraire, ils avaient empiré et les doigts de sa main droite étaient paralysés. Stéphane lui avait alors fait passer un scanner du cerveau en urgence mais c'était trop tard. Une tumeur s'était développée et elle était beaucoup trop grosse pour pouvoir être enlevée. La fillette était décédée dix jours plus tard dans sa chambre d'hôpital, ses parents inconsolables à son chevet. Si Stéphane avait fait passer Naomi au scanner la première fois qu'elle était venue, peut-être aurait-il été encore possible de l'opérer. Aucune plainte n'avait été retenue contre lui car l'évolution de la maladie avait été fulgurante et il avait émis le diagnostic le plus probable d'après les symptômes de la fillette. Cependant, il se reprochait de n'avoir pas fait plus de tests au lieu de suivre son instinct. Il n'avait plus jamais refait cette erreur.

- L'instinct ou l'intuition, comme tu veux, n'est jamais bonne conseillère dans un diagnostic médical.

- Si tu le dis… Mais imaginons un instant que j'aie raison. Que cette petite communauté religieuse est de mèche avec le gouvernement européen et qu'elle forme des assassins. Il pourrait être utile de s'introduire dans l'abbaye et de convaincre certains de ces moines de nous aider à entrer dans le château Maniace.

Les yeux de Philippe pétillent malgré l'obscurité qui commence à tomber. Il croit dure comme fer à son idée que Stéphane trouve tout simplement irréalisable.

- Comment comptes-tu t'y prendre pour t'introduire dans l'abbaye et les convaincre de nous aider ? Si, comme tu le penses, ils travaillent pour le gouvernement, ils ne seront pas très enclins à coopérer.

- C'est là qu'intervient le masque de ton agresseur. Grâce à lui, l'un d'entre nous pourra entrer dans l'abbaye sans se faire remarquer. Il n'aura plus qu'à ouvrir les portes aux autres et nous prendrons le contrôle de l'abbaye. Ils ne doivent pas être tellement nombreux là-dedans.

- Parce que tu n'as aucune idée de leur nombre ? interroge Stéphane.
- Non, avoue Philippe d'une petite voix.
Stéphane a de plus en plus la sensation que cette expédition a toutes les chances de mal finir.
- Et ensuite ? A quoi cela nous servira-t-il de prendre le contrôle de l'abbaye, en supposant que tout se passe comme tu l'imagines ?
- Nous pourrons en forcer un ou deux à nous introduire dans le château Maniace. En nous faisant passer pour leurs prisonniers, nous serons introduits à l'intérieur où nous pourrons aller libérer les enfants sans risquer la vie de nombreux hommes. C'est pour cette raison que je suis pour une infiltration discrète du château.
Stéphane réfléchit. Cette idée n'est pas mauvaise. Il reste cependant de grosses zones d'imprécisions dans ce plan.
- L'idée de se faire passer pour des prisonniers n'est pas mauvaise. Nous pourrions rentrer dans le château assez discrètement. Le problème reste toujours d'en sortir les enfants... Et aussi, nous n'avons aucune raison de croire que l'abbaye et le château travaillent de conserve. Tes hommes sur place n'ont assisté à aucun échange entre les deux.
- Je pense que c'est un risque à courir. C'est une hypothèse des plus plausibles. Et pour ce qui concerne l'évacuation des enfants, nous sommes en train de travailler avec des historiens et archéologues sur la présence de passages secrets dans le château. Il semblerait qu'un passage existe vers la mer.
- Même si ce passage existe et que vous le trouvez, nous aurons toujours besoin d'une diversion, Philippe. Tu ne peux pas partir dans cette expédition sans imaginer qu'il va y avoir des affrontements et que certains d'entres nous vont sans doute y rester.
Le visage de Philippe s'assombrit. Il déteste l'idée d'envoyer ses hommes à la mort mais Stéphane est bien obligé de lui mettre la réalité en face des yeux. Et encore, Stéphane ne lui fait pas part de tous ses doutes. Leur plan tient sur tellement de suppositions

qu'il est impossible que tout se passe comme ils le prévoient. Stéphane espère seulement qu'ils ne courent pas au devant d'un véritable massacre.

Chapitre 37

- Tu vas la voir souvent ? demande Stéphane.
- Autant que possible, oui, répond Philippe. Dernièrement mes visites ont été moins régulières. Je lui ai expliqué pourquoi. Je suis sûre qu'elle m'approuverait dans ma démarche. C'est la première piste réellement sérieuse de retrouver notre fille. Si elle le pouvait, elle me dirait de tout tenter pour la ramener.

Stéphane acquiesce en silence. Il n'ose pas détruire les illusions de son ami. Cinq ans que Louise Pradeau a été enlevée à ses parents... Quelles sont les chances de la retrouver aujourd'hui ? Et quelles sont celles pour qu'elle soit toujours en vie ?

Ils s'arrêtent devant un long mur de pierre qui cache une belle propriété à l'entrée du village. Ils sortent de la voiture et s'arrêtent quelques instants devant la grande grille en fer forgé encore ouverte à cette heure de la journée. Stéphane admire la bâtisse en pierre sur trois étages qui domine un parc très bien entretenu. Seule une pancarte, à droite de la grille, indique la fonction de ce domaine : Clinique Saint Seurin.

- Je voulais un endroit calme pour elle, explique Philippe tout en avançant dans l'allée. Un endroit loin du stress des grandes villes. Un endroit où elle se sentirait bien à son réveil.
- Tu ne pouvais pas trouver mieux, confirme Stéphane. Elle est ici depuis combien de temps ?
- Depuis presque cinq ans maintenant. Elle est ici depuis... son accident. Philippe garde le silence quelques secondes avant d'ajouter : je sais à quoi tu penses.
- Ah ! Et je pense à quoi ?
- Tu penses que ce n'est pas prudent. Ma femme est ici depuis cinq ans et je viens la voir une à deux fois

par semaine. C'est mon point faible. Si le gouvernement perd ma trace, il peut me retrouver facilement grâce à elle.
- En effet, c'est à peu près l'idée qui m'a traversée l'esprit.
- Sauf que le gouvernement la croit morte. Les médecins l'ont débranchée et ont annoncé son décès. Elle est restée cinq minutes entières sans respirer. Cinq minutes pendant lesquelles j'ai pleuré toutes les larmes de mon corps en lui tenant la main. Quand j'ai vu son ventre se soulever, j'ai d'abord cru à une hallucination. Puis j'ai compris. Elle ne voulait plus mourir. Elle s'accrochait à la vie. J'étais seul dans la chambre avec elle. Mon premier réflexe a été de courir dans le couloir pour appeler une infirmière. Je me suis arrêté à mi-chemin. Je venais de perdre ma fille dans des circonstances des plus étranges. La police l'avait à peine recherchée et nous avait demandé de tirer un trait sur elle. Comme si on pouvait effacer son enfant de sa mémoire. J'étais dans une période où je ne faisais plus confiance à personne. Les médecins avaient débranché ma femme et noté son décès. Que feraient-ils d'elle dans cet état, inconsciente mais vivante ? Ils me proposeraient de l'euthanasier ? Ce n'était même pas envisageable.
Ils sont arrivés à la porte de la clinique mais Stéphane tient à entendre la fin de cette histoire avant d'entrer.
- Qu'est-ce que tu as fait alors ?
- J'ai kidnappé ma propre femme. Ce ne fut pas une mince affaire mais j'ai réussi à lui faire quitter l'hôpital en la portant dans mes bras à travers le service des urgences. Il venait d'y avoir un carambolage trois rues plus loin et les blessés affluaient. Une chance pour moi. J'ai gardé ma femme plusieurs semaines chez nous. J'ai joué le mari indigné quand l'hôpital m'a annoncé qu'ils avaient égaré son corps. Je les ai même menacés de les poursuivre en justice et depuis ce jour, je reçois une petite rente annuelle de l'Etat non négligeable. J'ai enterré un cercueil vide. Et je me suis mis en quête d'un endroit pour ma femme car il

m'était impossible de la garder chez moi dans cet état. A chaque fois que je devais quitter la maison, j'avais peur qu'il lui arrive quelque chose pendant mon absence. C'était quasiment impossible de la faire manger correctement. A l'hôpital, elle était sous perfusion. A force de chercher, j'ai entendu parler de cette clinique privée, reconnue pour sa discrétion. D'anciennes stars viennent y finir leur jour ou se refaire une beauté. Ils ont la réputation de ne pas poser de questions. J'ai attendu encore quelques semaines avant qu'ils puissent l'accueillir. Je l'ai inscrite sous un faux nom, bien sûr. Depuis, elle est ici, inconsciente. A chaque visite, j'espère qu'elle va se réveiller.
Stéphane ne sait que dire à son ami. Il ne peut qu'imaginer la tristesse qui l'habite depuis cinq ans. En l'espace de quelques mois, on lui a enlevé sa fille et sa femme. Même après toutes ces années, il espère toujours retrouver la première et que la seconde se réveillera. Stéphane réalise soudain que si cet infime espoir venait à lui être enlevé, Philippe ne s'en remettrait pas. Il n'aurait plus aucune envie de vivre.
En traversant les couloirs peints de couleurs vives, Stéphane pense aux cinq minutes pendant lesquelles la femme de Philippe a cessé de vivre. Cinq minutes pendant lesquelles le cœur a cessé de battre. Cinq minutes pendant lesquelles son cerveau n'a pas été irrigué. Cinq minutes, c'est extrêmement long. Même si la femme de Philippe ouvre les yeux un jour, il est peu probable qu'elle recouvre toutes ses facultés mentales.
Philippe s'arrête devant une porte en bois. Il frappe par principe et entre sans attendre de réponse. Stéphane le suit dans la chambre décorée avec goût. Il sent tout de suite que Philippe a voulu recréer un cadre agréable pour sa femme en accrochant des photos de famille au mur et en posant des objets personnels un peu partout. Philippe se penche vers sa femme qu'il embrasse tendrement.

- Bonjour, chérie. Comment vas-tu aujourd'hui ? Je t'ai amené de la visite.
Philippe se relève, laissant Stéphane découvrir un corps très amaigri. On distingue à peine ses formes sous les couvertures. Stéphane a vu beaucoup de malades au cours de sa carrière. Ce qu'il découvre aujourd'hui ne le rassure pas sur l'état de santé de la femme de son ami. Bien sûr, il s'attendait à un corps fatigué mais la femme qui repose devant lui n'est pas seulement fatiguée. Elle est dans un corps qui s'éteint lentement. Ses joues sont creusées, ses yeux enfoncés dans ses orbites et ses cheveux autrefois blonds et souples sont aujourd'hui presque blanc et secs comme de la paille. Elle n'a plus que la peau sur les os. S'il ne connaissait pas son âge, Stéphane lui aurait facilement donné entre cinquante et soixante ans plutôt que les trente-six ans que doit indiquer sa carte d'identité.
- Justine, je te présente un très bon ami, Stéphane. Je t'ai déjà parlé de lui, tu te souviens ? C'est avec lui que j'étais en Afrique du Sud quand je n'ai pas pu venir te voir pendant plusieurs semaines. Stéphane, je te présente ma femme, Justine.
- Je suis heureux de faire votre connaissance, madame Pradeau.
Stéphane trouve un peu étrange de s'adresser à une femme dans le coma mais son attitude fait plaisir à Philippe. Il a besoin de voir sa femme comme quelqu'un qui entend tout et peut se réveiller à n'importe quel moment.
- Tu peux l'appeler Justine. Madame Pradeau, c'est un peu trop formel pour elle. Elle a toujours été très avenante et ouverte avec les gens. Elle aimait les relations simples. Comment tu la trouves ?
Heureusement pour Stéphane, c'est ce moment que choisit une infirmière pour entrer dans la chambre. Il n'a pas envie de mentir à son ami et la vérité le fera souffrir.
- Bonjour Monsieur Simon. Comment allez-vous ? Vous avez amené de la visite à votre femme.

Stéphane est d'abord surpris par « Monsieur Simon » avant de se souvenir que Philippe a dû donner un faux nom pour rester discret.
- Oui, je me suis dit que ça lui ferait du bien de voir une nouvelle tête. Stéphane est un très bon ami. J'avais envie de le lui présenter.
- Vous avez bien fait.
- Elle a repris un peu de poids ? demande Philippe soudain inquiet. Elle me semble un peu mieux que la semaine dernière.
L'infirmière tourne la tête négativement.
- Non, je suis désolée, Monsieur Simon. Votre femme a encore perdu un kilo. Son état ne s'améliore pas, malheureusement.
Le visage de Philippe s'assombrit. Il s'écarte pour laisser l'infirmière changer la perfusion de sa femme. L'infirmière parle à Justine pendant toute la manipulation mais Philippe, lui, reste muet.
- Voilà, c'est fait. Je vous laisse. Je repasserai dans une heure.
Stéphane s'empresse d'ajouter :
- Tu veux peut-être rester quelques minutes seul avec ta femme. Je vais faire un tour dans le couloir en t'attendant.
Philippe hoche la tête sans dire un mot. Stéphane quitte la chambre et court un peu pour rattraper l'infirmière.
- Mademoiselle, pourriez-vous me dire depuis combien de temps l'état de la femme de Monsieur Simon se dégrade-t-il à ce point ?
- Pour être honnête, son état ne s'est jamais amélioré depuis qu'elle est ici. Mais je dirais que depuis l'été dernier, tout s'est accéléré. Aujourd'hui, elle perd du poids à vue d'œil.
Stéphane réfléchit. L'été dernier, ils sont partis en Afrique du Sud et Philippe n'a pas pu rendre visite à sa femme pendant plusieurs semaines. Est-ce que, malgré son état, elle n'aurait pas une faible conscience de ce qui l'entoure ? Elle a pu s'inquiéter pour son mari et son état s'est aggravé. Si Philippe n'est plus là,

quelle raison lui reste-t-il de lutter pour rester en vie ? Philippe ne doit jamais apprendre qu'il est peut-être la cause de l'aggravation de l'état de sa femme.
- Vous avez augmenté la dose de glucose dans sa perfusion ? Vous avez essayé de la faire manger par la voie normale pour lui faire reprendre du poids ?
L'infirmière le regarde d'un air soupçonneux.
- Qui êtes-vous ? Je connais mon métier, monsieur.
- Je suis désolé. Je suis médecin et je m'inquiète pour la femme de mon ami. Je veux être sûr que tout a été tenté.
Le visage de l'infirmière s'adoucit.
- Je comprends. Je pense que votre ami va avoir besoin de vous. Sa femme lutte depuis cinq ans mais aujourd'hui, elle est fatiguée. Je ne sais pas ce qui l'a mis dans cet état à l'origine. La politique de la clinique nous interdit de poser trop de questions. Mais je vois comment évolue son organisme depuis qu'elle est ici. Nous avons tout tenté pour que son état s'améliore mais je pense qu'aujourd'hui, il faut se faire une raison. Elle n'en a plus pour longtemps.
- Combien de temps ?
- C'est difficile à dire. Quelques semaines. Un mois… Deux tout au plus.

Stéphane ne dit rien à Philippe. Son ami a certainement conscience que sa femme n'a jamais été plus mal. Il ne voit pas l'intérêt d'en rajouter. Mais si Philippe ne retrouve pas sa fille lors de leur expédition en Sicile, Stéphane se demande comment il pourra surmonter le décès de sa femme.
Stéphane s'agite sur sa chaise et tente de chasser de son esprit les problèmes de son ami. Il est là pour des choses plus personnelles et ce qu'il est sur le point de découvrir le rend extrêmement nerveux. C'est la deuxième fois qu'il vient dans ce café mais aujourd'hui il ne fait pas aussi beau. Des nuages gris se regroupent lentement au-dessus de la capitale annonçant un orage imminent. Stéphane s'est assis à une table ronde juste derrière la vitre. En regardant le

ciel s'assombrir, lui qui n'a jamais été superstitieux y lit un mauvais présage. La nouvelle qu'il attend ne sera pas bonne.
Tellement absorbé par ses sombres pensées, Stéphane n'a pas vu l'homme entrer dans le café. Sans hésiter, celui-ci se dirige vers la table de Stéphane, s'assoit en face de lui et tend une main par-dessus la table que Stéphane sert machinalement. Il faut quelques secondes à Stéphane pour reconnaître le jeune homme qui s'est installé en face de lui. Il a totalement changé de look depuis leur première rencontre. Aujourd'hui, il porte un costume parfaitement ajusté et une cravate bien serrée, ses cheveux sont plaqués sur le côté, il est rasé de près et porte une paire de lunettes rectangulaires qui ajoute encore au sérieux de son personnage.
- Loïc ?
- Vous attendiez quelqu'un d'autre ?
- Non, bien sûr, se reprend Stéphane. Mais vous êtes tellement… différent.
Le jeune homme sourit, apparemment fier de sa métamorphose.
- Il faut savoir brouiller les pistes, Docteur Laudrain. Je change régulièrement d'apparence, d'identité et de logement. Ainsi, je deviens invisible aux yeux de ceux qui pourraient avoir envie de me chercher. C'est loin d'être votre cas. Je sais que vous faites des efforts mais vous n'êtes pas assez discrets. Ne vous faites pas d'illusions, Docteur Laudrain, ils connaissent le moindre de vos faits et gestes.
Stéphane pense à la puce GPS qui se trouve dans la poche de sa veste. En effet, ils peuvent suivre le moindre de ses déplacements, mais seulement quand lui même le décide. Pourtant, il rentre dans son jeu pour voir sa réaction.
- Je n'ai pas été suivi aujourd'hui, se défend Stéphane.
- C'est ce que vous croyez ? Dites-moi, qui resterait immobile sur un trottoir avec le temps qu'il fait ?
De grosses gouttes ont commencé à tomber derrière la vitre. Toutes les lumières sont allumées dans le

café. Le ciel est noir comme en pleine nuit. De l'autre côté de la rue, Stéphane aperçoit un homme se réfugier à pas rapides sous un porche. Il sourit malgré lui.

- Vous avez sans doute raison mais il est impossible de se cacher indéfiniment. Vous ne voyez jamais votre famille et vos amis ?

- Ce que l'on fait, Docteur Laudrain, nécessite de n'avoir aucune attache pour rester en vie. Mais ne vous en faites pas, vous n'êtes pas le seul à ne pas avoir compris cette règle essentielle.

Stéphane est amusé de recevoir une leçon de ce garçon à peine sorti des jupes de sa mère.

- Vous avez le document ?

- Bien sûr. Il est dans la petite sacoche que j'ai posée sous la table à votre droite. Vous la prendrez quand je partirai. Ce document, c'est... Loïc ne parvient pas à trouver le mot adéquat. Il faut absolument que Philippe le voie.

- Vous avez promis, lui rappelle Stéphane.

- Je sais bien mais dans l'intérêt général, il serait bon que Philippe en prenne connaissance. Je vous laisse le temps d'en juger par vous-même.

Loïc dépose quelques pièces sur la table pour payer son café avant de se lever.

- En tout cas, si c'est bien votre femme qui a écrit tout ça, elle est douée.

Le jeune homme ne laisse pas à Stéphane le temps de répliquer. Il sort du café et s'éloigne dans la rue sombre sous un grand parapluie. Stéphane reste seul. Il ne sait pas quoi faire. La curiosité le démange mais il a peur de ce qu'il pourrait découvrir. Pourquoi Loïc tient tant à ce que Philippe lise le document qui était contenu sur la carte mémoire de sa femme ? En quoi ce qu'elle a pu écrire pourrait menacer leur organisation ? Stéphane n'est pas sûr de vouloir le savoir. Il s'en veut de douter autant de Lauraine. Mais depuis l'Afrique, il a beaucoup de mal à faire confiance. Il est constamment sur ses gardes, il ne dort jamais tranquille et il en ressent les effets. Il est

fatigué, il devient paranoïaque et ses capacités de déduction ne sont plus ce qu'elles étaient. Il a refusé deux discours radiophoniques ces derniers mois. Il n'est plus assez inspiré.
Stéphane boit quatre cafés en attendant que la pluie faiblisse. Alors, il se lève et rentre chez lui, la sacoche sous le bras. Arrivé dans son appartement, il hésite encore. Il ouvre la sacoche trois fois et la referme aussitôt. La quatrième fois, il en sort une enveloppe très épaisse et la carte mémoire qu'il a « empruntée » à sa femme quelques mois plus tôt. Il ne sait même pas si elle s'est rendue compte de son absence.
Et si… ? Une idée traverse rapidement l'esprit de Stéphane mais lui échappe aussitôt. Il n'est pas loin de comprendre ce que lui cache sa femme, il le sent. Son esprit tente de faire le rapprochement entre deux choses qui devraient être évidentes mais il n'a pas l'esprit assez clair pour tout ça. Il doit se reposer. Il finira par comprendre. Pour l'instant, il préfère mettre l'enveloppe dans un tiroir. En l'ouvrant, il aurait l'impression de trahir Lauraine.

Chapitre 38

L'avion est bien plus petit que celui qu'ils ont pris pour aller en Afrique du Sud et, au grand soulagement de Philippe, son fuselage est totalement opaque, constitué d'un bon alliage solide à base d'aluminium qui a depuis longtemps fait ses preuves. Il n'a pas à observer le ciel bleu tout autour de lui. Il est rassuré. Stéphane sourit en repensant au stress de Philippe lors de leur précédent vol. Au moment d'embarquer, Stéphane s'est permis une petite taquinerie :

- Tu crois que la carlingue se soulève pendant le vol comme des volets roulants pour pouvoir nous faire admirer le ciel ?

Philippe n'a pas répondu, faisant mine de ne pas avoir entendu. Stéphane regrette maintenant de s'être moqué de son ami. Philippe s'est assis dans la rangée derrière lui, ignorant volontairement le siège vacant à côté de lui. C'est Léonard qui s'y est installé. Léonard qui, depuis leur première rencontre, semble lui reprocher quelque chose. Le trajet de deux heures et demie risque d'être long.

Le regard de Stéphane passe sur la légère cicatrice de son avant-bras. Il a laissé la puce GPS dans l'appartement de ses grands-parents et est sorti par la porte de la cour pour ne pas que les agents du gouvernement le prennent en filature. Il a fait très attention et ne pense pas avoir été suivi jusqu'à l'aéroport. Il se demande combien de temps les agents vont patienter devant son immeuble avant de réaliser qu'il ne s'y trouve plus. Il est enregistré sous un faux nom sur ce vol. Ils ne sont pas prêts de retrouver sa trace. Enfin un peu de liberté !

Stéphane lève la tête pour observer les passagers. Il n'en reconnaît pas beaucoup mais il sait qu'un bon quart de l'avion fait partie des *Parents de l'ombre*. Les

autres doivent arriver sur différents vols étalés sur trois jours. Normalement, demain soir, tous ceux qui doivent participer à l'opération seront en Sicile. Bien sûr, ils ont pour ordre de faire comme s'ils ne se connaissaient pas et de ressembler à des petits groupes de touristes de trois ou quatre personnes.
Léonard adresse la parole à son voisin pour la première fois de la journée, après le service des rafraichissements :
- J'espère que vos petits copains ne nous ont pas suivis. Je n'aimerais pas avoir un comité de réception à l'atterrissage.
Stéphane n'hésite pas longtemps à répondre à la provocation.
- Je réussis très bien à les semer quand il le faut. Et je voyage sous un faux nom. Ils ne sont pas prêts de me retrouver.
- Vous devriez parler encore plus fort, Docteur Laudrain. Je pense que l'hôtesse là-bas ne vous a pas entendu.
- C'est vous qui me provoquez, répond Stéphane entre ses dents.
- Et vous êtes assez stupide pour me répondre. Votre vanité nous perdra tous, Docteur Laudrain.
- Arrêtez de m'appeler Docteur Laudrain. Vous êtes le seul à m'appeler comme ça, ici. Dans votre bouche, ce nom sonne comme une insulte ! Depuis le premier jour, j'ai l'impression que vous ne pouvez pas me supporter.
- Ce n'est pas qu'une impression, admet Léonard.
- Mais qu'est-ce que je vous ai fait, bon Dieu ? On ne pourra pas travailler efficacement ensemble si vous me haïssez tellement.
- Vous ne vous souvenez toujours pas de moi, n'est-ce pas ? demande Léonard, avec, cette fois, comme une pointe de tristesse et de déception dans la voix.
- Non, répond Stéphane quel que peu déstabilisé. A quelle occasion nous serions-nous rencontrés ?

- Vous ne vous souvenez donc pas de tous vos patients ? Vous ne vous souvenez pas de ces enfants à qui vous n'avez laissé aucune chance ?
Des images se mettent à défiler à toute vitesse dans le cerveau de Stéphane comme un film visionné en accéléré. Tous les visages de ses petits patients sont rangés là dans un recoin. Il commence à comprendre.
- Je me souviens de tous mes patients, sans exception, mais je ne me souviens pas de leurs…
- … parents, termine Léonard. Je vais vous aider à vous remémorer alors. Mon nom est Léonard Fanel. Mon fils s'appelle Théo, Théo Fanel.
Stéphane ferme les yeux sur une image qui s'impose immédiatement à lui. Une bouille ronde, des cheveux d'un noir d'encre et bouclés, des yeux foncés et espiègles dans lesquels on pouvait lire sa prochaine bêtise, un sourire à faire fondre toutes les infirmières du service et qui lui valait d'être toujours pardonné. Les analyses, les résultats, la mère en pleurs, le père en colère l'accusant de trahir son serment d'Hippocrate. Léonard Fanel. Comment n'a-t-il pas fait le rapprochement ? Léonard ne lui a jamais donné son nom de famille mais il aurait dû le reconnaître.
- Je suis désolé, parvient-il tout juste à articuler.
- Je n'ai pas besoin de vos excuses. Tout ce que je veux, c'est mon fils. Le fils que vous m'avez enlevé.
- Je n'avais pas le choix, tente de se justifier Stéphane. Je ne faisais que mon métier.
Une excuse qui ne le convainc pas lui-même.
- Je vous ai vu sous votre plus mauvais visage, Docteur Laudrain. Sans cœur, impitoyable, hypocrite, inconscient du mal que vous faisiez autour de vous et orgueilleux. Alors comprenez que j'ai du mal à croire à votre petit numéro parmi nous. Je ne pense pas qu'une personne puisse changer à ce point. Je ne vous fais pas confiance. Mais je ne vous laisserai pas gâcher cette mission. Je ne vais pas vous lâcher d'une semelle pendant les prochains jours. Au moindre faux pas, je serai là.

Sur ces derniers mots, Léonard se lève et se dirige vers l'avant de l'appareil. Il a besoin de prendre l'air mais il va devoir attendre encore un peu. Il se contente donc d'aller s'asperger le visage d'eau froide dans les toilettes de l'avion.
Stéphane reste assis, sous le choc. Personne ne l'a jamais dépeint de façon aussi horrible. Il est vrai qu'il a longtemps fermé les yeux sur les implications des résultats des tests ADN qu'il effectuait sur les enfants. Il a toujours considéré que ce n'était qu'une annexe à son véritable travail de pédiatre : soigner les enfants. Ce n'est pas lui qui a fait la loi. Il ne faisait que l'appliquer. Il comprend aujourd'hui que ce n'est pas une excuse. Il a brisé la vie de dizaines de familles au cours de sa carrière. Le portrait dressé par Léonard n'est sans doute pas loin de la vérité.
Le siège à côté de Stéphane ne reste pas vide longtemps. Ce n'est pas Léonard mais Philippe qui s'assoit. Stéphane ne se tourne même pas vers lui.
- Je n'ai pas pu m'empêcher d'entendre votre conversation, commence-t-il.
- Il a raison, n'est-ce pas ? C'est la première personne depuis longtemps qui est assez honnête pour me décrire tel que je suis vraiment.
- Je ne suis pas d'accord avec lui, Stéphane. Et tu ne devrais pas l'être non plus.
- Tu dis cela car tu n'as aucune idée du nombre d'enfants que j'ai aidé à enlever à leurs parents.
- Je n'ai pas dit que tu étais un homme parfait, loin de là. Tu as fait des choses dans ta vie dont tu n'as pas à être fier. Mais qui peut se vanter d'avoir toujours pris les bonnes décisions. Nous avons tous des raisons de nous sentir coupables pour des choses que nous avons faites ou d'autres que nous n'avons pas faites. Mais je ne suis pas de l'avis de Léonard. Les gens changent.
Stéphane se tourne vers son ami, une lueur d'espoir dans les yeux.
- Peux-tu affirmer aujourd'hui que tu es le même homme qu'il y a un an ?

Stéphane réfléchit à ce qu'il faisait un an plus tôt. C'était juste avant de découvrir que son fils était porteur du gène DR2624. Après cette découverte, tout s'est précipité : *les parents de l'ombre*, les communiqués radiophoniques, leur mission en Afrique du Sud, la mort de Léa, les disputes avec sa femme, sa mise sous surveillance, sa tentative d'assassinat et bien sûr toute l'organisation de leur mission au château Maniace. Mais il doit être honnête avec lui-même. S'il est dans cette avion aujourd'hui, c'est seulement parce que son fils est porteur du gène DR2624.

- Non, bien sûr. J'ai ouvert les yeux sur beaucoup de choses depuis un an. Mais tu sais aussi bien que moi que je ne fais pas cela seulement pour la bonne cause. Si mon fils n'était pas porteur du gène, je serais dans mon appartement avec ma famille et je continuerai à faire le même travail qu'il y a un an.

- Comme nous tous, Stéphane. Tu crois que tous les membres de notre organisation seraient là si leur enfant n'avait pas été enlevé ? Même Léonard qui veut te faire culpabiliser n'avait jamais entendu parler de notre organisation avant que son fils lui soit arraché. Peu d'entre eux se seraient intéressés à notre cause si leur enfant n'avait pas été porteur du gène. Bien sûr, il y a des exceptions et ceux-là méritent tout notre respect. Mais tu n'es pas si différent des autres parents. Personne n'a bougé le petit doigt quand la loi a été mise en place jusqu'à ce que les premiers enfants disparaissent. Moi même j'ai d'abord choisi la fuite.

- Tu as peut-être raison, finit par admettre Stéphane après un court silence.

- Bien sûr. L'important c'est que vous ayez finalement réussi à percer l'abcès avec Léonard. Cette tension devenait ingérable. Maintenant, il va falloir que vous réussissiez à travailler ensemble malgré vos différends.

- Quoi ? Tu veux nous laisser dans le même groupe après ce que tu viens d'entendre ? s'exclame Stéphane.
- Tu ne crois pas que je vais remanier maintenant un plan qu'on prépare depuis plusieurs semaines juste pour vous séparer. Non, il n'en est pas question ! Vous n'êtes plus des enfants, vous saurez être efficaces malgré vos différends.
- Mais tu l'as entendu, il ne me fait pas confiance, Philippe. Qui te dit qu'il ne va pas profiter d'un moment d'inattention pour me tirer une balle dans le dos ?
Philippe sourit comme si cette idée lui semblait vraiment ridicule.
- Je ne crois pas Léonard capable d'une chose pareille. Il a aussi dit qu'il avait la ferme intention de garder un œil sur toi. Si je l'affecte à un autre groupe, j'ai peur qu'il ne fasse tout capoter en essayant de savoir si tu n'es pas en train de nous trahir. Non, vous devez rester ensemble.
Stéphane est atterré. Il va devoir faire équipe pendant plusieurs jours avec un homme qui le déteste.
- Philippe, tu as confiance en moi, toi ?
- Je pense que oui. Mais on n'est jamais trop prudent, ajoute-t-il avec un clin d'œil ironique avant de se lever pour rejoindre son siège. Stéphane lui attrape rapidement le bras pour l'obliger à se rassoir.
- Tant qu'on est dans les confidences, il faut que je te mette en garde avant qu'on arrive en Sicile.
Philippe redevient rapidement sérieux face au regard grave de Stéphane.
- Je sais que tu portes l'espoir de retrouver Louise lors de cette mission, mais…
- Je sais, le coupe Philippe d'un ton sec. Elle ne sera peut-être pas au château Maniace. Elle est peut-être morte depuis longtemps et je ne la retrouverai jamais. Ne t'en fais pas, Stéphane, j'ai bien conscience de toutes ces possibilités.
- Ce n'est pas de cela que je voulais te parler, continue Stéphane imperturbable. Son ami doit entendre ce qu'il a à lui dire.

- Imaginons que Louise soit bien au château Maniace, que la mission se déroule comme nous l'avons imaginé et que nous réussissons à la sortir de sa prison avec les autres enfants. Tu dois savoir qu'il y a de fortes chances pour que ta fille ne soit plus la même que celle qu'on t'a enlevé il y a cinq ans.
- Tu veux dire qu'elle aura souffert de sa captivité ? J'en ai bien conscience. On ne ressort pas indemne de cinq ans d'emprisonnement. Je prendrai le temps de lui réapprendre à vivre, à découvrir le monde.
- C'est encore autre chose, Philippe. En fouillant dans les disques mémoires récupérés en Afrique du Sud, je suis tombé sur des notes scientifiques, des rapports d'expériences et j'ai fini par comprendre une partie de ce qu'ils essayent de faire. Philippe, ils essayent de les soigner !
- De les soigner de quoi ? demande Philippe un peu perdu.
- De leurs tendances au crime. Ils veulent leur enlever ce gène DR2624.
- C'est possible ?
- En théorie, je dirais que oui, mais la pratique est bien différente, explique Stéphane. La génétique est très compliquée.
Stéphane s'arrête mais Philippe veut en savoir plus maintenant.
- Quelles peuvent être les conséquences.
Stéphane soupire. Il doit tout lui expliquer.
- Dans le milieu de la génétique, il existe une loi naturelle qui dit que tout renforcement d'une capacité d'un être vivant à cause d'une modification génétique entraine automatiquement une réaction génétique qui provoquera un affaiblissement d'une ou plusieurs caractéristiques. Cela rejoint un peu la fameuse loi de la physique : « rien ne se perd, rien ne se crée, tout se transforme ». Si des manipulations génétiques sont réellement effectuées sur ces enfants, cela a pu engendrer des centaines d'autres mutations imprévues qui peuvent aussi bien provoquer un cancer que la mort...

- Tu es en train de me dire qu'ils ont sans doute utilisé ma fille comme cobaye. Qu'ils ont pu la faire souffrir et la rendre malade ?
- Je ne peux pas en être sûr, Philippe, mais tu dois garder à l'esprit que c'est une possibilité.
Philippe garde le silence. Il est anéanti. Imaginer sa petite fille aux mains de ces apprentis sorciers le révulse. Qui sont-ils pour s'imaginer pouvoir transformer un être humain ? Mais il ne veut pas se laisser distraire de sa mission.
- Merci de m'avoir prévenu, Stéphane. Nous serons fixés sur leurs intentions quand nous aurons réussi à pénétrer dans le château.
Philippe se lève de nouveau pour retourner à sa place. Devant son regard dur, Stéphane espère ne pas avoir commis une erreur en lui faisant part de ses soupçons.

Chapitre 39

Le lendemain, ils sont à Trapani, une ville portuaire, capitale de sa province, à l'Ouest de la Sicile, au bord de la Méditerranée. Ils se sont levés avant l'aube pour partir avec les premiers rayons du soleil. Philippe a loué deux voitures de taille assez modeste dans lesquelles ils s'entassent à cinq. Tandis qu'ils quittent la ville, Stéphane observe la lumière se refléter sur la mer bleue et songe qu'il aimerait revenir ici dans de meilleures circonstances. Le printemps est commencé depuis seulement quelques jours mais la température est déjà douce et la pluie ne semble pas faire partie du quotidien des Siciliens.

Les deux voitures se suivent à travers les marais salants avant de s'enfoncer dans les montagnes. Malgré la beauté du paysage, Stéphane ne tarde pas à s'endormir. La nuit n'a pas été suffisamment longue. Il est réveillé une heure et demie plus tard. La voiture vient de s'arrêter à quelques centaines de mètres d'un village, à l'abri des regards. Même de loin, Stéphane reconnaît tout de suite l'abbaye qui domine le village. Accrochée aux flancs de la montagne, sa blancheur est éblouissante. Stéphane constate que la deuxième voiture n'est plus derrière eux. Comme prévu, elle a fait le tour du village et les hommes rentreront par un autre endroit.

- Vous savez tous ce que vous avez à faire, déclare Philippe. Pendant que je pénètre à l'intérieur de l'abbaye en me faisant passer pour le moine qui a attaqué Stéphane, vous vous tiendrez prêts à agir. Je leur explique que j'ai réussi à faire prisonnier Stéphane et que je l'ai laissé à quelques kilomètres de là. Il ne peut pas s'échapper. J'en attire quelques-uns à l'extérieur de l'abbaye pour aller chercher Stéphane. Vous nous attaquez par surprise. Vous prenez leur

place. On retourne à l'abbaye et le temps qu'ils comprennent ce qui leur arrive, nous aurons pris le contrôle du lieu. L'effet de surprise est très important. Je veux de la discrétion. Evitez de vous faire remarquer avant le moment venu. Des questions ?
- Une seule. Il n'a jamais été question que ce soit toi qui pénètre seul à l'intérieur de l'abbaye, rétorque Stéphane.
- Et qui doit y aller ? C'est mon idée, c'est à moi de prendre le risque.
- Pour une fois, je suis d'accord avec le docteur, ajoute Léonard. S'il t'arrive quelque chose, nous serons trop désorganisés. Tous les hommes qui attendent à Syracuse ont besoin d'un chef et ce chef, c'est toi, Philippe. On ne peut pas prendre ce risque.
- Je pense que le masque me conviendra beaucoup mieux, conclut le Père Mathieu qui est resté discret jusque là. Je suis un religieux avant tout, ne l'oublie pas, Philippe. Je suis celui qui sera capable de réagir au mieux avec cette communauté de moines. Je saurai donner le change.
- Parce que tu parles italien, peut-être ?
- Bien sûr ! C'est la langue du Vatican. J'y ai passé quelques années. *Dammi la maschera*[2].
Philippe lui tend le masque automatiquement. Les choses ne se déroulent pas comme il l'avait prévu mais il ressent un certain soulagement.
- Vous vous étiez déjà mis d'accord avant aujourd'hui ?
- Bien sûr ! Nous sommes encore capables de prendre de meilleures décisions que toi, ironise Léonard pour détendre l'atmosphère.
- J'accepte mais surtout parce que je pense comme vous que le Père Matthieu saura mieux s'adapter à cette situation. Tu es un religieux, tu as la foi et tu crois en Dieu. Tu seras donc capable de tenir une discussion avec eux si nécessaire. N'allez surtout pas croire que j'estime ma vie plus importante qu'aucune

---

[2] « Donne-moi le masque. »

des vôtres. D'ailleurs s'il devait m'arriver quelque chose, j'ai déjà désigné mon successeur pour la coordination de cette opération. Il s'agit de Madeleine. Elle sera parfaite pour cela.
Personne ne conteste cette décision. Philippe se tourne vers le Père Mathieu qui a enfilé une soutane ressemblant à celle que portait le moine qui a agressé Stéphane.
- Tu sais ce que tu as à faire ? Tu connais ton rôle ? Ils risquent d'être très surpris de te revoir après plusieurs mois d'absence.
- Nous avons déjà discuté des explications à leur donner pour paraitre crédible. Je sais ce que j'ai à faire. On se retrouve à l'endroit prévu. Bon courage.
Il enfile son masque et rabat la capuche noire sur sa tête. Un frisson parcourt Stéphane. La ressemblance est tellement frappante que son instinct lui intime de fuir.
- Bonne chance à toi, répond Philippe.
Le Père Mathieu s'éloigne de la voiture et entre dans le village. Le soleil est déjà haut dans le ciel. Les gens s'activent dans les rues. Quelques passants se retournent sur son passage mais dans l'ensemble, personne ne fait attention à lui. Il arrive devant la porte du monastère. Une grande porte en bois massif qui ne semble pas prête à lui livrer passage. Il frappe deux coups sonores grâce au heurtoir représentant l'emblème de la Sicile, la tête de la Méduse, une des trois Gorgones, ailée et coiffée d'un nœud de serpents, autour de laquelle rayonnent trois jambes fléchies.
- Qui va là ? résonne une voix à l'intérieur.
- Un frère qui a accompli sa mission. Ouvrez-moi, ordonne le Père Mathieu de sa voix la plus autoritaire, en espérant que son italien est toujours aussi bon.
Après un moment d'hésitation, la porte grince sur ses gonds pour laisser le passage à un homme vouté, obligé de lever la tête pour voir son visage. Le Père Mathieu n'a pas besoin de s'expliquer d'avantage. Le moine le reconnaît aussitôt.

- Frère Julius, c'est vous ! Je suis désolé, je n'avais pas reconnu votre voix. Entrez vite. Cela fait bien longtemps que nous ne vous avons pas vu par ici. Je vais prévenir le Père Francesco. Attendez-moi là.
N'ayant rien de mieux à faire, le Père Mathieu obéit en regardant le frère d'un certain âge s'éloigner vers le bureau de l'abbé. Il est soulagé que le moine l'ait reconnu aussitôt. Frère Julius. Au moins, maintenant, il connaît son nom. Les choses s'annoncent plutôt bien.
Le frère revient quelques minutes plus tard.
- Le Père Francesco et le prieur Agostino vont te recevoir d'ici un quart d'heure. Ils te demandent de les attendre à l'endroit habituel.
- L'endroit habituel ? ne peut s'empêcher de demander le Père Mathieu.
- La petite pièce derrière la salle capitulaire. Tu as perdu la mémoire durant ton absence ou quoi ?
- Non, désolé mais il faut que je me réadapte. Cet endroit m'a beaucoup manqué.
- Je te comprends, compatit le vieux moine. Lorsque j'étais aussi jeune que toi, je partais souvent pour de longues missions. Le calme de l'abbaye me manquait beaucoup. Allez, je t'accompagne si je ne veux pas te retrouver à errer dans les couloirs.
Le Père Mathieu le soupçonne surtout d'avoir besoin d'un peu de compagnie mais il ne s'en plaint pas. Même si la plupart des monastères sont construits suivant le même plan, il n'est pas sûr d'être capable de trouver la pièce indiquée sans détours.
- Alors d'où viens-tu comme ça ?
- Je suis désolé, je ne peux en parler qu'à l'abbé et au prieur. Que s'est-il passé ici depuis mon départ? ajoute-t-il pour ne pas vexer le moine.
- Peu de choses ont changé. Le jeune novice Eduardo a prononcé ses vœux solennels. Il est désormais membre à part entière de notre communauté et il a revêtu la coule. C'était une très belle cérémonie. L'Armarius a fait une petite crise cardiaque mais il s'en est remis très vite. Il a déjà repris son poste à la

bibliothèque. Rien de plus. Notre petite communauté se porte bien.
Ils ont traversé le cloître et la salle capitulaire. L'endroit est parfaitement entretenu et d'une certaine façon, le Père Mathieu s'y sent bien. Ils s'arrêtent devant une lourde porte.
- Je te laisse ici. Je dois retourner à mon poste. Ils ne devraient pas tarder à arriver. Ils étaient très surpris par ton retour. Ils sont sûrement curieux de te parler le plus rapidement possible. On se voit plus tard.
- Oui, à plus tard.
Le Père Mathieu pénètre dans la salle au plafond bas. Il a à peine le temps d'en faire le tour que des bruits de pas résonnent derrière lui. Apparaissent alors un homme d'une cinquantaine d'année, au corps maigre et sec et au regard froid, suivi d'un autre homme plus rond, au visage chaleureux. A sa grande surprise, c'est le deuxième homme qui porte l'habit du Père Abbé et qui lui adresse la parole en premier.
- Bonjour, Frère Julius. C'est une réelle surprise de te voir parmi nous. Nous avions cru comprendre que tu étais mort. Par quel miracle es-tu parmi nous aujourd'hui ?
- C'est une longue histoire.
- Et c'est pour l'entendre que nous sommes ici. Prends un siège et reprends depuis le début.
Le Père Mathieu s'assoit et prend le temps de faire le tri dans ses idées et dans son histoire. Il doit être le plus crédible possible. Avec Philippe, ils ont décidé que le mieux était de s'inspirer de la vérité.
- Dès que le Docteur Laudrain est revenu sur Paris au mois d'août, je l'ai pris en filature. Après quelques jours de surveillance accrue, j'ai réussi à lui tendre une petite embuscade. Je l'ai menacé d'une arme mais un homme que je n'avais pas repéré s'est interposé. Il devait être payé pour protéger le Docteur. J'ai commis une grave erreur. Il m'a tiré une balle dans le ventre mais j'ai réussi à l'éliminer avant qu'il ne m'achève. Bien sûr, entre temps, le Docteur Laudrain avait pris la fuite. Un cadavre gisait au milieu de la rue et du sang

coulait sans discontinuer de ma blessure. Je me suis fait un pansement de fortune et j'ai échangé mes habits avec le cadavre. Voilà pourquoi vous avez pensé que j'étais mort. Rien sur le cadavre ne pouvait me relier à vous mais je sais que vous vous tenez au courant.
- Exact. Nous avons appris par nos informateurs qu'un homme non identifié, portant une soutane noire avait été assassiné dans les rues de Paris et nous avons supposé qu'il s'agissait de toi. Continue.
- Il fallait absolument que je me fasse soigner. J'allais forcément me faire repérer dans les hôpitaux parisiens. Alors je me suis rendu chez un médecin de campagne à qui j'avais déjà eu à faire. Je savais qu'il ne poserait pas de questions. Il avait une dette envers moi. Il m'a soigné, pas aussi bien que dans un hôpital mais suffisamment pour m'empêcher de mourir. Ma convalescence a été très longue. J'avais beaucoup de fièvre. Je délirais. Le médecin m'a installé dans une pièce de son cabinet. Il venait me donner des soins tous les jours. Je crois que plus d'une fois, il a eu peur que je décède chez lui. Enfin, un jour, la fièvre a disparu. A partir de ce moment-là, la guérison a été beaucoup plus rapide.
- Pourquoi ne pas nous avoir contacté pendant tout ce temps ? demande le Prieur d'un air suspicieux.
- Comme je vous l'ai dit, la fièvre me faisait délirer. Je n'avais plus aucune notion des jours qui passaient et j'aurais été bien incapable de vous contacter. Quand j'ai commencé à reprendre conscience, cela faisait déjà plusieurs mois que j'avais eu mon accident. Je me suis dit qu'il ne servait à rien de vous appeler alors que je n'avais encore aucun résultat concernant ma mission.
- Tu as songé à quitter la confrérie ? demande le Père Abbé d'une voix douce. Ce serait compréhensible après ce que tu avais vécu.
Le Père Abbé s'adresse à lui d'un air compréhensif mais le Père Mathieu sent comme une menace derrière sa question.

- Non, pas du tout. J'ai failli mourir, j'ai souffert mais j'ai guéri. Dieu a choisi de me sauver. C'est qu'il croit en moi et en ce que je devais accomplir. Ma mission avait l'accord divin. Il me fallait donc continuer.
Le Père Abbé semble satisfait de sa réponse. Il lui fait signe de poursuivre.
- Il m'a fallu encore attendre quelques semaines avant de pouvoir quitter le médecin. Ensuite, retrouver la piste du Docteur Laudrain n'a pas été une mince affaire. Il était beaucoup plus prudent. Il ne vivait plus au même endroit, comme vous le savez, il ne travaillait plus à l'hôpital depuis longtemps et ne voyait plus beaucoup sa femme et son fils. J'ai tout de même misé sur ces derniers. Je l'avais étudié longtemps auparavant et je savais qu'il finirait par les rencontrer. Il ne pouvait pas avoir coupé tous les ponts avec eux. J'avais raison. Il y a deux semaines à peine, il est venu voir son fils. Alors j'ai repris ma filature. Cette fois, je ne voulais pas qu'il m'échappe. Cependant, il m'a pris de vitesse. Lundi dernier, j'ai compris qu'il avait prévu de partir pour la Sicile. Il avait réservé un billet sur un vol pour Palerme hier matin. Je n'avais plus le temps de m'occuper de lui en France alors j'ai décidé de le suivre. Son avion était plein. J'ai pris le suivant. Je savais dans quel hôtel il avait prévu de descendre à Trapani. Je l'ai donc retrouvé facilement. Il est parti tôt ce matin et j'ai continué à le suivre. Je l'ai rattrapé à l'entrée du village voilà maintenant une heure.
Le Père Abbé et le Prieur le regardent pendant quelques secondes avec de grands yeux, sans comprendre.
- A l'entrée du village. Quel village ? finit par demander le Père Agostino.
- Celui-ci bien sûr.
- Comment est-ce possible ?
Pour la première fois depuis qu'il est entré dans la pièce, le Père Mathieu voit le Prieur perdre ses moyens. Il retient un petit sourire de satisfaction.
- Ce ne peut être une coïncidence, affirme le Père Abbé. Comment nous a-t-il trouvé ?

- Je n'en ai aucune idée mais vous pourrez lui demander vous-même si vous le désirez.
- Comment ça ? Tu ne l'as pas éliminé ?
- Non. J'ai pensé que cet endroit serait idéal pour lui poser toutes les questions que nous voulons. Personne ne viendra le chercher et personne ne l'entendra...
Le Père Abbé et le Prieur sont de plus en plus déstabilisés. Ils n'ont pas l'habitude que leurs agents à l'extérieur prennent des initiatives. Et encore moins qu'ils ramènent leurs victimes au monastère. Cependant, l'idée de pouvoir questionner le Docteur Laudrain est vraiment tentante. Ils réfléchissent quelques instants en échangeant des mots à voix basse. Finalement, le Père Agostino se tourne vers le Père Mathieu.
- Où as-tu laissé le Docteur Laudrain ?
- Il est inconscient dans le coffre d'une berline noire à l'entrée sud de la ville.
- Bien. Frère Julius, maintenant tu vas te rendre dans ta cellule et préparer ton corps pour l'épreuve d'absolution. Nous organiserons le rituel après la prière du soir.
- L'épreuve d'absolution ? ne peut s'empêcher de demander le Père Mathieu. Il n'a jamais entendu parler d'un rite portant ce nom. Heureusement pour lui, le Père Agostino se méprend sur le sens exact de sa question.
- Nous avons besoin d'être sûr que ton cœur est toujours pur et au service de Dieu. Tu as été absent si longtemps. Tu pourrais avoir été perverti par d'autres idées. Tiens-toi prêt.
- Mais le Docteur Laudrain ? Il faut que nous allions le chercher. Il a certainement beaucoup de choses à nous apprendre. Nous ne pouvons pas lui laisser une chance de s'enfuir.
Le Père Abbé l'ignore complètement et quitte la pièce. Le Prieur Agostino lui jette un regard froid.

- Nous t'avons connu plus obéissant, frère Julius. Nous allons nous occuper du Docteur Laudrain. Ce n'est plus de ton ressort.

Chapitre 40

Le Père Mathieu est enfermé à double tour dans une petite cellule grise qui doit être l'ancienne chambre du Frère Julius. Sans doute mu par quelques soupçons, le Prieur Agostino l'a fait reconduire ici par un jeune novice et la porte a été verrouillée de l'extérieur. Il est pris au piège. Il était supposé se rendre aux abords de la ville avec un petit groupe de moines pour récupérer Stéphane. Là, ses compagnons seraient intervenus, ils auraient maitrisé les moines, endossé leurs vêtements et emmené Stéphane. Bien sûr, une fois à l'intérieur du monastère, leur stratagème n'aurait pas fonctionné longtemps mais ils auraient eu l'effet de surprise et la possibilité d'ouvrir la porte aux autres restés à l'extérieur. Le Père Mathieu devait également leur fournir une estimation du nombre de moines présents dans l'abbaye pour éviter de se lancer dans une bataille perdue d'avance. Pour l'instant, il n'a eu aucun moyen d'évaluer la taille de cette communauté religieuse et de toute façon, il n'a plus aucun moyen de communiquer avec ses amis. C'est Stéphane qui avait raison depuis le début. Cette mission était inutile. Ils se sont lancés à l'aveuglette. Ils auraient mieux fait de filer directement sur Syracuse.

Enfin, maintenant, il est là, dans cette cellule et il doit trouver une solution. Le Père Francesco a parlé d'une épreuve d'absolution. En quoi cela peut-il bien consister ? Et comment doit-il « préparer son corps » ? Le Père Mathieu jette un regard circulaire sur la pièce à l'ameublement très rudimentaire et à la décoration inexistante. Un lit simple en bois est collé contre un mur. A côté trône une table de nuit sur laquelle est posé une Bible. Le Père Mathieu s'assoit sur la couverture rugueuse et saisit délicatement le livre religieux. Certaines pages ont été écornées. Il y lit quelques psaumes relatifs au péché, au crime et à la punition divine. Le Père Mathieu relève la tête et découvre un fouet accroché au mur d'en face. Il se lève et s'en approche, fasciné. Il caresse les lanières de cuir munies de piquants en fer. Il a déjà entendu parler des Flagellants, un mouvement chrétien du XIIIe siècle qui pensait que la pratique de la flagellation leur permettrait d'expier leurs péchés, mais il était persuadé que ce groupe n'existait plus depuis des siècles. Est-ce que « préparer son corps » signifie qu'il doit se faire du mal ? Il fait la grimace. Il est loin d'être adepte de ce genre de pratique. D'un autre côté, on attend de lui qu'il agisse comme le Frère Julius le ferait. S'il ne donne pas le change, il risque d'être rapidement démasqué et alors, il est prêt à parier que le Prieur Agostino ne lui fera pas de cadeau. Mû par un pressentiment, il va coller son oreille contre la lourde porte en bois. Est-ce son imagination ou il a bien entendu du bruit de l'autre côté ? Est-il possible que quelqu'un le surveille ? Bien sûr, tout est possible. Le petit novice n'attend sans doute qu'une chose, c'est d'aller faire son rapport au Prieur. Dans ce cas, le Père Mathieu n'a pas le choix. Résigné, il enlève sa soutane qu'il pose sur le lit. Il se retrouve torse nu. Il frissonne. Il empoigne le fouet qu'il lève au-dessus de lui. Il essaye de se préparer mentalement mais abaisse son bras. C'est trop difficile. Comment peut-on se faire volontairement du mal ? C'est atroce. Un supplice incommensurable. Dieu n'a jamais voulu que l'homme se fasse du mal à lui-même pour expier ses fautes. Comment peut-on croire une chose pareille ? Il n'a pas la force mentale de se soumettre à cette épreuve. Alors, il pense à Stéphane qui doit attendre roulé en boule dans le coffre de la berline, à Philippe, à Léonard et à tous ces autres parents qui comptent sur lui et qui rêvent de retrouver leurs enfants. Ils pensent à ces enfants à qui on a dérobé le droit d'être heureux dans leur famille. Il lève de nouveau son bras et cette fois, rabat le fouet de toutes ses forces sur son dos nu. La douleur le transperce, l'obligeant à s'écrouler à genoux sur le sol. Mais il ne doit pas s'arrêter. Il se donne un autre coup de fouet, puis encore un autre. Par moment, un cri de douleur lui échappe. Il continue encore et encore jusqu'à l'épuisement. Il n'entend pas les bruits de pas rapides qui s'éloignent dans le couloir en direction de la salle de travail du Prieur Agostino.

Lorsque le Père Mathieu reprend conscience, il n'a aucune idée du temps qui s'est écoulé depuis qu'il s'est écroulé sur le sol en pierre de sa cellule. Il a été sorti de sa torpeur par les cloches annonçant l'heure de la prière. Mais de quelle prière s'agit-il ? Est-il possible que ce soit déjà le soir ? Il serait resté inconscient plusieurs heures. Il se relève lentement, réveillant les douleurs dans son dos à chaque mouvement. Il est couvert de sang mais ne juge pas utile d'essayer de se laver. C'est certainement ainsi qu'il doit se présenter à leur épreuve d'absolution. Aucune fenêtre dans sa cellule ne lui permet de savoir l'heure qu'il est. Est-ce que les moines sont allés chercher Stéphane ? Est-ce que ses amis ont été découverts et emprisonnés ? Si c'était le cas, on serait certainement déjà venu le chercher. Il décide de chasser ces questions. Il s'assoit sur le lit avec quelques difficultés, penche la tête, ferme les yeux et adresse une prière à Dieu. Il reste ainsi quelques minutes. Sa prière terminée, il s'apprête à attendre. Enfermé ici, il ne peut rien faire de plus. Il pourra tenter quelque chose seulement lorsqu'on viendra le chercher pour l'épreuve.
Les minutes défilent. La pièce est silencieuse. Aucun bruit ne provient de l'extérieur comme si le monastère était vide. Ou alors, les cellules sont particulièrement bien isolées pour pouvoir se recueillir individuellement en toute tranquillité. Soudain, il perçoit un bruit inhabituel. C'est un bruit étouffé qu'il n'arrive pas à identifier. Cela vient du monastère. Un autre bruit et encore un autre. On s'agite à l'extérieur mais il est incapable de comprendre ce qui se passe. Cette situation le désespère. Il entend courir non loin de sa

porte et un autre bruit comme une chute ou un coup assourdi. N'y tenant plus, il se lève et faisant abstraction de la douleur, frappe plusieurs coups violents à la porte. Personne ne semble l'entendre alors que l'agitation s'accentue de l'autre côté. Il redouble ses efforts et crie :
- Ouvrez-moi ! Que se passe-t-il ?
Alors, contre toute attente, la clé tourne dans la serrure et la porte s'ouvre. Le Père Mathieu recule de quelques pas, s'attendant à voir le Prieur Agostino ou un autre moine mais c'est la tête du jeune novice qui l'a accompagné jusqu'à sa cellule qui passe la porte. Il semble totalement apeuré.
- Frère Julius, je sais que vous étiez en pleine méditation mais c'est le chaos dehors. Je ne comprends pas ce qui se passe. Je ne sais pas quoi faire. J'ai l'impression que nos frères ont besoin de vous.
Le Père Mathieu met un peu de temps à réaliser que lorsque le jeune garçon mentionne leurs frères, il parle des moines. Par la porte entrebâillée, il vient d'apercevoir Léonard en prise avec un moine. Le jeune garçon a raison sur un point, on a besoin de lui. Il n'a pas le temps de demander d'explications.
- Merci de m'avoir informé. Je vais y aller. Mais en attendant, je veux que tu restes à l'abri. Je ne veux pas que tu sortes d'accord. Je reviens te chercher quand tout sera terminé.
Le novice hoche la tête sans dire un mot. Il ne se souvient pas que le frère Julius était si prévenant avant son retour d'entre les morts. Le Père Mathieu sort de la cellule pour atterrir dans la cour du monastère. Le garçon n'a pas menti, c'est le chaos. Des personnes courent dans tous les sens, la poussière vole, il n'a pas entendu de coups de feu mais il voit du sang un peu partout. Si ses compagnons ont réussi à s'introduire à l'intérieur du monastère, ils ont dû essayer de suivre au maximum leur plan initial. Ils ont décidé de ne pas utiliser les armes à feu dans la limite du possible. Même si les

habitants du village voisin ne semblent pas se préoccuper de la vie du monastère, des coups de feu risqueraient d'attirer drôlement leur attention. Les moines eux-mêmes ne semblent pas munis d'armes à feu. Pourquoi en porter lorsqu'on se sent en sécurité chez soi ? Mais plusieurs ont des couteaux à la main. Philippe a ordonné de faire un maximum de prisonniers. Le but n'est pas de les tuer mais de leur soutirer des informations pour l'essentiel. Malheureusement, de l'autre côté, ils ne sont pas prêts à leur faire de cadeaux.
Le Père Mathieu se précipite vers le corps d'un homme qu'il reconnaît comme étant un des parents faisant partie de l'expédition. Du sang coule d'une blessure profonde au ventre. Le Père Mathieu a quelques notions de médecine urgentiste ce qui lui permet d'arrêter une hémorragie mais il arrive trop tard. L'homme est déjà mort. Il court alors vers une femme blessée à la jambe. Il lui pose un garrot de fortune et l'entraine à l'écart des combats. A peine la femme mise à l'abri, il replonge dans la mêlée. Il ne participe pas à la bataille en cours mais s'arrête sur chaque corps blessé. Pour la plupart, il est déjà trop tard mais il réussit à en sauver quelques-uns. Il n'a toujours pas repéré Stéphane ou Philippe. Le combat semble se calmer dans la cour. Un mouvement attire son attention dans la salle capitulaire. Il s'y rend mais n'y trouve qu'un des parents en train de faire un prisonnier. Il entend des voix et découvre un escalier qu'il n'a pas repéré la première fois qu'il est venu. Il monte en courant. Il débouche sur un long couloir. Des voix proviennent de la première porte sur sa droite. C'est celle de Philippe :
- Dites-nous où se trouve le moine arrivé ici ce matin !
« On parle de moi », réalise le Père Mathieu. Seul le silence répond à Philippe. Le Père Mathieu s'avance dans l'ouverture de la porte. Il découvre Stéphane, Philippe et Léonard entourant le Père Francesco adossé à un mur. Philippe le menace d'un couteau mais le Père Abbé ne semble pas impressionné. Il est

le premier à l'apercevoir. Son visage s'éclaire. Il ne souffle mot, s'attendant certainement à ce que l'homme qu'il croit être le Frère Julius lui vienne en aide en prenant ses agresseurs par surprise. Le Père Mathieu réalise alors qu'il porte toujours le masque. Il met rapidement fin aux espoirs du Père Abbé.
- Je suis désolé, mon Père, mais je ne suis pas celui que vous pensez.
Il retire son masque sous le regard horrifié du Père Francesco. C'est le soulagement qui se lit sur les trois autres visages.
- Votre fidèle serviteur est mort voilà plusieurs mois en tentant d'assassiner mon ami ici présent.
Il pointe du doigt Stéphane qui sourit de revoir son ami sain et sauf.
- Nous sommes ici afin que vous répondiez à certaines petites questions. Je pense que vous possédez des informations qui nous intéressent beaucoup.
- Je n'aiderai pas des hommes qui défient la volonté de Dieu.
Ensuite, tout se passe très vite sans que personne ait le temps de réagir. Durant tout son interrogatoire, le Père Abbé s'est progressivement décalé sur la droite, au point d'arriver près d'une fenêtre. Au moment où il prononce ces paroles, il pousse la vitre et se jette dans le vide la tête la première. Les quatre hommes restés dans la pièce se précipitent, trop tard. Un seul étage les sépare de la cour en contrebas mais le Père Abbé ne s'est pas loupé. Son corps git inanimé quelques mètres plus bas.

Philippe est le premier à réagir suite au saut du Père Francesco. Les trois autres sont toujours sous le choc. C'est impressionnant de voir quelqu'un choisir de mourir avec autant de volonté.
- Et merde ! Il était sans doute celui qui pouvait le mieux nous renseigner. Il va nous falloir interroger tout le monde maintenant pour essayer de tirer quelque chose d'utile.

- Pas forcément, contredit le Père Mathieu. Le monastère comptait un deuxième homme important. Le Prieur… Agostino si je me souviens bien. Si le Père Abbé avait des choses à nous apprendre, le Prieur doit certainement être au courant.
Philippe réfléchit rapidement. Il jette un coup d'œil dans la cour. Les combats se sont calmés et des hommes commencent à s'intéresser aux blessés.
- Bien. Léonard et Stéphane, retournez dans la cour. Je veux un compte-rendu de nos pertes, ainsi que de celles de l'ennemi. Essayez d'interroger les moines encore vivants. Il nous faut un maximum d'informations sur le château Maniace. Le Père Mathieu et moi-même allons chercher le Prieur Agostino.
Les quatre hommes se séparent. Philippe fait confiance au Père Mathieu pour l'orientation des recherches. Il a plus l'habitude que lui de ce genre d'endroit. Ils commencent par la pièce située juste à côté, sans doute le bureau du Prieur. Ils n'y trouvent personne. Le Père Mathieu réfléchit. Il n'est pas ici depuis longtemps mais il a compris un peu la mentalité de ceux qui y résident. Cette confrérie religieuse semble porter une très grande importance à la parole divine. Ce sont de véritables fanatiques. Où a-t-il le plus de chances de trouver le Prieur ? La salle de prières.
Tandis qu'il guide Philippe à travers les couloirs et les escaliers du monastère, le Père Mathieu demande des explications sur ce qui s'est passé depuis qu'ils se sont séparés.
- Comme prévu, Stéphane s'est installé dans le coffre de la voiture et nous nous sommes cachés un peu plus loin, prêt à intervenir dès que tu arriverais avec les autres moines. Nous avons attendu très longtemps. Au fur et à mesure que les heures défilaient, nous étions de plus en plus inquiets pour toi. On avait peur qu'ils aient découvert la supercherie. Enfin, en milieu d'après-midi, nous avons vu un petit groupe de moines arriver. Ils ont dû faire le tour du

village pour ne pas se faire repérer. Avec leur capuche sur la tête, il nous était impossible de voir si tu faisais partie du groupe. Nous avons attendu que tu nous fasses signe. Ils ont ouvert le coffre, fait sortir Stéphane et nous n'avions toujours pas perçu ton signal. Nous avons décidé d'intervenir malgré tout. Et nous avons bien fait. On les a maitrisés rapidement. Ils n'étaient que trois et nous avions l'effet de surprise pour nous.
Philippe s'interrompt quelques secondes pour reprendre son souffle. Ils marchent vite. Le Père Mathieu essaye de se repérer mais ce n'est pas facile. Philippe a l'impression qu'ils sont déjà passés par ce couloir mais il ne fait aucune remarque.
- Ensuite, nous avons quelque peu improvisé. Léonard et moi avons endossé l'habit de deux des moines. Nous avons fait prisonnier Stéphane et avons fait le tour du village pour nous rendre au monastère. J'ai bien cru qu'ils n'allaient jamais nous ouvrir. Ils ne comprenaient pas pourquoi nous n'étions que deux et nous évitions de trop parler pour ne pas qu'ils remarquent notre accent. Finalement, ils ont ouvert, nous sommes entrés et les autres parents qui s'étaient cachés aux alentours ont suivi. Tu as vu le reste. Notre priorité était de te retrouver mais je ne pensais pas que les moines résisteraient autant. J'ai peur que nous ayons fait une erreur en venant ici.
Le Père Mathieu se retourne vers Philippe. Il est surpris. C'est la première fois qu'il entend Philippe avouer qu'il a eu tort. Il n'a pas le temps de répondre. Il a enfin trouvé l'endroit qu'il cherchait. Ils font face à deux grandes portes en bois derrière lesquelles se trouve l'église du monastère. C'est Philippe qui tire la lourde porte. Ils pénètrent à l'intérieur sans faire de bruit. Le silence y est oppressant. Un mauvais pressentiment envahit aussitôt le Père Mathieu. Ils avancent au milieu des chaises et remontent le chœur. Ils aperçoivent au même moment une forme sombre devant l'autel. En approchant, ils réalisent que c'est un homme agenouillé, la tête penchée vers l'avant. Il ne

réagit pas à leur approche. Lorsqu'ils arrivent à son niveau, un frisson parcourt le Père Mathieu. Il n'a pas besoin de le toucher pour savoir que l'homme est déjà mort. Philippe relève la tête de l'homme. Le Père Mathieu reconnaît tout de suite le Prieur Agostino. Il s'est donné la mort devant l'autel, dans une dernière prière. Philippe ne cache pas sa déception. Il retient un juron. Ils laissent le mort et retournent dans la cour.
Ils n'ont pas besoin de chercher leurs amis. C'est Stéphane qui vient directement vers eux dès qu'il les aperçoit. Il n'attend pas que Philippe lui pose de questions pour faire son rapport.
- Nous avons compté trois morts, deux blessés graves et six blessés légers dans nos rangs.
Trois morts... Philippe n'a jamais envisagé qu'il pourrait perdre des hommes dans cette mission. Surtout pas ici. Qu'est-ce que ce sera au château Maniace face aux agents du gouvernement ?
- Les noms des morts ? demande-t-il.
Stéphane hésite.
- Je ne sais pas si c'est très utile...
- Je veux savoir qui est mort sur mon ordre.
- Ce n'était pas ton ordre, Philippe. Nous étions tous d'accord et volontaires.
- Les noms, Stéphane.
Stéphane se résigne.
- Gaëtan Loiret, Rémi Dupé et Céline Breton.
Philippe garde le silence. Il prend quelques secondes pour se remémorer les visages de ces trois personnes qui se sont battues avec lui pour retrouver leurs enfants.
- Les pertes de l'autre côté ? finit-il par demander.
- Dix-neuf morts et huit blessés graves.
- Dix-neuf morts ! Ne peut s'empêcher de s'exclamer Philippe. Nous étions pourtant d'accord pour faire un maximum de prisonniers. Cette expédition ne devait pas se transformer en boucherie.
- Exact. Et tout le monde a respecté cet accord. Seulement les moines se sont battus vaillamment et la plupart ont préféré mourir plutôt que de se rendre.

D'après ce que j'ai compris, quand ils ont vu le Père Abbé se jeter par la fenêtre, beaucoup ont tenté de se suicider pour partir avec lui. Nos hommes ont été pris par surprise et n'ont pas pu tous les retenir.
- C'est une hécatombe, murmure Philippe.
Son regard balaye la cour devant lui. Il voit beaucoup de sang, des traces de lutte et des corps éparpillés à plusieurs endroits. Ses hommes ont commencé à les regrouper dans un coin. Vingt-quatre morts au total, en comptant le Père Abbé et le Prieur. Si Dieu existe réellement, il est bon pour l'enfer. Mais sa fille a toujours besoin de lui. Il doit continuer.
- Le Prieur s'est donné la mort lui aussi. Nous sommes arrivés trop tard. Avez-vous eu plus de chance de votre côté.
- Nous avons trouvé un moine qui semble détenir quelques informations. Léonard le surveille pour l'empêcher de se donner la mort.
- Conduis-nous à lui.
Stéphane ne se le fait pas dire deux fois. Il leur fait traverser la cour et les mène dans une pièce sans fenêtre. Le Père Mathieu reconnaît le même ameublement que dans la chambre du frère Julius. Celle-ci n'est pas plus décoré et ne comporte pas plus d'objets personnels. Le moine est assis sur le lit sous le regard méfiant de Léonard. Il parait soulagé en les voyant entrer.
- Il n'a pas dit un mot depuis que tu es parti, Stéphane.
Le Père Mathieu hoche la tête et s'approche du moine. Philippe est sur le point de l'arrêter mais il se retient. Après tout, le Père Mathieu a plus de chance de trouver les mots justes pour le faire parler.
- Bonjour, je suis le Père Mathieu de l'église Saint Julien. Et vous ? demande-t-il en italien.
Le moine lève la tête vers son interlocuteur et le détaille un moment avant de répondre.
- Frère Angelo. Je suis le sacristain du monastère.
- Vous êtes ici depuis longtemps ?
- Depuis l'âge de treize ans.

- Je ne connais pas bien votre confrérie, je dois l'avouer...
Le Père Mathieu laisse sa phrase en suspens, en espérant que le moine va lui expliquer leurs croyances. Mais il n'a pas posé de questions et l'homme ne semble pas décidé en leur en dire trop.
- Si vous ne nous connaissez pas bien, pourquoi être venu ici et nous avoir attaqué ?
- Nous recherchons des enfants.
- Nous ne gardons aucun enfant, ici.
- Nous le savons.
La conversation s'interrompt. Le Père Mathieu ne sait pas ce qu'il peut révéler au moine. Quels arguments pourraient le faire parler ?
- Beaucoup d'enfants ont été enlevés à leurs parents en Europe. Nous sommes à leur recherche et nous pensons que votre confrérie a un lien avec ces enlèvements. C'est pour cette raison que nous sommes ici.
- Nous n'avons jamais participé à des enlèvements d'enfants, se défend le moine.
- Je veux bien vous croire. Mais mon ami, ici présent, le Docteur Laudrain a été attaqué par un des moines de votre monastère, le Frère Julius.
A ces mots, le moine a un mouvement de recul et se signe rapidement. Il fixe Stéphane comme s'il était le diable en personne.
- Notre confrérie a pour but de répandre la parole de Dieu et de punir ceux qui vont à l'encontre de sa volonté. Si le frère Julius s'en est pris à votre ami, c'est qu'il méritait la sentence divine.
- Vous avez déjà entendu parler du Docteur Laudrain ?
- Non.
Le Père Mathieu a senti une légère hésitation dans la réponse du moine. Il cache quelque chose. Le Père Mathieu tente de trouver la bonne question.
- Vous connaissiez le frère Julius ?
- Bien sûr.
- Vous connaissiez sa dernière mission ?
- J'ai entendu des rumeurs, répond-il avec précaution.

- Quelles étaient ces rumeurs ?
- Il devait supprimer un homme dont les révélations risquaient de changer entièrement notre Société. Il mettait en danger le gouvernement et surtout la chrétienté.
- Mais quelles révélations ? intervient Stéphane en criant.
Le moine se signe une nouvelle fois. Philippe pose la main sur le bras de Stéphane et le Père Mathieu lui fait signe de se calmer.
- Vous savez en quoi consistaient ces révélations ?
- Non. J'ai entendu parler d'un livre mais je n'en suis pas sûr. Vous ne pouvez pas remettre en question la parole de Dieu et semer le doute dans l'esprit des gens. Un jour, vous payerez pour vos péchés, ajoute-t-il à l'intention de Stéphane.
Les paroles du moine n'ont pas beaucoup de sens pour eux. Ils ne comprennent pas d'où viennent toutes ses suspicions à l'égard de Stéphane. Le Père Mathieu continue à interroger le moine mais ils n'apprennent rien de plus. Ils retournent dans la cour. Philippe a eu le temps de réfléchir à la situation.
- Faites passer le message : nous partons à la tombée de la nuit. Qu'ils finissent de rassembler les corps. Les blessés doivent retourner en France. Léonard, tu désigneras trois personnes pour les accompagner. Ils ne pourront pas nous être utiles à Syracuse et ils doivent se faire soigner. Les moines encore vivants seront enfermés dans le garde manger. Nous n'allons pas les laisser mourir de faim. Nous partirons discrètement, sans nous faire repérer par les habitants. Espérons seulement qu'ils ne nous ont pas déjà entendu. Nous interviendrons au château Maniace vendredi.
- Dans deux jours ! s'exclame Léonard. C'était prévu dans une semaine. Nous ne serons pas prêts. Nous ne pouvons pas mener cette mission dans la précipitation.
- Nous n'avons pas le choix, réplique Philippe. Même si les habitants du village ne nous ont pas repéré, ils

risquent de s'inquiéter rapidement de ne plus avoir aucun contact avec les moines. Quand la police interviendra et qu'ils découvriront tous les cadavres, ils se lanceront à notre poursuite. Le gouvernement renforcera la sécurité du château Maniace et nous n'aurons plus l'occasion d'intervenir. Nous n'avons pas le choix. Nous partons ce soir pour Syracuse. Nous organiserons une réunion d'urgence demain avec tout le monde et nous interviendrons vendredi.

Chapitre 41

Stéphane tremble légèrement tandis qu'il patiente à l'abri des regards à quelques mètres du château Maniace. Il se trouve dans une maison que Philippe a pris soin de louer pour l'occasion, tout comme quelques autres lieux. Par la fenêtre, il a une vue sur l'entrée du château médiéval. Quatre hommes armés surveillent l'ancien pont levis menant à l'intérieur. Ils ne sont pas nombreux mais Stéphane aperçoit de temps en temps des ombres sur le chemin de ronde. Le ciel est bleu, sans la moindre trace de nuage. Le soleil est en train de se coucher, baignant l'horizon d'une lueur orangée. C'est le mois de mars mais il fait tellement beau depuis leur arrivée qu'on se croirait en plein été. Les touristes défilent devant le château pour prendre des photos. Il sait que certains d'entre eux font partie des *Parents de l'ombre* mais cela ne le rassure pas pour autant. Le château est trop exposé aux regards. Plus le moment approche, moins il se sent prêt pour cette mission. L'expédition au monastère a renforcé ses doutes. Combien d'autres vont mourir aujourd'hui ? Peut-être que Philippe a précipité les évènements également pour éviter que ses hommes aient le temps de se poser toutes ces questions. La réunion de la veille s'est tenue avec tous les principaux acteurs de l'organisation. Chacun sait ce qu'il a à faire. Il est trop tard désormais pour faire machine arrière. Stéphane soupire avant de descendre au rez-de-chaussée rejoindre ses compagnons.

Une fois de plus, il fait partie de ceux qui vont intervenir en premier. Sa mission : pénétrer dans le château, trouver les enfants et les faire sortir par la mer. Tout cela, le plus rapidement possible, bien sûr. Il a passé des journées entières à mémoriser le plan du château mais à cet instant, il a l'impression d'avoir tout oublié. Ses amis ne semblent pas plus confiants que lui. Léonard est assis sur une chaise, la tête dans les mains. Le Père Mathieu est debout, face à la fenêtre, perdu dans une dernière méditation. Les autres sont tout aussi silencieux. Seul Philippe court dans tous les sens. Ils attendent. Les minutes passent lentement. Stéphane tente de lire un livre mais il n'arrive pas à se concentrer et les phrases se mélangent devant ses yeux.

Enfin Philippe donne le signal du départ. Tous s'activent rapidement.

- Il est vingt-et-une heures dix. Il fait nuit noire maintenant. Nous quitterons cette maison à vingt-et-une heures trente exactement. Vous savez ce que vous avez à faire. Nous allons effectuer une dernière vérification. Est-ce que vous m'entendez tous par le talkie dentaire ?

Ils hochent la tête pour confirmer. Ils sont équipés de puces électroniques miniatures implantées sur une dent pour pouvoir communiquer à distance sans appareil extérieur. Ce n'est pas ce qui se fait de plus sophistiqué sur le marché. Ils ne possèdent pas de téléphone avec possibilité d'appeler la personne de leur choix. Leur implant fonctionne plus comme un talkie walkie. Ils sont tous reliés par le même signal et quand l'un d'entre eux veut communiquer, tous les autres l'entendent. Seuls les chefs de groupes disposent d'une ligne supplémentaire pour communiquer entre eux.

Quelques minutes plus tard, ils quittent la maison. Ils sont sept. Le Père Mathieu, Philippe et Léonard ont revêtu des habits de moines qu'ils ont empruntés au monastère. Ils encadrent Stéphane et un autre homme qui font semblant d'avoir les mains liées dans le dos. Les deux autres sont habillés du même costume que les gardes qui entourent le château. Depuis le temps que cet endroit est surveillé, Philippe a eu la bonne idée de faire faire plusieurs uniformes identiques. Les deux faux gardes s'éloignent de leur groupe.

Eux-mêmes avancent en longeant les murs. Les ombres des maisons les préservent des regards indiscrets. Ils contournent le château pour arriver à une porte de service sur le côté, invisible de la porte principale. Seulement deux soldats la surveillent. Alors qu'ils ne sont plus qu'à trois mètres d'eux, un des gardes les interpelle :
- Halte-là ! Qui êtes-vous ? Restez éloignés du château.
Malgré l'ordre, Philippe avance encore de quelques pas.
- Nous sommes des moines. Nous vous amenons des prisonniers qui pourraient vous intéresser.
- Des moines ? Quels moines ? Nous ne faisons pas de prisonniers, ici. Allez voir la police.
- Je pense qu'il serait plus prudent que je vous les remette à vous. Ils sont dangereux pour le gouvernement européen et la police italienne ne saurait pas les traiter à leur juste valeur.
En prononçant ces mots, Philippe s'est encore avancé, entrainant ses compagnons à sa suite. Le deuxième garde se penche vers son collègue et lui murmure quelques mots à l'oreille. Les paroles prononcées semblent le convaincre que ces moines peuvent avoir leur importance.
- Approchez-vous un peu. Qui sont vos prisonniers si importants ?
Philippe n'est plus qu'à un pas du garde. En tendant le bras devant lui, il pourrait le toucher. Stéphane regarde rapidement derrière lui. La rue est déserte. Les Siciliens sont rentrés chez eux et les touristes se sont réfugiés dans les restaurants du centre-ville. Une fois le soleil couché, la fraicheur de l'air est tombée sur la ville. Stéphane serre les poings, vérifie que ses liens sont bien dénoués et se tient prêt à intervenir. Sur le ton de la confidence, Philippe répond à la question :
- Je vous présente le Docteur Stéphane Laudrain, très recherché par le gouvernement. Il détient de nombreuses informations.

Philippe a baissé la voix, obligeant le garde à se pencher vers lui pour l'entendre. Profitant que les deux gardes ont le regard fixé sur Stéphane, Philippe détend son bras gauche et frappe le premier en plein visage, le faisant reculer sous le choc. Pris par surprise, il n'a pas le temps de réagir que Philippe lui a déjà donné un deuxième coup dans les côtes. En quelques secondes, l'homme est désarmé et maitrisé. Le Père Mathieu a été tout aussi efficace avec le deuxième. Ils trainent les deux gardes sur le pont en bois. La porte au bout est fermée mais ils trouvent la clé dans la poche d'un des gardes. Ils pénètrent discrètement à l'intérieur. Personne. Une pièce sur la droite doit servir de poste de surveillance. Ils attachent les deux soldats, les bâillonnent et les enferment dans la pièce. Philippe, Léonard et le Père Mathieu ont quitté leur soutane. Dessous, ils portent l'uniforme des militaires. Philippe jette un dernier coup d'œil à l'extérieur du château. Leurs deux compagnons qui s'étaient cachés ont pris la place des deux gardes. Ils feront illusion le temps nécessaire.
La première étape a été menée avec succès. Tous ressentent les effets de l'adrénaline qui parcourt leurs veines. Il est vingt-et-une heures quarante-sept. Ils ont vingt-huit minutes pour trouver les enfants avant la diversion. Ensuite, il faudra faire vite pour les sortir du château pendant que les gardes seront occupés à défendre l'enceinte. Ils sont dans les temps mais ils ne doivent pas trainer. Ils se séparent comme convenu. Stéphane part avec Léonard et le Père Mathieu, Philippe avec l'autre homme. Ils se sont partagés les recherches. Stéphane suit Léonard et le Père Mathieu vers l'enceinte Ouest. Ils montent au premier étage. Ils croisent plusieurs soldats qui ne font pas attention à eux. Ils aimeraient courir mais ils doivent rester discrets. En passant devant les portes, ils essayent de regarder à l'intérieur. Ils trouvent principalement des bureaux. Ils ne s'attardent pas. Aucune porte n'est surveillée. Ils montent de nouvelles marches. Encore des bureaux. Troisième étage, des dortoirs mais pour

les soldats, pas pour les enfants. Stéphane pense qu'ils sont partis du mauvais côté. Il imagine mal les enfants enfermés dans les étages du château, là où ils pourraient être aperçus de l'extérieur par les fenêtres. Non, lui, il aurait commencé par le sous-sol mais aucun plan du château qu'ils ont pu trouver ne faisait référence à un sous-sol. Et il doit bien avouer qu'il n'a vu aucun escalier descendre sous le rez-de-chaussée. Vingt-deux heures. Il leur reste quinze minutes. Un déclic et la voix de Philippe résonne dans leurs têtes :

- Aucun signe d'enfants de notre côté. Et vous ?
- Rien non plus. Nous sommes au troisième étage de l'enceinte Ouest.
- Bien. Continuez comme prévu. Il va falloir qu'on accélère le mouvement.

Philippe coupe la communication. Stéphane sent une pointe de stress le submerger. Le château est immense et il ne leur reste que quinze minutes. Ils ont prévu beaucoup trop court. Il n'a pas le temps d'y réfléchir plus avant. Léonard et le Père Mathieu sont repartis droit devant. Il trottine pour les rattraper. Au bout du couloir, ils débouchent sur une des quatre tours du château. Ils font le tour de l'étage avant d'emprunter l'escalier en colimaçon jusqu'à l'étage inférieur. Ils croisent des militaires aussi bien que des personnes civiles. Stéphane aurait bien aimé pouvoir s'arrêter pour leur demander la raison de leur présence ici. Pour certains, c'est évident comme le personnel d'entretien mais la petite brunette avec ses livres sous le bras qu'ils viennent de croiser, quel est donc son rôle dans cette affaire ?

Arrivés au rez-de-chaussée, ils continuent leur examen vers le Nord, dans la partie qui correspondait autrefois à la demeure seigneuriale. Plus que cinq minutes. La première porte qu'ils ouvrent donne sur une grande salle de restauration. La plupart des chaises ont été retournées sur les tables afin de pouvoir nettoyer le sol plus facilement. Le service du dîner est terminé. Seuls quelques retardataires trainent encore au fond de la salle. Ils semblent avoir une conversation animée. Les trois compagnons ne leur prêtent pas attention. Ils traversent la salle d'un pas décidé comme s'ils avaient toute l'autorité nécessaire pour être ici. Ils poussent deux portes battantes et se retrouvent dans les cuisines où tout un bataillon s'active pour ranger et nettoyer. Les trois compagnons sont un peu perdus.

- On a dû se tromper quelque part. L'un d'entre vous se souvient du plan de cette partie du château ? demande Léonard discrètement.

- Moi, je m'en souviens, répond le Père Mathieu sur le même ton. Mais les plans que nous connaissons ne sont pas récents. Il n'y avait ni cuisine, ni réfectoire à cet étage.

- Le mieux est sans doute de retraverser la salle en sens inverse et de monter à l'étage. Espérons juste que ceux qui sont encore en train de manger ne vont pas s'intéresser de trop près à nos allers retours.

- Pourquoi voulez-vous monter ? intervient Stéphane.

- Parce que c'est ce qui est prévu, rétorque Léonard en jetant un regard rapide à sa montre. Il nous reste moins de cinq minutes. Nous n'avons pas le temps d'improviser.

- Moi, j'ai réfléchi, continue Stéphane malgré tout. Vous avez observé les étages. Il y a des fenêtres partout. Vous pensez sincèrement qu'ils vont enfermer les enfants là-haut ? Non, je pense que nous devons chercher en dessous.

- Il n'y a rien dessous. Aucun plan du château ne mentionne de sous-sol que ce soit pour des oubliettes ou autre chose. Nous devons nous en tenir aux instructions de Philippe.

- Ce n'est pas parce que ça ne figure sur aucun plan que ça n'existe pas. Si vous préférez, on se sépare. Je cherche des escaliers vers le sous-sol tandis que vous continuez dans les étages.

Le Père Mathieu n'aime pas l'idée de se séparer mais il n'a pas le temps de rétorquer. Une voix grave et autoritaire retentit dans leur dos en anglais, les faisant presque sursauter :

- Qui êtes-vous et que faites-vous ici ?
Ils se retournent d'un même mouvement. Stéphane reconnaît un des hommes qui étaient en train de manger dans la salle de restauration. Il a dû se demander ce que trois soldats venaient faire dans les cuisines et quand il ne les a pas vu ressortir, il est venu voir par lui-même. L'homme, un officier, est grand, large d'épaules avec le visage carré et le crâne rasé, l'archétype du militaire. A côté, ils font pâle figure, songe Stéphane.
- Excusez-nous, nous sommes nouveaux et nous nous sommes égarés, explique le Père Mathieu. Nous ferions mieux de rebrousser chemin.
- Et vous alliez où ?
- A notre dortoir.
- Lequel ?
- Le 5A, répond Stéphane qui se souvient du numéro sur une des portes qu'ils ont croisées.
- Le 5A... En effet, vous n'êtes pas dans la bonne direction. Mais nous n'avons pas de nouvelles recrues au 5A.
Et voilà, il a fallu qu'ils tombent sur la personne qui sait tout ce qui se passe dans ce château. Comment vont-ils s'en sortir ?
- C'est que nous avons dû nous tromper de numéro, tente de justifier le Père Mathieu. Mais ne vous inquiétez pas, nous allons retrouver notre chemin. Nous ne voudrions pas vous importuner pendant votre repas.
- Votre matricule ?
Au même moment, la voix de Philippe retentit de nouveau dans leurs têtes :
- Moins de deux minutes. Toujours rien de notre côté. Et vous ?
Mais aucun d'eux ne peut lui répondre sans se trahir.
- Qu'est-ce que vous avez dit ? demande Stéphane pour gagner du temps.
- Je vous ai demandé votre matricule.

L'officier commence à s'impatienter. Stéphane voit sa main se diriger vers sa taille, là où doit se trouver son arme de fonction.
- 5063, répond Léonard en se mettant au garde à vous. C'est un vrai coup de bluff mais il faut bien tenter. Stéphane et le Père Mathieu l'imitent aussitôt.
- 6326.
- 4735.
L'officier les regarde tour à tour. Il ne semble pas convaincu mais leur réaction lui met le doute.
- C'est un bon début. Mais je ne vous connais pas, je ne vous ai jamais vu ici et vous errez dans les cuisines comme si vous débarquiez tout juste de votre campagne. Suivez-moi, on va aller vérifier votre petite histoire.
La panique commence à gagner Stéphane. Il ne va pas suivre cet homme. Il ne veut pas revivre ce qui s'est passé en Afrique du Sud. A cette simple pensée, son cœur se met à battre à toute vitesse. Des sueurs froides lui recouvrent le corps. Il tremble. Il pose la main sur le mur froid à côté de lui pour garder l'équilibre. Il tente de se calmer, respire lentement mais rien n'y fait. Il a l'impression que sa mort est imminente. Il voudrait fuir le plus loin possible mais il se retient. Il a des vertiges, les palpitations s'accélèrent, il étouffe…
Soudain, une alarme stridente retentit dans la cuisine. Si elle est bien trop forte pour leurs tympans, elle a au moins le mérite de sortir Stéphane de sa crise de panique. Personne ne semble avoir remarqué son état. Tout s'est passé très vite. Les cuisiniers s'interrogent sur la raison de cette alarme qu'ils n'ont apparemment jamais entendue. Même l'officier semble hésitant. Soudain, un jeune soldat, entre en trombe dans la cuisine, le souffle court.
- Mon commandant… la porte principale et la porte Est… attaquées, arrive-t-il à articuler entre deux respirations.
- Déjà ?

C'est la première réaction du commandant alors qu'il jette un coup d'œil à sa montre. Il continue en demandant plus de précisions :
- Attaqués par qui ?
- Nous n'en savons rien. Nous avons été pris par surprise.
- Combien sont-ils ?
- Je ne sais pas.
- Qu'est-ce que vous savez alors ? Je ferais bien d'aller voir par moi-même. Ils ne doivent pas entrer dans le château !
Léonard est le premier à apercevoir le regard affolé du jeune soldat. Lui-même réprime un sourire.
- C'est trop tard, mon Commandant.
- Trop tard ! Et on ne me prévient que maintenant. Je croyais que la garde devait être renforcée aujourd'hui ! Conduis-moi là-bas en vitesse.
Ils sortent des cuisines. Léonard, Stéphane et le Père Mathieu les suivent. Dans la salle de restauration, le commandant s'adresse aux deux hommes restés à table.
- Michael, Tony, allez prévenir le labo. Qu'ils restent à leurs postes. Personne ne doit sortir.
Les deux hommes hochent la tête et s'exécutent. Tout le monde quitte la pièce. Personne n'accorde plus la moindre attention à Stéphane et ses deux compagnons. Léonard se tourne vers eux, le sourire aux lèvres mais celui-ci s'évanouit quand il regarde Stéphane :
- Tu vas bien, Stéphane ? Tu es tout blanc.
- Oui, oui, tout va bien, ne t'inquiète pas. Un petit coup de stress, c'est tout.
- On est tiré d'affaires pour l'instant mais ça ne va pas durer. L'attaque a commencé et nous n'avons toujours pas trouvé les enfants. Nous devons continuer nos recherches.
- Je propose qu'on suive les deux gardes qui viennent de partir. On a intérêt à se dépêcher si on ne veut pas qu'ils nous sèment.

Et Stéphane quitte la salle à leur suite sans attendre l'approbation de ses compagnons. Léonard et le Père Mathieu se regardent sans comprendre. Ils courent derrière Stéphane. Arrivés à son niveau, ils l'interrogent :

- Pourquoi les gardes ?

- Ils doivent prévenir le labo. Un laboratoire signifie des cobayes. Tu te souviens de l'Afrique du Sud ? Ici, les cobayes, ce ne sont pas les prisonniers mais les enfants.

Léonard et le Père Mathieu en restent saisis. Ils ne prononcent plus un mot. Ils marchent en silence tout en réfléchissant aux implications de ces paroles. Stéphane aurait préféré leur expliquer d'une autre façon, surtout à Léonard qui est ici pour son fils mais il n'a pas le temps.

- D'accord, on te suit, finit par dire Léonard d'un ton froid.

Chapitre 42

Ils n'ont pas beaucoup de retard sur les gardes. Ils les aperçoivent encore au bout du couloir. Ils tournent à droite. Stéphane accélère le pas. Ils arrivent au bout du couloir quelques secondes seulement après les soldats mais ils sont déjà hors de vue. Pourtant le couloir sur lequel ils débouchent est long lui aussi. S'ils avaient continué tout droit, Stéphane et ses deux compagnons les verraient encore. Ils n'ont pas le choix, ils doivent ouvrir toutes les portes, quitte à se faire remarquer. Avec un peu de chance, tout le monde est occupé par l'attaque et personne ne fera attention à eux.

A la troisième porte, Stéphane se retrouve devant un escalier qui ne monte pas dans les étages contrairement aux autres mais descend vers le sous-sol. Stéphane appelle ses compagnons. Lorsqu'ils le rejoignent, il a déjà descendu plusieurs marches. Il sait qu'il est enfin sur la bonne voie. Aucune ampoule ne vient éclairer l'escalier, pourtant il ne fait pas sombre. C'est comme si la lumière était diffusée directement par les murs. C'est étrange. Stéphane pose une main sur le mur. Seulement de la pierre froide.

Tout en descendant discrètement, Stéphane entre en communication avec Philippe.

- Philippe, ici Stéphane…

Il n'a pas le temps de continuer :

- Enfin ! Mais qu'est-ce que vous faites ? J'ai essayé de vous joindre, vous ne répondiez pas. Tout va bien ?

- Nous avons eu quelques soucis avec un commandant un peu trop suspicieux mais c'est bon maintenant.

- L'attaque a déjà commencé. Nous n'avons toujours pas trouvé les enfants. Je commence même à me

demander si nos suppositions étaient bonnes. Et de votre côté ?
- Nous sommes sur une piste. Dans l'ancienne demeure seigneuriale, couloir est, un escalier s'enfonce sous le château. Nous suivons deux soldats qui doivent prévenir le laboratoire. Les enfants seront peut-être à côté.
Stéphane entend Philippe jurer comme s'il était à côté de lui.
- Il existe des souterrains ! Aucun plan n'en fait mention…
Stéphane le coupe :
- J'entends des voix. Je vais devoir couper la communication.
- OK. Continuez à suivre cette piste. On vous rejoint au plus vite.
Un déclic et la conversation est stoppée. Léonard et le Père Mathieu se sont arrêtés devant Stéphane. Ils se penchent légèrement derrière le mur de l'escalier comme pour observer une scène. Stéphane les imite. Son instinct ne l'a pas trompé. Les deux soldats sont à quelques mètres d'eux, devant une porte en fer. Ils discutent avec quelqu'un de l'autre côté. Enfin, la porte s'ouvre et ils pénètrent à l'intérieur.
Stéphane, Léonard et le Père Mathieu patientent encore quelques instants avant de sortir de leur cachette. Ils passent devant la porte sans trop s'en approcher. Ils ont bien compris qu'il leur serait difficile de la forcer et que de l'autre côté, du monde serait là pour les accueillir. Non, ce qui les intéresse, ce sont les autres portes qu'ils aperçoivent un peu plus loin et d'où semblent s'échapper des voix aigües. Stéphane croit même percevoir un chant, comme le refrain d'une comptine connue, sans doute un effet de son imagination. Il avance au milieu de ce couloir souterrain au sol en terre battue avec la boule au ventre. S'ils réussissent leur mission aujourd'hui, ils vont peut-être sauver la vie de dizaines d'enfants et permettre à des familles de se reconstruire. Ils doivent tout tenter.

Ils arrivent à la première porte. Une grille la surplombe, leur permettant de regarder à l'intérieur. La première chose qu'ils voient, c'est une petite fille, assise à même la terre contre le mur du fond. Elle est collée à un garçon un peu plus âgée qu'elle et serre un nounours contre elle. Ils sont plus d'une dizaine dans une cellule de quinze mètres carrés contenant des lits superposés en bois. Un des enfants le regarde avec un air curieux. Stéphane ne doit pas leur laisser le temps de réagir. Ils ne doivent pas alerter les gardes et pour cela, ils doivent lui faire confiance.
- Bonjour les enfants. Surtout ne criez pas et n'ayez pas peur. Nous sommes venus vous libérer pour vous ramener chez vos parents. Vous allez rentrer à la maison, quitter cette pièce froide. Mais il ne faut pas faire de bruit sinon les vilains gardes vont venir. Nous allons ouvrir la porte. Restez un peu à l'écart.
Son annonce ne provoque pas un grand enthousiasme. Quelques-uns le regardent avec intérêt. D'autres restent sans réaction, le regard vide. Léonard, entrainé exprès pour l'occasion, a déjà commencé à s'attaquer à la serrure. Elle est relativement simple. Il ne devrait pas en avoir pour très longtemps. Après tout, personne n'a imaginé que quelqu'un réussirait à pénétrer à l'intérieur du château sans se faire repérer et à arriver jusqu'ici pour libérer les enfants. Les serrures ont été surtout conçues pour empêcher les enfants de sortir par eux-mêmes et non pas pour empêcher que les portes soient ouvertes de l'extérieur.
Pendant ce temps, le Père Mathieu a lancé un appel par son talkie dentaire :
- Ici, Mathieu. Nous avons trouvé les enfants. Besoin de renforts. Sections...
Il hésite, évalue le nombre d'enfants dans la première cellule et le nombre de portes dans le couloir.
- Sections 1, 2 et 3, rejoignez-nous.
Les trois sections concernées lui répondent par l'affirmative. Il indique ensuite leurs coordonnées GPS et le chemin le plus rapide. Lorsqu'il coupe la

communication, Léonard en a terminé également. Ils ouvrent la porte. Stéphane est le premier à pénétrer à l'intérieur. Il se dirige vers l'enfant le plus près, un jeune garçon qui se met sur ses pieds en le voyant approcher.
- Bonjour. Comment t'appelles-tu ?
- Vincent.
- Bien Vincent, tu veux quitter cet endroit ? Tu veux rentrer à la maison ?
Le jeune garçon hésite, regarde autour de lui et hoche la tête timidement.
- Alors tu vas me suivre sans faire de bruit. Il ne faut pas que les autres gardes nous entendent. On va emmener quelques-un de tes camarades avec nous.
Stéphane choisit trois autres enfants qu'il fait sortir de la cellule.
- Qu'est-ce que tu fais ? demande Léonard. Nous devons attendre les renforts et ne rien tenter par nous-même. C'est le plan.
- Quand le plan ne convient plus à la situation, il faut improviser. Nous sommes en retard. La bataille à l'extérieur a commencé depuis près de dix minutes. Ils ne pourront pas faire diversion très longtemps. Ils vont finir par être submergés et être obligés de se replier. Tu vois le nombre d'enfants qu'il y a ici ? Nous ne pouvons pas perdre une minute. Je vais faire un premier passage avec le Père Mathieu. Nous n'emmènerons que quatre enfants. Nous repérerons les lieux pour les autres. Nous leur servirons d'éclaireurs. Toi, tu restes ici. Tu continues à ouvrir les portes. Quand les renforts arriveront, tu organiseras l'évacuation. Je conseille trois gardes pour huit enfants. Si nous rencontrons un problème sur le trajet, nous vous préviendrons.
Léonard acquiesce sans discuter. Stéphane a raison. Le temps joue contre eux. Il regarde ses compagnons s'éloigner avec les quatre enfants qui les suivent docilement. Ils passent sans encombre devant la porte du laboratoire et s'enfoncent dans les escaliers. Léonard ordonne aux enfants de rester sages à

l'intérieur de leur cellule avant de s'attaquer à la deuxième serrure.
Le rez-de-chaussée est désert. Stéphane a pris la tête de leur petit groupe. Il leur fait signe d'avancer. Ils ont à peine fait quelques mètres qu'il se fige. Le garçon qui le suit ne l'a pas vu à temps et lui rentre dedans. Stéphane n'y fait pas attention. Il tend l'oreille. Des bruits de pas. Sans perdre un instant, il ouvre la première porte qu'il trouve et pousse tout son petit monde à l'intérieur. Par chance, la pièce est vide. Il referme la porte derrière eux mais la laisse légèrement entrebâillée pour observer le couloir. Les bruits de pas se rapprochent. Ils marchent vite mais s'arrêtent régulièrement comme s'ils cherchaient quelque chose ou quelqu'un. Est-ce que leur présence à l'intérieur aurait été repérée ? Stéphane se mord la lèvre. Si des patrouilles parcourent encore le château, ils n'arriveront jamais à évacuer tous les enfants. Il voit les formes humaines se découper dans la lumière du couloir. Ils sont presque à leur niveau. Ils approchent encore et s'arrêtent juste devant leur porte. Stéphane se tourne vers les enfants et pose un doigt sur ses lèvres pour leur intimer le silence le plus complet. Il reporte son attention sur le couloir et pousse soudain un soupir de soulagement. Il ouvre la porte. Les deux hommes, surpris, posent la main sur leurs armes avant de le reconnaître.
- Stéphane, qu'est-ce que tu fais là ? demande Philippe. Tu nous as fait une peur bleue !
- Je suis avec le Père Mathieu. Nous emmenons un premier groupe de quatre enfants. Nous repérons le chemin pour les suivants.
Stéphane voit l'espoir renaître en Philippe lorsque son regard tombe sur les enfants. Sa fille n'est peut-être plus très loin. Stéphane ne lui laisse pas le temps de s'émouvoir. Il indique l'escalier qui descend dans les sous-sols.
- C'est par là. Léonard vous attend. Les autres ne devraient pas tarder à arriver.

Personne n'ajoute autre chose. Pas de « bon courage » ou « bonne chance ». Ils ont une mission à remplir et n'ont pas de temps à perdre. Stéphane se remet en route, suivi par les quatre enfants et le Père Mathieu qui ferme la marche. Ils longent le couloir jusqu'à arriver à une fenêtre donnant sur la mer. Stéphane jette un coup d'œil à l'extérieur. Ils ne sont pas du tout au bon endroit. Le point d'extraction se trouve beaucoup plus loin sur leur droite. Stéphane se concentre. Il visualise le plan du château qu'il a mémorisé depuis des semaines et tente d'imaginer le plus court chemin jusqu'à sa destination. Un sourire se dessine sur ses lèvres. Sa mémoire est meilleure que ce qu'il avait supposé. Le plan du château se dessine parfaitement dans son esprit. Il voit par où ils doivent passer.

Il fait rebrousser chemin à sa petite équipe et tourne dans le premier couloir sur sa gauche. Ils marchent encore, tournent à droite puis à gauche, traversent une grande salle déserte, prennent un nouveau couloir et se retrouvent dans un cul de sac. Stéphane ne perd pas son calme. Il se concentre de nouveau. Le plan du château qu'il a mémorisé datait d'une autre époque. Beaucoup de choses ont changé depuis. Il doit faire avec. Tout est silencieux. Ils se croiraient presque dans un château abandonné s'ils ne percevaient pas les faibles bruits de bagarre étouffés par les murs. Tout le monde semble avoir déserté son poste et ses occupations pour repousser la petite armée qui s'est attaquée à l'entrée du château. Stéphane essaye de ne pas penser au nombre de ses camarades qui sont en train de mourir pour qu'il aide à faire évader tous ces enfants. Il doit se concentrer.

C'est finalement le Père Mathieu qui trouve la solution :

- Je pense que si on retourne dans le couloir qu'on vient de quitter et qu'on tourne deux fois à droite, on devrait arriver au point d'extraction.

Stéphane n'a pas besoin de réfléchir longtemps pour savoir que son ami a raison. Ils marchent encore et arrivent enfin au bon endroit. Par la fenêtre, Stéphane aperçoit deux bateaux à moteur imposants qui ont jeté l'encre un peu plus loin. Il ouvre la fenêtre avec toutes les peines du monde. En se penchant à l'extérieur, il voit enfin les deux petits canots qui attendent patiemment au pied du château. Les deux hommes lèvent la tête vers lui d'un même mouvement. L'un des deux sourit.

- Enfin. On commençait à croire que vous n'arriveriez jamais !

- On a eu des petits contretemps. Vous avez le matériel ?

- Bien sûr.

L'homme sort une échelle de corde lestée d'un caillou à une extrémité. Stéphane s'éloigne de la fenêtre et conseille aux enfants de faire de même. Après deux tentatives ratées, le caillou passe enfin par la fenêtre. Le Père Mathieu se précipite pour l'attraper. Il ne reste plus qu'à tirer pour monter l'échelle de corde jusqu'à la fenêtre et l'accrocher solidement. Stéphane se penche de nouveau par l'ouverture.

- C'est bon. Nous vous envoyons les enfants.

Stéphane prend le premier garçon, lui attache une corde autour de la taille et le soulève jusqu'au rebord de la fenêtre.

- Tu vois le gros bateau là-bas ? Il va te ramener à la maison. Mais pour ça, il faut que tu descendes à l'échelle jusqu'au monsieur qui t'attend en bas, d'accord ?

Le jeune garçon jette un coup d'œil en bas avant de reporter son regard effrayé sur Stéphane.

- J'ai peur, parvient-il à articuler.

Seulement quelques mètres les séparent de la mer mais c'est suffisant pour donner le vertige à un adulte, alors à un jeune enfant… Stéphane lui montre la corde qu'il a attachée autour de sa taille.

- C'est normal d'avoir peur. Mais pendant tout le temps de ta descente, je vais tenir la corde avec le Père Mathieu. Si tu glisses, nous te retiendrons et tu ne

pourras pas tomber. D'accord ? Tu as confiance en nous ?
Le garçon les regarde tour à tour avant de hocher la tête.
- Alors c'est parti.
Le garçon finit d'enjamber le bord de la fenêtre et descend lentement l'échelle de corde. Il arrive sans problème dans le canot à moteur qui l'attend. Les trois autres suivent le même chemin. C'est beaucoup trop long, réalise Stéphane. Quand le dernier enfant arrive en bas, cela fait déjà quinze minutes qu'ils ont quitté la cellule des enfants.
- C'est tout ? demande l'homme dans son canot, surpris.
- Oui, nous venions en éclaireur. Beaucoup d'autres arrivent. Faites un premier trajet avec ceux-là jusqu'au bateau. Si vous avez d'autres canots à moteur, ramenez-les. Il va falloir accélérer le mouvement.
Ensuite, Stéphane se tourne vers le Père Mathieu.
- Tu restes ici pour réceptionner les enfants et faire le guet. Il faut absolument mettre en place une deuxième échelle de corde à une autre fenêtre pour accélérer les descentes des enfants. Tu t'en occupes ? Je retourne chercher un autre groupe.
Tandis que Stéphane court dans les couloirs pour retourner aux cellules du sous-sol, il passe une communication dans son talkie pour indiquer le chemin le plus court aux autres équipes. Arrivé en haut des escaliers, il croise un groupe composé de huit enfants et de trois parents. Il leur ordonne d'accélérer le pas. La voie est libre. Stéphane descend au sous-sol. En bas des escaliers, il trouve un autre groupe qui patiente.
- Qu'est-ce que vous faites ? demande-t-il à un des parents.
- On attend. Philippe nous a conseillé d'attendre au moins cinq minutes avant de suivre le groupe précédent. C'est pour éviter de se faire repérer.
Stéphane serre les dents. Ce serait un bon conseil s'ils avaient tout le temps voulu. Malheureusement, ce

n'est pas le cas. Les hommes à l'extérieur ne tiendront pas éternellement et quand ils devront se replier, tous les militaires qui défendent actuellement le château reviendront dans les murs et ils seront coincés.
- Trois minutes maximum, ordonne-t-il avant de s'éloigner. Nous n'avons pas le temps.
L'agitation qui règne au sous-sol est loin de rassurer Stéphane. Des enfants crient, certains adultes tentent de les raisonner, tandis que d'autres essayent de former des groupes sans grand succès. Personne ne semble maitriser la situation. C'est le chaos. Stéphane avance au milieu de cette cacophonie. Il cherche Philippe mais il est introuvable. C'est lui qui devrait organiser l'évacuation des enfants. Où est-il donc passé ? Stéphane finit par tomber sur Léonard qui continue son travail, imperturbable. Cinq portes ont déjà été ouvertes. C'est toujours un point positif.
- Léonard, il faut arrêter d'ouvrir les portes si les enfants restent dans le couloir. Tu as vu Philippe ?
- Oui. Il m'a dit d'ouvrir un maximum de portes le plus rapidement possible et il est parti par là.
Il indique le fond du couloir d'un geste vague avant d'ajouter sur un ton légèrement inquiet :
- Si tu veux mon avis, j'ai l'impression qu'il a pété un plomb. Il n'arrêtait pas de crier le nom de Louise. Il s'est arrêté il y a quelques minutes seulement.
Louise… Le prénom de la fille de Philippe. Stéphane se rappelle sa première mission avec Philippe, lorsqu'ils avaient découvert les trafiquants d'enfants. Ce jour-là, Philippe avait l'espoir fou de trouver sa fille dans une des pièces de la maison. Il avait couru partout sans se soucier d'autre chose que de la retrouver. Il avait même enfoncé une porte à la seule force de son épaule. Si Philippe se trouve actuellement dans le même état que ce jour-là alors Stéphane réalise qu'ils ne peuvent pas compter sur lui. Il va devoir prendre les choses en main.
Il attrape une petite chaise dans la cellule la plus proche et monte dessus pour que tout le monde puisse le voir. Il attire l'attention en frappant plusieurs

fois dans ses mains. Adultes et enfants finissent par se calmer et se tournent vers lui. Alors qu'il s'apprête à prendre la parole, il perçoit un bruit sourd et répétitif. Il se penche vers Léonard :
- C'est quoi ça ?
- Oh, ce doit être nos petits scientifiques qui s'impatientent, déclare Léonard avec un sourire en coin. Quand les premiers renforts sont arrivés, Philippe leur a ordonné de bloquer la porte du laboratoire avec tout ce qu'ils pourraient trouver.
Stéphane jette un coup d'œil de satisfaction à l'amoncellement de meubles et d'objets de toutes sortes qui bloquent la porte blindée du laboratoire. Ils devraient être tranquilles un petit moment de ce côté-là. Stéphane reporte son attention sur le groupe qui lui fait face.
- Nous n'avons pas beaucoup de temps. Il va falloir être plus efficace.
Il pointe trois personnes du doigt.
- Marion, Erwan et Jonathan, vous vous occupez de faire des groupes. Trois adultes pour huit enfants. Je veux que vous les écoutiez et que vous leur obéissiez sans discuter. Les groupes doivent partir toutes les trois minutes maximum. La voie est libre, le Père Mathieu vous attend pour aider les enfants à descendre. Si vous rencontrez des problèmes sur le chemin… faites en sorte que l'alerte ne puisse pas être donnée. Bonne chance à tous.
Une fois Stéphane descendu de sa chaise, tout le monde se tourne vers Marion, Erwan et Jonathan. Ils forment chacun un groupe avec les personnes les plus proches d'eux, puis Jonathan va se poster spontanément au pied des escaliers pour donner le signal du départ toutes les trois minutes. Stéphane attend de voir les deux premiers groupes partir. Les trois personnes qu'il a désignées sont efficaces, tout le monde leur obéit et pour la première fois depuis qu'ils sont entrés dans le château, Stéphane se dit qu'ils ont une petite chance de réussir. Il se tourne vers Léonard et s'arrête dans son mouvement. Celui-ci le regarde

comme s'il le voyait pour la première fois. Stéphane est un peu déstabilisé mais tente de ne pas y faire attention.
- Tu peux continuer à ouvrir les portes des cellules. Maintenant que tout le monde est lancé, il va falloir libérer un maximum d'enfants.
Léonard acquiesce mais reste planté devant Stéphane.
- C'est bien ce que tu viens de faire…
Les mots semblent difficiles à sortir mais il ajoute :
- Je t'ai peut-être jugé trop vite.
Puis, il retourne à la porte suivante pour tenter de crocheter la serrure. Stéphane en reste coi. C'est le premier compliment que lui adresse Léonard depuis qu'il le connaît. Peut-être qu'il va enfin réussir à lui faire confiance. Mais Stéphane ne s'attarde pas sur cette pensée. Il lui faut retrouver Philippe.
Par chance, il n'a pas à chercher longtemps. Il s'avance dans le couloir en pierre et dépasse encore de nombreuses portes de cellules – il en reste encore plus d'une dizaine à ouvrir, constate-t-il – avant de découvrir Philippe dans un recoin du mur. Il est assis à même le sol, son pantalon est plein de terre et sa tête est posée sur ses genoux. Il ne semble même pas l'entendre approcher. Stéphane s'accroupit à côté de lui et pose une main qu'il espère réconfortante sur son épaule tremblante. Il reste ainsi quelques secondes avant de demander :
- Qu'est-ce qu'il y a, Philippe ?
Philippe relève lentement la tête et même dans la pénombre, il n'est pas difficile de voir qu'il a pleuré.
- Elle… Elle n'est pas là, Stéphane.
Il n'a pas besoin de donner son prénom pour que Stéphane comprenne de qui il parle. Il réalise alors que son ami a dû mettre tous ses derniers espoirs dans cette mission. S'il ne trouve pas sa fille aujourd'hui, est-ce qu'il aura la force de continuer ? Stéphane pense alors subitement à Justine, la femme de Philippe, qui se meurt dans un hôpital de campagne.

Stéphane se sent honteux au moment où il prononce les paroles suivantes mais il doit redonner de l'espoir à Philippe. Si ses hommes le voient dans cet état, ils risquent de perdre confiance. Il n'y a pas de meilleur moyen pour tout faire capoter.
- Tu as peut-être mal regardé, Philippe. Elle se cache peut-être dans le recoin d'une des cellules. Et même si elle ne se trouve pas ici, cela ne veut pas dire qu'elle n'est pas dans un des autres sites que nous avons pu identifier. Tu finiras pas la retrouver.
Philippe le regarde maintenant avec intérêt. Après tout, Stéphane doit avoir raison. Louise se cache sans doute pas loin. Soudain, Philippe se fige. La voix de Madeleine retentit dans sa tête :
- Philippe, ici Madeleine.
- Je te reçois cinq sur cinq.
- La situation devient critique ici. La police italienne a débarquée il y a cinq minutes. Nous subissons désormais des contre attaques de plusieurs côtés. Je demande la permission de battre en retraite. Nous pouvons vous laisser cinq minutes de plus pour sortir du château.
Philippe se lève d'un bond et regarde rapidement autour de lui pour évaluer la situation. C'est d'un ton autoritaire mais quelque peu hystérique qu'il répond.
- Impossible. Il reste beaucoup trop d'enfants à évacuer. Vous devez tenir. Le groupe resté à l'extérieur doit pouvoir s'occuper de la police pour ne pas que vous soyez pris entre deux fronts.
- Ils sont déjà en train de les occuper mais nos ennemis sont beaucoup trop nombreux, Philippe. Les hommes ne te suivront pas dans cette folie. Ils commencent déjà à se décourager. Nous devons nous replier.
- C'est hors de question. Philippe commence à bouillir intérieurement. Tu es parfaite pour ce poste de commandement, Madeleine. Tu trouveras les mots qui leur redonneront du courage. Et si tu ne trouves pas, dis leur que s'ils ne se battent pas jusqu'au bout, leurs

enfants qui sont encore à l'intérieur de la forteresse vont mourir. Vous devez tenir, c'est un ordre.
Il coupe la communication sans laisser à Madeleine le temps de protester. Stéphane n'a pas participé à la communication mais il a compris, aux paroles de Philippe, que la situation devient critique à l'extérieur. Philippe, avachi quelques minutes plus tôt, ressemble soudain à une pile électrique, animée par une idée qu'il a peut-être lui-même insufflé. Cette nouvelle attitude est loin de rassurer Stéphane.
- Que se passe-t-il ? se renseigne-t-il.
- Cette bande d'imbéciles ne se sent pas capable de tenir la position. Nous avons besoin de temps. Ils ne peuvent pas se replier. Il faut sortir tous les enfants. Je dois trouver Louise.
Philippe se dirige d'un pas décidé vers Léonard qui ouvre tout juste une porte non loin d'eux. Philippe se précipite à l'intérieur et en ressort presque aussi rapidement.
- Il faut que tu t'actives, Léonard. Il reste encore six portes à ouvrir. Je croyais que tu t'étais entrainé pour ça mais tu es trop lent. Accélère le rythme et si une petite fille d'une dizaine d'années répond au nom de Louise, préviens-moi tout de suite.
Il lui tourne brusquement le dos et part vers le début du couloir. Stéphane tente d'excuser son ami mais ce n'est pas nécessaire :
- Il n'est pas dans son état normal.
- J'ai bien vu. Tu devrais garder un œil sur lui.
Stéphane acquiesce.

Chapitre 43

Stéphane remonte le couloir. En passant, il constate qu'il reste très peu d'enfants libérés. Un seul groupe attend en bas des escaliers. La plupart des parents sont revenus pour en emmener d'autres. Stéphane s'arrête pour donner de nouvelles consignes.
- Une vingtaine de parents devraient suffire pour emmener les enfants qu'il faut encore libérer. Les autres, partez dès que possible. Il faut que vous commenciez à embarquer sur le bateau vous aussi. Ils ne tiendront plus très longtemps à l'extérieur. Vous n'avez pas rencontré de problèmes ?
C'est Marion qui répond :
- Si. Deux groupes sont tombés sur des gardes. A chaque fois, ils n'étaient pas nombreux et ils ont réussi à les maitriser avant qu'ils appellent du renfort.
Stéphane n'en demande pas plus. Il retrouve Philippe devant la porte du laboratoire. Il est en train de déplacer tous les meubles qui bloquent l'entrée. Il est comme fou et sa folie semble lui conférer une force incroyable.
- Qu'est-ce que tu fais, Philippe ?
- Tu le vois bien, non ? J'enlève tout ce bazar pour pouvoir entrer dans ce putain de laboratoire. Je te jure que si ma fille est ici, ils vont me le dire. Ces salauds de scientifiques vont parler.
- Tu dois te calmer, Philippe. Les hommes ont besoin de toi. Il faut ordonner l'évacuation d'urgence et permettre à Madeleine de se replier.
- Impossible.
Philippe est complètement buté. Stéphane ne l'a jamais vu dans cet état. Il sait que c'est impossible de le raisonner mais il tente quand même sa chance.
- Ils vont tous mourir, Philippe. Si nous tardons trop, ils vont finir par repérer le bateau et tout cela n'aura

réellement servi à rien s'ils reprennent les enfants. Philippe, à combien sont estimées nos pertes ?
Face au silence de Philippe qui continue à déplacer les tables et les bureaux, Stéphane insiste :
- A combien sont estimées nos pertes ?
Philippe desserre à peine les dents pour répondre :
- Je ne sais pas.
- Tu ne sais pas ? Stéphane est complètement abasourdi. Merde, Philippe, à quoi tu joues ? Tu prends des décisions sans même savoir combien ils sont encore à l'extérieur !
Mais Philippe ne veut rien entendre.
- Bon tu viens m'aider ou tu continues à t'agiter inutilement ? Je ne partirai pas avant d'être entré là-dedans.
Stéphane ne veut pas l'encourager dans sa folie mais plus vite Philippe aura pénétré à l'intérieur du laboratoire, plus vite ils pourront partir. Stéphane l'aide à enlever les derniers meubles. Quand l'espace est enfin libre, Philippe sort son revolver et tire la porte vers lui. Même s'ils portent des gilets pare-balle, Stéphane a la sensation qu'ils sont en train de se jeter dans la gueule du loup. Comme s'il assistait à une scène de film, il regarde Philippe tendre son revolver à bout de bras et menacer tous ceux qui se trouvent à l'intérieur. Il pointe son arme sur chacun d'eux. Au grand soulagement de Stéphane, ils sont moins nombreux que ce qu'il avait craint. Trois hommes et deux femmes portent des blouses blanches et des gants en plastique. L'homme le plus âgé semble même avoir été interrompu dans une manipulation. Il porte encore un masque sur sa bouche et un scalpel dans la main droite qu'il a levée au-dessus de sa tête comme les autres. Entre les scientifiques et Philippe, deux militaires les regardent d'un air surpris mais pas du tout effrayé. Ce sont les deux soldats que Stéphane a suivi jusqu'au sous-sol. Philippe concentre toute son attention sur eux. Stéphane l'imite et met en joue celui de droite.

- Prenez vos armes doucement et jetez-les par terre, ordonne Philippe.
Stéphane s'attend à de la résistance mais les deux militaires obtempèrent sans discuter.
- Bien. Je vois qu'on se comprend. Maintenant, je veux savoir où vous gardez une petite fille prénommée Louise.
Seul le silence répond à Philippe. Personne n'émet un seul murmure ou un seul geste. La scène semble figée. Aucune des personnes présentes ne veut attirer l'attention de Philippe.
- Elle s'appelle Louise Pradeau. Elle a dix ans. Elle est brune. Elle a les yeux foncés. Elle... Et putain, je ne sais pas à quoi elle ressemble aujourd'hui parce qu'on me l'a enlevée il y a cinq ans.
Toujours aucune réponse. Stéphane sent la tension monter d'un cran dans la pièce. Philippe n'est pas prêt à abandonner.
- Je vous jure que si vous ne me dites pas où elle est, je vous tire une balle dans la tête l'un après l'autre jusqu'à ce que quelqu'un se décide à parler.
Pour appuyer ses paroles, il tire trois coups. Le premier, en l'air, fait tomber un peu de pierre du plafond. Le deuxième passe à quelques centimètres de la jambe droite d'un des militaires et le dernier vient briser deux éprouvettes sur une paillasse. Le verre se brise en mille morceaux et rebondit sur le sol. Excepté les deux militaires, tout le monde a eu le réflexe de se baisser pour se protéger. Lorsqu'ils se relèvent et reportent leur attention sur Philippe, Stéphane en voit même deux trembler. Lui-même est tenté de raisonner Philippe mais il se retient. Inconsciemment, il compte les secondes qui s'égrènent trop rapidement et espère qu'ils vont bientôt pouvoir quitter cet endroit.
- Vous êtes complètement fou, s'exclame le plus vieux des scientifiques. Vous auriez pu nous tuer !
Il comprend trop tard qu'il aurait mieux fait de se taire. Philippe se tourne vers la voix et avance vers lui, menaçant. Il pose le canon de son arme sur la tempe de l'homme et hurle de colère :

- J'aurais pu vous tuer ? Et vous, qu'avez-vous fait à ma fille ? Vous l'avez tuée ? Vous l'avez utilisée comme cobaye pour vos petites expériences ? Si je suis fou mais qu'est-ce que vous êtes ? Si je vous tue maintenant, combien de vies d'enfants je sauve ? Hein, combien ?

Philippe est devenu totalement incontrôlable. Stéphane sent qu'il est prêt à tirer. Il doit intervenir. Il ne peut pas le laisser abattre un homme de cette façon. Le doigt de Philippe se crispe sur la détente. Stéphane est trop loin. Alors qu'il s'apprête à interpeler son ami, une voix retentit de l'autre côté de la pièce :

- Il y a une petite Louise dans une des cellules du laboratoire.

Philippe lâche aussitôt le vieux scientifique pour se tourner vers la voix. C'est une des femmes qui a parlé. Elle pointe du doigt une porte sur leur gauche.

- Vous avez la clef ? demande Philippe.

La jeune femme hoche la tête.

- Bien. Allez ouvrir la porte.

Si Stéphane avait pris le temps de regarder autour de lui, il aurait remarqué la surprise se peindre sur les visages des collègues de la jeune scientifique. Mais toute son attention est focalisée sur Philippe et la porte en train de s'ouvrir. Philippe pénètre à l'intérieur. Il aperçoit une silhouette dans la pénombre.

- Louise ? appelle-t-il doucement.

L'ombre bouge et s'avance lentement vers lui. Philippe est prêt à se précipiter vers elle quand un rayon de lumière vient éclairer son visage. Il se fige net. Quand il se retourne vers eux, tout le monde peut voir qu'il est encore plus enragé qu'avant. Il porte sa colère sur la jeune femme qui lui a ouvert.

- Vous me prenez pour un idiot ? Vous pensez que je ne suis pas capable de reconnaître ma fille ? Même si je ne l'ai pas vue depuis cinq ans, je peux vous assurer que ce n'est pas ma Louise.

- Je n'ai jamais prétendu que c'était votre fille dans cette cellule, se défend la scientifique.

Avant que Philippe n'ait le temps de réagir, c'est le vieux scientifique qui s'interpose.
- Ne vous en prenez pas à elle. Personne ici ne connaît les prénoms des enfants. Ils ne portent que des numéros.
Stéphane se sent comme étranger à la scène. Il est là mais il n'y participe pas. Il surveille toujours les deux militaires, son revolver pointé sur eux mais ils sont eux-mêmes bien stoïques.
- Des numéros ! Ces enfants ne sont que des numéros pour vous !
Philippe tente de se calmer et de se concentrer. C'est d'une voix moins hystérique qu'il demande :
- Vous devez bien avoir une liste qui vous permet de remettre un nom sur un numéro ?
- Oui, cette liste existe mais nous n'y avons pas accès.
- Et où je peux la trouver ?
Stéphane va rétorquer qu'ils n'ont plus le temps, qu'ils doivent partir immédiatement quand la voix de Léonard retentit derrière lui.
- Philippe, j'ai une gamine qui ressemble à ta description. Elle n'est pas bavarde mais elle semble réagir quand on l'appelle Louise.
Stéphane n'aurait jamais cru qu'il pourrait penser ça un jour mais à cet instant, Léonard est son sauveur. Il a envie de lui sauter dans les bras pour le remercier. Lui qui n'a jamais cru en Dieu, se surprend à penser : « faites que ce soit sa fille ».
Léonard est soudain devenu le centre de l'attention. Même les militaires montrent soudain un certain intérêt. Philippe a laissé retomber son bras armé le long de son corps. Il s'approche de Léonard, sans précipitation cette fois. Après tant de déceptions, il ne sait plus s'il doit encore espérer un miracle. Léonard se retourne vers la porte ouverte. Il est le seul à apercevoir la fillette qui est cachée par le mur.
- Viens, Louise. Approche. Personne ne te fera de mal. N'aie pas peur. Il y a quelqu'un qui aimerait beaucoup te voir.

La voix de Léonard est douce et apaisante. Stéphane voit d'abord apparaître une chaussure, une tennis noire pour être précis. Puis le bas d'un pantalon, un jean troué au genou. La fillette avance très lentement. Elle doit être effrayée, la pauvre. Enfin, Stéphane aperçoit ses cheveux bruns, aussi noirs que ceux de Philippe, et ses yeux sombres. Mais la description est loin de s'arrêter là. Stéphane la trouve relativement petite pour son âge, elle a des joues rondes de bébé, sa peau est très claire et parsemée de petites tâches de rousseur comme la femme de Philippe. Elle regarde droit devant elle mais son regard ne s'arrête sur personne en particulier. Elle semble ailleurs. Elle s'arrête à l'entrée du laboratoire et commence à hocher la tête de droite à gauche de façon répétitive.
La scène paraît figée dans le temps. Stéphane se tourne vers Philippe dont le visage s'est éclairé. La suite se passe beaucoup trop rapidement pour que Stéphane puisse intervenir. Ce n'est qu'en y repensant plus tard qu'il comprendra vraiment ce qui s'est passé pendant les quelques minutes qui ont suivi l'apparition de la fillette.
Une joie immense envahit Philippe. Après tant d'années de recherches, il l'a enfin retrouvée. Porté par son élan paternel, il s'élance vers elle et la prend dans ses bras tout en l'appelant par son prénom :
- Louise, Louise, ma chérie. Papa t'a enfin retrouvée.
Du moins, c'est ce qu'il avait l'intention de faire. A peine a-t-il effleuré sa fille, qu'elle fait un bond en arrière pour lui échapper et se met à crier de toute la force de ses poumons. Philippe est surpris. Il approche une main vers elle et tente de la raisonner :
- Louise, c'est papa. Tu ne me reconnais pas ? Je ne vais pas te faire de mal. Viens.
Mais il n'a pas le temps de lui toucher le bras qu'elle se met à lui donner des petits coups de poings avant de se retourner et de courir vers le couloir. A cet instant précis, une détonation retentit. Philippe s'affale sur le sol. Pris par l'émotion de la scène qui se jouait devant lui, Stéphane a relâché son attention. L'un des

militaires en a profité pour attraper une arme qu'il avait dû garder cachée et pour tirer sur Philippe. Quand Stéphane se retourne, il voit le canon de l'arme pointée sur lui. Une nouvelle détonation. Stéphane attend la douleur fulgurante qui va le traverser mais rien. Le militaire en face de lui s'écroule à son tour. Léonard a été plus rapide à réagir. Il pointe son revolver sur l'autre garde qui lève les mains en signe de soumission.

Le danger écarté, Stéphane se précipite sur Philippe. Alors qu'il le retourne pour constater l'état de la blessure, Stéphane perçoit un gémissement. C'est bon signe. Cela signifie que la balle n'était pas mortelle et que Philippe reprend connaissance. Sa chemise est imbibée de sang. Stéphane la lui enlève pour repérer la blessure. La balle est entrée juste au niveau de la clavicule droite et n'est pas ressortie. Elle a dû être stoppée par les os. Stéphane ne peut pas l'enlever maintenant. Tout ce qu'il peut faire, c'est tenter de stopper l'hémorragie ave une compresse de fortune. Par chance, ils se trouvent dans un laboratoire biologique. Il devrait trouver ce dont il a besoin. Stéphane regarde autour de lui. Excepté le militaire blessé prostré au sol, toutes les autres personnes présentes ont leur attention fixée sur lui. Léonard pointe toujours son arme sur le deuxième militaire. Il ne peut pas relâcher sa vigilance. Stéphane va devoir se débrouiller seul. Il réalise alors que leur situation est vraiment précaire. Si les scientifiques tentent quelque chose contre eux, Stéphane et Léonard ne pourront pas les retenir. Ils doivent faire vite avant qu'ils ne sortent de leur contemplation. Stéphane maudit Philippe tout bas tandis qu'il se dirige vers une armoire. Il l'ouvre, jette un rapide coup d'œil et passe à la suivante. A la troisième, il trouve ce qu'il cherche : de l'alcool, des bandes et du scotch. Cela devrait faire l'affaire. Il retourne auprès de Philippe qui reprend totalement conscience lorsque l'alcool à quatre-vingt dix degrés est versé sur sa blessure. Il sort une belle panoplie de jurons avant d'ajouter :

- Mais qu'est-ce que tu fabriques ? Qu'est-ce qui s'est passé ?
- Tu as une balle logée au niveau de la clavicule alors arrête tout de suite de gesticuler si tu ne veux pas que la balle bouge à l'intérieur et aille détériorer des muscles.
Philippe se calme aussitôt sous la menace. Stéphane met en place des bandes de coton qu'il maintient avec du scotch. C'est vraiment du rafistolage mais ça devrait tenir suffisamment longtemps.
- Où est Louise ? demande Philippe tandis que Stéphane finit de le panser.
- Elle est partie dans le couloir. Elle ne doit pas être bien loin. Nous irons la récupérer juste après.
Philippe hésite quelques secondes avant de poser une autre question :
- Pourquoi elle a eu aussi peur ? Tu crois qu'elle ne m'a pas reconnu ?
Stéphane aurait préféré aborder ce sujet dans un autre endroit. Il tente de lui expliquer avec le plus de diplomatie possible :
- Tu te souviens de ce dont je t'ai parlé dans l'avion, concernant leurs possibles expériences pour tenter de soigner les enfants de leur prédisposition au crime ?
- Oui, tu as dit qu'ils voulaient supprimer le gène DR2624, se rappelle Philippe. Tu as dit aussi que Louise pourrait être différente. Est-ce que c'est ce qu'ils lui ont fait ?
Sentant une pointe de colère dans la voix de Philippe, Stéphane préfère ne pas répondre directement.
- Tu as remarqué comme Louise n'a fixé son regard sur personne et comment elle balançait sa tête de droite à gauche de façon répétitive.
- Non, avoue Philippe désorienté. J'étais trop heureux de la retrouver.
- Ajoutés à son comportement agressif lorsque tu as tenté de la toucher, je dirais que ta fille pourrait être atteinte d'autisme. Mais peut-être présentait-elle déjà des symptômes quand elle était plus petite, suggère

rapidement Stéphane pour tenter de calmer la colère qui monte de nouveau chez son ami.
- Non, bien sûr que non ! C'était une enfant souriante, qui aimait jouer avec les autres, elle parlait très bien, répondait parfaitement à nos questions, commençait même à savoir lire. Elle était très intelligente et sociable. Ce sont eux qui lui ont fait ça !
La blessure à peine bandée, Philippe se lève d'un bond. La tête lui tourne légèrement mais il n'y fait pas attention. Il ramasse son revolver de la main gauche, son bras droit pendant inutilement le long de son corps. De nouveau, il menace les scientifiques. Cette fois, il fait preuve de calme et de froideur mais ça en est presque encore plus inquiétant.
- Lequel d'entre vous a opéré ma fille ?
Seul le silence lui répond :
- La petite fille brune que vous venez de voir pour ceux qui n'auraient pas compris. Alors lequel d'entre vous l'a utilisée comme cobaye ?
Il s'approche d'un des scientifiques qui se retient difficilement de trembler quand le canon du revolver se pose sur sa tempe.
- C'est toi ? demande Philippe d'un ton maîtrisé.
- Non, je vous le jure, répond le scientifique d'une voix un peu trop aigüe.
- Alors qui ? Ta copine, juste là ?
- Je… Je ne sais pas.
Une fois de plus, c'est le doyen qui intervient :
- Personne ici n'a opéré votre fille. Son opération remonte à deux ou trois ans. Aucun d'entre nous ne travaillait alors sur ce projet.
Philippe n'abandonne pas pour autant.
- Tu m'as l'air de savoir beaucoup de choses, toi. Tu connais le nom de celui qui a opéré ma fille ?
- C'est possible, répond prudemment le vieux scientifique. Qu'avez-vous l'intention de lui faire ?
- Qu'est-ce que je vais lui faire ? Je pense que tu devrais plutôt t'inquiéter de ce que je vais te faire, à toi, si tu ne me donnes pas son nom, rétorque Philippe avec un rictus mauvais.

- Le Docteur Gérard Moison, capitule rapidement le scientifique. Il est français. C'est le premier à avoir réussi à supprimer le gène DR2624 chez un de ses patients, ne peut-il s'empêcher d'ajouter.
- Réussi ? s'insurge Philippe. C'est ce que vous appelez réussi ?
Il se force aussitôt à reprendre son calme. Ils n'en valent pas la peine. Il doit retrouver sa fille et quitter cet endroit au plus vite. Il ajoute à l'adresse de ses compagnons :
- On s'en va.
Stéphane et Léonard ne se le font pas dire deux fois. Ils reculent d'un même mouvement vers la sortie tout en gardant leur attention fixée sur l'intérieur de la pièce. Une fois à l'extérieur, ils referment la lourde porte blindée qu'ils bloquent avec une table. Ils s'apprêtent à poser un autre meuble dessus pour plus de sureté quand Philippe sent soudain ses jambes se dérober sous lui. Il se retrouve assis par terre avant même d'avoir eu le temps de se retenir au mur. Il est blanc et son visage est couvert de sueur.
- Je ne me sens pas très bien.
Stéphane n'a pas besoin d'entendre cette phrase pour comprendre que son ami fait un malaise. Il a perdu beaucoup de sang et il ne s'est pas reposé. Malheureusement, ils ne peuvent pas faire grand-chose pour lui ici et ils n'ont plus de temps.
- Reste avec lui, ordonne Stéphane à Léonard. Fais le boire surtout. Dès qu'il se sent mieux, tu l'aides à se mettre debout et vous commencez à monter les escaliers. Je vais chercher Louise. Je vous rattraperai.
Léonard hoche la tête pour acquiescer mais Philippe proteste.
- Je ne peux pas partir sans ma fille.
- Bien sûr que tu peux parce que tu me fais confiance. Je vais la trouver et la ramener. Tu pars devant parce que tu es trop faible. Tu vas nous ralentir et nous devons aller le plus vite possible. C'est d'accord ?

Philippe finit par accepter. Il comprend très bien la situation. Seulement il a l'impression d'abandonner sa fille une nouvelle fois.

Chapitre 44

Stéphane ne perd pas un instant. Il s'élance dans le couloir et jette un rapide coup d'œil dans chaque cellule qu'ils viennent d'ouvrir. Il espère trouver Louise cachée dans l'une d'elle mais, arrivé à la dernière, il doit se rendre à l'évidence. Elle n'est pas là. Si elle a monté les escaliers et qu'elle erre dans le château, ils ne la retrouveront jamais à temps. Stéphane réfléchit. Si Louise est bien une enfant autiste comme il le suppose, elle aurait eu pour réflexe de se cacher dans un endroit qu'elle connaît bien, qu'elle trouve rassurant. Il lui paraît peu probable que les enfants enfermés ici aient jamais vu autre chose du château que ces souterrains. Dans ce cas, Louise n'a pas pu monter les escaliers. Elle ne s'aventurerait pas en terrain inconnu. Alors, où peut-elle bien être ?
Stéphane parcourt de nouveau le couloir dans les deux sens. Il s'arrête à chaque recoin et appelle Louise d'une voix la plus douce possible. Il tend l'oreille au moindre bruit suspect. Soudain, il perçoit comme un raclement sur le sol. L'origine du bruit provient de sa droite. Seulement à sa droite, il n'y a que le mur. Il s'approche. Il fait très sombre. Il avance de plus en plus à l'aveuglette. A sa grande surprise, sa main ne rencontre pas le mur mais le vide. Encore quelques pas et il se retrouve dans un nouveau couloir presque aussi long que le premier. Son regard tombe aussitôt sur la fillette accroupie contre le renfoncement du mur. Ses grands yeux noirs le fixent avec méfiance. Stéphane n'est qu'à quelques mètres d'elle. Il ne doit surtout pas la faire fuir. Il avance un pied puis l'autre. Louise se colle un peu plus contre le mur derrière elle comme si elle voulait s'y enfoncer pour disparaître. Stéphane s'accroupit afin de se mettre à son niveau. En tendant le bras, il pourrait presque la toucher mais

il sait que ce n'est pas la bonne méthode. Il tente de la regarder dans les yeux mais elle fuit son regard. Elle se balance d'avant en arrière et marmonne des mots incompréhensibles. Stéphane tente d'établir le contact.
- Louise, je m'appelle Stéphane. Je suis un ami de ton papa et de ta maman. Tu te souviens de ta maman ?
La petite fille arrête de se balancer comme s'il avait réussi à capter son attention. Il continue :
- Ta maman qui te racontait des histoires le soir pour t'endormir. Parfois même, elle te chantait une petite berceuse. Tu te rappelles. Tu manques énormément à ta maman, tu sais. Elle aimerait tellement te revoir. Est-ce que tu as envie de revoir ta maman ?
Louise ne répond pas. Elle se contente de reprendre son balancement d'avant en arrière mais plus lentement comme si elle réfléchissait.
- Si tu viens avec moi, je pourrai te ramener dans ta maison d'avant. Tu pourras vivre de nouveau avec ton papa et ta maman. Tu veux que je t'emmène ? demande Stéphane en tendant la main ouverte, paume vers le plafond.
Le regard de la petite fille cesse alors de errer pour se poser sur cette main tendue. Elle la fixe un moment. Elle lève les yeux vers le visage de Stéphane avant de s'intéresser à nouveau à sa main. Stéphane reste patient. Il ne bouge pas d'un centimètre pendant des secondes qui lui semblent durer une éternité. Il ne peut pas repartir sans Louise mais il préférerait ne pas avoir à la forcer.
Enfin, elle bouge. Elle hésite un moment, puis tend sa petite main blanche qu'elle pose délicatement dans celle de Stéphane. Il retient un soupir de soulagement lorsqu'il referme lentement ses doigts sur sa main.
- Maintenant, on va se lever et partir d'ici, d'accord ?
Seul le silence lui répond mais il suppose qu'elle consent. Au moment de partir, il jette un coup d'œil autour de lui. Trop absorbée par la fille de Philippe, il n'a pas fait attention au nouveau couloir qui lui fait face. Il réalise alors qu'il est exactement semblable à celui qui se trouve derrière lui, jusqu'aux portes des

cellules qui sont identiques. Mû par la curiosité, il s'approche de la première porte et regarde à travers les barreaux. Sa gorge se noue lorsqu'il découvre une dizaine d'enfants de l'autre côté. Il reporte son attention sur le couloir et commence à compter les portes mais ses yeux le piquent. Il s'arrête. Combien d'enfants sont encore enfermés ici ? A l'autre bout, le couloir semble encore tourner. Combien de cellules renferment ces souterrains ? Ils ont fait sortir une centaine d'enfants mais combien vont-ils devoir abandonner à leur sort ?
Stéphane regarde sa montre. Plus de quinze minutes depuis l'appel de détresse de Madeleine. Ils n'ont plus le temps. Avec un effort qui lui broie le cœur, il se détourne et entraine Louise à sa suite. Il court pour ne pas penser au sort qu'on réserve à tous ces enfants. Il veut courir à s'essouffler pour ne plus voir leurs petites bouilles si mignonnes couvertes de saleté. Mais il doit ralentir le rythme car Louise ne peut pas le suivre et elle n'acceptera jamais de se faire porter.
Philippe et Léonard ne sont plus devant le laboratoire. Ils ont réussi à prendre un peu d'avance. Au moment où il monte les escaliers, Stéphane passe un appel à Madeleine :
- Madeleine, ici Stéphane. Tu me reçois ?
- Cinq sur cinq. Nous sommes au plus mal ici. Nous ne sommes plus très nombreux. Tu dois dire à Philippe d'ordonner la retraite.
- Je sais, Madeleine. Philippe n'est actuellement plus en état de commander. Etant son second, c'est toi qui prends la succession. A toi de donner les ordres que tu juges les plus adaptés.
- Il n'est pas… mort ? s'inquiète aussitôt Madeleine.
- Non, non, seulement blessé, la rassure Stéphane.
Un moment de silence puis Madeleine s'informe :
- Où en êtes-vous de votre côté ?
- La plupart des enfants ont déjà quitté le château. Je suis le dernier. Je viens de quitter les souterrains. Nous devrions être sur le bateau dans maximum cinq minutes.

- Bien. Alors faites au plus vite. Je vais ordonner le repli. C'est un vrai massacre. Le bateau doit lever l'encre dans quatre minutes exactement alors tu ferais bien de courir. Bonne chance.
Madeleine coupe la conversation. Quatre minutes. Il n'était pas au courant de cette information. Stéphane peste intérieurement contre Philippe. Arrivé en haut des escaliers, Stéphane s'arrête pour tenter sa chance auprès de Louise.
- Louise, il va falloir courir très vite. Est-ce que tu veux que je te porte dans mes bras pour que tu sois moins fatiguée ?
Mais la petite fille recule instinctivement en voyant ses bras se tendre vers elle. Stéphane n'insiste pas et repart en trottinant. Il espère seulement que la fillette ne va pas s'arrêter sur un coup de tête. Il tourne, réfléchit, pousse une porte, continue à courir, tourne encore, traverse une pièce. Ils sont tout près. Au prochain tournant, ils seront devant les fenêtres. Stéphane ralentit pour laisser Louise reprendre son souffle. Elle ne bronche pas mais Stéphane l'entend respirer difficilement derrière lui. Alors qu'il s'apprête à tourner sur sa gauche, il s'immobilise brutalement. Louise lui rentre dedans. Stéphane la pousse en arrière et ils se collent tous les deux contre le mur. Stéphane met son index devant sa bouche pour lui faire comprendre qu'elle ne doit pas faire de bruit.
Juste à temps, Stéphane a perçu une voix qu'il a déjà entendue plus tôt dans la journée. Et ce n'est pas une voix amicale. Le plus discrètement possible, Stéphane se penche pour voir ce qui se passe de l'autre côté du couloir. Il ne lui faut pas longtemps pour comprendre la situation.
Léonard se tient debout, dos à la fenêtre ouverte. Stéphane peut lire sur son visage un soupçon de peur même s'il semble très calme. Il fixe les deux hommes qui lui font face. Ce sont des militaires. Stéphane ne peut voir que leur dos mais il reconnaît tout de même le commandant qu'ils ont croisé dans la cafétéria un

peu plus tôt. D'après la conversation, Léonard vient tout juste de se faire surprendre.
- Comme on se retrouve. Où sont passés vos petits camarades ?
- Je ne sais pas. Je les ai perdus lorsque l'alerte a retenti.
- Mais bien sûr... Et que faites-vous ici ? Vous ne devriez pas être dehors à vous battre ?
- Mon supérieur m'a ordonné d'accompagner à l'infirmerie un de mes camarades grièvement blessé. J'en reviens juste. J'ai trouvé cette fenêtre ouverte en passant. J'étais en train de la vérifier quand vous m'avez surpris.
Le commandant réfléchit. Stéphane attend toujours, caché par l'angle du couloir. Avec un peu de chance, Léonard va réussir à s'en sortir tout seul mais il se tient prêt à intervenir si nécessaire.
- J'ai reçu des appels assez incompréhensibles du laboratoire. J'ai envoyé deux petites équipes en repérage. Aucune n'est revenue. Et voilà que, au moment où je décide d'aller voir par moi-même, je tombe sur vous pour la deuxième fois de la journée alors que je ne vous ai jamais vu auparavant. Vous ne trouvez pas cela étrange ?
- Je ne suis pas au courant de cette histoire au laboratoire, s'excuse Léonard. J'obéis seulement aux ordres de mon supérieur.
- Ecartez-vous de la fenêtre, ordonne le commandant en faisant un geste de la main qui tient le revolver. Je vais vérifier que vous ne me cachez rien ici. Ensuite nous irons faire un tour à l'infirmerie.
Stéphane jure une fois de plus dans sa tête. Ce commandant est trop têtu. Stéphane imagine déjà la scène qu'il va découvrir en regardant par la fenêtre. Le canot doit attendre juste en-dessous de la fenêtre avec Philippe à son bord et, en toute logique, le bateau est toujours amarré un peu plus loin. Stéphane murmure à l'oreille de Louise :

- Tu restes là, d'accord ? Tu ne bouges pas. Tu ne regardes pas et tu attends que je vienne te chercher. Tu m'as compris ?
Louise acquiesce. Alors Stéphane sort de sa cachette sans faire de bruit, avance dans le dos du commandant et lui assène un coup de crosse sur le crâne. Il s'effondre à terre. Stéphane se retourne vers le second militaire qui met une seconde de trop à réagir. Au moment où il lève son arme, Stéphane lui tape le bras et leurs deux revolvers tombent sur le sol. Il met un coup de poing dans la mâchoire du militaire. Celui-ci riposte par un coup dans les côtes mais pas assez violent pour faire reculer Stéphane. Stéphane enchaine par un crochet du gauche et comme il n'a pas le temps de faire en finesse, il profite de l'étourdissement temporaire de son adversaire pour lui envoyer son genou dans les parties. Stéphane peut lire la douleur fulgurante traverser le visage du militaire. Il tombe en se tenant l'entrejambe. Au moment où il touche le sol, Stéphane est surpris par une détonation dans son dos. Il a le réflexe de se baisser en se retournant. Ce geste lui sauve certainement la vie car une deuxième détonation retentit et une balle siffle au-dessus de sa tête. Le commandant s'est relevé et pointe son arme sur lui. Heureusement, le revolver de Stéphane, qu'il a fait tomber quelques instants plus tôt, est juste à portée de sa main. Il ne prend pas le temps de réfléchir. Il lève son bras et appuie sur la détente. Ses cours de tirs n'auront pas été inutiles. La balle file droit dans le cœur du commandant, le tuant quasi-instantanément.
Stéphane se précipite sur Léonard qui git comme un pantin inarticulé contre le mur. Une flaque de sang s'étale autour de lui. Il respire difficilement. Le commandant lui a tiré une balle dans le ventre. La blessure n'est pas mortelle sur le coup mais s'il ne reçoit pas des soins rapidement, Léonard risque fort de mourir. Stéphane tente d'arrêter l'hémorragie tout en lui parlant :
- Léonard, tu m'entends ? Parle-moi.

- Je… désolé… articule difficilement Léonard.
- Désolé ? Tu n'as pas à être désolé ! J'aurais dû le frapper plus fort, il n'aurait pas pu te tirer dessus. C'est de ma faute.
Mais Léonard ne parle pas de la même chose.
- Désolé… t'avoir cru coupable.
Stéphane ne comprend pas très bien et il ne veut pas en discuter.
- Tu m'en parleras plus tard. Tu ne vas pas mourir. On va sortir de là et tu pourras t'expliquer. J'ai réussi à bander un peu la blessure. Je vais t'accrocher la corde autour de la taille pour te faire descendre jusqu'au canot.
- Louise… d'abord.
Stéphane en a presque oublié la fillette. Léonard a raison. Il doit la faire descendre en premier. Il se retourne et se retrouve presque face à Louise. Elle ne lui a pas obéis. Elle devait rester cachée et voilà qu'elle fixe avec de grands yeux le sang qui continue de s'écouler de la blessure de Léonard. Stéphane se déplace pour lui cacher le corps.
- Louise, c'est presque fini. Tu es prête ? On va prendre le bateau maintenant. Il faut juste que tu descendes à l'échelle de corde. Je vais te montrer, viens.
Stéphane reprend la main de la fillette et l'approche de la fenêtre. Il lui montre la corde qu'il accroche autour de sa taille. Stéphane continue de parler, autant pour la rassurer que pour éviter de s'angoisser lui-même.
- Je te porte jusqu'à la fenêtre pour que tu voies le bateau ?
Louise porte son regard sur la fenêtre par laquelle elle peut apercevoir le ciel bleu, puis sur Stéphane. Elle hoche de nouveau la tête. Stéphane la prend et la pose sur le rebord de la fenêtre. Il lui montre le bateau qui les attend toujours un peu plus loin. Une voix paniquée attire leur attention en-dessous d'eux :
- Stéphane ? Stéphane, c'est toi ? Qu'est-ce qui s'est passé ? On a entendu des coups de feu. Où est Louise ?

Stéphane se penche un peu plus pour voir Philippe qui s'agite quelques mètres plus bas.
- Louise va bien. Elle est sur le point de descendre. Vous êtes prêt à la recevoir ?
- Oui, oui. Bien sûr.
A la grande surprise de Stéphane, Louise comprend très vite ce qu'on attend d'elle et se débrouille comme un chef pour descendre les barreaux de l'échelle de corde. En moins d'une minute, elle est à bord du canot.
- Léonard est blessé, crie Stéphane. Je vais le descendre le plus lentement possible. Lorsqu'il sera en bas, couvrez-le avec la couverture de survie.
Philippe fait signe qu'ils ont compris. Stéphane se penche de nouveau vers Léonard. Ses yeux sont fermés et la flaque de sang s'est encore agrandie malgré son bandage de fortune. Stéphane veut y croire malgré tout. Il secoue Léonard qui gémit.
- Allez, Léonard ! Reste avec moi, l'encourage-t-il pendant qu'il l'attache du mieux qu'il peut. Il enroule ensuite la corde plusieurs fois autour d'une canalisation pour l'aider à freiner la descente. Il aide Léonard à se mettre debout et le porte plus qu'il ne le soutient jusqu'à la fenêtre. Lorsque Stéphane est en position, la corde prête à glisser entre ses mains, Léonard passe les jambes de l'autre côté. Il tente de descendre l'échelle de corde par lui-même mais en réalité, Stéphane doit faire des efforts considérables pour que le poids de Léonard ne l'emporte pas comme une pierre.
Stéphane a arraché des morceaux de vêtements au commandant qu'il a enroulés autour de ses mains pour les protéger mais ce n'est pas suffisant. La corde, en glissant, frotte sur la paume et arrache de plus en plus de tissu. Il commence à sentir des brûlures. Mais il tient bon. Les muscles de ses bras et de ses jambes tremblent sous l'effort constant mais il ne doit pas lâcher ou Léonard va réellement y laisser la vie.
Soudain, une secousse violente le projette en avant et lui fait lâcher la corde qui file à une vitesse folle entre

ses doigts. Il perçoit des cris de panique à l'extérieur. Au prix d'un effort considérable, il rattrape la corde. Léonard a-t-il loupé un barreau ou s'est-il évanoui au milieu de la descente ? Stéphane ne peut pas le vérifier mais le poids est encore plus lourd qu'auparavant. Il imagine Léonard suspendu au-dessus du vide comme un sac de patates et retenu seulement par ses propres forces. Stéphane continue à faire glisser la corde lentement. Le tissu qui protégeait ses mains est désormais complètement arraché et la corde commence à attaquer directement sa peau. Stéphane grimace à chaque mouvement. Il sent qu'il ne va plus tenir très longtemps. Heureusement, il ne reste plus beaucoup de distance à parcourir et Stéphane peut enfin lâcher la corde lorsqu'il sent la résistance diminuer. Il s'approche de la fenêtre pour regarder en bas. Léonard gît au milieu du canot entouré de Philippe et de l'homme qui les attendait. Stéphane crie pour couvrir le bruit du vent :

- Que s'est-il passé ?

- Il s'est évanoui pendant la descente mais il respire encore, lui répond Philippe. Dépêche-toi de descendre. Nous ne pouvons rien faire pour lui pour l'instant. Il nous faut partir au plus vite.

Stéphane est bien d'accord. Il n'arrête pas de le répéter. Il enjambe la fenêtre et tente de descendre le plus rapidement possible en faisant abstraction de la douleur dans ses mains et ses muscles.

A peine a-t-il mis les pieds dans le canot que le moteur s'emballe et ils s'éloignent au plus vite. Le bateau, au large, se rapproche rapidement mais Stéphane n'y porte pas attention. Il va directement voir Léonard que Philippe a pris garde de ne pas bouger excepté pour lui mettre un vêtement plié sous la tête.

- Il respire, mais faiblement, le met au courant Philippe.

Stéphane remet son bandage en place. Il a encore perdu énormément de sang. S'il n'arrive pas à stopper l'hémorragie rapidement, Léonard ne survivra pas. Il demande à Philippe de poser ses mains sur le ventre

de Léonard au niveau de la blessure et d'appuyer le plus fort possible. Philippe s'exécute tandis que Stéphane tente de ranimer Léonard. Il le secoue et l'appelle plusieurs fois. Au bout de plusieurs secondes, Léonard entrouvre les yeux qu'il referme aussitôt.
- Léonard, Léonard ! Ecoute-moi. Suis ma voix. Il faut que tu ouvres les yeux. Allez, il ne faut pas dormir !
Léonard lutte pour revenir un peu à lui. Il ouvre la bouche mais aucun son n'en sort. Stéphane va chercher une bouteille d'eau et lui verse quelques gouttes dans la gorge. Léonard réussit à articuler :
- Je pensais que c'était toi…
- C'était moi quoi ? demande Stéphane plus pour le maintenir en éveil que par réel intérêt.
- La taupe.
- C'est quoi cette histoire de taupe ? demande-t-il tout en observant les constantes vitales de Léonard. Le cœur bat beaucoup trop lentement.
- Une taupe… au sein des *Parents de l'ombre*.
- Le sang continue à couler à travers mes mains, souffle discrètement Philippe à Stéphane mais pas suffisamment bas.
- Je vais mourir, déclare Léonard. Vous devez trouver la taupe. Ils en savent trop. Ils reçoivent forcément des informations de l'intérieur.
Cette petite tirade semble avoir essoufflé Léonard. Stéphane regarde Philippe. Il ne comprend rien à cette histoire.
- Vous promettez ?
Stéphane ne sait pas trop ce que lui demande Léonard mais il promet, tout comme Philippe, pour l'apaiser. A leurs mots, les traits de son visage se détendent et ses paupières se ferment de nouveau.
- Léonard, non ! Tu dois lutter ! Ne t'endors pas !
Mais cette fois, Léonard n'a plus la force d'obéir. Il se laisse sombrer. Il émet encore quatre respirations. Tous ses muscles tremblent et plus rien. Il est là, devant eux, totalement inerte. Stéphane sait qu'il ne peut plus rien faire mais il ne s'en sent pas moins

coupable pour autant. Philippe a toujours les mains posées sur la blessure de Léonard.
- Je n'ai pas réussi à arrêter le sang. Il y en avait toujours trop. Je n'ai pas réussi.
Stéphane pose sa main sur le bras de Philippe et l'oblige en douceur à les retirer du corps de Léonard.
- Ce n'est pas de ta faute, Philippe. C'est le commandant qui lui a tiré dessus. Il était déjà condamné à ce moment-là.
Philippe hoche la tête mais ne dit rien. Stéphane reste auprès de lui en silence. C'est une ambiance funèbre qui s'est installé sur le petit canot qui n'est plus qu'à quelques mètres du bateau. Louise se lève de sa place à l'arrière du canot pour venir s'asseoir à côté de son père. Elle ne lui prend pas la main, ne pose pas sa tête contre lui et Philippe ne fait aucun geste vers elle de peur de la faire fuir mais elle est là, à ses côtés, comme une présence rassurante.

Chapitre 45

Brest est une de ces villes européennes qui se sont totalement transformées au cours des dernières années. Située à l'extrémité de la Bretagne, elle s'est principalement développée autour de son activité maritime. En grande partie détruite lors des bombardements de la seconde guerre mondiale, elle s'est vite reconstruite après guerre, trop vite diraient certains. Du Vieux Brest, seuls restaient le château, la tour Tanguy et des parties du quartier Recouvrance. C'est une ville nouvelle, faite entièrement de béton gris, qui est sortie de terre dans les années cinquante. Brest n'était alors pas réputée pour son architecture.
Mais voilà une trentaine d'années, un plan de restructuration a été lancé par la mairie. Les derniers aménagements se terminent à peine. Aujourd'hui, c'est une ville totalement différente qui accueille les marins, les touristes et les habitants. Des bâtiments avec de grandes baies vitrés et des murs d'algues ont été construits, des panneaux solaires ont été installés sur de nombreuses toitures, l'isolation des bâtiments publics a été améliorée et on en a profité pour repeindre les façades de couleurs vives. La municipalité a financé la construction de quartiers écologiques verdoyants. Des petites éoliennes ont vu le jour sur le toit des maisons tout comme un champs d'éoliennes offshore, au large. D'ici quelques années, la ville pourra certainement se vanter d'être totalement autonome énergétiquement.
En posant le pied sur le quai du port de Brest, Stéphane se dit qu'une chose n'a pas changé à Brest. C'est son climat. Une pluie violente s'est abattue sur le cargo qui le transportait juste après leur entrée dans la rade de Brest. Stéphane court s'abriter dans la première boutique ouverte et regarde la pluie tomber

de façon oblique, poussée par les fortes rafales de vent. Il sait que cela ne va pas durer. Comme les bretons le disent si bien, ici, il fait beau plusieurs fois par jour. Et le dicton ne sera pas contredit aujourd'hui. Après quelques minutes d'attente, la pluie se calme, les nuages sont soufflés par le vent vers l'intérieur des terres et le soleil fait une timide apparition.
Stéphane n'est pas le seul à sortir de la boutique pour profiter de l'accalmie. Il prend le bus qui le dépose à la gare, achète un billet et monte dans le premier train pour Paris. Il s'assoit près de la fenêtre et regarde le paysage défiler devant ses yeux pendant tout le trajet. Voilà près de trois mois qu'il est parti. Son pays lui manque. Sa famille surtout. Il est heureux d'être enfin rentré en France.
Après avoir réussi à s'échapper du château Maniace en Sicile, il est resté sur le bateau qui a fait de nombreuses escales dans les ports de Méditerranée. A chaque fois, ils débarquaient deux ou trois adultes accompagnés de cinq à huit enfants. Ces groupes devaient encore se séparer et prendre des itinéraires différents pour rentrer.
A chaque escale, il s'attendait à voir des militaires monter à bord pour les arrêter mais, à sa grande surprise, ils n'ont eu aucun problème. Le bateau n'avait pas dû être repéré au large du château. Après deux semaines, ils ont profité d'une courte escale en Crète pour enterrer Léonard. Il avait fallu vider une chambre froide du bateau pour conserver son corps. Tous les *parents de l'ombre* encore présents sur le bateau ont tenu à assister à la petite cérémonie. Si la femme de Léonard souhaite un jour l'exhumer pour l'enterrer dans le caveau familial, elle ne devrait pas avoir de problème mais, en attendant, il profite du soleil méditerranéen dans un cimetière faisant face à la mer. Il n'aurait pas pu trouver mieux comme dernière demeure.
Ensuite, ils ont continué à débarquer les enfants : la Croatie, la Bosnie Herzégovine, l'Albanie, la Turquie, l'Egypte, la Libye. Philippe est parti avec Louise peu

de temps après l'enterrement de Léonard. La fillette n'avait toujours pas prononcé une parole malgré les efforts de son père pour communiquer avec elle. Quant à Stéphane, il n'est descendu à aucune de ces escales. A l'origine, c'est Philippe qui devait rester sur le bateau pour organiser les débarquements. Mais il était tellement obnubilé par sa fille qu'il en était devenu inutile. Stéphane lui a conseillé de descendre au port suivant. Il s'occuperait de tout. Philippe n'a pas protesté.
Et Stéphane est resté. Finalement, au bout de deux mois et demi, après avoir débarqué tous les enfants, il est descendu au port d'Oran, en Algérie, et a embarqué sur un cargo en partance pour Brest.

Lorsqu'il pose le pied sur le quai de la gare Montparnasse, Stéphane est parcouru d'une certaine appréhension. Sa première impulsion est de rentrer chez lui. Il a envie de retrouver cet appartement dans lequel il n'est pas rentré depuis près d'un an, de déposer ses bagages, de prendre une bonne douche, de serrer sa femme et son fils. Mais il sait que tout cela lui est interdit aujourd'hui. Si le gouvernement le surveillait avant son départ, trois mois plus tôt, ils doivent être sur les dents aujourd'hui. Il leur a filé entre les doigts alors qu'ils pensaient le tenir à l'œil et une semaine plus tard, le château Maniace était attaqué et les enfants évadés. Il ne leur a sûrement pas fallu longtemps pour faire le rapprochement. Stéphane ne serait pas surpris de figurer parmi le top cinq des personnes les plus recherchées. Alors pourquoi revenir à Paris, dans la ville où il a le plus de risques de se faire repérer ? Parce qu'il a des choses à terminer et que s'il doit s'enfuir, il ne veut pas le faire tout seul.
Il ne peut donc pas retourner chez lui, ni chez ses parents et pas plus dans l'appartement de ses grands-parents qu'il a occupé pendant plusieurs mois. Non, il n'a nulle part où aller. Lauraine lui a donné une autre belle somme d'argent liquide juste avant de partir.

Comme il n'a pas eu beaucoup de dépenses à faire sur le bateau, il lui reste encore largement de quoi vivre plusieurs jours. Il ne lui reste plus qu'à se mettre en quête d'un hôtel discret et pas trop cher. Il fait beau. Il décide de marcher un peu. Il prend une rue, puis une autre. Il regarde les bâtiments, s'arrête devant quelques hôtels mais continue à flâner.
Il songe à sa femme. Il a enfin compris ce qu'elle lui cachait. Son séjour sur le bateau lui aura au moins permis de prendre du repos et de chasser en partie ses peurs. Une fois reposé, il a pu réfléchir de façon plus cohérente. Il a écrit tout ce qu'il savait sur l'organisation des *Parents de l'ombre*, sur le gouvernement et sur Lauraine, même si cela ne semblait pas avoir de lien. Cela lui a permis d'y voir un peu plus clair sur l'enchainement des évènements depuis sa première rencontre avec Philippe. Mais il n'arrivait toujours pas à imaginer ce que sa femme avait bien pu lui cacher sur cette carte mémoire. Pourtant, il était sûr d'avoir effleuré la vérité à un moment.
Et un matin, il a ouvert les yeux en ressentant comme une illumination. Toutes les pièces du puzzle se sont assemblées subitement. Désormais, il sait ce qui se trouve sur la carte mémoire, ou du moins, il en a une bonne idée. Il veut pouvoir en parler librement avec Lauraine mais il ne sait pas quand et comment il pourra aborder le sujet.
Il a appelé sa femme plusieurs fois pendant son absence, toujours d'une ligne sécurisée, impossible à localiser grâce aux bons soins des informaticiens de l'organisation. Ces types sont capables de faire croire que l'appel provient d'Amérique du Sud alors qu'il est passé en Grèce. Stéphane a dû mal à comprendre comment c'est possible mais il est bien content d'avoir pu profiter de ce service. Il ne voulait pas que Lauraine s'inquiète comme la première fois. Il a bien pris soin de ne jamais lui indiquer l'endroit où il se trouvait. Il ne doute pas une seconde que leurs conversations étaient écoutées mais il n'a jamais rien dit de

dangereux pour lui, comme pour elle. Elle semblait heureuse de l'entendre même s'ils ne se disaient pas grand-chose à chaque fois. Mais, dernièrement, Lauraine a semblé plus distante au téléphone. Peut-être qu'il se fait des idées mais il a la nette impression qu'elle a écourté leur conversation plusieurs fois. Et si elle n'en pouvait plus de cette situation ? Mais comment pourrait-il lui en vouloir ?
Soudain, il lève la tête et réalise qu'il se trouve juste devant l'ancien hôpital où il travaillait. Il a fait trop souvent le trajet jusqu'ici. Ses pieds ont retrouvé le chemin sans même qu'il s'en rende compte. En observant la façade, il pense à tous ses jeunes patients qu'il a accompagnés et soignés pendant de nombreuses années. Il ne pourra jamais les revoir. Mais il ne doit pas s'attarder. C'est une très mauvaise idée d'être revenu ici. L'endroit est certainement surveillé et beaucoup trop de personnes sont susceptibles de le reconnaitre. D'ailleurs, l'agent de sécurité, derrière la porte vitrée, n'est-il pas en train de le fixer avec insistance. Il doit partir au plus vite. Mais doit-il continuer son chemin et longer la façade de l'hôpital au risque de croiser un ancien collègue ou est-il préférable de faire demi-tour quitte à paraître encore un peu plus suspect aux yeux de cet agent de sécurité ?
Stéphane opte pour la deuxième option. Mieux vaut un agent de sécurité intrigué par le comportement d'un passant mais qui l'aura oublié dans quelques minutes, plutôt qu'un ancien collègue qui s'empressera d'aller raconter à tout le monde qu'il vient de croiser le Docteur Laudrain. Stéphane fait semblant de regarder sa montre, prend un air surpris de celui qui n'a pas vu l'heure passer et fait demi-tour. Il se retrouve face à la nouvelle affiche prônant les vertus du test génétique.
Sur la partie gauche, cinq enfants d'origines différentes jouent dans un bac à sable : un Européen, un Africain, un Maghrébin, un Indien et un Chinois. Ils sourient tous et ont l'air de s'amuser. Sur la partie droite, on retrouve les cinq mêmes personnes mais

plus âgées. Ils doivent être à la fin de l'adolescence. L'Européen et l'Indien sont debout, les trois autres sont assis par terre et attachés. L'un est déjà mort, la gorge coupée. Les deux autres affichent des expressions de peur panique. L'Européen tient un couteau plein de sang dans la main droite et affiche un sourire vicieux à l'intention de Stéphane qui n'arrive pas à détacher son regard de l'affiche. L'Indien, lui, tient un revolver qu'il a collé sur la tempe du Maghrébin. Dans la partie haute de l'affiche, il est écrit : « Rien n'est plus fort que l'amitié… sauf le gène DR2624. Faites-nous dépister avant qu'il ne soit trop tard. »
Devant la violence de l'affiche, Stéphane est pris d'un haut le cœur qu'il retient difficilement. Ce n'est pas le moment de se donner en spectacle. Il peut sentir le regard pesant de l'agent de sécurité dans son dos. Il se reprend, redresse la tête et s'éloigne au plus vite. Il est grand temps de se mettre en quête d'un hôtel et le plus loin possible de cet endroit sera le mieux.

Chapitre 46

Stéphane a changé d'avis. Il n'a pas envie d'être seul ce soir. Il ne veut pas se retrouver dans un hôtel miteux avec la télévision pour seul compagnon. Il sait qu'il ne peut pas aller dans sa famille ou chez ses anciens amis de peur d'être arrêté par le gouvernement. Il ne reste qu'une personne chez qui il sera bien accueilli et où on ne devrait pas le retrouver.
Il se dirige donc de nouveau vers la gare, mais la gare de Lyon cette fois, et monte dans le train régional partant vers l'est. Il s'arrête dans la proche banlieue parisienne et fait le reste du trajet à pied pour s'aérer l'esprit.
La maison apparaît petit à petit derrière les arbres. Sa dernière visite ne remonte qu'à trois mois et pourtant, cela lui semble une éternité. A ce moment-là, ils échafaudaient un plan pour pénétrer dans le château Maniace à Syracuse pour libérer les enfants. Un plan qui s'est révélé désastreux. Certains diront que ce fut une réussite. Ils ont fait évader quatre-vingt-trois enfants qui vont redonner la joie de vivre à leurs parents… s'ils arrivent sains et sauf à destination. Mais ce que Stéphane retient de cette expédition, c'est que ça leur a coûté la vie de dizaines d'hommes et de femmes, trente-quatre pour être précis. Du moins, c'est le dernier chiffre que lui a communiqué Philippe. Il espère que les autres blessés ont survécu.
Et parmi tous ces morts, il y a eu Léonard. Malgré leurs différends, il était un de ceux que Stéphane connaissait le mieux. Il n'aurait jamais cru qu'il penserait ça un jour mais ses grommellements lui manquent. Il était rarement d'accord avec la majorité mais faisait toujours des remarques constructives. Ses dernières paroles ont été pour eux. Il leur a fait promettre de découvrir la taupe dans leur organisation.

La dernière lubie d'un homme mourant ? Stéphane a du mal à imaginer qu'un traître puisse se cacher parmi eux mais il se promet de mener sa petite enquête en mémoire de Léonard.
Il frappe à la porte de la maison de pierre. Il attend. Rien. Il insiste et frappe un peu plus fort. Toujours rien. Pourtant les volets du rez-de-chaussée sont ouverts et la voiture est garée dans l'allée comme si elle venait de servir. Cette fois, Stéphane tambourine sur la porte. Elle finit par s'ouvrir sur Philippe. Son ami ne semble pas au mieux de sa forme. Il a les yeux rougis comme s'il avait pleuré pendant plusieurs heures. C'est à peine s'il réagit en découvrant Stéphane sur le pas de sa porte.
- Ça ne va pas, Philippe ? s'inquiète Stéphane.
Philippe secoue la tête négativement. Il n'ose pas ouvrir la bouche de peur que les larmes s'échappent de ses yeux.
- C'est Louise ? Ils sont venus la chercher ?
Nouveau signe négatif. Stéphane ne comprend pas. Si Louise se porte bien, qu'est-ce qui peut mettre son ami dans cet état ?
- Elle... elle est partie.
- Louise est partie ? interroge Stéphane.
- Non... Jus... Justine.
Alors, Stéphane comprend. Philippe n'a pas réalisé, lors de sa dernière visite, que l'état de sa femme s'était dégradé. Stéphane n'est pas surpris d'apprendre son décès mais cela a dû être un choc pour Philippe.
- Allez, laisse-moi entrer. Tu vas me raconter.
Philippe obtempère. Ils vont s'installer dans le salon. Stéphane remarque aussitôt la bouteille de whisky et le verre vide sur la table basse.
- Louise n'est pas là ?
- Si mais à l'étage avec la nourrice. Je ne me sens pas capable de m'occuper d'elle pour l'instant et je ne veux pas qu'elle me voie dans cet état.
- Où as-tu réussi à trouver quelqu'un capable de s'occuper d'une enfant autiste ?

Philippe lui envoie un maigre sourire.
- Cela a parfois du bon de gérer un réseau aussi important que les *parents de l'ombre*. L'un d'entre eux avait un frère autiste qui est décédé il y a quelques années. Sa mère a accepté de venir s'occuper de Louise pendant quelques jours. Elle est veuve et plus personne n'a besoin de son aide. Elle semble heureuse de s'occuper de Louise et Louise l'a plutôt bien acceptée.
- Tu es revenu depuis longtemps ?
- Non. Seulement depuis lundi. On a mis plus de temps que je pensais à revenir. Comme tu me l'avais conseillé, on est passé à Berlin. Louise a pu voir les meilleurs pédiatres spécialistes de l'autisme. Ils lui ont fait faire toute une série de tests. Cela a duré des jours. Je la sentais de plus en plus réticente mais je l'ai obligée à continuer. Je voulais tout essayer. J'avais ce maigre espoir qu'ils pourraient la guérir. Mais je me suis leurré, Stéphane. Après presque deux semaines, ils m'ont annoncé que l'autisme dont souffre ma fille n'est pas guérissable. Elle va devoir vivre avec...
Stéphane tente de le rassurer.
- Ce n'est pas si grave, Philippe. Tu as retrouvé ta fille et c'est ce qui compte par dessus tout. Elle est différente mais c'est toujours ta fille. Les enfants autistes ne sont pas forcément malheureux. Elle va avoir besoin de toi, c'est évident, mais avec une éducation adaptée, elle pourra se sociabiliser.
Philippe ne l'écoute que d'une oreille.
- Et maintenant, elle n'a plus de maman. Elle n'a pas eu une enfance heureuse. Je voulais tellement reconstruire notre famille mais rien ne s'est passé comme je l'espérais...
- Quand Justine est-elle décédée ?
- Deux jours avant notre retour. Lundi, à peine rentré, j'ai mis Louise dans la voiture et je l'ai emmenée à la clinique. J'étais persuadé que la présence de sa fille aiderait Justine à guérir. Mais quand nous sommes arrivés, l'infirmière nous a accueillis avec un air tellement désolé que je n'ai pas mis longtemps à

comprendre. Je voulais crier et pleurer mais je me suis retenu pour Louise. Les larmes ont coulé plus tard... L'enterrement aura lieu demain.
- Bien. Je serai présent.
- Pourquoi ? s'étonne Philippe. Tu ne la connaissais pas. Tu ne l'as vue qu'une seule fois et elle était dans le coma.
Stéphane est surpris de devoir expliquer une telle évidence :
- C'est pour toi que je viendrai. On se connaît depuis plus d'un an maintenant. Nous avons vécu de nombreuses épreuves durant cette année. Je ne vais certainement pas t'abandonner maintenant.
- Merci, murmure Philippe.
Il leur sert un whisky. Ils vident chacun leur verre en silence. Après la deuxième tournée, Philippe réalise qu'il n'a pas demandé à Stéphane la raison de sa visite.
- Qu'est-ce qui t'a amené ici, Stéphane ? Un problème ?
Alors Stéphane lui raconte tout depuis qu'ils se sont quittés à Split : ses semaines de voyages sur le bateau, le débarquement des enfants à chaque port, avec l'angoisse que des agents du gouvernement allait les arrêter, son arrivée à Brest, puis à Paris, son arrêt devant l'hôpital et sa peur d'être reconnu. Philippe l'écoute attentivement. Pendant quelques minutes, il est transporté hors de ces murs par les paroles de Stéphane et il en oublie ses malheurs.

Le lendemain, ils se lèvent de bonne heure. Philippe a proposé à Stéphane de l'héberger le temps nécessaire. L'ambiance au petit-déjeuner n'est pas très heureuse. Philippe est plongé dans ses souvenirs, Stéphane ne parle pas de peur de le déranger et même Louise semble avoir perçu l'atmosphère de deuil qui plane sur la maison. Elle les regarde comme si elle essayait de comprendre ce qui se passe. Elle en a même oublié de se gratter le nez avant de manger, un TOC qu'elle présente depuis qu'ils l'ont retrouvée.

Elle n'a pas non plus fait la difficile quand Philippe l'a habillée d'une robe noire. Stéphane, quant à lui, a emprunté un costume qui se révèle un peu court même une fois l'ourlet décousu.
C'est toujours en silence qu'ils montent dans la voiture et se dirigent vers les pompes funèbres. Philippe y fait un dernier adieu à sa femme dont le cercueil est ouvert dans le funérarium. Il s'y recueille en toute intimité. Pendant ce temps, Stéphane reste à l'extérieur avec Louise, plus sage qu'elle ne l'a jamais été. Peut-être que le silence qui les entoure lui est bénéfique. La suite de la cérémonie se passe rapidement. Ils ne sont que trois à suivre le cercueil jusqu'au crématorium. Justine a passé cinq ans dans le coma sans que personne ne soit au courant. Elle n'a plus d'amis ni de famille depuis longtemps. Louise se laisse prendre par la main et, suivant l'exemple de son père, elle touche même le bois du cercueil. Stéphane reste légèrement en recul pendant tout ce temps. Le feu est allumé. Philippe se détourne. Il ne souhaite pas rester jusqu'à la fin de la crémation. Quand ils ressortent, ils trouvent la nourrice de Louise sur le parking.
- Que faites-vous ici, Marie ? demande Philippe.
- Je me suis dit que vous auriez sûrement besoin de pleurer votre femme après cette épreuve. Je peux garder Louise cet après-midi. Vous serez plus tranquille.
Philippe hésite. Il regarde sa fille. En la laissant maintenant, il a l'impression de perdre la deuxième femme de sa vie. D'un autre côté, le chagrin se fait de plus en plus lourd dans sa poitrine. Il ne veut pas que Louise le voit aussi triste. Il n'est pas sûr qu'elle comprenne la situation et le voir en train de pleurer risque de la perturber. Il accepte donc la proposition et remercie Marie. Il s'agenouille au niveau de Louise. Il lui explique qu'elle va passer l'après-midi avec sa nounou. Il a un geste pour la serrer dans ses bras avant de la quitter mais elle a un mouvement de recul et il s'arrête. Stéphane peut lire clairement la douleur

dans les yeux de Philippe. Sa femme est décédée et il ne peut même pas faire un câlin à sa fille. Mais il ne dit rien et la laisse repartir vers la maison. Stéphane ne lui laisse pas le temps de s'apitoyer sur son sort :
- Allez, viens ! On va manger un morceau et noyer ton chagrin dans l'alcool.

Après un repas copieux dans un restaurant de cuisine locale et six verres de whisky, Philippe est sur le point de craquer. Il fixe un point sur la table. Stéphane peut imaginer qu'il ressasse toute sa vie avec Justine. Stéphane, quant à lui, s'est contenté d'un apéritif et d'un verre de vin avec le repas. Jusque-là, Philippe est resté assez silencieux et Stéphane ne l'a pas brusqué. C'est juste avant le dessert qu'il commence à exprimer ce qu'il ressent :
- Elle n'aura même pas eu la chance de revoir Louise. Je lui avais promis que je lui ramènerai sa fille et je n'ai pas tenu ma promesse. C'est de ma faute. J'aurais dû lui apporter de meilleurs soins. J'aurais dû retrouver Louise plus tôt.
- Bien sûr que non, ce n'est pas de ta faute, Philippe. Tu as retrouvé Louise. Même si tu l'avais ramené à temps, Justine serait tout de même décédée. Elle était très mal en point. Il n'y avait plus rien à faire pour la guérir. Son corps avait abandonné le combat.
- Mais elle serait peut-être partie plus en paix en sachant sa fille en vie et de retour à la maison. Quoique… C'est peut-être aussi bien qu'elle ne l'ait pas vue ainsi…
Philippe semble presque plus désespéré en évoquant sa fille que le décès de sa femme. Stéphane ne comprend pas.
- Qu'est-ce que tu veux dire, Philippe ?
- Elle a tellement changé… Justine ne l'aurait pas reconnue. Et si elle l'avait reconnue, la voir dans cet état lui aurait certainement fait encore plus de mal. Tu ne peux pas savoir comme c'est difficile, Stéphane. Par moment, Louise semble m'accepter. Je peux lui tenir la main, lui enfiler ses vêtements et l'instant

d'après, elle me repousse. Je ne sais plus comment être avec elle. Je ressens une certaine appréhension à chaque fois que je fais un geste vers elle et je me déteste pour ça. Un père devrait aimer sa fille quoi qu'il arrive. Et je l'aime ! Je n'ai pas dit le contraire. Mais ce n'est plus l'enfant qu'on m'a enlevé il y a cinq ans.

- Bien sûr que ce n'est plus la même enfant. Elle a subi une grosse opération qui a transformé son génome. Et même sans ça, Louise a passé cinq ans emprisonnée loin de chez elle au milieu d'inconnus. Il ne faut pas que tu l'oublies. Ce n'est pas seulement les tests et les opérations qui l'ont transformée. Elle a subi un traumatisme. Et malgré tout, je la trouve plutôt sereine. Qu'ont diagnostiqué exactement les spécialistes que tu as vus à Berlin ?

- Ils ont détecté la dégradation de certains gènes, ce qui implique que Louise souffre bien d'autisme. Mais de ce que j'ai compris, d'autres gènes qui auraient dû être présents pour expliquer sa maladie ne l'étalent pas. C'est comme si elle présentait les symptômes de l'autisme sans en avoir toutes les caractéristiques génétiques. Apparemment, c'était un cas inédit pour eux. Ils étaient tout excités de leur découverte. Ils ont commencé à lui faire toute une batterie de tests mais je les ai interrompus rapidement. J'étais venu pour la faire soigner et eux, tout ce qu'ils faisaient, c'était étudier un nouveau cas. Louise a déjà suffisamment servi de cobaye ces dernières années. Nous sommes partis.

- Et ils vous ont laissés partir sans s'interposer ? demande Stéphane qui doute que des scientifiques aussi passionnés aient pu laisser partir un cas comme Louise aussi facilement.

- Je ne leur ai pas laissé le choix, avoue Philippe. Une nuit, j'ai pris ma fille et je suis parti. Ce n'est pas très bien surveillé un hôpital. Bien sûr, je leur avais donné un faux nom. Ils ne nous retrouveront pas.

- J'imagine que tu n'as pas récupéré son dossier médical ?

- Non. Par contre, les médecins m'ont fait une copie des résultats des tests qu'ils lui ont fait passer. Sans doute pour me convaincre qu'il était indispensable d'étudier son cas mais c'était un vrai charabia pour moi.
- Si ça ne te dérange pas, j'aimerais bien y jeter un coup d'œil.
- Pas de problème.
- Il faut que tu comprennes que même si elle a changé, Louise est toujours ta fille. Quand elle te repousse, ce n'est pas spécialement contre toi. Louise a principalement des problèmes de communication. Elle perçoit mal son environnement, les signaux qu'il lui envoie. Toutes les choses qui l'entourent, objets ou êtres humains, ont le même degré d'importance pour elle. Et elle ne va pas forcément comprendre un sourire ou un signe de la main. Tu as remarqué qu'elle ne réagit pas toujours à son prénom ?
Philippe hoche la tête.
- C'est parce qu'elle fixe son attention sur d'autres choses qui nous paraissent, à nous, très futiles. Dans ces moments-là, elle ne t'entend pas. Tout lui parvient avec la même intensité, une phrase de son papa comme le grincement d'une chaise et son cerveau n'arrive pas toujours à faire le tri qu'on attend d'elle. En plus, elle est restée enfermée très longtemps. En ce moment, elle découvre un nouveau monde et la nouveauté fait toujours peur. Il faut lui laisser le temps de s'habituer à cette maison et à toi. Tu as remarqué comme elle a été sage aujourd'hui ? Comme si elle comprenait que c'était un jour spécial ? Je pense que c'est un bon signe. Avec une éducation adaptée, elle devrait réussir à se sociabiliser un minimum.
- Mais c'est quoi une éducation adaptée ? Je ne sais pas comment faire, se lamente Philippe sur qui l'alcool commence à faire sérieusement effet.
- Si tu le souhaites, je peux t'aider pendant mon séjour chez vous. Je peux te donner quelques principes de base. Ensuite, il faudra lui trouver des personnes

spécialisées adaptées à son cas. Je pourrais me renseigner si tu veux.
Philippe hoche de nouveau la tête.
- Merci.
Le silence retombe pendant qu'ils dégustent leurs desserts. Philippe en profite pour descendre encore deux autres verres. Stéphane sent bien qu'il rumine quelque chose. Il attend qu'il ait reposé sa cuillère pour demander :
- Quelque chose ne va pas, Philippe ?
- Non, rien ne va ! Tu ne l'as pas remarqué ? s'énerve Philippe, l'alcool aidant. Ils m'ont tout pris ! Ma femme est décédée. Ma fille est malade et ne me reconnait plus. Tout est de leur faute. Est-ce qu'un jour, ils seront punis pour tous leurs crimes ? Je n'y crois pas. Ils gouvernent l'Europe. Qu'est-ce qu'on peut faire, nous, pauvres parents à qui on enlève nos enfants ? Mais je te jure, Stéphane, que je vais les faire payer.
La dernière phrase est criée et accentuée par un coup de poing sur la table. Heureusement, le restaurant est presque vide. Stéphane tente de calmer son ami.
- Bien sûr que c'est de leur faute. Ils gouvernent l'Europe mais nous sommes le peuple qui les élit. Nous continuerons ce combat. De plus en plus de gens ouvriront les yeux sur les atrocités qu'ils commettent et alors, quand nous serons suffisamment nombreux, nous pourrons les stopper. Mais, la vengeance ne nous est d'aucun secours. Tu ne peux pas aller te battre tout seul contre eux. Tu ne peux pas les tuer un par un. Il y en aura toujours pour les remplacer si le peuple ne montre pas sa désapprobation d'un seul cœur. En plus, comme je te l'ai dit, Louise va avoir besoin de toi. Tu ne peux pas l'abandonner.
Philippe secoue la tête de droite à gauche.
- Tu as raison, bien sûr. Je dois penser à Louise.
Nouveau silence. Philippe fixe le fond de son verre, de nouveau vide. Soudain, les larmes se mettent à couler le long de ses joues. Il les essuie d'un revers de la

main mais elles ne s'arrêtent pas. Stéphane se rapproche de son ami.
- Elle me manque tellement, sanglote Philippe.
- Je sais, murmure Stéphane, je sais.
Et il reste à ses côtés en tentant de le réconforter tandis que les larmes ne semblent plus vouloir s'arrêter.
Malgré tout, Stéphane n'est pas rassuré sur les intentions de Philippe. Tandis que ce dernier sanglote sur son épaule, Stéphane redoute qu'il ne fasse une bêtise pour venger sa famille. Il va devoir le garder à l'œil les prochaines semaines.

Chapitre 47

Les jours suivants se passent dans la tranquillité. Stéphane a eu l'occasion d'avoir quelques enfants autistes comme patients. Il aide donc Philippe du mieux qu'il peut avec Louise. Philippe est toujours désespéré de la voir dans cet état mais heureusement, il ne le montre pas devant elle. Il lui a acheté un bac à sable pour construire des pâtés et une grosse craie pour faire des dessins sur la terrasse de la maison. Souvent, Stéphane ou Philippe se joint à elle pour dessiner. Stéphane lui a appris différents jeux comme sauter d'un cerceau à l'autre lorsqu'ils sont posés sur le sol. Ce jeu l'a particulièrement enthousiasmé. Elle a recommencé plusieurs dizaines de fois avant que Stéphane ne lui dise d'arrêter et l'occupe avec autre chose. Il a également fait installer un petit panier de basket à hauteur raisonnable pour qu'elle s'amuse à lancer le ballon quand elle en a envie. Cela lui permet de travailler sa motricité qui n'est d'ailleurs pas mauvaise. Même si Louise ne parle toujours pas, Stéphane est content de ses progrès. Elle joue, elle rigole de temps en temps, son regard se pose plus facilement sur eux, certains de ses TOCS ont disparu et elle les repousse moins souvent quand ils essayent de l'approcher. Malgré tout, Philippe continue de s'angoisser pour elle. Sa nouvelle obsession concerne son mutisme. Stéphane a beau lui expliquer qu'elle n'est pas muette médicalement parlant, Philippe ne comprend pas pourquoi, alors qu'elle adorait bavarder avant son enlèvement, elle ne prononce plus un mot aujourd'hui. Il pense qu'ils lui ont abîmé les cordes vocales ou fait autre chose qui l'a privée de la parole. Mais Stéphane l'a auscultée. Il est formel. Si Louise est muette, c'est par choix. Elle parlera quand elle en aura envie ou quand elle en trouvera la nécessité. Il

faut continuer à la stimuler en lui parlant et en lui posant des questions. Malgré tout, il ne se passe pas une journée sans que Philippe ne remette le sujet sur la table.
Stéphane a bien pensé à faire venir son fils pour passer un peu de temps avec lui et permettre à Louise de jouer avec un autre enfant mais c'est trop dangereux. Des agents du gouvernement surveillent certainement Lauraine et Jérémy dans l'espoir de remettre la main sur lui. Ils les suivront où qu'ils aillent et il n'est pas question qu'ils découvrent cette maison. C'est le dernier refuge de Philippe.
Bien qu'il ne le voie pas, Stéphane parle avec son fils tous les jours. Il l'appelle d'une ligne sécurisée, normalement impossible à tracer. Il ne doute pas que leurs conversations doivent être écoutées mais il s'en moque. Jérémy a besoin de son père et pour l'instant, ces conversations sont la seule chose qu'il peut lui offrir. Par contre, Lauraine semble de plus en plus distante. Ils échangent quelques mots lorsqu'elle décroche le téléphone mais elle lui passe toujours rapidement Jérémy. Stéphane aimerait lui demander ce qui ne va pas mais avec les oreilles indiscrètes qui les écoutent, c'est compliqué. Il aimerait tellement la voir en tête à tête…
Quand il n'est pas avec Louise ou au téléphone avec son fils, Stéphane s'occupe de gérer les affaires des *Parents de l'ombre*. Depuis leur maigre succès en Sicile, l'organisation bat de l'aile. Les diffusions radiophoniques se sont arrêtées, le placardage d'affiches également et il n'y a plus aucune directive. Philippe a donné pour explication qu'ils ont intérêt à se faire discret pendant quelque temps mais Stéphane sait que la vraie raison est beaucoup plus simple : Philippe n'a plus le cœur à s'en occuper. Pourquoi ? C'est une autre question. Est-ce parce que trop de personnes qu'il connaissait sont mortes dans cette folle expédition qu'il a menée ou bien parce qu'il a enfin retrouvé sa fille et qu'il n'a plus aucune raison de se battre désormais ? Stéphane espère connaître

suffisamment Philippe pour dire que la première raison prévaut sur la deuxième. Même s'il n'en parle jamais, Philippe se sent coupable pour tous les hommes et les femmes qui sont morts là-bas. Il sait qu'il a disjoncté dans les souterrains du château. Il sait qu'il aurait dû ordonner le repli beaucoup plus tôt. Mais ce qui le culpabilise encore plus, c'est de savoir que s'il devait revivre cette journée, il agirait exactement de la même façon. Bien qu'elle soit différente, il a retrouvé sa fille et il ne changerait ça pour rien au monde. Mais aujourd'hui, il ne se sent plus l'étoffe de diriger les *Parents de l'ombre*. Il a la sensation de les avoir trahis. Il ne mérite plus leur confiance. Il a donc laissé beaucoup de choses trainer depuis son retour.
Trop heureux de pouvoir confier cette tâche à quelqu'un d'autre, il a autorisé Stéphane à mettre son nez dans les affaires de l'organisation sans même demander la raison de cet intérêt. Si Philippe semble avoir perdu momentanément la mémoire à ce sujet, Stéphane n'a pas oublié qu'il a promis à Léonard de découvrir celui ou celle qui les espionne de l'intérieur. Même s'il ne veut pas croire aux soupçons de Léonard, il se doit de faire quelques vérifications avant de les rejeter totalement.
Une pile de courrier s'est amoncelée sur le bureau de Philippe. Certaines lettres sont sorties de leur enveloppe mais la plupart ne sont même pas ouvertes. Stéphane décide de commencer par là. Il lit chacune des lettres consciencieusement. La plupart ne font qu'une ligne : « Groupe n°7 : dépôt effectué. Attendons instructions. »
Stéphane comprend rapidement qu'il s'agit des différents groupes ayant quitté le navire avec des enfants. Chacun d'entre eux avait pour mission de les emmener à un endroit précis et de le faire savoir à Philippe. Il fait une liste pour évaluer rapidement quels sont ceux qui sont arrivés à bon port. Cinq minutes plus tard, il réalise que deux groupes manquent à l'appel. Le groupe trois qui a débarqué en Bosnie environ un mois après leur départ de Sicile, ainsi que

le groupe huit qui a débarqué, lui, la neuvième semaine en Tunisie. Autant le groupe huit peut être encore sur la route car ils avaient beaucoup de chemin à parcourir, autant le groupe trois devrait être rentré depuis longtemps. Est-ce qu'il se serait fait arrêter ? Il note de demander à Philippe la liste de chaque groupe pour savoir qui se trouvaient dans les numéros trois et huit.

Ensuite, il allume l'ordinateur, tape le mot de passe que lui a fourni Philippe et ouvre la messagerie. Le logiciel de décodage se lance en même temps. C'est un logiciel créé spécialement par leurs informaticiens pour crypter et décrypter les messages de l'organisation. Là, c'est encore pire. La messagerie n'est pas loin de la saturation. Philippe n'y a même pas jeté un coup d'œil depuis son retour. Stéphane soupire et s'attelle à la tâche de les lire un par un. Beaucoup ne sont plus d'actualités mais d'autres méritent d'être traités rapidement. Il en repère particulièrement plusieurs émanant d'une certaine Géraldine. Elle lui a envoyé un mail à chaque fois qu'un enfant a pu retrouver sa famille. Dans ses premiers mails, elle est très enthousiaste mais dans les derniers, elle demande un soutien à Philippe et ne comprend pas pourquoi il ne lui répond pas. Elle l'informe plusieurs fois du besoin de le rencontrer pour mettre au point une nouvelle stratégie afin de retrouver les familles des enfants restants. Stéphane fait le compte. Sur les quatre-vingt-trois enfants qu'ils ont libérés, trente-six ont déjà retrouvé leur famille. Les premiers à rentrer chez eux ont été les enfants dont les parents appartiennent à l'organisation. C'était plus facile. Aujourd'hui, il en reste tout de même quarante-sept dont on recherche toujours la famille. Stéphane se souvient qu'un système avait été mis en place pour que les *Parents de l'ombre* servent de familles temporaires à ces enfants. Mais ils en ont ramené bien plus que ce qu'ils avaient espéré. Géraldine semble aujourd'hui à court de moyen pour identifier tous ces enfants.

Stéphane se lève et va chercher Philippe qui regarde Louise jouer dans le jardin.
- Philippe, il faut que je te parle. Tu peux venir ?
- Plus tard. Je surveille Louise.
- Le jardin est fermé et elle dessine à la craie. Elle ne craint rien. Viens avec moi. C'est important.
De mauvais gré, Philippe suit Stéphane dans le bureau. Là, Stéphane lui fait un compte-rendu rapide des dernières nouvelles qu'il conclut ainsi :
- Il faut que tu rencontres cette Géraldine. Elle a l'air totalement dépassée. Je suppose que c'est elle qui est en charge de retrouver les familles des enfants.
- Oui. Mais elle n'est pas seule. Elle a une petite équipe pour la seconder et tous nos informaticiens ont pour mot d'ordre de mettre de côté leurs autres tâches pour se consacrer uniquement à ces recherches. Ces types sont capables de retrouver n'importe qui, où qu'il soit ! Je ne vois pas de quoi elle se plaint.
- Ils sont capables de retrouver n'importe qui à condition d'avoir un nom ou au moins quelques informations. Peut-être que certains de ces enfants ne parlent pas plus que Louise ou bien n'ont pas de souvenirs assez précis de leurs parents. Tu dois la rencontrer. Convoque également ton meilleur informaticien à cette réunion. A vous trois, je suis sûr que vous trouverez une méthode de recherche plus efficace.
Philippe marmonne dans sa barbe de trois jours.
- Tu imagines si c'était ta fille que d'autres avaient retrouvée et qu'ils ne faisaient pas le maximum pour te la ramener ? Tu n'as pas fait tout ça pour abandonner ces enfants maintenant. Tu dois les aider. Et ça te fera du bien à toi aussi. Tu ne peux pas vivre uniquement pour ta fille. Tu vas devenir fou. Tu es disponible mardi prochain ?
- Louise a rendez-vous chez le coiffeur. Ses cheveux sont vraiment trop longs.
- Je m'en occuperai.
- Et si elle fait une crise et que je ne suis pas là ?
- Je saurais la gérer, ne t'inquiète pas.

- Bon, d'accord, finit par accepter Philippe à contrecœur.
- Très bien. J'envoie un mail à Géraldine immédiatement. Une dernière chose. Les groupes trois et huit ne sont toujours pas rentrés. Tu n'as pas eu d'autres nouvelles que les lettres sur ton bureau et les mails ?
- Non, répond Philippe qui s'anime quelque peu. Il réfléchit un moment et sans même regarder ses papiers, il commente :
- Le groupe huit a débarqué à Bizerte en Tunisie, il y a trois semaines environ. Laissons-leur encore une semaine avant de s'inquiéter. Le groupe trois a débarqué mi-avril en Bosnie. Ils devraient être revenus depuis longtemps, c'est certain. Thomas faisait partie du groupe. Je vais appeler sa sœur pour savoir si elle a des nouvelles.
- Sa sœur s'appelle Claire ? demande Stéphane avec une petite grimace d'appréhension.
- Oui. Comment le sais-tu ?
- Elle a envoyé un mail il y a deux semaines pour savoir si son frère était revenu et elle en a renvoyé un autre hier. Elle semble très inquiète.
- Merde ! Je vais l'appeler. Il faut lancer des recherches dans l'actualité, savoir si un article ne fait pas mention de l'arrestation de deux adultes accompagnés de trois enfants... ou bien de leur décès. C'est bon, je m'en occupe. Continue de lire les mails et les courriers. Tiens-moi au courant si tu découvres autre chose.
Stéphane est agréablement surpris par la réaction de Philippe. Pour la première fois depuis qu'il est rentré, il semble s'intéresser au sort de ses compagnons. Ce n'est qu'un début mais Stéphane sait maintenant que s'il continue à le solliciter régulièrement, Philippe va se reprendre, dépasser son deuil et continuer ce qu'il a commencé avec les *Parents de l'ombre*.

Les jours suivants, Stéphane lit les rapports des différents chefs d'équipe sur leur mission à Syracuse.

Il y consacre une heure chaque début d'après-midi. Certains sont très longs, beaucoup trop détaillés et donc ennuyeux. Stéphane a du mal à se concentrer et à garder les yeux ouverts. Jusqu'à ce qu'il lise celui de Madeleine. C'est le dernier de la pile. Philippe est parti à son rendez-vous avec Géraldine, Louise joue tranquillement dans la pièce d'à côté et il lui reste une heure avant de la conduire à son rendez-vous chez le coiffeur.
Déjà, la finesse du document le surprend lorsqu'il le prend. Une dizaine de pages tout au plus quand les autres en faisaient le triple au minimum. L'écriture est concise et elle va droit à l'essentiel. En lisant son rapport, Stéphane a l'impression de vivre en temps réel l'attaque du château : l'avancée furtive dans les rues de Syracuse à la tombée de la nuit jusqu'au pont-levis, l'explosion de la porte principale, l'entrée dans la cour du château tout en tirant sur les gardes, l'attaque rangée entre les deux camps, les hommes qui commencent à tomber… Stéphane s'arrête pour revenir un peu en arrière. Madeleine a bien fait les choses. Elle a tenté de mettre une heure approximative en face de chaque évènement. La porte a explosé à l'heure prévue. Ils ont pénétré à l'intérieur prenant les gardes du château par surprise. Jusque-là, tout va bien. Ce qui l'intrigue, c'est que deux minutes plus tard, les défenseurs étaient déjà deux fois plus nombreux. Pourtant, leurs éclaireurs n'avaient pas dénombré autant de gardes en poste la nuit. Comment ont-ils pu réagir aussi rapidement ? Stéphane continue sa lecture et réalise que tout est allé beaucoup trop vite. Comme s'ils étaient déjà prêts à les accueillir. Comme s'ils connaissaient leurs intentions…
Stéphane repose le rapport devant lui, pensif. Et s'il tenait la preuve qu'une taupe s'est effectivement infiltrée dans leur organisation ? Il fait un effort pour se rappeler chaque détail de cette journée. Leur entrée par la porte de service – là, les gardes ne semblaient pas très méfiants – leurs recherches dans les dédales du château totalement vide – bien sûr, ils étaient tous

en train d'attendre l'attaque de la porte principale – et leur rencontre avec le commandant. Quelle avait été sa réaction quand il avait appris l'attaque du château ? Il était surpris mais pas par l'attaque elle-même. « Déjà ! » C'est le mot qu'il avait employé. Comme si l'attaque avait eu lieu plus tôt que ce qu'il attendait. Et c'était le cas, se rappelle Stéphane. La veille, ils avaient décidé d'avancer leur attaque d'une demi-heure. Apparemment, le traitre n'avait pas eu le temps de prévenir ses petits copains. Et surtout, il ne devait pas connaitre le plan d'ensemble. Même si le commandant s'était montré méfiant vis-à-vis d'eux, il avait fini par les laisser tranquilles pour se rendre sur le lieu de l'attaque. Il n'était pas au courant de la mission d'infiltration pour faire évader les enfants. Ce qui signifie que la taupe ne se trouve pas parmi les personnes les plus importantes de l'organisation.
Stéphane se sent un peu soulagé. S'il réfléchit bien, que savait exactement la personne qui les avait espionnée ? Seulement qu'une attaque majeure allait avoir lieu contre l'entrée principale du château puisque toutes les forces des défenseurs étaient rassemblées à cet endroit. Leur espion ne devait donc pas être très haut placé pour en savoir aussi peu. Stéphane remercie intérieurement Philippe et sa méfiance naturelle. Il part toujours du principe que moins les gens en savent, moins il risque d'y avoir de fuites.
Seulement une quinzaine de personnes devaient connaître la totalité du projet. Les autres n'étaient au courant que de ce qui les concernait et c'est certainement ce qui leur a sauvé la vie, ainsi qu'aux enfants. Stéphane doit en parler à Philippe. Ils doivent également rencontrer Madeleine pour avoir plus de renseignements. Il envoie un mail à Madeleine pour lui fixer un rendez-vous jeudi après-midi. Ensuite, il réalise que toutes ces réflexions et hypothèses l'ont mis en retard. Il presse Louise autant que possible mais la fillette se traîne. Elle ne comprend pas cette précipitation et Stéphane s'en veut de ne pas avoir prévu le temps de la préparer tranquillement.

Finalement, ils arrivent chez le coiffeur avec tout juste dix minutes de retard. Philippe lui a lavé les cheveux le matin même pour ne pas qu'elle ait à subir l'épreuve du bac. Elle passe directement à la coupe. Louise pique une colère assez courte quand la coiffeuse approche les ciseaux de sa nuque. Puis, celle-ci lui explique exactement tout ce qu'elle va faire et sa voix semble calmer Louise qui reste tranquille jusqu'à la fin.

Chapitre 48

La nuit étend son manteau sur le village. Seule la lune qui en est à son premier quartier éclaire la maison de pierre au milieu du jardin. Tout est calme. Une petite brise s'engouffre par une fenêtre entrouverte et rafraichit agréablement les jambes qui se sont échappées de sous le drap. Toute la maison est endormie. Seuls les craquements du bois et les ronflements provenant de la chambre voisine viennent rompre le silence. Tous sont emportés dans des rêves paisibles, excepté une petite fille dont le sommeil est bien agité.

Soudain un cri aigu perce la nuit. Philippe se réveille brusquement. Il ne prend pas le temps de réfléchir. Il saute de son lit et court vers la chambre de sa fille. Il a l'impression de revivre la scène terrible qu'il a vécue cinq ans plus tôt : le lit de sa fille défait et vide, sa course folle jusque dans la rue et la voiture qui roule à vive allure en emportant la chair de sa chair. Il ne veut pas revivre ça.

Il ouvre brusquement la porte de la chambre de sa fille. L'adrénaline redescend d'un coup. Louise est assise sur son lit. Elle pleure et semble effrayée mais elle est là, devant lui, vivante. Il s'approche et s'assoit sur le lit tout en lui parlant :

- Ce n'est rien, Louise. C'est seulement un cauchemar. Tu n'as rien à craindre.

Mais la fillette continue de pleurer. Philippe ne supporte pas de la voir dans cet état. Alors, sans réfléchir, il l'entoure de ses bras et la serre contre lui pour la consoler. Malheureusement, cela ne fait qu'empirer les choses. Louise repousse son père avec une force qu'il n'aurait pas imaginée chez une petite fille de son âge. Tout en continuant à pleurer, elle saute de son lit et court dans le couloir. Ce n'est que lorsqu'il entend ses petits pieds nus descendre l'escalier que Philippe réagit. Dans le couloir, il se heurte presque à Stéphane qui émerge, les cheveux ébouriffés, de sa chambre. Philippe descend les marches quatre à quatre mais sa fille a une longueur d'avance. Alors qu'il pose le pied sur le sol du rez-de-chaussée, il entend la porte d'entrée claquer. Il jure. Il n'aurait pas dû laisser les clés sur la serrure. Il ouvre la porte mais il fait trop sombre à l'extérieur. Impossible de savoir dans quelle direction elle est partie. Il appelle Louise plusieurs fois. Seul le silence lui répond.

- Qu'est-ce qui se passe ? demande une voix dans son dos.

Le cœur de Philippe fait un bond dans sa poitrine. Il n'a pas entendu Stéphane arriver. Il scrute l'extérieur par-dessus l'épaule de Philippe sans savoir ce qu'il cherche.

- Louise est partie.
- Partie ? Où ça ?
- Je n'en sais rien, s'énerve Philippe devant l'air perdu de Stéphane. Elle a dû faire un cauchemar. J'ai voulu la consoler mais elle a pris peur et elle a couru dehors.
- Elle ne doit pas être bien loin, le rassure Stéphane. Allons mettre des chaussures et prendre une lampe de poche. On n'y voit rien dehors.

Une fois équipés, ils se mettent à la recherche de Louise tout en l'appelant avec des paroles rassurantes. Ils regardent derrière chaque buisson, fouillent le petit cabanon, balayent à la lumière de la torche chaque arbre dans lequel elle aurait pu monter. Des ronces viennent écorcher leurs jambes. Leurs têtes butent contre des branches trop basses alors qu'ils regardent du mauvais côté. Au bout d'une demi-heure, Stéphane ne peut s'empêcher de se plaindre :

- Quelle idée d'avoir une propriété aussi grande !

Philippe ne répond pas. Il est trop angoissé à l'idée que sa fille se soit perdue quelque part où il ne la retrouvera jamais. L'aube commence à poindre, ce qui facilite nettement leurs recherches. Après avoir fait

encore trois fois le tour du jardin, Stéphane s'assoit sur un tronc d'arbre.
- Je n'en peux plus. Je crois qu'il ne sert à rien de continuer à la chercher à l'aveuglette. Il faut réfléchir.
- Je vais aller sonner aux maisons voisines leur demander s'ils n'ont pas vu une petite fille et si je peux fouiller leurs jardins.
- A cette heure-là ? Ils vont te claquer la porte au nez après t'avoir injurié pour les avoir réveillés.
- Je cherche ma fille ! Ils seront compréhensifs. Tu racontes n'importe quoi.
- Peut-être… mais je ne pense pas que Louise soit chez tes voisins.
- Pourquoi ? demande Philippe qui commence à s'impatienter.
- Parce qu'elle ne les connaît pas. Louise a fait un cauchemar. Elle avait peur. Elle a donc dû se cacher dans un endroit où elle se sent en sécurité. Réfléchis plutôt à un endroit où elle va souvent. Où joue-t-elle habituellement ?
- Sur la terrasse mais tu peux voir d'ici qu'elle ne s'y trouve pas. Je l'ai trouvée aussi à plusieurs reprises dans le bosquet à côté du peuplier mais on a déjà regardé plusieurs fois.
Stéphane se lève difficilement.
- Retournons-y. On aura peut-être une nouvelle idée une fois là-bas.
Ils retournent donc au bosquet. Personne. Stéphane tente de déceler des traces de passage mais le sol a été tellement remué qu'il est impossible de savoir si Louise est venue ici dans la nuit.
- Ensuite, où pourrait-elle se sentir bien ? continue d'interroger Stéphane.
- Dans sa chambre.
C'est la première réponse qui vient à l'esprit de Philippe. Stéphane le regarde comme illuminé.
- Bien sûr ! Nous fouillons le jardin depuis plus d'une heure mais nous n'avons pas même jeté un coup d'œil dans la maison.
- Mais je l'ai vue sortir dans le jardin, proteste Philippe.

- Et tu crois qu'elle n'a pas eu le temps de revenir à l'intérieur pendant qu'on errait dans le noir ? Allez, viens.
Ils passent une nouvelle demi-heure à chercher dans chaque pièce de la maison. Ils commencent par sa chambre mais elle ne s'y trouve pas. Ils se partagent ensuite les tâches. Tandis que Philippe continue au premier étage, Stéphane s'occupe du rez-de-chaussée. Ils montent ensuite dans les étages jusqu'au grenier qui n'a pas été visité depuis bien longtemps au vue de la poussière qui s'y est accumulée. Ils redescendent au salon. Philippe est de plus en plus stressé.
- Je ne comprends pas, nous avons regardé partout. Les seuls endroits qu'elle pourrait apprécier en dehors d'ici, c'est la boulangerie où je lui achète parfois des bonbons, le parc avec les jeux pour enfants mais elle n'y est allée que deux fois et peut-être le cimetière où repose les cendres de sa mère car c'est un endroit calme qui semble l'apaiser mais elle n'aurait jamais pu s'y rendre à pied.
Les derniers mots de Philippe ravivent des connexions dans le cerveau de Stéphane. Il sourit subitement.
- Je sais où elle est. Suis-moi !
Philippe s'exécute. Il veut y croire mais lorsque Stéphane pousse la porte du garage, il commence à perdre espoir.
- Le garage ? Je croyais que tu l'avais déjà vérifié.
- Exact mais j'ai oublié un endroit.
La voiture de Philippe est garée en plein milieu. Elle occupe les trois quarts de l'espace. Stéphane jette un coup d'œil par la fenêtre avant puis l'arrière. Il sourit à Philippe tout en ouvrant la portière.
- Je crois que nous avons trouvé sa cachette, murmure Stéphane.
Louise est couchée sur le sol de la voiture entre les sièges avant et la banquette arrière. Elle dort paisiblement, son pouce coincé dans sa bouche. Philippe s'approche pour la prendre dans ses bras

mais il se retient au dernier moment. Il n'a aucune envie de lui faire peur de nouveau.
- Merci Stéphane. Comment la ramener dans son lit ? Je n'ai pas envie de la réveiller.
- Je crois que la meilleure solution, c'est d'aller lui chercher une couverture et de la laisser dormir ici. Elle s'y sent bien. Tu la réveilleras quand il sera l'heure du petit-déjeuner.
Philippe acquiesce tout en regardant sa fille d'un air attendri. Il a vraiment eu peur cette nuit de l'avoir de nouveau perdu. De la voir maintenant si paisible, il se sent rassuré et pour la première fois, il a un peu d'espoir. Même si elle l'a repoussé, c'est sa voiture qu'elle a choisie comme refuge.
- Je crois qu'il est inutile que je retourne me coucher, dit Stéphane en regardant sa montre. Mon train pour Paris part dans une heure et demie. Et toutes ces émotions m'ont creusé l'estomac. Ça te tente une tranche de brioche avec de la confiture ?

Stéphane arrive à Paris à neuf heures et demie du matin. Il a minutieusement organisé sa matinée avec deux rendez-vous importants.
Pour le premier, il doit retrouver le Docteur Marc Le Clerc à dix heures dans une brasserie à quelques rues de l'hôpital où il exerçait avant son licenciement. Marc est le seul en qui Stéphane peut avoir encore suffisamment confiance pour lui demander un service. Il lui a demandé de ne parler à personne de leur rencontre et il est sûr que Marc aura respecté sa demande.
Stéphane arrive pile à l'heure mais son ancien collègue est déjà là. Il porte des lunettes de soleil et lit un journal derrière un couple de jeunes amants. Stéphane sourit. Si Marc voulait passer inaperçu, c'est raté. Il a l'allure d'un détective en filature comme on en trouve dans les vieux téléfilms.
- Sympa les lunettes et le chapeau, dit Stéphane en s'asseyant en face de lui.

- Merci. Je ne veux pas que quelqu'un de l'hôpital puisse me reconnaître en passant par ici.
- Ah, c'est sûr qu'ils ne te reconnaitront pas. Personne n'irait imaginer que le Docteur Le Clerc se cache sous cette tenue.
Marc ne saisit pas l'ironie dans la voix de Stéphane. Il semble stressé. Il vérifie dans toutes les directions que personne ne fait attention à eux avant de se pencher vers Stéphane pour dire, d'une voix à peine audible :
- C'est la première et la dernière fois que je fais ça pour toi, Stéphane. Tu sais très bien ce que je risque si on l'apprend. Je suis en train de trahir le secret professionnel.
- Détends-toi, Marc. Ce n'est que le dossier de ma femme.
- Justement, je ne comprends pas pourquoi tu en as besoin. Qu'est-ce que tu cherches là-dedans ?
- Tu l'as avec toi ? demande Stéphane en ignorant sa question.
- Oui mais avant, je veux savoir ce qui t'intéresse autant
- J'ai besoin d'avoir des informations sur les opérations qu'elle a pu subir.
- Et tu ne peux pas lui demander directement ? interroge Marc soupçonneux.
- Disons que nous sommes en froid en ce moment. Je ne peux pas vraiment lui poser ce genre de questions pour l'instant.
- Vous allez divorcer ?
- Non, je ne crois pas. Qu'est-ce que ça change.
- Ça change tout ! Ce dossier pourrait contenir des informations que tu utiliseras contre elle pour obtenir la garde de ton fils par exemple. Je ne veux pas être complice de ça.
Stéphane soupire. Marc et ses cas de conscience commencent à lui prendre la tête.
- Ecoute. Si je veux ce dossier, c'est justement pour comprendre mieux ma femme. J'aime ma femme. Je n'ai pas l'intention de la trainer devant les tribunaux. Tu as fini avec toutes tes questions ?

- Oui, répond Marc en hésitant.
- Alors peux-tu me donner ce dossier médical ?
Marc se penche vers sa mallette d'où il sort une tablette numérique. Stéphane fait de même. La sienne est plus petite. Il peut la plier et la ranger dans sa poche. Ils activent tous deux leur liaison sans fil et après avoir connecté les deux appareils, Marc lui transfère un fichier. Il ne faut même pas trente secondes pour réaliser l'opération.
- Tu l'as bien reçu ? demande Marc.
Stéphane clique sur le dossier et ouvre le premier fichier. Un texte apparait alors sur son écran.
- Oui, c'est parfait. Merci.
- Bien. Je vais supprimer ma copie sur mon appareil. Je serais plus rassuré si tu faisais de même une fois que tu auras trouvé les renseignements que tu cherches.
Stéphane promet. Marc ne semble pas avoir envie de trainer dans le coin mais il s'inquiète réellement pour son ancien collègue et ami :
- Tu vas bien, Stéphane ?
- Oui, pourquoi cette question ?
- Tu ne pratiques plus la médecine pédiatrique depuis l'été dernier et personne à l'hôpital n'a eu de tes nouvelles depuis ton licenciement. On dirait que tu as voulu couper tous les ponts avec ton ancienne vie et cela m'inquiète. Même ce rendez-vous secret est étrange. Depuis quand tu fouilles dans les dossiers médicaux. Et avec le gouvernement qui te recherche, je me pose des questions.
- Le gouvernement me recherche ? demande Stéphane soudain sur le qui-vive. Comment ça ?
- Tu n'es pas au courant ? Il y a deux mois, une dizaine d'agents du gouvernement ont débarqué à l'hôpital. Ils ont rencontré le directeur et ensuite, ils ont passé plusieurs jours à interroger tout le personnel de l'hôpital, et même certains de tes patients.
- Qu'est-ce qu'ils voulaient ?
- Ils ont posé plusieurs questions mais ce qui les intéressait surtout c'était de savoir si quelqu'un avait

eu un contact récent avec toi et savait où on pouvait te trouver. Bien sûr, personne ne t'avait vu depuis ton licenciement et ils sont repartis bredouilles. J'ai appelé Lauraine pour la prévenir. Je pensais que tu étais au courant.
- Merci pour l'information, Marc. Je ne peux pas t'expliquer mais sache que je n'ai rien fait de mal.
- Je le sais, Stéphane. Je te connais suffisamment bien depuis le temps. Mais de toutes façons, je ne veux pas être mêlé à cette histoire. Tu m'excuseras mais je dois partir.
Marc n'a pas envie de s'éterniser. Il se lève et quitte la terrasse du café avec un petit geste de la main à l'intention de Stéphane.
- Fais attention à toi.
Stéphane le regarde s'éloigner avec ses lunettes noires et son chapeau. Il est loin de passer inaperçu. Stéphane commande un café qu'il boit tout en consultant le dossier médical de sa femme. Celui-ci n'est pas bien gros. Lauraine a été rarement malade jusqu'à maintenant et n'a presque pas subi d'opérations. Il ne met donc pas longtemps à trouver ce qu'il cherche. C'est là, devant ses yeux, ce qu'il craignait. L'opération remonte à près de quinze ans. Comment a-t-elle pu faire ça ? Il était en sixième année de médecine à l'époque. Et s'il se souvient bien, ils étaient ensemble depuis quatre ans. Stéphane réfléchit, tente de remettre les évènements de son passé dans l'ordre. Cela correspondrait donc à la période où Lauraine s'était éloignée de lui. Il avait bien cru qu'elle allait le quitter à ce moment-là. Et puis, elle avait fini par revenir vers lui. Ils avaient emménagé ensemble et s'étaient mariés un an plus tard. Il comprend mieux maintenant la raison de son éloignement. Est-ce qu'elle lui en a voulu ? Est-ce qu'elle l'a tenu pour responsable ? Pourquoi ne lui en a-t-elle pas parlé et surtout pourquoi en est-elle arrivée à cette solution ?
Il doit déjà partir. Il a un autre rendez-vous, non prévu celui-là. Il paye son café, s'engouffre dans la première

bouche de métro et fait deux changements avant de ressortir à l'air libre dans le dix-huitième arrondissement, non loin du quartier de Montmartre. Stéphane a toujours pensé que Camille avait choisi un quartier qui lui correspondait parfaitement. C'est un quartier d'artistes, symbole de libertés, de joie de vivre et chargé d'histoire. Son seul défaut, c'est la horde de touristes qui le prend d'assaut tous les jours. Mais Camille habite un peu à l'écart du quartier touristique, dans une rue étroite et pentue. Stéphane s'est demandé plusieurs fois comment elle avait eu les moyens d'acheter un appartement ici sans jamais oser le lui demander.
Stéphane s'est changé dans les toilettes du métro. Il est méconnaissable avec son pantalon trop large et troué, ses chaussures de sport, son tee-shirt informe et la casquette enfoncée à l'envers sur la tête. Il vient de perdre dix ans d'un coup. Ces précautions sont peut-être inutiles mais l'appartement de Camille est peut-être surveillé et il ne peut pas prendre le risque de se faire repérer.
Il marche avec les jambes fléchies un peu écartées, légèrement vouté, les mains dans les poches tout en observant la rue. Personne ne fait le guet et il ne remarque aucune voiture suspecte. Il s'arrête devant la porte de l'immeuble de Camille et tape le code de la porte d'entrée qui s'ouvre aussitôt.
Il pénètre dans l'immeuble qui date d'un autre siècle. Le couloir est très étroit et l'ascenseur encore plus. Pas très confiant, il décide de monter les quatre étages à pied. Il s'arrête devant la porte de Camille. Si elle n'est pas chez elle, Stéphane a prévu de l'attendre le temps qu'il faudra mais il n'a pas envie de se faire repérer par les voisins. Par chance, après avoir frappé, il entend des pas de l'autre côté de la porte. Camille lui ouvre mais ne le reconnaît pas tout de suite :
- Bonjour. Je peux vous aider ?
Stéphane enlève sa casquette et lui sourit :
- Salut Camille. Comment vas-tu ?

Elle le regarde pendant quelques secondes, abasourdie, la bouche entrouverte par la surprise.
- Stéphane, c'est toi ? C'est quoi cette tenue ? Et qu'est-ce que tu fais ici ?
- Est-ce que je peux entrer, Camille ? J'aimerais bien éviter d'attirer l'attention de tes voisins.
- Oui, bien sûr. Entre.
Elle ouvre complètement la porte pour le laisser passer et l'entraine sur le balcon. Il n'est pas très large mais suffisamment pour une petite table en fer forgée et deux chaises. C'est déjà un luxe d'avoir un balcon dans le quartier. Debout et en regardant selon un angle précis, ils peuvent même apercevoir le Sacré Cœur entre les immeubles.
- Tu veux boire quelque chose ? Pour ma part, je crois que j'ai besoin d'un petit remontant. Je ne m'attendais pas à te trouver sur le pas de ma porte. Un Martini, ça te va ?
Stéphane accepte en souriant. Malgré la situation, il se réjouit d'avoir surpris Camille. La curiosité est son plus gros défaut et Stéphane est persuadé que tout en préparant leurs verres, elle se torture les méninges pour connaitre la raison de sa visite. Elle revient de la cuisine avec deux verres bien remplis, s'assoit en face de Stéphane et boit deux grandes gorgées avant de reprendre :
- Alors, Stéphane, qu'est-ce qui t'amène ici habillé de la sorte.
- La tenue, c'est pour éviter qu'on me reconnaisse.
- Je m'en doute mais de qui as-tu donc besoin de te cacher ?
- Il vaut mieux pour toi que tu n'en saches pas trop, Camille. Si je suis venu te voir, c'est pour parler de Lauraine.
- Et pourquoi tu ne lui parles pas directement ? Lauraine a l'air de te faire encore entièrement confiance mais pour ma part, je ne comprends pas pourquoi tu n'habites plus avec eux et pourquoi tu ne veux même plus voir Jérémy. Si tu veux quitter Lauraine, fais-le rapidement et arrête de la torturer

ainsi. Tu n'as pas le droit de la laisser dans l'attente. Je te croyais un meilleur homme que ça, Stéphane.
Stéphane accueille tous ces reproches sans broncher même si les entendre lui fait mal. Camille a raison. Lauraine ne mérite pas ce qu'il lui fait subir.
- Je ne peux pas parler à Lauraine car elle doit certainement être surveillée et je ne peux pas prendre le risque, pour moi comme pour elle, de me faire repérer.
- Lauraine surveillée ? Mais par qui ?
Stéphane ne veut pas lui en dire trop.
- Fais attention la prochaine fois que tu iras la voir et regarde si une berline noire n'est pas garée devant son immeuble avec deux personnes à l'intérieur.
- Tu commences à me faire peur, Stéphane. Est-ce que Lauraine est en danger ? s'inquiète Camille.
- Je ne pense pas. Pas pour l'instant. Pour en revenir à ma visite, si je suis venu te voir, c'est que ce dont je veux te parler te concerne directement, d'après moi.
Camille repose son verre. L'inquiétude s'est un peu effacée de son visage pour laisser place à la curiosité.
- Explique-moi.
Alors il lui parle de la découverte de la carte mémoire dans le tiroir de leur chambre, de son décryptage, de son refus d'en lire le contenu et de ses soupçons sur ce qu'elle contient. Camille l'écoute attentivement. Lorsqu'il a fini, elle demande :
- Et tu dis que tu as eu le fichier décrypté devant toi mais que tu as refusé de le lire ?
Stéphane acquiesce.
- Pourquoi ?
- Parce que j'ai réalisé, à ce moment-là, que j'étais en train de trahir Lauraine. Si je lisais ce document sans son accord, ce serait une preuve que je ne lui fais plus confiance. J'ai préféré le mettre de côté, y réfléchir et en discuter avec Lauraine au moment propice.
- C'est plutôt noble de ta part. Mais c'est également stupide. Tu aurais dû lui en parler dès que tu as découvert cette carte. Voilà bien longtemps qu'elle veut t'en parler mais qu'elle hésite, de peur de ta

réaction. Et depuis que tu as quitté l'appartement, elle n'en a pas eu l'occasion. Si vous aviez parlé plus tôt, vous auriez peut-être pu éviter ces mois de séparation.
Stéphane songe à la raison de leur séparation : la découverte du gène DR2624 chez Jérémy, son implication avec *les parents de l'ombre*, son absence de l'été dernier, les tortures qu'il a subies, la surveillance du gouvernement, la libération des enfants, la peur de ce qu'ils pourraient faire à sa femme et à son fils pour le faire parler... Non, il ne croit pas que s'il avait parlé à Lauraine de la carte mémoire plus tôt, ils auraient pu rester ensemble. La menace aurait toujours été là et il ne veut pas mettre sa famille en danger.
- Je ne crois pas, Camille. Alors, ce livre, qu'est-ce qu'il contient exactement ? demande Stéphane pour en revenir au sujet qui l'intéresse.
Camille hésite un moment. Ce devrait être à Lauraine de l'expliquer à son mari mais ils ne se voient plus et elle a très envie de partager ce qu'elle sait avec Stéphane. Alors, elle le lui explique en détails. Même si Stéphane en avait deviné vaguement le contenu, il ne s'imaginait pas quelque chose d'aussi conséquent, structuré, recherché et aussi dangereux. Il commence à comprendre pourquoi tout le monde tient tellement à mettre la main sur cet ouvrage. Lorsque Camille a fini, il reste sans voix, impressionné par le travail qui a dû être fourni. Il n'en revient pas de n'avoir rien soupçonné plus tôt.
- Et bien sûr, c'est toi qui as prévu d'éditer ce livre ?
- Comment as-tu deviné ? demande Camille sans réfléchir.
- Ce n'est pas très difficile. Tu es sa meilleure amie et tu es éditrice. Je ne suis pas allé chercher bien loin. En plus, tu cries sur tous les toits que tu vas publier un livre qui va faire du bruit !
Camille se renfrogne quelque peu.
- Tu parles du dîner chez vous ? C'était avant que mon chef m'annonce qu'il refusait de le publier.
- Pourquoi ?

- Parce qu'il a peur, comme tout le monde ! Il a trop peur de la réaction du gouvernement. Pourtant, je suis persuadée qu'il va se vendre par milliers ! Tu ne l'as pas lu mais ce livre est extraordinaire.
- Personne ne pourra jamais le lire si ton chef ne veut pas le publier !
- Il en faut plus pour me décourager, Stéphane. Tu devrais le savoir. J'ai décidé de le publier avec mes fonds propres.
- C'est courageux de ta part. Mais, elle ne le signe pas de son vrai nom ? s'inquiète soudain Stéphane.
- Bien sûr que non. Nous ne sommes pas stupides. J'ai même créé une société à l'étranger pour le publier. Enfin, je vais t'épargner les détails de mes petites magouilles mais j'ai fait en sorte qu'on ne puisse pas remonter jusqu'à nous quand le livre sortira.
Stéphane la félicite. Il est un peu rassuré. Camille regarde sa montre par automatisme et se rappelle soudain de quelque chose. Elle se redresse sur sa chaise.
- Il est treize heures trente, Stéphane !
- Et alors ? demande Stéphane sans comprendre.
- Lauraine doit passer ici en début d'après-midi. Ce serait l'occasion pour vous deux de vous voir et de discuter !
Camille est très enthousiaste à cette idée. Même si Stéphane est tenté de profiter de l'occasion pour revoir sa femme, il est aussi effrayé. Si Lauraine arrive, cela signifie que les agents du gouvernement ne seront pas loin. Il ne peut pas prendre ce risque. Pas maintenant. Il n'est pas préparé. Il a prévu de revoir sa femme mais pas de cette façon.
A cet instant, la sonnette de l'appartement retentit. Camille se lève, Stéphane sur ses talons. Lauraine apparaît sur le visiophone de l'entrée. Stéphane l'observe longuement. Il se rend compte que cela fait une éternité qu'il ne l'a pas vue. La qualité de la vidéo est assez médiocre mais il remarque qu'elle semble avoir maigri. Elle est malgré tout, toujours aussi belle à ses yeux. Il n'en revient pas qu'elle soit aussi proche

de lui. Alors que Camille s'apprête à décrocher l'interphone et à faire monter Lauraine, Stéphane la retient.
- Attends. Je ne peux pas rester. Il faut que je parte avant qu'elle monte.
- Mais pourquoi ? Vous auriez tout le temps de discuter. C'est l'occasion rêvée.
Stéphane lui fait signe d'attendre. Il se dirige vers la fenêtre et regarde discrètement à travers les rideaux dans la rue en contrebas. Il repère rapidement un homme, un peu plus haut dans la rue qui s'est arrêté au milieu du trottoir et semble observer la porte d'entrée de l'immeuble et donc Lauraine.
- Et merde ! Ils sont déjà là !
Camille qui l'a suivi, regarde également à travers la fenêtre sans comprendre.
- Mais de qui tu parles ? Du type là-bas ? C'est qui celui-là ? Tu le connais ? On dirait qu'il regarde Lauraine.
Stéphane ne répond pas à toutes les questions de Camille. Il se retourne vers elle. Il n'a plus de temps à perdre.
- Ce type ne doit surtout pas me voir. Tu connais un autre moyen de sortir de ton immeuble sans passer par la porte d'entrée ?
Camille réfléchit rapidement. Elle sent bien que Stéphane a peur et il lui a transmis une partie de son angoisse.
- Oui. Si tu redescends, tu traverses la cour, tu vas arriver dans un autre immeuble qui débouche dans la rue parallèle à la mienne.
- C'est parfait. Merci.
La sonnette retentit de nouveau. Lauraine s'impatiente mais cette fois, Camille ne fait aucun geste pour lui ouvrir. Avant de quitter l'appartement, Stéphane sort une enveloppe de sa poche qu'il tend à Camille.
- Tiens. Tu pourras donner ça à Lauraine, s'il-te-plaît ? Il faut que je lui parle, en tête à tête. J'ai prévu une rencontre. Tout est expliqué dans cette enveloppe.

Elle doit suivre les instructions à la lettre, c'est très important. Je compte sur toi.
Camille hoche la tête et promet. Stéphane ne traine pas plus longtemps. Il descend les escaliers quatre à quatre. Arrivé au rez-de-chaussée, il a un regard vers la porte d'entrée. Lauraine est juste derrière. Mais il s'en détourne et marche rapidement vers la cour. Alors qu'il a presque fini de la traverser, il entend un bruit indiquant que la porte d'entrée a été déverrouillée. Camille a dû ouvrir à Lauraine. Stéphane se retient de jeter un coup d'œil en arrière. Avec sa tenue, sa démarche et sa casquette vissée sur la tête, même si Lauraine l'aperçoit, de dos, elle sera bien incapable de le reconnaître. Il rentre donc dans l'immeuble voisin, traverse le hall d'entrée et pousse la porte qui donne sur une rue tout à fait semblable à celle de Camille. Il jette un coup d'œil rapide de chaque côté, ne repère aucune personne suspecte et s'éloigne de sa démarche chaloupée de fausse racaille.

Chapitre 49

Stéphane retient difficilement un bâillement. Madeleine est arrivée à huit heures tapantes alors qu'il n'était réveillé que depuis un quart d'heure. Il est revenu tard de sa journée sur Paris et a oublié de mettre son réveil à sonner. Heureusement, Madeleine a accepté de prendre un café avec lui. Il se sent déjà un peu mieux. Philippe s'est joint à eux dans le bureau du deuxième étage.

- Avant que tu commences, Stéphane, j'aurais quelque chose à vous soumettre, dit Philippe tout en leur tendant à chacun une feuille de papier. J'aimerais que vous me donniez votre avis là-dessus.

Il s'agit d'un article du Nezavisne novine, un journal de Bosnie-Herzégovine, daté du six mai dernier. Aucune photo n'illustre l'article qui se contente d'ailleurs d'une courte colonne. Stéphane en commence la lecture mais se rend vite compte que l'article n'a pas été écrit en anglais et qu'il n'y comprend rien. Heureusement, une traduction rapide et approximative en a été faite à côté. L'article annonce le décès de quatre personnes, un homme et trois enfants, retrouvés dans une voiture accidentée sur une route menant à Banja Luka. Les quatre victimes n'ont pas été identifiées. Une enquête est en cours en particulier pour essayer de comprendre d'où pourraient venir certaines blessures suspectes présentes sur le corps de l'homme.

- Le groupe numéro trois, murmure Stéphane.

Philippe ne réagit pas. Il attend que Madeleine ait fini sa lecture pour lui demander :

- Qu'est-ce que tu en penses ?

Elle répond par une autre question :

- Est-ce que c'est un gars de chez nous avec des enfants évadés ?

- C'est bien la question que je me pose, répond Philippe avant de se tourner vers Stéphane. J'ai entendu ta remarque. Tu as l'impression qu'il s'agit du groupe trois ?
- Le groupe trois a débarqué en Bosnie mi-avril. L'article est daté de début mai. Le nombre de personnes est identique et ils ne nous ont toujours pas contactés. Il ne faut pas aller beaucoup plus loin pour en arriver à cette conclusion. L'article fait une courte description de l'homme mais je ne connaissais pas Thomas. Toi qui l'as déjà rencontré, tu en dis quoi ?
- Il existe beaucoup de trentenaires bruns d'un mètre quatre-vingt-cinq mais oui, effectivement, la description correspond. J'ai contacté sa sœur. Apparemment, elle aurait eu des nouvelles de Thomas deux jours avant la date de parution de cet article. Il ne lui a pas dit où il se trouvait mais ils sont restés deux à trois minutes au téléphone.
- On leur a pourtant répété plusieurs fois, avant qu'ils quittent le bateau, de ne contacter personne avant d'être arrivés à destination ! s'énerve Stéphane qui ne veut pas croire qu'une telle bêtise ait pu causer la mort d'un membre de l'organisation et de trois enfants.
- Mais sa sœur était enceinte et il savait qu'elle s'angoissait facilement. Il a voulu l'appeler pour la rassurer, le défend Philippe.
- Et deux jours plus tard, il meurt dans un accident de voiture ! C'était bien la peine de la rassurer. Grâce à cet appel, ils l'ont intercepté.
- On n'est pas sûr que les deux évènements soient liés. On n'est même pas certains qu'il s'agisse bien du groupe trois. Dans tous les cas, je ne veux pas que tu émettes devant sa sœur l'idée que ce coup de fil les a menés jusqu'à Thomas, ordonne Philippe.
- Comme tu veux. C'est le seul article qui parle de cet accident ?
- Le seul qu'on ait réussi à trouver, oui, répond Philippe. J'avais demandé à un de nos informaticiens de faire une recherche d'articles dans la presse et sur le web pour essayer de savoir ce qui était arrivé au

groupe trois. Il a trouvé cinq articles mais les quatre autres se sont révélés de fausses pistes. Et celui-ci n'était même plus en ligne. Il l'a trouvé dans les archives du journal en piratant leur réseau interne. Comme si l'article avait été supprimé après coup. Il a essayé d'en trouver des similaires dans les autres journaux du pays, sans succès.

- Les blessures suspectes dont il est fait mention, est-ce que vous pensez qu'elles auraient pu être infligées pour le faire parler ? demande Madeleine, restée silencieuse jusque-là.

- C'est également ce que je crains, confirme Philippe. Il faut croire qu'ils n'ont pas dû en tirer grand-chose puisque le bateau a débarqué de nombreux groupes après eux sans être inquiété.

Stéphane, Madeleine et Philippe font silence pendant quelques secondes, leurs pensées tournées vers les souffrances qu'a dû endurer leur compagnon.

- Je vais lancer de nouvelles recherches pour essayer de savoir si c'est réellement Thomas qui est décédé dans cette voiture. Pour passer à des nouvelles un peu plus réjouissantes, le groupe dix-huit, le dernier groupe à avoir débarqué, est arrivé hier. Et grâce à la nouvelle méthode que j'ai mise en place avec Géraldine la semaine dernière, une quinzaine d'autres enfants ont pu retrouver leur famille. L'intégration dans les familles ne se passe pas facilement mais jusqu'à maintenant, nous n'avons eu aucun rejet catégorique des parents. Nous espérons que d'ici trois mois, la quasi-totalité des enfants aura retrouvé un toit mais pour certains, cela s'avère très compliqué. Ils n'arrivent même pas à se souvenir de leur prénom. Voilà pour moi. Je te laisse la parole, maintenant, Stéphane, puisque c'est toi qui as convoqué cette réunion.

Stéphane ne se fait pas prier. Le sujet qu'il veut aborder est des plus importants.

- J'ai lu les différents rapports concernant l'attaque du château Maniace et certains éléments ont attiré mon attention, principalement dans le rapport de

Madeleine. Je me suis rendu compte que les défenseurs étaient bien plus nombreux que ce que nous avions estimé suite aux informations de nos éclaireurs. Ils ont réagi très rapidement et tout s'est enchainé beaucoup plus vite que selon nos prévisions. J'ai également repensé à la rencontre que nous avions faite dans le château avec Léonard et le Père Mathieu.

Il leur raconte alors leur petite mésaventure avec le commandant et sa réaction lorsqu'on l'a informé de l'attaque du château. Il leur rappelle que la veille, ils avaient décidé ensemble d'avancer l'intervention d'une demi-heure. Il conclut :

- Si on recoupe tout cela avec la mise en garde de Léonard avant sa mort, il y a de quoi se poser des questions sur la possibilité qu'un traître se soit infiltré dans notre organisation. Peut-être que Léonard s'était déjà rendu compte, sur d'autres évènements, que le gouvernement semblait en savoir plus que ce qu'il aurait dû.

- Ou alors Léonard s'est monté la tête tout seul parce qu'il te détestait. Souviens-toi que c'est toi qu'il soupçonnait d'être une taupe.

- Et le fait qu'ils étaient au courant pour l'attaque du château ? insiste Stéphane.

- Nous n'en avons aucune preuve. Peut-être qu'ils ont renforcé la garde parce qu'on leur avait signalé des présences suspectes dans la ville. Même si nous avons essayé d'étaler les arrivées, nous avons débarqué en nombre à Syracuse. Nous avions peut-être été repérés. Je ne peux pas croire qu'un des *Parents de l'ombre* fasse passer des informations au gouvernement. Je les connais. Ils n'ont tous qu'une idée en tête : retrouver leurs enfants.

- Philippe, tu dois bien admettre que tu ne connais pas aussi bien tous les membres de l'organisation qu'à ses débuts, intervient Madeleine. Quand nous n'étions qu'une dizaine de parents inquiets pour l'avenir de leurs enfants, c'était facile à gérer. Aujourd'hui, je serais incapable de te dire combien nous sommes mais ça doit bien monter à plusieurs centaines. Depuis deux ans, le nombre de recrutements a explosé. Nous avons commencé à faire des adeptes en province et bientôt, nous nous étendrons dans les autres états européens. Tu sais aussi bien que moi que nous ne pouvons pas tous les connaitre, ne serait-ce que pour notre sécurité. J'ai été surprise de réaliser, après l'attaque, que j'aurais été incapable de donner le métier ou l'âge de la plupart de ceux qui sont morts à mes côtés. Parfois, c'est à peine si je pouvais remettre un visage sur leur nom. Tu ne peux donc pas affirmer qu'aucun d'eux n'est un espion à la solde du gouvernement européen. En tout cas, moi, je ne le peux pas.

Philippe ne répond rien mais Stéphane voit bien qu'il déteste cette idée.

- Madeleine, reprend Stéphane, est-ce que tu as remarqué, au cours de l'attaque, certaines personnes qui seraient restées à l'écart, qui n'auraient pas voulu être en première ligne car ils savaient que la riposte allait être rapide ?

- C'est très difficile de répondre à cette question. Si je l'avais su avant, j'aurais pu faire attention pendant l'attaque mais après coup, c'est vraiment compliqué. J'étais trop occupée pour faire attention à ceux qui restaient en arrière. D'ailleurs, rien ne dit qu'il ou elle était dans mon groupe, ou même présent à Syracuse.

- C'est exact mais j'ai l'intuition que c'est le cas, pourtant. Est-ce que certains ont réagi quand tu as annoncé qu'on avait avancé notre mission d'une demi-heure ?

- Oui, bien sûr. Ils étaient plusieurs. Certains m'ont dit qu'ils n'allaient pas être prêts, d'autres que c'était trop tôt, il ne ferait pas assez noir, on allait nous repérer lors de notre approche du château et nous tirer comme des lapins. Je pense qu'ils avaient surtout la trouille.

- Sans doute. Mais dans le tas, il y en a peut-être un qui était en train de penser qu'il avait donné la mauvaise heure aux militaires. Tu aurais des noms ?

- Laisse-moi réfléchir. Ils étaient six ou sept. Trois sont décédés. Parmi les vivants, si ma mémoire ne me

trompe pas, Paul Vayron, Kevin Perrin et Caroline Dubreuil pensaient qu'on allait nous repérer trop facilement tandis qu'Alexandre Carrier m'a affirmé qu'il ne serait jamais prêt, qu'il ne pouvait pas venir.
- Qu'est-ce que tu as fait ? demande Stéphane.
Madeleine hausse les épaules.
- Rien. Je ne pouvais pas le forcer. Je voyais bien qu'il avait peur. Finalement, quand nous sommes partis, il a suivi. J'espère que je ne me trompe pas dans les noms.
Stéphane a pris en note les noms des quatre personnes. Il tend la feuille à Philippe.
- Tu pourras t'en occuper ?
- Tu veux que j'en fasse quoi ?
- Que tu les fasses surveiller pendant quelques temps, que tu te renseignes sur leurs appels et leurs mails. On doit savoir si l'un d'entre eux est la taupe.
Philippe prend la feuille à contrecœur :
- Je n'aime pas du tout vos suppositions mais je vais faire ce qu'il faut. S'il s'avère que l'un d'entre eux nous a trahis, il le payera. D'ailleurs, ils finiront tous par le payer, ajoute-t-il presque pour lui-même avec une lueur de rage dans le regard qui s'estompe rapidement. Vous m'excuserez, maintenant, je dois aller m'occuper de ma fille.
Il quitte la pièce sans un mot de plus, les laissant seuls tous les deux. Madeleine se tourne vers Stéphane :
- Il a bien dit : « Ils le payeront tous » ? Qu'est-ce qu'il voulait dire ?
- Je ne sais pas. Il parlait sans doute de tous ceux qui ont fait du mal à sa fille. Il n'arrive pas à aller de l'avant. J'ai l'impression qu'à chaque fois que ses yeux se posent sur Louise, il voit les expériences qu'ils ont menées sur elle, les souffrances qu'elle a endurées, la maladie qu'ils ont créée en elle au lieu de voir la petite fille joyeuse qu'on lui a enlevée et cela le rend fou de rage.
- Je le trouvais changé aussi mais je n'arrivais pas à voir en quoi. Tu as raison, c'est la colère qui l'anime aujourd'hui. Mais la colère n'est jamais bonne, pas

plus que la vengeance. Depuis Syracuse, les *parents de l'ombre* tournent tous seuls mais ça ne fonctionnera pas longtemps. Il doit reprendre les rennes ou passer la main. On ne peut pas abandonner maintenant, après tout le travail que nous avons accompli. Il faudrait aussi reprendre les émissions radiophoniques et les placardages d'affiches dans les rues. Notre cause doit rester à l'esprit de la population.
- Je le sais, répond Stéphane. J'ai essayé de le replonger dans les affaires des *Parents de l'ombre* mais ce n'est pas facile. Il ne semble pas toujours s'y intéresser. Mais je vais continuer à le solliciter régulièrement.

Il est six heures du matin. Stéphane dort profondément quand un bruit inhabituel lui fait ouvrir les yeux. Il reste immobile un instant dans son lit en se demandant pourquoi son rêve vient de lui échapper quand un nouveau bruit l'interpelle. Un craquement de bois. Il se lève lentement, la tête encore engourdie de sommeil. Lorsqu'il ouvre la porte de sa chambre et passe la tête dans le couloir, il aperçoit un mouvement rapide vers l'escalier. Quelqu'un aurait-il pénétré dans la maison ? Enfin réveillé, il trottine jusqu'à l'escalier. Personne. Mais quelques secondes plus tard, la porte de l'entrée claque et il entend même les clés tourner dans la serrure. Stéphane dévale les marches quatre à quatre. Il arrive à la fenêtre de la cuisine juste à temps pour voir la voiture de Philippe quitter l'allée.
Stéphane frappe le rebord de la fenêtre en jurant. Il remonte à l'étage tout aussi vite, jette un coup d'œil dans la chambre de Philippe mais, comme il s'y attend, le lit est vide. Louise, quant à elle, dort toujours paisiblement. Philippe l'a piégé. Il est parti au milieu de la nuit car il ne voulait pas que Stéphane l'accompagne. Il a fait en sorte que Stéphane ne puisse pas le suivre en le laissant seul avec Louise. Mais Stéphane possède un avantage sur lequel n'a pas compté Philippe : il a une bonne idée de l'endroit où se rend son ami.

Son premier geste est de décrocher le téléphone pour appeler la nourrice de Louise. Il s'excuse de la réveiller aussi tôt mais lui explique qu'il y a urgence. Elle accepte de venir et promet d'être là trente minutes plus tard. En l'attendant, Stéphane s'habille et se renseigne sur les prochains trains pour Paris. Il appelle un taxi qui arrive au même moment que la nourrice de Louise. Il s'excuse de nouveau, l'informe rapidement de la situation et lui donne quelques instructions avant de monter dans le taxi qui le conduit jusqu'à la gare. Il court dans le couloir souterrain menant aux quais. A peine assis dans son wagon, le train démarre. Stéphane souffle enfin. Il fait un rapide calcul. Si Philippe a continué en voiture, il lui faut près d'une heure et quart pour rejoindre la périphérie parisienne où il sera obligé de laisser sa voiture. De là, il montera dans le RER, puis le métro. Stéphane, quant à lui, a pris du retard mais le train ne met que trois-quarts d'heure pour rejoindre le centre de Paris. Il n'aura alors plus qu'à prendre le métro jusque dans le seizième arrondissement. Avec un peu de chance, il arrivera peu après Philippe. Il croise les doigts pour que Philippe n'ait pas le temps de commettre une bêtise durant ce laps de temps.

Le quartier du seizième arrondissement dans lequel se trouve Stéphane respire la bourgeoisie. La rue qui l'intéresse est même fermée à la circulation. Une barrière électrique en interdit l'accès aux non-riverains. Stéphane s'arrête devant la porte du numéro huit. La maison est d'un blanc immaculée comme ses voisines. Il regarde sa montre. Le métro a dû s'arrêter entre deux stations à cause d'un problème technique mais il n'a perdu que quelques minutes. Il sonne. Il tend l'oreille mais ne perçoit aucun bruit à l'intérieur. Il sonne encore, plusieurs fois de suite. Toujours rien. Il insiste, sans succès. Est-ce qu'il serait arrivé trop tard ?

Il pose la main sur la poignée qui tourne sans résistance. La porte s'ouvre. Il pénètre à l'intérieur de

la maison et referme derrière lui. Son premier réflexe est de crier pour annoncer sa présence mais il se retient. Il serait peut-être bon d'évaluer la situation au préalable. Il traverse le hall d'entrée sans faire attention à la grande hauteur sous plafond et à la décoration épurée et moderne. Il s'avance dans un couloir et jette un œil dans chaque pièce qu'il dépasse. La maison semble vide. Peut-être que le propriétaire est absent. Non, Philippe ne serait pas venu sans s'être assuré auparavant de la présence du docteur. Alors qu'il s'apprête à monter à l'étage, Stéphane perçoit comme un murmure. En écoutant plus attentivement, le bruit semble provenir d'une pièce qu'il vient de regarder. Il en pousse de nouveau la porte et laisse son regard errer plus longuement à l'intérieur. Il finit par repérer une autre porte sur le mur de droite qui le mène dans un petit salon dont les immenses baies vitrées donnent sur une véranda.
Stéphane se tapit contre le mur. Deux hommes conversent dans la véranda. Il reconnaît aussitôt Philippe qui ne le regarde pas. Toute son attention est concentrée sur l'homme qui tourne le dos à Stéphane. Il s'agit certainement du Docteur Gérard Moison. Stéphane s'approche lentement et tente de se camoufler derrière les lourds rideaux. La porte-fenêtre est restée entrouverte laissant filtrer la conversation des deux hommes.
- Je ne comprends vraiment pas ce que vous me reprochez, monsieur, dit le docteur d'un ton un peu pincé. Mes recherches ont largement contribué à faire avancer la science.
- Au détriment de la vie de combien d'enfants ? interroge Philippe.
Stéphane aperçoit les épaules du docteur se soulever.
- Il fallait bien que nous testions nos hypothèses. Ces enfants étaient condamnés de toutes façons. C'est une chance pour eux…
- Une chance ! l'interrompt Philippe. C'est une chance pour ma fille peut-être ? Vous lui avez charcuté le cerveau et aujourd'hui, elle ne parle plus et ne fait plus

confiance à personne. Vous en avez fait une enfant autiste. Vous allez me dire qu'elle est chanceuse peut-être ?
Mais le Docteur Moison n'a pas écouté la fin.
- Vous êtes le père de cette enfant ? C'est merveilleux. Vous devez être très heureux. Elle est le premier être humain, et le seul pour l'instant, à qui on a pu supprimer le gène DR2624 sans la tuer. Une nouvelle équipe doit être en train d'étudier son cas pour essayer de l'appliquer aux autres. Elle a permis une avancée majeure !
- Vous avez détruit sa vie ! s'insurge Philippe.
- Vous ne comprenez rien, riposte le Docteur. Je l'ai aidée. Elle est guérie du gène de la criminalité. Vous devriez me remercier, monsieur, au lieu de me crier dessus.
Le ton hautain et méprisant du docteur ne va pas tarder à finir de mettre Philippe hors de lui, présume Stéphane.
- Vous êtes complètement fou… Vous ne vivez que pour vos recherches. Tous ces enfants ne sont rien d'autre que des cobayes pour vous. Vous n'avez même plus conscience de leur humanité alors qu'ils sont si jeunes. Ce gène ne se manifestera peut-être jamais mais vous prenez le risque de le supprimer, ou du moins, d'essayer de le supprimer, quel qu'en soit le prix !
- J'en ai marre de devoir supporter vos accusations, s'emporte le docteur. J'ai écourté ma semaine de vacances pour que vous écriviez un article pour un des meilleurs magazines scientifiques mais je commence à me demander si vous êtes même journaliste. Je vais vous demander de partir sur le champ !
- Personne ne va nulle part, répond Philippe, soudain très calme, en s'interposant entre le Docteur et la porte-fenêtre. Il porte la main droite à sa ceinture et sort un revolver qu'il pointe sur le docteur. Exactement ce que redoutait Stéphane. Le Docteur Moison lève les

mains en l'air instinctivement et recule en pleurnichant :
- Qu'est-ce que vous me voulez ? Ne me tuez pas. Je n'ai rien fait de mal.
- C'est bien là le problème, explique Philippe. Vous pensez n'avoir rien fait de mal alors que vous avez tué des enfants innocents. Vous ne méritez que de mourir, Docteur Moison. C'est la seule solution.
- Non, s'exclame Stéphane avant que Philippe n'appuie sur la détente.
Philippe regarde Stéphane débouler dans la véranda tandis que le visage du docteur se détend légèrement.
- Qu'est-ce que tu fais là ? Où est Louise ? interroge Philippe soucieux, sans pour autant abaisser son arme.
- Ne t'inquiète pas, je l'ai laissée en sécurité avec sa nourrice.
- Comment m'as-tu trouvé ?
- Tu oublies que je commence à te connaître. Je savais que tu étais obsédé par celui qui a fait du mal à ta fille. En plus, tu m'as toi-même donné les codes d'accès à ton ordinateur personnel. Je ne suis pas très doué en informatique mais je sais encore fouiller dans un historique de navigation internet. Tu as cherché ses coordonnées il y a moins d'une semaine. La suite n'était pas difficile à deviner.
- Ta présence ne change absolument rien, s'obstine Philippe en reportant son attention sur le docteur qui pâlit en voyant l'arme s'approcher de nouveau.
- Tuer cet homme ne te servira à rien, Philippe. Tu n'empêcheras pas toutes ces ignobles expériences. Un autre le remplacera.
- Peut-être mais ça fera toujours un psychopathe de moins dans la nature. Tu l'as entendu ? Il ne voit même plus l'ignominie de ses actions.
- Oui, j'ai entendu. Mais pense à ta fille, Philippe. Que deviendra-t-elle si tu te retrouves en prison ? Elle a besoin de toi ! Louise est différente de la petite fille que tu as connue, elle est affaiblie et apeurée dans un monde qu'elle découvre tout juste mais tu peux lui

rendre sa joie de vivre. Tu as vu comme moi qu'elle a déjà fait d'énormes progrès depuis votre retour. Tu peux l'aider à se sociabiliser malgré sa maladie. Elle est intelligente, la vie sera toujours plus difficile pour elle mais elle pourra s'en sortir. Ne l'abandonne pas maintenant.

- Mais il lui a fait du mal, tu comprends ? Dis-moi pourquoi cet homme devrait vivre après tout ce qu'il a fait ?

Stéphane voit bien que Philippe est bouleversé. Il est tiraillé. Il veut rendre justice à sa manière mais ne veut pas perdre sa fille une nouvelle fois. Stéphane sort son dernier argument :

- Parce que nous ne pouvons pas donner raison au gouvernement…

Philippe le regarde sans comprendre. Le docteur, lui, suit la conversation avec intérêt.

- Tu te souviens des paroles du professeur Roiteau ? Le gène DR2624 est récessif. Ce qui veut dire que toi et ta femme étiez porteurs sains. Mais une autre hypothèse est envisageable : l'un de vous deux ou même vous deux pourriez être porteurs « malades ». Le gouvernement n'a jamais fait de tests sur les parents. Qui te dit que tu ne portes pas cet allèle récessif sur tes deux chromosomes ? Si tu tues cet homme, le gouvernement se fera un plaisir de fouiller dans ton génome. Et s'il trouve que tu en étais porteur... Nous ne pouvons pas prévoir ce qui se passera ensuite… Ils demanderont à tout le monde de venir passer le test, ils enverront en prison des milliers de personnes.

- Mais si je ne suis pas porteur positif, je prouverai que leur théorie est fausse !

- Ou ils s'arrangeront pour falsifier ton code génétique !

- Votre ami a raison, intervient le docteur avant de se taire sous le regard froid de Philippe. Il scrute le visage du bourreau de sa fille tout en pesant les options qui s'offrent à lui. Le docteur semble avoir arrêté de respirer sous le coup de la peur. Stéphane est trop loin pour s'interposer si Philippe prend la mauvaise décision et il n'ose pas s'approcher davantage de peur de brusquer son ami. Il se contente donc d'attendre en observant le visage de Philippe se crisper sous le coup de toutes les émotions qui le submergent : la colère, la haine, la pitié, la peur, le doute, l'espoir, l'amour. Il ferme les yeux, baisse son bras et lâche le revolver qui rebondit sur le sol. Le docteur pousse un soupir de soulagement en se laissant tomber dans le fauteuil derrière lui. Mais Stéphane ne lui laisse pas de répit. Il se précipite sur lui et le maintient fermement contre le dossier tandis qu'il sort une seringue de sa poche. Il déchire le sachet stérile avec les dents et enfonce l'aiguille dans le bras du docteur avant qu'il n'ait eu la présence d'esprit de se débattre. Philippe, lui-même, est resté immobile. Son regard est bloqué sur le sang qui monte dans la seringue. Lorsqu'elle est pleine, Stéphane retire l'aiguille et relâche le docteur. Celui-ci frotte son bras comme pour en chasser la douleur et se tourne vers Stéphane qui range précautionneusement son échantillon.

- Vous ne prouverez rien avec ça.

Stéphane ne répond pas. Il a une idée pour son prochain discours.

Chapitre 50

Stéphane s'agite sur son siège qu'il juge peu confortable sans se douter qu'il s'agit là d'un authentique fauteuil d'époque Louis XVI. En franchisant la porte d'entrée, il a littéralement remonté le temps. Les grandes tapisseries sur les murs, les boiseries, la table basse en bois aux pieds cannelés, la commode demi-lune, tout cet ensemble donne l'impression de se trouver au cœur du château de Versailles et non pas dans un appartement du département des Hauts-de-Seine. Une assistante est venue l'accueillir et depuis, il attend dans cette pièce, mal à l'aise.

Une semaine s'est écoulée depuis l'altercation de Philippe avec le Docteur Moison. Depuis, Philippe passe ses journées avec Louise. Stéphane lui donne des informations sur les *Parents de l'ombre* de temps en temps pour tenter de l'intéresser mais il voit bien que Philippe ne l'écoute que d'une oreille. Il s'est enfermé dans une bulle avec sa fille et ne veut plus entendre parler du reste du monde. Si encore, il cherchait un moyen d'aider sa fille à se sociabiliser, mais pour l'instant, c'est peine perdue. Il se renferme dès que Stéphane évoque l'idée d'une éducation spécialisée pour Louise.

Deux jours plus tôt, le Père Mathieu et un autre homme dont Stéphane a déjà oublié le nom, sont passés les voir. Face au manque de réaction de Philippe aux nouvelles qu'ils apportaient, le Père Mathieu a demandé à Stéphane de tout faire pour redonner l'envie à Philippe. Ils ont besoin de lui. Il connaît la plus grande partie des membres du réseau. Il est l'instigateur des *Parents de l'ombre*. S'il rend son tablier aujourd'hui, la majorité des parents va penser que c'est parce qu'il ne croit plus en leur action, que

c'est une cause perdue et le réseau va se désintégrer petit à petit. Seulement ils ne peuvent pas abandonner maintenant. Ils en ont trop fait.
Stéphane est bien d'accord mais il n'est pas sûr de pouvoir réveiller l'intérêt de Philippe. Stéphane a expliqué sa dernière idée au Père Mathieu et à l'autre homme. Ils ont tout de suite adhéré. Ils doivent commencer à travailler à sa concrétisation. Stéphane a prévu d'en parler à Philippe le lendemain. Si cette nouvelle mission ne réussit pas à le motiver, alors Stéphane ne sait pas ce qui pourra le faire.
L'assistante qui l'a accueilli quelques minutes plus tôt, revient, un sourire aimable aux lèvres :
- Le député Antoine Breton est prêt à vous recevoir.
Stéphane la remercie et la suit dans le bureau du député dont la décoration est conforme à celle de la salle d'attente. La dernière fois que Stéphane a rencontré Antoine Breton, ce devait être à une réunion de famille, sans doute aux soixante ans de sa tante, voilà déjà quelques années. C'est un cousin éloigné dont il n'a jamais été très proche mais c'est le seul homme politique qu'il connaisse autrement que par la presse. Stéphane sait qu'il prend un gros risque en venant ici. Il a été obligé de prendre rendez-vous sous son vrai nom et il ne connaît pas assez ce cousin pour être sûr qu'il ne le trahira pas auprès du gouvernement. Mais Stéphane pense qu'il peut aussi gagner un allier de taille en venant lui parler.
Antoine Breton fait partie de l'opposition et occupe le poste de député des Hauts de Seine depuis cinq ans. Stéphane a fait quelques recherches avant de prendre rendez-vous. Il a été un des rares politiques à s'opposer au projet de loi concernant le gène DR2624 avant que sa parole soit étouffée. Stéphane est même surpris qu'il occupe encore ce poste.
Antoine Breton lui serre la main avec chaleur.
- Cela me fait plaisir de te revoir mon cher cousin. A quand remonte notre dernière rencontre ? Trois ? Quatre ans ?
- Quatre ans, confirme Stéphane.

- Assieds-toi. Fais comme chez toi. Qu'est-ce qui t'amène ici, dis-moi ?
- Je souhaite te parler de la loi sur le gène DR2624.
Le sourire du député s'efface soudainement. Stéphane continue :
- Je sais que tu t'es vigoureusement opposé à ce projet de loi avant de baisser la voix. Je voudrais savoir ce que tu en penses aujourd'hui et où en est l'opinion politique sur ce sujet. Est-ce que vous êtes encore nombreux à trouver cette pratique inhumaine, pour reprendre tes mots ?
Antoine Breton ne répond pas tout de suite. Il se lève, ouvre la porte, dit quelques mots à son assistante et attend qu'elle ait quitté son bureau pour refermer la porte. Il vient se rassoir en face de Stéphane qu'il fixe longuement avant de lui répondre enfin.
- Tu devrais faire plus attention aux paroles que tu prononces, Stéphane. Tu ne sais pas qui peut t'écouter.
- Le gouvernement connaît très bien mon opinion sur cette question. Ce qui m'inquiète davantage c'est qu'on leur indique ma présence ici. Ta secrétaire est digne de confiance ?
- Elle travaille pour moi depuis plus de dix ans et n'a jamais révélé certains propos que j'ai pu tenir en privé donc oui, je lui fais confiance. Pourquoi ? Tu as des ennuis ?
Stéphane préfère répondre par une autre question :
- J'aimerais que tu répondes à ma question, Antoine. Est-ce que tous les élus sont aujourd'hui à la solde du gouvernement européen ou est-ce qu'il reste encore quelques irréductibles opposants pour défendre nos intérêts ?
- Tu ne devrais pas te faire d'illusion sur le pouvoir que détient le gouvernement sur les élus locaux. Tu sais très bien que le gouvernement a basculé dans l'extrême le jour où cette loi a été votée. Aujourd'hui, ils contrôlent tout : la presse, les médias, l'opinion publique et politique… Quelques députés et maires de l'opposition comme moi subsistent encore mais c'est

seulement pour faire croire à la population qu'elle a le choix, que nous sommes toujours une démocratie et qu'elle peut renverser le gouvernement si elle le souhaite. Mais c'est une illusion. L'opposition n'a aucun moyen de se faire entendre. Tu veux savoir sur quoi repose leur pouvoir ?
Stéphane hoche la tête.
- Sur la peur, comme toute bonne dictature. Mais ils ont trouvé une peur bien plus forte que celle due à l'oppression. Toi et quelques autres, vous pensez peut-être qu'aux prochaines élections, l'opposition l'emportera, que les gens en auront assez de voir leurs enfants enlevés à l'âge de deux ans mais vous avez tort ! Ils n'auront même pas besoin de fausser les résultats et c'est ce qui fait leur force. Le gouvernement a le soutien d'une bonne majorité de la population. Une population qui vit dans la peur mais une population qui fera valoir son droit de vote.
- Mais pourquoi ? Tu ne penses pas qu'ils commencent à percevoir que le gouvernement abuse du pouvoir qu'ils lui ont accordé ?
- Tu ne comprends pas. Les gens ont peur de revenir à « l'ancien temps », celui où on ne détectait pas les criminels dès leur plus jeune âge. Ils ont peur que le crime fasse la loi dans leur pays, ils ont peur pour eux, ils ont peur pour leur famille, leurs enfants…
- Ces enfants qu'on leur enlève ! s'exclame Stéphane.
- Pour le bien de tous, rappelle-toi … Vous ne pourrez pas faire changer les mentalités aussi facilement. Même si la découverte du gène de la criminalité ne remonte pas si loin, les gens se souviennent d'un pays dominé par le crime où les enfants étaient enlevés, où des pédophiles étaient instituteurs et où les meurtres avaient lieu toutes les semaines. Tu sais bien, comme moi, que nous n'avons pas grandi dans un monde aussi effrayant. Nous avions même plutôt la belle vie… Mais le gouvernement a tellement martelé les esprits avec des chiffres, des images de crimes et des slogans, que les gens ont fini par s'imaginer un passé vraiment terrible qu'ils ne souhaitent pas à leurs

enfants. Le père de famille préfère voir son fils portant le gène de la criminalité emmené par le gouvernement plutôt que de l'élever et de le voir tuer sa sœur dans quelques années. Il me semble que toi-même, lors de notre dernière rencontre, tu étais totalement intégré dans le système... Qu'est-ce qui t'a fait changer d'avis ?
- Peu importe, élude rapidement Stéphane. Je ne suis pas d'accord avec toi, Antoine. On peut soulever les consciences. On peut réveiller cette population abrutie par le gouvernement. Pourquoi ne résistes-tu pas ? Pourquoi ne t'opposes-tu pas fermement au gouvernement ? C'est ton boulot d'opposant politique, non ?
Le député Antoine Breton sourit tristement. Stéphane n'a que quelques années de moins que lui et pourtant, il est toujours aussi naïf quant au fonctionnement de la sphère politique.
- Parce que tu penses réellement qu'ils me laisseront faire ? Je suis à ce poste parce que je ne remue pas trop la boue. Si je commence à faire du remue-ménage, ils auront vite fait de m'évincer pour me remplacer par quelqu'un de leur bord. Et alors, tous les petits combats que je mène pour mes concitoyens, les quelques valeurs morales que j'essaye encore de faire respecter, tout cela tombera à l'eau. Nous ne sommes pas assez nombreux. Les gens ne sont pas prêts. Personne ne me soutiendra. Ça n'en vaut pas la peine.
- Toutes ces années de politique t'ont rendu bien pessimiste, Antoine. Je me souviens d'un homme qui avait de grands projets pour l'Europe... Je te prouverai que tu as tort, que nous pouvons changer les choses. Et alors, j'espère que tu seras prêt à rallier notre cause. Allume ta télévision vendredi quatorze juillet au moment du défilé. Tu verras qu'il est possible de bouleverser les mentalités !
Antoine Breton regarde son cousin. Il n'arrivera pas à lui faire comprendre que ses idées sont encore trop éloignées de ce que veut le peuple et c'est sans doute

tant mieux. Ils ont grand besoin de personnes comme lui.
- Fais attention à toi, lui conseille-t-il sur le pas de la porte.
- Et toi, n'oublie pas : le quatorze juillet.
- Ce n'est pas une date qu'on oublie facilement.

Stéphane ressort de l'entretien avec son cousin quel que peu frustré. Tout le monde semble vouloir le réfréner dernièrement. Même Philippe, qui était si passionné et ambitieux lorsqu'il l'a rencontré un an plus tôt. Il a beaucoup négligé l'organisation depuis le décès de sa femme et ses retrouvailles avec Louise. Stéphane comprend mais ce n'est pas tout. Philippe est beaucoup plus prudent, moins combatif. La précaution n'est certainement pas une mauvaise chose mais Stéphane a l'impression que la motivation des membres de l'organisation s'amollit. Il voudrait être sûr que *les parents de l'ombre* ont toujours à leur tête un chef fort et déterminé avant de partir…
Lorsque Stéphane a expliqué son projet à Philippe trois jours plus tôt, il a été très réticent. Stéphane venait de recevoir la confirmation de ce qu'il avait déjà soupçonné : le Docteur Gérard Moison est porteur du gène DR2624. Bien sûr, Philippe a tout de suite voulu envoyer les résultats à différents organes de presse avec les preuves que ce médecin était employé par le gouvernement.
Mais Stéphane avait une autre idée qui lui semblait alors bien meilleure. Il a commencé à préparer son prochain discours à l'intention des citoyens européens. Il prévoit d'y révéler le génome de ce docteur, ainsi que son rôle au sein du gouvernement, de dénoncer les agissements du gouvernement, tout comme sa façon de manipuler la population, de la maintenir dans la peur pour enlever les enfants sans faire de scandale. Il veut également faire la lumière sur ce qu'ils font réellement sur ces enfants qui leur servent de cobayes et qu'ils maltraitent « au nom de la science et du progrès ».

En exposant son plan, Stéphane avait gardé le meilleur pour la fin. Cette fois, son discours ne sera pas radiophonique mais retransmis à la télévision sur le plus grand nombre de chaînes possibles. Et pour capter un maximum d'audience, il aura lieu au moment du défilé du quatorze juillet, date de la fête nationale française à laquelle sera également présent le Président de l'Union Européenne.
La réaction de Philippe ne s'était pas faite attendre mais elle avait été contraire à celle qu'avait imaginée Stéphane :
- Tu es complètement fou, Stéphane ! Ils ne nous laisseront jamais faire une chose pareille. Ils vont nous tomber dessus. Et tu oublies un point important : la population européenne n'est pas prête à entendre ton discours. Ils ne te croiront tout simplement pas.
- Tu as sans doute raison, avait rétorqué Stéphane. Ils ne me croiront pas sur l'instant. Ils se diront que je suis fou, que le gouvernement ne ferait jamais une chose pareille. Et puis, ils commenceront à se poser des questions, à porter un regard critique sur les informations qu'on leur donne et là, ils comprendront. Nous devons frapper fort, Philippe, et c'est maintenant !
- Je ne suis pas très convaincu par ton raisonnement... Comment vas-tu t'y prendre pour diffuser ton fameux discours sur les plus grandes chaînes de télévision européenne ?
Stéphane lui avait alors lancé un grand sourire enjôleur :
- Il me semblait que tu connaissais les meilleurs pirates informatiques du monde ! C'est le moment de faire appel à leurs dons.
- Et qui te dit qu'ils accepteront ? C'est un grand risque pour eux aussi. On pourrait remonter jusqu'à eux et alors...
- Présente-leur ça comme un défi ! Les hackers adorent tester leurs limites. Et je suis sûr qu'ils sont suffisamment doués pour brouiller leur piste.

Philippe s'était renfrogné au fond de son siège. Il n'avait pas émis d'autres objections mais n'avait toujours pas accepté. Alors Stéphane avait abattu sa dernière carte. Il n'aimait pas jouer avec les sentiments de son ami mais il n'avait pas le choix.
- Philippe, tu te souviens du Docteur Gérard Moison ? De sa suffisance ? De son mépris pour toi et pour tous ceux qui ne comprennent pas son travail ? Tu te souviens comme la vie d'un enfant semble si peu compter pour lui au regard de ses expériences ?
- Je ne risque pas d'oublier ! Tu m'as empêché de le tuer. Ça n'a pas dû t'échapper à toi non plus.
- Aujourd'hui, je t'offre une meilleure façon de te venger, explique Stéphane en ignorant le sarcasme de Philippe. En révélant son génome et ses actions au grand public, nous allons le discréditer totalement. Plus personne ne voudra travailler avec lui, ni même lui parler. Le gouvernement ne voudra plus rien avoir à faire avec lui, ses publications scientifiques seront détruites et il se retrouvera seul pour le restant de sa vie, dans la peur de voir débarquer chez lui un autre père ayant soif de vengeance…
Philippe s'était relevé de son siège. Son œil brillait d'un nouvel intérêt.
- OK. Je sais que tu ne dis ça que pour me convaincre mais tu as réussi. On va organiser ta petite conférence. Je vais me renseigner auprès de nos génies de l'informatique sur la possibilité de pirater plusieurs chaînes de télévision en même temps. Ton discours a intérêt à être encore mieux que les précédents.
- Je vais y travailler, avait répondu Stéphane en souriant. Mais reste, je n'ai pas fini. J'ai une dernière partie de mon plan à te révéler et celle-ci ne va pas te plaire.
Philippe s'était rassis, s'attendant au pire.
- Je t'écoute.
- J'ai une idée pour coincer notre taupe.
- Notre taupe ? Nous n'avons aucune preuve qu'il existe effectivement un espion parmi nous. Nous

n'allons pas croire sur parole les dernières divagations d'un mourant.
- Nous ne pouvons pas non plus affirmer que ce n'étaient que des divagations, Philippe. J'ai une idée pour en être sûr. Madeleine nous a donné quatre noms de suspects potentiels. Fournissons une fausse information sur le lieu de mon discours à chacun des quatre, un lieu différent à chacun des quatre, dans l'idéal. Nous ne les ferons pas participer à l'évènement mais imaginons que l'information échapperait à l'un d'entre nous en leur présence. Si les militaires débarquent à l'un de ces endroits, nous saurons qui nous a trahis.
- En effet, je n'aime pas ton idée, Stéphane. Tu sais que je les ai mis tous les quatre sur écoute, qu'on lit chacun de leurs mails et nous n'avons rien trouvé. Je n'ai aucune raison de me méfier d'eux. Pourquoi donc je suivrai ton idée ?
- Pour être sûr ! Evidemment, cela va nous demander un effort considérable. Il faut qu'un minimum de personnes, de toute confiance celles-là, soient au courant de l'emplacement véritable. Et ils ne devront diffuser cette information sous aucun prétexte.
- Ton petit piège va nous demander un travail de logistique monstrueux ! Enfin bon, si ça peut te convaincre que cette fameuse taupe n'existe pas, alors allons-y ! Je vais m'en occuper avec Madeleine... À moins qu'elle aussi ne soit pas une personne de confiance ?
Stéphane n'avait rien répondu. Philippe ne s'était pas attardé et était aussitôt allé rejoindre sa fille dans le jardin. Stéphane aurait aimé pouvoir faire de même avec Jérémy mais son fils se trouvait loin de lui.
Stéphane ressasse dans sa tête cette conversation avec Philippe alors qu'il s'éloigne du cabinet du député Antoine Breton. Philippe a fini par accepter l'ensemble de son plan, sans grand enthousiasme et même avec quelques réticences. Son cousin député l'a pris pour un naïf plein d'espoir, Stéphane l'a bien senti. Est-ce qu'ils auraient raison tous les deux ? Est-ce qu'il serait

en train d'aller trop loin et trop vite ? Non, bien sûr que non. Il est persuadé que les gens ont besoin d'une secousse, d'un déclic pour ouvrir les yeux sur les agissements du gouvernement et cette secousse, c'est lui qui va la donner. Son dernier éclat en quelque sorte…

Chapitre 51

Stéphane fait les cents pas tout en regardant sa montre nerveusement. Ils devraient être là maintenant. Il leur ait certainement arrivé quelque chose. Il n'en peut plus d'attendre. Son plan qui lui paraissait très intelligent lui semble désormais contenir énormément de failles.

Dans la lettre qu'il a transmis à Lauraine par l'intermédiaire de Camille, il lui donnait des instructions très claires. Elle devait se rendre dans un bar dansant où Camille l'attendait. Celle-ci avait bien voulu se prêter à leur mise en scène. Elles ont discuté quelques minutes, puis Lauraine s'est excusée pour se rendre aux toilettes. Là, deux femmes appartenant aux *Parents de l'ombre* se sont occupées d'elle. L'une d'elle l'a fouillée et passée au détecteur pour s'assurer qu'elle ne portait aucun traceur de localisation. Ensuite, elle a échangé ses vêtements avec la deuxième femme qui a également mis une perruque et récupéré le téléphone de Lauraine. Elle a ensuite rejoint Camille qui a fait comme s'il s'agissait de Lauraine. Elles ont repris leur conversation, ont rigolé comme de vieilles amies tout en sirotant leurs cocktails. Ce stratagème devait tromper les agents du gouvernement qui surveillent continuellement Lauraine. Avec un peu de chance, ils étaient fatigués de leur journée et s'étaient contentés de rester tranquillement dans leur voiture tout en gardant un œil sur le bar. Mais Stéphane commençait à douter. Et s'ils étaient entrés dans le bar, s'étaient installés à une table toute proche de celle des deux amies et avaient remarqué tout de suite que ce n'était pas Lauraine qui était revenue des toilettes ? Non, Stéphane ne veut pas y penser. Il veut croire que sa femme va bientôt arriver.

Ensuite, Lauraine devait sortir du bar par la porte de derrière avec la femme des *Parents de l'ombre*. Celle-ci devait accompagner Lauraine au point de rendez-vous pour s'assurer qu'elles n'étaient pas suivies et faire quelques arrêts supplémentaires pour brouiller les pistes si besoin. Cette simple rencontre avait demandé une organisation importante et Stéphane avait été surpris que Philippe mette autant d'effort pour l'aider. Il devait sincèrement compatir. Après tout, Stéphane n'a pas vu sa femme depuis plus de trois mois. Elle lui manque énormément, tout comme son fils, mais il n'a pas pu se résoudre à faire courir ce risque à Jérémy. Mais bientôt, Stéphane pourra le serrer contre lui et passer tout le temps qu'il voudra avec lui. Du moins, si Lauraine accepte. Mais il ne peut pas croire qu'elle va refuser.
Il fait de nouveau le tour de la pièce vide en regardant sa montre. Il ne s'est écoulé que trois minutes. Cet endroit n'est pas fait pour le rassurer non plus. Il se trouve dans un appartement inhabité depuis plusieurs mois car l'immeuble est sur le point d'être démoli. La poussière a pris possession des lieux, la moisissure s'est répandue sur les murs et Stéphane commence à sentir la fraicheur de la fin de journée s'introduire par les fenêtres à moitié cassées. Philippe est resté quelques instants avec lui, puis il a préféré sortir pour faire le guet.
Soudain, un bruit derrière lui. Il se retourne brusquement. Lauraine le regarde depuis l'encadrement de la porte. Stéphane ne lui dit même pas bonjour. Il se précipite vers elle et l'embrasse. Elle n'hésite pas un instant à lui rendre son baiser. Cela fait tellement longtemps qu'ils n'ont pas partagé cette intimité. Un raclement de gorge les fait se séparer. C'est la femme qui a accompagné Lauraine jusqu'ici. Stéphane ne l'avait même pas remarquée.
- Je suis désolée pour le retard. A un moment, j'ai cru que nous étions suivies et j'ai préféré faire quelques détours pour m'assurer que ce n'était pas le cas.

- On n'est jamais trop prudent, répond Stéphane. Je vous remercie pour votre aide très précieuse.
- Il n'y a pas de quoi. Je vous laisse à vos retrouvailles. Je vais rejoindre Philippe à l'extérieur.
Stéphane acquiesce et la regarde quitter la pièce avant de reporter toute son attention sur sa femme. Il lui prend les mains, l'attire légèrement vers lui et lui caresse la joue.
- Comment vas-tu ? demande-t-il.
- J'ai peur, répond-elle sincèrement. Depuis que des agents du gouvernement sont venus fouiller notre appartement, j'ai peur tous les jours d'apprendre que tu as été arrêté, ou pire, que tu es mort. Tu es en danger, n'est-ce pas Stéphane ? Qu'est-ce qu'ils te veulent ?
- L'appartement a été fouillé ? demande Stéphane, inquiet. Quand ça ?
- Peu avant ton retour. Ils ont posé plein de questions sur toi : Où tu étais ? La dernière fois que j'avais eu de tes nouvelles ? Je leur ai répondu vaguement et j'ai essayé de savoir pourquoi ils te cherchaient. Ils ne m'ont pas vraiment répondu. Ils m'ont juste dit que tu étais recherché pour question de sécurité européenne et que je devais les prévenir dès que j'avais de tes nouvelles.
- Pourquoi ne me l'as-tu pas dit plus tôt ? Tu as dû être bouleversée. Et Jérémy ? Il n'a pas été trop perturbé ?
- Par chance, il était à l'école quand ils sont venus. Je ne sais pas vraiment pourquoi je ne t'en ai pas parlé. Je ne voulais pas t'inquiéter. Et puis, après ça, j'avais l'impression d'être sans cesse surveillée. Du coup, j'ai essayé d'écourter nos conversations téléphoniques de peur que tu ne dises quelque chose qui les aide à te retrouver.
Malgré la nouvelle de la fouille de leur appartement, Stéphane se sent rassuré. Il comprend maintenant pourquoi il avait trouvé sa femme plus distante au téléphone ces derniers temps. Elle n'en avait pas marre et ne songeait pas à le quitter. Non, elle essayait seulement de le protéger.

- Qu'est-ce qu'ils te veulent, Stéphane ? Tu es en danger ?
- Je suis désolé mais je ne vais pas pouvoir tout t'expliquer Lauraine. Nous ne pouvons pas rester ici trop longtemps. A tout moment, ils peuvent remarquer que ce n'est pas toi qui discutes avec Camille et partir à ta recherche. Plus vite tu retourneras là-bas et plus vite tu seras hors de danger. Et pourtant, si tu savais à quel point j'ai envie de te garder avec moi.
Lauraine comprend. Elle aussi, elle aimerait pouvoir rester auprès de son mari. Mais ce n'est pas possible. Elle doit retourner dans ce bar pour ne pas que les agents du gouvernement remarquent son absence. Elle doit y retourner pour protéger son mari et son fils. Elle laisse Stéphane continuer :
- Disons seulement que j'ai fait quelques actions pour contrer la politique de lutte contre la criminalité du gouvernement, en particulier concernant la sélection génétique des enfants. Ça n'a pas trop plu à nos dirigeants et aujourd'hui, ils veulent me mettre la main dessus. Je t'expliquerai tout avec plus de détails prochainement, je te le promets. Si je t'ai fait venir aujourd'hui, c'est pour te poser une question importante.
Lauraine hoche légèrement la tête en fixant son mari pour l'inciter à parler.
- Est-ce que tu serais prête à partir avec moi ? Nous emmènerions Jérémy bien sûr. Nous partirions loin, dans un autre pays, voire un autre continent…
- Tu veux quitter notre vie ici ?
- Nous n'avons plus tellement de vie ici, Lauraine. Du moins, pas ensemble. Je veux reprendre notre vie de famille avec toi et Jérémy mais je sais que nous ne pourrons jamais le faire à Paris, ni même en Europe. Ils me cherchent, ils veulent des explications et ils n'abandonneront pas. Si nous voulons revivre ensemble, nous devons partir loin. Est-ce que tu es prête à le faire ?
Lauraine n'a pas besoin de réfléchir longtemps. Ces derniers mois ont été un cauchemar. Elle rêve de

pouvoir tout reprendre à zéro, de reformer sa famille, même si cela doit se faire à l'autre bout du monde.
- Oui.
Stéphane ouvre la bouche et la referme. Un large sourire se dessine sur ses lèvres. Il s'attendait à devoir argumenter davantage. Il a sous-estimé l'amour que lui porte sa femme et il en est heureux. Il se penche vers elle et l'embrasse tendrement.
- Tu sais que je t'aime ?
- Moi aussi, répond-elle. Et je suis prête à te suivre où il faudra, du moment que nous sommes tous les trois.
Stéphane ne pouvait espérer mieux.
- Alors, c'est décidé, nous partons ! De toutes façons, tu aurais fini par être en danger, toi aussi, Lauraine. Le jour où ils auraient découvert pour ton livre, tu n'aurais plus été en sécurité.
Lauraine lui sourit.
- Camille m'a raconté votre discussion. J'ai appris que tu étais au courant pour ce livre.
- Elle ne peut rien garder pour elle, celle-là ! fait sembler de se plaindre Stéphane.
- En effet, elle ne peut rien cacher à sa meilleure amie. Mais comment as-tu découvert que j'avais écrit un livre ? Elle n'a pas eu le temps d'entrer dans les détails.
Stéphane lui raconte alors rapidement la découverte accidentelle de la carte mémoire et son acharnement à vouloir savoir ce qu'elle contenait jusqu'à ce que finalement, il le devine par lui-même. Il ne lui raconte pas qu'il a été suivi, torturé et presque tué à cause de ce livre. Elle n'a pas besoin de savoir que si le gouvernement s'est tellement acharné sur lui c'est à cause de cet ouvrage qu'ils soupçonnent depuis le début d'avoir été écrit par lui, le Docteur Laudrain.
- Et tu dis que tu as eu mon ouvrage entre les mains mais que tu n'as pas eu la curiosité de le lire ? accuse-t-elle à la fin de son récit.
- Oh si, la curiosité était bien là, crois-moi. Mais j'avais l'impression que si je le lisais avant de t'en parler, je te

trahissais. J'avais peur de perdre ta confiance. J'ai préféré attendre.
- C'est noble de ta part. Mais j'aurais aimé avoir ton avis sur ce que j'ai écrit.
- Nous aurons bientôt tout le temps d'en discuter.
- C'est vrai, réalise Lauraine en souriant. En fait, si tu ne l'as pas lu, tu ne sais pas vraiment de quoi traite mon ouvrage.
- Non, c'est vrai, avoue Stéphane. J'ai supposé que tu faisais une critique de la politique du gouvernement mais je n'en sais pas plus.
- En vérité, j'ai analysé tous les moyens de propagande utilisés par le gouvernement ces dernières années. J'explique comment, de cette façon, la population européenne a accepté si facilement la mise en place de la loi sur le gène DR2624.
- Intéressant...
- N'est-ce pas ? J'analyse tous les types de propagande... Les publicités comme les affiches, par exemple. Tu vois toutes ces affiches qui montrent des enfants très mignons, puis à côté les mêmes enfants plus âgés dans une situation violente ? Il y a aussi tous les documentaires sur les meurtriers, violeurs, kidnappeurs, pédophiles des précédentes décennies. On nous fait croire que la vie était plus dangereuse qu'aujourd'hui, qu'il n'était pas possible de sortir de chez soi sans se faire agresser et les gens finissent par s'en convaincre. Alors que si on y réfléchit un moment, on se rappellera que la vie n'était pas si terrible du temps de notre adolescence et nos grands-parents ne vivaient pas dans la terreur. Seulement, le gouvernement a inséminé cette idée petit à petit dans les esprits et aujourd'hui, tout le monde pense que si on ne détecte pas le gène de la criminalité dès le plus jeune âge, on ne pourra plus faire confiance à personne et on se méfiera de ses propres enfants. On nous donne des statistiques qui sont truquées, je le prouve dans mon livre. On déforme légèrement l'histoire qu'on apprend aux enfants. On leur inculque dès le plus jeune âge les nouvelles valeurs de la

démocratie européenne. Des romans et des films ont été censurés tandis que le gouvernement en a financé d'autres qui correspondent mieux à leurs idées. On nous oblige à penser d'une certaine façon et le pire, c'est que personne ne semble s'en rendre compte !
- C'est génial ! s'enthousiasme Stéphane. J'ai hâte de pouvoir le lire et d'en discuter plus profondément avec toi. Mais pourquoi ne pas m'en avoir parlé plus tôt ?
- Je voulais attendre qu'il soit bien avancé pour te le faire lire et quand il a été prêt, tu as commencé à t'éloigner de moi et je n'en ai pas eu l'occasion.
- J'en suis désolé, s'excuse Stéphane. Je sais que tu as quelques problèmes pour le publier. Je t'aiderai. Nous trouverons un moyen, je te le promets. J'ai quelques contacts maintenant. Mais, le jour où cet ouvrage sortira, je pense qu'il faudrait mieux que tu sois déjà loin, même si nous faisons le maximum pour ne pas qu'ils découvrent l'auteur.
- Tu as raison bien sûr. Où allons-nous partir ?
- Il est préférable que tu n'en saches rien jusqu'au moment du départ. Moi-même, je ne le sais pas encore. Mais quand nous serons loin, nous pourrons voyager et nous arrêter dans le pays qui nous conviendra le mieux.
Lauraine acquiesce à ce plan.
- Je peux te poser une dernière question ? demande Stéphane. D'où t'est venue cette envie d'écrire un tel ouvrage ?
Lauraine relève la tête pour fixer son mari dans les yeux. Le jeune homme dont elle est tombée amoureuse a changé. Elle lit beaucoup de souffrances dans son regard. Des souffrances qu'elle a envie de soulager. Elle ne le pourra que s'ils se font entièrement confiance. Il est peut-être temps qu'elle lui avoue ce qu'elle a fait voilà près de treize ans.
- Ce n'est peut-être pas le bon moment pour t'en parler. Comme tu l'as dit, nous n'avons pas beaucoup de temps. Mais je pense qu'il est temps que tu saches. J'ai été enceinte avant Jérémy. J'avais vingt-trois, je venais d'être embauchée pour mon premier travail. Tu

étais encore en études de médecine. J'ai pensé à t'en parler mais j'ai eu peur. J'ai eu peur que tu crois que j'avais essayé de te piéger avec cette grossesse. Quelle que soit ta réaction, j'avais la sensation que je ne l'aimerais pas. Si tu ne voulais pas garder cet enfant, je serais malheureuse à l'idée que tu n'étais pas prêt à t'engager avec moi pour l'élever. Et si tu décidais de le garder et arrêtait tes études de médecine pour trouver un travail et élever cet enfant, j'avais peur que tu finisses par le regretter et que tu m'en veuilles de t'avoir forcé à abandonner ton rêve de devenir médecin. J'étais effrayée et j'ai fini par prendre la seule décision qui me semblait la bonne à l'époque. Je me suis dit que si j'avortais, je pourrais faire comme si cette grossesse accidentelle n'était jamais arrivée, j'arrêterais de me poser des questions et tout redeviendrait comme avant. Je m'en veux tellement, Stéphane. Je sais que cette décision ne m'appartenait pas à moi seule mais je ne savais plus quoi faire. Je suis désolée.

Lauraine a désormais la tête penchée vers le sol. Elle n'ose pas affronter le regard de son mari. Il doit tellement lui en vouloir, lui qui a toujours adoré les enfants. Stéphane pose doucement sa main sous le menton de sa femme et l'oblige à redresser la tête pour la regarder dans les yeux. Alors il la serre tout contre lui.

- Je suis peiné que tu n'aies pas réussi à te confier à moi à l'époque. J'ai sans doute une part de responsabilité. J'étais plongé dans mes études de médecine et pas toujours très accessible. Je ne peux pas te dire quelle aurait été ma réaction, je n'en sais rien, mais tu n'aurais jamais dû avoir à porter cette décision toute seule. Cela a dû être vraiment dur pour toi.

La tête posée contre la poitrine de son mari, Lauraine retient difficilement ses larmes. Un poids qu'elle n'avait même plus conscience de porter après toutes ces années vient subitement de lui être retiré. Elle avait

imaginé ce scénario des dizaines de fois mais jamais, elle n'avait pensé que son mari réagirait aussi bien.
Stéphane ne dit pas à Lauraine qu'il a lu son dossier médical quelques semaines plus tôt et qu'il savait déjà qu'elle avait subi un avortement. C'est beaucoup mieux ainsi.
Lauraine s'écarte de son mari et passe ses mains sous ses yeux humides avant de reprendre :
- Quand je suis tombée enceinte de Jérémy, tout m'est revenu d'un seul coup. J'ai repensé à cet enfant qui n'avait jamais vu le jour. Le contexte était totalement différent. J'étais heureuse d'être enceinte, nous voulions tous les deux cet enfant mais j'ai eu soudain la sensation que j'allais le perdre lui aussi. J'ai commencé par faire des recherches sur les fausses couches, j'ai eu la frousse, tu te souviens, j'en ai parlé à mon médecin qui a essayé de me rassurer comme il a pu. Passé le septième mois de grossesse, j'ai commencé à réaliser que cet enfant allait bien venir au monde, je n'avais pas à m'en faire. Et puis, j'ai songé qu'on pouvait encore me l'enlever lorsqu'il aurait deux ans. Alors, je me suis plongée dans les études scientifiques sur le gène DR2624, j'ai étudié les probabilités d'apparition de ce gène, je voulais savoir si notre enfant risquait d'en être porteur. J'adore Jérémy, tu le sais, mais d'une certaine façon, je crois que j'ai toujours refusé de trop m'attacher à lui car j'ai toujours eu la sensation qu'on finirait par me l'enlever et je ne voulais pas revivre cette douleur. J'ai commencé à trouver des incohérences dans les données et j'ai fouillé encore davantage. Quand j'ai fini par comprendre qu'on utilisait notre peur du crime contre nous, contre nos enfants, j'ai voulu faire partager ma découverte et j'ai décidé d'écrire un livre. Si je passais autant de temps devant les spots publicitaires du gouvernement, c'était pour mieux les analyser.
Stéphane n'en revient pas d'être passé à côté de toute une partie de la vie de sa femme. Lui qui croyait la connaître mieux que quiconque, il était bien loin du

compte. Heureusement, ils vont avoir encore tout le temps de se redécouvrir. Alors qu'il s'apprête à répondre à sa femme, quelqu'un frappe à la porte et passe la tête à l'intérieur de la pièce :
- Je ne voudrais pas vous déranger mais cela fait presqu'une heure. Il va être grand temps de repartir.
Stéphane regarde sa montre pour confirmation. Il n'a pas vu le temps passer.
- Oui, elle arrive. Laisse-nous juste deux minutes.
Philippe repart en leur faisant un petit signe de la main. Stéphane se retourne vers Lauraine :
- Nous aurons tout le temps de reprendre cette discussion plus tard. Je lirai ton livre, tu me raconteras ta démarche et je t'expliquerai en détails tout ce que j'ai vécu depuis un an. Mais maintenant, tu dois retourner au bar avec Camille. Nous partirons le quinze juillet. Je m'occupe de tout. Ne dis rien à Jérémy. Ne prépare pas vos bagages à l'avance. Personne ne doit se douter que vous partez. Je te ferai parvenir toutes les instructions comme pour ce soir afin que les agents du gouvernement ne vous suivent pas. Détruis-les après les avoir mémorisées. Dans une dizaine de jours, nous serons réunis tous les trois. Ça va aller ?
- Oui. Je ferai tout ce qu'il faut. Je t'aime, Stéphane.
- Moi aussi, je t'aime.
Ils s'embrassent une dernière fois avant de se séparer. Juste avant de la raccompagner à l'extérieur, Stéphane lui conseille de regarder le défilé du quatorze juillet :
- Tu verras, tu vas être surprise. Tu pourras comprendre en partie ce que je fais depuis un an.

Chapitre 52

Lyon, place des Terreaux. Le soleil est certainement levé mais il fait encore noir comme en pleine nuit. Les nuages se sont amoncelés au-dessus de la ville toute la nuit et l'orage a fini par éclater deux heures plus tôt. La fontaine Bartholdi avec ses quatre chevaux représentant les quatre fleuves français est bien solitaire sur cette place où trône l'hôtel de ville.
En ce jour férié, tout le monde a préféré rester enfermé chez soi, à l'abri du déluge. De temps en temps, un passant qui n'a pas eu d'autre choix que de sortir, traverse la place à petits pas pressés, en tentant de se protéger des gouttes à l'aide de son parapluie. Mais on n'entend pas les enfants courir et jouer au milieu de la place, les cafés sont encore fermés et aucun touriste ne se fait prendre en photo devant la fontaine, comme c'est le cas les jours de beaux temps. La place est déserte. Ou presque. Si vous regardez bien, vous remarquerez une silhouette se détacher de la façade de l'hôtel de ville. Un homme s'y est abrité. Il est posté là depuis six heures du matin comme on le lui a demandé. Il fait le guet. Il attend que quelque chose se passe sans trop savoir quoi. Il aimerait bien que ça arrive vite car, même s'il ne fait pas froid, l'humidité commence à imprégner ses vêtements.

Neuf heures vingt, à près de six cents kilomètres de là, au Nord, Lille profite d'un grand soleil. Certains sont déjà sortis dans les rues pour profiter de la fraîcheur matinale. Un marché estival s'est installé sur la Grand'Place du Général de Gaulle. Il y a foule pour acheter tomates, fraises, pêches et autres fruits de saison. Beaucoup font le plein de provisions avant de rentrer chez eux regarder le défilé à la télévision.

Au milieu de la foule, près de la colonne de la Déesse commémorant la résistance de la ville au siège autrichien de 1792, une femme d'une quarantaine d'années erre, en essayant de percevoir des comportements inhabituels. Elle est arrivée depuis plusieurs heures, elle a vu les étals se monter et se charger de produits, elle a observé les premiers clients et elle a pu assister à l'envahissement de la Grand'Place par la population lilloise.
La femme se redresse pour essayer de voir par-dessus toutes les têtes mais elle est encore trop petite. Sa vision est rapidement bouchée par un grand gaillard aux larges épaules. Elle soupire. On lui a demandé de venir ici dès l'aube et de signaler le moindre évènement suspect mais elle n'est pas sûre de pouvoir remarquer quoi que ce soit parmi toute cette agitation.

Nantes, neuf heures quarante-cinq, les quais de la Loire. Des nuages gris se reflètent dans l'eau du fleuve mais la pluie ne menace pas les passants. Une petite brise venant de l'ouest les oblige cependant à revêtir un pull. L'odeur de la mer est presque perceptible. Une famille passe à vélo tandis qu'une prostituée grille une cigarette en attendant le prochain client, de l'autre côté de la rue. Elle semble absente. Elle a le regard dans le vague. Elle ne perçoit plus la beauté du fleuve et ne s'extasie plus, comme à son arrivée dans la ville, devant les nombreux hôtels particuliers d'anciens armateurs, en tuffeau, qui penchent sensiblement en raison des terrains marécageux sur lesquels ils sont construits.
Une jeune fille à peine sortie de l'adolescence est accoudée à la rambarde, face à la Loire. Elle-même n'est pas encore lasse de ce spectacle. Elle laisse son regard errer sur le quartier huppé de l'île de Nantes qui a émergé à l'emplacement même des anciens chantiers navals. Un coup de klaxon la fait se retourner. Elle n'est pas là pour rêvasser sur son

appartement idéal. On lui a demandé d'attendre ici. Elle ferait bien de s'intéresser à ce qui l'entoure.
La jeune fille s'éloigne de la berge, fait le tour du mémorial de l'abolition de l'esclavage, marche, observe la rue sans rien remarquer de particulier. En ce jour férié, la circulation est relativement fluide sur le quai de la Fosse. Elle jette un coup d'œil à la prostituée qui écrase sa cigarette sur une poubelle pour l'éteindre mais sa présence n'a rien d'inhabituelle. Elle regarde sa montre. Il lui reste encore pas mal de temps à attendre. Elle s'assoit sur un banc et sort un magazine de son sac qu'elle fait semblant de lire. Ainsi, elle se sentira un peu moins idiote que si elle restait plantée à ne rien faire.

Bordeaux, dix heures cinq, place des Quinconces, dominée par la colonne de quarante-trois mètres qui surplombe le Monument aux Girondins. Celui-ci a été érigé en mémoire des députés Girondins victimes de la Terreur. C'est un monument colossal avec ses deux bassins ornés de chevaux et de groupes en bronze. Tout en haut de la fameuse colonne, culmine la statue de la Liberté brisant ses chaînes.
La place elle-même est à l'échelle du monument. Ses douze hectares en font, encore aujourd'hui, la plus grande place de France. A l'abri du soleil, sous les arbres, un groupe de jeunes joue à la pétanque sous le regard amusé de deux grands-pères assis sur un banc. Une mère de famille traîne sa fillette de six ans par la main, tout en tentant de diriger la poussette avec l'autre main vers les bords de la Garonne. Un jeune couple s'embrasse sur un banc, un groupe de touristes prend la pause devant le monument aux Girondins, une femme âgée promène son chien, tandis que deux tramways se croisent un peu plus loin.
Mais tout cela échappe complètement à l'homme qui s'est assis sur le bord de la fontaine pour se reposer cinq minutes et qui a fini par s'assoupir. Il est réveillé par des rires d'enfants qui courent autour de la fontaine en essayant de s'attraper. Il met quelques

secondes à se rappeler où il se trouve et pourquoi il est ici. Il regarde autour de lui. Au premier abord, tout à l'air normal. Il baille à s'en décrocher la mâchoire, se frotte les yeux et se lève en se tenant les côtes. Malheureusement il n'a plus vingt ans et s'assoupir contre une statue en pierre n'est pas bon pour son pauvre dos. Il fait le tour de la place en observant les passants mais personne ne lui semble louche. Il ne voit là rien d'inhabituel. Si encore il savait exactement ce qu'il cherche mais ses contacts ont été très vagues : « si vous repérez quoi que ce soit qui vous semble suspect, sortir de l'ordinaire, vous nous prévenez aussitôt ». Mais suspect de quoi ? Il aimerait bien le savoir.

En revenant vers le monument, son attention est attirée par un homme qui parle tout seul. Il est sans doute au téléphone mais ce qui intrigue notre homme c'est que, contrairement aux autres, il ne se dirige pas vers un endroit en particulier. Il fait les cent pas en tournant en rond et il jette des coups d'œil partout, comme sur ses gardes. Il doit certainement attendre quelqu'un mais comme c'est la seule personne au comportement un peu étrange, notre homme décide de s'approcher. Il se dirige vers le monument aux Girondins d'un pas nonchalant. En passant à côté de son suspect, il tend l'oreille. L'homme s'exprime en anglais et il est énervé. Tout ce qu'il a pu comprendre c'est qu'il avait la sensation de s'être fait avoir. Il s'est fait poser un lapin, songe-t-il en souriant. Ce petit jeu commence à l'amuser. Il fait demi-tour et repasse à côté de son suspect qui le regarde cette fois d'un air bizarre. Il réussit à saisir un peu plus de la conversation, entre autre parce qu'il s'est préparé à l'entendre en anglais.

« Vous êtes bien en place ? Vous pouvez me voir de là-haut ? »

De là-haut ? Notre homme lève les yeux vers le ciel d'un bleu limpide. Pas d'hélicoptère ou d'avion en vue. A qui peut-il bien parler ? Il est également fort possible qu'il ait mal compris. Il s'approche des immeubles qui entourent la place et lève le nez vers les toitures. Il se sent un peu bête, surtout qu'à cette distance, il ne voit pas grand-chose. Pourquoi un homme serait perché sur le toit tout en étant au téléphone avec le type près de la fontaine ? Notre homme est sur le point de baisser les yeux quand un rayon de soleil vient frapper sa rétine. Instinctivement, il ferme les yeux avant de les rouvrir pour comprendre d'où vient cette lumière subite alors que le soleil se trouve dans son dos. Il étudie un peu mieux la façade. Aucune fenêtre n'est ouverte. Son regard s'attarde de nouveau sur la toiture et cette fois, il le voit. Ce sur quoi le soleil s'est reflété, c'est la lunette d'un fusil mitrailleur. Un homme est en poste, le fusil orienté vers la place des Quinconces. S'il s'attendait à ça ! Il continue à marcher en regardant les toitures des autres immeubles et cette fois, il les repère tous. Il y a des snipers installés sur tous les toits. Si ça, ça ne sort pas de l'ordinaire ! Il s'éloigne pour passer un coup de fil.

Philippe raccroche. Il rejoint Stéphane qui s'est éloigné pour se mettre en condition. Dans quelques minutes, il va s'adresser à des millions de personnes. Il doit être totalement stressé. Enfin, Philippe ne va pas le plaindre non plus. C'était son idée, ce discours.
- Tu avais raison, déclare Philippe lorsqu'il n'est plus qu'à quelques pas de son ami.
- Lequel ?
- Bordeaux.
Stéphane réfléchit quelques instants.
- Paul Vayron ?
- Oui. Tu avais raison, répète Philippe. Aujourd'hui, je ne connais plus l'ensemble des *Parents de l'ombre* comme je le pensais. Paul Vayron... C'est à peine si j'arrive à mettre un visage sur son nom.
- C'est normal, Philippe. Le réseau a pris de l'ampleur, tu as été obligé de déléguer les responsabilités. Je te l'ai déjà dit, tu ne peux pas connaître tout le monde. Par contre, il faut continuer à compartimenter les informations, à ne pas tout diffuser à tout le monde. Et

la prochaine fois que quelqu'un viendra te voir avec des soupçons sur un des membres de ton organisation, tu feras ta petite enquête avant de les rejeter.
Philippe acquiesce. Il a vraiment été naïf de penser que son organisation était à l'abri des espions.
- J'ai envoyé deux personnes pour le surveiller. J'irai le voir après notre petit show pour le prévenir qu'il n'a plus rien à faire au sein des *Parents de l'ombre*.
- Tu vas seulement lui parler ? s'enquiert Stéphane.
- Bien sûr. Je ne vais pas lui mettre une balle dans la tête non plus !
- Je me renseigne seulement. Il n'y a pas si longtemps tu te serais jeté sur lui pour lui faire payer sa trahison.
Philippe sourit tristement.
- Un bon ami à moi m'a fait réaliser que la violence ne résout rien. Il m'a aidé à faire la paix avec moi-même.
- Il m'a l'air parfait cet ami ! s'exclame Stéphane.
- Il l'est... Merci.
Un silence quelque peu embarrassant s'installe entre les deux amis. Stéphane donne une claque amicale sur l'épaule de Philippe.
- Tu aurais fait la même chose pour moi. Allez, file ! Va vérifier que tout est prêt. J'ai besoin d'un peu de temps pour me concentrer.
Philippe jette un coup d'œil sur sa montre.
- Il te reste quatre minutes avant le direct.
Puis, il court vérifier que le cameraman et le preneur de son sont prêts, ainsi que les autres techniciens. Ils ne sont qu'une petite dizaine sur place. Il a réduit l'équipe au strict minimum pour éviter les fuites. Il passe au camion par lequel transite tout le flux vidéo et audio avant d'être retransmis par l'antenne satellite installée sur le toit. Philippe reçoit la confirmation que les informaticiens sont prêts. Les cinq chaînes de télévision principales ont été piratées. Alors Philippe retourne à l'extérieur, se place juste derrière le cameraman et attend. Le ciel est légèrement couvert mais il ne devrait pas pleuvoir.

Une minute avant le début de la diffusion, Stéphane se poste devant la caméra. Il sent la pression monter. Ce n'est plus un simple discours radiophonique sur une station de radio écoutée par quelques inconditionnels. Cette fois, il va s'exprimer devant des millions de Français. Il va les interrompre au milieu de la commémoration du quatorze juillet.
Il inspire profondément. Quarante-cinq secondes. Une jeune femme d'une trentaine d'années, brune, accourt vers lui. Elle lui tend une bouteille d'eau :
- Vous risquez d'en avoir besoin.
- Merci…
- Sophie, se présente-t-elle.
- Merci Sophie.
Tellement stressé, Stéphane regarde à peine la jeune femme. Peut-être que si son regard s'était attardé sur elle, il lui aurait trouvé un air familier, peut-être même qu'il l'aurait reconnue. Mais son attention est totalement concentrée sur son discours. Sophie s'éloigne et vient se poster à côté de Philippe. Trente secondes. Stéphane prend deux grandes gorgées d'eau et fixe la caméra.
- J'ai été surpris de voir que tu tenais absolument à être présente aujourd'hui, Sophie, dit Philippe. Avec le décès de ton mari, j'aurais compris que tu préfères te trouver loin de nous.
- Il aurait voulu que je sois présente, répond-elle simplement.
Dix secondes. Le décompte commence. Cinq, quatre, trois, deux, un.

Lauraine s'assoit lourdement dans le canapé du salon. Elle ne pense qu'à leur départ programmé le lendemain. Elle n'en a pas parlé à Jérémy et n'a pas fait leurs bagages comme le lui a conseillé Stéphane. Elle ne doit pas éveiller les soupçons, elle l'a bien compris mais du coup, elle se sent totalement inutile. Elle ne sait même pas quelle sera leur destination. Elle pense à son travail. Elle a posé quinze jours de congé pour ne pas éveiller les soupçons trop tôt mais elle se

sent un peu coupable d'abandonner ses collègues avec ses dossiers en cours. Mais ils se débrouilleront bien sans elle. Après tout, personne n'est irremplaçable. La personne qu'elle appellera en premier lorsqu'ils seront en sécurité, c'est Camille. Elle va certainement lui en vouloir de ne pas l'avoir prévenue mais elle comprendra.
Comme Stéphane lui a fait promettre de regarder la commémoration du quatorze juillet, elle allume la télévision, curieuse. Elle se demande ce qui pourrait y avoir de plus cette année par rapport à l'année dernière ? Est-ce que le président s'apprête à faire une déclaration importante ? Dans ce cas, comment Stéphane l'aurait-il su ? Il est un peu plus de dix heures. Le Président de l'Etat français est arrivé place de l'Etoile et descend jusqu'à la place de la Concorde où il s'installe dans la Tribune d'honneur aux côtés du Président de l'Union Européenne spécialement présent pour l'occasion.
Lauraine se cale un peu plus confortablement au milieu des coussins et attire son fils contre elle tandis que le premier régiment d'infanterie de la Garde Républicaine rend les honneurs au Président. Jérémy est tout excité par le défilé aérien d'ouverture et sautille sur le canapé. Les avions de l'armée de l'air exécutent un véritable ballet aérien. Alors qu'ils tombent en piqué vers le sol, l'image se gèle. Jérémy crie :
- Maman, maman, la télévision ne fonctionne plus ! Je veux voir les avions !
Lauraine soupire. Elle s'extirpe du canapé et s'approche de la télévision. Elle regarde derrière, touche quelques câbles et soudain, l'image se ranime. Seulement, elle n'est plus en trois dimensions et ils ne se trouvent plus sur les Champs Elysées. Un homme apparaît, en gros plan, sur l'écran de la télévision. Il a les cheveux châtains, sa barbe rasée de près laisse apparaître un visage légèrement creusé et ses yeux clairs fixent le spectateur à travers l'écran. Lauraine en reste bouché bée.

- Pourquoi papa, il est dans la télévision ? demande Jérémy tout aussi surpris que sa mère.
- Je ne sais pas, mon chéri. Ecoutons-le.
Elle se rassoit et prend son fils sur les genoux tandis que son mari s'adresse à eux :
« *Bonjour à tous. Bonjour à toutes. Je suis désolé de vous interrompre au milieu du fameux défilé du quatorze juillet mais le message que j'ai à vous adresser est des plus importants. Un message porteur de justice, de révolte, de liberté, comme cette journée commémorative de la Révolution Française.*
Vos enfants sont bien installés à vos côtés ? Alors, réjouissez-vous, car aujourd'hui, près de deux-cent-mille familles ont vu un de leurs enfants enlevé par le gouvernement européen au cours des dernières années. Et pour quelle raison ? Parce qu'ils étaient porteurs du gène DR2624, déclaré gène de la criminalité par le gouvernement voilà six ans.
Revenons un instant sur la découverte de ce gène. C'est le Professeur Roiteau qui l'a découvert après sept ans de recherche. Il est décédé l'année dernière, sans doute éliminé par le gouvernement afin qu'il ne fasse pas certaines révélations. En effet, si le Professeur Roiteau avait découvert que ce gène apparaissait chez plus de 80% des criminels, il n'a jamais vérifié que ce gène n'était pas également présent chez des personnes n'ayant jamais commis aucun crime. Vous qui êtes bien installés devant votre télévision, avez-vous déjà effectué un test génétique ? Non, sans aucun doute. Alors, vous n'avez aucun moyen de savoir si vous êtes porteur du gène de la criminalité.
J'ai ici un échantillon de sang du Docteur Gérard Moison. Vous ne le connaissez sans doute pas. Il a été embauché par le gouvernement pour faire des tests sur les enfants porteurs du gène DR2624. Il s'est servi d'eux comme cobayes pour ses expériences. J'ai eu l'occasion de rencontrer cet homme qui se prend pour un médecin alors qu'il a fait souffrir des enfants…

- Il est convaincant, dit Sophie à Philippe qui écoute attentivement le discours, toujours à l'écart, derrière la caméra.
- Oui, il est plutôt doué pour les discours. Il va peut-être réussir à en convaincre quelques-uns... Finalement, c'était peut-être une bonne idée.
- Il pense vraiment tout ce qu'il dit ?
- Bien sûr. C'est devenu un des plus fervents défenseurs de notre cause dernièrement.
- Pourtant, Léonard ne l'aimait pas, argumente Sophie sceptique. Il disait que tous nos malheurs étaient de sa faute. Léonard était persuadé qu'il était de mèche avec le gouvernement et que tu étais trop gentil et naïf pour voir qu'il n'attendait que le meilleur moment pour nous anéantir.
Philippe déporte son attention de Stéphane pour se tourner vers Sophie :
- Trop gentil... Léonard a compris avant sa mort qu'il avait tort et que Stéphane était totalement dévoué à notre cause.
Sophie garde le silence quelques secondes avant de murmurer :
- Seulement, il n'a pas eu le temps de me le dire, à moi...

« *La génétique a fait d'énormes progrès ces dernières années. Grâce à la thérapie génique, nous avons réussi à guérir des maladies encore incurables il y a dix ans. On a soigné des problèmes cardiaques, des cancers, des maladies infectieuses et neurologiques. Mais où tout cela va-t-il nous mener ? Après le gène de la criminalité, que va-t-on découvrir ? Quel gène va-t-on souhaiter supprimer de notre génome ? Le gène de la myopie ? Celui de l'homosexualité ? Est-ce qu'on choisira nos enfants dans une éprouvette en fonction de la future couleur de leurs yeux, de leurs cheveux, de leurs prédispositions à certaines maladies, comme dans le célèbre film d'Andrew Niccol ? Mais sans doute ne vous souvenez plus de ce film. Peut-être même ne l'avez-vous jamais vu puisqu'il a été retiré de la circulation il y a près de dix ans. Beaucoup d'autres films et livres ont été retirés des rayons de nos magasins par le gouvernement depuis plusieurs années, sans compter les censures que le gouvernement impose aux nouvelles publications. Nous sommes conditionnés, formatés et nous ne nous en rendons même pas compte. Nous sommes revenus au temps de la Seconde Guerre Mondiale, aux idées d'Hitler qui voulait une race parfaite et, une fois de plus, nous fermons les yeux sur ce qui se passe chez nous. Il est temps de nous ressaisir, de… »*

Lauraine se redresse dans le canapé. Stéphane s'est arrêté brusquement au milieu de sa phrase, il a posé une main sur sa poitrine et semble respirer difficilement. Que lui arrive-t-il ? Mais cet instant ne dure pas. Il reporte son regard vers la caméra et sourit comme pour la rassurer. Lauraine le lui rend bien qu'il ne puisse pas la voir. Il boit une gorgée d'eau avant de continuer :

« *Excusez-moi. Un petit malaise. Je suis ici à côté de la tombe d'un grand homme, un homme qui s'est battu pour ses idées et ses valeurs alors que d'autres détournaient les yeux.* »

La caméra effectue un traveling arrière. Le décor s'agrandit autour de Stéphane. Lauraine et Jérémy découvrent une tombe, puis une autre. Les arbres sont également très présents, tilleuls, érables, frênes. Et à l'arrière plan, on aperçoit la tour d'un ancien moulin à farine. Le cimetière du Montparnasse.

« *Joseph Kessel. Aventurier, reporter, romancier et résistant. Il a écrit le roman* l'Armée des ombres *en hommage à tous ces combattants anonymes qui ont tenté de défendre leur pays. Cet homme doit être un exemple pour nous. Il est temps de nous…* »

Cette fois, Stéphane est coupé dans sa phrase. Il ouvre la bouche pour respirer mais l'air n'arrive plus à passer. Il porte la main à sa gorge. Ses yeux grands ouverts reflètent la terreur. Il veut crier à l'aide mais il ne peut pas. Il tombe à genoux sur le sol. Lauraine entend une voix inconnue crier en off :

- Allez chercher de l'aide, vite ! Coupez tout ! Coupez !
L'image se fige et revient sur le défilé. Lauraine met quelques temps à reprendre ses esprits. Jérémy se tourne vers elle. Dans ses yeux, elle peut y lire la même peur que celle qu'elle ressent :
- Qu'est-ce qu'il a papa ? Pourquoi il est tombé ? Il a mal ?
- Je ne sais pas, mon chéri. Je ne sais pas.
Elle le prend dans ses bras et le serre fortement contre elle en embrassant ses cheveux et en faisant un effort considérable pour ne pas pleurer. Les larmes, elles viendront plus tard, quand elle sera seule dans sa chambre.

Philippe s'est précipité vers Stéphane. Il est agenouillé près de lui et tente de le ranimer à l'aide d'un massage cardiaque. Stéphane ne lutte plus pour aspirer de l'air depuis déjà plusieurs dizaines de secondes mais Philippe ne veut pas abandonner. Pas lui. Pas maintenant. Pas comme ça. C'est Philippe qui dirige le réseau des *Parents de l'ombre*. C'est lui qui l'a forcé à les rejoindre et à les aider. C'est lui qui devrait se trouver là, sur le sol, car c'était à lui de prendre tous les risques, pas à Stéphane.
Philippe s'arrête, essoufflé. Il comprend que c'est fini. Il pose ses doigts sur les paupières de son ami et lui ferme les yeux. La culpabilité fait rapidement place à la colère, une émotion qui lui est familière ces derniers temps, et sa colère, il sait très bien contre qui la diriger. Il se lève. Il n'a pas remarqué que la dizaine de personnes présentes au tournage s'est amassée autour d'eux. Son regard se fixe sur une seule personne. Il se dirige vers elle, la prend par les épaules et la secoue :
- C'est de ta faute, n'est-ce pas ? Mais qu'est-ce que tu as fait, Sophie ? Qu'est-ce que tu as fait ?
- Je suis désolée, Philippe. J'ai fait ce qui me semblait juste… Il a détruit ma vie !

- Il a un petit garçon de trois ans ! Tu as pensé à ça ? Tu trouves ça juste, toi ? Bon Dieu ! Stéphane est mort par ta faute !
Les larmes coulent sur le visage de Sophie mais elle ne répond rien. Soudain, Philippe la sent lourde. Il tente de la retenir mais elle s'effondre sur le sol. Il se baisse vers elle pour comprendre ce qui lui arrive et c'est sans doute ce geste qui lui sauve la vie. Une balle siffle au-dessus de sa tête. Du sang s'écoule lentement autour du corps de Sophie qui ne bouge plus. Une balle lui a traversé la poitrine, la tuant sur le coup.
Le cimetière du Montparnasse devient alors le théâtre d'un véritable chaos. Des coups de feu résonnent autour d'eux. C'est la débandade. Philippe ne veut pas laisser Stéphane mais il n'a pas le choix. Deux autres personnes gisent déjà sur le sol. Il n'a pas le temps de regarder de qui il s'agit. Il prend son élan et se met à courir au milieu des tombes comme ses compagnons. Il court comme il n'a jamais couru de sa vie. Il se fait l'impression d'être un chevreuil pourchassé par des loups. Il court à en perdre haleine, slalome entre les pierres tombales et se baisse pour faire une cible plus difficile à atteindre. Il aperçoit du coin de l'œil ses compagnons mais ne s'accorde aucune halte. Il arrive à la porte du cimetière et continue à courir. Il traverse au feu rouge, faisant résonner des klaxons et crisser des pneus de voiture. Mais il n'en a cure. Une voiture est actuellement moins dangereuse que ceux qui le poursuivent. Il continue à courir, se mêle aux passants, tourne dans plusieurs rues. Il continue à courir longtemps après avoir arrêté d'entendre les pas de ses poursuivants dans son dos. Il finit par reprendre son souffle devant la gare Montparnasse. Il s'arrête, rentre sa chemise dans son pantalon et tente de redonner bonne figure à sa tignasse avant de pénétrer dans le hall de la gare. Par chance, un train part dans quinze minutes pour la destination qui l'intéresse. Il achète son billet et, avant de monter dans le train, passe un coup de fil à la nourrice de sa fille pour la

prier de quitter la maison au plus vite avec Louise. Elle ne doit rien emmener. Il lui indique où se trouvent les clés de la voiture et lui donne les indications pour qu'ils se retrouvent. Après quoi, il se sent légèrement rassuré. Mais il n'en a pas fini pour autant. Il doit donner l'alerte. Il compose un autre numéro et demande à son interlocuteur de lancer le code rouge. Après avoir confirmé, il raccroche. Normalement, tous les membres du réseau devraient recevoir une alerte par téléphone ou courrier électronique. C'est un système qu'il a mis en place depuis longtemps dans l'hypothèse d'un cas comme celui-ci. La consigne à la réception de l'alerte, c'est de se disperser jusqu'à ce que les choses se calment. Jusqu'à maintenant, il n'a jamais eu l'occasion de le tester. Espérons que tout le monde recevra l'alerte et qu'ils ne choisiront pas de l'ignorer.

Malgré ce dispositif, les jours qui suivent se révèlent être les plus terribles que les *Parents de l'ombre* aient eu à affronter jusqu'à maintenant. Le gouvernement fait des descentes dans toutes les maisons connues de leurs services comme faisant partie du réseau et ils arrêtent toutes les personnes présentes sur les lieux : hommes, femmes, enfants, vieillards… La maison de Philippe est l'une des premières à être perquisitionnée mais, par chance, sa fille et la nourrice l'ont désertée quelques heures plus tôt. Beaucoup d'autres n'auront pas cette chance. Ce n'est que bien plus tard que Philippe pourra faire un bilan du désastre…

EPILOGUE

Trois mois ont passé, les arbres ont commencé à prendre les couleurs de l'automne. Un homme et une femme sont assis sur un banc. Ils regardent les enfants jouer dans le bac à sable en face d'eux. Ils sont assis là depuis cinq minutes, en silence, chacun dans ses pensées. L'homme se tourne finalement vers la femme. Son visage est très amaigri et ses cheveux si soyeux auparavant semblent désormais secs et ternes comme si elle n'avait pas pris soin de son apparence depuis un moment.

- Toutes mes condoléances, madame Laudrain.

- Merci. Vous avez demandé à me voir, monsieur... Pradeau, c'est bien ça ?

- Oui mais appelez-moi Philippe. Votre mari m'a tellement parlé de vous que j'ai l'impression de déjà vous connaître d'une certaine façon.

- Dans ce cas, vous pouvez m'appeler Lauraine même si pour ma part, Stéphane ne m'a jamais parlé de vous.

- Je m'en doute. Pourtant, nous nous sommes croisés une fois, mais vous n'avez pas dû faire très attention à moi, ce jour-là.

Lauraine fronce les sourcils. Elle ne se souvient pas du tout du visage de cet homme et pourtant, elle a plutôt bonne mémoire.

- Il y a trois mois. Quand vous avez rencontré Stéphane et qu'il vous a proposé de vous enfuir avec lui. J'étais là, dans l'immeuble abandonné.

Lauraine ferme les yeux. Ce jour-là... le jour où elle a enfin avoué à Stéphane son avortement et où elle a pu lui parler du livre qu'elle avait écrit. Le jour où il lui a proposé de partir très loin d'ici pour reformer leur famille. Le jour où elle a repris espoir. Le jour où elle s'est dit qu'ils allaient pouvoir construire un avenir tous les deux. Elle ne savait pas que c'était la dernière fois qu'elle voyait son mari en vie… Lauraine retient ses larmes. Elle ne veut pas penser à ce qu'ils auraient pu avoir. C'est trop dur. Mais si elle se rappelle bien ce jour-là, il y avait effectivement un autre homme dans l'immeuble abandonné. C'est lui qui leur a dit qu'il était temps de repartir. Elle n'a pas fait tellement attention à lui, elle était trop focalisée sur son mari qu'elle n'avait pas vu depuis longtemps. Mais oui, il doit bien s'agir du même homme qui se trouve aujourd'hui en face d'elle.

- Oui, je me souviens de vous, maintenant.

- Si je vous ai contactée, c'est que je pense vous devoir certaines explications, sur la mort de votre mari et sur l'année qui l'a précédée. Je sais qu'il avait l'intention de tout vous expliquer mais qu'il n'en a pas eu le temps. Je peux le faire à sa place pour vous aider à comprendre ce qui lui est arrivé et à passer à autre chose.

- Je ne suis pas sûre de pouvoir passer un jour à autre chose…

- Je comprends, compatit sincèrement Philippe. Lui-même ne passe pas une journée sans penser à sa femme.

- Racontez-moi, demande Lauraine. Je veux comprendre.

Philippe prend une inspiration et commence son récit :

- J'ai rencontré votre mari pour la première fois, l'année dernière, au mois de mai. Je dois vous avouer que le début de notre relation n'est pas partie sur de très bonnes bases. J'ai commencé par lui faire du chantage.

- Du chantage ? interroge Lauraine en se tournant brusquement vers Philippe. Elle le regarde réellement pour la première fois depuis qu'elle est arrivée. Il n'est pas plus grand qu'elle, il a le teint mat, les cheveux et la barbe noire. Il a un visage avenant et son regard franc ne laisse pas imaginer qu'il soit un homme à faire du chantage.

- Vous savez que, dans son travail, votre mari faisait passer des tests génétiques à tous ses patients. Enfin, ce n'est pas lui qui faisait le test en soit. Il les envoyait chez un docteur en génétique de l'hôpital. Mais c'est lui, comme les autres pédiatres, qui était chargé d'annoncer le résultat du test aux parents.
Lauraine acquiesce. Elle n'a jamais trop cherché à savoir quel rôle son mari jouait dans ces tests génétiques mais elle savait qu'il y prenait part. C'est une facette de son métier qu'elle n'a jamais appréciée. Philippe continue.
- Environ deux ou trois mois avant que vous n'emmeniez Jérémy passer son test génétique, votre mari a effectué le test par lui-même. Il était curieux d'en connaître le résultat avant le gouvernement.
Lauraine devient soudain suspicieuse. Elle n'est pas prête à accueillir pour véridique toutes les paroles de cet homme qu'elle ne connaît pas.
- Si Stéphane avait effectué ce test en avance, il m'aurait tenu informé.
- Sauf qu'il faisait là quelque chose d'illégal. Il n'a sans doute pas voulu vous y mêler.
- Il savait que j'étais stressée par ce test. Il m'aurait tenu informé du résultat rien que pour me rassurer.
- Sauf si le résultat n'était pas celui que vous attendiez...
Lauraine s'apprête à rétorquer mais elle referme la bouche avant d'avoir prononcé une parole. Certaines choses prennent soudain un autre sens. Stéphane avait tenté de retarder le test de Jérémy. Il lui disait sans cesse qu'il allait s'en occuper et ne prenait pas rendez-vous. C'est finalement elle-même qui s'en était chargée. Elle se souvient de son regard paniqué quand il avait compris que le test était déjà réalisé.
- Vous ne semblez pas tellement surprise, remarque Philippe qui s'attendait à une réaction de déni assez violente.
- D'une certaine façon, je crois que je l'ai toujours su, répond Lauraine avec un sourire triste. Elle regarde

son fils qui essaye par tous les moyens de faire sourire la petite fille qui lui fait face. Il n'est pas loin d'y réussir.

- J'ai toujours eu la sensation qu'un jour il me serait enlevé, d'une façon ou d'une autre. Je refusais de m'attacher trop à lui car je ne voulais pas souffrir lorsque je le perdrai. Pourtant, je l'aimais énormément… Je pensais qu'après le test génétique, si celui-ci était négatif, je finirais par me rassurer et par m'attacher à mon fils sans craindre de le perdre. Mais mes sentiments n'ont pas changé. A chaque fois que je portais mon regard sur lui, j'avais le sentiment que c'était peut-être la dernière fois que je le voyais et je ne ressentais rien, comme si mon esprit refusait d'admettre que cet enfant comptait plus que tout pour moi. Lorsque j'étais plus jeune, j'ai dû avorter. Je pensais prendre la meilleure décision à l'époque mais j'en ai énormément souffert et je ne voulais pas ressentir cette souffrance à nouveau. Donc, non, je ne suis pas vraiment surprise. J'ai empêché un enfant de venir au monde, le destin m'a rattrapée en faisant de mon deuxième enfant un porteur du gène DR2624…

Philippe garde le silence quelques instants, laissant à Lauraine le temps de faire le tri dans son esprit et de revenir au présent. Quand elle reporte son regard sur Philippe, elle est décidée. Elle veut tout savoir.

- Vous pouvez m'expliquer alors pourquoi, lorsque j'ai fait faire le test du gène DR2624 à mon fils, il s'est révélé négatif ?

Philippe le peut. Et c'est ce qu'il fait. Il lui explique comment ses informaticiens ont piraté le système informatique de l'hôpital pour modifier le résultat du test, comment il a forcé Stéphane à les aider s'il ne voulait pas qu'il révèle la vérité sur Jérémy. Il continue en parlant de leur première piste infructueuse, de leur mission en Afrique du Sud, de la découverte de la clinique et de leur arrestation. Lauraine écoute et pose quelques questions. Sa mâchoire se crispe et ses yeux s'agrandissent de peur quand Philippe lui raconte brièvement les tortures qu'a subies son mari lors de leur arrestation. Il continue avec leur évasion, sa voix tremble légèrement quand il évoque la mort de Léa. Il parle des différents discours de Stéphane, de l'attentat dans les rues de Paris par un prêtre, de ce qu'ils ont découvert dans les ordinateurs de la clinique en Afrique du Sud, de la piste qu'ils ont exploitée et du plan qu'ils ont mis plusieurs mois à établir. Il lui parle de la Sicile, du monastère occupé par des fanatiques, de Syracuse, du château, de la libération des enfants, des expériences que des scientifiques peu scrupuleux leur font subir. Il lui parle de Louise et de sa maladie, du fait qu'elle semble être un peu plus à l'aise avec son entourage aujourd'hui, même si elle n'a toujours pas prononcé un mot depuis leur retour. Il lui raconte comment il était déprimé après la mort de sa femme, que Stéphane a tout fait pour le remotiver et sa dernière grande idée avec ce discours télévisée en plein milieu du défilé du quatorze juillet.

- Donc, c'est le gouvernement qui a fini par tuer mon mari ? Il devenait trop dangereux ?

- Malheureusement non, répond Philippe. Même si, à quelques minutes près, je pense qu'il serait mort d'une balle dans la tête tirée par un des snipers du gouvernement.

- Que voulez-vous dire ?

Philippe s'explique :

- Il m'a fallu un peu de temps pour comprendre exactement ce qui s'est passé ce jour-là. Tout d'abord, je dois vous parler du couple Fanel. Ils étaient très heureux et avaient un petit garçon qui devait avoir environ le même âge que Jérémy. Votre mari était le pédiatre de leur fils et lorsque celui-ci a dû passer le test du gène DR2624, c'est Stéphane qui leur a annoncé la mauvaise nouvelle. A partir de ce moment-là, Léonard Fanel a juré une haine farouche à Stéphane. Pour lui, il était celui qui avait détruit sa famille. Alors, vous imaginez bien que lorsqu'il l'a vu débarquer au sein du réseau les *Parents de l'ombre* quelques mois plus tard, il s'est senti trahi. Il m'a mis en garde à de nombreuses reprises contre votre mari, me disant qu'on ne pouvait pas lui faire confiance, qu'il

finirait par nous trahir. Je voyais bien que leur relation se passait mal mais je n'ai jamais cherché à en connaître la cause. J'étais toujours trop occupé... Si seulement j'avais pris le temps de les confronter, de les obliger à s'expliquer... De telles tensions au sein d'un groupe ne sont bonnes pour personne, je m'en rends compte aujourd'hui. J'en suis même venu à me demander si Léonard n'avait pas donné de fausses informations au gouvernement pour que Stéphane se retrouve dans leur ligne de mire mais non, je ne peux pas croire une chose pareille ! Toujours est-il que lorsque Léonard est décédé en Sicile, il avait finalement compris que Stéphane se trouvait réellement de notre côté. Malheureusement, pour nous, il l'a compris trop tard...
Philippe fait une pause. Lauraine attend sans le brusquer. Elle a compris que Philippe se sent coupable de la mort de Stéphane.
- Léonard haïssait Stéphane beaucoup plus que je ne l'avais imaginé. Il ne le laissait pas trop transparaître au sein du réseau, il devait certainement se retenir pour ne pas attirer les reproches de ses compagnons. Je pense qu'il épiait le moindre faux pas de Stéphane et, en attendant, il devait déverser toute sa haine et sa colère chez lui. Je ne peux qu'imaginer ce qu'il a raconté à sa femme mais il a dû dresser un portrait terrible de Stéphane. Lorsque Léonard est mort, tout ce que sa femme savait, c'est que Stéphane était là-bas lui aussi. Stéphane est devenu celui qui lui avait pris son fils et son mari. Et elle a décidé de se venger... J'aurais dû faire plus attention. Nous étions tous tellement préoccupés par le gouvernement et la peur d'être découverts que nous en avons oublié nos problèmes internes. J'aurais dû écouter Léonard plus tôt et le confronter à Stéphane. J'aurais dû aller voir sa femme après sa mort et répondre à ses interrogations. J'aurais dû me demander pourquoi elle tenait tant à être présente à ce discours alors qu'elle n'avait jusque là jamais été un membre très actif du réseau. J'aurais dû...

- Vous ne changerez rien avec des paroles. Mon mari est mort, on ne le fera pas revenir. Vous aviez aussi des problèmes personnels à gérer. Personne n'est infaillible. Vous ne pouviez pas prévoir ses intentions et vous n'êtes pas celui qui l'a tué. Comment... comment l'a-t-elle empoisonné ? se force à demander Lauraine.
Une autopsie avait été pratiquée sur le cadavre de son mari. On l'avait informée qu'il avait ingéré une forte dose d'un poison dont elle avait oublié le nom.
- Je me suis également posé la question. J'ai fini par me rappeler que c'est elle qui lui a apporté la bouteille d'eau dans laquelle il a bu avant de commencer son discours. Je pense que le poison était à l'intérieur.
Lauraine hoche la tête. Elle se souvient. C'est dans cette bouteille d'eau qu'il a bu une gorgée lorsqu'il a commencé à se sentir mal. Au lieu de le soulager, cette gorgée n'a fait qu'accélérer le processus.
- J'ai cru comprendre que d'autres personnes de votre entourage étaient... décédées ce jour-là, articule difficilement Lauraine. Si cette femme n'en voulait qu'à mon mari, pourquoi s'en prendre aussi à vous tous ?
- Ce n'est pas elle qui a déclenché l'hécatombe qui a suivie. Elle a d'ailleurs été la première touchée par les balles tirées par les militaires. Les informaticiens qui s'occupaient de pirater les chaînes de télévision m'ont appris plus tard que le signal émis par l'antenne satellite sur le toit de notre camion avait dû être capté. C'est comme ça qu'ils nous ont trouvés. Ils ont dû monter une opération en urgence pour stopper ce discours au plus vite. Nous savions que nous prenions d'énormes risques ce jour-là. Nous ne pensions simplement pas que le premier coup viendrait de notre propre camp. Mais je ne crois pas que les deux évènements étaient liés.
Lauraine trouve quelque peu étrange une telle coïncidence mais la femme étant morte, ils ne pourront jamais en avoir le cœur net.
- Je suis désolé de n'avoir pas pu assister à l'enterrement de votre mari, reprend Philippe. J'aurais

vraiment souhaité être présent mais je ne pouvais pas prendre ce risque. Il devait certainement y avoir des agents du gouvernement postés un peu partout lors de la cérémonie.
- Je comprends... J'étais tellement persuadée que nous allions pouvoir être de nouveau heureux. Vous savez qu'il m'avait proposé de partir avec lui, loin d'ici, loin de tous ces gens qui voulaient le tuer ? Nous devions partir le lendemain... Si seulement, il n'avait pas décidé de faire ce stupide discours. Vous savez, je lui en veux parfois. Pourquoi vouloir prendre davantage de risques alors que le gouvernement cherchait déjà à lui mettre la main dessus ?
- Je ne prétends pas savoir ce qui se passait dans la tête de votre mari mais je pense qu'il se sentait un peu coupable de partir en abandonnant l'organisation. Personne ne lui a fait de reproches. J'étais le premier à lui dire qu'il avait déjà beaucoup donné pour nous et qu'il méritait de se mettre à l'abri pendant quelques temps. Même si nous avions prévu de rester en contact, je pense qu'il voulait faire une dernière chose pour nous avant son départ. Ce discours, c'était son adieu, son dernier coup d'éclat pour l'organisation.
Lauraine comprend. Cette attitude correspond parfaitement à son mari. Mais cela ne l'empêche pas de lui en vouloir. Si seulement, il n'avait pensé qu'à sa famille et à sa sécurité... Mais est-ce qu'elle l'aurait autant aimé s'il avait été ce genre d'homme ?
Dans le bac à sable, Jérémy est en train de pousser la balançoire sur laquelle est assise Louise. Ils sont très attendrissants. Jusque là, Philippe a été plutôt réticent au fait de mettre sa fille en contact avec d'autres enfants mais il est en train de réaliser que c'était peut-être une mauvaise idée. Des enfants de son âge, ou plus jeune comme Jérémy, pourraient l'aider à se sociabiliser, après tout. N'est-ce pas le conseil que lui a donné Stéphane et qu'il n'a pas vraiment écouté ?
- Stéphane m'avait parlé de votre ouvrage, reprend Philippe. Je lui avais dit que j'étais prêt à le publier et je le suis toujours si cela vous intéresse.

Lauraine n'est pas vraiment surprise. Stéphane lui avait dit qu'il avait quelques contacts qui pourraient les aider pour la publication. Après ce qu'elle vient d'entendre, elle comprend que c'est de l'organisation qu'il voulait parler.
- Pourquoi êtes-vous prêt à m'aider ? demande Lauraine.
- En mémoire de Stéphane. Et aussi parce que vous défendez les mêmes principes que nous et d'une manière qui ne nous serait pas forcément venu à l'esprit. Stéphane m'a parlé rapidement de votre ouvrage mais il m'a l'air passionnant. Nous avons les moyens de publier votre livre et de le diffuser. Il faudra aussi que vous preniez un pseudonyme, il ne faudrait pas que le gouvernement puisse remonter jusqu'à vous. On...
Soudain, un déclic se fait dans le cerveau de Philippe.
- Vous avez parlé de ce livre à quelqu'un d'autre qu'à votre amie ?
- Non. Enfin, pas moi, personnellement. Camille en a au moins parlé à son chef de la publication qui a refusé tout net d'avoir quoi que ce soit à voir avec ce livre. Il lui a même dit que si elle évoquait une fois de plus cette idée devant lui, elle serait virée. Pourquoi ?
- Pour rien, répond Philippe rapidement. Mais à partir de maintenant, vous ne devez plus en parler à personne d'autre. Faites passer le message à votre amie. Si le gouvernement remontait jusqu'à vous, vous auriez de gros ennuis.
Lauraine acquiesce. Elle comprend. Philippe n'en revient pas. Il a enfin la réponse à la question qu'il se pose depuis plus d'un an : pourquoi le gouvernement s'est-il autant acharné sur Stéphane ? Quand ils l'ont torturé en Afrique du Sud, ils voulaient savoir où était le livre. Quand le prêtre agent l'a attaqué dans la rue, il voulait aussi récupérer un livre. Toujours la même chose et ils n'ont jamais compris ce que le gouvernement cherchait... jusqu'à aujourd'hui. Le supérieur de Camille a dû rapporter ce qu'elle lui avait raconté. Il a parlé de ce livre au gouvernement. D'une

façon ou d'une autre, ils sont remontés jusqu'à la famille Laudrain. Et comme Stéphane venait de rejoindre une organisation qui se battait contre les idées du gouvernement, ils ont tout de suite imaginé qu'il en était l'auteur sans même porter leurs soupçons sur sa femme. Stéphane a été torturé, pris en filature et agressé à cause d'un livre écrit par sa femme. Philippe garde cette révélation pour lui-même. Lauraine ne doit jamais l'apprendre. Elle en serait dévastée.
Il remarque qu'elle est en train d'observer son fils. Il a encore une chose essentielle à lui dire :
- Vous savez que votre fils a une très grande importance ?
- Comment ça ? demande-t-elle sans détourner son regard de Jérémy.
- A ma connaissance, Jérémy est le seul enfant, aujourd'hui, porteur du gène, à avoir échappé au gouvernement. Nous devons garder cette information secrète pour le moment. Vous ne devez en parler à personne, pas même à votre famille ou à votre meilleure amie. Au sein de l'organisation, une seule personne, en plus de moi, est au courant. C'est celui qui a piraté le système de sécurité de l'hôpital pour falsifier le résultat du test de votre fils mais c'est un homme de confiance. Il fera ce que je lui dis. D'autres seraient prêts à exposer votre fils au monde entier. Je ne pense pas que ce soit une bonne idée. Ce qu'il faut, c'est qu'il ait une vie normale, que vous l'aimiez, que vous l'éleviez comme s'il n'était pas porteur de ce gène. Et dans dix ou quinze ans, quand il aura fait des études, qu'il sera devenu un homme bon et honnête, nous pourrons révéler son génome. D'ici là, j'espère que nous aurons déjà commencé à faire changer les mentalités. Votre fils sera la preuve de ce que nous avançons depuis déjà six ans !
- Je croyais que vous aviez libéré beaucoup d'enfants dans la prison de Syracuse. Ne sont-ils pas également porteurs du gène DR2624 ?

- Ils l'avaient lorsqu'ils ont été enlevés. Mais certains, voire tous, ont servi de cobayes à des scientifiques qui cherchent à supprimer ce gène. Nous ne savons pas dans quelle mesure leur génome a été modifié. Nous ne pouvons donc pas porter notre espoir sur eux. De plus, à la suite du quatorze juillet, le gouvernement a fait des descentes chez toutes les familles des enfants que nous avions récupérés. Heureusement, certains avaient eu la bonne idée de déménager ou de s'enfuir à l'étranger après avoir retrouvé leur enfant. Mais d'autres étaient chez eux. Sur les quatre-vingt-quatre enfants évadés de Sicile, il en reste moins d'une trentaine encore en liberté. Et le gouvernement continue à les pister.
- Vous voulez dire que des parents ont eu le bonheur de retrouver leur enfant pour se le voir enlevé une nouvelle fois quelques semaines plus tard ?
Lauraine ne peut qu'imaginer la douleur qu'ont dû ressentir ces parents. Elle espère ne jamais la vivre. Son fils est tout ce qui lui reste. Elle ne pourrait supporter de le perdre.
- Votre fils reste donc bien le seul dont nous soyons sûrs que son génome n'a pas été modifié. Il faut également que vous essayiez de ne pas changer de regard sur votre enfant. C'est en partie ce que craignait Stéphane, je crois. N'avez-vous pas trouvé son attitude envers Jérémy légèrement changée après le test génétique ?
Lauraine réfléchit. Elle repense aux colères qu'il a pu piquer les fois où Jérémy s'est amusé à la guerre en faisant semblant de tuer des gens ou encore, sa réaction disproportionnée lorsque Jérémy avait mordu un autre enfant. Elle comprend mieux aujourd'hui. Il avait seulement peur de voir dans ces actes l'expression du gène de la criminalité. Voyant qu'elle comprend, Philippe poursuit :
- Je sais que ça ne va pas être forcément facile pour vous mais vous ne devez pas changer d'attitude envers Jérémy. Il ne faut pas que vous le grondiez pour la moindre bêtise ou colère, ni que vous le

surprotégiez à outrance. Il ne faut pas que votre regard change. Il est toujours le même malgré ce que vous venez d'apprendre. Vous en sentez-vous capable ?
Lauraine acquiesce. Cela fait énormément d'informations en peu de temps. La mort de son mari, son combat, la vérité sur son fils. Elle aime son fils, là n'est pas la question. Elle ferait tout pour lui. Mais elle se sent soudain investie d'une charge bien lourde.
- Et si jamais ce gène venait à dominer par rapport à son éducation et à tout ce que je lui aurai appris ?
Philippe sourit tristement.
- Alors nous aurons échoué... mais nous n'abandonnerons pas. Vous devez bien comprendre que le code génétique d'une personne ne fait pas sa personnalité. Il le prédispose à certaines maladies, à certaines humeurs mais c'est ce que cette personne a vécu, les personnes qu'il aura côtoyées, les épreuves qu'il aura dû traverser qui feront de lui ce qu'il est... Et là, je reprends seulement les paroles de votre mari. Je suis persuadé qu'avec une mère comme vous, Jérémy ne peut devenir qu'un homme bon.
- Je ferais de mon mieux en tout cas.
- Sachez que si vous avez besoin d'aide, je serai toujours là. D'ailleurs, nos enfants ont déjà l'air de bien s'entendre...

Louise et Jérémy sont toujours côte à côte dans le bac à sable. Jérémy est en train de construire un château de sable. Louise l'aide en construisant une tour avec son seau. Elle sourit. Elle est fière de son œuvre. Elle montre le château du doigt et ouvre la bouche pour prononcer ses premiers mots depuis que son père l'a retrouvée :
- La maison !
Jérémy semble d'abord surpris d'entendre la petite voix aiguë de la fillette puis, il lui sourit et approuve. Instinctivement, il prend la main de Louise. Elle ne la retire pas. Assis dans le sable, ils continuent à améliorer la maison de leurs rêves.

Sur la joue de Philippe coule une larme silencieuse. Il regarde avec attendrissement ces deux enfants qui portent un espoir fou en eux…

Achevé d'imprimer sur les presses de

BnC Publications

en août 2015

ISBN : 978-2-9531596-2-2
Dépôt légal : Août 2015

Imprimé en France